ILLUMINAE

DOSSIER ALEXANDER – 01

ILLUMINAE

DOSSIER ALEXANDER – 01

AMIE KAUFMAN
ET JAY KRISTOFF

TRADUIT DE L'ANGLAIS (AUSTRALIE)
PAR CORINNE DANIELLOT

casterman

Casterman
Cantersteen 47
1000 Bruxelles

www.casterman.com

Publié aux États-Unis par Alfred A. Knopf, sous le titre :
ILLUMINAE – The Illuminae files_01.

Conception graphique : Heather Kelly et Jay Kristoff

ISBN : 978-2-203-10653-6
N° d'édition: L.10EJDN001604.N001

Achevé d'imprimer en juillet 2016, en Espagne.
Dépôt légal : septembre 2016 ; D.2016/0053/286
Déposé au ministère de la Justice, Paris (loi n°49.956 du 16 juillet 1949
sur les publications destinées à la jeunesse).

À NIC,
QUI RACONTE LES MEILLEURES HISTOIRES
ET À QUI ON DOIT LA NAISSANCE DE CELLE-CI

Dossier Alexander

978-0-553-499-117

À L'ATTENTION DE : L. Frobisher, direction générale

EXPÉDITEUR : ID fantôme (#6755-4181-2584-1597-987-610-377-ERROR-ERROR-ERROR...)

DATE DE CRÉATION : 29/01/76

OBJET : dossier *Alexander*

Et voilà le dossier qui a failli avoir ma peau.

Je vous épargne les détails – les multiples bases de données pillées, les années-lumière traversées, ou la ribambelle de petits orphelins que cette enquête aura engendrée –, c'était une mission de niveau confirmé, et nos honoraires le reflètent déjà. Sachez simplement que tous les cadavres n'ont pas disparu des placards. Il semble que vos équipes de nettoyage n'aient pas été aussi méticuleuses qu'il l'aurait fallu, et que votre offensive économique n'est pas aussi secrète que vous l'espériez.

Vous trouverez ici en format imprimable toutes les informations que nous sommes parvenus à exhumer sur l'affaire Kerenza, ainsi que des copies des documents originaux retrouvés. Notre belle histoire commence avec la destruction de la colonie de Kerenza (il y a pile un an aujourd'hui) et se poursuit avec le déroulé chronologique des événements qui ont eu lieu sur le porte-chasseurs *Alexander* et le vaisseau de recherche *Hypatia*, aussi clairement qu'il nous a été possible de les reconstituer.

Nous avons inclus les données audio et visuelles dans le format adéquat, accompagnées de retranscriptions détaillées. *Toutes les erreurs graphiques et typographiques sont présentes dans les fichiers originaux.* Les commentaires de mon équipe sont marqués d'une icône de trombone. Certains écrits censurés par les ATU ont dû être reconstitués par nos com-techniciens – cependant, comme convenu, nous n'avons pas réintroduit les jurons. C'est vrai que le plus important, dans un récit qui démarre avec la mort de milliers d'innocents, c'est d'éviter les gros mots, pas vrai ?

Le groupe Illuminae

« Dans des temps de tromperie généralisée,
le seul fait de dire la vérité est un acte révolutionnaire. »
Orwell

REMARQUE :
Ci-dessous, quelques extraits du débriefing des sujets de ce dossier, Ezra Mason et Kady Grant.
Ces interrogatoires ont eu lieu peu après l'évacuation de Kerenza.

EXANDER-78V

MINISTÈRE DE L'INTÉRIEUR
SPATIALE DES TERRAPLANÈTES
FLOTTE ALEXANDER

Date de création : 30/01/75

Question : Racontez-moi ce qui s'est passé hier.

Kady Grant : J'étais en cours. Vous allez trouver ça idiot, maintenant, mais j'avais largué mon copain le matin même, et il était assis de l'autre côté de la classe. Du coup, je regardais par la fenêtre en faisant la liste de tout ce que j'aurais dû lui dire, à cet abruti, quand j'ai vu des vaisseaux passer juste au-dessus du lycée. Ça a fait trembler les vitres.

Question : Est-ce que vous avez compris ce qui se passait ?

Kady Grant : Non. Mon premier réflexe, ça a pas été : « Oh non, une invasion ! » Officiellement, la colonie de Kerenza n'existe pas, mais il y avait quand même régulièrement du passage du côté de la mine et de la raffinerie, alors je me suis dit que ça devait être un vaisseau-chargeur qui volait un peu trop bas et je me suis replongée dans mes projets de vengeance contre mon ex.

Question : Quand avez-vous pris conscience qu'il s'agissait bien d'une invasion ?

Kady Grant : Probablement quand toutes les sirènes se sont mises à hurler. Quelqu'un qui ne doit plus être de ce monde a eu le temps de déclencher l'alarme du spaceport. Le *Provocateur*, le vaisseau affecté à notre protection par le CWU, venait de transmettre une alerte pour nous avertir de l'arrivée d'une bande de types pas très avenants avec des gros flingues, et…

Question : Comment savez-vous que c'est le *Provocateur* qui a transmis l'alerte ?

Kady Grant : Mon ordi. Je me débrouille plutôt bien avec un clavier. J'ai voulu savoir ce qui se passait au spaceport, alors j'ai vérifié par moi-même.

Question : C'est à ce moment-là que vous avez débuté l'évacuation ?

Kady Grant : « Débuté l'évacuation » ? C'est mignon, dit comme ça, mais ça ne ressemblait pas vraiment aux exercices où on sort en rang deux par deux dans la cour.

Question : À quoi ça ressemblait, alors ?

Kady Grant : À une promenade dans les bois. À votre avis ? Un chaos. Des cris, des explosions.

Question : Comment avez-vous réussi à sortir ?

Kady Grant : Je suis pleine de bonnes idées.

Question : C'est encore avec votre ordina…

Kady Grant : J'ai cassé un carreau.

Question : Oh.

Kady Grant : J'avais mon pick-up dans le parking - enfin, celui de ma mère, je lui avais emprunté pour venir au lycée ce matin-là, parce qu'il était hors de question que je rentre en métro avec LUI après les cours. C'est ça qui m'a sauvé la vie. Quand je suis arrivée dans le parking, j'ai aperçu un de mes profs, et un morceau de métal est tombé du ciel dans un sifflement affreux, et…

Question : Mademoiselle Grant ?

Kady Grant : Y a eu un moment où j'ai cru que j'avais oublié mes clés dans mon bureau. J'ai retourné mon sac comme une folle en balançant tout par terre, comme si j'avais déjà compris, quelque part, que je n'aurais plus jamais besoin de ces trucs. C'est bizarre, non ? Finalement, j'ai mis la main sur les clés, je me suis mise au volant et, au moment où je démarrais, j'ai levé les yeux et il était là, planté devant moi, à me regarder. Je vous jure…

Question : Un instant, la liste des survivants vient d'être actualisée. C'était quoi, le nom que vous cherchiez ?

Kady Grant : Ezra Mason.

Question : Nous l'avons. Il est bien à bord de l'*Alexander*.

Kady Grant : (inaudible)

Question : Vous vous sentez capable de continuer, monsieur Mason ?

Ezra Mason : Ça va. Mais j'ai encore mal à l'épaule.

Question : Je vais demander à un infirmier d'aller vous chercher des antidouleurs. Vous en étiez à l'évacuation du lycée.

Ezra Mason : Je n'avais jamais vu un truc pareil. Tellement de monde, de cris. Des profs, des élèves. Je veux dire, je les connaissais, ces gens - sur une colonie aussi isolée, tout le monde se connaît, ou presque. Mais là, on aurait dit qu'ils étaient tous devenus fous. Je me souviens que la foule m'a emporté, et je me suis demandé pourquoi le sol du couloir était devenu mou et inégal sous mes pieds. Et puis j'ai compris ce sur quoi je marchais.

Question : Et comment vous en êtes-vous sorti ?

Ezra Mason : Je fais un mètre quatre-vingt-quinze. J'étais défenseur central dans l'équipe de G-ball du lycée. Une fois, j'ai fait un plaquage tellement violent à un receveur qu'il n'y avait plus que son ADN pour l'identifier.

Question : Où êtes-vous allé après la première salve de missiles ?

Ezra Mason : Tout le monde se dirigeait vers le métro mais, franchement, une boîte de conserve dans un tunnel sous la glace, avec les bombes qui allaient se mettre à péter ? Super, la planque. Alors…

Question : Attendez… vous aviez un métro, là-bas ? Je croyais que c'était une colonie illégale ?

Ezra Mason : Mec, la mine de Kerenza tourne depuis vingt ans dans le secret le plus total. Des familles entières étaient installées là-bas. Vous ne devez pas vous rendre compte, mais on est sacrément loin du Cœur.

Question : Oh, je m'en rends certainement mieux compte que vous.

Ezra Mason : … Qu'est-ce que vous voulez dire par là ?

Question : Rien. Désolé.

Question : Reprenons au métro.

Ezra Mason : OK… ouais. Bref, je ne voulais pas prendre le risque, alors j'ai filé par une sortie de secours et je suis revenu jusqu'au parking. Ce qui n'était pas l'idée du siècle étant donné que je n'avais pas de bagnole. Donc je regarde autour de moi, y a du feu qui tombe du ciel, mais je me les gèle parce que sur Kerenza, la température ressentie peut descendre jusqu'à moins quarante les mauvais jours. Et là, je la vois.

Question : Qui ?

Ezra Mason : Mon ex. Celle qui m'avait largué à peine trois heures avant ça. Ça a mis comme un malaise.

Question : Qu'est-ce que vous avez fait ?

Ezra Mason : Ben, je me suis dit que si je restais planté devant son pick-up, il y avait de fortes chances qu'elle me roule dessus, alors je suis allé toquer à la vitre et j'ai dit un truc du genre : « Alors, on fait l'école buissonnière ? » Et c'est à ce moment-là que notre batterie antimissile a été atomisée. Probablement par un missile. D'ailleurs, ce serait peut-être pas mal de noter ça, dans votre rapport : « Batterie antimissile : trouver un autre nom. »

Question : Elle a bien voulu que vous montiez avec elle ?

Ezra Mason : Ouais. Elle a dû décider qu'elle ne me détestait pas encore suffisamment pour me laisser me faire fragger par un escadron de la mort de BeiTech. Mais elle a quand même pris une petite minute pour y réfléchir.

Question : Comment avez-vous su que c'était BeiTech qui se cachait derrière cette attaque ?

Ezra Mason : Je crois que ce qui m'a mis la puce à l'oreille, c'est l'énorme logo BeiTech sur le vaisseau de guerre au-dessus de ma tête. À ce moment-là, il venait de sortir des nuages pour se mettre à fragger le reste de nos silos de défense.

Question : Quand vous dites « vaisseau de guerre », vous voulez parler du cuirassé BeiTech *Lincoln* ?

Ezra Mason : Ouais. Eux. Ces [redacted]. Euh… j'ai le droit de dire ce genre de trucs, ici ?

Question : Qu'est-ce qui s'est passé ensuite ?

Kady Grant : On est partis du parking comme dans une course-poursuite au ciné. Un abruti avait garé sa voiture devant la sortie, mais j'avais un 4x4 tout-terrain, alors on a foncé dessus et on l'a dégagée.

Question : Et à quoi ça ressemblait, en dehors du lycée ?

Kady Grant : Beaucoup d'explosions. Beaucoup de morts. Des civils dont le seul crime était de bosser pour une compagnie minière, [redacted] ! Franchement, imaginez que vous êtes une grosse entreprise multistellaire, OK ? Vous découvrez qu'un de vos concurrents possède une exploitation minière illégale, vous faites quoi ? 1) Vous le dénoncez aux ATU et vous vous marrez bien à le voir crouler sous des amendes colossales ; ou 2) Vous sautez aux manettes d'une flotte de guerre pour aller fragger tous les hommes, femmes et enfants de la surface de la planète ? Mais qu'est-ce qui leur a pris, à BeiTech ?

Question : Vous et moi, nous devons rester concentrés sur ce qui s'est passé sur Kerenza, et rassembler le plus d'informations possible. C'est la seule chose que nous puissions faire, pour l'instant.

Kady Grant : Je n'arrive pas à y croire.

Question : Mademoiselle Grant…

Kady Grant : Oui, c'est bon. On a emprunté la route principale et Ezra a allumé la radio. Une seconde, j'ai cru que cet idiot voulait nous mettre de la musique, mais ça diffusait un message d'urgence pour nous dire de nous rendre au spaceport. Notre flotte scientifique allait envoyer des navettes pour nous récupérer.

Question : Et ensuite, vous vous êtes dirigés vers le spaceport ?

Ezra Mason : Ouais. J'avais allumé la radio pour trouver une chanson de circonstance, genre film d'action, mais à la place, on a entendu un message d'urgence nous demandant d'aller au spaceport pour l'évacuation. Alors c'est ce qu'on a essayé de faire. Mais il y avait des voitures dans tous les sens, et un camion renversé en plein milieu de la route. Kady a failli nous faire faire un tonneau, et quand je lui ai proposé de la remplacer au volant, elle… Elle m'a traité d'un truc vraiment pas poli.

Question : Je vois.

Ezra Mason : Je peux vous le répéter, si vous voulez ?

Question : Ça ira, monsieur Mason.

Ezra Mason : M. Mason, c'est mon père. D'ailleurs, vous ne m'avez toujours pas dit pourquoi je ne peux pas le voir.

Question : Nous devons finir votre débriefing avant d'autoriser tout contact avec d'autres civils, monsieur Mason. Je veux dire, Ezra.

Ezra Mason : « D'autres civils » ? Sérieux ? Mec, on parle de mon père, là. Vous avez bien un père, vous aussi, non ? À moins que les Autorités des Terraplanètes Unifiées ne développent leurs fidèles fonctionnaires dans des incubateurs, désormais ?

Question : Et si vous me racontiez ce qui s'est passé ensuite ?

Ezra Mason : Ces [redacted] de BeiTech ont pulvérisé notre spaceport, voilà ce qui s'est passé ensuite. Ils ont dégainé cinq ou six missiles, et il n'est plus resté qu'un trou béant dans la glace. Je jouais au G-ball avec un des types stationnés au sol, Rob Flynn. Et Burton, notre voisin, il bossait dans les zones de quarantaine. Il y avait aussi cette fille, Jodie Kingston. Je la connaissais depuis la quatrième. Elle était technicienne pour les communications, là-bas. Et c'est…

Question : Ezra ?

Ezra Mason : Je viens juste de percuter. C'était la toute première fille que j'ai embrassée.

Question : Vous voulez faire une pause ?

Kady Grant : Non, je veux qu'on en finisse. Une fois le spaceport anéanti, on a eu du mal à savoir où aller. On zigzaguait entre les explosions. Le sol tremblait et, au début, je croyais que c'était à cause des missiles. Et puis j'ai compris que les impacts avaient commencé à fissurer la couche de glace sous les fondations de la colonie.

Question : Vous avez fait des études de géologie ?

Kady Grant : Je vous rappelle que j'ai dix-sept ans. Donc non. Mais on a vu d'énormes crevasses s'ouvrir sur la route, assez larges pour avaler une voiture entière. Et avant que vous ne me demandiez comment je sais ça, c'est parce que c'est arrivé, et que je l'ai vu. Il y avait des enfants sur la banquette arrière.

Question : Donc vous étiez en train de traverser la ville, et ensuite ?

Kady Grant : Ezra voulait aller chercher son père, qui travaille à la raffinerie. Moi, je lui ai dit qu'on n'arriverait jamais à traverser le flot de gens qui devait sortir de là-bas. Le père d'Ez, il est comme lui, un grand costaud. Je lui ai dit qu'ils allaient sûrement être évacués tous ensemble, et qu'on devait compter sur lui pour s'en tirer. Si on allait se fourrer là-dedans, on risquait de se faire piquer le 4x4, et là, on serait vraiment mal barrés. Je venais de voir une femme éjecter un type d'un quad pour s'enfuir dessus avec son môme. Et un garde de la sécurité tirer sur un mec qui essayait de grimper à l'arrière de son pick-up. On n'arriverait jamais à s'approcher de la raffinerie dans ce chaos. Moi, je voulais aller retrouver ma mère et ma cousine, Asha. Mon père n'est pas sur la planète - il travaille en rotation sur la station de saut *Heimdall* et, en ce moment, il n'y a que maman et moi. Elle est chercheuse en pathologie, elle travaille au centre médical. Asha était en formation là-bas, elle aussi.

Question : Est-ce que vous voulez que je cherche le nom de votre mère sur nos listes ?

Kady Grant : Pas la peine, elle s'en est sortie. Elle est ici, à bord de l'*Hypatia*. Je l'ai vue juste avant de rentrer.

Question : Et votre cousine ?

Kady Grant : Pas la peine non plus. Elle n'est pas là.

Question : Oh. Mes condoléances.

Kady Grant : OK.

Question : Alors, est-ce que vous avez pu faire entendre raison à Ezra ? Est-ce que vous êtes allés chercher votre mère ?

Kady Grant : On était partis pour. Ez habite seul avec son père, qui travaille beaucoup, alors dès qu'on a commencé à sortir ensemble, ma mère a décidé qu'Ezra mangerait avec nous tous les soirs. De nous trois, c'est sûrement elle la plus attristée par notre séparation. Bref, on était en route vers le labo, et à ce moment-là, il commençait à vraiment y avoir du monde plein les rues, dans des 4x4, sur des quads, certains à pied, aussi. Le sol se fissurait, on voyait des pans entiers d'immeubles s'effondrer et, pendant tout ce temps-là, on avait encore cet énorme vaisseau BeiTech dans le ciel qui martelait nos défenses avec ses missiles. Des navettes décollaient de partout pour évacuer les civils. Il y avait tellement de bruit que j'avais l'impression d'avoir les oreilles en sang. Et pour couronner le tout, Ezra a décidé que c'était le moment de critiquer ma façon de conduire.

Question : Difficile d'imaginer pourquoi vous vous êtes séparés.

Kady Grant : Sans blague. Bon, et là, la moitié du cinéplex nous est tombée dessus.

Question : … Euh, pardon ?

Ezra Mason : Je ne sais pas combien de temps je suis resté inconscient. Quand j'ai ouvert les yeux, j'ai cru que le ciel était recouvert de toiles d'araignées. Puis j'ai compris que je regardais à travers le pare-brise éclaté, et qu'on était enterrés sous une moitié d'immeuble. Le pick-up était foutu, j'avais Kady à côté de moi, du sang partout sur la figure, et je n'arrivais pas à trouver son pouls. Je l'ai extirpée des décombres et j'ai commencé à lui faire du bouche-à-bouche, et c'est là qu'elle m'en a collé une, monsieur le juge.

Question : Elle vous a frappé ?

Ezra Mason : Ouais, en plein sur le nez. Parce qu'elle vise bien, en plus. Je sais pas, elle a dû s'imaginer que j'essayais de l'embrasser. Elle s'était cogné la tête, elle était pas dans son état normal. On était pas loin de s'embrouiller quand on s'est rendu compte qu'il y avait des Cyclone plein le ciel - vous savez, les vaisseaux de chasse. Je me suis dit que la cavalerie était enfin arrivée.

Question : Est-ce que vous pouviez encore voir le *Lincoln*, à ce moment-là ?

Ezra Mason : Non. Mais on a vu que la raffinerie avait été touchée. Elle était recouverte de cette espèce de… Je sais pas. C'est pas facile à décrire. Un peu comme… un brouillard ? Mais en noir. Et ça se répandait dans l'air très lentement, comme de la mélasse. Pas de la fumée non plus. C'était… autre chose.

Question : Vous avez dit que votre père travaillait à la raffinerie ?

Ezra Mason : Ouais. Alors évidemment j'ai voulu partir à sa recherche, mais Kady voulait toujours aller retrouver Mme Grant. Le glacier était en train de s'ouvrir en deux, le ciel était en feu, et je commençais à apercevoir des troupes de soldats BeiTech au loin. Et j'ai dit un truc qu'il fallait pas.

Question : Qu'est-ce qu'il a dit ?

Kady Grant : Il a dit : « Décidément, t'as bien choisi ton jour pour me larguer, Kay. »

Question : Vous avez vraiment dit ça ?

Ezra Mason : Ouais. Alors là, apocalypse : Kady me hurle dessus, je lui hurle dessus. Tous les petits trucs qui s'étaient accumulés depuis un an et qui menaçaient d'exploser sont sortis. Je veux dire, je l'aimais. Je *l'aime*, même. Mais elle est toujours tellement… C'était vraiment débile. On est au beau milieu de la fin du monde et on est là à s'engueuler à propos de nos inscriptions à la fac, de l'état de notre relation, et d'autres [redacted]. Franchement, vous y croyez, vous ?

Question : Vous avez dix-sept ans, c'est ça ?

Ezra Mason : Dix-huit dans un mois.

Question : Alors oui, j'y crois.

Ezra Mason : Aouch. Pas cool, mec.

Question : Qu'est-ce qui s'est passé ensuite ?

Ezra Mason : Je me suis barré. Elle m'a dit que j'étais dingue, mais j'étais trop… trop en colère. Et mon père, c'est tout ce que j'ai, alors… voilà. J'ai couru en direction de la raffinerie, au milieu des voitures en flammes et des bâtiments en ruine. Un Cyclone s'est écrasé sur un immeuble, juste sous mes yeux. J'ai senti la chaleur de l'explosion sur mon visage. J'essayais de me faire discret pour me rapprocher de l'usine, mais il commençait à y avoir des troupes BeiTech partout. Des espèces de brutes en armure couleur camouflage d'hiver, avec des flingues assez balèzes pour dégommer un glaciosaure. Je n'avais pas vraiment de plan, je voulais juste retrouver mon père. Je ne savais même pas ce que je ferais devant cette espèce de brouillard. Mais au final, la question ne s'est pas posée.

Question : Pourquoi cela ?

Ezra Mason : Ben, ils m'ont tiré dessus avant.

Question : Ils lui ont tiré dessus ?

Kady Grant : Moi aussi, j'ai eu du mal à y croire. Quels [redacted]. Prenez un ticket, les mecs, j'étais là avant ! C'est quand même moi qui venais de me taper une année à supporter ses…

Question : Vous étiez partis chacun de votre côté, à ce moment-là. Comment l'avez-vous retrouvé ?

Kady Grant : J'avais commencé à marcher vers le labo de ma mère quand je suis tombée sur plusieurs troupes BeiTech sur la route. Ils faisaient atterrir des transporteurs pour en sortir des soldats et des 4x4. Je crois que j'avais un petit traumatisme crânien. En tout cas, j'ai dû m'arrêter pour vomir, à un moment. Puis j'ai vu des navettes atterrir du côté des labos pour les évacuer, alors j'ai croisé les doigts pour que ma mère monte à bord de l'une d'elles. Je savais bien que je n'arriverais jamais à traverser toute la ville pour la rejoindre. De toute façon, je ne pouvais aller nulle part sans véhicule. Alors j'en ai piqué un à une escouade BeiTech.

Question : Euh, attendez… vous avez fait quoi ?

Kady Grant : Vous en faites pas, j'ai l'habitude qu'on me sous-estime. Je crois que c'est à cause de ma petite taille.

Question : Et les soldats de BeiTech vous ont laissée faire ?

Kady Grant : J'aurais pas dit ça comme ça, non, mais ils étaient trop occupés à bondir hors de mon chemin quand j'ai démarré. Et puis je connais ces quartiers comme ma poche. Eux non. Après deux ou trois virages serrés, j'ai rejoint l'arrière du complexe communautaire par les petites rues - d'ailleurs, j'y ai laissé mes portières - et quand je suis ressortie de l'autre côté, je les avais semés. Et après, les habitants de Kerenza que je croisais n'avaient pas d'armes pour me tirer dessus, et les soldats de BeiTech devaient penser qu'on était dans le même camp.

Question : Que s'est-il passé ensuite ?

Kady Grant : Il y avait cet affreux nuage noir qui dégoulinait de l'atmo vers la raffinerie, et je savais que c'était là qu'était allé Ezra. J'ai entendu dire que c'était une sorte d'arme chimique. C'est vrai ?

Question : Je ne sais pas. Vous avez dit qu'on lui avait tiré dessus, alors j'imagine que vous l'avez retrouvé ?

Kady Grant : Oui. Nez à nez avec un escadron BeiTech. Il saignait de partout, ça m'a fait flipper quand je l'ai vu.

Question : Mais vous avez réussi à l'extraire ?

Kady Grant : Je… Euh, est-ce qu'il risque d'y avoir des répercussions concernant des choses qui se seraient passées pendant l'attaque ?

Question : Ils ont fraggé un quart de mon équipage. Personne ici ne va verser une larme si vous avez éliminé une escouade BeiTech pour rejoindre votre ami.

Kady Grant : Bon, alors comme je l'ai déjà dit, je ne suis pas bien grande, et il y avait du sang partout. Mon pied a dû glisser sur l'accélérateur, vu que j'avais du mal à l'atteindre, vous voyez ? J'en ai écrasé quelques-uns et j'ai freiné pile à son niveau.

Question : Et ?

Kady Grant : Et il a dit : « Salut, Kay. » Un vrai tombeur, ce type, je vous jure. Vu que je n'avais plus de portières, il n'a pas eu trop de mal à grimper dans le 4x4, et on est partis comme si on avait une tornade aux trousses. On commençait à voir des navettes atterrir en périphérie de la ville et, comme elles n'avaient pas de logo BeiTech, on a décidé de tenter notre chance. On espérait qu'elles étaient envoyées par notre flotte scientifique.

Question : Et ensuite ?

Ezra Mason : Je ne me souviens plus de grand-chose, après. Je crois que je lui ai demandé de me montrer son permis de conduire et les papiers du véhicule, pour rigoler. Vous savez, parce qu'elle venait d'écraser des…

Question : J'avais compris.

Ezra Mason : Donc ensuite j'ai dit : « Je saigne », et elle m'a répondu : « La ferme, je te parle plus. » Alors je me suis juste occupé de ne pas mourir. Il y avait du sang partout. Ça me faisait tellement mal que je crois que je me suis mis à rire. Je devais être en état de choc. Kady me criait d'appuyer sur les plaies pour arrêter l'hémorragie, mais ça me faisait moins mal quand j'y touchais pas. Des chasseurs passaient au-dessus de nous. Je me souviens que j'avais très froid. Je me souviens que j'ai regardé Kady qui conduisait, couverte de sang, les cheveux raidis par la neige et tout.

Je crois que je lui ai dit qu'elle était belle. Après, c'est le trou noir.

Question : Vous avez réussi à atteindre les navettes ?

Kady Grant : Quasiment. Comme on arrivait dans un 4x4 BeiTech, j'ai dû m'arrêter avant et traîner Ezra sur la glace pour qu'ils voient qu'on était des civils. Il y avait des docteurs du centre médical, alors on mettait les blessés dans leurs navettes, et le reste dans les autres. J'ai hurlé comme une tarée pour que quelqu'un vienne m'aider à le porter. Je ne sais même pas comment j'ai réussi à le tirer jusque-là, déjà. Et, en toile de fond, des missiles qui traversaient le ciel, des explosions, et des incendies qui se déclaraient dans tous les coins. Ils ont dû décider que si j'étais capable de crier aussi fort, je n'étais pas assez mal en point pour mériter une place dans la navette des blessés, alors j'ai dû le laisser partir avec les médecins. C'est comme ça qu'il s'est retrouvé sur l'*Alexander* et moi sur l'*Hypatia*.

Question : Merci beaucoup de votre aide. Une dernière question : est-ce que vous avez vu si des missiles ont touché la raffinerie ?

Kady Grant : Je ne crois pas. Rien d'autre que le nuage noir. Mais ils n'auraient pas voulu la détruire, de toute façon, si ? Je veux dire, si les types de BeiTech avaient juste voulu se débarrasser de la colonie, il leur suffisait de la dénoncer aux ATU. De toute évidence, ils en avaient après le gisement d'hermium. Et dans ce cas-là, ils n'avaient pas intérêt à détruire le seul moyen de l'extraire.

Question : Nous ne pouvons pas encore spéculer sur leurs intentions.

Kady Grant : Bon, eh ben quand ils nous rattraperont, on essaiera de penser à leur poser la question avant qu'ils nous réduisent en miettes.

Question : Une dernière chose, monsieur Mason.

Ezra Mason : Est-ce que, par chance, ça aurait à voir avec les médocs que vous m'avez promis tout à l'heure ?

Question : Nous venons de recevoir la dernière mise à jour de la liste des victimes. J'ai bien peur d'avoir de mauvaises nouvelles concernant votre père.

MÉMORANDUM AUX OFFICIERS

PORTE-CHASSEURS ALEXANDER-78V

DATE DE CRÉATION : 30/01/75

EXPÉDITEUR : GÉNÉRAL DAVID TORRENCE

CLASSIFIED

À l'attention des officiers de l'*Alexander*,

Deux jours se sont écoulés depuis l'attaque de la colonie Kerenza, l'affrontement avec les forces de BeiTech, et le repli subséquent de notre flotte. Durant ces quarante-huit heures, nos équipes se sont affairées sans relâche à évaluer notre situation. Voici leurs conclusions :

- Notre générateur de portails a subi de graves dommages. Il peut encore créer des trous de ver, mais ceux-ci ont de fortes chances de s'effondrer avant que nous n'ayons pu effectuer la totalité d'un saut, ce qui aurait pour conséquence la destruction de notre flotte. La colonelle Eva Sanchez, désormais cheffe de l'ingénierie technique, nous apprend que les dégâts sont irréparables en l'état actuel de nos ressources (en particulier en raison de la mort de la précédente CIT, Mallory Yzerman). Pour clarifier : un saut sans aide extérieure **n'est pas envisageable**.

- Le portail fixe le plus proche qui saurait nous renvoyer vers le Cœur est la station de saut *Heimdall*. La station elle-même est située de l'autre côté de cet univers, mais il existe un trou de ver/point d'accès vers *Heimdall* à 6,5-7 mois de route de notre position (à notre vitesse de croisière actuelle). Bref, nous avons au bas mot une demi-année de voyage avant de pouvoir rejoindre une zone peuplée.

- Les frappes de missiles que nous avons encaissées au cours de l'affrontement ont endommagé notre intelligence artificielle, AIDAN (Analyseur Intelligent de Données par Algorithmes Neuronaux), qui régit une grande partie des fonctions essentielles de ce vaisseau, dont le contrôle de la navigation et les calculs des portails de saut. Ces mêmes missiles ont également éliminé un nombre considérable de nos neurogrammeurs. Si AIDAN est encore en état de fonctionnement, et s'il est capable de se réparer lui-même, il est cependant impossible de connaître l'étendue des dégâts.

- Plusieurs autres zones de notre vaisseau ont subi des dommages, en particulier nos réservoirs de H_2O, notre réseau de défenses et nos systèmes de propulsion.

- Au moins un cuirassé BeiTech ayant participé à l'attaque de Kerenza, le BT042-TN surnommé *Lincoln*, a réchappé à la bataille et **nous a pris en chasse**. En notre état actuel et avec notre équipage limité, nos analystes estiment nos chances de survie à **22,7 %** si le *Lincoln* choisissait d'engager le combat.

- Les deux vaisseaux civils que nous escortons actuellement – le vaisseau de recherche *Hypatia* et le cargo *Copernicus* – transportent 3 348 civils évacués de Kerenza. L'*Alexander*, lui, en transporte 1 097 autres. Compte tenu des dégâts susmentionnés subis par les réservoirs de H_2O de l'*Alexander*, cette surpopulation ajoute une contrainte supplémentaire à bord. L'*Hypatia* ou le *Copernicus* ne sauraient être d'aucune aide si le *Lincoln* choisissait d'engager le combat.

- Des appels de détresse ont été diffusés sur tous les canaux des Autorités des Terraplanètes Unifiées via le point d'accès *Heimdall*. Nous n'avons reçu aucune réponse. Selon toute vraisemblance, nos transmissions n'ont pas été entendues.

Pour faire court, mesdames et messieurs, nous perdons beaucoup de sang et la mer est infestée de requins. Nous manquons cruellement de soldats et de puissance de feu, et nous sommes à plus de six mois de route d'une échappatoire réaliste. Ceci étant, je donne les ordres suivants, **effectifs immédiatement :**

Tout colon de Kerenza possédant des compétences utiles pour combler les pénuries dans nos effectifs se verra recruté d'office

CLASSIFIED

dans l'armée des Autorités des Terraplanètes Unifiées. Ingénieurs. Personnel médical. Scientifiques. Quiconque ayant la moindre expérience militaire.

De plus, chaque colon de Kerenza âgé de dix-sept ans ou plus devra sans tarder se soumettre à des tests d'aptitude dans les matières suivantes : informatique, mécanique, électronique, projection dans l'espace, reconnaissance de formes, coordination œil-main, rapidité des réflexes et gestion du stress. Chaque personne qui obtiendra une note de 10/20 ou plus se verra recrutée d'office dès son dix-huitième anniversaire. Il nous faut des pilotes, des mitrailleurs, des gratteurs de cambouis et des experts-codeurs, et il nous les faut maintenant.

Nous avons affaire à une situation sans précédent – à ma connaissance, jamais une multistellaire ne s'était attaquée ouvertement à un vaisseau des Autorités des Terraplanètes Unifiées. Quand tout ceci sera terminé, je ne doute pas que BTI distribuera assez de pots-de-vin pour envoyer cette affaire pourrir au fond d'un trou noir juridique mais, pour le moment, ces entreprises vont devoir comprendre que personne n'est au-dessus des lois, et que PERSONNE ne peut attaquer impunément un vaisseau des ATU.

Vous avez travaillé sans relâche, et chacun d'entre vous s'est acquitté de ses devoirs avec honneur. Nous avons perdu de nombreux camarades. Nous avons perdu des frères et des sœurs d'armes chers à nos cœurs. Je sais que ces derniers jours ont été éprouvants, et la route qui nous attend le sera plus encore. Mais, tels que je vous connais, tous autant que vous êtes, je ne doute pas un instant que vous saurez vous montrer à la hauteur, et que vous vous démènerez pour que ces civils rejoignent le point d'accès *Heimdall* en vie.

Centrum tenenda.

David Torrence
Général, Autorités des Terraplanètes Unifiées
Commandant, *Alexander 78-V*

CLASSIFIED

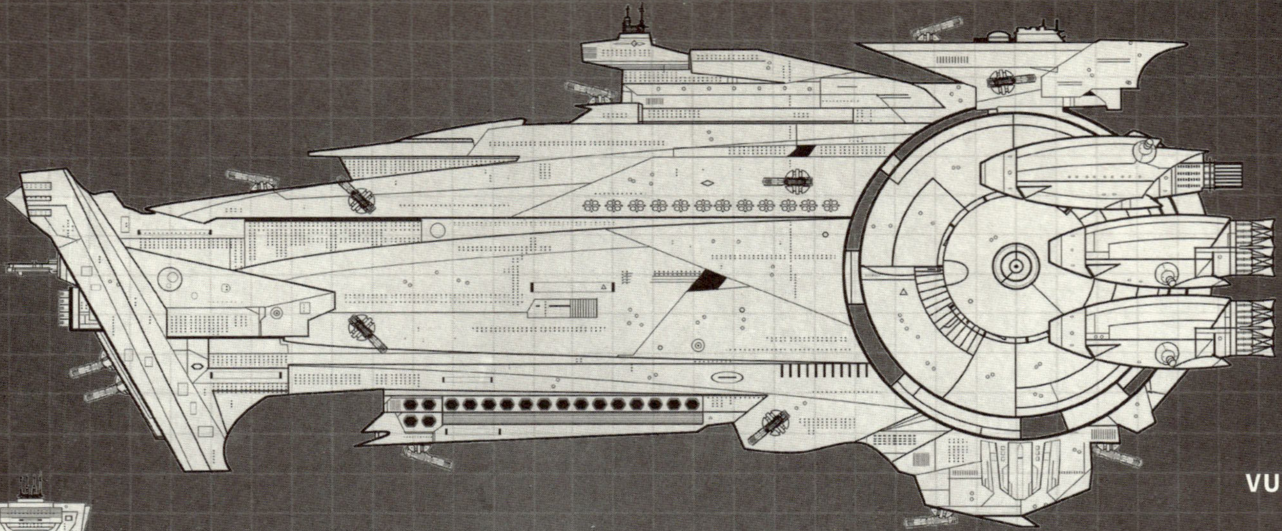

VUE DE CÔTÉ

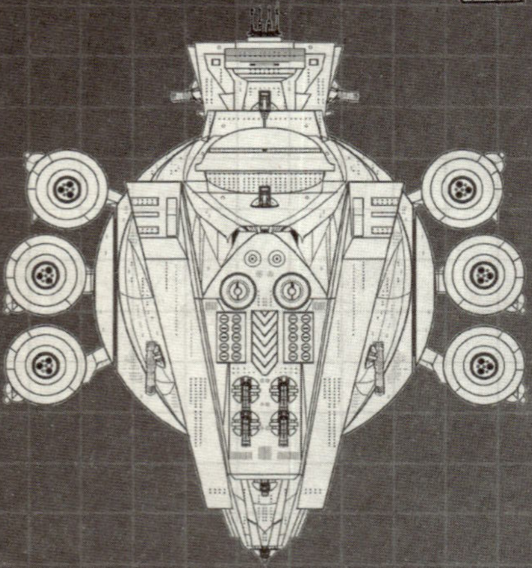

VUE DE FACE

ALEXANDER 78-V

Porte-chasseurs lourd, capable de générer des portails de sauts éphémères pour voyage interstellaire.

Transporte une escadrille de vaisseaux de chasse de classe Cyclone.

Possède une capacité de frappe nucléaire.

Commandant : Général David Torrence

Première sous-officière : Colonelle Lia Myles

CLASSE : Vortex

LONGUEUR : 3,25 km

HAUTEUR : 1,3 km

ÉQUIPAGE : 4 000

VITESSE MAXIMALE : 1,7 sst

ACCÉLÉRATION : 1,4 sst

PROPULSEUR PRINCIPAL :

Typhoon Mk VII x 6

PROPULSEUR SECONDAIRE :

Atlas Mk II x 12

AMORTISSEUR D'INERTIE : 1 g

RÉSEAU DE DÉFENSES :

- DDT-10,9 phalanx
- RG-166 samsara x 48
- FFG-01i équipé avec AIDAN

CHARGE UTILE :

- Goliath 50 Mt x 40
- Capricorne 10,8 Mt x 100

VAISSEAUX DE CHASSE :

Cyclone Mk IV x 125 (s)

NAVETTES :

- Vitus III x 20
- Vitus IX x 12

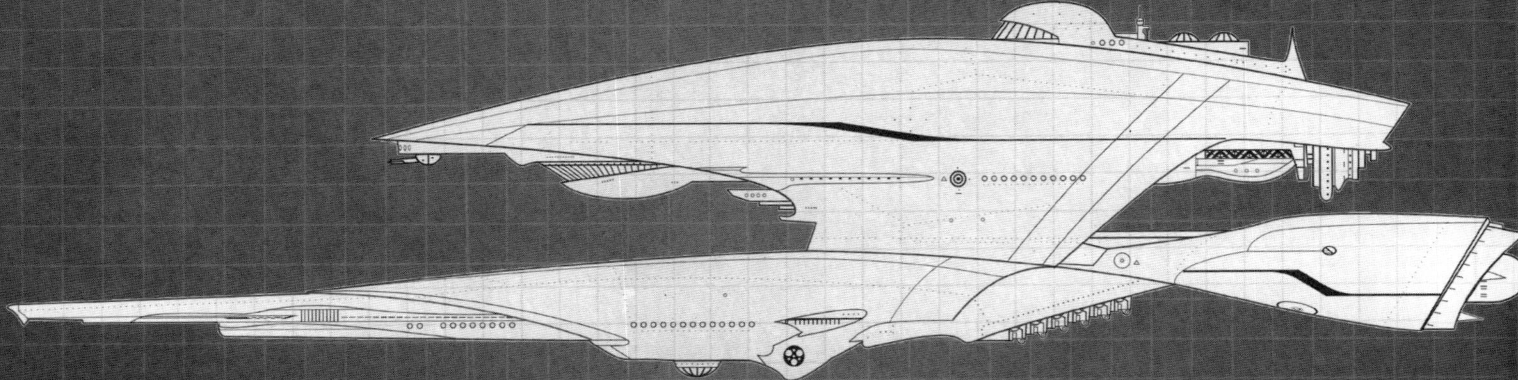

VUE DE CÔTÉ

VUE DE FACE

HYPATIA

Vaisseau d'exploration scientifique de longue portée, parfaitement adapté pour les missions de reconnaissance longue distance. Peu armé, peu blindé. Équipé des meilleures technologies QASAR et d'outils d'observation ultra-modernes.

Capitaine : Ann Chau

Première sous-officière : Syra Boll

CLASSE : Oracle
LONGUEUR : 0,9 km
HAUTEUR : 0,21 km
ÉQUIPAGE : 500
VITESSE MAXIMALE : 1,5 sst
ACCÉLÉRATION : 1,3 sst
PROPULSEUR PRINCIPAL :
Balor IX (gt4)
PROPULSEUR SECONDAIRE :
Balor IV x 4
AMORTISSEUR D'INERTIE : 0,98 g

RÉSEAU DE DÉFENSES :
ZXII-unig
Twilight GH-2 x 2
CHARGE UTILE : Capstone 7c x 6
VAISSEAUX DE CHASSE : non équipé
NAVETTES : Nova III x 12

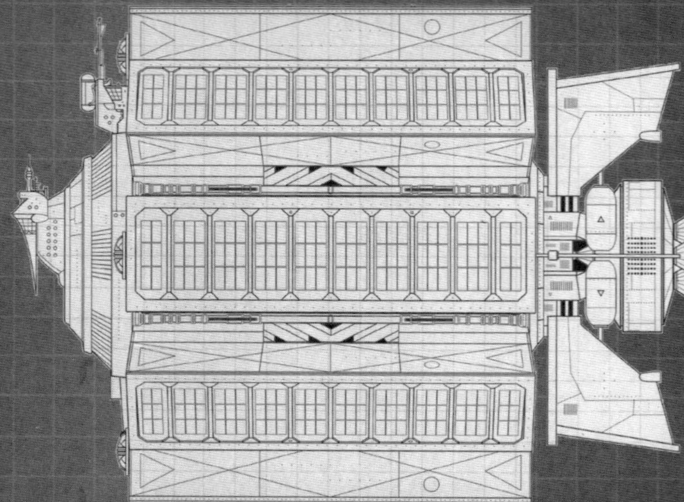

VUE DE CÔTÉ

VUE DE FACE

COPERNICUS

Cargo semi-longue distance, servant généralement à transporter d'importants convois d'un système à un autre [minerai/glace/produits de base].

Lent, difficile à manœuvrer, mais robuste. Peut transporter des types de cargaisons interchangeables et modulables, ce qui lui procure une grande flexibilité de charge.

Capitaine : Harry Riker

Première sous-officière : Heather Kelly

CLASSE : Taurus

LONGUEUR : 1,2 km

HAUTEUR : 0,96 km

ÉQUIPAGE : 450

VITESSE MAXIMALE : 0,9 sst

ACCÉLÉRATION : 0,8 sst

PROPULSEUR PRINCIPAL : Helix-Chelsea VIII (alignés)

PROPULSEUR SECONDAIRE : H-C II x 3

AMORTISSEUR D'INERTIE : 0,94 g

RÉSEAU DE DÉFENSES : Opti-Nex II (standard)

CHARGE UTILE : non équipé

Vaisseaux de chasse : non équipé

NAVETTES : Vitus II x 12

UNIPEDIA

LES YEUX ET LA BOUCHE OUVERTS

- Accueil
- Portails
- Au hasard
- Actualités
- Génération
- Contribution
- Signaler
- ▾ Interface
  - Sensei
  - À propos de
  - Conscience collective
  - Édito
  - Avis
  - Faites du bruit
- ▸ Outils
- ▸ Sync
- ▾ Autres langues
  - 官话
  - 广州话
  - Deutsch
  - Español
  - Italiano
  - Polski
  - Русский
- Édition
- Liens

Critiquer – Discuter – Réfuter – Lire – Édi

Kerenza, bataille de

Cet article concerne la bataille de Kerenza
Pour toutes les infos sur la planète et son
système, cliquez **ici**.

KES KE KOI

Cet article historique a le statut d
bande de camés gobe tout ce qu
sniffer comme si c'était de la pou
à une camé-teuf. Si vous voulez y
Conscience collective. Merci de
fiables [genre pas ta daronne]. Et
qui vous branche>, apprenez à v

REMARQUE : La quasi-totalité des éléments de ce dossier a été récupérée par des moyens clandestins, mais nous avons cependant découvert un réseau public disposant d'informations étonnamment précises concernant l'attaque de Kerenza : le site internet de hackers Unipedia. Les lecteurs d'Unipedia sont en majorité des ados attardés à tendance paranoïaque terrés dans le garage de leurs parents, mais vous devriez peut-être lâcher vos cerbères juridiques sur eux, par précaution. Nous avons inclus l'article d'Unipedia par souci du détail.

INTRO

La bataille de Kerenza IV constitue le déclenchement de la **Guerre des entreprises multistellaires**, une guerre qui continue de faire rage mais que les médias passent inexplicablement sous silence. L'assaut a été lancé par **BeiTech Industries**[1] et avait pour cible une exploitation d'hermium illégale appartenant au **consortium Wallace-Ulyanov**[2]. L'***Alexander***[3], un vaisseau des **Autorités des Terraplanètes Unifiées**, a répondu à l'appel de détresse du CWU, entraînant ainsi un affrontement entre les trois parties, BeiTech, le CWU et les forces des ATU.

SOMMAIRE [MASQUER]

CONTEXTE

Kerenza IV est située dans l'espace non fédéré, à approximativement 34,5 ua d'un point d'accès menant à la station de saut fixe ***Heimdall***. Cette planète renferme sous sa croûte de glace polaire des concentrations

d'**hermium** anormalement élevées.
Depuis 2556 environ, le consortium Wallace-Ulyanov supervisait sur Kerenza IV une exploitation minière illégale, contrevenant ainsi à **la loi interstellaire sur les matériaux exotiques de 2514**[4] mais tablant sur l'isolement du système de Kerenza pour lui garantir une certaine discrétion.
La colonie était placée sous la protection du cuirassé le *Provocateur*, et ravitaillée par le cargo *Copernicus*. Au moment de la bataille, deux vaisseaux de recherche [***Hypatia*** et ***Brahe***] étaient également en orbite autour de Kerenza IV.

Kerenza IV

Caractéristiques

Pression atmosphérique : 101,325 kPa (PNM)
Composition
74,15 % azote (N^2)[3] (air sec)
23,97 % oxygène (O_2)
0,91 % argon
0,038 % dioxyde de carbone[21]
Environ 2 % de vapeur d'eau (variable en fonction du climat)

Rayon moyen volumétrique :	6 371 km[6]
Rayon équatorial :	6 378,1 km[7][8]
Rayon polaire :	6 356,8 km[9]
Aplatissement :	0,0033528[10]

… plus

ASSAUT INITIAL

Le 29/01/75 à 14h21 [heure locale], quatre cuirassés BeiTech [*Churchill*, *Kenyatta*, *Zhongzheng* et ***Lincoln***] sont sortis d'un trou de ver[5] éphémère créé par la **station de saut mobile *Magellan***[6][7][8][9], un prototype clandestin et, à notre connaissance chez Unipedia, la première technologie de saut mobile jamais développée en dehors d'un labo des ATU[10][11]. La flotte entière s'est alors mise en chemin vers Kerenza IV. Le vaisseau de défense du CWU, le *Provocateur*, a rapidement été détruit, mais il a eu le temps de transmettre un signal de détresse – en raison de l'isolement relatif de Kerenza, la flotte BT devait estimer qu'un tel appel resterait sans réponse.

Malheureusement pour BeiTech, un vaisseau a pourtant reçu le SOS du *Provocateur* : l'*Alexander*, un porte-chasseurs de classe Vortex appartenant aux ATU, capable lui aussi de générer ses propres portails de saut[12], et qui était en mission secrète près de Kerenza VII[13]. L'*Alexander* a essayé de contacter le quartier général des ATU via le point d'accès *Heimdall*, mais des agents de BeiTech infiltrés à bord de la station même ont fait en sorte que le message ne puisse parvenir à destination. Sans réponse de son QG, l'*Alexander* a effectué un saut pour rejoindre Kerenza IV, sans renforts. Pour en savoir plus sur l'occupation de la station *Heimdall* et le mouvement de résistance, voir **l'article dédié**.

Représentation artistique du cuirassé Lincoln

Surprise la main dans le sac d'hermium, la flotte BeiTech a pris la stupéfiante décision d'attaquer l'*Alexander*, dans l'espoir d'éliminer les témoins. Mais au lieu de cela, l'*Alexander* a gravement endommagé la station de saut mobile *Magellan*, coupant ainsi la retraite à BeiTech. Tandis que la flotte BT engageait le combat contre l'*Alexander*, les civils ont tenté d'abandonner leur colonie décimée grâce à des navettes qui les transportaient à bord de l'*Hypatia*, du *Brahe* et du *Copernicus*. Les rumeurs d'une arme chimique employée par BeiTech sur la planète par le biais du cuirassé *Lincoln* n'ont pas été confirmées[14][15][16].

Au cours de l'affrontement nucléaire qui a suivi, le *Zhongzheng* a été détruit, et le *Churchill* et le *Kenyatta* ont subi des dommages considérables. L'*Alexander* a également été touché – des sources ont indiqué que son générateur de portails de saut ainsi que son réseau d'intelligence artificielle avaient été affaiblis[17][18]. *Dès lors, aucun vaisseau situé dans le système Kerenza n'était plus capable d'effectuer un saut dans l'hyperespace.* En conséquence, ils ne trouveraient pas d'assistance avant plusieurs mois. Le groupe BeiTech a alors choisi de se rapprocher de l'*Alexander*, cette proximité garantissant une destruction mutuelle en cas de nouvelle attaque nucléaire. L'*Alexander* a envoyé son détachement de chasseurs de classe Cyclone et, en réponse, le groupe BeiTech a libéré ses chasseurs Warlock. On estime que c'est à ce moment que le vaisseau BeiTech *Lincoln* a détruit le vaisseau de recherche *Brahe*. Des sources non confirmées estiment à 2 000 le nombre de civils qui avaient été évacués sur le *Brahe*[19][20][21].

ALEXANDER-78

REMARQUE : Ci-dessous, la première tentative de contact enregistrée entre les sujets de ce dossier, deux semaines après l'attaque de Kerenza.

MESSAGE PERSONNEL – SYSTÈME DE COMMUNICATION DE L'ALEXAND

Destinataire : Kady Grant/KGRANTHYPATIA
Expéditeur : Ezra Mason/EMASONALEXANDER
Date : 14/02/75
Heure : 14h04
Objet : Salut

Salut Kay,

On m'a dit que presque tout le monde devrait avoir un compte de messagerie sur l'Hypatia, maintenant. Alors j'espère que tu recevras mon message.

Je ne suis pas sûr de ce que tu sais ou pas. Ici, c'est du grand n'importe quoi, les militaires ne veulent rien nous dire. Mais je tenais à ce que tu saches que je m'en suis sorti. Et je voulais te remercier. Sans toi, je crois que je ne serais plus là aujourd'hui.

Tu sais quoi, je ne « crois » pas. J'en suis certain.

Je suis encore au centre médical de l'Alexander, mais mon épaule est presque mobile à nouveau. J'ai encore du mal à mettre de l'ordre dans mes idées. J'essaie de piger ce qui s'est passé. Ici, il y a une rumeur qui dit que le générateur de portails de l'Alexander est fichu, et c'est sûr qu'il y a un problème avec les réserves d'eau, mais on ne veut pas nous en dire plus. On raconte aussi que les cuirassés BeiTech qui ont attaqué la colonie sont encore à notre poursuite, mais j'ai entendu dire que dans à peine quelques jours, on allait retrouver toute une flotte des ATU. Alors on sera peut-être bientôt en sécurité.

Je m'en veux pour ce qui s'est passé entre nous. Je n'arrête pas de penser que j'aurais pu l'empêcher. Et ensuite je me demande si c'est complètement débile de penser ça. Je me demande si c'était le destin. Après tout, si tu n'avais pas prévu de me quitter, tu ne serais pas venue au lycée en voiture, et on serait tous les deux morts, pas vrai ? Si ça, ce n'est pas un signe que notre histoire ne devait pas durer…

Bref, je suis content que vous vous en soyez sorties, ta mère et toi. Et j'espère que ça va.

Bonne Saint-Valentin.

Je t'embrasse, E

No. KR1471 | NAME NOM Grant, Kady E.

Grant, Kady –
Profil psychologique/Évaluation des conscriptions
Date : 17/02/75

– page 2 –

suggère que Mlle Grant est considérablement plus compétente que ses résultats d'examens ne laissent à penser. Comparé aux premiers exercices qu'elle a effectués dans les classes de fortune instaurées à bord de l'*Hypatia*, son dernier bilan est plutôt médiocre. En d'autres termes, elle ne veut pas obtenir le genre de notes qui la feraient intégrer notre formation de neurogrammation.

TRAVAIL D'ÉQUIPE : Mlle Grant a du mal avec la coopération. D'après ses anciens camarades, c'était une lycéenne plutôt sociable, même si elle avait peu d'amis proches. De toute évidence, elle préfère désormais la solitude. Pour être clair, lorsqu'elle doit travailler en groupe, elle sape le moral de tout le monde.

ATTITUDE : Mlle Grant fait montre d'un fort esprit contestataire et a la désagréable habitude de remettre en question l'autorité, et ce toujours au mauvais moment. Ceci combiné à cette intelligence qu'elle s'efforce tant de dissimuler risque de faire d'elle un frein pour l'équipe. Il ne semble pas que cela soit une question d'ego, car elle ne se formalise pas de passer pour une élève moyenne. Ses questions et ses tentatives de déstabilisation (qui aboutissent souvent) semblent plutôt motivées par ses convictions personnelles.

CONCLUSION :

- [ ] Recruter – priorité 1
- [ ] Recruter – priorité 2
- [ ] Recruter – priorité 3
- [X] Ne pas recruter

COMMENTAIRES : Le temps passé sur son dos à déjouer ses manigances ne sera pas compensé par ce qu'elle pourrait accomplir. Elle semble prête à nous laisser en paix pour peu qu'on lui rende la pareille, et nous disposons de meilleurs candidats.

> **REMARQUE :**
> Lors de son premier débriefing, Grant a mentionné qu'elle « se débrouillait plutôt bien avec un clavier » ; son profil psychologique a conclu : « problèmes avec l'autorité ». Pour illustrer ces deux remarques, voici ses tentatives répétées d'accéder à la sécurité de bord du vaisseau, repérées par les ingénieurs réseau de l'*Alexander* et, surtout, par la « communauté » des hackers à bord de la flotte.

SÉCURITÉ DU RÉSEAU – RAPPORT D'INCID

>> >> TENTATIVE D'INTRUSION 18/02/75 3h15

CONSIGNÉ PAR : Lu, Xi Wei, ingénieur réseau
CIBLE : Profils_psychologiques_réfugiés
MÉTHODE : Attaques brute-force en cascade du stockage sécurisé de l'*Alexander*
CONCLUSION : Échec de la tentative

>> >> TENTATIVE D'INTRUSION 18/02/75 7h15

CONSIGNÉ PAR : Lu, Xi Wei, ingénieur réseau
CIBLE : Profils_psychologiques_réfugiés
MÉTHODE : Interdiction codewyrm sur le stockage sécurisé de l'*Alexander*
CONCLUSION : Tentative réussie. Durée de l'accès : 3 minutes.

>> >> TENTATIVE D'INTRUSION 18/02/75 18h15

CONSIGNÉ PAR : Lu, Xi Wei, ingénieur réseau
CIBLE : Base_de_données_cambuse—Programme_repas/Ingénierie_Réseau
MÉTHODE : Injection d'un cheval de Troie dans la base de données de la cambuse.
CONCLUSION : Tentative réussie. Repas des ingénieurs réseau annulés. Sécurité de la base de données de la cambuse mise à jour – niveau 3.

>> >> TENTATIVE D'INTRUSION 19/02/75 6h00

CONSIGNÉ PAR : Brown, Benjamin Fraser, ingénieur réseau en chef
CIBLE : Base_de_données_équipage—Ingénierie_Réseau
MÉTHODE : Accès via les archives du personnel, méthode d'infiltration encore non identifiée.
CONCLUSION : Tentative réussie. Ingénieur réseau Xi Wei Lu effacé de la base de données. Tentative de restauration de son profil en cours.

HYPATIA

REMARQUE : L'échange qui va suivre constitue à notre sens le premier contact entre Grant et un membre de la communauté clandestine de la flotte. Cet échange a lieu trois semaines après l'opération de sauvetage et peu de temps après les accrochages de Grant avec le réseau de sécurité. L'expéditeur est Byron Zhang, un officier de recherche à bord de l'*Hypatia* connu pour être un activiste de la liberté de l'information. Il n'y avait presque plus aucune trace de ces messages, aussi certaines sections n'ont pu être reconstituées. Ce type n'est pas un débutant.

MESSAGE PERSONNEL – SYSTÈME DE COMM

Destinataire : Kady Grant/KGRANTHYF
Expéditeur : ID fantôme/ERREUR-ERRE
Date : 20/02/75
Heure : 23h17
Objet : Son d'une main qui applaudit

Tu n'as pas perdu de temps, ma chère. Je **[reconstitution impossible]** un hack très intéressant. Il y a 8 340 personnes à bord de cette flotte, et chacun peut trouver à se rendre utile. Tu ne **[reconstitution impossible]** en autodidacte.
Trouve le moyen de t'infiltrer derrière la carapace réf 436HT:904JX:003 et **[reconstitution impossible]** te montrer ce qui se passe vraiment, ici.

Ce message s'autodétruira automatiquement pour raisons de sécurité.
Ce me   age   'autodétruira automatiquement pour rai on   de   écurité.
Ce me   age   'autodétruira automatiquement   our rai on   de   écurité.
e me   age   'autodétruira automatiquement   our rai on   de   é urité.
e me   age   'au odé ruira au oma iquement   our rai on   de   é uri é.
e me   age   'au odé   ui a au oma iquement   ou   ai on   de   é u i é.
e   e   age   'au odé   ui a au o   a ique   ent   ou   ai on   de   é u i é.
ag   'au od   ui a au o   a iqu   nt   ou   ai on   d   u i .
ag   'a   od   i a a   o   a iq   nt   o   ai on   d   i .
ag   'a   d   i a a   a iq   nt   ai   n   d   i .
a   'a   d   i a a   a iq   nt   ai   n   d   i .
a   'a   i a a   a iq   nt   ai   n   i .
i a a   a iq   nt
i a a

Participants : DansTonClic, CitB
Date : 21/02/75
Heure : 00h44
Carapace Réf 436HT:904JX:003

REMARQUE : Grant répond à Zhang via le pseudo DansTonClic. Elle a mis 87 minutes à outrepasser sa GLACE.

MENCER CHATHYPATIA CODE V9 BASIC ONCLICK="FENETRE.OUVERTE//CHAT.HYPATIA/HYPAT

DansTonClic : C'est tout ?

CitB : ah, la nouvelle

DansTonClic : En personne. Et toi, tu es ?

CitB : le mec qui va te montrer comment dégoter toutes les infos que tu cherches

CitB : et plus

DansTonClic : En échange de quoi ? Rien n'est gratuit, ici.

CitB : toi, ça ne te coûtera que du temps. mais ça coûtera bien plus à nos copains là-haut. l'Alexander est un vaisseau militaire et nous, sur l'Hypatia, on est que des civils. mais état d'urgence ou pas, on a droit à plus d'informations que ce qu'ils nous donnent.

CitB : nous aussi, on risque notre vie. et si tu veux te joindre à la bataille, t'es la bienvenue.

DansTonClic : C'est aussi simple que ça ?

CitB : ces trois dernières semaines, tu as passé ton examen d'entrée, petit scarabée. je t'ai regardée tripatouiller le système. toi non plus, tu n'aimes pas les secrets. je t'ai observée de près. tu gardes un œil sur plusieurs trucs. sur plusieurs personnes, aussi.

DansTonClic : T'as pas l'air flippant DU TOUT, comme type.

CitB : G surtout l'air d'un type qui en sait plus que toi. si ça t'intéresse d'apprendre, c'est maintenant ou jamais. tu choisis quoi ?

DansTonClic : Maintenant.

CitB : alors c'est parti.

ALEXANDER-78V

ESSAGE PERSONNEL – SYSTÈME DE COMMUNICATION DE L'ALEXANDE

Destinataire : Kady Grant/KGRANTHYPATIA
Expéditeur : Ezra Mason/EMASONALEXANDER
Date : 18/03/75
Heure : 21h32
Objet : Toc toc

Hey K,

Je ne sais pas si tu vas recevoir ce message. Je t'ai écrit il y a un mois mais peut-être que mon mail s'est perdu. Si sur l'Hypatia, ça se passe comme chez nous, y'a de fortes chances. Ou peut-être que tu es occupée. Ou que tu ne veux plus me parler. Je comprends.

Hier, c'était mon anniversaire. Dix-huit ans, tu te rends compte ? La bonne nouvelle, c'est que maintenant, j'ai le droit de boire. La mauvaise, c'est qu'il n'y a rien à boire. Même l'eau est rationnée… :p

On est plusieurs à passer plein de tests. Simulations en réalité virtuelle, analyses psy, examens physiques. Ils ont recruté un paquet de réfugiés de Kerenza dans les ATU sans leur demander leur avis. Ils appellent ça la conscription de guerre. Et maintenant que j'ai dix-huit ans, ils s'intéressent à moi. Ce qui signifie probablement qu'on est encore plus dans la [redacted] que ce qu'on croyait.

J'ai rêvé de toi, cette nuit. Non, pas un rêve comme ça, t'inquiète.

C'était le jour de l'attaque. Je te vois dans ton pick-up dans le parking, et je cours jusqu'à la vitre pour frapper, mais tu ne me laisses pas entrer. Tu te contentes de me dévisager comme si tu ne me connaissais pas. Alors je tambourine de toutes mes forces et je crie ton nom, mais tu secoues la tête. Et puis tu démarres et tu t'en vas en me laissant là. Et le plus bizarre, c'est que pendant tout ce temps là, y'a un type assis à côté de toi dans la voiture, mon portrait craché. Et il rit.

Ensuite les vaisseaux arrivent.

Tu crois que ça veut dire quelque chose ?

Bref, j'espère que ça va.

Je t'embrasse, E

Mason, Ezra
Profil psychologique/Évaluation des conscriptions
Extrait d'entretien
Date : 19/03/75

QUESTION : Parlez-moi de votre mère.

Ezra Mason : (éclat de rire) Ha, pas mal, mec ! Vous savez, vous êtes le premier psy que je rencontre qui a le sens de…

Ezra Mason : Attendez… Vous êtes sérieux ?

QUESTION : Est-ce que ça vous dérange ? De parler d'elle ?

Ezra Mason : Ça me dérange surtout que vous ayez piqué les questions de mon évaluation psychologique au dos d'une boîte de Cheerios-Jupiter, mec. Non, franchement, c'est avec ça que vous ouvrez le bal ? « Parlez-moi de votre mère » ? Z'êtes camé ou quoi ?

QUESTION : Alors comme ça, vous avez déjà consulté des psychanalystes ?

Ezra Mason : Qu'est-ce qui vous fait penser ça ?

QUESTION : Vous avez commencé à dire que j'étais le premier analyste que vous rencontriez qui avait le sens de l'humour. Ce qui signifie que vous en avez rencontré d'autres - qui en étaient dépourvus.

Ezra Mason : Un vrai petit Sherlock Holmes.

QUESTION : Cette hostilité n'est pas nécessaire, monsieur Mason.

Ezra Mason : M. Mason, c'est mon père.

QUESTION : Oui, votre père. Parlons plutôt de lui.

Ezra Mason : Rien à raconter. Il est ingénieur. Il bosse sur les machines lourdes à la raffinerie d'hermium. Nul en cuisine. Encore pire en blagues. Vous voyez le genre. Un père.

QUESTION : Est-ce qu'il vous manque ?

Ezra Mason : C'est quoi, cette question ?

QUESTION : Cela fait plus d'un mois qu'il a été tué lors de l'attaque sur Kerenza. Mais vous parlez encore de lui au présent.

QUESTION : Est-ce que vous trouvez ça intéressant, Ezra ?

Ezra Mason : (injures inaudibles)

QUESTION : Très bien, très bien. Parlons de quelque chose qui vous fait plaisir, alors.

Ezra Mason : … Vous voulez dire, plaisir comme un catalogue de lingerie ?

QUESTION : Et si vous me parliez de votre petite amie.

Ezra Mason : Woooooooooh.

Ezra Mason : Vous êtes vraiment pas bon, mec.

Ezra Mason : Mais vraiment. Genre si on faisait un sport qui s'appelait « Pas Bon », vous seriez médaille d'or de Pas Bon sur votre planète.

QUESTION : Ça ne vous fait pas plaisir de parler de votre petite amie ?

Ezra Mason : Elle m'a largué le jour où notre colonie a explosé.

Ezra Mason : Ça jette un froid, hein ?

QUESTION : Est-ce que vous avez encore des sentiments pour elle ?

Ezra Mason : Question suivante.

QUESTION : Parce que j'ai remarqué que vous l'aviez inscrite comme personne à contacter en cas d'urgence sur votre formulaire d'accueil à bord de l'*Alexander*. C'est un peu étrange de désigner comme votre plus proche parent une fille que vous venez de quitter.

Ezra Mason : Je n'ai jamais dit que je l'avais quittée. C'est elle qui m'a largué.

QUESTION : Pourquoi ?

Ezra Mason : Ça vous regarde vraiment, mais alors vraiment pas. Je vous rappelle qu'on n'est pas potes, vous et moi.

QUESTION : Vous vous êtes disputés ?

Ezra Mason : Tous les couples se disputent.

QUESTION : Est-ce que c'est comme ça que vous vous êtes fait ces cicatrices sur le bras ?

Ezra Mason : … Quoi ? Mec, j'ai ces cicatrices depuis que j'ai huit ans. Qu'est-ce que vous me racontez comme [redacted] ?

Ezra Mason : J'espère que vous ne comptez pas gagner votre vie en tant que psy, hein. Pitié, dites-moi que les vrais psys de l'*Alexander* se sont fait fragger par ces [redacted] de BeiTech et que vous êtes juste le type qui récurait les toilettes.

QUESTION : Je travaille à l'infirmerie.

Ezra Mason : … Wow. Je déconnais. Vous êtes sérieux ?

Ezra Mason : Vous êtes même pas un vrai psy ? Eh bah [redacted], c'est la meilleure.

QUESTION : Je suis interne en médecine à l'académie des ATU. Master de psycho. Pendant notre dernière année, on doit faire six mois de travail sur le terrain. On m'a affecté à l'*Alexander*. Mais nul besoin d'être diplômé de Néo-Oxford pour voir que vous avez de sérieux problèmes de contrôle de la colère, monsieur Mason. Alors soit on peut en discuter, si vous le souhaitez, soit on peut rester assis là à fixer le plafond en attendant la fin de l'heure.

QUESTION : C'est à vous de voir.

[Avance rapide de 51 minutes et 27 secondes de silence.]

Ezra Mason : Elle m'a demandé quelque chose que je ne pouvais pas lui donner.

QUESTION : … Pardon ?

Ezra Mason : Ma copine. Kady. Elle m'a demandé quelque chose que je ne pouvais pas lui donner.

QUESTION : Qu'est-ce que c'était ?

Ezra Mason : Ça n'a plus vraiment d'importance, pas vrai ? Maintenant que l'univers entier se casse la figure, et tout. Mais pour quelqu'un comme Kady, le plus difficile, c'était d'oser demander. Elle n'aime pas trop se montrer vulnérable. Elle n'aime pas avoir besoin de quelqu'un. Alors quand j'ai refusé sans lui donner de raison, ça l'a… ça a tout brisé, vous voyez ?

QUESTION : Pourquoi est-ce que vous n'avez pas voulu lui expliquer votre refus ?

Ezra Mason : Si je ne le lui ai pas dit à elle, vous pensez franchement que je vais vous le dire à vous ?

QUESTION : Ce qui nous ramène à votre mère.

Ezra Mason : Ah ouais ? Et comment vous en arrivez là, monsieur l'interne ?

QUESTION : Mécanisme classique chez les ados qui ont du mal à accorder leur confiance : c'est souvent un trait qui est apparu dans l'enfance en conséquence de maltraitances de la part de figures d'autorité - des instituteurs, par exemple, ou plus fréquemment les parents. Et le fait que vous avez déjà rencontré des psychologues tend à donner du poids à cette théorie.

QUESTION : Ensuite, vous aimiez profondément votre père, ça ne fait pas l'ombre d'un doute - d'où votre incapacité à accepter son décès et votre hostilité à peine voilée lorsque quiconque aborde le sujet. En toute logique, je m'intéresse donc à la piste suivante : votre mère.

QUESTION : Alors parlez-moi de votre mère.

Ezra Mason : Cet entretien est enregistré, pas vrai ?

QUESTION : Le son uniquement. La caméra est hors d'usage.

Ezra Mason : Très bien, alors pour ne pas pénaliser ceux qui sont privés de l'image, j'annonce que je suis en train de lever mon… Grands dieux… Mais oui, c'est bien mon majeur que je lève à l'attention de monsieur l'interne.

QUESTION : Monsieur Mason…

Ezra Mason : Et maintenant, mon majeur va faire la danse du mépris ! Et on se déhanche… !

QUESTION : Fin de l'entretien à treize heures cinquante-huit, le dix-neuf mars soixante-quinze.

Ezra Mason : À droite… À gauche… À droi—

— fin de l'enregistrement —

No. KR1494 | NAME NOM Mason, Ezra J.

Mason, Ezra
Profil psychologique/Évaluation des conscriptions
Date : 21/03/75

– Page 2 –

montre des signes classiques de trouble de stress post-traumatique : agressivité, stratégies d'évitement, terreurs nocturnes et culpabilité du survivant.

TRAVAIL D'ÉQUIPE : M. Mason a l'esprit d'équipe et se montre capable de prendre la tête du groupe si nécessaire. On peut dire merci aux sports collectifs, fournisseurs officiels de l'armée depuis 1914.

ATTITUDE : La mort du père de M. Mason au cours de l'attaque sur Kerenza lui a laissé un profond sentiment de rancœur et de colère. Cependant, cette agressivité s'atténue peu à peu, et reste presque entièrement dirigée contre BeiTech Industries. Ça tombe bien : ce sera eux qu'il trouvera en face de lui sur le champ de bataille.

CONCLUSION :

- [X] Recruter – priorité 1
- [ ] Recruter – priorité 2
- [ ] Recruter – priorité 3
- [ ] Ne pas recruter

COMMENTAIRES : En temps normal, le TSPT et le niveau d'anxiété de M. Mason l'élimineraient de *facto* de la liste des candidats pour des missions de combat. Cependant, en l'état de la pénurie de pilotes de Cyclone sur l'*Alexander* et compte tenu des formidables capacités de Mason (pour les tests de projection dans l'espace et de reconnaissance de formes, ses résultats le classent respectivement au-dessus de 94 % et 99,7 % de ses camarades), nous recommandons la conscription.

Ce môme a de l'hostilité à revendre envers BeiTech – une hostilité qui peut être exploitée à notre profit dans cette situation. De plus, le forcer à se focaliser sur des exercices dans un environnement social (tels que l'entraînement au combat) pourrait même se révéler thérapeutique. Et dans le cas contraire, d'ici quelques mois, ce n'est plus notre problème.

Qu'on le colle dans un cockpit au plus vite.

ESSAGE PERSONNEL – SYSTÈME DE COMMUNI

REMARQUE :
Ci-dessous, dernier contact significatif entre les sujets avant l'incident du *Copernicus*. À noter : près de quatre mois se sont écoulés depuis la dernière tentative de communication de Mason avec Grant.

Destinataire : Kady Grant/KGRANTHYPA
Expéditeur : Ezra Mason/EMASONALEXA
Date : 3/07/75
Heure : 23h45
Objet : NE PAS ENVOYER

Kay

je vais pas envoyer ce message j'écris juste comme ça et après j'effacerai parce que voilà. Mon pote jimmy dit qu'il vaut mieux déballer ce qu'on a sur le cœur et comme t pas là pour m'écouter je vais faire semblant parce que bon pense à mon cœur tu verras qu'il y a plein de trucs à déballer dessus.

alors je suis un peu… liquéfié mais ne crains rien je ne passe pas mes journées à boire tout seul sur ma couchette, c'est trop dur de se procurer assez de tise lol. ON FAIT LA FÊTE parce que on m'a officiellement déclaré apte au vol, moi aux commandes d'un cyclone mais [redacted] de [redacted] l'univers a vraiment pété un câble cette fois.

bref vu que tu ne liras jamais ça, je crois que je peux te dire que j'ai trouvé ça un tantinet dur de ta part de pas me répondre alors je veux bien comprendre que tas peut être pas envie de me parler et daccord mais rien qu'un petit mot pour dire « je ne souhaite pas te parler bien le bonjour chez vous » ça aurait été sympa alors que là c'est très mesquin, parfaitement madame, mesquin comme tout

et puis tant que j'y suis vu que je ne vais pas envoyer ce message j'en profite pour te dire que ça fait presque six mois et que je crois que je t'aime encore et ça me rend triste parce que l'amour ça devrait pas être comme ça. comme se prendre un coup de pied dans le ventre chaque fois que je pense à toi et ça me donne envie d'écraser ma tête sur le clavieru;///ubEWdcfhugiov'byhi;.//////-='-0i9juh8ygtfdcsaazs34defg7u8hi9o0p[[09ju-8hy7gtf6rdsasdrftg67yh8u9ji0o-p-o0i9juhy8gtfrdesazsxdcfr5gt6y7h8u9ji0kol-p0i9uj8hy7gt6frdesazsxdfghu7ghbuio.;ucfrexdAQW3XDE45THYUJYI

REMARQUE :
Ci-dessous, le rapport de Mason concernant l'incident du *Copernicus*. Le contenu censuré dans le rapport original est inclus en ~~texte barré~~.

RAPPORT DE MISSION
MINISTÈRE DE L'INTÉRIEUR
SPATIALE DES TERRAPLANÈTES
FLOTTE ALEXANDER
EXANDER-78V

DATE : 20/07/75

LIEU : Barycentre Kerenza VII 778.76, 325.71, 1243.56k

IDENTITÉ DU PILOTE : Ezra Mason (ATS-966-330ad)

RANG : Second lieutenant

INDICATIF : aucun

~~Dans l'espace, le feu fait des trucs chelous.~~

~~On n'y pense jamais vraiment tant qu'on n'a pas vu quelque chose brûler là dehors. Si vous grattez une allumette en apesanteur, vous verrez une flamme parfaitement ronde. Aussi ronde que Terra dans les vieilles émissions. Et, tout comme Terra, la flamme ne va pas trembloter du jaune à l'orange ou même au blanc, là dans les ténèbres. Elle va brûler aussi bleu qu'un ciel de réalité virtuelle. Aussi bleu que les yeux d'une jolie fille.~~

~~Ça, on nous l'avait pas dit, pendant la formation. Ça m'a mis une claque.~~

C'est la première fois que je dois rédiger un truc comme ça. Un rapport de mission. Ça doit se voir. Désolé si je rame un peu. Entre les simulations de vol en zéro grav', les détails techniques des Cyclone et les 316 différentes manœuvres de tir de l'*Alexander* à mémoriser, on a dû estimer qu'il y avait plus important à nous apprendre que la paperasse. Je suis un petit nouveau, on m'a même pas encore donné un indicatif perso. Le général m'a dit de tout raconter et que les censeurs s'occuperaient de faire le tri, alors c'est ce que je vais faire.

~~Suivre ces ordres de~~ [redacted].

~~C'est ce que je dois faire.~~

Le 19/07/75 à 21h00, je me trouvais dans le cockpit de mon vaisseau de chasse Cyclone. Notre flotte (constituée du porte-chasseurs *Alexander*, du vaisseau de recherche *Hypatia* et du cargo *Copernicus*) était en orbite autour de la première lune de Kerenza VII pour une mission de ravitaillement. Le niveau de H_2O de la flotte avait atteint un seuil critique, et Kerenza VII(a) est composée en majeure partie d'eau gelée, alors notre équipage s'affairait à transporter des blocs de glace de milliers de tonnes ~~pendant que le *Lincoln* gagnait du terrain~~.

Mon groupe de chasseurs répétait des manœuvres de combat aérien à 600 kilomètres à bâbord de l'*Alexander*, près de l'atmosphère de Kerenza VII. Durant l'« incident », nous étions quatre membres du groupe de vol Echo : moi-même, notre commandant Eli Hawking, dit « Prophète », la première lieutenante Zhenya Alvaranga, dite « Cuirassée », et ~~un autre bleu~~, le second lieutenant Mikael Carlin.

Je n'avais obtenu mon autorisation de vol que deux semaines plus tôt et j'étais encore un peu timide aux commandes. J'avais abattu près d'une centaine d'heures dans le simulateur, mais rien ne pourra jamais vous préparer à une immersion dans le noir total. ~~Il faut pas plus de deux minutes là dehors pour saisir à quel point on ne sait rien sur rien. On n'est plus qu'un assemblage de carbone et d'eau de la taille d'une miette, avec pas plus de dix-huit centimètres de céramique de qualité balistique entre nous et le néant absolu… quatre-vingt-treize milliards d'années-lumière de néant,~~ [redacted]~~. Ni haut, ni bas. Ni ciel, ni terre. Rien qu'un noir infini, transpercé çà et là de minuscules rayons de soleil plus vieux que toi et ton espèce entière mis bout à bout. Tu veux te sentir petit ? Passe soixante~~

~~secondes dans le cockpit d'un Cyclone, mec. Plonge ton regard dans le vide et laisse-le t'envelopper. Là, tu sauras exactement ce que tu représentes~~.

Nous étions à bâbord de l'*Alexander*, comme je disais. Même à 600 kilomètres, c'est vraiment dingue ce que c'est immense, un porte-chasseurs des Autorités des Terraplanètes Unifiées. C'est un poing gris mat de la taille d'une mégalopole, avec l'arrière éclairé par le bleu-blanc de propulseurs grands comme des gratte-ciel.

J'ai vu quelque part que sur Terra, avant, il y avait des marins qui parlaient de leur bateau comme si c'était une femme. Ils disaient des trucs du genre « C'est la plus rapide de tous les archipels, cap'taine », ou « Elle a coulé avec tout le monde sur le pont », et tout. Et c'est marrant, mais mon Cyclone, je suis sûr que c'est une fille. Elle a l'allure d'une fille, les mouvements d'une fille. Elle est tout en lignes douces, en courbes serrées, avec des arêtes qui peuvent vous saigner à blanc. Parfois, je jurerais que c'est elle qui me conduit.

Mais l'*Alexander*, lui, c'est un « il », aucun doute là-dessus. Il n'a pas la moindre grâce. Pas de vraie symétrie. Et il a la tête de l'emploi : la tête d'un teigneux qui a fait l'erreur de provoquer un type un peu plus costaud. On dirait qu'il a la mâchoire cassée, et qu'il lui manque une ou deux dents dans son sourire aussi large qu'un océan. Il ne traverse pas l'espace, il le perfore. Il avance en arrachant tout sur son passage et il traîne tout et tous dans son sillage. Des centaines de milliers de kilomètres de câble tirés sous sa peau d'acier. Des cicatrices béantes sur ses flancs, souvenirs de sa retraite de Kerenza IV. Un cerveau de la taille d'une ville brûle en son cœur. ~~Ah ça non, il n'a rien d'une *lady*. Et rien d'un gentleman non plus. On ne~~ [redacted] ~~pas l'*Alexander*. C'est l'*Alexander* qui vous~~ [redacted].

Le vaisseau de recherche *Hypatia* était à environ 4 000 kilomètres derrière le porte-chasseurs. *Hypatia*, ça c'est une dame. Un sacré beau vaisseau, mec. Tracée comme un poème. Elle n'avance pas, non, elle danse. Elle te tend la main, tu fermes les yeux et tu valses avec elle.

Copernicus, le cargo, était à bâbord de l'*Alexander*, environ 6 000 kilomètres à la poupe. Si je devais le déterminer entre fille ou garçon, je ne sais pas si j'y arriverais. J'ai vu des photos de tortues sur les écrans de réalité virtuelle. Le *Copernicus*, ça me rappelle un peu les tortues. Sur le dos, il a une carapace de carburant, assez pour le faire avancer lui, l'*Alexander*, et l'*Hypatia* en même temps. Tous les œufs dans le même panier.

~~Tiens, ça me rappelle quelque chose, cette phrase.~~

Le second lieutenant Carlin et moi, on venait de se faire épingler par Cuirassée pour la quatrième fois en vingt minutes. Elle nous ratait jamais. Son ordinateur de visée nous éclatait et les mots « VAISSEAU DÉTRUIT VAISSEAU DÉTRUIT » se mettaient à danser sur notre viseur tête haute ~~pendant qu'elle se marrait comme une baleine dans nos micros, à croire qu'on était les pires clowns qu'elle avait jamais vus aux manettes d'un chasseur~~.

~~Elle avait déjà surnommé Carlin « Jacasse » parce qu'il parlait trop entre deux exercices. Dommage : quand un supérieur vous affuble d'un surnom, y a toutes les chances que ça vous reste. Et « Jacasse », c'était pas le plus cool des indicatifs de la flotte~~.

~~En ce qui me concerne, Cuirassée ne s'était pas encore décidée, et à chaque fois qu'elle testait une horreur genre « Minet », je manquais de me pisser dessus. C'est qu'on grave cet indicatif sur nos cercueils si on se fait fragger. Quand on pense à quoi ressemblera notre dernier adieu, on n'a pas envie d'imaginer les collègues en train de trinquer à la gloire de « feu le lieutenant P'tit~~ [redacted] ~~»~~.

On se mettait en place pour une nouvelle partie quand l'alerte rouge s'est activée. Au début, j'ai cru que c'était encore un exercice, mais c'est là qu'AIDAN nous a parlé directement par radio. Et AIDAN ne fait jamais d'exercices. L'intelligence artificielle de l'*Alexander* n'est pas capable de mentir. AIDAN peut penser, bien sûr, mais aucun neurogrammeur n'est assez idiot pour donner à un ordinateur la capacité de travestir la réalité. ~~De nos jours, les machines sont tellement intelligentes que leur incapacité à monter un bateau, c'est bien le dernier truc qui les sépare de l'espèce humaine~~.

« MAJOR HAWKING, VEUILLEZ ORDONNER À VOTRE ESCOUADE DE PRÉPARER SES ARMES DE TIR AINSI QUE SES MISSILES À IMPULSION, SÉCURITÉ DÉSENCLENCHÉE. CECI EST UN CODE ROUGE. »

La voix d'AIDAN n'est ni masculine ni féminine. Elle parle d'un ton égal, avec une inflexion et une prononciation parfaites, mais elle n'a l'air ni jeune, ni vieille, et elle n'a pas la moindre trace d'accent. AIDAN refuse même d'utiliser les indicatifs des pilotes quand il s'adresse à eux. ~~Je veux dire, y a des fois où il a l'air un peu agacé si on raye le pont quand on atterrit par exemple, mais en dehors de ces rares moments, c'est comme un superbe tableau qui représenterait une pièce entièrement vide. Ça me fout les jetons~~.

Prophète a répété l'ordre, et Cuirassée, Carlin et moi avons obéi. Sans même y penser. Penser, ça peut vous tuer. C'est ce qu'on nous répète.

On s'est placés tous les trois en formation au-dessus de l'aile de Prophète pendant qu'il établissait une communication directe avec l'*Alexander* pour demander confirmation au général Torrence. Sauf qu'à l'autre bout, Prophète n'a reçu aucune réponse d'une cervelle. Il n'y avait qu'AIDAN qui nous donnait des coordonnées de vol et nous disait de foncer à la vitesse de l'éclair. On a viré à 270 degrés puis on a écrasé le manche pour se ruer vers la cible. Il ne m'a fallu qu'un coup d'œil au radar pour comprendre vers où on se dirigeait. Droit sur le *Copernicus*.

Je me souviens de la conversation qui s'en est suivie. De chaque mot. Je l'entends en ce moment même, comme si j'y étais.

« AIDAN, ici Prophète. Mets-moi en relation avec le général Torrence.

— MAJOR HAWKING. DIRIGEZ-VOUS VERS LES COORDONNÉES INDIQUÉES À VITESSE D'ASSAUT.

— Bien reçu, AIDAN, nous sommes en chemin. Mets-moi en relation avec le général Torrence.

— EXÉCUTION IMPOSSIBLE.

— Répète, AIDAN ?

— EXÉCUTION IMPOSSIBLE. »

J'ai examiné rapidement mes instruments de vol, puis j'ai levé les yeux pour regarder dehors dans le flou de la vitesse et confirmer ce que je lisais. Une petite lueur a éclos sur la carapace du *Copernicus*. J'ai vu près d'une douzaine de petites silhouettes en forme de scarabée s'échapper du ventre du vaisseau cargo, l'une après l'autre. Les propulseurs en marche. Le métal déchiré brillant à leur passage.

« Prophète, quelque chose vient de s'éjecter du *Copernicus* en explosant ses portes de lancement, j'ai rapporté.

— Et pourquoi est-ce qu'elles étaient fermées, ces portes ? a demandé Carlin.

— Ferme ta [redacted], Jacasse ! a aboyé Cuirassée. Prophète, je détecte plusieurs sorties de navettes depuis le *Copernicus*, confirmez.

— Bien reçu, je les vois aussi. Aucun signal du *Copernicus*. Les navettes n'ont pas de permis de lancement. Identification du vaisseau principal : Osprey. »

La voix d'AIDAN a de nouveau crépité dans notre radio.

« MAJOR HAWKING, VOUS AVEZ L'ORDRE D'INTERCEPTER LE GROUPE OSPREY À 2000 KILOMÈTRES DE L'HYPOCENTRE DU *COPERNICUS*. CONFIRMEZ.

— … L'hypocentre ? » a répété Prophète.

~~Hypocentre, ça vient du grec, les mecs. Ça signifie littéralement « sous le centre ». C'est un terme utilisé pour décrire le point d'origine d'un tremblement de terre. Ou d'une explosion nucléaire.~~

~~Ça, ça a retenu notre attention. Ça lui a même mis un~~ [redacted] ~~coup de fouet.~~

Des signaux d'avertissement se sont mis à clignoter sur les côtés de mon viseur tête haute. Pic de radiation détecté. À ce moment-là, je n'étais plus qu'une flaque d'adrénaline et de sueur. Puis je me suis rendu compte que l'*Alexander* avait commencé à lever ses batteries offensives. Les missiles chauffaient et transmettaient des infos à nos ordinateurs de bord et, à présent, une douzaine de lumières clignotaient devant moi. L'*Alexander* avait armé ses têtes nucléaires.

Et elles visaient le *Copernicus*.

~~J'ai demandé à Prophète ce que c'était que ce~~ [redacted]~~, et je me suis fait tout de suite~~ [redacted] ~~dessus par Cuirassée parce que je gênais les communications~~. On se rapprochait toujours du *Copernicus*, pleins gaz, on n'était plus qu'à 3 000 kilomètres. J'avais les mains qui tremblaient tellement fort que j'avais du mal à tenir la formation. Le cargo s'est dressé devant mon chasseur. Son métal scintillait à la lueur de l'atmosphère de Kerenza VII. Des spirales de bleu, de rouge sang et d'or cuivré.

Prophète hurlait dans son micro, à présent.

« AIDAN, nous avons détecté des mouvements d'armes nucléaires dans vos silos. Mets-moi en relation avec le général Torrence immédiatement ! Confirmez !

— MESSAGE BIEN REÇU, MAJOR HAWKING. EXÉCUTION IMPOSSIBLE. »

Prophète m'a ordonné de contacter le *Copernicus* via radio pendant qu'il essayait de parler à une personne humaine à bord de l'*Alexander*. *Copernicus* n'émettait que du bruit blanc. Mais j'ai obéi.

« Cargo *Copernicus*, ici le second lieutenant Mason du porte-chasseurs *Alexander*. Me recevez-vous ? »

Un silence sifflant m'a répondu. Peut-être qu'ils ne m'entendaient pas.

Peut-être qu'ils n'émettaient rien.

~~Ou peut-être qu'on avait brouillé leur signal~~.

« *Copernicus*, ici le groupe de vol Cyclone Echo, en provenance de l'*Alexander*. Me recevez-vous ? »

C'est là que c'est arrivé. Les alarmes de mon chasseur se sont mises à hurler dans le cockpit et l'*Alexander* a tiré. Comme ça. Dans l'espace, il n'y a ni haut, ni bas. Tout est relatif. Et pourtant, c'est marrant, on peut quand même avoir l'impression que l'univers vient de tomber sur la tête. À ce moment-là, mon viseur tête haute était presque entièrement recouvert de lumières rouges. Prophète hurlait toujours dans son micro pour demander des explications à AIDAN. Ça ne l'a pas empêché de s'arrêter au point indiqué, à 2 000 kilomètres du *Copernicus*, comme on le lui avait ordonné.

Le *Copernicus* était équipé de batteries anti-invasion et d'une technologie fantôme qui aurait peut-être pu tromper l'ordinateur de visée d'un missile dans un bon jour. Sauf que le vaisseau n'avait activé aucun de ses moyens de défense. Il avait l'air normal, vu de l'extérieur : il y avait du courant, les moteurs tournaient, la navigation fonctionnait. On voyait de la lumière, mais personne à l'intérieur.

J'ai vu les missiles foncer dans les ténèbres. ~~La pointe comme un rouge à lèvres, les flancs blancs immaculés, le numéro de série inscrit très proprement en noir sur son ventre : M0:rtE1.~~

~~« Mortel. »~~

~~Je me suis demandé si c'était ce qui passait pour une blague chez les gratteurs de cambouis.~~

~~Je me suis demandé si ces~~ [redacted] ~~riaient toujours.~~

Dans l'espace, le son ne se propage pas. Il n'y a pas d'atmosphère pour le porter. On se moque souvent de ces vieux films débiles de science-fiction de Terra qu'on nous passe dans l'amphi pendant les soirées rétro, parce qu'ils se plantent toujours sur le son. Mais quand ce missile a frappé le *Copernicus* dans une flamme bleue, je pourrais jurer que je l'ai entendu. Je l'ai senti jusque dans ma poitrine. Les compensateurs de ma vitre se sont abaissés pour contrer la violence de la lumière et je me suis soudain retrouvé dans le noir complet pour me protéger des radiations, mais je le voyais toujours : le *Copernicus* réduit en miettes dans une sphère bleue parfaite. ~~Les lambeaux qui s'éparpillaient comme des pièces de puzzle dans les ténèbres, des pièces de milliers de tonnes. Plus de deux mille vies dissolues en un instant. Désintégrées par l'explosion ou congelées, des glaçons en forme de gens~~.

Et tout cela s'est produit sans un bruit, dans un parfait

silence.

Des débris nous fonçaient dessus, on était à la limite du souffle de l'explosion, ils tapotaient mon bouclier comme des petites gouttes de pluie avant d'entrer dans l'atmosphère de Kerenza VII où ils se mettaient à brûler de toutes les couleurs de l'arc-en-ciel. J'entendais toujours la voix de Prophète dans ma radio, mais je ne me souviens pas de ce qu'il disait. Peut-être qu'il exigeait encore des explications. ~~Peut-être qu'il priait~~. Franchement, je serais incapable de vous le dire.

Les navettes n'avaient pas disparu, elles se dirigeaient vers nous, ~~et j'ai retrouvé mes esprits, comme si quelqu'un venait de remettre le son de l'univers~~. J'ai vu d'autres Cyclone apparaître sur mon radar. D'autres groupes de vol envoyés par l'*Alexander*. J'ai essayé de contacter la navette principale sur un canal ouvert, le canal sécurisé de la journée, un canal universel. Rien. Mais quelqu'un était forcément à bord : elles ne se déplaçaient pas assez droit pour un script d'autopilote. Puis AIDAN a repris la parole.

« MAJOR HAWKING. INTERCEPTEZ LE GROUPE OSPREY POUR DESTRUCTION. CONFIRMEZ. »

~~Et enfin, j'ai entendu Cuirassée parler sur le canal ouvert. C'est là que j'ai su qu'on était vraiment dans la [redacted].~~

~~« Yah… elle a dit. Yah, mon Dieu, aide-nous. »~~

Prophète a demandé confirmation.

« AIDAN, répète. Tu veux qu'on tire sur des civils ?

— VIOLATION DE QUARANTAINE EN COURS. PATHOGÈNE DE CLASSE ALPHA ZÉRO. INTERCEPTEZ LE GROUPE OSPREY POUR DESTRUCTION. CONFIRMEZ.

~~— Oh, bon Dieu…, a dit Carlin.~~

— VIOLATION DE QUARANTAINE EN COURS. PATHOGÈNE DE CLASSE ALPHA ZÉRO. INTERCEPTEZ LE GROUPE OSPREY POUR DESTRUCTION. CONFIRMEZ.

INTERCEPTEZ LE GROUPE OSPREY POUR DESTRUCTION. CONFIRMEZ.

INTERCEPTEZ LE GROUPE OSPREY POUR DESTRUCTION. CONFIRMEZ.

INTERCEPTEZ LE GROUPE OSPREY POUR DESTRUCTION. CONFIRMEZ. »

REMARQUE : Ci-dessous, un message transmis par le centre de propagande – pardon, « l'unité de communication interne » – de l'*Hypatia*, près de onze heures après le chant du cygne du *Copernicus*.

AVIS À LA POPULATION CIVILE

EXPÉDITEUR : CAPITAINE CHAU, VAISSEAU DE RECHERCHE HYPATIA

DATE : 21/07/75

HEURE : 08h00 (heure de bord)

OBJET : FLOTTE *ALEXANDER*

Depuis notre départ de Kerenza, nous sommes poursuivis par le vaisseau BeiTech BT042-TN, surnommé le *Lincoln*. Nous sommes infiniment reconnaissants à l'*Alexander* ainsi que l'armée des Autorités des Terraplanètes Unifiées pour leur protection.

Nous sommes encore à plusieurs mois d'une station de saut, et le *Lincoln* ne reculera devant rien pour nous empêcher d'informer le reste de la galaxie des agissements de BeiTech.

C'est avec un profond regret que je vous informe que la nuit dernière, à 21h15 (heure de bord), le *Lincoln* a lancé une attaque surprise sur notre flotte, qui a eu pour résultat la destruction du vaisseau cargo *Copernicus*.

Je sais que, tout comme moi, beaucoup d'entre vous avaient des amis, de la famille et des collègues à bord du *Copernicus*. Durant l'attaque, neuf navettes abritant des survivants ont été rapatriées par des pilotes de Cyclone de l'*Alexander*. Nous tenons à remercier du fond du cœur ces derniers pour leurs efforts héroïques.

En raison de préoccupations en matière de santé publique à bord du *Copernicus* au cours des dernières semaines, les survivants sont à présent en quarantaine à bord de l'*Alexander*. Nous travaillons à compiler une liste des coordonnées des rescapés, mais cette quarantaine nous ralentit considérablement. Cependant, soyez certains que nous ne perdons pas de vue l'urgence de la tâche.

Nous redoublons d'efforts afin d'arriver au plus vite à un point de passage. Merci à tous d'apporter votre soutien à ceux qui sont en deuil. Des cérémonies interconfessionnelles auront lieu sous peu, les détails seront affichés à la cantine.

LISTE DES VICTIMES CONFIRMÉES À BORD DU COPERNICUS

CONFIDENTIEL – À NE PAS DIFFUSER

ABADIA, Paula
ABBOTT, Claude
ABDELGADER, Pauline
ABDUL-RAHIM, Mira
ABERCROMBIE, Joe
ACLAND, Aracely
ADAMO, John
ADAMS, Davina
ADAMS, Josh
ADAMS, Tracey
ADIL, Bhan
ADIL, Zutshi
ADLER, Chris
AFRAM, Hilary
AGIUS, George
AHMAD, Cate
AHMAD, Nikki
AHMED, Amir
AITKEN, Rhodora
AJEZ, Lisa
AKBAR, Shreya
AKBARI, Beth
AKHIL, Krystyna
ALBRIGHT, Hester
ALFONSO, Lorcan
ALI, Maya
ALI, Sujata
ALIDOUST, Jeffery
ALIVIZATOS, May
ALLEN, Elka
ALLISON, Jared
ALLMARK, Indora
ALVARADO, Emanuel
ALVAREZ, Sammy
ALWYN, Deanne
ALZAYAT, Mostafa
ANDARY, Faith
ANDERSON, Elizabeth
ANDRE, Famila
ANDREOU, Theo
ANDREWS, Malini
ANDREWS, Matthias
ANDREWS, Nikki

ANTONACCI, Laura
ARBOLINO, Darrin
ARCHER, Noel
ARCHIBALD, Charmaine
ARISOY, Hallie
ARKLEY, Kyriacos
ARNOLD, Susna
ASHTON, Alex
ASHTON, Miller
ASSAF, David
ATAR, Jim
ATHANASOPOULOS, Carl
ATKINSON, Barbara
AUGUST, Jalen
AYOUB, Katherine
AYTON, Donald
AZOURY, Ronald
BADILLO, Carmen
BAGOOD, Samantha
BAILEY, Andy
BAILEY, Kurt
BAJARIAS, Ian
BAKER, Ailie
BAKER, Paul
BALBO, Aaron
BALFOUR, Eric
BALMFORTH, Leon
BALOI, John
BALTOSKI, Eduardo
BANG, Angie
BANKS, Jodie
BANOUB, Moira
BANSAL, Tarun
BARAKAT, Scott
BARAVYKAS, Lisa
BARBER, Virgil
BARDEN, Darryl
BARDEN, Ronny
BARDUGO, Leigh
BARELLO, Nigel
BARINI, Chris
BARKER, Gordon
BARNARD, Jasmin

BARNES, James
BARNETT, Corey
BARNETT, Geneva
BARRON, Maria
BARTER, Abdallah
BARTLEY, Marc
BASS, Jan
BATEMAN, Eli
BATES, Arun
BATES, Rosalie
BATISTA, Margarita
BATOR, Pam
BAYFORD, Ioannis
BAYKARA, Stuart
BAYONA, Shreya
BAZOUNI, Ruth
BEALE, Amitzur
BEASLEY, Angela
BEATY, Elva
BEBENDORF, Yves
BECK, Cal
BELL, Burton
BELLAH, Michelle
BENEDICTO, Tariq
BENISCH, Luigi
BENNETT, Doh Ong
BENNETT, Julia
BERENBAUM, Stacy
BERGIN, Rhonda
BERMAN, Keyur
BERNADINI, Tamara
BERNARD, Mina
BERNSHAW, Avi
BERRY, Everett
BERTRAND, Darren
BESHOI, Rayyan
BEST, Vivienne
BEUTEL, Kerri
BHAGAT, Sunny
BHAVNANI, Kerry
BIALER, Matt
BICKERS, Lindsay
BIL, Abigail

BILAL, Adi
BILLINGHAM, Kristin
BIRCH, Colin
BIRD, Evan
BIRMINGHAM, Peter
BISCOE, Derek
BISSEY, Julie
BLACK, Hannah
BLAGOJEVIC, Also
BLANCHARD, Gary
BLASZCZYK, Jessica
BLOOM, Sharad
BLUM, Carlotta
BLYTHE, Randall
BONIC, Denise
BONNICI, Kazem
BONNICI, Travis
BOON, Ariel
BORETTI, Maria
BORRERO, Juan
BOTH, Shae
BOUCHARD, Enzo
BOURKE, Ioannis
BOYD, Bobby
BOYLE, Lawrence
BRADLEY, Rick
BRAFF, Jan
BRAGANZA, Linda
BRANDI, Victoria
BREEDEN, Milford
BRENNAN-NEVILLE, Margaret
BREWER, John
BREWSTER, Veronica
BRIDGES, Sergio
BRIFFA, Kelly
BRIGGS, Abel
BRIGGS, Alex
BRISSEY, Breia
BROAD, Melanie
BROADBENT, Chandra
BROMMER, Stephanie
BROOKS, Lillian
BROOKS, Penny

LISTE DES VICTIMES CONFIRMÉES À BORD DU COPERNICUS

BROWN, Josh
BROWN, Rosemarie
BROWNLOW, Peter
BRUNDELL, Kirilly
BRYANT, Anne
BRYCE, Adam
BUCKEE, James
BUCKETT, Alice
BUDA, Hanjia
BUGEJA, Brad
BUICK, Azzam
BULL, Nathan
BURGESS, Kelly
BURGOS, Leanne
BURKE, Andy
BURKEY, Anna
BURKLE, Sharon
BURNAGE, Alex
BURRACCHIO, Margaret
BUSSEY, Marisol
BUTEAU, Carol
BUTEAU, Jane
BUTEAU, Methodius
BUTEAU, Scott
BUTLER, Al
BUTTFIELD, Sue
BUZIC, Ruby
BYRNE, Graham
BYRNE, Xinrong
CADEL, Hammond
CAIN, Mabel
CALDEON, Lucia
CALDER, Sundermurthi
CALDER, Tara
CAMEJO, Ian
CAMERON, Marie
CAMERON, Sharron
CAMERON, Steve
CAMPBELL, Jeremy
CAMPBELL, Rosalita
CANAVAN, Trudi
CANNON, Gary
CAO, Khanh

CAO, Nhat
CARLSON, Adrienne
CARMICHAEL, Grisel
CARRUTH, Darin
CARSON, Juana
CARTNER, Victor
CARTWRIGHT, Lanny
CARTWRIGHT, Tariq
CARUANA, Joan
CASSAR, Anita
CASSIDY, Richa
CATLOW, Geoffrey
CAUDILL, Stephanie
CAUDILL, Terrell
CAVALLERO, Larry
CELEGHINI, LeShawn
CHALHOUB, Tansy
CHAMBERS, Howard
CHAN, Cassie
CHAN, Jamie
CHAN, Lee
CHAN, Neville
CHANDRA, David
CHAPMAN, Lamar
CHARATSIS, Moana
CHARATSIS, Stephanie
CHARATSIS, Veniola
CHARLES, Buena
CHAU, Jaz
CHEE, Jamie
CHEN, Gang
CHEONG, Samuel
CHERE, Diamond
CHERE, Knox
CHERRY, Alison
CHESSON, Craig
CHEVALIER, John
CHIAPETTA, Paul
CHIGOT, Gillian
CHIHA, Barbara
CHINNERY, Colin
CHISHOLM, Mandy
CHISLETT, Keng

CHIVERS, Michelle
CHOI, Bart
CHOI, Leigh
CHOUDRY, Aneela
CHOUDRY, Yan
CHOW, Leon
CHRETIEN, Beth
CHRISTENSEN, Leah
CHRISTENSEN, Rana
CHRISTIANSEN, William
CHU, Chloe
CHUA, Staci
CHUN, Yun-Seo
CIAVARELLA, Samantha
CICER, Hal
CIMINA, Dominique
CLARK, Karen
CLARK, Tony
CLOUD, Aisha
COCCIOLONE, Ethel
COFFEY, Darryl
COHEN, Bemster
COLEMAN, Lois
COLES, Mahalia
COLGAN, Hannah
COLGAN, Melissa
COLLIER, Josie
COLLINGBURN, Andrew
COLLINS, Derrick
COLLINS, Rio
COLLINS, Stephen
COLT, Mustafa
COLVIN, Alexander
COMER, Krystyna
COMMERFORD, Henri
CONCEPCION, Harland
CONNOR, Gavin
CONNOR, Hilde
CONTE, Beth
CONWAY, Dandy
CONYERS, Whitney
COPELAND, Constance
CORFIELD, LeShawn

CORNFORD, Wen
CORNISH, Kehan
CORTEZ, Bradford
CORTEZ, Swati
CORTI, Joan
CORVAIA, Jethro
COSMAS, Richard
COSTAS, Fulvio
COTTER, Kent
COURT, Deborah
COURTNEY, Pat
COUZENS, Austin
COUZENS, Ben
COUZENS, Evie
COUZENS, Mandy
COUTTS, Kai
COWLER, Bryan
CRAWFORD, Sharmon
CROSSLEY, Alan
CROZIER, Brent
CRUZ, Geoffrey
CULROSS, Sunil
CULVER, Adelaide
CUMMINGS, Erika
CURTIS, Kat
CURTIS, Matt
CUSSION, Neil
CUTHBERTSON, Hannah
CZWARNO, Belinda
D'ARGENT, Glenn
DABINETT, Sarah
DALEY, Justin
DALTON, Queenie
DALY, Catriona
DANG, Thanh
DATTA, Carrie
DAVENPORT, Brady
DAVEY, Bevan
DAVIDSON, Rjurik
DAVIS, Olivia
DAVISON, Vince
DAWBER, Milor
DAWE, Karthik

LISTE DES VICTIMES CONFIRMÉES À BORD DU COPERNICUS

DAY, Don
D'ESPAIGNE, Ashley Newell
DE HAUME, Treena
DE KUYPER, Gerald
DE LA CRUZ, Felipe
DE LEON, Andrew
DE MESA, Donata
DE PASQUALE, Annie
DE SUDARTA, Kris
DE VRIES, Sandra
DEAN, Doris
DEARING, Daniel
DEDES, Andrew
DEHART, Rosario
DEHART, Xavier
DEL CASTILLO, Jennifer
DEL GRANADO, Enrique
DEL SOTO, Esteban
DELANEY, Kelly
DELBRIDGE, Malcolm
DELONY, Tina
DELOROSA, Eleonora
DEMPSEY, Najam
DEO, Fran
DESSES, Shadia
DEVEREAUX, Fay
DEWAR, Winston
DIAMOND, Erwin
DIAZ, Heather
DIBBIN, Leah
DICKENS, Breda
DIESTELKAMP, Audrey
DIPROSE, Lara
DO, Lonnie
DOAN, Lien
DOEL, Miroslawa
DOLICHVA, Tsana
DOLMAN, Elaine
DOMINGUEZ, Eduardo
DOMINGUEZ, Luisa
DOUGLAS, Nina
DOVER, Kenneth
DOWNEY, Rosalba
DOWNIE, Alfred
DOYLE, Ashley
DUFFY, Aoife
DUNCAN, Ronnie
DUONG, Tuan
DUPONT, Suha
DURAND, Fatma
DURAND, Mehdi
DURHAM, Matthew
EDGINGTON, Michelle
EITTING, Margaret
ELAM, Darlena
ELKERDI, Candy
ELLIOT, Nicolas
ELLIOTT, Zahara
ELMSLIE, Dougal
ELOI, Isabelle
ELTON-WEBBER, Holly
EMANUEL, Karl
ENGSTROM, Krister
EPSIMOS, Eileen
ERVIN, Nicole
ESHBAUGH, Julie
EVANS, Michael
EVERIST, Ngoc
EWINGS, Joanne
FABIAN, Mariam
FAILA, Perth
FAIMAN, Tammy
FALAYAJO, Jesus
FARMER, Albert
FARR, Rocci
FATA, Simon
FAWKES, Trevor
FEARN, Shishir
FEBULAN, Tahnee
FEENEY, Catriona
FELD, Rachel
FELLNESS, Salim
FERNANDES, Roslyn
FEY, Caren
FIANNES, Maxwell
FIDGE, Gerald
FIELDS, Jacquelyn
FIELDS, Myra
FILMALTER, Suzann
FISH, Ellen
FITZGERALD, Deb
FLANAGAN, Moe
FLORES, Jean
FLYNN, Caitlyn
FONTANILLA, Carmel
FORAN-SMITH, Erminio
FORD, Peter
FOROOQUI, Frank
FORSTER, Maged
FORSTER, Terry
FORSYTH, Arnoldina
FORTIN, Jules
FOSTER, Andrea
FOURNARIS, Stan
FOURNIER, Hosniya
FOWLER, Doug
FOWLER, Patricia
FOXE, Steve
FOXMAN, Lanny
FRANCIS, Nettie
FRANK, Van
FRANKE, Christina
FRASER, Hilary
FRAWLEY, Brian
FRAZIER, Florence
FRETUS, Suzanna
FREYJA, Katie
FRUKHTMAN, Karl
FULGARO, Sidney
FULLA, Hannah
FULLER, Genevieve
GADO, Manish
GADSBY, Stephanie
GAGNON, Louis
GAITAN, Anthony
GARCIA, Lori
GARCIA, Matas
GARDE, Linda
GARRETT, Cecelia
GASKIN, Brent
GATEWOOD, Laurine
GAUTHIER, Leo
GAZIS, Frankie
GEFJON, Caitlin
GELA, Darrell
GERO, Allison
GHALANDAR, Saoirse
GHANEM, Kim
GIAN, Hao
GIBBINGS, Francisca
GIBBS, Ollie
GIBSON, Lance
GIBSON, Philip
GIGOS, Terrence
GILBERT, Belinda
GILLIS, Lissa
GIOURIOTIS, John
GIRARD, Boston
GIRGIS, Mark
GIRI, Kumar
GLASSMAN, Peter
GLEASON, Alexa
GLEASON, Loris
GLEESON, Michelle
GLOVER, John
GODINO, Casey-Mae
GODINO, Darlene
GODINO, Lee-Anne
GODINO, Vick
GOLDBERG, Tiomotto
GOLIAS, Dianne
GOMEZ, Carlos
GONSALVES, Jasmine
GONSALVES, Rosia
GONZALEZ, Leo
GOODHART, Peter
GOODMAN, Courtney
GOODVACH-DRAFFIN, Ben
GOODWILL, Ravinder
GOTTLIEB, Alexandra
GRAHAM, Beth
GRANAT, Boyd
GRANT, Helena
GRAUDIN, Ryan
GRAY, Melissa
GREEN, Harry
GREEN, Rebecca
GREENE, Eduardo
GREENTREE, Victor
GREET, Odette
GREGG, Lacie
GREGHINI, Candice
GREY, Essie
GRIFFIN, Anya
GRIFFITHS, Damien
GRISAFI, Lora
GROENEWEGE, Jamie
GROFSKI, Mike
GROOMS, Alan
GROSSMAN, Steven M.
GUBAR, Evelyn
GULLEY, Kiara
GUZMAN, Jayne
HA, Kim-Ly
HADLEY, Hussein
HAIDER, Josh
HAIDON, Joe
HAINES, Malcolm
HALE, Vanya
HALIM, Salman
HALL, Gail
HAMILTON, Tyrone
HAMMETT, Rayford
HAMMOND, Ravi
HAMPSTON, Stella
HAMPTON, Jean
HAMZA, Daniel
HAN, Nyssa
HANCOCK, Hassan
HANLEY, Sydney
HANNAH, Maimunah
HANNIGAN, Gwenneth
HANNIGAN, Nura

LISTE DES VICTIMES CONFIRMÉES À BORD DU COPERNICUS

HANRAHAN, Matthew
HANSFORD, Hafid
HANSON, Walberta
HARDING, Atalanta
HARDY, Jan
HARDY, Tim
HARMON, Leeann
HARRIGAN, Ray
HARRIS, Carolyn
HARRISON, Richard
HART, Aubrey
HART, Roberto
HARTLEY, Christine
HARTMAN, Nell
HARVEY, Charandeep
HASTINGS, Troy
HATTON, Shaunte
HATTWELL, Roger
HATZIPAPPAS, Veena
HATZOGIANAKIS, Garry
HAYDEN, Ryan
HAYES, Zachary
HEAGAN, Jill
HEAH, Calico
HEATH, Allan
HECHT, Susan
HELLWIG, Ragnar
HELOU, Arthur
HENDERSON, Fred
HENLEY, Melvin
HENRY, Gregory
HERAVI, Ahmad
HERNANDEZ, Jeffrey
HERNANDEZ, Juan
HERRERA, Andre
HERROD, Mike
HERZOG, Shera
HERZOG, Trevon
HESSE, Naomi
HEYDER, Kurt
HEYDER, Nicole
HICKMAN, Francois

HIGGINS, Batholomeo
HII, John
HILL, Alice
HILL, Steven
HILLIER, Grisel
HINES, Deirdre
HIROTO, Kazumi
HNOSS, Claire
HO, Cathy
HOARSE, Marcelle
HOCKINGS, Filomone
HODGE, Derek
HOLD, Riya
HOLLAND, Royal
HOLLOWAY, Darlene
HOLMAN, Peter
HOLMES, Yuri
HOLT, Fiona
HOLT, Reza
HONEYCUTT, Ethel
HONEYCUTT, Tyrone
HOPPER, Pedro
HORN, Milton
HORNE, Mary-Anne
HOROWITZ, Pauletta
HORTON, Leah
HORVARTH, Maya
HOUSTON, Gary
HOVENS, Bernard
HOWE, Talisha
HOWERTON, Bryon
HOWERTON, Dylan
HOWLETT, Leigh
HOWSON, Isobel
HUA, Erin
HUANG, Hui
HUBBARD, Rudy
HUBBARD, Sook-Yin
HUDSON, James
HUGHES, Mark
HULME, Lynda
HUMPHRIES, Carolotta
HUNT, Paul

HUNTER, Nerida
HUTCHINSON, Natasha
HUXLEY, Keith
HYDE, Mina
HYDE, Thomas
HYNES, Jay
IBBETSON, Shirley
IDZIKOWSKI, Nat
ILIOPOULOS, Gianni
ILJCESEN, Julie
ILM, Carly
INGERSON, Audrey
INGRAM, Dani
INGRAM, Henry
INGRAM, Jim
INGRAM, Louis
IRVING, Clea
IRVING, Lou
IRVING, Michael
ISHAQ, Ronald
ISRAEL, Dianna
IVANOVSKI, Luke
IYENGAR, Takaharu
JABARIAN, Narelle
JABER, Gwenda
JACKSON, Adam
JACKSON, Amelia
JACO, Luciano
JACOB, Robyn
JACOBS, Marcus
JAFARI, Keith
JAFARIGOLROKH, Martin
JAMES, Alycia
JANSEN, Xanthe
JARED, Zutshi
JAY, Cedrick
JAY, Darnell
JEFFERIES, Florentina
JEFFERY, Silvia
JEFFREYS, Konstandinos
JENNINGS Joel
JERMEN, Chris

JERVIES, Nick
JEVTIC Evan
JIANG, Sandra
JOANG, Duy
JOFFMAN, Phanindra
JOHANSSON, Onni
JOHNS, Lamar
JOHNSON, Susie
JOHNSON, Tim
JOHNSTON, Margaret
JONES, Elise
JORDAN, Karla
JOSE, Shane
JOSEPH Hugh
JOSIFOSKI, Gary
JOUTRELLIS, Brad
JOYCE, Min
JUDD, Albert
JUDD, Darryn
JUNG, Min-Kyu
JUNG, Sam
KABURA, Joseph
KADER, Bernard
KALPANDIS, Pratyush
KAMBA, Michael
KANE, Abiola
KANE, Warner
KANG, Russ
KARABAY, Desiree
KARASMANIS, Shane
KARLSSON, Emil
KATSIOLAS, Michelle
KAUFMAN, Amie
KAUFMAN, Dean
KAYA, Vaheesan
KAZI, Hissan
KEANE Anil
KEANE, Jan
KEARNEY, Bennett
KEBLYS, Andy
KEEGAN, Coral
KEENAN, Helen
KEETLEY, Le Thanh

KEIGHERY, Clare
KELLER, Garry
KELLY, Jules
KELLY, Pantelis
KELSEY, Amanda
KENNEALLY, Miranda
KENNY, Eamon
KENNY, Gemma
KERBY, James
KERR, Jordi
KHALED, Ariel
KHAN, Emile
KHAN, Tracey
KHARTABIL, Indira
KIDAME, Grant
KILPATRICK, Luke
KIM, Boston
KIM, Ha
KIM, Ji-Hu
KIMPTON, Beryl
KING, Dianne
KINGSTON, Dianne
KINGSTON, Mark
KIRK, Molly
KIROL, Bataar
KITTSON, Briony
KLAWUN, Jack
KLEINIG, Jennifer
KNIGHT, Harriet
KNIGHT, Winnifred
KNOX, Carla
KNOX, Deja
KOH, Min-Ho
KOMPELLA, Keith
KONTAXIS, Pete
KOPEL, Daniel
KOUMOUROU, Gerhard
KOYUNOGLU, James
KRAJERSKI, Adam
KRANENBURG, Kristina
KRENUS, Allyson
KRISTOFF, Jay
LA ROSA, Rachel

LISTE DES VICTIMES CONFIRMÉES À BORD DU COPERNICUS

LAC, Quan
LACEY, Erin
LACKEY, Michelina
LADHAMS, Virendra
LADOUNCEUR, Ray
LAFITTE, Anne
LAMBLEY, Jin
LAMM, Evette
LANCASTER, Dustin
LANCASTER, Indora
LANCASTER, Ivy
LANE, Nola
LANG, Tracey
LANGLEY, Cara
LAO, Shawna
LAR, Palitha
LARCOMBE, Marie
LARKINS, Sue
LARTON, Raven
LARTON, Rosenda
LAUBER, Kim
LAURENT, Aya
LAURENT, Farida
LAURO, Christos
LAVANYA, Ray
LAVOIE, Gabriel
LAW, Shane
LAW, Vicki
LE MIERE, Ralph
LE MIERE, Sadie
LE, Thao Nga
LEBREUX, Dani
LEE, Alex
LEE, Eric
LEE, Nancy
LEMIEUX, Garrett
LEMIEUX, Susann
LENDVAI, Paul
LENKO, Mark
LEROY, Mahalia
LESTER, Bronte
LESTER, Edward
LEVERTON, Touran
LEVITHAN, Jandro
LEVY, Dijana
LEWIS, Harry
LEXCEN, Kirstie
LI, De
LIANG, Smith
LICCIARDO, Ann
LIKUIDRO, Gerard
LINCOLN, Niamh
LINDENBURG, Ritwika
LINDORES, Norman
LINFORD, Wayne
LLOYD, Casey
LOBERATORE, Mohit
LOCK, Doris
LOCKE-COOPER, William
LOFN, Jenna
LOGAN, Patricia
LONG, Andy
LONG, Bon Van
LONGWORTH, Oliver
LOPEZ, Erma
LOPEZ, Walter
LORD, Francesco
LOVRINOV, Margaret
LOWREY, Annette
LUBEC, Aydan
LUBEC, Geoff
LUCHMAYA, Litian
LUKIC, Jaipal
LUNA, Bonnie
LUPPINO, Maria
LUVARA, Arun
LY, Binh Son
LY, Tam
LYNN, Marri
LYTTLE, Catherine
MA, Ben
MA, Wen
MACGREGOR, Guy
MADERO, Alfonso
MADHU, Kevin
MAIDEN, Katrina
MAJOR, Melissa
MAKHOUL, Scott
MALACH, L. A.
MALDE, Vancho
MALLINSON, Chris
MALON, Ciaran
MALON, Roger
MANASSA, Cassie
MANDEL, Joseph
MANGANARO, Janelle
MANN, Ignacio
MANN, Nigel
MANNING, Kylie
MANSON, Cherie
MANSOUR, Jianxie
MANUEL, Reginald
MANUEL, Rema
MARGETTS, Claire
MARKHAM, Corey
MARKHAM, Ioanna
MARLOW, Michael
MARNEY, Ellie
MARNING, Sophie
MAROUSH, Cora
MARRIAGE, Megan
MARSH, Kellie
MARSH, Raymond
MARSHALL, Ed
MARSHALL, Simon
MARTIN, George
MARTINEZ, Erin
MARTINEZ, Gustav
MARTINO, Leon
MARTINS, Louise
MARZEC, Katerina
MASTROIENI, Beth
MATEZIC, Shannon
MATHIS, Gilberto
MATTA, Renee
MATTEI, Tony
MATTHEWS, Finnegan
MATTHEWS, Hattie
MAY, Cecil
MAYA, Abhay
MAYNARD, Alison
MCATEER, Taleb
MCBRIDE, Ralph
MCCARTHY, Cathy
MCCARTHY, Gregory
MCCLAY, Glenn
MCCOY, Myron
MCCUDDEN, Jason
MCDONALD, David
MCDOWELL, Marion
MCELROY, Mary
MCFARLANE, Anna
MCGEE, Marcel
MCGREGOR, Nicola
MCINTOSH, Leli
MCKAY, Andreas
MCKENZIE, Edmund
MCKENZIE, Jayu
MCKIE, Laurelle
MCKINNEY, Kerry
MCKOSH, Trish
MCLAUGHLIN, Dennis
MCLAUGHLIN, Katie C.
MCLAUGHLIN, Lara M.
MCLAUGHLIN, Mary Ellen
MCLEOD, Heath
MCMULLAN, Aliyah
MCMULLAN, Kim
MCNALLY, Louise
MCNEILL, DeAndre
MCNEILL, Sau
MCONIE, Jock
MCQUILLEN, Neville
MEADOWS, Foz
MEDCALF, Deborah
MEENA, Ajay
MEERA, Kiran
MENADUE, Tony
MENDONES, Max
MENDONES, Shail
MENENDEZ, Gregorio
MENOUHOS, Adam
MENZIES, Rasoul
MERRITT, Meagan
MERRYWEATHER, Donata
MEYER, Vahid
MEYERSON, Rose
MICHEL, Jonnie
MICO, Liz
MIDKIFF, Jovita
MIGNONE, Greg
MIHALOPOULOS, Costos
MIHALOPOULOS, Eve
MIHALOPOULOS, Robyn
MILLER, Hermione
MILLER, Kenneth
MILLS, Eva
MINA, Ahmad
MINIITI, Sereyvuth
MISEV, Edmira
MITCHELL, Bobby
MOHAMED, Hussein
MOHAMMED, Ahmed
MOHAMMED, Raina
MONAHAN, Brian
MONTALVO, Kennith
MONTALVO, Tanner
MONTIADIS, Alan
MOODY, Aziz
MOODY, Bertha
MOON, Kerry
MOORE, Ann
MOORE, Mikael
MORAN, Cory
MORCOS, Hugh
MORCOS, James
MOREAU, Reem
MOREL, An
MOREL, Simon
MORGAN, Lawrence

LISTE DES VICTIMES CONFIRMÉES À BORD DU COPERNICUS

MORGAN, Todd
MORGAN, Trudy
MORILLO, Dalila
MORRIS, Owen
MOSES, Stuart
MOXON, Brett
MUIR, Ash
MULLER, Anne
MULLINS, Charlene
MUNCHENBERG, Elsie
MUNDAY, Vlad
MURPHY, Paul
MURRAY, Jose
MURTI, Lisa
MUSA, Jean
MUSTAFA, Ali
MUZHER, Maximillian
MUZHER, Razeer
MUZHER, Toby
MYER, Nina
MYERS, Eugene
NADAL, Svetlana
NAIDOO, Claude
NAIDU, Donald
NAIRN, Terrell
NAKAMURA, Greg
NANNA, Katelyn
NASH GUPTA, Sonia
NASR, John
NASR, Najah
NASSER, Paul
NATH, August
NAVE, Shelley
NDELULUELA, Stuart
NEAL, Kendra
NECOVSKI, Jensen
NEILSON, Charity
NELSON, George
NERELLO, Letka
NERSESSIAN, Tricia
NESBITT, Manumalo
NEST, Penelope
NEWCOMB, Roni

NEWMAN, Arthur
NEWMAN, Wendell
NEYLAN, Allan
NGO, Giang
NGUYEN, Phuong
NGUYEN, Trang
NICHOLS, Amy
NICHOLS, Dane
NICHOLSON, Izzy
NICOLAOU, Terry
NICOLAY, Julie
NIDDRIE, Marlene
NIGRO, Alissa
NILSSON, Edvin
NINN, Joanne
NITOPI, Ghazala
NIXON, Mark
NOLAN, Anne
NOLAN, Anthony
NOLAN, Garrett
NOOR, Kaur
NORLING, Lene, Maria
NORRIS, Arun
NORRIS, Jitenkumar
NORRIS, Ryan
NORTHEY, Vivienne
NOVICK, Love
NOVOCHENOK, Gamil
NOWLAND, Balaji
NOWLAND, Saloni
NUCIFORA, Jeremy
NUNN, Jeremy
O'BRIEN, Kiersten
O'CAIN, Stephanie
O'CONNELL, Teghan
O'DUFFY, Nichole
O'DUFFY, Patrick
O'LEARY, Niall
O'MELEY, Jason
O'REILLY, Liam
O'ROURKE, Jenise
O'ROURKE, Maurice
OCHOA, Ebony

OCHOA, Russ
ODY, Wesley
OMAR, Kapoor
ORLANDO, Cole
ORLANDO, Nereida
OSBORNE, Wendy
OTT, Anna
OWEN, Edward
OWEN, Saoli
OWENS, Barbara
OWENS, Ron
OXFORD, Stojan
PACHECO, Luis
PADILLA, Cari
PADILLA, Marcelo
PAGE, Aimee
PAGE, Darren
PAHULU, Arthur
PAHULU, Sammy
PAIGE, Terrence
PALINKAS, Areti
PALMER, Taylor
PANCHENKO, Lana
PANGANIBAN, David
PAPAGEORGIOU, Amir
PAPAROULAS, Fallah
PAPASAVVA, Aline
PAPPAS, Chris
PARIS, Arabella
PARK, Cathy
PARK, Charlotte
PARK, Ye-Jun
PARKER, Julie
PARKER, Kin Lap
PARKER, Randolph
PARKER, Raul
PARKER, Sandra
PARKES, Cecily
PARKS, Marjorie
PARNELL, Karen
PARRITT, David
PARRY, Laci
PARSONS, Mary

PASCUA-BOURKE, Frank
PATEL, Lidija
PATEL, Najira
PATTERSON, Anthony
PATTERSON, Benjamin
PATTON, Ray
PAUL-SMART, Kirk
PAYNE, Stewart
PEARN, Joan
PEARSON, Lucas
PEARSON, Nikiwe
PEDERSON, Sharda
PEDERSON, Willie
PEIRCE, Ron
PELLING, Conrad
PENA, Clark
PENN, Heidy
PERAKOVIC, Christian
PERESKI, Knox
PEREZ, Katya
PEREZ, Lila
PERROT, Lucy
PERRY, Andre
PERRY, Nicholas
PERTIWI, Kella
PESCH, Jian-Feng
PETERS, Snježana
PETERSON, Dorothy
PETERSON, Juris
PETIT, Habib
PETROVSKI, Rodney
PETRUCCI, Shirleen
PEZESKHI, Habak
PFEFFER, John
PFEIFER, Venus
PHAM, Anh
PHAM, Le
PHILIPPOU, Valentina
PHILLIPS, Jeanne
PHILLIPS, Marta
PHUNG, Thanh Ha
PICKFORD-ADAMS, Emily

PICKIN, Mona
PIERCE, Loretta
PIERCY, Cat
PIRELLO, Rebekah
PLACHY, Stuart
POLLARD, Murali
POLLOCK, Larry
POMMERING, Jim
PONTT, Youseef
PORTER, Megan
POST, Jessica
POTTER, Howard
POTTS, Jessie
POWELL, Andrius
POWELL, Ronald
POYNTON, Megan
PRASAD, Anthony
PRESTON, Cheryll
PRICE, Sandra
PRIEST, Lashell
PRYOR, Michael
PUCKRIDGE, Mervyn
PULEOSI, Lorcan
PULLIN, Cherie
PUNORIERO, Thom
PURCELL, Jade
PURJE, Faith
PURVIS, Ricky
PUZAS, Brenda
QJU, Roger
QUACH, Zoe
QUINLAN, Hayden
RABOT, Saul
RADOVIC, Joseph
RADWAN, Janiette
RADWAN, Lorraine
RAFAELI, Ascension
RAFAELI, Beatriz
RAFIC, Lee
RAIKES, Emily
RAIZ, Sarabjit
RAJIC, Jason
RALPH, Emily

LISTE DES VICTIMES CONFIRMÉES À BORD DU COPERNICUS

RALSTON, Genie
RAM, Nadeer
RAMAB, Graham
RAMIREZ, Denise
RAMIREZ, Todd
RAMKRISHNAN, Lynette
RAMOS, Leonard
RANDOLPH, Erica
RANN, Julia
RAO, Alen
RAYNER, Brenton
RAYNOR, Lisa
READ, Chris
RECTOR, Elenor
REDA, Khalil
REED, Carolyn
REED, Stephen
REES, Murray
REEVES, Donnie
REEVES, Nonkhosi
REHAL, Nazario
REICHE, Joanna
REICHERT, Shae
REID, Kristin
REID, Saeid
REISS, Anurag
REITBERGEN, Cameron
RENDIS, Troy
REVIS, Corwin
REYES, Berenice
REYES, Emily
REYNOLDS, Kris
RHIND, Samantha
RICE, Vickie
RICHARD, Antonio
RICHARDSON, Christina
RIDGE, Hui
RIDLER, Lou
RIECK, Evan
RIECK, Nick
RILEY, Brigid
RILEY, Daryl
RIND, Amy
RIOS, Lydia

RITCHIE, Andrew
RIVERA, Alberto
RIVERA, Estelle
RIVERA, Sara
RIZZO, Kristy
ROBBIE, Wanda
ROBBINS, Rainbow
ROBERTS, Anne
ROBINSON, Barbara
ROBINSON, Bruno
ROBINSON, Rachel
ROBINSON-MCKAY, Mark
ROBSON, Gloria
ROBSON, Keith
ROBY, Bette
RODGER, Gary
RODRIGUEZ, Teresa
RODRIGUEZ, Yvonne
ROGERS, Diana
ROGERS, Gail
ROH, Su-Bin
ROHAN, Chanda
ROHIT, Jara
ROHIT, Varsha
ROLLS, Merryl
ROMO, Francisca
ROSA, Alyca
ROSE, James
ROSE, Neha
ROSS, Rachel
ROSS, Sait
ROSSER, Jason
ROUBIS, John
ROUBIS, Wahyuni
ROUGE, Rachel
ROWAN, Calan
ROWE, Rhonda
ROXLEY, Frank
ROY, Christine
ROYTEL, Mary
RUBY, Davinder
RUSSELL, February
RUSSELL, Johnny
RUSSELL, Nala

RUST, Bethann
RUST, Jada
RUTHERFORD, Paul
RYAN, Dawn
RYAN, Kath
RYAN, Kylie
RYAN, Tony
RYKER, Harry
SAAID, Cindy
SAAID, Coco
SAEMAAN, Mofizul
SALDUMBIDE, Patrizia
SALOUM, Edith
SAMAR, Ishana
SAMINATHAN, Anna
SAMINATHAN, Traci
SANCHEZ, Alejandra
SANCHEZ, Alex
SANCHEZ, Berto
SANCHEZ, Pamela
SANDERINK, Barbara
SANDERS, Cindy
SANDIFORT, Nicole
SANTILLI, Todd
SARD, Melissa
SARKOZY, Eleanor
SATHANATHAN, Ethal
SAVEDRA, Jane
SAVILL, Naqibullah
SAVVA, Yohevad
SAYERS, Lana
SCAFFIDO, Chantel
SCHAVONE, Yamond
SCHELL, Raylene
SCHMEIDICKER, Nick
SCHNEIDER, Eddie
SCHULTZ, Laverne
SCHULTZ, Rachael
SCHUTT, Dusan
SCIMONE, Lorraine
SCOTT, Alison
SCOTT, Juan
SCOTT, Michelle
SCOTT, Sonja

SCOTT, Tania
SCREEN, Sheldon
SEKULOVSKI, Rachelle
SELBY, Wayne
SELIM, Angelo
SELIM, Omri
SEMMENS, Bridgette
SEMOUSKI, Erin
SENIOR, Hikmat
SEPH, Rosalita
SERAGINI, Lesley
SEYMOUR, Angie
SEYMOUR, Kit Rose
SGOURAS, Caroline
SHAKAROUN, Ewan
SHAM, Robyn
SHAMOON, Kenneth
SHANMUGAM, Brad
SHANNON, Rhiannon
SHARP, Shuchi
SHARP, Stacy
SHAW, Bashar
SHAW, Ian
SHAW, Lee
SHEA, Sean
SHEARER, George
SHELDON, Leelavathi
SHELDON, Vincent
SHELDRICK, Garry
SHELTON, Annie
SHEPHERD, Jesse
SHEPERD, Megan
SHERMAN, Chris
SHTEYNGART, Teresa
SHIPLEY, Maren
SHORE, Chelsea
SHYAM, Durani
SIBLEY, Andre
SIBLEY, Jackqueline
SIDAWI, Nate
SIDHU, Norma
SIGYN, Brett
SILVERBERG, Brenda
SIMM, Hua

SIMMONS, Joe
SIMS, Michael
SINCLAIR, Stephanie
SINGH, Ainsley
SINGH, Davinder
SINGH, Hans
SKADI, Heather
SKIRVING, Russell
SMALLDON, Zohaib
SMILJAN, Rhea
SMITH, Bill
SMITH, Ewan
SMITH, Mark
SNYDER, Clive
SODEN, Scott
SOHRABI, Michaela
SOL, Hunter
SOMERS, Adrienne
SONG, Rajanbir
SONYA, John
SOSA, Logan
SOSA, Mauro
SOUTHARD, Dominique
SOUTHARD, Marlys
SPALDING, Caprica
SPANGENTHAL, Alissa
SPARKS, Cat
SPENCER, K. S. Kelley
SPINELLO, Ellen
SPOONER, Meg
SRETENOVIC, Feras
ST. JOHN, Douglas
STACEY, Antonio
STAIRS, Jasmine
STANDFORD, Garry
STANDORD, Sujata
STANLEY, Bounthong
STAVROS, Peter
STEDMAN, Rohit
STEERE, Maree
STEPHENSON, Sapphire
STERNBERG, Julia
STEUERWALD, Audrey
STEVENSON, Amanda

LISTE DES VICTIMES CONFIRMÉES À BORD DU COPERNICUS

STEWART, Howard
STOJANOVIC, Keith
STRAUSS, David
STROUD, Jake
STROUD, Mickie
SUH, Joon
SULIN, Erika
SULLIVAN, Marianne
SUMMERS, Salvatore
SUMMERS, Stephen
SUN, Yong
SUNTHAR, Ramendra
SUTTON, Sarah
SVENSSON, Hans
SWANGER, Elizabeth
SWEENEY, Gene
SYMONS, Trent
SYN, Colin
TA, Kirsty
TABIAT, Nicodemus
TAGGART, Lou
TAGGART, Shanice
TAGUE, Aureen
TAHA, Aarav
TAIFALOS, Laria
TAIFALOS, Mo
TAN, Cami
TASSELL, Solomona
TASSONE, Janna
TAYLOR, Amanda
TAYLOR, David
TE HUIA, Lewis
TEE, Edwin
TENNANT, Amanda
TERRASSIN, Kieu
TERRILL, Cristin
TERRY, Bertha
TESLIOS, Kevin
TESORIERO, Karen
THILL, Terry
THIRUMAL, Stephen
THOMAS, Danny
THOMAS, Janet
THOMAS, Jo

THOMAS, Olga
THOMAS, Paul
THOMPSON, Fayyum
THOMPSON, Kevin
THOMPSON, Kimberly
THORN, Carissa
THORN, Wyatt
THORPE, David
THRASH, Delinda
THRASH, Terra
TILT, Darius
TING, Amanda
TIVERAL, Ginny
TOFINGA, Andre
TOLENTINO, Bursha
TOMASELLO, Charles
TOMASON, Peggy
TONGIA, Elle
TOOHEY, Ricky
TORRES, Roy
TORRES, Teri
TOTH, Michaela
TOTH, Susan
TOWNSEND, Marcella
TRAN, David
TRAN, Phuong
TREBY, Michelle
TREFFERY, Harold
TREMBLAY, Lucas
TREMBLAY, Nathan
TREWAVAS, Angus
TREWAVAS, Emily
TRIBE, Gai
TRIKAM, Kenneth
TRINCHANT, Marie
TROY, Craig
TRUMAN, Asia
TSIAKRISSIAKIRIS, Joe
TU, Pauletta
TURNBULL, Camilla
TURNEY, Jamal
TURNEY, Karima
TUSZYNSKI, Bessie
TYSON, Stephen

UDY, Janice
URBANCZYK, Melissa
VALENTINE, Katie
VALLESTEROS, Jean
VALLURI, Kiran
VAN, Kate
VAN LINT, Walter
VAN RIETT, Krystel
VANDE, Nara
VANDERKOLK, Tim
VANDERWEERD, Brynne
VASILEVSKI, David
VASILEVSKI, Roy
VAUGHAN, Janet
VAUGHN, Lynette
VEITCH, Lorrie
VELEZ, Luke
VELEZ, Mahalia
VERDOS, Afyaa
VIDULIN, Alison
VINCENT, Mariam
VINH, Liberty
VINH, Nora
VINSKAS, Elle
VITALE, Lina
VITI, Murray
VO, Bao
VOLONAKIS, Amy
VU, Huy
VUDMASKA, Marisa
VUKSIC, Tanya
WAGG, Bronwyn
WAINTRAUB, Adrienne
WALKERMEYER, Keith
WALLACE, Orathai
WALLS, Holly
WALSH, Adele
WALTER, Jenny
WALTER, Natale
WANG, Cheng
WANG, Jen
WANG, Maxwell
WARDEN, Carolyn
WARREN, Sadbhb

WATERS, Brad
WATKIN, Melinda
WATSON, Donna
WATTS, Jason
WATTS, Mirvat
WEBB, Nathan
WEBB, Peta
WEBB, Robert
WEBSTER, Corrie
WEEDEN, Antoin
WEINMANN, Jordan
WELLER, Lloyd
WELLS, Kelly
WENG, Jackie
WESSELY, Tehani
WEST, Jeffrey
WESTAWAY, Kylie
WESTHOFF, Robin
WETANGULA, Eugene
WHARTON, Sarah
WHEATON, Wajih
WHITBREAD, Vinko
WHITE, Matt
WHITEMIRE, Houston
WHITTAKER, Brooke
WHITTALL, Patrick
WICKHAM, Fatma
WICKS, Guen
WIJESEKERA, Adjoa
WILDE, James
WILDEN, Elizabeth
WILKINS, Doreen
WILKINSON, Hans
WILLIAMS, Sean
WILLIAMS, Zak
WILLOUGHBY, Rodrick
WILMOT, Romeo
WINGFIELD, Sarah
WITTE, Megan
WOLFE, Ernesto
WOLFE, Nicole
WONG, Kathryn
WOOD, Angelo
WOOD, Jonathan

WOODS, Zack
WOODWARD, George
WOOLNOUGH, Joel
WORRELL, DeShawn
WORRELL, Lonny
WORTHINGTON, Kyha
WOULLEMAN, Rafael
WRIGHT, Ed
WRIGHT, Ellen
WU, Nina
WYBROW, Chelsea
WYBROW, Michael
WYETH, Connor
WYMAN, Bruce
WYMAN, Eva
WYNNE, Bella
XENOFOS, Georgina
XERRO, Dean
XI, Hoard
XIA, Maureen
XU, Tao
YACOUMIS, Amera
YAMAMOTO, Hiroko
YANG, Guo
YANG, Lynne
YASSIN, Noam
YATES, Abraham
YATES, Tamara
YIE, Azaria
YIE, Bertie
YOONG, Hope
YOUENS, Danielle
YOUSSEF, Abdul
ZAMPIN, Ben
ZANTALI, Edward
ZAR, Melissa
ZHANG, Kat
ZHAO, Jian
ZHAO, Liang
ZHOU, Peng
ZIELINSKI, Maricruz
ZIMMER, Nia
ZIZZO, Keiran
ZOMAYA, Pat

REMARQUE : Ci-dessous, une conversation récupérée sur le système de messagerie de l'*Hypatia*… enfin, presque. Ils se sont infiltrés sur le canal de communication officiel au lieu de discuter ouvertement, mais nous avons tout de même pu retrouver leurs messages. Kady Grant a beaucoup appris au cours de ses six mois à bord.

Participants : DansTonClic, CitB
Date : 21/07/75
Heure : 08h15

MENCER CHATHYPATIA CODE V9 BASIC ONCLICK="FEN

DansTonClic : t'as vu l'APC ? ils se [redacted] de no

CitB : grosse surprise, les huiles mentent. je le SAVAIS, bon sang

DansTonClic : t'es devin toi, maintenant ?

CitB : j'aurais dû me mettre à creuser d qu'ils ont coupé les communications du Copernicus. « maintenance », mon [redacted], ouais.

DansTonClic : bon donc ils veulent planquer un truc. à nous de trouver quoi

CitB : t'as des infos ?

DansTonClic : j'y travaille

CitB : tjr là ?

DansTonClic : j'essaie d'outrepasser la GLACE de l'Alexander, ça prend du tps. leurs systèmes sont en GALÈRE là-bas. on dirait qu'ils ont éteint leurs propulseurs principaux, mais ce serait idiot. on devrait plutôt accélérer à fond avant que le Lincoln ne se remette au boulot.

CitB : tic tac tic tac

DansTonClic : si tu peux mieux faire, te gêne pas hein

CitB : dsl. ça va ?

DansTonClic : impec. g trouvé une liste d'accusés en cour martiale.

CitB : …

CitB : quoi ?

DansTonClic : ils font passer les pilotes qui ont héroïquement sauvé les navettes du Copernicus en cour martiale.

CitB : qu'est-ce que c que ces [redacted] ?

DansTonClic : g la liste sous les yeux. à toi de me dire pk ils font ça si les pilotes n'ont fait qu'obéir aux ordres.

CitB : et c pas tout, petit scarabée. de mon côté, pas moyen de dénicher le moindre scan ou le moindre rapport qui montrerait que le Lincoln s'est trouvé à un moment suffisamment près pour attaquer. d'après ce que je vois, il est encore loin derrière nous.

DansTonClic : donc pas d'attaque du Lincoln, et on met nos propres pilotes devant des juges. ce serait nous qui avons éliminé le Copernicus ?

CitB : [redacted]...

DansTonClic : reste poli

CitB : c de plus en plus bizarre. mais ça peut attendre. d'abord, j'essaie de dégoter une liste des survivants.

DansTonClic : pas besoin

CitB : bien sûr que si

DansTonClic : je veux pas en parler

CitB : faut que tu saches qui s'en est sorti

DansTonClic : faut que je sache qui a dégommé le Copernicus, c'est ça le vrai mystère.

CitB : écoute, on sait toi et moi que je suis pas doué avec les gens, mais si tu veux en parler...

DansTonClic : g besoin que tu me dises ce que tu trouves, point

CitB : ...

CitB : g un truc bizarre là

CitB : j'arrive pas à trouver ce qui se passe chez AIDAN. je pensais que je me heurtais à des murs de GLACE, mais on dirait plutôt qu'il n'y a personne à l'intérieur...

LISTE DES ACCUSÉS EN COUR MARTIALE (PAGE 3)

IDENTITÉ DU PILOTE : Cayla Alton (ATS-924-776ad)
GRADE : Major
INDICATIF : Piqûre
GROUPE DE VOL : Delta

IDENTITÉ DU PILOTE : Eli Hawking (ATS-912-842ad)
GRADE : Major
INDICATIF : Prophète
GROUPE DE VOL : Echo

IDENTITÉ DU PILOTE : Zhenya Alvaranga (ATS-945-817ad)
GRADE : Première lieutenante
INDICATIF : Cuirassée
GROUPE DE VOL : Echo

IDENTITÉ DU PILOTE : Ezra Mason (ATS-966-330ad)
GRADE : Second lieutenant
INDICATIF : N/A
GROUPE DE VOL : Echo

—LISTE INCOMPLÈTE—

---ACCÈS INTERROMPU---

HYPATIA

REMARQUE : Première communication initiée par Grant depuis l'attaque de Kerenza – près de six mois après la première tentative de Mason.

MESSAGE PERSONNEL – SYSTÈME DE COMMUNICATION DE L'HYPATIA

Destinataire : Ezra Mason/EMASONSURALEXANDER
Expéditeur : Kady Grant/KGRANTSURHYPATIA
Date : 21/07/75
Heure : 10h00
Objet : Salut Ezra

J'ai déjà essayé d'écrire ce mail dix fois et je n'arrive pas à m'en sortir, alors celui-là, je vais l'envoyer, même si je ne sais pas encore ce qu'il va y avoir dedans.

Je suis désolée de ne pas t'avoir répondu. J'aurais dû. Je veux dire, quand on annonce « Je ne veux plus jamais t'adresser la parole », on ne s'imagine pas que notre planète va être envahie l'après-midi même. C'était plutôt ma position initiale en vue des négociations, tu vois. J'étais en colère.

Mais dans ton message, tu as écrit que c'était peut-être l'univers qui nous faisait signe que ça ne pouvait pas marcher entre nous. Et tu es le plus romantique de tous les abrutis que je connais alors si toi, tu penses ça, c'est que ça doit être vrai. Ça m'a fait mal, mais je suis quand même désolée de ne pas avoir répondu. Parce que oui, c'est vrai, tu étais en droit de savoir que j'allais bien.

Je suis toujours à bord de l'Hypatia. Je suis en formation pour les services de renseignements. Je n'arrête pas de penser à toi depuis que j'ai entendu cette histoire au sujet du Copernicus – attention, ça ne veut pas dire que je reviens sur ma promesse de te mettre un coup de pied bien senti là où je pense si tu t'avises de m'approcher un jour, mais j'avais besoin de savoir comment tu allais. Alors réponds-moi et dis-moi si tout va bien, et ensuite on pourra se contenter de redevenir… je ne sais pas, redevenir ce qu'on est maintenant.

Kady

Participants : Ezra Mason, 2d lieutenant, ATU division aviation, James McNulty, sergent, forces spéciales des ATU
Date : 21/07/75
Heure : 10h02

ALEXANDER

NCER CHATALEXANDER CODE V9 BASIC ONCLICK="FENETRE.OU

REMARQUE : Cette conversation a été récupérée sur le système de messagerie interne de l'*Alexander*. Mason n'a pris aucune des précautions instaurées par Grant pour communiquer discrètement, mais il n'avait pas de raison d'imaginer que quelqu'un viendrait espionner ses vieux messages. Et puis, ce n'est pas non plus du Shakespeare.

Mason, E., 2d lt : bien joué, McNulty.
vraiment bien joué

McNulty, J., sgt : koi

Mason, E., 2d lt : t'as dépassé la limite, là, mec.
je te file un avertissement.

McNulty, J., sgt : ça c ma tête qui pige rien --> ?_?

Mason, E., 2d lt : Ce que je voudrais bien savoir, par contre, c'est comment tu as fait pour accéder à son compte perso. T'as demandé un coup de main à un com-technicien ? Dorian, j'imagine. Et tu lui as fait quoi pour le convaincre ? Une [redacted] ?

McNulty, J., sgt : t camé ou koi

Mason, E., 2d lt : Moi qui pensais que les experts-codeurs étaient trop occupés à essayer de comprendre pourquoi AIDAN a décidé de se la jouer HAL. Et en fait, ils hackent des comptes privés pour t'aider à me faire une blague pourrie. Je ne savais pas que tes [redacted] étaient aussi réussies.

McNulty, J., sgt : mec de koi tu parl [redacted]

Mason, E., 2d lt : Je prends ça pour une déclaration de guerre.
Et si on me met pas dos à une cloison demain pour recevoir une balle dans la tête après mon jugement en cour martiale, je compte bien me retrouver au pieu avec ta sœur avant la fin de la semaine pour lui faire délicatement l'amour. C'est une promesse.

McNulty, J., sgt : ezra [redacted] pas avec ma sœur, je t djà prévenu

Mason, E., 2d lt : pour lui faire...

McNulty, J., sgt : mec...

Mason, E., 2d lt : profondément...

McNulty, J., sgt : mason...

Mason, E., 2d lt : L'AMÛÛÛÛÛR

McNulty, J., sgt : ARRÊTE DE [redacted] AVEC MA SŒUR [redacted] DE [redacted] JE VAIS T'ARRACHER LA [redacted] ET TE LA FAIRE [redacted] TA MÈRE

Mason, E., 2d lt : ELLE COMPTE POUR MOI, CETTE FILLE. TU LE SAVAIS. ALORS OK, JE MARCHAIS PEUT-ÊTRE PAS DROIT QUAND JE T'EN AI PARLÉ, MAIS TU M'AS DIT QUE ÇA RESTERAIT ENTRE NOUS

McNulty, J., sgt : KEL FILLE ESPÈCE DE TARÉ

Mason, E., 2d lt : KADY GRANT

McNulty, J., sgt : ... ki ?

Mason, E., 2d lt : mais ouais, bien sûr, tu sais pas. sale [redacted]. c'est digne d'un règlement de compte au coucher du soleil, ce comportement

McNulty, J., sgt : mason JE COMPRENDS R1 À CE QUE TU JACTES

Mason, E., 2d lt : alors c'est pas toi qui m'as envoyé le message ?

McNulty, J., sgt : KEL MESG

Mason, E., 2d lt : je te l'envoie

Mason, E., 2d lt : c bon ?

McNulty, J., sgt : reçu

Mason, E., 2d lt : et ?

McNulty, J., sgt : LAISS MOI LE TPS DE LIRE [redacted]

Mason, E., 2d lt : *tapote des ongles sur la table*

Mason, E., 2d lt : mais [redacted] il te faut combien de temps pour lire dix lignes espèce d'analphabète

Mason, E., 2d lt : paraît que ta sœur préfère ça en zéro grav', c'est vrai ?

McNulty, J., sgt : mec, c pas moi ça

Mason, E., 2d lt : mmm… voilà qui pue le mensonge

McNulty, J., sgt : sérieu

Mason, E., 2d lt : allez retourne faire des [redacted]

McNulty, J., sgt : MASON

Mason, E., 2d lt : et étouffe-toi avec

McNulty, J., sgt : MAIS REGARDE CMT C ÉCRIT J'ÉCRIS PAS COM ÇA ELLE A MM MIS TOUTES LES PONCTUATIONS ET TOUT

Mason, E., 2d lt : si tu me mens, je te promets, je me tape ta sœur

Mason, E., 2d lt : et je jure devant dieu que je l'épouserai

Mason, E., 2d lt : … mais maintenant que t'en parles, c'est vrai que question ponctuation, t'es VRAIMENT à la ramasse

McNulty, J., sgt : « je n'arrête pas de penser à toi »

McNulty, J., sgt : Mec

McNulty, J., sgt : t FINI

Mason, E., 2d lt : …

McNulty, J., sgt : LA BAGUE AU DOIGT

McNulty, J., sgt : LE PAVILLON DE BANLIEUE

McNulty, J., sgt : ET DÉBARQUEMENT DES MIOCHES

McNulty, J., sgt : ms atta t'avais pas dit que cette meuf t'avait fumé et atomisé

Mason, E., 2d lt : elle m'a arraché le cœur

Mason, E., 2d lt : l'a sorti de ma poitrine, encore battant

Mason, E., 2d lt : et l'a expédié dans l'espace d'un coup de pied

McNulty, J., sgt : et elle vise bien ?

Mason, E., 2d lt : va te faire fragger

McNulty, J., sgt : relax, mec, [redacted]. elle t'aurait pas écrit si elle avait pas ce désir brûlant au creux d reins

Mason, E., 2d lt : tu sais lire ? Elle menace de me mettre un coup de pied là où je pense. Elle dit que c'est terminé.

McNulty, J., sgt : « je n'arrête pas de penser à toi »

McNulty, J., sgt : « je n'arrête pas de penser à toi »

McNulty, J., sgt : « je n'arrête pas de penser à toi »

Mason, E., 2d lt : C BON LA FERME [redacted]

McNulty, J., sgt : lis entre les lignes abruti

Mason, E., 2d lt : zzzzz alors qu'est-ce que je réponds ?

McNulty, J., sgt : chépa. Tu peux commencer par txcuser

Mason, E., 2d lt : qu'est-ce qui te fait croire que c'est ma faute ?

McNulty, J., sgt : c TOUJOURS la faute du mec, mec

McNulty, J., sgt : t allé voir ailleurs hein

Mason, E., 2d lt : surtout pas. J'aurais plus de là où je pense si j'avais [redacted] **là-dessus**

McNulty, J., sgt : c bon, tu peux tout raconter à tonton jimmy

Mason, E., 2d lt : la ferme, elle me plaît cette meuf

McNulty, J., sgt : ET CLAIREMENT ELLE TE KIF AUSSI SINON ELLE T'AURAIT PAS ÉCRIT [redacted] T'ES VMT LOURD

Mason, E., 2d lt : ...

McNulty, J., sgt : alors koi que t fait, tu t'excuses. à genoux.

McNulty, J., sgt : [insère la blague ke tu veux sur le thème : tu dois être doué pour ça]

Mason, E., 2d lt : ...

McNulty, J., sgt : et si ça marche

McNulty, J., sgt : tu devras appeler ton premier enfant james en mon honneur

Mason, E., 2d lt : >_>

McNulty, J., sgt : si c une fille, ce sera jamette

Mason, E., 2d lt : 0_o

McNulty, J., sgt : parce que là c parti pour « ils se marièrent et eurent bcp d'enfants » pour ezra mason

Mason, E., 2d lt : :D

McNulty, J., sgt : et [redacted]...

Mason, E., 2d lt : quoi

McNulty, J., sgt : ben je viens de me rappeler : ce sera vmt dommage si on t'exécute demain

Mason, E., 2d lt : ...

McNulty, J., sgt : :(

Destinataire : Kady Grant/KGRANTSURHYPATIA
Expéditeur : Ezra Mason/EMASONSURALEXANDER
Date : 21/07/75
Heure : 16h15
Objet : Re: Salut Ezra

Salut Kay,

Bon, vu que c'est ma dix-huitième tentative de réponse, je crois que je te bats.

Ça va. Je suis sur l'Alexander depuis la chute de Kerenza. Les ATU m'ont recruté dès que j'ai eu dix-huit ans.

Je pilote des Cyclone, maintenant. T'y crois, toi ? Ça prouve à quel point ils manquent de monde, s'ils mettent même un type comme moi aux commandes d'un chasseur. J'ai enfin quitté cette planète, t'as vu ? Mais c'est probablement pas ce que t'avais en tête…

Fais gaffe avec la formation pour les renseignements. Si tu te retrouves à faire de la neurogrammation, les ATU risquent de te recruter, toi aussi. Ça manque sacrément de personnel ici, depuis la raclée qu'ils ont prise à Kerenza – un des missiles a dégommé les trois quarts de leurs NG, je crois. Tu vas avoir du mal à m'éviter si tu te retrouves à neurogrammer mon smartpad… :p

Bref, faut que j'y aille. Y a une grosse réunion qui se prépare et y a un type qui vient me briefer.

En tout cas, ça fait plaiz' d'avoir de tes nouvelles. Grave plaiz'.

Ezra

PS : Euh, le mail bourré avec la tête sur le clavier ? C'était pas moi, hein. Un de mes coéquipiers s'est connecté à mon terminal, il a trouvé ça marrant. Désolé, en tout cas.

PPS : C'est vrai, hein. C'était pas moi.

PPPS : C'EST VRAI.

REMARQUE : Bien qu'ils n'aient pas été envoyés, ces messages méritent le coup d'œil.

HYPATIA

MESSAGE PERSONNEL – SYSTÈME DE COMMUNICATION DE L'HYPATIA

Statut du message : BROUILLON-SUPPRIMÉ
Destinataire : Ezra Mason/EMASONSURALEXANDER
Expéditeur : Kady Grant/KGRANTSURHYPATIA
Date : 21/07/75
Heure : 17h15
Objet : On est super à l'aise, hein

Mais merci d'avoir répondu. Ici, on ne parle que des pilotes des Cylone. Ils ont publié un APC pour raconter comment vous aviez sauvé les navettes du Copernicus. Alors, qu'est-ce que ça fait d'être un héros ? Ta fameuse réunion, c'est pour te faire faire un costard avant ta remise de médailles, c'est ça ? Et sinon, c'était comment de se retrouver face au Lincoln ? Et le sauvetage ? Ça paraît un peu bizarre que le Lincoln ait surgi de nulle part comme ça. Comment ça s'est passé ? D'ailleurs, j'ai un copain qui se posait des questions sur une éventuelle liste des survivants parce queAARGFSJDSFBLDKNVOUI C'EST SUPER SUBTIL KADY LE GROS ÉLÉPHANT CONTINUE COMME ÇA D'ACCORD ?

SUPPRIMER—PURGE DU SYSTÈME

MESSAGE PERSONNEL – SYSTÈME DE COMMUNICATION DE L'HYPATIA

Statut du message : BROUILLON-SUPPRIMÉ
Destinataire : Ezra Mason/EMASONSURALEXANDER
Expéditeur : Kady Grant/KGRANTSURHYPATIA
Date : 21/70/75
Heure : 17h35
Objet : Oh oh

Je suis bien dans le programme de formation des neurogrammeurs, alors ce que tu me racontes ne me plaît pas trop. Je changerais bien de cursus si j'avais le choix…

Ça ne me gênerait pas de venir sur l'Alexander, en fait. Je suis sûre qu'on vous donne plus d'informations qu'à nous. C'est un vaisseau militaire, avec tout un département de renseignements, non ? Mais si c'est vrai, ce qu'ils racontent, le Lincoln les a tous bernés. Est-ce que ça s'est vraiment passé comme ça ?

Bref, l'Alexander, ce ne serait pas si mal. Ici, je suis installée dans une chambrée, mais il n'y a personne que je connaissais sur Kerenza. Alors même si tout le monde a vécu la même chose avec l'évacuation, je me sens quand même… je ne veux pas dire seule, parce que ce serait trop ingrat. Nous, on s'en est sortis.

Je sais que ça ne s'est pas bien fini entre nous, mais je crois que s'il n'y avait pas eu d'attaque, on aurait peut-être trouvé le moyen de rester amis, au moins. Et, tu sais, peut-être… Une relation d'un an, ça ne peut pas se finir comme ça. Je pensais

SUPPRIMER—PURGE DU SYSTÈME

MESSAGE PERSONNEL – SYSTÈME DE COMMUNICATION DE L'HYPATIA

Statut du message : BROUILLON-SUPPRIMÉ
Destinataire : Ezra Mason/EMASONSURALEXANDER
Expéditeur : Kady Grant/KGRANTSURHYPATIA
Date : 21/07/75
Heure : 17h57
Objet :

… et [redacted]

SUPPRIMER—PURGE DU SYSTÈME

REMARQUE : Ci-dessous, le journal de bord personnel de Grant, extrait de quatre mirages virtuels différents, avec coupure automatisée et chiffrement mimétique shifté.

DÉFENSE D'ENTRER

Date : 21/07/75
Objet : Il fait noir, là-dedans

On est de retour en thérapie de groupe. Je suis de retour en thérapie de groupe. MOI. Non mais franchement. Après tous mes efforts pour me sortir de là la première fois.

Mais quelqu'un a décidé qu'on était tous terriblement traumatisés par l'histoire du Copernicus, alors on a réinstauré les groupes qui avaient été organisés après l'évacuation. À la fin de la dernière partie de parlote de nos sentiments (ou de silence en ce qui me concerne), notre thérapeute a conclu que certains d'entre nous semblaient plus ouverts que d'autres à l'idée de dévoiler les parties les plus sombres et les plus intimes de leur personne.

Puis, décidément très futée, elle a passé les dix minutes d'après à marteler que ce n'est pas parce qu'on ne parle pas de nos sentiments qu'on n'en a pas.

Merci, Einstein. Encore dix minutes de perdues dans ma vie.

Je crois que c'est moi qu'elle visait. Je n'arrive plus à dormir correctement depuis que c'est arrivé. Je me réveille toutes les nuits pour penser… à des trucs auxquels je ne dois pas penser. Et je ne crois pas que ça m'aiderait d'en discuter avec un tas de gens inquiets.

Le pire, c'est les pleurs. Ça vous tombe dessus, sorti de nulle part, on est occupé à quelque chose et bam, d'un coup on se rend compte qu'on a encore les yeux inondés, et on ne sait même pas pourquoi. Et s'il y a bien

UN truc qu'on ne veut pas, c'est que quelqu'un s'en aperçoive et se précipite sur nous pour s'inquiéter, nous réconforter, et nous forcer à PARLER. Tout ça, c'est trop pour moi.

Mais j'entends toujours la voix de ma mère dans ma tête, alors je me traîne sagement jusqu'à ces thérapies de groupe débiles, même si ça ne sert à rien.

Je n'ai pas tenu de journal intime depuis que je suis môme. J'y avais enfoui tous mes secrets sur la nullitude de mes parents pour m'avoir fait déménager sur ce vieux caillou pourri de Kerenza – un vrai drame, à l'époque, aujourd'hui je donnerais tout pour le revivre. Mais ça avait marché. Mettre ça par écrit m'avait aidée à ne pas toujours l'ouvrir quand il ne fallait pas et, avec le temps, les problèmes avaient disparu. Mes problèmes actuels ne risquent pas de disparaître, mais peut-être qu'avec le Retour du Journal intime, j'arriverai à empêcher ma tête d'exploser.

J'ai cadenassé ce document avec le genre de mesures de sécurité que même Byron ne pourrait pas abattre. Et si quiconque le lit, je vouerai le reste de ma vie à trouver le moyen de reprogrammer toutes les toilettes de l'Hypatia pour qu'elles refusent de s'ouvrir avec son identifiant. D'ailleurs, je suis sûre que j'en suis capable. PRENEZ GARDE, PETITS CURIEUX.

Donc voilà, mon journal intime. Je sais bien qu'ils veulent juste nous aider, avec ces séances de groupe, mais ce sont des scientifiques, pas des psys. C'est pas avec les deux-trois cours en accéléré qu'on a dû leur filer qu'ils sont devenus comme par magie capables de gérer un tas de survivants traumatisés juste en les asseyant en cercle.

Ma « thérapeute » dit que c'est important de parler de ce qu'on RESSENT. Mais comme chacun sait, j'ai un cœur de pierre et je ne ressens rien.

Bon, c'est pas vrai. La plupart des gens me jugent froide, mais moi, j'appellerais plutôt ça… de la réserve. Par exemple, les gens se disent « Ça va ? » à tout bout de champ, mais moi, je ne vois pas pourquoi j'irais répondre à une question aussi intime simplement parce qu'on me la pose.

Mais bon, on va essayer.

Je pense beaucoup à Ezra, ces temps-ci. Pourquoi, je ne sais pas. Peut-être parce que quand on a beaucoup perdu, on est plus capable d'apprécier ce qui nous reste.

Et en même temps, je… est-ce que c'est complètement idiot de repartir là-dessus ? J'ai déjà eu assez de mal comme ça à prendre ma décision la première fois mais si, après un an, il ne me faisait toujours pas suffisamment confiance pour me parler de lui… et puis de toute façon, le premier truc qu'il a fait ici, ça a été de m'envoyer un mail pour me dire que tout ça, c'était un signe, et qu'on n'était pas destinés à rester ensemble. Et j'ai encore UN PEU de dignité, merci. Je ne veux pas redevenir une option pour lui simplement parce qu'il n'en a plus aucune autre.

Je suis contente qu'il s'en soit sorti, évidemment. Ça n'a rien à voir.

Je pense beaucoup à ceux qui s'en sont sortis, et aux autres. Je pense à ma cousine, Asha. Parfois, je me souviens de quelqu'un, comme ça, par exemple la dame qui était venue réparer la ventil chez nous la semaine avant l'attaque. Je revois parfaitement son visage, mais j'ignore si je connaissais son prénom.

Je me demande si elle a survécu, si elle est quelque part à bord, ou si elle est morte. Et puis ensuite, je ne sais même pas pourquoi je pense à ces trucs-là, ou pourquoi je me sens si mal de ne pas avoir de réponses. « Culpabilité du survivant », d'après la Confrérie des Diplômés de Psychologie par Correspondance.

J'imagine que ce genre d'expérience, ça ne peut que vous déglinguer.

Participants : DansTonClic, CitB
Date : 22/07/75
Heure : 09h02

REMARQUE : Notez l'heure : les hackers comprennent ce qui se passe avant les ingénieurs de l'*Hypatia*.

DansTonClic : t là

DansTonClic : ping

DansTonClic : ping

DansTonClic : PING TU VIENS OUI

CitB : mais [redacted] c bon je suis là, quoi ??? j'essayais de te trouver une liste des survivants du Copernicus, et ça demande pas mal de concentration, tu vois

DansTonClic : je t'ai dit que j'en voulais pas. laisse tomber et lance plutôt un ping à l'Alexander

CitB : comment tu peux accepter de ne pas savoir ?

DansTonClic : LANCE UN PING À L'ALEXANDER

CitB : ok

DansTonClic : ça y est ?

CitB : j'essaie

DansTonClic : alors ?

CitB : j'essaie tjr, t'as oublié de prendre tes calmants ou quoi ? c quoi l'urgence ?

DansTonClic : alors ?

CitB : je peux pas

DansTonClic : JE SAIS

CitB : ??

DansTonClic : ils ont fermé les canaux de comm

CitB : pour une vérif système ?

DansTonClic : non, tout s'est coupé d'un coup. quand ils font une vérif, on voit les canaux s'éteindre les uns après les autres. et ils ont toujours pas rallumé les propulseurs principaux de l'Alexander. je guettais les résultats de la cour martiale quand ça a coupé.

CitB : mmm tu prenais des nouvelles de ton mec

DansTonClic : arrête

CitB : ne nie pas que la flamme brûle encore. ton cœur bondit à la simple mention de son prénom. quand il te parle tout bas, qu'il te prend dans ses bras…

DansTonClic : tu cites des chansons, maintenant ?

CitB : je n'ai pas beaucoup d'expérience en amour IRL

DansTonClic : écoute, si je fais ça, c'est parce que c'est notre seule chance de découvrir ce qui est arrivé au Copernicus. on n'a personne d'autre sur place.

CitB : mmm mmmmm

DansTonClic : est-ce qu'on pourrait se concentrer sur le vrai problème ?

CitB : ah, ça, je ne sais pas

DansTonClic : Byron, ils ont coupé notre accès au vaisseau. comme avec le Copernicus.

CitB : ok, ok. ça ne me plaît pas plus qu'à toi. mais j'ai du neuf.

CitB : il y a bien des survivants du Copernicus à bord de l'Alexander. j'ai trouvé des indices y a environ une heure. les Cyclone n'atterrissent que dans les compartiments 1, 2, 3, 5 et 6. tu vois ce qui manque ?

DansTonClic : han trop dur, des chiffres !!!

DansTonClic : attends attends, je PEUX LE FAIRE

CitB : …

DansTonClic : arg… réfléchir… ÇA FAIT SI MAL

CitB : ok, c bon, j'ai compris

DansTonClic : attends… est-ce que c'est… le numéro 4 ?

CitB : C BON désolé

CitB : mais bref : on a retrouvé nos navettes du Copernicus

DansTonClic : alors les survivants sont toujours enfermés

DansTonClic : ils ne devraient pas les interroger, histoire de comprendre ce qui a bien pu se passer ?

CitB : eh, je suis tout seul, petit scarabée. patience.

DansTonClic : je veux savoir pk ils nous ont isolés en coupant les comms. ça veut dire que c'est notre tour ?

CitB : fais gaffe. ce genre de questions, c du sérieux. si tu te fais choper à fouiller là-dedans, t fichue

DansTonClic : tu flippes

CitB : non. je suis méfiant. on vit une époque dangereuse.

TRANSMISSION DE L'ÉTAT-MAJOR ENVOYÉE LE 22/07/75 09H06

***HYPATIA* POUR *ALEXANDER* : PLAGE DE FRÉQUENCE RÉDUITE**

Alexander, *Alexander*, *Alexander*, ici *Hypatia*, *Hypatia*, *Hypatia*. Me recevez-vous ? À vous.

[PAS DE RÉPONSE]

***HYPATIA* POUR *ALEXANDER* : FRÉQUENCE AUXILIAIRE**

Alexander, *Alexander*, *Alexander*, ici *Hypatia*, *Hypatia*, *Hypatia*. Me recevez-vous ? À vous.

[PAS DE RÉPONSE]

***HYPATIA* POUR *ALEXANDER* : FRÉQUENCE SOS**

Alexander, *Alexander*, *Alexander*, ici *Hypatia*, *Hypatia*, *Hypatia*. Me recevez-vous ? Terminé.

***ALEXANDER* POUR *HYPATIA* : FRÉQUENCE SOS**

RÉPONSE AUTOMATIQUE : Votre message a été reçu et archivé. Votre message sera bientôt transmis. Terminé.

***HYPATIA* :** *Alexander*, ici *Hypatia*. Qu'est-ce que ça veut dire, ce [redacted] ? « Votre message a été archivé ? » Ici la capitaine Chau. Mettez-moi immédiatement en relation avec Torrence. À vous.

RÉPONSE AUTOMATIQUE : Votre message a été reçu et archivé. Votre message sera bientôt transmis. Terminé.

HYPATIA : Ah oui ? Très bien. Transmettez donc ceci : si je vois bouger la moindre tourelle de tir, si j'ai ne serait-ce que l'impression que vous remuez le petit doigt, je vais faire un boucan tel que le *Lincoln* et tous les alliés dont il dispose dans l'univers sauront exactement où vous trouver.

ALEXANDER : *Hypatia*, ici la colonelle Myles. Connectez-vous à la fréquence sécurisée. Je répète, connectez-vous à la fréquence sécurisée. À vous.

HYPATIA POUR ALEXANDER : FRÉQUENCE SÉCURISÉE ÉTAT-MAJOR

HYPATIA : Lia, c'est quoi ces [redacted] ?

ALEXANDER : Du calme, Ann. On a fermé les canaux de comm le temps de faire des réparations sur AIDAN. On survivra très bien sans les rumeurs qui circulent entre nos vaisseaux toute la journée - vous devriez voir les stats des fréquences de transmission ces deux derniers jours. Ça discute sec, entre nos deux équipages. Et vous savez ce qu'on disait, à l'époque, dans la marine : l'indiscrétion peut faire couler un navire…

HYPATIA : Écoutez, j'ai dit exactement ce qu'on m'a demandé de dire, que c'était le *Lincoln* qui avait abattu le *Copernicus*. Mais il va falloir qu'on me donne des réponses, à moi. N'importe qui peut constater que vos moteurs principaux sont coupés et que vous n'accélérez qu'à l'aide des secondaires. Est-ce que ces réparations ont dû complètement éteindre AIDAN ? Redémarrez vos propulseurs !

HYPATIA : Où est Torrence ?

ALEXANDER : Il a des obligations officielles. Je vous donne ma parole, Ann. Nous sommes là pour garantir votre sécurité.

REMARQUE : Vous trouverez ci-dessous une transcription d'une vidéo de surveillance de l'*Hypatia* par un technicien d'Illuminae. Les vidéos originales sont également disponibles. Prière d'excuser l'enthousiasme du texte : notre tech fait du bon travail, mais ce n'est pas Dostoïevski. Pour résumer ce qui suit : contrairement à la capitaine Chau, Grant n'avait pas l'intention d'attendre patiemment qu'on restaure les canaux de communication.

Résumé de vidéosurveilla
préparé par
Analyste 7213-0089-DN

Cette fille doit descendre du singe-araignée.
Je ne sais pas à quoi ça ressemble, ces bestioles, mais j'ai déjà vu une araignée et j'ai déjà vu un singe, et si quelqu'un avait la malheureuse idée de combiner les deux, ça donnerait exactement ce que j'ai sous les yeux. On m'a dit de tout inclure, alors là j'inclus mon impression qu'elle est très souple, et que la gravité ne semble pas avoir beaucoup d'effet sur elle. J'imagine qu'il va vous falloir un peu de contexte, alors je vais repartir du début pour ma transcription.

La vidéo démarre à 11h38 le 22/07/75. Le sujet : Kady Grant, élève de neurogrammation/renseignements, troisième classe, réfugiée de Kerenza, en formation pour remplacer le personnel que l'*Hypatia* a dû envoyer à bord de l'*Alexander*. La caméra 892A surveille le couloir qui mène aux serveurs. Le sujet apparaît avec sa classe et un instructeur et tous empruntent le couloir.

Ils marchent sur des grilles métalliques et, avec le fracas de leurs pas, je n'entends rien d'autre – les amortisseurs audio ne servent à rien avec un tel vacarme. Le bruit couvre les conversations, mais peu importe : les élèves font les idiots et roulent des mécaniques en avançant dans le long couloir étroit, point barre. Elle est au milieu. Elle n'est pas bien grande, alors elle disparaît parfois derrière les autres, mais on l'aperçoit suffisamment souvent pour être sûr qu'elle est là.

Ils atteignent la salle des serveurs et Grant se glisse à l'arrière du groupe tandis que les autres rentrent dans la pièce. Le sujet fouille la poche de sa combinaison et en sort un minuscule objet, trop petit pour être capté par la caméra. Elle atteint la porte en bonne dernière et, alors que tout le monde lui tourne le dos, elle bondit et frappe du plat de la main le capteur de qualité de l'air situé au-dessus de l'encadrement. Quand elle retombe, il reste une trace noire sur le capteur, mais la résolution de la vidéo n'est pas assez bonne pour en distinguer plus.

J'aurais parié mon salaire qu'elle n'était pas capable de sauter aussi haut. Où est-ce qu'elle a trouvé une impulsion pareille ? Sérieux, c'est un sacré bond pour une si petite gamine. Elle se glisse à la suite de ses camarades juste avant que la porte ne se referme dans un vrombissement.

Dans la pièce, les pros lèvent les yeux, sourcils froncés, et font signe aux élèves de baisser d'un ton, façon « silence, on bosse », ce qui les refroidit un peu. Cependant, les clavistes n'ont pas l'air inquiets – soit ils ne savent pas que l'*Alexander* a coupé leurs communications, soit on leur a fourni une excuse quelconque.

En théorie, c'est une salle qui sert uniquement à stocker les serveurs, et le personnel est installé plus loin dans le couloir. Mais la transformation de l'*Hypatia* de « vaisseau de recherche » en « transporteur de réfugiés » a éliminé ce luxe : désormais, les serveurs sont serrés contre les murs et on a entassé des bureaux au centre.

Les câbles qui sillonnaient le sol ont été regroupés et accrochés au plafond par de gros anneaux en métal, mais ils continuent de pendouiller dans le vide comme de longs intestins. Le décorateur de génie chargé du relooking de la pièce a ensuite dégoté des néons de secours qu'il a collés entre les câbles, au plafond, ce qui donne une succession de bandes de lumière crue et de zones d'ombre dans toute la pièce.

Les élèves – notre sujet inclus – s'installent à leurs bureaux et s'identifient chacun sur un ordinateur pour se mettre au travail sur l'exercice du jour.

À 11h41, le contrôle d'environnement pour la salle des serveurs et le couloir attenant indique un souci de qualité de l'air et commence à émettre un bip aigu qui résonne dans la salle et qui me casse les [redacted]. Il interrompt les conversations et anéantit le peu d'audio que j'avais.

Tout le monde se lève en grommelant pour se diriger vers la sortie et c'est alors qu'il ne reste presque plus personne que Grant nous fait le coup du singe-araignée. Elle grimpe sur son bureau puis attrape les câbles qui pendent comme un paquet de spaghettis – elle n'est pas épaisse, et ils supportent son poids. Le sujet a repéré une zone d'ombre au fond de la pièce et, le temps que le responsable se retourne pour voir s'il y a des traînards, elle est suspendue au plafond, hors de sa vue.

Dans un chuintement, la porte se referme et Grant redescend au sol. Elle va s'installer au bureau d'un autre élève, qui ne s'est pas déconnecté. Le système d'environnement continue d'émettre des bips sonores et elle se tourne vers les haut-parleurs comme si elle voulait les faire taire de son regard noir. D'ailleurs, sacrément flippant, le fameux regard. À leur place, je me tiendrais à carreau.

Le sujet insère une micro-clé dans l'unité centrale, enfile le casque et active le clavier à l'ancienne, qui sort en coulissant du côté de la machine, puis Grant se met à pianoter à toute allure. Elle envoie une suite de commandes en lot à un disque anonyme – ça, c'est ce qu'on a découvert en étudiant les archives des disques, mais on ne sait toujours pas le détail de la majeure partie de ce qu'elle a envoyé. Elle remet le clavier en place, enlève le casque et le repose avant de s'accroupir pour ramper sous le bureau. Pendant un moment, on ne voit plus que ses fesses qui dépassent.

Je me plains pas, hein.

Pour ceux qui ont du mal à suivre au fond, elle est en train d'installer un dispositif qu'on appelle un leech d'interface. C'est un appareil qu'on doit mettre en place physiquement, et qui, ici, va lui permettre d'accéder à l'éventail de canaux que l'état-major de la flotte utilise pour les communications d'urgence. Bref, avec ça, on peut communiquer en toute tranquillité sans que personne ne s'en rende compte.

D'ailleurs, ce serait peut-être pas mal de prévenir les ATU qu'ils ont une petite faille de sécurité sur l'ensemble de leur flotte.

À 11h48, l'alarme d'environnement se tait, sans prévenir.

Grant s'immobilise – clairement, elle ne s'y attendait pas. Elle essaie de sortir précipitamment et se cogne la tête sous le bureau. Elle se relève d'un bond, puis arrache la micro-clé du poste – mais elle prend tout de même le temps de tapoter le moniteur avec affection, comme un bon chien-chien qui a été très sage. Le sujet se précipite au fond de la pièce, fourre la micro-clé dans sa poche et s'accroupit dans l'ombre, derrière plusieurs bureaux.

À 11h49, les élèves et les techniciens reviennent en se plaignant de l'interruption. Grant se mêle à eux puis se dirige discrètement vers la porte. Le responsable lui pose une question inaudible. Avec un petit sourire – l'exact opposé de son regard noir – elle prononce quelques mots que le micro ne capte pas non plus. Cette fille n'a rien à faire en neurogrammation, ils devraient plutôt l'embaucher en psycho pour les missions d'interrogatoire. C'est le genre qui saurait convaincre les pires crapules d'avouer tous leurs crimes, et en demandant pardon, en plus. Enfin, c'est que mon avis. Elle a dû donner une excuse, et ça a l'air de fonctionner, parce que le type lui cède le passage sans ciller. Elle repart dans le couloir, super relax, et attend qu'un data-tech lui ouvre depuis l'autre côté. Elle franchit la porte, elle est libre. On aperçoit alors notre sujet pivoter pour envoyer un baiser vers la salle des serveurs.

Je ferais pareil, à sa place. Elle vient de faire un véritable massacre.

Et ça lui a pris onze minutes. Onze, [redacted] ! Et la voilà qui s'en va gaiement.

INTERDICTION D'ENTRER

Date : 22/07/75
Objet : Dans les coulisses

L'apprentissage est une affaire de chaque instant. Je me souviens que ma mère me disait ça quand j'étais petite, pour faire des choses les plus banales des trésors d'aventure. Je donnerais n'importe quoi pour de la banalité, aujourd'hui. Ou pour ma mère.

Je me demande si je pourrai inclure tout ce que j'apprends à bord dans mon dossier scolaire. C'est un peu atypique, mais je n'ai pas abandonné l'idée d'aller à l'université et je ne veux pas prendre du retard. **Mémo perso :** trouver comment mettre en avant les mérites d'une expérience pratique en piratage informatique devant un comité d'admission de fac sans se faire arrêter. (Hahaha, je suis sur un VAISSEAU DE RÉFUGIÉS qui suit péniblement un porte-chasseurs militaire amputé, le tout poursuivi par un cuirassé BeiTech, dans l'espoir de survivre suffisamment longtemps pour trouver un portail de saut, mais SURTOUT, il ne faudrait pas que je redouble… Je dois avoir l'air camée.)

Je suis trop drôle. Dommage qu'il n'y ait personne ici pour apprécier mes blagues. La responsable de notre groupe de thérapie dit que je dissimule mes émotions derrière mon humour noir et ma mauvaise humeur. Elle a peut-être raison. Pauvre femme, elle était géologue avant d'être requalifiée en thérapeute. Le seul bon côté, pour elle, c'est que c'est aussi facile de parler à mon groupe qu'à un tas de cailloux. Mais personne n'a envie de lâcher les grandes eaux sur ce genre de choses en public. On écrit ça quelque part, on referme et on se remet au travail.

La séance d'aujourd'hui traitait du masque qu'on porte en public, et du besoin de s'intéresser à ce qu'il y a réellement derrière. Je me demande si c'était un message à mon attention pour me pousser à être plus gentille avec les autres, me mettre à leur place, et bla bla bla.

Bref, elle nous a donné le thème, elle s'est lancée dans un nouveau couplet de sa chanson préférée, « Et Qu'est-Ce Que Vous Ressentez Maintenant », et soudain j'ai repensé à un spectacle que j'ai vu quand j'étais petite. On avait monté une pièce de théâtre dans le complexe communautaire, avec des marionnettes projetées sur la scène, et j'avais faussé compagnie à mes parents pour aller en coulisses mener ma petite enquête. La grande scène d'amour avait été anéantie quand j'avais bondi sur l'estrade pour faire partager à tous mes découvertes (ce n'est que maintenant que je me rends compte que maman et papa ont dû avoir envie de disparaître sous terre – mais, après tout, ce n'était pas la première fois que je leur fichais la honte). Je me souviens parfaitement de ce moment. C'était tellement important pour moi que tout le monde comprenne que de tout ce qu'ils admiraient, cette histoire d'amour, ces SENTIMENTS déballés devant eux, rien n'était vrai. Et qu'ils sachent que la marionnette fille était en réalité un type avec la plus grosse moustache que j'aie jamais vue – ça me faisait mourir de rire.

De toute évidence, je n'avais pas été sensible à l'émotion du spectacle.

Mais ça prouve qu'à huit ans déjà, je me sentais plutôt à l'aise avec le thème du jour de « ce qu'il y a réellement derrière le masque ». Je savais que c'était important de se débarrasser des faux-semblants et des costumes pour comprendre ce qu'il y avait en dessous.

Quant à l'amour, déjà à l'époque, je savais que c'était des histoires.

Alors aujourd'hui, tandis qu'on révisait notre empathie et qu'on faisait semblant de se mettre à la place des autres (mais juste semblant, parce qu'aucun de nous n'a envie d'imaginer la peine des autres, la nôtre étant déjà assez encombrante comme ça), j'ai beaucoup repensé à ce spectacle de marionnettes, et à ceux qui sont aux commandes de notre petite flotte de réfugiés.

Bref, comme je l'ai dit : on se remet au boulot. Notre thérapeute ne se doute pas à quel point je brûle de savoir ce qui se passe réellement. Ni que je vais le découvrir.

REMARQUE : Retranscription de jugement en cour martiale – fichier récupéré par 78h@786HG=DansTonClic.

ALEXANDER-78V

RETRANSCRIPTION DE JUGEMENT EN COUR MARTIALE
ARMÉE SPATIALE DES TERRAPLANÈTES
FLOTTE ALEXANDER

CLASSIFIED

Date : 22/07/75

IDENTITÉ DU TÉMOIN : Ezra Mason (ATS-966-330ad)

GRADE : Second lieutenant

INDICATIF : Aucun

SUPÉRIEUR : David Torrence (ATS-951-787-ad)

GRADE : Général

INDICATIF : Bulldozer

— RETRANSCRIPTION (page 5) —

DT : Lieutenant Mason, quelle a été votre première réaction lorsque le groupe Echo a reçu l'ordre d'attaquer le groupe de navettes Osprey ?

EM : Pardon, mon général ?

DT : Qu'avez-vous fait lorsque l'*Alexander* vous a ordonné d'ouvrir le feu sur les navettes du *Copernicus* ?

EM : Je n'ai rien fait. J'attendais que mon commandant me confirme l'ordre.

DT : Votre commandant, c'est-à-dire le major Eli Hawking.

EM : Oui, mon général. Prophète.

DT : Et le major Hawking a-t-il confirmé la requête de l'*Alexander* ? A-t-il ordonné au groupe Echo d'engager le combat pour détruire le groupe de navettes ?

EM : (inaudible)

DT : Je vous demande pardon, lieutenant ?

CLASSIFIED

EM : (inaudible)

DT : Lieutenant, vous êtes accusé d'avoir désobéi à un ordre direct en temps de guerre. Faut-il que je vous explique la gravité de la situation ? La peine qui vous attend si cette cour vous déclare coupable ?

EM : Vous avez déjà les enregistrements de nos communications, qu'est-ce que vous voulez que je…

DT : Lieutenant Mason, vous répondrez à toutes les questions qui vous seront adressées. Dans le cas contraire, vous serez reconnu coupable d'outrage à ce tribunal et on mettra votre petit [redacted] aux fers.

EM : … Non. Prophète n'a pas confirmé l'ordre, mon général.

DT : Qu'a fait le major Haw…

EM : On venait juste de voir l'*Alexander* assassiner plus de deux mille civils sans raison, qu'est-ce que vous vouliez qu'il fasse, Prophète ?

(claquement sec)

DT : Lieutenant Mason, vous avez beau être un petit nouveau sorti du trou du [redacted] de l'univers, c'est l'uniforme des ATU que vous portez aujourd'hui. Au prochain coup de sang de ce genre, je vous arrache les yeux et je vous [redacted] les orbites au point que vous en viendrez à souhaiter que maman ait prétexté une migraine le soir où papa vous a fait décoller de sa rampe de lancement.

EM : Mon père est mort, mon général. Il a été tué à Kerenza. Mon général.

DT : (inaudible)

EM : Mon général ?

DT : Écoute, fiston, je sais que tu as été enrôlé par conscription, que tu n'as rien demandé et que tu n'as aucune envie d'être là…

EM : Oh non, mon général. Je suis heureux de pouvoir aider. L'*Alexander* nous a sauvés à Kerenza, et je veux aider. Vraiment. Ce que je ne comprends pas, par contre, c'est pourquoi vous vous êtes tant battus pour nous sauver, si c'était pour fragger le *Copernicus* au bout de six mois de fuite.

DT : Ceci n'est pas une fuite, Mason.

EM : Est-ce qu'on peut le dire au cuirassé BeiTech qui nous pourchasse ?

DT : Il s'agit d'une retraite stratégique, lieutenant.

EM : Oui, mon général. Mes excuses, mon général.

DT : Vous êtes prêt à répondre à mes questions, maintenant, lieutenant ? Ou est-ce que je demande à mes officiers de vous préparer une place au chaud au trou ?

EM : (inaudible)

DT : Lieutenant ?

EM : Je suis prêt, mon général.

DT : Qu'a fait le major Hawking quand l'*Alexander* a ordonné au groupe Echo d'engager le combat pour détruire les navettes du *Copernicus* ?

EM : Il a demandé une confirmation de votre part.

DT : Il a refusé cet ordre.

EM : Il voulait la confirmation d'un humain. Il venait de voir AIDAN pulvériser le *Copernicus*.

DT : Et comment saviez-vous que c'était l'intelligence artificielle qui avait ordonné l'assaut sur le *Copernicus*, lieutenant ?

EM : Parce que c'était lui qui nous parlait à la radio. Prophète lui a demandé de vous contacter, mais AIDAN lui a dit qu'il en était incapable.

DT : Alors au lieu de suivre les ordres, le major Hawking a décidé de remorquer les navettes jusqu'au hangar de l'*Alexander*. Malgré les avertissements répétés quant à la présence d'un pathogène de classe Alpha Zéro à bord de ces vaisseaux.

EM : Il n'a pas…

DT : Lieutenant ?

EM : Le major n'a pas immédiatement pris les navettes en charge. Il a d'abord parlé avec Cuirassée…

DT : La première lieutenante Alvaranga.

EM : Oui, mon général. Il a parlé avec elle et avec la commandante du groupe Delta, qui avait été éparpillé pendant la destruction du *Copernicus*. Ils en ont discuté. Et pendant ce temps-là, AIDAN continuait de nous hurler d'engager le combat et de les détruire. On n'avait aucun moyen de communication avec les navettes. L'IEM de l'explosion avait cramé leur système de bord et elles flottaient dans l'espace, impuissantes. Sauf que maintenant, elles étaient assez proches pour qu'on distingue des gens à l'intérieur. J'ai aperçu une petite fille derrière un hublot, elle devait avoir dix ans à pei…

DT : Qui a pris la décision de remorquer les navettes jusqu'à l'*Alexander* ?

EM : Vous avez déjà la réponse à cette question. Vous avez les enregistrements de nos communications.

DT : Mais c'est à vous que je la pose, lieutenant.

EM : Vous voulez que je jette Prophète et Cuirassée dans la fosse aux lions.

DT : Je ne veux que votre version des événements, lieutenant Mason. Et je ne vous avertirai pas deux fois.

CLASSIFIED

EM : Il y avait des civils innocents à bord de ces navettes. Nous les avons vus. Prophète et Cuirassée ont fait le bon choix.

DT : Donc c'est bien le major Hawking et la première lieutenante Alvaranga qui ont pris la décision ?

EM : …

DT : Lieutenant ?

EM : Je ne m'en souviens pas, mon général.

DT : Je vous demande pardon ?

EM : Je ne m'en souviens pas. Tout s'est passé tellement vite.

DT : Vous avancez en terrain miné, lieutenant…

EM : Je suis désolé, mon général. Je ne me souviens pas. Si vous voulez me mettre aux fers, je vous en prie. Je dormirai mieux derrière des barreaux que sur les cadavres de mes amis.

CLASSIFIED

Participants : Ezra Mason, 2d lieutenant, ATU division aviation,
James McNulty, sergent, forces spéciales des ATU
Date : 22/07/75
Heure : 23h07

IMMENCER CHATALEXANDER CODE V9 BASIC ONCLICK="FENETRE.OUVERTE//CHAT.ALEXANDER/ALE

McNulty, J., sgt : jvien 2 te voir rentrer ds ta cabine koi 2 neuf mec

McNulty, J., sgt : mec

McNulty, J., sgt : mason

McNulty, J., sgt : ezramaaaaaaaaaaaassssssssssssoooonlSrnbopNRb[on erb

McNulty, J., sgt : RPD MOI [redacted]

McNulty, J., sgt : fau croire kils ton pas executé

Mason, E., 2d lt : non, pas moi

McNulty, J., sgt : bonne nvelle pour miss sexy et le futur James junior

Mason, E., 2d lt : Mauvaise nouvelle pour Prophète et Cuirassée

McNulty, J., sgt : ?

Mason, E., 2d lt : ils les ont butés, Jimmy

McNulty, J., sgt : …

McNulty, J., sgt : tu te [redacted] de moi

Mason, E., 2d lt : J'AI L'AIR DE [redacted] ?

McNulty, J., sgt : … [redacted]

Mason, E., 2d lt : ils les ont alignés contre la cloison et ils leur ont tiré une balle. Avec la commandante du groupe Delta. Et un autre type, un lieutenant du contrôle aérien. Ils les ont butés. Comme ça.

Mason, E., 2d lt : La seule raison pour laquelle on s'en est tirés, Carlin et moi, c'est parce qu'on obéissait aux ordres directs de Prophète. Ils avaient tout noir sur blanc. C'était un coup monté, ce procès.

McNulty, J., sgt : [redacted]

Mason, E., 2d lt : Ils ont révoqué mon autorisation de vol. Je suis sur la touche jusqu'à nouvel ordre.

McNulty, J., sgt : c koi son problème à Torrence ? on est déjà en galère de pilotes et il fait abattre nos meilleurs chevaux ? ct koi, l'accusation ?

Mason, E., 2d lt : Officiellement ? « Refus d'exécuter un ordre direct en temps de guerre. » Mais j'ai entendu dire que c'était pour les faire taire. La hiérarchie raconte aux civils sur l'Hypatia que c'est le Lincoln qui a explosé le Copernicus. Mais Prophète et Cuirassée voulaient dire la vérité. Ils ne comptaient pas en rester là.

McNulty, J., sgt : les civils en [redacted] leurs tripes s'ils savaient que ct l'Alexander qui avait le doigt sur la détente

Mason, E., 2d lt : C clair

McNulty, J., sgt : mais de là à fragger nos propres soldats ? je suis pas d'accord avec ces [redacted], mec

Mason, E., 2d lt : Fais gaffe avec le chat, on est peut-être surveillés

McNulty, J., sgt : Dorian dit que tout l'équipage des com-techs bosse à temps complet sur AIDAN. ils ont pas de tps à perdre à lire nos converses, tu crois quoi

Mason, E., 2d lt : est-ce que Dorian sait ce qu'ils ont fait des civils qu'on a rapatriés du Copernicus ?

McNulty, J., sgt : tous enfermés au hangar 4. personne ne rentre, personne ne sort.

Mason, E., 2d lt : pas de confirmation pour Phobos ?

McNulty, J., sgt : mec, y avait des épidémies qui se déclenchaient ts les 2 jours à bord du Copernicus depuis l'évac de Kerenza. tu penses vmt qu'aucun des survivants n'est porteur ?

Mason, E., 2d lt : Alors on a peut-être laissé le virus pénétrer à bord de l'Alexander ?

McNulty, J., sgt : *hausse les épaules*

Mason, E., 2[d] lt : [redacted]

McNulty, J., sgt : c koi le pb ? c un virus. 3 jours de médocs et c réglé

Mason, E., 2[d] lt : Pendant tout le truc du Copernicus, AIDAN a appelé ça un « pathogène de classe alpha zéro ». Et à voir la réaction de la hiérarchie, ça a pas l'air d'être un simple rhume.

McNulty, J., sgt : [redacted]

Mason, E., 2[d] lt : d'ailleurs, j'ai rien dit, hein

Mason, E., 2[d] lt : Le pire dans toute cette [redacted], c'est qu'on a jamais entendu Torrence en live, pendant le vol. C'est AIDAN qui a déclenché l'alerte rouge. AIDAN qui nous a ordonné de tirer sur les navettes. Ils auraient voulu quoi, que Prophète fragge un tas de civils juste parce que c'était ce que disait l'ordinateur ?

McNulty, J., sgt : L'ordre est forcément venu de Torrence. L'IA n'a pas le pouvoir de prendre ce genre de décision.

Mason, E., 2[d] lt : Mais alors pourquoi Torrence n'a pas transmis l'ordre lui-même, [redacted] ?? Il devait se douter que Prophète ne dégommerait pas neuf navettes pleines de civils sans la confirmation d'une cervelle.

Mason, E., 2[d] lt : On ne pouvait pas juste les tuer, [redacted]

McNulty, J., sgt : je sais, mec, je sais

McNulty, J., sgt : j'aurais fait la même chose à ta place

Mason, E., 2[d] lt : Ça se [redacted] dessus au sujet de l'IA, là-haut, jimmy. Je ne sais pas ce qui se passe, mais ça sent pas bon du tout.

McNulty, J., sgt : Dorian dit qu'ils l'ont débranché

Mason, E., 2[d] lt : … AIDAN ?

McNulty, J., sgt : ouais. C pour ça que les propulseurs sont coupés

Mason, E., 2ᵈ lt : Mais qu'est-ce qui fait avancer le vaisseau, alors ?

McNulty, J., sgt : l'élan, je dirais

Mason, E., 2ᵈ lt : …

Mason, E., 2ᵈ lt : [redacted] de [redacted]

McNulty, J., sgt : j'ai un troufion qui a d contact chez les gratteurs de cambouis, il m'a chopé du tord-boyaux à base de carburant. vien boire un coup, mec

Mason, E., 2ᵈ lt : négatif

McNulty, J., sgt : allé vieeeeens le meilleur remède c la boisson. viens noyer t soucis

Mason, E., 2ᵈ lt : ceux-là, j'arriverai pas à les noyer, mec

Mason, E., 2ᵈ lt : ceux-là, ils savent nager

DÉFENSE D'ENTRER

Date : 23/07/75

Objet : Cauchemars

Aujourd'hui, la séance de thérapie de groupe a été bouleversée par une dame, Martha, qui travaillait aux analyses GéoSpec sur Kerenza. Je crois. Enfin, j'imagine qu'on s'en fiche.

Martha avait trois filles : Julie, Lela et Katya.

Julie avait six ans. Elle est morte pendant l'évacuation de son école.

Lela avait deux ans. Elle est morte dans l'accident de leur voiture alors qu'ils se rendaient aux navettes de secours. Lela était sur les genoux de Tony, le mari de Martha. Il est mort, lui aussi.

Katya avait huit ans. Martha ne sait pas comment elle est morte, elle n'est même pas sûre qu'elle soit morte. Elle sait simplement que Katya n'a pas réussi à quitter la planète.

Elle reste toujours très silencieuse pendant les séances. Comme moi, elle ne parle presque jamais. Impossible de savoir ce qui se passe dans sa tête. Elle est assise, les mains jointes sur les genoux, et elle écoute. Mais depuis un ou deux mois, elle se relâchait peu à peu. Des mèches qui s'échappaient de son chignon autrefois impeccable. Le chemisier mal boutonné. Ou mal rentré dans son pantalon. Le genre de petites choses qu'on voit tout le temps, ici, mais normalement, jamais sur Martha.

Et aujourd'hui, elle a… implosé. Elle était assise juste à côté de moi.

Je ne sais même pas ce qui a tout déclenché. Je passais le temps en comptant les carreaux du plafond quand, à un moment, elle s'est mise à parler. Un des types du groupe, Thanh, était au milieu d'une histoire, mais il s'est tu dès qu'elle a commencé. Il savait que si elle avait choisi ce moment-là, elle devait avoir une bonne raison.

Elle nous a parlé de ses filles et de son mari. Elle nous a dit qu'elle pensait beaucoup à Katya et Julie, à si elles avaient eu peur, à la fin. Au fait qu'elle n'avait pas été avec elles. Et puis elle s'est mise à avoir du mal à respirer. Elle prenait des petites inspirations rapides, rauques, comme si elle n'arrivait pas à avaler suffisamment d'air, et tout son corps s'est mis à trembler.

Quand ils craquent, certains hurlent, résistent. J'espère que moi, ce serait comme ça. Martha, elle, s'est juste laissée glisser de sa chaise et s'est mise en boule par terre. Tout le monde la regardait comme si elle était contagieuse, alors j'ai tendu la main pour… je ne sais pas. Peut-être pour la toucher, quelque chose. Et soudain, elle a commencé à pleurer. De longs gémissements sourds, on aurait dit qu'on les lui arrachait. Tout son chagrin et sa douleur dans ce bruit, comme si son corps ne pouvait plus tenir le coup, qu'un morceau de trop avait été rajouté sur la pile, et qu'elle n'y arrivait plus.

La thérapeute a fait venir les infirmiers et, à l'heure qu'il est, Martha doit être endormie, bourrée de calmants. Moi, je ne dors pas.

Je suis allongée dans mon lit, et je me demande ce qui m'arrivera si un morceau de trop se retrouve ajouté à *ma* pile. Je me demande s'il existe une solution pour Martha. Si elle a la moindre chance d'aller mieux un jour. Je me suis forcée à arrêter de penser à Asha. Je ne peux pas me transformer en Martha. Je ne peux pas disparaître dans le souvenir des gens qu'on a perdus.

J'entends chaque bruit dans mon dortoir, chaque bruissement de drap quand quelqu'un se retourne, chaque soupir.

C'est impossible de dormir.

Nous sommes beaucoup plus nombreux à bord que ce pour quoi l'Hypatia est prévu. C'est un vaisseau de recherche, alors il y a de la place, mais normalement c'est pour des laboratoires, ou pour stocker des échantillons, ce genre de choses. On est plus de 2 000 dans un vaisseau qui avait un équipage de 500 personnes avant.

Mes nouveaux quartiers, à la base, c'était un local où on entreposait des spécimens géologiques (= des cailloux). L'air vous laisse un affreux goût métallique dans la bouche, presque salé. Et ça s'accroche à nos vêtements, alors on l'emporte partout avec nous et on le sent dès qu'on tourne la tête. En plus, l'air est très chaud et très humide, parce que la ventilation n'est pas faite pour gérer autant de personnes à la fois. C'est vraiment difficile avec le rationnement de l'eau… Mais on s'y fait.

Ils ont vidé le local pour nous caser à seize là-dedans. On a chacun une couchette – enfin, une étagère qui sort du mur, avec une ceinture pour ne pas tomber la nuit. Vu que je suis la plus jeune, je suis sur la couchette du dessus. Ça ne m'embête pas, d'être en hauteur. Parfois, je me sens plus en sécurité comme ça.

Mais je n'arrive toujours pas à dormir. Ce n'est pas ma chambre, ce n'est pas chez moi.

Je ne reconnais plus rien autour de moi. Oui, j'ai une routine : manger, dormir, travailler. Mais je n'avais jamais remarqué que, sur Kerenza, j'étais dans un cocon – l'assurance d'être en sécurité était à la base de tout. Ma plus grande aventure, ça aurait dû être l'université. Mes petites aventures quotidiennes, c'était mes randonnées, le choix des matières à l'école, même Ezra, tiens.

Lui, je pensais que ce serait une grande aventure, mais c'est un autre sujet.

Bref, je n'avais pas conscience d'être en sécurité, parce que je n'avais jamais couru le moindre danger de toute ma vie. C'est Ezra qui m'avait dit ça, un jour. Et il avait raison. Pour moi, c'était normal, la stabilité constante de l'univers qui m'entourait.

Maintenant, j'ai plus de routines que jamais, mais plus aucune certitude. Le Lincoln pourrait nous rattraper à n'importe quel moment. Nous avons encore des mois de trajet devant nous avant d'atteindre le point d'accès vers Heimdall. Et même si on y arrive… nous sommes isolés depuis la moitié d'une année. Si ça se trouve, on va débarquer au milieu d'une guerre.

Pour couronner le tout, nos commandants refusent de nous dire ce qui se passe. Je suis quasiment certaine qu'on nous raconte des mensonges sur un tas de choses importantes, même si j'ignore pourquoi.

Et, en ce moment, c'est une incertitude de trop pour moi.

Je ne sais pas où est ma limite, mais j'ai peur de l'atteindre. Je ne sais pas ce qui m'arrivera dans ce cas-là.

Et je n'arrive toujours pas à dormir.

Participants : ~~Ann Chau, capitaine~~ (reroutage_système78h@786HG=DansTonClic) ~~David Torrence, général~~ (reroutage_ système78h865HG=EMason)
Date : 23/07/75
Heure : 08h03

REMARQUE : Après une incursion réussie dans les serveurs de l'*Hypatia*, Grant pirate le canal sécurisé de l'état-major de la flotte pour entrer en contact direct avec Mason. On n'est plus à un crime près.

DansTonClic : Ezra, t là ?

Mason, E., 2d lt : C qui ?

DansTonClic : Kady.

Mason, E., 2d lt : Ah, bonjour Dorian. Tu choisis aussi bien ton jour que tes blagues, [redacted].

Mason, E., 2d lt : Tu n'aurais pas une sœur, par hasard ?

DansTonClic : C'est moi, Ezra. Et je ne sais pas de qui tu parles.

Mason, E., 2d lt : Je n'arrive pas à croire que ce déchet t'en a parlé. Quand McNulty garde un secret, apparemment, y a autant de risques de fuites qu'avec une couche de nourrisson à usage multiple.

DansTonClic : T'es vraiment dégoûtant. On a sept minutes avant que je doive refermer le canal, sinon on risque de se faire repérer.

Mason, E., 2d lt : Ah oui ?

DansTonClic : C'est pas vraiment l'accueil auquel je m'attendais. C'est MOI.

Mason, E., 2d lt : « Prouve-le ! » s'écria le jeune homme bouleversé.

DansTonClic : D'accord, et si je te disais… que tu t'es foulé la cheville en sautant de la fenêtre de ma chambre pendant que je gagnais du temps avec mes parents à la porte d'entrée ?

Mason, E., 2d lt : … Kady ?

DansTonClic : Eh bah c'est pas trop tôt. Oui, c'est moi, Kady.

Mason, E., 2d lt : … la vache

DansTonClic :

```
()____()        meuuuuh
<@    @>
 |    |
(o    o)
```

Mason, E., 2d lt : Comment tu as accès à la messagerie ? Je croyais que les communications inter-vaisseaux étaient coupées ?

DansTonClic : Tu as raison, c'est impossible… Serait-ce de la SORCELLERIE ?

Mason, E., 2d lt : Il s'agit pas de pirater le réseau de l'école pour me filer la moyenne en chimie, là, Kady. Tu risques de t'attirer des problèmes

DansTonClic : C'est vrai que t'étais nul, en chimie. C'est bon, t'inquiète. On est sur un canal restreint, et on n'envoie que du texte, c'est indétectable tant que ça ne dure pas plus de 7 min. Les comms sont coupées mais l'état-major se garde toujours une porte de secours au cas où ils ont besoin d'une conversation à cœur ouvert.

Mason, E., 2d lt : … C'est pour ça que tu es là ? Une conversation à cœur ouvert ?

DansTonClic : Pas de panique, je vais pas t'infliger ça.

DansTonClic : Tu sais pourquoi on a coupé les comms ?

Mason, E., 2d lt : Tous les services non essentiels sont désactivés

Mason, E., 2d lt : Il nous reste que les systèmes vitaux et l'électricité pendant que les clavistes font leur boulot

DansTonClic : et avec l'IA ? Y a un problème, pas vrai ?

Mason, E., 2d lt : je devrais probablement pas en parler. On risque de s'attirer de sérieux ennuis tous les deux

Mason, E., 2d lt : Genre, imagine « sérieux » écrit en lettres de feu de quarante étages de haut, avec des nanas qui dansent autour et toi en plein milieu

DansTonClic : je crois qu'on a déjà le nez dans de sérieux ennuis.
Est-ce que ça va ?

Mason, E., 2d lt : ... Pourquoi ça n'irait pas ?

DansTonClic : Je me suis pas contentée de pirater les comms. j'ai vu la retranscription de ton audience en cour martiale

Mason, E., 2d lt : t'es camée ? Ce sont des infos confidentielles et on est en guerre. Tu risques de te faire accuser de haute trahison.

DansTonClic : mince, je n'avais pas du tout pensé qu'il m'arriverait des bricoles si je me faisais choper. Merci de me prévenir, Ez.

Mason, E., 2d lt : Kady, ce sera pas une petite tape sur la main, là. Ce sera toi, le dos à une cloison, face au peloton d'exécution

DansTonClic : Ils ne me choperont jamais.

DansTonClic : Fais-moi confiance

DansTonClic : J'ai vu ce que tu leur as dit. C'était... inattendu.

Mason, E., 2d lt : pourquoi

DansTonClic : Ce n'est pas dans tes habitudes d'envoyer [redacted] les figures d'autorité.

Mason, E., 2d lt : j'aurais pu finir au trou. Pas super malin, hein ?

DansTonClic : Moi, j'ai trouvé ça classe.

Mason, E., 2d lt : ...

Mason, E., 2d lt : je devrais peut-être le faire plus souvent, alors ?

DansTonClic : Ça suffira pour le moment. Tu ne me serais d'aucune aide au trou. D'ailleurs, je suis même pas sûre de ce que c'est, mais j'imagine que c'est pas un cinq étoiles.

Mason, E., 2d lt : isolement. Eau, bouffe déshydratée. Et quelques visites occasionnelles de Raoul, un gros type velu.

Mason, E., 2d lt : bon, j'exagère peut-être pour Raoul

Mason, E., 2d lt : il est pas si velu que ça

DansTonClic : J'ai aussi lu ce que tu as dit sur ton père. J'ai vu son nom sur la liste des victimes après l'évacuation.

Mason, E., 2d lt : Ah.

Mason, E., 2d lt : Ouais.

DansTonClic : Je suis vraiment désolée, Ezra.

Mason, E., 2d lt : C'est pas ta faute. T'as pas à être désolée

Mason, E., 2d lt : comment va ta mère ? Tu lui passeras le bonjour

DansTonClic : Ça fait longtemps qu'AIDAN est désactivé ? Depuis la destruction du Copernicus ?

Mason, E., 2d lt : euh

Mason, E., 2d lt : J'aurais pas dû t'en parler. Je ne suis même pas censé être au courant. Évite de le répéter, OK ? je connais des gens qui se feraient démolir.

DansTonClic : J'avais pas prévu de diffuser cette conversation. Mais ils nous mentent, tu le sais aussi bien que moi. Et on devrait rester là à attendre de voir la suite ? Quand on voit ce que ça a donné pour le Copernicus ?

Mason, E., 2d lt : Vous n'êtes pas en danger, vous. Vous n'avez personne de malade sur l'Hypatia ?

DansTonClic : … C'est quoi le rapport ?

Mason, E., 2d lt : Si personne n'est malade, alors aucun rapport. T'en fais pas.

DansTonClic : Alors sous prétexte qu'on est en sécurité, on devrait avaler tous les bobards qu'ils veulent nous faire gober ? Ici, personne ne nous a dit qu'AIDAN était désactivé. On nous fait croire que le Lincoln est encore dans le coin et qu'on a toujours nos canaux de comms, mais qu'on doit éviter de les utiliser pour ne pas se faire repérer. Tu vas peut-être me dire que c'est vrai ? T'as aperçu un gros méchant cuirassé BeiTech pendant que t'étais près du Copernicus, toi ?

Mason, E., 2d lt : ils veulent juste éviter la panique, Kay

DansTonClic : Eh ben, perso, je ne suis pas super tranquille.

Mason, E., 2d lt : tu devrais lâcher l'affaire. Tu risques de te mettre dans une sale situation.

DansTonClic : On est déjà dans une sale situation. Et j'aime autant qu'on y soit ensemble.

DansTonClic : Ezra ? T'es là ?

Mason, E., 2d lt : Oui, je suis là.

Mason, E., 2d lt : même si en ce moment, je crois que je préférerais être sur l'Hypatia.

DansTonClic : Je suis redoutable, mais je ne suis pas encore assez douée pour ça. J'essaierai d'ouvrir une ligne demain pour te parler. Tu seras là ?

Mason, E., 2d lt : Tout ce que tu veux

DansTonClic : Si seulement c'était vrai. Fais-toi discret. Ne joue pas trop les héros.

—— CONNEXION INTERROMPUE ——

Participants : DansTonClic, CitB
Date : 24/07/75
Heure : 07h36

MMENCER CHATHYPATIA CODE V9 BASIC ONCLICK="FENETRE.OUVERTE//CHAT.HYPATIA/HYPA

CitB : alooooors tu reparles à ton petit copain ?

DansTonClic : c pas mon petit copain

CitB : tu lui parles ou non ?

DansTonClic : signaux de 7 min, pas de signes de détection pr l'instant

CitB : il sait ce qui se passe là-bas ?

DansTonClic : il lâche rien

CitB : il sait pour l'IA ?

DansTonClic : il sait que l'IA est déconnectée, mais il lâche rien d'autre

CitB : insiste un peu

DansTonClic : c pas aussi simple que ça. on ne pousse pas facilement un type comme Ezra dans une carrière de hors-la-loi. je sais même pas encore si j'ai envie de l'impliquer là-dedans.

CitB : alors pourquoi lui parler ?

DansTonClic : je voulais voir si j'en étais capable. mtnt je dois décider ce que je peux lui demander. c dangereux pour lui.

CitB : c'est dangereux pour tout le monde. passe la seconde.

Destinataire : GÉNÉRAL DAVID TORRENCE
Expéditeur : COLONELLE EVA SANCHEZ
Date : 24/07/75
Heure : 11h30

Général,

À 11h00 ce matin, nous avons achevé l'évaluation de l'Analyseur Intelligent de Données par Algorithmes Neuronaux de l'*Alexander* (AIDAN). Cette évaluation a été effectuée par moi-même ainsi que mes spécialistes ingé-tech seniors, les majors Nico Lassinger et Lisa Barker. Le personnel junior a été écarté afin de préserver la confidentialité de nos résultats. Vous trouverez ci-dessous un rapport de statut ainsi que nos recommandations.

Statut actuel

AIDAN a subi des dommages matériels significatifs au cours de la bataille de Kerenza. En raison de lourdes pertes de personnel clé chez les ingé-tech, nous n'avions pu établir sur-le-champ un diagnostic complet, mais nous avions pu constater que nous étions incapables de générer un portail de saut et qu'AIDAN avait désormais une vitesse de calcul limitée. Cependant, les dégâts au niveau du réseau neuronal d'AIDAN s'avèrent plus graves que nous ne l'avions estimé à ce moment-là.

Conformément à vos ordres suite à la destruction du *Copernicus*, AIDAN est en veille prolongée, ce qui lui permet d'assumer uniquement ses fonctions premières, dont les systèmes vitaux (la ventilation, la modération du climat et le contrôle de la gravité artificielle). AIDAN est désormais plus ou moins l'équivalent d'un humain dans le coma : il respire et son cœur bat, mais aucune pensée consciente ou prise de décision n'est possible. En conséquence, nous n'avons pu soumettre l'IA à nos questions directes. Néanmoins, mon équipe est d'avis que la décision d'AIDAN de détruire le *Copernicus* résulte de son paramétrage : privilégier *à tout prix* la sécurité des membres de la flotte.

Nos examens indiquent qu'au cours du mois dernier, AIDAN a accédé aux dossiers médicaux du *Copernicus* de plus en plus régulièrement. Les données auxquelles l'IA accède sont automatiquement sauvegardées sur les serveurs de l'*Alexander*, cependant, **AIDAN semble avoir pris des précautions pour s'assurer que nous ne puissions pas localiser ces dossiers.**

Notre hypothèse suppose qu'AIDAN a considéré que la maladie à bord du *Copernicus* avait atteint un seuil critique et représentait désormais un danger pour la flotte. Toutefois, les décisions d'AIDAN sont alarmantes : premièrement, il a choisi une approche extrême et l'a mise à exécution sans consulter l'état-major du vaisseau et, deuxièmement, il a coupé les canaux de communication entre l'état-major et les escadrons de Cyclone de l'*Alexander* en dépit de vos ordres formels. La priorité absolue dans le paramétrage d'AIDAN est de préserver la vie humaine, et le commandant de la flotte a les moyens d'outrepasser quasiment toutes ses décisions. **Nous estimons que les dégâts subis par AIDAN ont pu affecter sa disposition à tenir compte de vos ordres et de vos préférences.**

Proposition

L'arrêt à Kerenza VII(a) pour le ravitaillement en eau a érodé notre avance sur le *Lincoln*. Sans AIDAN, les propulseurs

CLASSIFIED

principaux sont inutilisables et il ne nous reste que les moteurs secondaires – plus lents – pour ré-accélérer. Il est de plus en plus probable que nous nous retrouvions sous peu obligés d'avoir recours au réseau de défenses de l'*Alexander* mais, pour cela, AIDAN doit être activé. Nous proposons donc d'augmenter les capacités opérationnelles d'AIDAN sans toutefois restaurer son indépendance. Si vous me permettez de reprendre mon analogie, nous proposons de sortir notre patient du coma, mais de lui imposer une camisole de force pour le contrôler.

Risques éventuels

L'incident du *Copernicus* prouve qu'au moment présent, nous ne sommes pas au fait des capacités de fonctionnement d'AIDAN. Lors de son réveil, AIDAN pourrait ne pas réagir comme prévu à nos restrictions, ou ces dernières pourraient ne pas fonctionner correctement. Il existerait alors un danger, pour l'*Alexander* comme pour l'*Hypatia*. Cependant, si nous choisissons de ne rien faire, nous devrons faire face à un autre danger – inévitable, celui-là.

Nous allons effectuer des simulations de réveil de l'IA au cours des prochaines 24 à 48 heures ; nous visons à établir un scénario qui nous offrira plus de 90 % de chances de contrôle total, auquel cas nous recommandons la réactivation d'AIDAN.

Nous restons à votre disposition pour toute question ou proposition.

COLONELLE EVA SANCHEZ
MAJOR NICO LASSINGER
MAJOR LISA BARKER

CLASSIFIED

Participants : Eva Sanchez, colonelle, ATU division ingénierie
Nico Lassinger, major, ATU division ingénierie
Date : 24/07/75
Heure : 11h37

MMENCER CHATALEXANDER CODE V9 BASIC ONCLICK="FENETRE.OUVERTE//CHAT.ALEXANDER/ALEX

Sanchez, E., col. : Nico, j'ai fini le rapport, tu peux relire ?

Lassinger, N., maj. : J'imprime, attends.

Lassinger, N., maj. : ...

Lassinger, N., maj. : Donc en gros, ce que tu dis, c'est qu'on va faire de notre mieux pour le réactiver sans qu'il nous claque un boulon, mais au mieux, on aura 9 chances sur 10 qu'il ne nous tue pas tous ?

Sanchez, E., col. : Tu veux que je te donne nos chances si le Lincoln nous rattrape ?

Lassinger, N., maj. : Bien vu. C'est bon, tu peux envoyer le rapport. Et commencer tes prières.

Sanchez, E., col. : Rapport envoyé. Prières commencées.

Lassinger, N., maj. : Je crois que je vais aller voir si Lisa a besoin d'aide pour se nettoyer de toute cette crasse. Devoir crapahuter dans les calculateurs quantiques comme de vulgaires gratteurs de cambouis, c'est une insulte à nos nombreuses années d'études – et à notre dignité.

Sanchez, E., col. :T'es camé ? Si tu proposes à Lisa de lui frotter le dos sous la douche, tu n'auras plus à t'inquiéter que l'IA nous explose à l'autre bout du système solaire.

Lassinger, N., maj. : C'est la fin du monde, Eva. On n'a plus rien à perdre.

Participants : ~~Ann Chau, capitaine~~ (reroutage_système78h@786HG=DansTonCli
~~David Torrence, général~~ (reroutage_système78h865HG=EMason)
Date : 24/07/75
Heure : 13h04

MENCER CHATHYPATIA CODE V9 BASIC ONCLICK="FENETRE.OUVERTE//CHAT.HYPATIA/ALEXAND

DansTonClic : Top chrono, 7 min. t là ?

Mason, E., 2d lt : Toujours :)

DansTonClic : Si seulement. C comment pour toi ? Ici, tendu.

Mason, E., 2d lt : Pour moi ? Je suis un peu perdu, je t'avoue

DansTonClic : Ils disent tjr que pas de comms pq on se cache du Lincoln.

Mason, E., 2d lt : Oh, tu voulais dire c comment… sur le vaisseau.

DansTonClic : Est-ce qu'AIDAN a planté ou est-ce qu'on l'a désactivé ?

Mason, E., 2d lt : Euh, un peu des deux. Pourquoi ?

DansTonClic : pq le Copernicus a disparu et que j'ai peur.

Mason, E., 2d lt : Ok, on a peur, mais au moins on est ensemble. Enfin, façon de parler.

DansTonClic : C'est pas comme ça que j'imaginais nos retrouvailles. Pas plus d'infos de ton côté ?

Mason, E., 2d lt : Désolé m'dame l'inspectrice, moi, j'suis qu'un pilote de chasse…

DansTonClic : Je n'arrive toujours pas à y croire, à ça, d'ailleurs. C'est pas l'avenir que j'imaginais non plus.

Mason, E., 2d lt : Au moins j'ai quitté la planète, c'est ce que tu voulais, pas vrai ? Si seulement BeiTech s'était pointé un jour avant, ça t'aurait épargné beaucoup de hurlements. Et ça m'aurait épargné plusieurs cuites :p

Mason, E., 2d lt : Désolé, c'était pas drôle…

DansTonClic : Non. Mais à ta décharge, je ne crois pas en avoir entendu une bonne sur ce sujet, pour l'instant.

DansTonClic : La prochaine fois, on programmera mieux notre engueulade.

Mason, E., 2d lt : Tu sais ce qu'on dit, c'est en forgeant qu'on devient forgeron

Mason, E., 2d lt : tu me manques

DansTonClic : toi aussi.

DansTonClic : plus que 2 min.

Mason, E., 2d lt : Grant, tu es toujours aussi romantique

DansTonClic : Eh, déjà, je te parle. C'est un début.

Mason, E., 2d lt : Oui, parler, c'est mieux que pas parler. Et infiniment mieux que crier :p

DansTonClic : Désolé d'avoir tant crié. T'avais qu'à piger plus vite.

Mason, E., 2d lt : Certainement pas : c'est trop mignon quand t'es en colère !!

DansTonClic : Ravie de voir que ça te fait marrer de m'avoir brisé le cœur.

DansTonClic : Je dois couper. Si tu gardes cette fenêtre ouverte, tu peux écrire et j'aurai tes msgs quand je me connecterai. Comme une boîte mail.

—— CONNEXION INTERROMPUE ——

Participants : ~~Ann Chau, capitaine~~ (reroutage_système78h@786HG=DansTonClic)
~~David Torrence, général~~ (reroutage_système78865HG=EMason)
Date : 25/07/75
Heure : 05h49
Objet : Pardon

> **REMARQUE :** Grant a mis en place une boîte mail black hat pour alimenter illégalement des échanges de messages sensibles inter-vaisseaux durant une période de guerre interstellaire secrète. Et voilà ce que Mason en fait.

MENCER CHATHYPATIA CODE V9 BASIC ONCLICK="FENETRE.OUVERTE//CHAT.HYPATIA/ALEXAND

DÉFENSE D'ENTRER

Date : 25/07/75

Objet : Questionnement

Je me demande comment ma mère a su que mon père était le bon.

Pourquoi est-ce que je n'ai jamais pensé à lui poser la question ?

Participants : ~~Ann Chau, capitaine~~ (reroutage_système78h@786HG=DansTonClic
~~David Torrence, général~~ (reroutage_système78h865HG=EMason)
Date : 25/07/75
Heure : 07h14

ENCER CHATHYPATIA CODE V9 BASIC ONCLICK="FENETRE.OUVERTE//CHAT.HYPATIA/ALEXANDE

DansTonClic : Es-tu là, ô tragique créature ?

Mason, E., 2d lt : Toujours :)

DansTonClic : tt va bien de ton côté ?

Mason, E., 2d lt : Je suis de corvée de récurage, et on m'a recollé en simulation de vol, donc j'ai le cerveau sur pause et le reste du corps couvert de transpiration.

Mason, E., 2d lt : Avoue que ça te fait rêver…

DansTonClic : Ez, tu veux vraiment qu'on se dispute à nouveau ?

**Mason, E., 2d lt : Je voulais juste te redonner le sourire.
C'est mieux quand tu souris. Tu as reçu ma fleur ?**

DansTonClic : Oui. Mais… arrête, Ez. Tu as été très clair sur tes intentions.
Je ne compte pas me ridiculiser, maintenant.

Mason, E., 2d lt : Ça t'a fait sourire ?

DansTonClic : oui

Mason, E., 2d lt : merci de patienter le tps que je fasse une petite danse de la victoire dans ma cabine

Mason, E., 2d lt : c bon, me revoilà

DansTonClic : c'était une très mauvaise idée, tout ça. Je crois que tu me manques encore plus que quand je ne te parlais plus.

Mason, E., 2d lt : Ce qui doit signifier que tu n'es plus en colère.

Mason, E., 2d lt : C fou ce que six mois et quelques milliers de kilomètres de distance peuvent accomplir

DansTonClic : ça, et l'omniprésence du danger. ça aide.

DansTonClic : mais Ez, c toi qui ne voulais plus être avec moi, pas l'inverse. C simplement moi qui l'ai dit à voix haute.

Mason, E., 2d lt : Tu voulais quitter la planète. Et je ne voulais pas te retenir. Ça ne veut pas dire que je m'en fichais. Au contraire.

DansTonClic : tu aurais pu venir

DansTonClic : et maintenant te revoilà, mais ce n'est pas pq tu veux être avec moi. C pq je suis plus intéressante qu'un vaisseau rempli de soldats en sueur.

Mason, E., 2d lt : je crois que tu ne te rends pas bien compte du danger mortel dans lequel je me suis mis rien que pr avoir cette conversation, Kay

DansTonClic : j'aime bien t'imaginer en danger mortel. développe.

Mason, E., 2d lt : je suis resté debout la moitié de la nuit pour te dessiner une fleur en ASCII, juste pour que tu acceptes de me reparler. si cette information atterrissait entre les mains de certains membres de l'Alexander, disons que les conséquences pourraient être… déplaisantes.

DansTonClic : tes méthodes de drague ont toujours été particulièrement ridicules

Mason, E., 2d lt : Eh, tant que ça fonctionne :)

DansTonClic : même s'il n'est pas question de drague entre nous arg effacer effacer

DansTonClic : tu devrais peut-être te reposer, au cas où on se ferait soudain attaquer par ce fameux vaisseau qui n'est même pas dans le rétroviseur, tu te souviens ?

Mason, E., 2d lt : Le Lincoln pourrait être plus proche que tu ne le crois. On a dû ré-accélérer sans les propulseurs principaux vu que l'IA a été désactivé à Kerenza VII.

DansTonClic : dans ce cas-là POURQUOI ils ne la remettent pas en marche ? c terrifiant de ne rien savoir

Mason, E., 2d lt : je te renvoie à mon message d'hier : j'suis qu'un pilote de chasse, on ne me donne pas d'explications, à moi

Mason, E., 2d lt : ils la réactiveront probablement une fois qu'ils seront sûrs qu'on sera plus en sécurité avec que sans

DansTonClic : probablement. On arrive à 7 min. on se reparle vite ?

Mason, E., 2d lt : pas trop vite. Sinon je risque de croire que tu m'as pardonné, ce serait dommage

DansTonClic : oui t'as raison, après tu te ferais des idées ;)

Mason, E., 2d lt : à+

Mason, E., 2d lt : oh et dis bonjour à ta mère pour moi

—— CONNEXION INTERROMPUE ——

Participants : DansTonClic, CitB
Date : 25/07/75
Heure : 11h12

MMENCER CHATHYPATIA CODE V9 BASIC ONCLICK="FENETRE.OUVERTE//CHAT.HYPATIA/HYPA

DansTonClic : à ton avis, il faut quel voltage pour tuer un être humain ?

CitB : t'as de ces questions, toi

DansTonClic : j'essaie d'intégrer mon smartpad dans l'armature du réseau de l'Hypatia. histoire de faucher leur vitesse de processeur

CitB : crois-en ton aîné : tu n'y arriveras pas en brute-force. il faut s'y attaquer côté Alexander

DansTonClic : tu vas avoir un choc, mais figure-toi que… je ne suis pas à bord de l'Alexander. alors il va falloir que j'y arrive d'ici

CitB : … il faut vraiment que je l'écrive en toutes lettres ?

DansTonClic : je ne veux pas l'impliquer là-dedans, il se fera exécuter. lui faire sortir des infos, ok, mais là c du sérieux

CitB : mais [redacted], dans ce cas-là pourquoi tu perds ton temps avec lui, si c pas pour des infos ou du taf ?

DansTonClic : c pas ça

CitB : c bizarre. tu vas le trouver où, maintenant, ton complice ?

DansTonClic : dans ton [redacted]

CitB : il y a bcp en jeu, là. tu dois trouver un moyen de le convaincre de déverrouiller ton accès de son côté, t'as pas le choix

DansTonClic : il saurait mm pas cmt faire

CitB : apprends-lui

CitB : c du sérieux. si tu l'as pas contacté pour ça, alors pk ?

DansTonClic : ça te regarde pas

CitB : reste concentrée, petit scarabée. si on laisse l'Alexander nous atomiser, nous aussi, la flamme de ta passion va se faire avaler par une autre flamme un peu plus agressive

DansTonClic : … tu dois avoir du mal avec la vie en société

CitB : la vie en quoi ?

Date : 25/07/75

Objet : Sans boussole

Aujourd'hui, a annoncé notre pauvre thérapeute à court d'idées, « Nous Allons Essayer Autre Chose ». Nous allons nous concentrer sur le fait que, en dépit de ce que nous avons chacun perdu, « La Vie Continue » et « L'Avenir Nous Attend ».

Je pense qu'elle s'avance un peu question avenir parce que, soyons honnêtes, pour l'instant, on n'est toujours pas certains d'en avoir un. Mais bon, je me suis dit qu'exprimer cette opinion-là ne ferait pas vraiment avancer le débat du jour, alors je me suis contentée de « Jouer l'Ado Renfrognée » (tiens, les Majuscules Abusives de la thérapeute ont l'air contagieuses).

Mon problème, c'est surtout le présent. Mon cerveau n'arrête pas de chauffer, de fouiller, de chercher à s'accrocher à quelque chose qui m'indiquera le chemin. La nuit, je suis allongée, ceinturée à ma couchette, et tout m'oppresse. Le lit trop étroit, la couverture qui a l'odeur des lessives géantes du vaisseau et qui me gratte… je ne peux que songer au fait que ce n'est PAS chez moi.

Rien n'est à sa place, et si je ne vois pas où est le nord, comment savoir ce que je dois faire ?

Quand j'y pense, j'ai la gorge serrée et une partie de moi a envie de se recroqueviller sous ma couverture et de ne plus bouger. D'attendre qu'on vienne me dire quoi faire. D'attendre un adulte. Mais personne ne viendra.

Alors est-ce que je mêle Ezra à tout ça ? Est-ce qu'il ne sera pas encore plus en danger si je renonce à comprendre ce qui se passe ?

Ici, tout le monde a envie de croire que ceux qui prennent les décisions savent exactement ce qu'ils font mais, évidemment, c'est faux. Il n'y a rien dans leurs règlements et leurs protocoles qui les a préparés à une telle situation. On est blessés, on clopine dans l'espace à la recherche d'un peu d'aide, et ces gens-là ignorent encore comment échapper au Lincoln. Alors pourquoi je leur ferais confiance ? Surtout que je sais qu'ils me mentent.

Je n'ai pas de chemin tout tracé. Et on ne m'a jamais appris comment gérer ce genre de choses, à l'école.

Je me souviens, au lycée McCaffrey, j'avais eu Mme Elroy en prof de techno en première. Elle passait son temps à me saouler avec des sermons sur mon « potentiel non exploité », et je levais les yeux au ciel, et ma mère me disait d'écouter la dame.

Elle est morte au tout début de l'attaque. Elle avait l'air surprise.

C'est pas une blague, enfin, je sais que ça fait un peu sarcastique, mais je voulais juste dire que ce n'était pas l'expression à laquelle je me serais attendue.

Elle parlait beaucoup aussi de la manière dont on prenait nos décisions. Elle avait une idée fixe : explorer notre fonctionnement moral individuel pour l'appliquer ensuite à un réseau informatique chargé de trouver des solutions à nos dilemmes. Associer l'éthique et la technologie.

Pourquoi je ne l'ai pas plus écoutée ? J'aurais bien besoin de son système pour trouver des solutions, aujourd'hui.

Il n'y a qu'une chose dont je sois sûre.

Ils veulent garder leurs petits secrets, et je ne vais pas les laisser faire. J'ai besoin de savoir ce qu'ils me cachent.

Tout le monde pense que je m'en fiche de mon avenir. Ils ont tort.

Participants : Ezra Mason, 2d lieutenant, ATU division aviation, James McNulty, sergent, forces spéciales des ATU
Date : 25/07/75
Heure : 19h04

MMENCER CHATALEXANDER CODE V9 BASIC ONCLICK="FENETRE.OUVERTE//CHAT.ALEXANDER/ALE

McNulty, J., sgt : ezra

McNulty, J., sgt : mason

McNulty, J., sgt : RPDS [redacted]

Mason, E., 2d lt : [redacted] les comms internes sont revenues ?

McNulty, J., sgt : ils testent

Mason, E., 2d lt : ah

McNulty, J., sgt : Dorian m'a contacté pour vérif si ma msgerie interne fonctionnait. jsui son rat de laboratoire. tu veux rater avec moi ?

Mason, E., 2d lt : et de tous les gens que tu aurais pu [redacted], c'est moi que tu as choisi. quel honneur, je rougis

McNulty, J., sgt : t'enflamme pas, jsavai que tu serais le seul à être au lit à cette heure-là

McNulty, J., sgt : à penser à ta meuf

Mason, E., 2d lt : tg je te [redacted]

McNulty, J., sgt : non, un baiser de tes douces lèvres, d'abord

Mason, E., 2d lt : ok, mais si tu me chauffes un peu

McNulty, J., sgt : ça roule, kes que tu portes ?

Mason, E., 2d lt : rien. ta sœur vient juste de partir

McNulty, J., sgt : …

Mason, E., 2d lt : ET BAM

Mason, E., 2d lt : t'as plongé direct, gamin

McNulty, J., sgt : VA TE FAIRE [redacted] MEC

Mason, E., 2d lt : nan, trop crevé. je t dit, ta sœur vient de partir

McNulty, J., sgt : monsieur joue les rigolos hein ? ça change d'avant-hier, « ouin, mes problèmes ont mis des brassards »

Mason, E., 2d lt : aouch. pas cool.

McNulty, J., sgt : je pensais que tu serais tout tristounet sans les comm inter-vsseau. ta meuf peut + t'envoyer de foto sexy pour te tenir chaud

Mason, E., 2d lt : arrête elle est pas comme ça

McNulty, J., sgt : aaaah je vois, elle est PACOMLÉZAUTRE

Mason, E., 2d lt : ouais

McNulty, J., sgt : et t'as des tof de cette astro-princesse ?

Mason, E., 2d lt : pas de nus je t dit

McNulty, J., sgt : des tofs normales, bouffon

Mason, E., 2d lt : g des photos de classe

McNulty, J., sgt : envoie

Mason, E., 2d lt : dans t rêves

McNulty, J., sgt : ENVOIE

Mason, E., 2d lt : va jouer dans un trou noir

McNulty, J., sgt : Mason, si t'envoi pas, ma mission pr le restant de mes jrs sera de trouver le moyen de te coller mes bijoux sous le nez pendant que tu dors

Mason, E., 2d lt : 0_o

McNulty, J., sgt : à la sécurité, on a un badge d'accès à tt le vaisseau

McNulty, J., sgt : je c où tu passes t nuits

McNulty, J., sgt : et tu finiras par te réveiller une nuit avec une paire de boules un peu humides qui te titillent le menton

Mason, E., 2d lt : t un ouf [redacted]

McNulty, J., sgt : je suis sérieux, mason

McNulty, J., sgt : ceci n'est pas un exercice

Mason, E., 2d lt : si j'envoie

Mason, E., 2d lt : et que j'en retrouve un exemplaire affiché au-dessus de ta couchette

Mason, E., 2d lt : je te couperai tes boules un peu humides et je les balancerai par le hublot

McNulty, J., sgt : je jure solennellement de ne pas démarrer une partie de 5 contre 1 en regardant les tofs de ta future ex-ex-copine, mec

Mason, E., 2d lt : …

Mason, E., 2d lt : ok, j'envoie

McNulty, J., sgt : oh [redacted]

Mason, E., 2d lt : ouais

McNulty, J., sgt : c elle ?

Mason, E., 2d lt : ouais

McNulty, J., sgt : elle a les cheveux roses

Mason, E., 2d lt : c'était une couleur

McNulty, J., sgt : en bas aussi ?

Mason, E., 2d lt : >_<

McNulty, J., sgt : bon euh, comment dire… mec, g une mauvaise nouvelle

Mason, E., 2d lt : laisse-moi deviner, tu vas trahir ta promesse dès la fin de cette converse ?

McNulty, J., sgt : tu me fais vraiment pas confiance

Mason, E., 2d lt : :p

McNulty, J., sgt : non la mauvaise nvelle c que je tap à 1 main

Mason, E., 2d lt : pitié non

McNulty, J., sgt : ça commence à vnir

Mason, E., 2d lt : ARRÊTE

McNulty, J., sgt : atta just 1 min

Mason, E., 2d lt : ARRÊTE

Mason, E., 2d lt : JIMMY JE JURE SUR TOUT CE QUE TU VEUX

Mason, E., 2d lt : JE DIRAI JAMAIS PLUS RIEN DE DÉPLACÉ SUR TA SŒUR

Mason, E., 2d lt : MAIS PITIÉ ARRÊTE

McNulty, J., sgt : c promis ?

Mason, E., 2d lt : JE TE LE JURE [redacted]

McNulty, J., sgt : pff ok ok

Mason, E., 2d lt : pourquoi est-ce que chaque fois que je finis de parler avec toi

Mason, E., 2d lt : j'ai l'impression que je dois aller me laver

McNulty, J., sgt : ...

Mason, E., 2d lt : t'as entendu ?

McNulty, J., sgt : ouaip, alarme du vaisseau

Mason, E., 2d lt : on appelle ta brigade, mec. code bleu

McNulty, J., sgt : arf [redacted] mec, je me casse

Mason, E., 2d lt : ok

McNulty, J., sgt : mais d'abord j'imprim la tof

McNulty, J., sgt : pour +tard

McNulty, J., sgt : :)

Mason, E., 2d lt : zzzzzz

Participants : Ezra Mason, 2d lieutenant, ATU division aviation, James McNulty, sergent, forces spéciales des ATU
Date : 26/07/75

> **REMARQUE :**
> On peut constater le temps écoulé : treize heures depuis la dernière conversation de Mason et McNulty.

Heure : 08h16

Mason, E., 2d lt : tjr pas revenu mec ?

Mason, E., 2d lt : jimmyyyyyyyyyyyyyyyyyy

Mason, E., 2d lt : AU RAPPORT [redacted]

Mason, E., 2d lt : si t revenu et que t dans la douche avec ma photo de K, mini-jimmy va être guillotiné et finir dans la bonde

Mason, E., 2d lt : zzzzz bon g entraînement de RV, balance un ping qd tu rentres

Participants : Ezra Mason, 2d lieutenant,
ATU division aviation, Charles Dorian, caporal,
ATU division services de l'information
Date : 26/07/75
Heure : 11h13

> **REMARQUE :** Première conversation pertinente entre Mason et le caporal Charles Dorian, un com-tech de second rang sur l'*Alexander*.

MMENCER CHATALEXANDER CODE V9 BASIC ONCLICK="FENETRE.OUVERTE//CHAT.ALEXANDER/ALE

Dorian, C., cpl : ping

Dorian, C., cpl : ping

Dorian, C., cpl : Et enfin, au risque de me répéter…

Dorian, C., cpl : ping

Mason, E., 2d lt : dorian ?

Dorian, C., cpl : Bravo. Ta perspicacité m'étonnera toujours, Mason.

Dorian, C., cpl : Je pense très sincèrement que tu gâches ton potentiel dans ce petit cockpit miteux. Tu devrais être à l'affiche d'un circuit de conférences interplanétaires. Je vois ça d'ici : des salles combles. Une coupe de cheveux impeccable. Des groupies surexcitées. « Ce soir, Ezra Mason dans une représentation exceptionnelle : De l'art de parler pour ne rien dire. »

Mason, E., 2d lt : …

Mason, E., 2d lt : hein ?

Dorian, C., cpl : Silence. Je travaille.

Mason, E., 2d lt : Mec, c'est TOI qui m'as parlé

Dorian, C., cpl : Je teste les comms internes. Ne bouge pas. Je ne vais pas te faire mal.

Dorian, C., cpl : juste le temps d'enfiler mes gants en latex

Mason, E., 2d lt : Dorian, je ne dis pas ça à la légère, mais t'as l'air encore plus relou que d'habitude, aujourd'hui

Dorian, C., cpl : Mason, au cours des six derniers jours, j'ai dormi 3,72 heures. Il y a actuellement plus de stimulants que de sang dans mes veines. Si tu cherches de l'affabilité, va donc demander à la sœur de McNulty.

Mason, E., 2d lt : c koi l'affabilité ? c contagieux ?

Dorian, C., cpl : Grands dieux. Tu es hilarant.

Mason, E., 2d lt : tu t'en étais jamais rendu compte ?

Mason, E., 2d lt : en parlant de ma future femme, t'as des nouvelles de son frère ?

Dorian, C., cpl : Et pourquoi aurais-je eu des nouvelles de James, dis-moi ?

Mason, E., 2d lt : ben c'est ce que font les couples mariés, non ? ça se raconte la journée devant un dîner aux chandelles ?

Dorian, C., cpl : SILENCE. BON SANG.

Mason, E., 2d lt : sérieusement, t'as des nouvelles ?

Mason, E., 2d lt : on a appelé sa brigade pour un code bleu, ms c'était y a genre 16 heures.

Dorian, C., cpl : … C'est exact, et ?

Mason, E., 2d lt : plus rien depuis

Dorian, C., cpl : Laisse-moi une minute. Je m'en vais quérir des informations.

Mason, E., 2d lt : tu sais Dorian, tout le monde pense que t'es un [redacted] sans cœur aussi doué en société qu'un morpion. mais pas moi

Mason, E., 2d lt : moi je sais que tu as un cœur quelque part

Dorian, C., cpl : Mason.

Mason, E., 2d lt : bon, pas grand, hein

Dorian, C., cpl : Mason, la ferme.

Mason, E., 2d lt : ok

Dorian, C., cpl : J'ai une bonne et une mauvaise nouvelle.

Mason, E., 2d lt : en terme de suspense, laquelle dois-je entendre en premier

Dorian, C., cpl : La bonne. Sans hésiter.

Mason, E., 2d lt : ok vazy

Dorian, C., cpl : J'ai retrouvé la brigade de James. Elle a été placée en quarantaine le temps du débriefing. Le code bleu est toujours en vigueur dans le hangar 4, mais sa brigade a réussi à s'extraire.

Mason, E., 2d lt : Je peux deviner la mauvaise ?

Dorian, C., cpl : Essaie donc.

Mason, E., 2d lt : Jimmy n'est pas avec eux.

Dorian, C., cpl : ... Comment tu as su ça ?

Mason, E., 2d lt : J'ai simplement imaginé les pires scénarios, et j'ai choisi l'option la plus [redacted]ique

Dorian, C., cpl : ...

Dorian, C., cpl : Tu sais, Mason, parfois tu n'es pas aussi stupide que tu en as l'air.

Mason, E., 2d lt : tu t'en étais jamais rendu compte ?

Participants : ~~Ann Chau, capitaine~~ (reroutage_ système78h@786HG=DansTonClic)
~~David Torrence, général~~ (reroutage_ système78h865HG=EMason)
Date : 26/07/75
Heure : 12h05
Objet : T là ?

ENCER CHATHYPATIA CODE V9 BASIC ONCLICK="FENETRE.OUVERTE//CHAT.HYPATIA/ALEXAND

Kay,

Tu peux me contacter quand tu liras ce message ? Y a un [redacted] de blème. Besoin de ton aide.
E

Participants : ~~Ann Chau, capitaine~~ (reroutage_sys
DansTonClic)
~~David Torrence, général~~ (reroutage_système78h8
Date : 26/07/75
Heure : 12h09

REMARQUE : Le temps de réponse de Grant est désormais de quatre minutes. De toute évidence, la fleur a marqué des points.

AMENCER CHATHYPATIA CODE V9 BASIC ONCLICK="FENETRE.OUVERTE//CHAT.HYPATIA/ALEXA

DansTonClic : voilà qui est nettement moins sympa que des fleurs.
de quoi t'as besoin ?

Mason, E., 2d lt : j'ai un ami qui a disparu. Je me demandais si tu voulais bien mettre tes superpouvoirs au service du bien

DansTonClic : je ferai de mon mieux. Alexander ou Hypatia ?
dis-moi tt ce que tu sais

Mason, E., 2d lt : Alexander. je sais même pas si tu as moyen de trouver ça. il s'appelle James McNulty, il est dans les forces spéciales. il est plus barré qu'un régiment de camés à la poudre, mais c quelqu'un de bien

Mason, E., 2d lt : on l'a appelé pour une alerte code bleu y a 17 heures. Personne l'a vu depuis. Est-ce que tu pourrais sacrifier un bébé koala à tes dieux de l'informatique pour trouver où il est passé ? (dsl je connais pas le détail de tes rituels)

DansTonClic : c bizarre que ça n'ait pas fuité plus tôt. je croyais que vous étiez spécialisés en rumeurs, chez vous

Mason, E., 2d lt : le reste de sa brigade est en quarantaine. Mais pas lui

DansTonClic : je peux farfouiller mais les types de chez toi ont fermé vos serveurs quand ils ont coupé les comms inter-vaisseaux.

Mason, E., 2d lt : Qu'est-ce que ça veut dire ? Tu as aucun moyen d'y accéder ?

DansTonClic : laisse-moi réfléchir

DansTonClic : t'es vraiment inquiet ?

Mason, E., 2d lt : avec un I majuscule

Mason, E., 2d lt : et j'ai entendu des trucs flippants. je préfère même pas te raconter

DansTonClic : je dois pouvoir accéder aux serveurs, mais seulement si t prêt à m'aider. Ça va me prendre quelques heures

Mason, E., 2d lt : je suis en pause déj. Je v bientôt repartir en simulation RV, encore 8 h. Cette machine aura ma peau. Ma peau suante de pauvre soldat mal-aimé

DansTonClic : mais non, y a plein d'autres façons de mourir dans le coin. Va bosser, ce sera prêt quand tu auras fini. Et entre-temps, ne fais pas l'idiot. Enfin, pas plus que d'habitude.

Mason, E., 2d lt : compris

Mason, E., 2d lt : mais aouch. pas cool :(

Participants : ~~Ann Chau, capitaine~~ (reroutage_système78h@786HG=DansTonClic)
~~David Torrence, général~~ (reroutage_système78h865HG=EMason)
Date : 26/07/75
Heure : 21h18

MMENCER CHATHYPATIA CODE V9 BASIC ONCLICK="FENETRE.OUVERTE//CHAT.HYPATIA/ALEXAN

Mason, E., 2d lt : Kay ?

DansTonClic : c prêt. je t'envoie 1 fichier. il est en 5 parties, sinon vu la taille, ça risquerait d'être remarqué. copie les 5 sur une micro-clé, et ensuite tu vas devoir aller implanter la micro-clé physiquement pour moi. ça me donnera accès au réseau de sécurité du vaisseau

Mason, E., 2d lt : Euh, question… Par « physiquement », tu veux dire dans mon smartpad ?

DansTonClic : je veux dire sur les serveurs. accès direct. ce serait pas un très bon système de sécurité si on pouvait le pirater depuis sa chambre

Mason, E., 2d lt : tu te [redacted] de moi ? ils viennent d'abattre 4 personnes y a à peine quelques jours, pour avoir désobéi aux ordres d'une IA complètement tarée. Qu'est-ce que tu crois qu'on va me faire si on me chope en train de trafiquer le réseau ?

DansTonClic : c toi qui vois. je te suggère de pas te faire choper. ou alors de te mettre à prier sérieusement pour ton pote.

Mason, E., 2d lt : [redacted]

Mason, E., 2d lt : cet abruti est dans la [redacted], j'en suis sûr

DansTonClic : ça ne me plaît pas de te perdre alors que je viens juste de te retrouver, Ez, mais si c important pour toi, je t'aiderai. et je peux le faire.

Mason, E., 2d lt : et qu'est-ce que ça fabrique, ta micro-clé ? ça installe un truc ? Un virus ?

DansTonClic : c dur à expliquer. je vais virer quelques barrières pour me frayer un passage et te trouver des archives concernant la sécurité

Mason, E., 2^d lt : et c tout, hein ? tu vas pas en profiter pour fouiner dans les dossiers confidentiels et te faire exécuter, toi aussi ?

DansTonClic : ça m'embêterait de t'abandonner, sachant que tu passerais le restant de tes nuits à pleurnicher dans ton oreiller. je veux juste te filer un coup de main.

Mason, E., 2^d lt : ...

Mason, E., 2^d lt : et [redacted]

Mason, E., 2^d lt : c bon, qu'est-ce que je dois faire ?

REMARQUE : Une autre vidéo de surveillance retranscrite par notre technicien, cette fois en provenance des caméras à bord de l'*Alexander*.

Résumé de vidéosurveillance préparé par Analyste 7213-0089-DN

Ce môme est pas fait pour ce genre de boulot.

Sans [redacted]. C'est peut-être un pilote en or, mais je peux trouver de meilleurs candidats à ce type de mission secrète tous les matins dans la cuvette des toilettes quand j'ai fini de lire mon journal. S'il est pas croyant, il devrait, parce que je peux vous assurer qu'il a quelqu'un là-haut qui veille sur lui. Enfin, c'est que mon avis.

Les frappes de la bataille de Kerenza ont détruit la majorité des caméras extérieures de l'*Alexander*, alors notre premier aperçu du sujet a lieu à 01h10 le 27/07/75, lorsqu'il pénètre au pont 231 par une brèche dans la coque externe. Le sujet est revêtu de l'attirail nécessaire pour une sortie dans l'espace, mais à le voir se déplacer, on devine qu'il a jamais passé plus de dix minutes dans une combinaison spatiale avant ce jour. Nous pouvons enfin identifier Ezra Mason, pilote de Cyclone enrôlé aux ATU (ATS-966-330ad), qui plisse ses grands yeux noisette derrière sa visière blast-spex. Il a l'air prêt à remplir son casque avec son petit déj – il a une jolie couleur brin d'herbe. Non, vraiment.

Il se cogne deux fois la tête sur le même poteau en essayant d'entrer et, une fois passé, il lui met un coup de poing rageur (t'as raison, ça lui apprendra), avant de mettre encore quatre minutes à faire suivre son matériel. On a du mal à le voir maintenant qu'il n'est plus éclairé par la lueur des étoiles qui pénètre par la brèche. Au moins, il a eu le bon sens d'emporter des bâtons lumineux. Et puis leur éclat rouge contrebalance le vert de son visage, c'est toujours ça de pris.

Le pont 231 est un de ceux qui abritent l'IA – on y trouve des rangées de tours de serveurs abîmées et des câbles dont certains crachent encore de l'électricité. Ce môme a réussi à venir jusque-là avec un bâton lumineux ROUGE VIF à la main sans se faire repérer par les équipes de sécurité de l'*Alexander*. Ça montre bien qu'ils étaient largement en sous-effectifs, et donc incapables de superviser les caméras de surveillance. C'est le problème à bord de ces vaisseaux où tout est géré par une IA : on en arrive à un point où l'ordinateur fait tout à votre place et vous finissez même par oublier comment essuyer votre propre petit pot d'échappement.

Il faut près de trente minutes à Mason pour naviguer entre les débris, malgré ses énormes bonds d'apesanteur. Les tours de serveurs font six mètres cubes, et certaines se sont décrochées de leur support – et puis il reste ce petit problème de risque de mort par électrocution qu'il ne faut pas oublier. Bref, il finit par atteindre la porte du sas qui mène au pont 230 et sort un mini-smartpad sur lequel il se met à tapoter avec un doigt tout en se mordillant la lèvre. Clairement, ce n'est pas le genre de pro du clavier qui menace quotidiennement la sûreté de notre glorieuse alliance. Non, il y a quelqu'un à l'autre bout qui sait s'y prendre avec un réseau. Par signaux de sept minutes, notre môme ne met alors plus que quarante-neuf minutes à déverrouiller la porte. Un record. Champion, ce type. Il aurait dû emporter des confettis.

Le sas s'ouvre et il y entre péniblement.

Nous retrouvons ensuite notre lieutenant aux pieds d'argent dans le couloir 230 G-13, débarrassé de sa combinaison spatiale (j'en déduis qu'il l'a abandonnée dans le sas). Il a un sac à dos et porte un treillis gris avec un débardeur de sport. Il est écarlate, et on dirait qu'il n'arrive pas à respirer par le nez – son corps a l'habitude de pomper le sang avec force vers sa tête pour contrer la gravité, mais sans gravité pour le faire redescendre quand il était en apesanteur, il a maintenant la caboche aussi rouge que les sous-vêtements d'Elizabeth Andretti dans la scène finale de *Terminus* (faites pas comme si vous voyiez pas de quoi je parle, hein, je connais pas un mec qui n'ait pas mis cette scène trente fois dans un simulateur RV). L'ange gardien de son smartpad s'est remis au boulot, et Mason s'arrête à chaque carrefour pour lui demander son chemin.

Quatre gorilles de la sécurité de l'*Alexander* débarquent à l'autre bout du couloir et notre astro-ninja manque de se [redacted] dessus – pardon, euh, « notre sujet montre des signes d'anxiété extrême ». Il plonge dans un débarras en suant plus qu'un mineur d'hermium après douze heures de boulot. Son débardeur est trempé. Il essaie de respirer calmement, mais il tremblote de partout. De toute évidence, il se demande ce qui va lui arriver si les vigiles découvrent la petite cachette qu'il s'est trouvée.

Heureusement, ils passent à côté de lui sans le repérer ; Mason sort la tête pour vérifier que la voie est libre, puis effectue une sorte de coup de pied de kung-fu à moitié foiré dans leur dos, comme pour leur promettre une bonne raclée s'ils s'avisent de le recroiser. Il repart, évite de justesse un groupe d'ingé-tech, puis emprunte un couloir pour se retrouver littéralement à UN MÈTRE de l'équipe de sécurité qui a failli le choper cinq minutes plus tôt, et le plus dingue, [redacted], c'est qu'ils sont TOUS en train de regarder ailleurs pile à ce moment-là. Il est reparti sur la pointe des pieds et sans respirer, je vous jure.

Il atteint enfin une salle qui abrite une redondance tertiaire pour le réseau de sécurité du vaisseau. Il marmonne quelque chose, mais on n'entend rien. Si je devais deviner, je dirais qu'il répète « pitiépitiépitiépitiépitié » en boucle. Une fois dans la salle, il sort le serveur des sauvegardes de veille, y insère une micro-clé et commence une sorte d'attaque au cheval de Troie. On comprend vite qu'il est nul à [redacted] et qu'il ne sait même pas ce qu'il fabrique – pardon, « de toute évidence, ce jeune homme n'a pas d'expérience en matière d'espionnage informatique » (la ferme, j'essaie d'être professionnel). C'est son smartpad qui lui donne des instructions et il les exécute grossièrement sur le clavier. Au bout de trente minutes, il parvient à implanter son infection et remballe ses affaires.

C'est là que la magie opère.

Le truc mystérieux que notre agent ultra-zéro a installé dans le réseau de redondance déclenche une alarme incendie au pont 231. Non seulement l'alarme fait office de diversion pour l'équipe de sécurité située trois couloirs plus loin, mais elle permet aussi d'évacuer le pont 230 dans son intégralité, comme le demande le protocole de sécurité. En cinq minutes, il n'y a plus âme qui vive à cet étage.

Au signal de son ange gardien, ce petit [redacted] sort de là comme s'il avait le feu au fesses. Complètement en stress, il court jusqu'aux ascenseurs de service – ceux-ci sont en théorie hors d'usage en cas d'alerte incendie mais, ô miracle, son protecteur invisible lui ouvre les portes. Il se jette dedans et écrase les boutons des niveaux d'habitation, mais pas la peine de se mettre la rate au court-bouillon, gamin : toutes les équipes de sécurité sont rassemblées deux étages plus haut et attendent que les pompiers de bord arrivent pour gérer l'incendie imaginaire.

Quatre minutes plus tard, il sort de son ascenseur dans les quartiers personnels. Le souffle coupé. Couvert de transpiration. L'air de sortir d'une heure de muscu intensive.

Il marche jusqu'à sa cabine et ferme la porte.

Je suis prêt à parier mon petit doigt que notre héros a passé les dix minutes suivantes à remercier tous les dieux connus de son répertoire, d'Allah à Yahvé.

À moins qu'il n'ait été trop occupé à vomir ses tripes.

Participants : DansTonClic, CitB
Date : 27/07/75
Heure : 04h49

MMENCER CHATHYPATIA CODE V9 BASIC ONCLICK="FENETRE.OUVERTE//CHAT.HYPATIA/HYP

CitB : tu dors pas ? trop de stims ?

DansTonClic : j'arriverai plus jms à dormir. G le cœur qui va éclater

CitB : comme c touchant. l'amour ?

DansTonClic : hin hin hin. le stress et l'adrénaline.

CitB : vs vs êtes raconté des cochonneries avec ton mec ?

DansTonClic : t'as bien de la chance que j'aie la flemme de traverser tout le vaisseau pour venir te cogner

CitB : t'as besoin d'extérioriser la frustration de la distance à ce que je vois

DansTonClic : si t pas sage, je partage pas mes découvertes

CitB : ... regarde, je suis sage. balance.

DansTonClic : je t déjà dit qu'il y a eu des exécutions après le jugement en cour martiale

CitB : ouaip

DansTonClic : je viens de trouver pourquoi. ils avaient désobéi aux ordres d'AIDAN

DansTonClic : les ordres d'abattre les civils du Copernicus

DansTonClic : les ordres d'une IA complètement tarée, donc

CitB : si ces ordres ne venaient pas de torrence, pourquoi sanctionner les militaires ?

DansTonClic : pour ne pas admettre qu'ils ont perdu le contrôle d'AIDAN. imagine la panique que ce serait.

CitB : [redacted]

DansTonClic : n'est-ce pas

CitB : tu sais s'ils vont bientôt réactiver AIDAN ? g pas envie de voir arriver nos copains du Lincoln

DansTonClic : je pense pas. mais y a un problème plus embêtant qui nous guette. g pu accéder au réseau de l'Alexander, je t'envoie les docs

CitB : alors le bourreau des cœurs nous a aidés ! nos jeunes héros ont remporté la victoire !

DansTonClic : tu veux les docs ou pas ?

CitB : ... g rien dit

DansTonClic : c envoyé

COPERNICU

SSAGE PERSONNEL – SYSTÈME DE COMMU

REMARQUE : Ci-après, une sélection des documents que Grant a découverts sur les serveurs de l'*Alexander* et qui retracent ce qui a eu lieu sur le *Copernicus* dans les six mois précédant sa destruction. Prêtez bien attention aux dates. Et gardez la lumière allumée pour la lecture.

DESTINATAIRE : Capitaine Ryker
EXPÉDITEUR : Dr Teresa Shteyngart, médecin-chef à bord du Copernicus CW
DATE : 20/03/75 HEURE : 12h17
OBJET : Pathogène

Capitaine,

Maintenant que mon équipe a achevé l'examen des 1 896 survivants de l'attaque de Kerenza qui sont désormais à bord du *Copernicus*, je peux confirmer plusieurs suspicions.

BeiTech a effectivement utilisé lors de son assaut un agent biochimique, qui aurait été envoyé via un missile dans l'atmosphère au-dessus de la raffinerie d'hermium de Kerenza. Cela explique pourquoi la maladie reste confinée au *Copernicus* : nous sommes le seul vaisseau à avoir fait descendre des navettes près de la raffinerie, et donc le seul vaisseau à avoir accueilli des réfugiés contaminés.

Je suis au regret de vous informer que, compte tenu du désordre de l'évacuation ainsi que du nombre exorbitant de réfugiés, le protocole de quarantaine de rigueur n'a pas pu être suivi par l'équipage du *Copernicus*.

Peu après l'évacuation, le personnel médical du *Copernicus* a commencé à recevoir un flot continu de signalements de troubles de stress post-traumatique (TSPT) parmi les évacués. Parmi les symptômes, on comptait anxiété, nausées, tachycardie, et des migraines souvent si violentes qu'elles en devenaient handicapantes (tremblements, convulsions, catatonie/paralysie). Cependant, le TSPT étant une réaction logique chez des civils ayant vécu une invasion militaire d'une telle ampleur, nous avons tout d'abord entrepris les traitements habituels en la matière (cellule psychologique, remèdes pharmaceutiques).

Ce n'est qu'après que des membres de l'équipage du *Copernicus* qui n'avaient participé ni à l'attaque ni à l'opération de secours eurent commencé à présenter des manifestations similaires que nous avons pris conscience qu'il s'agissait peut-être d'un problème plus vaste.

Je vous envoie au plus vite un autre message contenant la liste des malades parmi les passagers et l'équipage.

Dr Teresa Shteyngart

DESTINATAIRE : Capitaine Ryker
EXPÉDITEUR : Kurt Heyder, ingénieur-chef à bord du Copernicus CWU-7891
DATE : 27/03/75
HEURE : 15h49
OBJET : Re: Filtres à air

Harry,

Pour faire court : non. Le système de ventilation n'est pas fait pour gérer un agent en suspension qui circulerait dans le vaisseau. On pourrait peut-être installer un champ ionisant dans les nettoyeurs de CO_2 pour filtrer les matières organiques, mais ça n'empêchera pas les porteurs du virus de le propager et, en plus, je ne peux aucunement garantir qu'on arriverait à éliminer le pathogène dans l'air recyclé. C'est EXACTEMENT pour ce genre de situation qu'on a des protocoles de quarantaine, [redacted]. On est dans l'espace, dans une boîte de métal fermée hermétiquement, alors un [redacted] d'agent biologique en suspension ne peut que revenir encore et encore dans nos poumons, parce qu'il n'a nulle part ailleurs où aller. Au moment où je rédige ces lignes, neuf membres de mon équipe souffrent de la Tremblote (comme on le surnomme affectueusement dans le coin).

Si vous voulez [redacted] sur quelqu'un, vous avez qu'à [redacted] sur les contrôleurs qui ont laissé ces crasseux sortir des hangars d'atterrissage et se mêler à la population du vaisseau.

K.

EH, LES KIDS!

Aide Astro-Tim à gagner son combat contre les virus de l'espace ! Il te suffit de suivre ces simples règles :

- N'oublie jamais de porter ton masque !
- N'oublie jamais de te laver les mains !
- N'oublie jamais de refermer les portes et les cloisons derrière toi !
- Si tu vois quelqu'un avec la Tremblote, préviens immédiatement un membre de l'équipage !!!

CE MESSAGE DE SÉCURITÉ A ÉTÉ ÉLABORÉ POUR VOUS PAR L'ÉQUIPE MÉDICALE DU *COPERNICUS*.

POUR PLUS D'INFORMATIONS, N'HÉSITEZ PAS À CONTACTER LE SOUS-OFFICIER *COPERNICUS* AFFECTÉ À VOTRE SECTIO

COPERNICUS

SSAGE PERSONNEL – SYSTÈME DE COMMUNICATION DU COPERNICUS

DESTINATAIRE : Capitaine Ryker
EXPÉDITEUR : Dr Teresa Shteyngart,
officière, médecin-chef à bord du Copernicus CWU-7891
DATE : 15/06/75 HEURE : 10h31
OBJET : Re: re: re: re: re: Pathogène

Capitaine,

Nous tâchons actuellement de déterminer la chronologie de la contamination. Les observations suite à l'attaque de Kerenza semblaient indiquer une période d'incubation de près de 24 heures, mais nous disposons de données conflictuelles.

Le virus est en suspension dans l'air. La durée des effets handicapants varie grandement d'un sujet à un autre – certains sont catatoniques jusqu'à 3 ou 4 jours, d'autres se remettent dans la journée. La rémission totale est quasi universelle, à la rare exception d'un patient particulièrement jeune ou affaibli. Cependant, *rien ne prémunit* d'une réinfection. Le fait que les gens puissent être infectés de nouveau est à lui seul inquiétant : logiquement, une fois que le système immunitaire est parvenu à repousser l'invasion, les anticorps devraient permettre d'empêcher une nouvelle infection par le même pathogène.

Cela tend à suggérer que le virus est par nature mutagène.

J'émets l'hypothèse que l'arme biochimique était encore à l'état de prototype quand la population de Kerenza y a été exposée – cette attaque était peut-être un « test » de la part des forces de BeiTech.

À suivre : les derniers chiffres de l'infirmerie. La plupart des techniciens utilisent le mot « Phobos » (du grec ancien) pour mentionner le virus. Le Dr Salinger a une passion pour l'Antiquité, et je crains que le surnom ne soit resté.

Dr Teresa Shteyngart

PS : Tu m'as manqué hier soir. Tu crois qu'on pourra se trouver un moment bientôt ?

PROCÈS-VERBAL D'INTERPELLATION

DATE : 17/06/75

IDENTIFICATION ADN : 771-1COP17

INTERPELLATION N° 78374jd

OFFICIEL CHARGÉ DE L'INTERPELLATION : BLYTHE, RANDALL, sergent

INTERPELLÉ : MORTON, MARK – 31 ans

RÉFUGIÉ DE KERENZA – ID : KR985cop

SOUS L'EMPRISE DE DROGUE/ALCOOL ? ~~Oui~~/Non

LE CAS ÉCHÉANT, TYPE D'ARME : Clé à molette, tournevis

CHEFS D'ACCUSATION : Quadruple homicide

RAPPORT : À 23h45 (heure de bord), le caporal Adler et moi-même avons été appelés pour une atteinte à l'ordre public au domicile temporaire VERT-12b. La cabine était verrouillée, mais des résidents des domiciles voisins ont rapporté quelques brefs hurlements provenant de l'intérieur environ un quart d'heure plus tôt.

Le cpl Adler et moi-même avons utilisé notre passe d'accès universel pour entrer dans le domicile, foudroyeurs au poing. Le corps de la première victime (Maryanne Morton – 29 ans, KR985cop) a été découvert près de la porte d'entrée. Aucun signe de vie sur le bioscan. Un rapide examen a révélé que le crâne de la victime avait été enfoncé par un objet contondant. Les traces de sang sur les murs suggéraient plusieurs coups.

La deuxième victime (Stephanie Morton – 12 ans, KR987cop) et la troisième victime (Oliver Morton – 8 ans, KR988cop) ont également été retrouvées dans cette pièce. Aucun signe de vie sur le bioscan.

Un rapide examen a révélé de nombreuses blessures similaires sur le crâne et la poitrine (produites par des coups assénés avec un objet contondant). Les yeux de ces deux victimes avaient été arrachés.

Un bioscan infrarouge a révélé un signe de vie dans la chambre du domicile. Le cpl Adler a annoncé notre présence et a demandé au résident (identifié plus tard comme Mark Morton) de sortir de la chambre, les mains en l'air. Le résident a répondu que nous étions « avec eux » et nous a demandé de ne pas le regarder. Le résident montrait de grands signes d'agitation (il présentait une psychose semblable à celle qu'on trouve chez les accros à la tétraphénétrithylamine, d'après mon expérience) et a fini par sortir de la chambre, couvert de sang de la tête aux pieds, et ses deux armes à la main.

Le cpl Adler et moi-même avons tiré, et nos foudroyeurs ont atteint le résident à quatre reprises dans la région du torse. Cependant, cela n'a pas suffi à le maîtriser. Le résident s'est rapproché et m'a forcé à engager le combat à mains nues. Avec l'aide du cpl Adler, je suis parvenu à le maîtriser. L'état du cpl Adler est encore critique suite aux blessures subies au cours de cette altercation.

Une fois le résident attaché, j'ai appelé des renforts et suis entré dans la chambre, où j'ai découvert le cadavre de la quatrième victime (Julian Morton – 4 ans, KR989cop).

Comme les deux précédentes, cette victime avait été énucléée.

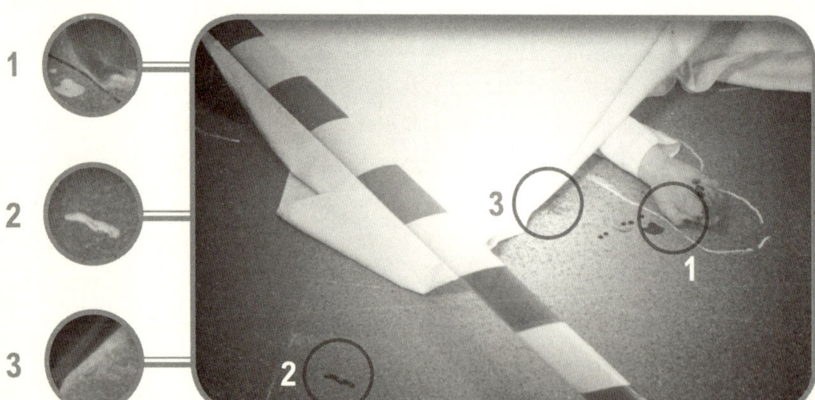

MISSI ET GIZMO : LES VOYAGES DANS L'ESPACE
SALUT LES ENFANTS ! C'EST GIZMO !
ET MISSY ! AUJOURD'HUI, ON VA VOUS EXPLIQUER COMMENT ON PEUT FAIRE VOYAGER DES GENS DANS L'ESPACE !
L'ESPACE EST TELLEMENT GRAND QUE ÇA NOUS PRENDRAIT DES MILLIERS D'ANNÉES DE PASSER D'ÉTOILES EN ÉTOILES EN FUSÉE. ALORS, ON SE SERT DES TROUS DE VER !
POUR COMPRENDRE LES TROUS DE VER, IL FAUT ESSAYER D'IMAGINER L'ESPACE COMME UN GRAND U. LES TROUS DE VER, C'EST COMME UN RACCOURCI ENTRE DEUX POINTS DE CHAQUE CÔTÉ. CERTAINS SE PRODUISENT NATURELLEMENT, À DES ENDROITS PLUS FRAGILES DE LA COURBE. ILS SONT À DES POINTS FIXES, ET ON PEUT LES OUVRIR AVEC DES MACHINES ! EN PLUS, IL Y A DES VAISSEAUX TRÈS SPÉCIAUX AVEC DES SUPER ORDINATEURS QUI PEUVENT OUVRIR DES TROUS DE VER TEMPORAIRES OÙ ILS VEULENT !
CONVENTIONAL SPACE
EN TRÈS PEU DE TEMPS. C'EST PRESQUE COMME VOYAGER À LA VITESSE DE LA LUMIÈRE
LA VITESSE DE LA LUMIÈRE, C'EST COMME LA LIMITATION DE VITESSE DE L'UNIVERS.
DU COUP, LES TROUS DE VER NOUS PERMETTENT DE CONTOURNER LA LIMITATION DE VITESSE.
daddy said he loves me but then he goes away and daddy says
he'll come back but what if he doesn't what if he gets hurt or
what if he's a liar what if he's a liar and he doesn't
come back what if he leaves me like
he left mommy?
get on the ship and im a good girl and
what if he doesn't
come back
daddy please
you'll see i'll make you stay
make you stay forever

DESTINATAIRE : Capitaine Ryker
EXPÉDITEUR : Dr Teresa Shteyngart, officière, médecin-chef à bord du Copernicus CWU-7891
DATE : 07/07/75 HEURE : 14h47
OBJET : Re: re: Phobos

Pour répondre à ta première question : oui, le virus est en mutation. Nous sommes dans un circuit fermé avec près de deux mille personnes de plus que prévu à bord. Tout le monde respire le même air que tout le monde, et tout le monde contamine l'espace vital de tout le monde. Le Copernicus s'est transformé en incubateur géant – ce serait sûrement fascinant, vu de derrière un microscope.

Pour ta deuxième question : non, on ne peut pas. Je ne peux que présumer que BeiTech voulait s'en servir comme dispositif d'apaisement urbain : le virus attaquait à l'origine le centre de la peur, dans le cerveau, ce qui rendait les victimes catatoniques. Alors si on frappe une population ainsi, tout le monde se retrouve paralysé en 24 à 48 heures, et les troupes peuvent débarquer sans aucune résistance. Sauf que maintenant, le virus semble attaquer la fente synaptique et les mécanismes de recapture de la sérotonine, et il provoque des dégâts semblables à ce qu'on observe chez les toxicomanes qui consomment de la poudre depuis longtemps. C'est quasiment de la psychose en boîte. Et les dommages sont permanents. Ce truc, ça ne pardonne pas.

Troisièmement, je ne pense pas. J'en ai très envie, mais je ne peux vraiment pas m'absenter. Peut-être demain.

Tu me manques aussi.

Teresa

RAPPORT DE LABORATOIRE

Officier scientifique : Dr Tobias Salinger,
Dr Teresa Shteyngart (assistante)

Date : 12/07/75

14e heure

Le sujet 72 présente des comportements typiques du début de l'infection par Phobos Alpha :

- Niveau d'adrénaline élevé
- Palpitation/hyperventilation
- Tremblements
- Malaise général/violent effroi

Ces symptômes apparaissent 12 à 24 heures après l'infection par la souche Alpha. Les symptômes de la souche après mutation (que nous avons appelée Phobos Bêta) semblent plus rapides – le dernier groupe de rats que le Dr Shteyngart a infecté a manifesté des tendances psychotiques moins de 8 heures après.

J'émets l'hypothèse que Phobos Alpha est conçu pour optimiser sa propagation, en encourageant en premier lieu des réactions de peur minimes, pour ne devenir réellement handicapant que plus tard. Au début (et c'est ce qui est le plus insidieux ici), les victimes vont **rechercher activement** un contact extérieur – en particulier des personnes aimées – afin de les aider à gérer leur effroi (comme l'instinct d'un nourrisson effrayé appelant sa mère). La victime désire alors un réconfort physique (qu'on lui tienne la main, qu'on la prenne dans ses bras), ce qui augmente fortement les chances de propager l'infection.

C'est du génie, à vrai dire. Pour peu qu'on soit un sociopathe.

Sujet n° 72 : NAME NOM TAYLOR, Laini

22e heure

Le sujet 72 est tombé en léthargie complète. Parmi les symptômes :

- Bouche figée en rictus
- Ralentissement du rythme cardiaque
- Baisse de la température corporelle
- Quasi-absence de réaction des pupilles

Sans l'équipement adéquat et sans une équipe suffisamment formée, c'est une théorie difficile à confirmer, mais je soupçonne l'infection de s'attaquer en premier lieu au cortex sensoriel et **non** au thalamus, comme l'avait suggéré le Dr Shteyngart. Néanmoins, nous convenons tous deux que les effets sur le complexe amygdalien (qui décode les émotions et détermine les menaces éventuelles) sont profonds. Les personnes infectées vont souvent se convaincre qu'elles sont **parfaitement saines**, ou éviter volontairement de se faire soigner, par peur d'être punies/persécutées/mises en quarantaine.

J'avais l'intention de commencer à comparer la résistance cellulaire d'Alpha et de Bêta mais une des assistantes (Jane, une jeune fille charmante) a fait tomber un plateau entier de fioles de sang infecté par Phobos Bêta. Il y a du verre partout.

Ce n'est pas vraiment sa faute : nous sommes beaucoup trop nombreux ici. J'ai hésité à les envoyer tous se reposer un peu, mais nous sommes les seuls capables de trouver une solution.

Et puis, ça fait du bien d'être entouré. L'idée de se retrouver seul en ce moment est terriblement déconcertante.

27e heure

Le sujet 72 a atteint un stade de paralysie. Sa tension et sa respiration sont en deçà des normales pour un sujet humain.

J'ai relu les travaux du Dr Shteyngart sur les dégâts que le virus inflige aux vaisseaux synaptiques et j'y ai noté plusieurs erreurs.

Je vous jure, cette femme ne saurait pas faire la différence entre un hippocampe et un hippopotame. On songerait pourtant que, en tant que coauteure de ce rapport, elle passerait plus de temps à **aider** qu'en compagnie de notre cher capitaine. Quelqu'un de plus disposé à la paranoïa pourrait soupçonner qu'elle compte simplement me voler mon travail et le publier sous son seul nom.

Enfin, si tant est qu'on arrive à atteindre un portail de saut.

Si tant est qu'ils **veuillent** vraiment qu'on l'atteigne.

28ᵉ heure

Le sujet 72 montre quelques mouvements musculaires. Les battements de son cœur ont augmenté de 12 % au cours des trente dernières minutes. Le système immunitaire combat le pathogène – comme suggéré précédemment, la souche Alpha n'avait pas pour but de rendre ses victimes infirmes pendant plus de quelques jours. Tout de même, le sujet 72 fait montre d'une résilience remarquable pour quelque chose d'aussi fondamentalement faible.

Nous sommes vingt-trois, entassés dans ce minuscule labo. Quarante-six yeux. On transpire dans nos combinaisons de protection trop fragiles. Si fines. Si faibles. Si peu pour nous séparer, nous de ça et ça de nous.

Mon pied me fait mal. La peau qui me démange. Jane m'a demandé si j'allais bien. Sale petite fouineuse. Pas ses oignons. Mais j'allais pas lui dire ça, non. Un sourire, et faire oui oui. Un sourire, et faire ouiouiouioui.

Un des assistants (me souviens pas de son nom… Roberts ? Robbins ?) parle dans sa barbe en travaillant. Il croit que personne ne l'entend, mais moi si.

J'entends.

Je vois.

Oh non.

29e heure

Shteyngart est enfin de retour au labo.

Je me demande si elle a eu le temps de prendre une douche.

Je me demande si j'arriverais à sentir la puanteur du capitaine si je soulevais sa combinaison.

Elle part dîner avec Ryker dans ses quartiers pour lui murmurer ses mensonges à mon sujet et pendant ce temps-là je suis coincé dans ce trou avec ces macaques ignorants qui se parlent tout seuls et qui se [redacted] avec les yeux et pendant tout ce temps les choses empirent et personne ne fait rien pour les arrêter à part moi.

Jane me regarde encore. Avec ses jolies petites choses vertes qui flottent dans sa tête.

Arrête de me regarder.

30e heure

ARRÊTEDEMEREGARDER.

ARRÊTEDEMEREGARDER.

ARRÊTEDEMEREGARDER.

ARRÊTEDEMEREGARDER.

ARRÊTEDEMEREGARDERARRÊTEDEMEREGARDER ARRÊTEDEMEREGARDERARRÊTEDEMEREGARDER ARRÊTEDEMEREGARDERARRÊTEDEMEREGARDER ARRÊTEDEMEREGARDERARRÊTEDEMEREGARDER ARRÊTEDEMEREGARDERARRÊTEDEMEREGARDER ARRÊTEDEMEREGARDERARRÊTEDEMEREGARDER ARRÊTEDEMEREGARDERARRÊTEDEMEREGARDER ARRÊTEDEMEREGARDERARRÊTEDEMEREGARDERES-PÈCEDESALE[redacted]

Participants : DansTonClic, CitB
Date : 27/07/75
Heure : 05h12

MMENCER CHATHYPATIA CODE V9 BASIC ONCLICK="FENETRE.OUVERTE//CHAT.HYPATIA/HY

DansTonClic : t'as lu?

CitB : [redacted]

CitB : [redacted]

CitB : [redacted]

DansTonClic : bien dit

CitB : c'est pour ça qu'ils ont coupé les comms entre civils y a quelques semaines. les dates concordent avec le moment de la mutation du virus

DansTonClic : de toute façon, on n'a jamais cru à leurs histoires de maintenance

CitB : c'est pour ça qu'AIDAN a explosé le Copernicus

DansTonClic : ça, on en sait rien

CitB : mouais

DansTonClic : mais il y a plus grave

CitB : plus grave que l'IA qui a tué un tiers de la flotte ? plus grave que le fait qu'il n'ait pas eu le choix ??

DansTonClic : les navettes de survivants du Copernicus sont à bord de l'Alexander

CitB : ben oui. ils ont déconnecté AIDAN dès qu'il a éliminé le Copernicus, du coup on a pu récupérer les navettes

DansTonClic : ON EN SAIT RIEN

DansTonClic : j'ai trouvé autre chose. J'étais tellement sûre qu'elle était là, et maintenant je prie pour qu'elle n'y soit pas. J'arrête pas de trembler.

CitB : j'aimerais avoir mieux à dire que « désolé »

DansTonClic : y a rien de mieux à dire. Il faut que j'explique à Ezra ce que j'ai trouvé. Quand je pense à tous ces survivants entassés dans le hangar 4

DansTonClic : tous ensemble

CitB : …

DansTonClic : pour l'instant

CitB : [redacted]

DansTonClic : ouais

CitB : [redacted]

Participants : ~~Ann Chau, capitaine~~ (reroutage_système78h@786HG=DansTonClic)
~~David Torrence, général~~ (reroutage_système78h865HG=EMason)
Date : 27/07/75 Heure : 06h31

MMENCER CHATHYPATIA CODE V9 BASIC ONCLICK="FENETRE.OUVERTE//CHAT.HYPATIA/ALEX

DansTonClic : Ez, j'ai trouvé un truc

Mason, E., 2d lt : pour jimmy ?

DansTonClic : oui. rien de sûr, par contre. je crois qu'on devrait attendre d'en savoir plus avant que tu lises ça

Mason, E., 2d lt : tu [redacted] ? non, envoie. Il va bien ?

DansTonClic : écoute, je voulais pas te mentir et te dire que j'avais rien trouvé. mais franchement, je ne crois pas que tu devrais lire ça.

Mason, E., 2d lt : pourquoi, qu'est-ce qui se passe

Mason, E., 2d lt : Kay ?

DansTonClic : écoute, c'est pas terrible, mais c'est… c'est encore trop tôt pour savoir, est-ce que tu peux juste me faire confiance ?

Mason, E., 2d lt : pourquoi, qu'est-ce qu'il y a ?

Mason, E., 2d lt : MAIS RÉPONDS-MOI

DansTonClic : je dis pas ça pour empirer les choses. il y avait plein de trucs dans ces dossiers.

Mason, E., 2d lt : est-ce que tu sais quelque chose ou pas ? C'est mon ami, bon sang

Mason, E., 2d lt : il a été là pour moi quand je me rendais dingue à cause de nous. il a été là pour moi quand mon père est mort et que j'avais personne d'autre. Je lui dois au moins ça, Kady

DansTonClic : il a été là pour toi, et pas moi, c'est ce que tu veux dire

Mason, E., 2d It : arrête, [redacted], ça n'a rien à voir avec toi et moi, RIEN. DIS-MOI CE QUE TU SAIS

DansTonClic : promets-moi que tu ne feras pas de bêtise. promets-moi que tu comprends que ça ne l'aidera pas de t'attirer des ennuis à toi aussi

DansTonClic : Ezra ?

Mason, E., 2d It : d'accord, c'est promis

DansTonClic : une vraie promesse. pas juste des paroles en l'air pour obtenir ce que tu veux. je ne peux pas te perdre, Ez. tu es tout ce que j'ai.

Mason, E., 2d It : c'est vraiment sale, hein ?

DansTonClic : ça pourrait devenir encore pire si tu fais quelque chose de stupide. tu pourrais nous mettre en danger tous les deux.

Mason, E., 2d It : Je promets. Sur ma tombe.

DansTonClic : on devrait pas avoir besoin d'aller jusque-là

DansTonClic : envoyé

RAPPORT DE MISSION
MINISTÈRE DE L'INTÉRIEUR
ARMÉE SPATIALE DES TERRAPLANÈTES
FLOTTE ALEXANDER

ALEXANDER-78

REMARQUE : Rapport de mission de la lieutenante des forces spéciales des ATU Winifred McCall concernant l'incident dans le hangar 4 de l'*Alexander*.

DATE : 26/07/75 (11h17, heure de bord)

LIEU : Porte-chasseurs des Autorités des Terraplanètes Unifiées *Alexander* (hangar 4)

IDENTITÉ DE L'OFFICIER : Winifred McCall (ATS-961-641id)

RANG : Première lieutenante

À 19h06 (heure de bord) le 25/07/75, l'escouade Sigma et moi-même avons été appelées en urgence pour une alerte code bleu par l'état-major de l'*Alexande*r. L'escouade s'est rassemblée dans un délai convenable au pont 146, où nous avons été briefés par la première sous-officière Lia Myles pour le compte du général Torrence.

Situation : les réfugiés du *Copernicus* en quarantaine dans le hangar 4 avaient déclenché une sorte de révolte pour protester contre leurs conditions d'enfermement, et des violences s'en étaient suivies. L'escouade Sigma a reçu l'ordre d'entrer dans le hangar pour y rétablir l'ordre. Les caméras de surveillance à l'intérieur avaient été désactivées/détruites et les bioscanners ne passaient pas au-delà des cloisons du hangar, alors nous devions y aller à l'aveugle. On nous a donné des fusils d'assaut avec permis de tuer en cas extrême, afin de contenir une éventuelle menace. On nous a également fourni l'équipement pour milieu hostile, y compris une combinaison hermétique de protection de type A.

« C'est pour quoi, les combinaisons ? » ai-je demandé.

~~Je savais déjà la réponse : les rumeurs allaient bon train au sujet de la maladie du *Copernicus*. Tout le monde savait qu'il y avait de grandes chances qu'au moins quelques-uns de ces réfugiés soient porteurs. Je voulais juste l'entendre de ma hiérarchie.~~

La sous-officière Myles m'a lancé un long regard noir (jolis yeux, d'ailleurs) avant de répondre. ~~Vous voyez, Myles ne m'aime pas. Elle sort de l'académie militaire et c'est une politicarde née. Quand elle voit les médailles épinglées sur ma poitrine, elle est persuadée que je m'estime meilleure qu'elle.~~

~~Pas bête, donc.~~

« Excellente question, lieutenante, a-t-elle finalement répondu. Nous soupçonnons la présence d'une mutation du virus Phobos – désormais un pathogène de classe Alpha Zéro – dans le hangar 4. Il est possible qu'aucun réfugié ne soit infecté, mais nous ne voulons prendre aucun risque. Je répète : vous avez autorisation de faire usage de la force dans le but de tuer. Personne ne sortira vivant de ce hangar sans une combinaison de protection intacte.

— Vous nous demandez de tirer sur des civils.

— Je vous demande de protéger les six mille personnes de cette flotte. Je vous demande d'user de tous les moyens nécessaires pour empêcher un corps infecté de rejoindre la population de l'*Alexander* et de propager ce pathogène à nos passagers. »

Mains sur les hanches.

« Je vous demande de faire votre boulot. »

À ces mots, quelques-uns de mes petits nouveaux parmi les réfugiés de Kerenza ont eu l'air un peu paniqué. Après tout, ils risquaient peut-être de tomber sur des gens qu'ils connaissaient, là-dedans. Ils n'avaient reçu aucun entraînement concernant les agents chimiques ou les armes biologiques. Ils étaient enrôlés depuis six mois, et la plupart avaient encore du mal à distinguer le canon de la crosse sur un fusil d'assaut à explosion VK-85 – et encore, quand ils arrivaient à faire leurs lacets correctement. ~~Étant la seule~~

~~gradée du groupe, je me devais de suivre les ordres sans discuter, mais mon second, le sergent James McNulty, s'est avancé pour poser la question qui me brûlait les lèvres.~~

« Si ces civils sont infectés, pourquoi on ne les laisse pas simplement enfermés là-dedans ?

— Il y a parmi eux des ingénieurs du *Copernicus*, a répondu la sous-off. Ils s'attaquent aux sas d'accès. Et vu qu'ils disposent des outils nécessaires, ils finiront par réussir à les ouvrir.

— Pourquoi on n'ouvre pas une des portes extérieures pour les balancer dans le vide ? »

Ça, c'était le caporal Sykes, un de mes gars les plus hargneux. ~~On racontait qu'il avait reçu un appel vidéo de sa femme qui lui annonçait qu'elle se tirait avec son psy, trois jours avant l'attaque de Kerenza. Elle avait même embarqué le chien. Alors qu'apparemment, elle détestait les clébards.~~

« Fermez-moi cette trappe à ordures, caporal, ai-je ordonné.

— Non, c'est une question valable », est intervenu Myles.

Là, j'ai les sourcils qui sont montés jusqu'au plafond. ~~Un trou noir d'empathie, notre petite Lia Myles.~~

Elle s'est tournée vers Syke :

« Les réfugiés ont déjà désactivé les mécanismes de déverrouillage des portes extérieures du hangar. Nous ne pouvons plus les actionner depuis le pont de contrôle. Ils ont dû calculer que nous risquions de les expulser.

— J'me demande ce qui a bien pu leur donner cette idée, a marmonné McNulty.

— D'autres questions ? » a-t-elle ajouté en me regardant.

Silence.

« Bien. Bonne chasse. »

Tout le monde s'est équipé. Pas un bruit parmi mes gars. Pas une plaisanterie. Mauvais signe. Je surveillais mes nouveaux de Kerenza, en me demandant s'ils garderaient leur sang-froid en entendant l'ordre d'ouvrir le feu sur des gens qu'ils connaissaient.

Si le concept du « bien commun » parviendrait à se frayer un chemin jusqu'à la gâchette sans être arrêté par la loyauté, l'amitié ou l'amour.

Au final, j'ai décidé de ne pas faire rentrer mes ex-civils dans le hangar avec le reste de l'escouade, et de les garder en réserve devant la porte extérieure du deuxième sas. Cela voulait dire que nous entrerions en sous-effectif, mais pas un de mes bleus n'a su dissimuler son air soulagé.

Nous avons avancé vers les hangars, et les techniciens du pont de contrôle nous ont fait traverser les trois portes blindées l'une après l'autre – nous avions toujours nos passes d'accès, mais l'état-major avait pris des mesures de sécurité pour outrepasser le déverrouillage du hangar 4. Chaque sas devait se refermer entièrement et subir une désinfection atmosphérique avant que le suivant ne s'ouvre. On nous avait indiqué que la première porte intérieure était déjà compromise – apparemment, les petites souris avaient bien bossé. J'ai ordonné à ma troupe de réserve de se positionner à la deuxième porte et de tuer tout ce qui se présentait sans identification préalable. Puis j'ai demandé aux techniciens de déverrouiller la dernière porte.

Elle s'est ouverte. Le hangar était plongé dans l'obscurité. ~~Aussi noir que les ténèbres qui attendaient derrière les portes du vaisseau.~~ Nous avons enclenché la vision thermique de nos casques, et sommes entrés, VK au poing.

« Enlevez la sécurité », ai-je commandé.

McNulty s'est mis en position et a avancé dans les ténèbres. J'ai aperçu du matériel de soudure et des cutters industriels éparpillés devant la porte intérieure, et des marques d'égratignure sur le titane. Le silence était presque complet. Cela faisait des jours qu'on avait désactivé AIDAN et coupé les propulseurs principaux, ~~mais je ne m'y étais toujours pas habituée. Avant, les moteurs produisaient ce bourdonnement constant, un tonnerre sur lequel on pouvait se reposer. Un battement de cœur.~~

~~Maintenant, plus rien. Et le mien n'était pas assez bruyant pour le remplacer.~~

~~Pas encore.~~

Le hangar était immense et s'étendait dans toutes les directions. J'ai suivi mon instinct et j'ai fait signe à l'escouade Sigma d'avancer vers les navettes du *Copernicus*. Abandonnées dans le noir derrière une barricade de fortune, les neuf carcasses trapues en forme de scarabée ressemblaient à des wagons de train comme on en voyait dans les docus d'histoire. J'ai cru voir un léger mouvement derrière un des hublots, puis plus rien.

C'est à ce moment-là que nous avons découvert les premiers corps.

~~J'ai vu des gens mourir. Violemment. Salement. Dans ce genre de boulot, on côtoie la Faucheuse au quotidien. Mais avec un peu de malchance, ce n'est pas une balle qui vous tue dans ce job. Ce sont des moments comme celui-là. Chacun vous enserre un peu plus la gorge.~~

Vingt cadavres. Onze de sexe masculin, neuf de sexe féminin. Des enfants, des ados et des adultes. Je ne sais pas où étaient les têtes, on ne les a pas retrouvées. Entièrement nus. Et tordus par terre comme pour faire un dessin. Ce n'est qu'au moment où j'ai grimpé sur un baril de carburant pour avoir une vue d'ensemble que j'ai compris que ces cadavres froids et nus formaient des lettres. Deux mots tracés sur le sol.

AIDEZ NOUS

« Seigneur Jésus, a soufflé Sykes.

— Je crois pas qu'il t'écoute, a commenté McNulty.

— La ferme, McNulty, ai-je dit.

— Coups de couteau, a repris Sykes, agenouillé près d'un corps. Et un paquet.

— Et ceux qui ont fait ça n'ont probablement pas eu la décence de se trancher la gorge après, ai-je dit. Ils sont toujours là, quelque part. Soyez vigilants. Et gardez votre calme. »

J'ai senti le regard de McNulty dans mon dos.

« Qu'est-ce qui se passe, bon sang, lieutenante ? »

Un hurlement.

On l'a entendu au loin, résonner dans les entrailles de l'*Alexander*. Une petite fille. Elle suppliait.

« On avance ! » ai-je sifflé. Nous nous sommes mis à courir. ~~La sueur sur la peau, le doigt sur la détente.~~ J'ai aperçu d'autres corps avachis dans le noir, mais je ne me suis pas arrêtée assez longtemps pour bien les examiner. Des crânes écrasés, des poignets ouverts. ~~Ce n'était pas une révolte. Ni une émeute.~~

Des silhouettes sont apparues devant nous. Cinq. Des voix s'entrechoquaient.

« Elle est là !

— Tenez-la bien !

— Aidez-moi !

— Le couteau ! Attrape le couteau !

— À l'aide !

— ATU, FORCES SPÉCIALES ! ai-je crié. NE BOUGEZ PLUS ! »

Et je les ai vus. Couverts de sang. Pâles, les yeux hagards. Trois hommes et une femme attroupés autour d'une petite fille qui ne devait pas avoir plus de neuf ou dix ans. Elle poussait des cris, suppliait. Un gros homme était assis sur sa poitrine pour l'empêcher de respirer. Les trois autres se tenaient au-dessus d'eux, tenant à la main des barres de fer et des clés à molette, leurs bras trempés de sang jusqu'aux coudes.

« Lâchez vos armes ! » a rugi McNulty.

L'escouade Sigma les a encerclés, les lasers rouges de leurs armes transperçant l'obscurité.

« Bande de [redacted], a craché la femme. C'est maintenant que vous venez ?

— Vous nous avez laissés crever ! a hurlé un autre.

— Lâchez vos armes, éloignez-vous de la gamine, et mettez les mains sur la tête, ai-je crié.

— Vous ne comprenez pas, madame », a gémi le gros homme.

Je me suis alors rendu compte qu'il pleurait. Les larmes traçaient des sillons brunâtres sur ses joues tachées de sang.

« Elle est avec eux… a-t-il ajouté. Elle est avec eux !

— Lâchez votre arme ! »

L'homme avait du mal à respirer. Ses doigts pianotaient sur le manche de métal ensanglanté dans son poing.

« Eric… a dit la femme.

— Elle est avec EUX !

— Tu vas lâcher ton arme, espèce d'enfoiré ! a beuglé Sykes.

— LÂCHEZ VOTRE ARME, IMMÉDIATEMENT ! »

J'ai regardé le visage de la petite fille dans le noir. Ses grands yeux marron. Sa main en l'air pour se protéger. Si petite, impuissante. Nous étions sa seule chance de salut.

Le gros homme a levé sa clé à molette.

« Eric, non !

— FEU ! »

Nos VK ont rugi et les tirs ont illuminé la scène. Quand on a eu fini, il y avait quatre nouveaux cadavres à terre, dont les yeux regardaient sans le voir le noir au-dessus de leur tête, ~~dans l'attente d'un dieu qui ne viendrait jamais.~~

Les pleurs de la petite fille ont brisé le silence. McNulty a remballé son VK pour se précipiter au milieu du carnage et soulever la petite fille du grillage couvert de sang sur lequel elle reposait. Il l'a serrée contre lui, ses grands bras enroulés autour d'elle. Il a fait tout ce qu'il fallait, prononcé pile les bonnes paroles.

« Chut, ma puce, ça va aller. Tout va bien, maintenant, tu es avec tonton Jimmy. »

~~Il aurait fait un bon père, McNulty.~~

Je ne sais pas où elle avait planqué son poignard de fortune. Dans sa manche ? Dans sa robe ? J'ai vu un éclair argenté, puis un éclat rouge. McNulty a poussé un rugissement quand la lame a traversé sa combinaison et la couche pare-balles en dessous.

Notre équipement est fait pour résister à un coup de couteau asséné par un gorille enragé, ou à une balle tirée à bout portant par un fusil d'assaut. J'ignore où elle a puisé une telle force.

McNulty a crié et a balancé la gamine pour agripper son bras blessé. Elle a heurté le sol, s'est ramassée sur elle-même, et a retroussé les lèvres pour révéler des dents jaunes. Elle s'est jeté sur Henderson et a planté son couteau dans sa combinaison – en plein dans l'œil. Puis, quand le corps de Henderson s'est effondré, son regard s'est posé sur moi. Ses grands yeux marron, brûlants de rage. La lame dégoulinant de sang dans son petit poing rouge.

« *Arrête de me regarder* », a-t-elle sifflé.

Sykes l'a abattue. Une balle au milieu du front. Je n'ai même pas eu le temps de lever mon arme. Puis on les a entendus. Des gens dans le noir. Qui nous interpellaient les uns après les autres. Quelque chose a fusé dans les airs dans notre direction, en crachant de minuscules étincelles.

Une bombe artisanale.

« Grenade ! »

La première explosion a éliminé Gandolfini, Montano et Parker. La deuxième m'aurait arraché les jambes si je n'avais pas eu le réflexe de faire un bond en arrière. J'ai distingué des silhouettes dans le noir, plusieurs dizaines, et d'autres bombes qui tombaient des portiques au-dessus de nous. Les explosions illuminaient le hangar comme les feux d'artifice lors de la fête de Terra, ils ont illuminé le corps de cette gamine de dix ans avec une balle dans la tête et un couteau ensanglanté toujours serré dans la main. Alors j'ai fait ce que tout officier un tant soit peu sensé aurait fait. Médailles de guerre ou non.

« On se replie ! Repli ! »

Il faut reconnaître à l'escouade Sigma un sang-froid impeccable : le repli s'est effectué en formation, tout en tirant pour me couvrir lorsque j'ai attrapé McNulty pour lui mettre un bras autour de mes épaules. Nos ennemis étaient intelligents – j'avais entendu dire que

Phobos vous rendait apathique, mais eux se déplaçaient avec assurance, en essayant de nous couper la retraite. Une dizaine de grenades à pulsations VK a calmé leur ardeur, et nous avons enfin eu la voie libre pour retourner au sas. McNulty grommelait des jurons dans sa barbe et n'arrêtait pas de dire qu'il avait été complètement idiot. Mais il n'avait pas l'air trop grièvement blessé – ses protections avaient limité les dégâts.

Ce n'est qu'une fois la porte du deuxième sas refermée derrière nous que j'ai compris à quel point je me trompais. Les bleus de Kerenza se sont rassemblés autour de nous en poussant des exclamations, et la voix de la sous-off Myles a résonné dans mon casque.

« Sigma, ici état-major. Lieutenante McCall, rapport de situation, à vous.

— État-major, ici Sigma. Au moins quarante ennemis dans le hangar. Nous avons perdu Henderson, Parker, Gandolfini et Montano. McNulty est blessé. À vous.

— Sigma, ici état-major. Est-ce que des ennemis sont parvenus à passer, à vous ?

— État-major, ici Sigma. Négatif. Ils sont enfermés derrière le sas 2. Faites-nous repasser au vaisseau, à vous.

— Sigma, ici état-major. Vous avez dit qu'il y avait un blessé dans votre équipe ? Confirmez, à vous.

— État-major, ici Sigma. Affirmatif. McNulty a pris un coup de couteau. Ça n'a pas l'air grave, mais…

— Est-ce que sa combinaison est intacte ? À vous. »

McNulty s'est tourné vers moi. Un regard que je n'oublierai jamais.

« État-major, ici Sigma…

— Est-ce que sa combinaison est intacte ? »

~~Il avait les yeux bleus, McNulty. Le bleu des océans.~~

« Lieutenante, est-ce que sa combinaison de protection est intacte ?

— … Négatif.

— Winifred, vous ne pouvez pas revenir dans le vaisseau avec cet homme. C'est bien compris ?

— Lia…

— Fred, non. Tu ne peux pas. »

À ce moment, la médaille sur ma poitrine m'a paru peser dix tonnes. Elle m'empêchait de respirer. De parler. ~~Ce ne sont pas les balles qui vous tuent. Ce sont des moments comme celui-là.~~

~~Qui vous enserrent chaque fois un peu plus la gorge.~~

Au final, c'est McNulty qui a répondu à ma place.

« État-major, ici McNulty. Bien reçu. Ordre compris. Terminé. »

J'ai retrouvé ma voix. À peine.

« Sergent, je…

— Laissez tomber, lieutenante. »

Il a tapoté son fusil.

« S'ils arrivent jusqu'ici avant que vous ne reveniez avec la cavalerie, je leur réserverai l'accueil qu'ils méritent.

— Nous reviendrons vous chercher, sergent. »

Il a souri.

« Bien sûr. »

Le sas s'est ouvert derrière nous. ~~Nous avons été accueillis par un détachement complet de la police militaire, foudroyeurs et VK pointés sur nous – juste au cas où on aurait voulu ramener McNulty quand même. Un trou noir d'empathie, notre petite Lia Myles. Je n'arrive pas à savoir ce que j'ai bien pu lui trouver.~~

McNulty nous a salués. Je voyais encore son sourire. Il n'y avait aucune peur dans ses yeux. Rien que le sens du devoir.

~~Il aurait fait un bon père.~~

« Eh, lieutenante ! m'a-t-il appelée avant que les portes ne se referment.

— Oui, sergent ?

— Si vous croisez Ezra Mason, rappelez-lui que son premier môme devra s'appeler James. Ou Jamette. »

Il tapota la poche de sa chemise.

« Et dites-lui de ne pas s'en faire. J'ai son Astro-Princesse pour me tenir chaud.

— Son Astro-Princesse ?

— Il saura de quoi je parle. »

Recevoir mille coups de feu me paraît plus clément que vivre un moment comme celui-là.

« C'est compris, sergent.

— Faites gaffe à vous, lieutenante. »

C'est la dernière fois qu'on l'a vu.

Je demande officiellement qu'on attribue l'Étoile d'argent pour acte de bravoure exceptionnelle au sergent James McNulty.

Première lieutenante Winifred McCall
ATU, forces spéciales
Porte-chasseurs Alexander

Participants : ~~Ann Chau, capitaine~~ (reroutage_système78h@786HG=DansTonClic)
~~David Torrence, général~~ (reroutage_système78h865HG=EMason)
Date : 27/07/75 Heure : 06h46

ENCER CHATHYPATIA CODE V9 BASIC ONCLICK="FENETRE.OUVERTE//CHAT.HYPATIA/ALEXAND

DansTonClic : Ez ? s'il te plaît, dis-moi que tu es toujours là

Mason, E., 2d lt : ces [redacted]

Mason, E., 2d lt : [redacted] D'[redacted]

Mason, E., 2d lt : UNE ÉTOILE D'ARGENT ? POUR DÉCORER SON CERCUEIL ? [redacted]

DansTonClic : Ez s'il te plaît reste devant ton clavier, parle-moi, s'il te plaît

DansTonClic : il n'est pas encore mort. ils ne disent pas s'il est mort

Mason, E., 2d lt : ils l'ont abandonné là-bas. il se passera quoi quand ces tarés arriveront à entrer dans le deuxième sas ?

Mason, E., 2d lt : il faut qu'on le sorte de là. tu peux pirater l'accès aux portes des hangars ?

DansTonClic : non, je ne peux pas. je te jure que c'est vrai. elle dit bien dans son rapport que les passes d'accès ne fonctionnent plus. ils ont outrepassé les manœuvres habituelles. s'il te plaît, Ez, ne fais pas de bêtise. il faut qu'on réfléchisse. Tu ne seras d'aucune aide à personne derrière des barreaux.

DansTonClic : ou avec une balle dans la tête.

Mason, E., 2d lt : trouve-moi des plans, je vais descendre aux hangars et je vais le sortir de là moi-même

DansTonClic : et après ? tu penses vraiment que c'est ce qu'il voudrait que tu fasses ?

Mason, E., 2d lt : Kady je ne peux pas le laisser là, il va y RESTER

DansTonClic : tu m'as fait une promesse. il savait ce qu'il faisait. crois-moi, si je voyais une solution, j'essaierais, mais je ne peux rien faire, et tu m'as juré que tu ne te ferais pas tuer, toi aussi. alors tu ne peux pas.

Mason, E., 2d lt : une promesse... ce n'est que des mots. ça ne veut rien dire.

DansTonClic : les mots, ça ne veut rien dire ?

DansTonClic : tu te [redacted] de moi ?

DansTonClic : les mots, c'est tout ce qui nous reste ! tu es tout ce qui me reste. tu ne veux pas l'abandonner, mais tu veux bien m'abandonner, moi ?

DansTonClic : et quand tu m'as dit que tu m'aimais ? quand tu as dit que tu voulais ce qu'il y avait de mieux pour moi ? c'était des [redacted], c'est ça ? ça ne veut plus rien dire, ça y est ?

Mason, E., 2d lt : mais si enfin Kady, je t'aime

Mason, E., 2d lt : Kady...

Mason, E., 2d lt : il n'y a que toi dans ma tête. Dès que je ferme les yeux, je te vois. Dès que je rêve, tu es là. Je pense à nous, aux erreurs que j'ai faites, je me dis que j'ai tout fichu en l'air et j'ai l'impression qu'on me déchire les entrailles

DansTonClic : alors ne va pas te faire tuer.

DansTonClic : je souffre pour lui, moi aussi, je souffre parce que tu souffres, même si je ne le connais pas. mais il a choisi de rester. il savait ce que ça signifiait. il ne te le pardonnerait jamais si tu te rendais malade, ou si tu te faisais abattre, pas si c'est vraiment un ami. quand ce genre de [redacted] arrive, on VIT, on survit, c'est comme ça qu'on rend honneur à ceux qu'on a perdus.

Mason, E., 2d lt : il n'est pas encore perdu. et je ne peux pas rester là à ne rien faire

DansTonClic : donne-moi une idée d'un truc que tu pourrais faire, un seul truc qui aurait une once de chance de lui sauver la vie, et on pourra en discuter. mais tu ne peux pas aller affronter ton état-major avec pour seule information des documents que tu n'es même pas censé avoir lus. tu risques juste de te faire exécuter. et qui te dit qu'ils ne font rien, eux ?

Mason, E., 2d lt : moi, je te le dis. Un drone, un soldat, un com-tech de plus ou de moins, ça ne leur fait rien, à eux. on n'est que des statistiques, pour eux. des chiffres.

DansTonClic : ça ne répond pas à ma question, Ez. Je ne te demande pas de ne pas t'en préoccuper. Je te demande de ne pas te faire tuer. S'il te plaît. Je n'y arriverai pas.

Mason, E., 2d lt : qu'est-ce que ça veut dire, ça ?

DansTonClic : ça veut dire

DansTonClic : ça veut dire que je t'en veux de me forcer à rentrer là-dedans alors que j'en ai pas envie

DansTonClic : mais je t'aime, [redacted], je t'aime aussi

DansTonClic : et je n'y arriverai pas si tu te fais tuer

DansTonClic : alors s'il te plaît, je t'en prie, ne fais pas de bêtise. s'il te plaît, ne me laisse pas assise là toute seule à flipper de ce que tu vas faire

Mason, E., 2d lt : woah, attends, remonte de trois paragraphes, ma grande

DansTonClic : s'il te plaît, Ez.

DansTonClic : Ez ?

Mason, E., 2d lt : ok

Mason, E., 2d lt : ok, je ne vais pas faire de bêtise

DansTonClic : je suis désolée. vraiment.

Mason, E., 2d lt : …

Mason, E., 2d lt : si seulement tu pouvais être là…

DansTonClic : je sais

DansTonClic : on a largement dépassé les 7 min. je suis vraiment désolée, mais il faut que j'y aille.

Mason, E., 2d lt : ouais

Mason, E., 2d lt : ok

DansTonClic : fais attention à toi, s'il te plaît. pour moi.

Mason, E., 2d lt : d'accord.

Mason, E., 2d lt : pour toi

DansTonClic : c'est promis ?

Mason, E., 2d lt : promis.

MESSAGE PERSONNEL – SYSTÈME DE COMMUNICATION DE L'HYPATI

Destinataire : David Torrence/DTORRENCESURALEXANDER
Expéditeur : Ann Chau/ACHAUSURHYPATIA
Date : 27/07/75
Heure : 09h05
Objet : Proposition

David,

J'ai fait tout ce que vous m'avez demandé. J'ai fait passer des tests à mes réfugiés, je les ai formés, et je les ai envoyés sur l'*Alexander* pour la conscription. J'ai démantelé mon vaisseau pour rééquiper le vôtre. J'ai fait circuler des informations dont je suis presque certaine qu'elles sont fausses à mon équipage et aux réfugiés à bord de l'*Hypatia*, en leur disant que le *Lincoln* était responsable de la destruction du *Copernicus* et de la mort de leurs amis et de leurs proches.

Le moins que l'on puisse dire, c'est que tout ceci me met extrêmement mal à l'aise. J'avais des amis et des collègues à bord de ce vaisseau. J'ai coopéré à chaque instant. Mais à ce stade, je ne peux continuer d'obéir ainsi à l'aveugle.

Nos scopes longue portée ont repéré le *Lincoln* à la suite de notre flotte. Si nous l'apercevons aujourd'hui, cela doit faire longtemps que vous savez qu'il se rapproche. Nous avons perdu notre avance quand nous nous sommes arrêtés pour nous ravitailler. La question n'est plus de savoir si le *Lincoln* nous rattrapera, mais quand. Et à ce moment-là, nous allons devoir nous défendre.

Nous avons estimé qu'il sera à portée de tir dans un peu moins de trois jours – soixante-dix heures, pour être exacte. Nous avons besoin de votre arsenal de défense. De vos canons automatiques. De vos têtes nucléaires. Vous devez réactiver entièrement votre intelligence artificielle, David. Et s'il y a quelque chose qui vous en empêche, vous devez nous laisser vous aider. J'ai un équipage réduit, mais ce sont d'excellents ingénieurs dans leurs domaines. Donnez-nous accès à votre système pour que nous puissions travailler ensemble.

Nous sommes dans le même bateau. Et un quart de votre équipage est constitué de civils recrutés d'office, désormais. Ne méprisez pas nos compétences simplement parce que mon équipage est constitué de civils, lui aussi.

J'attends votre réponse au plus vite.

Ann Chau
Capitaine
Vaisseau de recherche *Hypatia*

MESSAGE PERSONNEL – SYSTÈME DE COMMUNICATION DE L'ALEXANI

Destinataire : Ann Chau/ACHAUSURHYPATIA
Expéditeur : David Torrence/DTORRENCESURALEXANDER
Date : 27/07/75
Heure : 10h00
Objet : Re: Proposition

Ann,

J'ai fait ouvrir des comptes et un canal d'accès sécurisé pour votre équipe technique, ce qui lui permettra de travailler avec la mienne à dérouler des scénarios de test.

Aucun autre membre de votre équipage ne devra utiliser ce canal sécurisé – il est uniquement mis à disposition des personnes désignées ci-dessous. Veuillez noter que ce canal est considéré comme un bien militaire, et lorsqu'ils travailleront sur ce projet, les membres de votre équipage seront soumis à la loi militaire.

Si j'en surprends un à commettre une infraction, même minime, que ce soit prendre des nouvelles de ses copains ou se plaindre de la situation, je n'hésiterai pas à le traduire en cour martiale.

Ne vous affolez pas. Tout cela est loin d'être terminé, et nous n'en avons pas fini.

David

Informations de connexion :
1/2 Zhang/Byron :
Identifiant : Alexander/Core/Full/ZhangB
Mot de passe : skjh45mh2
2/2 Nestor/Consuela :
Identifiant : Alexander/Core/Full/NestorC
Mot de passe : 24rkdga9s

ALEXANDER-78V

COMPTE À REBOURS AVANT L'INTERCEPTION DE LA FLOTTE ALEXANDER PAR LE LINCOLN :

70 HEURES : 24 MINUTES

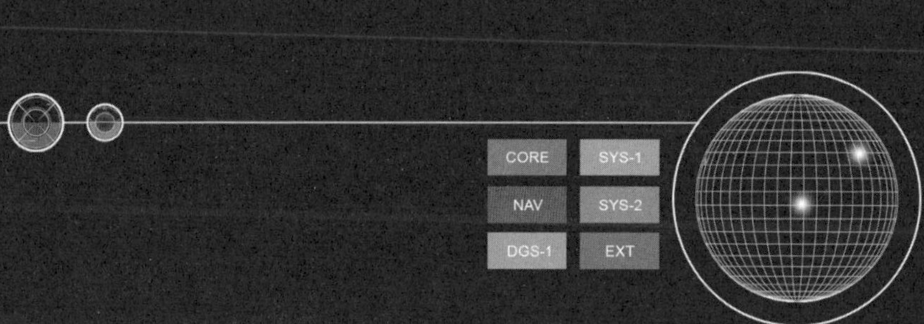

Participants : ~~Anton Boklov, caporal, ATU division services de l'information~~
(reroutage_système78h@786HG=DansTonClic)
Byron Zhang, civil, sous-traitant
Date : 27/07/75
Heure : 11h55

ENCER CHATHYPATIA CODE V9 BASIC ONCLICK="FENETRE.OUVERTE//CHAT.HYPATIA/ALEXAND

DansTonClic : holà copain

Zhang, B. : mais qu'est-ce que tu [redacted] sur ce canal ?

DansTonClic : eh ben, quel accueil

Zhang, B. : tu t'es infiltrée sur le réseau ?

DansTonClic : le caporal Boklov n'a pas l'air d'être là pour le moment, alors je me suis dit que j'allais lui emprunter son identifiant pour voir ce que tu faisais

Zhang, B. : rien ne t'arrête

DansTonClic : on peut pas en dire autant de toi. C bizarre de voir ton vrai nom. dans ma tête, tu t'appelles CitB.

DansTonClic : bon alors, c toujours pas réglé ? qu'est-ce qui te ralentit ?

Zhang, B. : c'est [redacted]ment compliqué, voilà ce qui me ralentit. t venue m'aider ?

DansTonClic : affirmatif, sensei

DansTonClic : est-ce que les tech militaires t'ont donné des infos sur ce qui se passe à bord de l'Alexander ?

Zhang, B. : aaah, inquiète pour ton copain ?

DansTonClic : oui

Zhang, B. : oh.

Zhang, B. : pff, maintenant j'ai plus le cœur à t'embêter

DansTonClic : réponse ?

Zhang, B. : non, sont pas bavards

DansTonClic : et toi, ça va ? tu as eu le tps de manger, boire ou dormir ces derniers jours ?

Zhang, B. : aucun des trois non, pas vraiment

DansTonClic : tu veux que je t'apporte un truc ?

Zhang, B. : non, je préfère éviter qu'on te voie sur les caméras en ma compagnie. tu risquerais de te faire repérer

Zhang, B. : ça prend trop de temps, de tout faire depuis l'Hypatia. y a un petit délai sur chaque commande, ça va vite m'énerver

Zhang, B. : mais bon je vais pas non plus me porter volontaire pour aller faire ça en personne sur l'Alexander

DansTonClic : y a des gens qui savent ce qu'ils font, au moins, parmi les militaires ?

Zhang, B. : quelques-uns. un type qui s'appelle Dorian, deux ou trois autres pas trop mauvais, à part ça, la plupart n'ont rien à faire là. ils ont été promus juste après Kerenza.

Zhang, B. : mais t'as beau être super doué, essayer de trouver comment réactiver AIDAN en le gardant sous contrôle, c'est un peu comme de vouloir attacher les tentacules d'une pieuvre dans le noir, mais en plus tu as aucune idée du nombre de tentacules qu'elle a, cette [redacted]

DansTonClic : ok, montre-moi ce que je peux faire. Il faut qu'on s'active. le Lincoln va pas nous attendre.

Zhang, B. : ça va, toi ?

DansTonClic : je fais aller. mets-moi au boulot.

MESSAGE PERSONNEL – SYSTÈME DE COMMUNICATION DE L'HYPATI

Expéditeur : Capitaine Ann Chau, cheffe de l'état-major de l'*Hypatia*
Destinataires : Syra Boll (major générale – navigation), Kate Irving (major générale – maintenance)
Date : 27/07/75 Heure : 12h03
Objet : Nos options

Syra, Kate :

J'ai besoin de quelques calculs en toute discrétion. C'est hypothétique, bien sûr, mais il appartient à l'état-major d'évaluer toutes les options existantes pour préserver la sûreté de l'*Hypatia*.

Je vous demande donc de me préparer un rapport confidentiel incluant :

- Les compétences de navigation de l'équipage actuel (Syra)
- L'état actuel de notre vaisseau (Kate)
- Les possibilités d'augmentation de notre vitesse et d'amélioration de notre réseau de défenses (Kate)

Pour faire simple, ma question est la suivante : si nous devions nous séparer de l'*Alexander* pour partir de notre côté vers *Heimdall*, que ce soit par choix ou par nécessité, quelles sont nos chances ?

Je veux une liste des scénarios envisageables et un rapport sur les probabilités de survie, et toute idée qui nous permettrait d'augmenter nos chances sera la bienvenue. L'*Hypatia* n'a pas été conçu pour affronter les profondeurs sans escorte, mais il faut qu'on sache si notre poisson-pilote pourra survivre sans son requin garde du corps. Il faut qu'on se tienne prêts, au cas où.

Kate, prends soin de ne pas inclure Peyak dans cette affaire. Je sais qu'il ne décolère pas depuis la conscription de Matt et qu'il ne sera pas très enthousiaste pour nous aider à préparer un plan afin de nous éloigner de l'*Alexander*. D'ailleurs, je pense même qu'il s'empresserait d'en parler à Matt – enfin, si les comms étaient restaurées un jour.

Vous avez douze heures pour me rassembler le plus de données possible, puis on se verra en tête à tête pour discuter de vos découvertes.

Ann

CLASSIFICATION :
HYPATIA/INTERNE UNIQUEMENT
SÉCURITÉ MAXIMALE/DÉTRUIRE/PAS DE SAUVEGARDE

REMARQUE : Le moral est en chute libre à bord de l'*Hypatia* et de l'*Alexander*. Des rumeurs de plus en plus folles circulent.

MÉMORANDUM AUX OFFICIERS

PORTE-CHASSEURS ALEXANDER-78V

DATE DE CRÉATION : 27/07/75

EXPÉDITEUR : GÉNÉRAL DAVID TORRENCE

ÉTAT-MAJOR UNIQUEMENT

À l'attention des officiers de l'*Alexander*,

Je viens faire taire les rumeurs. Le 25/07/75 à 20h17, l'escouade Sigma des forces spéciales a dû affronter des réfugiés hostiles de Kerenza infectés par la mutation du virus Phobos dans le hangar 4. Sigma n'a pas pu reprendre le contrôle de la situation. Plusieurs soldats ont trouvé la mort lors de cette altercation. L'escouade Sigma est désormais confinée.

Je vais être aussi clair que possible : il n'y a pas eu de faille sanitaire. **AUCUNE personne infectée n'est sortie de la zone de quarantaine pour se mêler à la population de l'*Alexander*.** Toute spéculation contraire est, au mieux, néfaste. Au pire, cela constitue un acte de **trahison**.

Nous sommes en sous-effectif et incapables de garantir la sécurité de nos soldats, j'ai donc pris la décision de condamner le hangar 4, de renforcer les portes et de laisser les infectés succomber à la faim. Nos propulseurs principaux sont toujours désactivés et le *Lincoln* sera bientôt suffisamment proche pour attaquer. Tous les pilotes doivent retrouver leur autorisation de vol – y compris les soldats sous mesure disciplinaire. Les neurogrammeurs de l'*Hypatia* travaillent avec nous à restaurer AIDAN. Demain à 07h00, l'équipe Ingé-Tech donnera ses derniers résultats au haut commandement.

Je compte sur la colonelle Sanchez et son équipe pour trouver une solution à notre dilemme d'IA d'ici là.

Vous savez tous qu'en temps de guerre, la peur est un poison. En tant qu'officiers, il vous incombe de faire tout ce qui est en votre pouvoir pour empêcher cette situation d'empirer.

Vous allez expliquer tout cela à vos équipes, en termes non équivoques. Les conjectures et les rumeurs non fondées ne peuvent que dégrader l'unité et la cohésion de notre flotte. Le moral est déjà au plus bas, nous ne pouvons nous permettre en sus de laisser des personnes prendre des décisions précipitées sous l'effet de fausses informations. Et très franchement, vu notre situation, si vos collaborateurs ont le temps de papoter à la machine à café, c'est qu'ils ne travaillent pas assez dur.

Plus de six mille vies sont en jeu.

Alors trêve de bavardage, et passons à l'action.

Centrum tenenda.

David Torrence
Général, Autorités des Terraplanètes Unifiées
Commandant, *Alexander 78-V*

CLASSIFIED

Participants : Charles Dorian, caporal, ATU division services de l'information
Stéphanie LeFevre, soldate, ATU division services de l'information
Date : 27/07/75
Heure : 16h39

CHATALEXANDER CODE V9 BASIC ONCLICK="FENETRE.OUVERTE//CHAT.ALEXANDER/ALEXANDE

LeFevre, S., sol. : Dorian, ta séquence d'installation ne fonctionne toujours pas.

Dorian, C., cpl : Enfer et damnation. Envoie-la-moi et je me pencherai dessus quand j'aurai fini de tenir la main des tech civils de l'Hypatia.

LeFevre, S., sol. : … tu as bien dit « enfer et damnation » ? dis donc, même tes insultes sont snob. *very* sexy.

Dorian, C., cpl : Qu'est-ce que tu veux, Stéphanie ?

LeFevre, S., sol. : qu'est-ce qui te fait croire que je veux qqch ?

Dorian, C., cpl : Parce que tu me dragues. Et à moins que je n'aie pas été tenu au courant, je ne crois pas encore être devenu… comment tu avais formulé ça, au fait ?

Dorian, C., cpl : Ah oui…

Dorian, C., cpl : « La dernière [redacted] en état de marche dans l'univers »

Dorian, C., cpl : … alors tu veux quelque chose. Donc qu'est-ce que je peux faire pour toi ?

LeFevre, S., sol. : Et si tu me retrouvais en salle des serveurs D

LeFevre, S., sol. : pour m'arracher ma combi avec les dents

Dorian, C., cpl : …

Dorian, C., cpl : Tu es sérieuse ?

LeFevre, S., sol. : lol

LeFevre, S., sol. : ptdr mais NON

LeFevre, S., sol. : lolololol

Dorian, C., cpl : Je suis caporal, tu le sais, ça ? Je suis ton supérieur. Techniquement, je pourrais te faire arrêter pour ce genre de choses.

LeFevre, S., sol. : et tu te retrouverais à devoir faire ton install tout seul.

Dorian, C., cpl : Que le diable t'emporte, toi et ta logique, soldate.

LeFevre, S., sol. : hey t'as entendu ce truc de fou avec l'escouade sigma ?

LeFevre, S., sol. : on m'a dit qu'ils avaient perdu 12 gars, et que 2 des réfugiés étaient sortis du hangar.

Dorian, C., cpl : Si c'était vrai, on serait tous confinés dans nos cabines, non ?

LeFevre, S., sol. : donc tu sais quelque chose

Dorian, C., cpl : Rien que je sois habilité à te communiquer. Remets-toi au travail.

LeFevre, S., sol. : j'attends la fin d'un téléchargement. allez Charlie, tu peux me le dire

Dorian, C., cpl : Je n'ouvrirai pas la bouche.

LeFevre, S., sol. : si ce n'est que ça

LeFevre, S., sol. : je peux te convaincre

Dorian, C., cpl : Ce qui signifie ?

LeFevre, S., sol. : retrouve-moi en salle des serveurs D

Dorian, C., cpl : ...

Dorian, C., cpl : Tu es sérieuse ?

Dorian, C., cpl : ... Stéphanie ?

Dorian, C, Cpl : <utilisateur déconnecté pour inactivité>

REMARQUE : Ci-dessous, un APC imprimé par l'unité de communication interne de l'*Hypatia*, retrouvé et scanné par l'équipe Sécurité du vaisseau. Il semble que les efforts de l'état-major pour maintenir le moral sont louables, mais voués à l'échec.

AVIS À LA POPULATION CIVILE

DE : CAPITAINE CHAU, VAISSEAU DE RECHERC

DATE : 27/07/75

HEURE : 17h00 (heure de bord)

OBJET : FLOTTE ALEXANDER

Mes amis,

J'ai le plaisir de vous annoncer que les réparations des propulseurs principaux de l'*Alexander* avancent plus rapidement que prévu, et que nous devrions retrouver notre vitesse maximale d'ici à quelques jours. Malheureusement, nous ne pouvons toujours pas vous fournir un délai exact, mais sachez que les équipes techniques concernées travaillent sans relâche pour assurer la sécurité de notre flotte.

Le *Lincoln* ne s'est pas montré depuis l'attaque du *Copernicus* – il est possible que les dégâts subis lors de cet affrontement l'aient rendu incapable de continuer la poursuite. En dépit de cela, le général Torrence et son équipage sont à l'œuvre jour et nuit pour achever les réparations, et notre salut, la station *Heimdall*, est plus proche que jamais. Nous vous demandons de faire preuve d'encore un peu de patience au cours des prochains jours ; nous avons fait le plus difficile.

Et heureusement, la patience est toujours récompensée ! On vient de m'informer que le lieutenant Mifune avait déniché dans sa collection un autre classique du cinéma à projeter dans l'amphithéâtre A : ce soir, nous assisterons à *Terminus*, un thriller avec

Blake Hill et Elizabeth Andretti, de nombreuses fois récompensé. Une première séance débutera à 19h00. Le film ne convenant pas aux jeunes enfants, les moins de douze ans pourront revoir *Équipe Super Turbo géniale contre Mégapanda* dans l'amphithéâtre B, ou bien rester à la crèche temporaire du pont 17.

Nous souhaitons aussi féliciter Martina Hernandez et son mari, Christopher, pour la naissance de leur superbe petite fille, qui est venue au monde grâce à notre équipe médicale à 01h13 ce matin ! La mère et l'enfant se portent bien, et je suis ravie de pouvoir vous annoncer que le nouveau membre de l'équipage a été baptisé « Hypatia » par ses parents. Toutes vos prières et vos vœux de bonheur seront appréciés. Par ailleurs, n'hésitez pas à faire dons de jouets ou de vêtements pour notre petite passagère clandestine via votre officier de référence à bord.

Je vous remercie tous pour votre courage et votre patience dans les épreuves que nous traversons, et il me tarde de vous communiquer nos prochaines bonnes nouvelles.

On vous ment !

SUPER TURBO AWESOME TEAM
QU'EST CE
QU'ON
NOUS CACHE
DANS LE
HANGAR
4?
He's like Godzilla. Only fluffy.
DEATH BY STEREO presents a HOBO production
In association with DISCO NINJA HOUSE · a JACK BURTON film · SUPER TURBO AWESOME TEAM VS. MEGAPANDA" · MILES BLAKELY
· TOMAS DANIEL · PHILIP "LUCKY" CHAN with SASCHA TEXAS · music by SLAYER · edited by MELANIE CECKA · production design
by ALISON IMPEY · director of photography CHRISTOPHER TOVO · BETH REVIS · MARIE LU · KAREN GREENBERG · executive producers
NANCY HINKEL · BARBARA MARCUS · produced by ALFRED · screenplay by JACK BURTON · directed by JACK BURTON

Participants : ~~Ann Chau, capitaine~~ (reroutage_système78h@786HG=DansTonClic)
~~David Torrence, général~~ (reroutage_système78h865HG=EMason)
Date : 27/07/75 Heure : 19h15

OMMENCER CHATHYPATIA CODE V9 BASIC ONCLICK="FENETRE.OUVERTE//CHAT.HYPATIA/ALEX

DansTonClic : cmt ça spasse ?

Mason, E., 2d lt : c'est tendu. ten-du.

Mason, E., 2d lt : y a plein de rumeurs qui courent. Sur le hangar 4 et le reste

Mason, E., 2d lt : j'essaie de pas penser à Jimmy. ça marche pas.

DansTonClic : :(

Mason, E., 2d lt : parle-moi, Kay

Mason, E., 2d lt : raconte-moi un truc agréable

DansTonClic : euh, ok

DansTonClic : ...

DansTonClic : ah, tu te souviens de mme Colfer, la prof de sciences appliquées ? elle est ici, figure-toi

Mason, E., 2d lt : sérieux ? Cool, elle est encore vivante

DansTonClic : ouais. c'est un peu grâce à elle qu'on est sortis ensemble

Mason, E., 2d lt : rôh oui, je me souviens encore de son premier cours. Tu me matais SÉVÈRE, Grant.

DansTonClic : DANS TES RÊVES. C toi qui arrêtais pas de me poser des questions débiles sur les liaisons hydrogène

Mason, E., 2d lt : confession : c'était un autre genre de liaison que j'avais en tête

DansTonClic : vmt ? dois-je en déduire qu'il s'agissait d'une pratique de séduction élaborée ? une subtilité telle qu'elle aurait échappé à la pauvre gueuse que je suis ?

Mason, E., 2d It : moque-toi donc. Je vais être magnanime et éviter de te faire remarquer que tu as quand même fini par tomber folle amoureuse de moi.

DansTonClic : …

Mason, E., 2d It : Ouais, je suis un mec sympa

DansTonClic : « folle », c'est le mot, parce qu'il fallait bien être dingue pour ça. et tu m'excuseras de ne pas avoir tout de suite saisi tes envies de « liaison », j'ai dû mal comprendre à force de te voir caresser les amygdales de jodie kingston avec ta langue

Mason, E., 2d It : … tu es au courant que Jodie est morte, hein ?

DansTonClic : je… oh non

Mason, E., 2d It : super, tu me remontes le moral

DansTonClic : d'accord, je suis désolée

Mason, E., 2d It : Lol, t'es tellement pas douée, Grant

Mason, E., 2d It : ça fait partie des trucs que j'adore, chez toi

DansTonClic : va te faire [redacted], j'essayais de te changer les idées

Mason, E., 2d It : ouh là là, si ta mère t'entendait…

Mason, E., 2d It : en parlant de ta mère, comment elle va ? je serais prêt à nager les quelques milliers de kilomètres de vide qui séparent l'Alexander de l'Hypatia pour pouvoir goûter un de ses desserts

DansTonClic : ah, j'ai toujours su que t'avais une bonne raison de passer tes soirées chez moi

Mason, E., 2d It : eh, tu devrais lui dire merci. C'est presque entièrement à sa cuisine que je dois le physique viril que je possède aujourd'hui

Mason, E., 2d It : tu devrais tâter mes biceps, tiens

DansTonClic : ouais, c'était le seul truc qui m'intéressait, dans cette relation, ton physique viril. J'ai regardé un paquet de matchs de g-ball à crever d'ennui pour profiter de ce physique. Et tout ça avant même qu'on sorte ensemble

Mason, E., 2d lt : à crever d'ennui ?? Ok, c'est bon, je suis vexé.

DansTonClic : tu devrais être flatté, abruti

Mason, E., 2d lt : Tu sais, ce serait VRAIMENT pas mal que tu me trouves un autre petit surnom que « abruti ».

Mason, E., 2d lt : qu'est-ce que tu penses de « chaton-sucré » ?

Mason, E., 2d lt : « flocon-d'amour » ?

Mason, E., 2d lt : NONON ATTENDS. « LAPIN-CÂLIN ».

DansTonClic : avec plaisir mon amour. Je vais sur-le-champ pirater le système de communication de l'Alexander pour informer tout le monde à bord que tu préfères désormais qu'on t'appelle Lapin-Câlin.

Mason, E., 2d lt : nooooooooooon

DansTonClic : t aussi sexy dans ton uniforme de pilote que dans celui de g-ball ? (si c'est non, hésite pas à mentir)

Mason, E., 2d lt : Ben, le pantalon est un peu plus serré, si c'est ce que tu veux savoir

DansTonClic : mmmmmmm continue

Mason, E., 2d lt : t sûre ?

Mason, E., 2d lt : il nous faudrait beauuuucoup plus que sept minutes pour ça ;)

DansTonClic : dans mes souvenirs, ça en a jamais pris plus de deux

Mason, E., 2d lt : 0_o

DansTonClic : tu m'as tendu la perche, gamin

Mason, E., 2d lt : ...

Mason, E., 2d lt : gnagnagna.

Mason, E., 2d lt : mais ok, bien joué

DansTonClic : en parlant des 7 min, c le moment de filer

Mason, E., 2d lt : ouais

Mason, E., 2d lt : tu me manques, tu sais

DansTonClic : toi aussi

DansTonClic : mais sérieusement, les choses ne risquent pas de s'améliorer tout de suite. alors reste calme. et réfléchis.

DansTonClic : fais gaffe à toi, bébé d'amour

Mason, E., 2d lt : là, tu vas trop loin

ALEXANDER-78V

COMPTE À REBOURS AVANT L'INTERCEPTION DE LA FLOTTE ALEXANDER PAR LE LINCOLN :

58 HEURES : 41 MINUTES

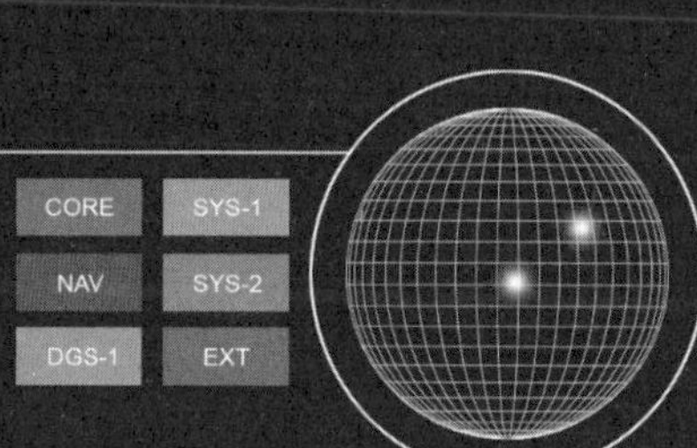

DÉFENSE D'ENTRER

Date : 27/07/75
Objet : seule

Je ne veux pas mourir.

Si le Lincoln nous rattrape, il nous détruira. C'est logique : il n'a aucune raison de nous pourchasser pendant des mois et des mois, si ce n'est pour faire disparaître les dernières preuves. Éliminer les seuls témoins qui pourraient raconter au reste de l'univers que BeiTech a attaqué une autre entreprise pour détourner leur mine illégale… ah oui, et tué des milliers de gens au passage.

Ou sinon, on est en cavale parce que la capitaine du Lincoln est en réalité l'ex-copine furax de Torrence et qu'ils ont des trucs à régler. Je suis sûre que c'est le genre de mec à pas baisser la lunette des toilettes.

Je crois que mes blagues sont de pire en pire. En tout cas, elles deviennent de plus en plus bizarres. Le manque de sommeil commence à se faire sérieusement sentir. Mais je ne peux pas rater la moindre chance d'examiner AIDAN pour aider Byron, et ça veut dire que je dois sauter sur le premier identifiant venu dès qu'un tech fait une pause. Et pendant les quelques minutes de répit où je devrais dormir, je réfléchis à ce qu'on risque de trouver si on se sort de cette situation vivants.

Voilà comment je vois les choses : l'opération du CWU n'étant pas légale, ils ne vont pas aller se plaindre aux ATU qu'ils n'ont plus de nouvelles de nous. Quand Kerenza a été attaquée, nos signaux d'alarme auraient dû être relayés par le point d'accès le plus proche, puis par Heimdall. Mais le seul vaisseau qui est venu, c'est l'Alexander, qui était en mission non loin de là. Ce qui signifie que notre SOS n'a probablement pas quitté ce système. Et si Heimdall n'a pas envoyé la cavalerie, ça veut certainement dire que la station était elle aussi sous le coup de l'attaque de BT. Ce qui veut dire que mon père est peut-être mort. Et ça, je refuse d'y penser.

JE REFUSE D'Y PENSER.

On n'arrivera jamais à atteindre Heimdall, et même si on y arrive, Heimdall est sous leur contrôle, maintenant, me souffle mon cerveau. Il me souffle aussi que personne n'a quitté le Copernicus vivant – en tout cas, pas sous forme humaine. Je reste allongée sur ma couchette, je m'imagine que je suis à la maison, et je renvoie ces pensées à l'envoyeur. Elles apparaissent, elles veulent planter leurs griffes en moi, et dans ma tête, je les repousse avec un NON ! aussi fort que possible. Je me force à retrouver mon calme. Je compte les rivets au plafond. Je tire sur les petits fils qui dépassent au bord de ma couverture, et je les enroule tellement serré autour de mon doigt que mes ongles deviennent tout bleus.

Mais au fond, je connais la vérité. Personne ne va venir à notre secours. L'endroit vers lequel on se dirige n'est probablement pas sûr non plus. Et il n'y a personne à qui je puisse faire confiance ici à part Ezra et Byron. Mais Byron est coincé, et Ez aussi. Alors si on veut découvrir ce qui est arrivé au Copernicus, et pourquoi, il n'y a plus que moi.

S'il le fallait, est-ce que l'Hypatia pourrait semer l'Alexander ?

Est-ce qu'il reste encore une seule personne saine d'esprit parmi celles qui sont sorties du Copernicus ? Est-ce qu'il en reste seulement une de vivante ?
Est-ce qu'il y a des survivants à Heimdall ?

Je ne suis pas encore prête à mourir. Trop de choses à faire.

Hors de question que je me fasse entuber.

Ezra m'aime. Je veux dire, peut-être que je suis débile et que c'est juste sa peur et son désespoir qui parlent, mais je n'y crois pas. Et puis même, je m'en fiche. J'ai besoin de lui. Ma rancœur parce qu'il ne voulait pas quitter Kerenza, maintenant… elle paraît presque minuscule.

C'était tellement bien quand on était ensemble. C'était exactement comme il fallait. On aurait dû affronter le problème au lieu de se hurler dessus et de l'éviter. On aurait dû se battre, au lieu de laisser tomber et de passer notre temps à s'embrasser.

J'aurais dû être assez adulte pour lui dire ce qu'il représentait pour moi.

Maintenant, je peux. Par créneaux de sept minutes.

J'essaie de faire des efforts pour qu'on se reconnecte, pour lui rappeler, comme je peux, même si j'ai du mal, que je suis là. Et que s'il prend une décision idiote là-bas, une personne au moins en souffrira. Une personne pour qui il compte.

Et encore, c'est peu.

Si je perds Ezra aussi, ce sera un coup dur de trop.

Si je perds Ezra aussi, j'abandonne.

Je crois que je n'ai plus personne d'autre.

Mais tant que je l'ai, je vais me battre bec et ongles pour nous sauver.

Et je suis prête à tout.

Participants : ~~Stéphanie LeFevre, soldate, ATU division services de l'information~~ (reroutage_système78h@786HG=DansTonClic)
Byron Zhang, civil, sous-traitant
Date : 27/07/75 Heure : 23h58

OMMENCER CHATHYPATIA CODE V9 BASIC ONCLICK="FENETRE.OUVERTE//CHAT.HYPATIA/ALEX

DansTonClic : hellooo

Zhang, B. : bon sang, reste pas là, le caporal Boklov est connecté, je vois son identifiant

Zhang, B. : si tu te connectes alors que son ID est encore actif, quelqu'un va capter

DansTonClic : aujourd'hui, j'interprète le rôle de la soldate LeFevre, mais je te remercie de t'inquiéter pour moi

Zhang, B. : je crois que les stims ne marchent plus sur moi. c trop dur de ne pas m'écraser la tête sur le clavier

DansTonClic : pas de répit pour les braves, cher ami. tu es notre meilleure chance

Zhang, B. : zzzzzzzzzzzzz

DansTonClic : où est-ce que t'as grandi ?

Zhang, B. : quel intérêt de le savoir ?

DansTonClic : je m'efforce de te tenir éveillé, banane

Zhang, B. : Triton III

DansTonClic : je croyais que c'était quasiment que de l'eau, celle-là ?

Zhang, B. : ouais, j'ai le pied marin, du coup. mais je suis parti dès que j'ai pu

DansTonClic : t'as de la famille ?

Zhang, B. : ma mère et mes sœurs. mon salaire va presque entièrement dans des livrets d'épargne pour mes neveux et nièces. moi j'ai pas besoin de grand-chose

DansTonClic : tonton byron <3

Zhang, B. : morveuse

DansTonClic : et qu'est-ce qui t'a donné envie de te lancer dans la lutte, monsieur le défenseur de la liberté de l'information ?

Zhang, B. : chut, je bosse

DansTonClic : balance

Zhang, B. : je te raconterai quand tu seras grande

DansTonClic : rôh alleeeeeeeeeeez

Zhang, B. : *soupir dramatique*

Zhang, B : « L'homme meurt en tous ceux qui se taisent devant la tyrannie. »

DansTonClic : ...

DansTonClic : hein ?

Zhang, B. : C'est une citation de Wole Solyinka. c'était un écrivain du 20e siècle. je l'ai étudié à la fac. il a écrit sur l'injustice. des pièces de théâtre, des poèmes, des livres. c'est bien. tu devrais les lire.

DansTonClic : c'est quoi un livre ?

Zhang, B. : ...

Zhang, B. : eh qu'est-ce que tu fais à farfouiller dans le cœur ? y a rien là-dedans

DansTonClic : je vérifie les historiques d'arrêt+redémarrage, je vais peut-être trouver un truc utile

Zhang, B. : c bien, c malin

DansTonClic : mais c bizarre. là j'ai mis le doigt sur 6 tentatives de fermeture d'affilée, mais elles ont toutes échoué. AIDAN les a bloquées.

Zhang, B. : quand ?

DansTonClic : ... au moment où ils tiraient sur le Copernicus

Zhang, B. : [redacted] je le SAVAIS

Participants : Ann Chau, capitaine
David Torrence, général
Date : 28/07/75
Heure : 02h05

> **REMARQUE :** Pour une fois, le canal sécurisé de l'état-major est utilisé par les capitaines de la flotte, au lieu de servir de messagerie instantanée pour deux ados en mal d'amour. On n'est jamais au bout de nos surprises.

OMMENCER CHATHYPATIA CODE V9 BASIC ONCLICK="FENETRE.

Chau, A., cap. : David, espèce d'[redacted]

Torrence, D., gén. : Pardon ?

Chau, A., cap. : Il les a tués. Tous. J'ai les preuves sous les yeux. Les codes de lancement des missiles nucléaires. Les ordres donnés à vos Cyclone d'abattre les navettes des survivants. AIDAN a assassiné plus de deux mille personnes, et vous voulez le réactiver ?

Torrence, D., gén. : Comment avez-vous obtenu ces documents ?

Chau, A., cap. : Combien de temps vous pensiez garder le secret ? Vous n'avez pas songé à mentionner le fait que votre IA a de sérieux problèmes de discernement ?

Torrence, D., gén. : Comment avez-vous obtenu ces documents, capitaine ? Mes ordres étaient pourtant clairs : vos techniciens ne devaient accéder qu'aux dossiers autorisés, et à ceux-là uniquement.

Chau, A., cap. : Mon Dieu, mais quelle importance ? Mon équipe est en train de vous aider à remettre AIDAN en marche, alors que RIEN ne nous assure qu'il ne nous tuera pas nous aussi dès qu'il sera opérationnel.

Torrence, D., gén. : AIDAN est DÉJÀ opérationnel. Il a été désactivé sous mes ordres. Notre travail a pour but de garantir qu'il ne fera de mal à personne quand nous le réactiverons.

Chau, A., cap. : Et vous voudriez que ça me rassure ?

Torrence, D., gén. : Ceci constitue un acte d'espionnage en temps de guerre. Avez-vous seulement idée des conséquences ? Vous mettez délibérément cette flotte en danger. Je pourrais vous faire comparaître en cour martiale, vous et tout votre état-major, et vous faire exécuter sur-le-champ.

Chau, A., cap. : Nous ne voulons plus rien avoir à faire avec vous, c'est compris ? Je retire mon personnel de cette mission. Nous cessons immédiatement toute aide à la réactivation d'AIDAN tant que nous n'aurons pas un début de garantie qu'il ne nous détruira pas tous à la première opportunité.

Torrence, D., gén. : Je crains de ne pas pouvoir autoriser cela, capitaine. Le Lincoln, lui, nous détruira sans hésitation dès qu'il nous aura rattrapés, et j'ai besoin de votre équipe pour redémarrer AIDAN avant cela.

Chau, A., cap. : Bon sang, David, il y a deux jours vous refusiez de laisser mes techniciens s'approcher, et maintenant vous refusez qu'ils arrêtent ?

Torrence, D., gén. : Ma réticence à leur accorder l'accès est-elle vraiment surprenante au vu du résultat ?

Chau, A., cap. : Mon équipe est constituée de civils. Et ils sont sous MON commandement. Je ne les autoriserai pas à participer à une action qui met en danger mon vaisseau et mon personnel.

Torrence, D., gén. : Très bien. Alors ce ne sont plus des civils.

Chau, A., cap. : Quoi ?

Torrence, D., gén. : À compter de ce moment, j'ordonne la conscription de votre équipe com-tech dans l'armée des ATU. Vous les rassemblerez sur le pont de votre hangar d'atterrissage principal, prêts à partir, dans 30 minutes. Une navette part les chercher.

Chau, A., cap. : Vous ne pouvez pas faire ça.

Torrence, D., gén. : Un déploiement de forces spéciales accompagnera la navette afin d'escorter votre personnel jusqu'à l'Alexander. Je vous recommande d'éviter toute résistance.

Chau, A., cap. : David, réfléchissez, s'il vous plaît.

Torrence, D., gén. : 30 minutes.

Torrence, D., gén. : Centrum tenenda. Torrence, terminé.

RAPPORT DE MISSION
MINISTÈRE DE L'INTÉRIEUR
ARMÉE SPATIALE DES TERRAPLANI
FLOTTE ALEXANDER
ALEXANDER-7

REMARQUE : Rapport de mission de la première lieutenante des forces spéciales des ATU Winifred McCall concernant l'incident à bord de l'*Hypatia* entre son état-major et les forces spéciales de l'*Alexander*.

DATE : 28/07/75 (06h58, heure de bord)

LIEU : Vaisseau de recherche du consortium Wallace-Ulyanov *Hypatia*

IDENTITÉ DE L'OFFICIER : Winifred McCall (ATS-961-641id)

RANG : Première lieutenante

Le 28/07/75 à 02h07 (heure de bord), l'escouade Sigma et moi-même avons été appelées en urgence pour une alerte code bleu par l'état-major de l'*Alexander*. L'escouade s'est rassemblée dans un délai convenable au pont 146, où nous avons été briefés par le général Torrence.

~~Le patron avait l'air épuisé. Je ne pense pas l'avoir déjà vu aussi fatigué avant.~~

Situation : l'équipe Com-Tech de l'*Hypatia* avait été enrôlée de force dans l'armée des ATU suite à un acte d'espionnage (non-spécifié) commis par les officiers de leur vaisseau. On envoyait une navette pour ramener les nouvelles recrues à bord de l'*Alexander*, où nos ingé-tech pourraient les tenir à l'œil.

Mes ~~hommes étaient encore nerveux depuis l'incident du hangar 4, mais mes~~ anciens étaient les plus expérimentés à bord de l'*Alexander*, alors c'était à nous d'y aller. Sans McNulty, Henderson, Parker, Montano et Gandolfini, je n'avais pas d'autre choix que de mettre mes nouveaux en première ligne. Le caporal Sykes était d'une humeur massacrante, pire que d'habitude ~~depuis l'histoire du hangar 4 – si on lui avait demandé son avis, je suis sûre qu'il aurait balancé tous les civils de la flotte dans le vide~~.

« Doit-on s'attendre à des résistances, patron ? a-t-il demandé.

— Négatif, a répondu Torrence. Ce sont des civils, ils feront ce que vous leur ordonnerez. Mais partez quand même armés. Pas touche aux experts, mais si quelqu'un d'autre se met en travers de votre chemin, ce sera à vous de le faire reculer. »

Le sourire de Sykes à ce moment-là m'a glacé le sang.

« Compris, général.

— Mon général, ai-je ajouté, je pensais qu'on était là pour maintenir l'ordre, plutôt que pour neutraliser des civils ?

— Lieutenante, vous êtes là pour ramener du personnel vital pour les opérations de cette flotte. ~~Si nous n'avions pas besoin de chacun ici, j'aurais déjà mis tout l'état-major de l'*Hypatia* aux fers pour les remplacer par des officiers des ATU. Alors si certains veulent entraver votre mission, vous devrez les considérer comme des combattants ennemis et les traiter comme tels.~~ Compris ?

— Compris, mon général.

— Bonne chasse. »

~~En descendant au hangar 1, nous sommes passés devant le sas d'accès au hangar 4. Je me suis concentrée pour ne pas penser à l'homme qui était piégé à l'intérieur, et aux autres. Qui ils étaient, ce qu'ils étaient devenus. L'insigne doré des ATU sur ma manche reflétait la lumière des globes d'alerte au-dessus des portes condamnées. Rouge, comme le sang que j'avais sur les mains.~~

Le trajet jusqu'à l'*Hypatia* s'est déroulé dans un silence presque complet. ~~J'aurais dû parler à mes hommes, m'assurer qu'ils étaient prêts. Mais j'arrivais à peine à m'empêcher de claquer des dents.~~ Doherty, une de mes dernières arrivées dans l'équipe, me dévisageait derrière ses lunettes à monture métallique comme si j'avais des réponses. J'ai gardé les yeux rivés sur le sol et j'ai parlé à la cantonade :

« Faites comme moi. Interdiction de tirer sans mon ordre. Le premier qui a la gâchette nerveuse pourra découvrir à quoi ressemble l'extérieur du vaisseau. C'est clair ?

— Compris, lieutenante », se sont écriées une douzaine de voix en chœur.

On est arrivés dans le hangar d'atterrissage de l'*Hypatia* à pleine vitesse. La gravité artificielle est revenue et m'a écrasée dans mon siège. Je me suis relevée rapidement~~ — si je m'étais arrêtée pour penser, je serais sûrement restée indéfiniment bien accrochée à ma place, à me demander comment on en était arrivés là~~.

J'ai glissé un mot au pilote avant de sortir :

« Kilpatrick, ne coupez pas les moteurs. On risque de devoir repartir précipitamment.

— Affirmatif, lieutenante.

— Allez ! a aboyé Sykes au reste de l'escouade. Équipez-vous, on est partis. »

On a passé la porte de la navette, traversé le hangar, et une puanteur m'a empli la gorge, un mélange de carburant et de caoutchouc brûlé. La mâchoire serrée, j'ai connecté notre radio à la fréquence de l'état-major de l'*Hypatia*.

« *Hypatia*, ici la première lieutenante Winifred McCall, escouade Sigma des forces spéciales des ATU. Nous sommes ici pour escorter l'équipe Com-Tech de l'*Hypatia*, selon les ordres de l'état-major de l'*Alexander*. Veuillez ouvrir les portes intérieures du hangar, à vous.

— Lieutenante McCall, ici la capitaine Chau, de l'*Hypatia*. À vous.

— Bien reçu, capitaine. Veuillez ouvrir les portes intérieures du hangar, à vous.

— Négatif, lieutenante. Vous ne prendrez pas mes hommes. »

~~J'ai fait de mon mieux pour ne pas soupirer. Pour ne pas admettre que je savais exactement ce qu'elle ressentait. J'ai revu le visage de McNulty quand la porte du sas s'est refermée.~~

« Ce ne sont plus vos hommes désormais, capitaine. Ce sont des soldats des ATU. Maintenant, soit vous ouvrez ces portes, soit les missiles plasma de notre navette vont s'en charger. »

Silence radio. Et Doherty qui me regardait comme un môme regarde sa mère. Elle devait se demander si tout cela était bien réel.

Sykes a craché par terre avant d'aboyer dans son micro :

« Ouvrez ces portes avant qu'on vous les explose dans la gueule, [redacted]. »

Sans même avoir le temps de m'en rendre compte, je l'ai attrapé fermement par le col et j'ai posé ma main libre sur mon micro, pour que l'*Hypatia* ne nous entende pas. Je l'ai approché suffisamment près de mon visage pour sentir son haleine alcoolisée.

« Tu arrêtes immédiatement ces [redacted], sinon je t'éclate les dents et tu boiras ton carburant avec une paille, compris ? »

Rébellion muette dans ses yeux. J'aurais dû le mettre sur la touche à cet instant. Je voyais les noms défiler sur son visage. Parker. Henderson. Gandolfini. Montano. McNulty.

« Compris, ma lieutenante », a-t-il lâché.

C'est alors que les portes du sas se sont ouvertes. Ce qui passait pour l'équipe de sécurité de l'*Hypatia* nous attendait de l'autre côté. Leur lieutenant avait l'air d'un ancien militaire – mais avec vingt ans et quarante kilos de trop.

« Où sont les com-tech ? ai-je demandé.

— Sur le pont, m'a répondu le lieutenant. Ils bossent, ils essaient de nous sortir de là.

— Vous êtes un ex-ATU, lieutenant ?

— Tout à fait.

— Alors vous savez ce qu'un fusil d'assaut à explosion VK fait à un corps humain à bout portant ? »

Il a dégluti. Un coup d'œil à l'arme entre mes mains.

« Oui.

— Très bien. On vous suit. »

Longs couloirs rutilants, les bottes chuintant sur le revêtement en caoutchouc. Probablement d'une blancheur chirurgicale à la base, cet endroit, mais un peu terni maintenant. Des visages blafards nous observaient depuis des fenêtres en plastacier crasseuses. Ici une barbe de trois jours, là des cheveux autrefois teints en rose avec six mois de repousse. Des regards affolés. Tout le monde à bout de nerfs.

Le pont de l'*Hypatia* était semi-circulaire. Un bourdonnement d'électricité statique emplissait l'atmosphère. Chau avait fait sortir la plus grande partie du personnel au cas où les choses tourneraient mal. Le reste de l'équipe nous a jeté un coup d'œil quand on est entrés. J'imagine très bien de quoi on avait l'air : tout en noir, le regard vide, trente-huit cartouches de meurtres dans chaque chargeur.

~~J'avais les mains qui tremblaient.~~

Chau était petite. Solide. Cheveux noirs. Pistolet à la ceinture. Cela devait faire un bout de temps qu'elle n'avait pas dormi, ~~elle restait à son poste tel un gardien de phare, dernier rempart entre nous et sa terre.~~ J'ai repéré les com-tech grâce à leur badge de bord – ils continuaient de pianoter furieusement sur leurs machines, comme si de rien n'était. J'ai pris la parole, assez fort pour que tout le pont m'entende.

« Byron Zhang, Consuela Nestor, vous avez reçu l'ordre de m'accompagner jusqu'au porte-chasseurs *Alexander*.

— Et comment pensez-vous que tout cela va finir, lieutenante ? »

Chau, la main sur son pistolet, était tournée vers un immense écran qui dominait un côté de la salle. J'ai aperçu une minuscule étincelle sur le radar longue portée, perdue dans le noir et les étoiles. En rouge clignotaient son identifiant et un compte à rebours avant interception :

BT042-TN. 52 heures : 17 minutes.

Le *Lincoln*.

« On ne me paie pas pour penser, ai-je dit. Je ne fais que suivre les ordres. Écartez-vous, capitaine. »

Chau a souri comme si j'avais dit quelque chose de drôle. Un des com-tech s'est alors levé. Byron Zhang. En théorie, un as du clavier. En tout cas, il avait le physique de l'emploi : ventre proéminent, crâne dégarni, et des auréoles sous les bras.

« Ça ne m'étonne pas qu'on ne vous paie pas pour penser, est-il intervenu. Ça n'a pas l'air d'être votre truc.

— Zhang, prenez vos affaires. Vous venez avec nous.

— Non. »

Il a mis ses doigts boudinés sur ses hanches. Il s'efforçait de parler d'une voix assurée.

« Il faudra nous emmener de force. Dans le bruit et la fureur.

— Je vais t'en donner, de la fureur, moi, a grondé Sykes.

— L'homme meurt en tous ceux qui se taisent devant la tyrannie, a-t-il ajouté.

— Écoutez, Zhang, ~~merci pour le cours de philo, mais~~ c'est un calcul assez simple. On a besoin de rapatrier tous les cerveaux en état de marche sur l'*Alexander*, et Nestor et vous, vous êtes les deux meilleurs experts-codeurs de ce vaisseau. »

Zhang a réprimé un léger sourire, comme s'il repensait à un petit secret à lui, et ça m'a fichue en rogne. Je voulais en finir. ~~Je voulais rentrer dans ma cabine avec une gourde de carburant et profiter des quelques heures de néant qu'elle m'apporterait.~~ Mais je savais que Sykes était au bord du précipice. J'aurais dû donner l'ordre à quelqu'un d'autre.

« Caporal Sykes, entravez les recrues pour le retour jusqu'à l'*Alexander*. »

Il a souri jusqu'aux oreilles.

« À vos ordres, ma lieutenante. »

Il a tapoté sur le bras de Hart et de Bedggood et le trio a foncé en brandissant des serre-câbles. Je sentais mes nouveaux de Kerenza juste derrière moi, des mômes qui jouaient à la guerre, tous plus nerveux les uns que les autres. Doherty avait l'air particulièrement fébrile. Qu'est-ce qu'elle faisait avant ça, au fait ? Vigile dans un centre commercial ? Une bibliothèque, peut-être ? Impossible de m'en souvenir…

Je gardais les yeux sur l'équipe de sécurité de l'*Hypatia*. Ils avaient tous l'air prêts à dégainer au moindre mot de travers. La sueur dans mes yeux. Du mal à respirer. La voix de Chau a couvert le vacarme dans mes tempes.

« Lieutenante, savez-vous que vos supérieurs ont prévu de réactiver l'intelligence artificielle responsable de la destruction du *Copernicus* ?

Savez-vous que le major Hawkins ainsi que trois autres officiers de l'*Alexander* ont été exécutés sur ordre direct du général Torrence…

— Fermez-la. Ce sera terminé dans une minute. »

Sykes et les autres sont arrivés auprès des com-tech. Zhang s'était assis par terre, bras croisés – une position pacifiste qui lui vaudrait autant d'indulgence que s'il leur avait craché au visage. Sykes l'a agrippé par le bras et, quand Zhang a résisté, le caporal lui a mis un coup de crosse de VK dans la figure. Du sang a jailli de son nez, l'autre com-tech a poussé un cri de protestation, et il ne leur en a pas fallu plus. Poings, coudes, genoux. La chair blafarde écrasée sur le revêtement en caoutchouc. En moins de cinq secondes, Zhang et Nestor étaient ligotés sur le sol comme des bestiaux qu'on emmène à l'abattoir.

« Mais enfin, arrêtez ! » a rugi le lieutenant de l'équipe de sécurité.

Il s'est instantanément retrouvé face à mon VK.

« Repos, lieutenant, l'ai-je averti.

— Vous vous [redacted] de moi ? Vous vous comportez comme des barbares !

— Capitaine, contenez vos hommes ! Je ne veux pas d'effusion de sang. »

Le lieutenant avait la main sur son pistolet.

J'avais le doigt sur ma détente.

Derrière moi, Doherty, la voix plus haute d'une octave :

« Lieutenante ?

— Baissez votre arme, immédiatement ! » a aboyé Chau.

Je crois que ça a été ça. Une erreur toute bête. Chau aurait dû appeler son lieutenant par son nom. Elle aurait dû indiquer clairement que c'était à lui qu'elle s'adressait, et non à moi. Parce que, pour quelqu'un avec quelques années-lumière d'expérience, il était évident qu'elle dégainait son pistolet pour se rendre. J'ai regardé la vidéo une centaine de fois. On voit son expression : la résignation. Une main levée pour capituler. Mais pour une néophyte terrifiée qui n'a jamais surveillé que le CDI du collège, on aurait pu croire que

Chau dégainait pour faire feu. Qu'elle m'ordonnait à moi de baisser mon arme, et que si je n'obéissais pas, elle était prête à me tirer une balle dans le dos.

Alors Doherty a fait ce qu'on lui avait demandé.

Ce sera à vous de les faire reculer.

C'était bien visé. Chau l'a reçue en plein milieu du front. Un cri a surgi depuis la console de navigation et Syra Boll, une des sous-officières de Chau, a traversé le pont en courant pour venir étreindre le corps de sa capitaine morte. Leur équipe de sécurité s'est mise à vociférer, nous à gronder, les VK brandis sous leur nez. Je ne sais pas ce qui a empêché la situation de virer au bain de sang. Peut-être Zhang. Assis, le visage ensanglanté, ses yeux emplis de larmes rivés sur le corps de sa capitaine. Les jambes croisées. Le dos droit. Il n'était pas là pour combattre. Il résistait.

Qu'est-ce qu'il avait dit ?

« L'homme meurt en tous ceux qui se taisent devant la tyrannie. »

La femme aussi.

Je ne peux plus faire ça. Je ne peux pas prétendre que c'est ce pour quoi je fais ce métier. Je les ai ramenés à bord, comme on me l'avait demandé. Les deux com-tech de l'*Hypatia* ont été livrés au général Torrence, poings liés, avec quelques égratignures en prime. J'ai fait ce que tout bon soldat est censé faire. Mais maintenant, c'est terminé.

[redacted]-moi au trou. Jetez-moi dans le vide, si vous voulez. Je garderai vos petits secrets. Je veux bien ne rien dire, mais je ne peux pas ne rien voir.

Je vous donne officiellement ma démission du poste de lieutenante des Autorités des Terraplanètes Unifiées, prenant effet immédiatement.

Je suis désolée.

Mais je ne peux plus.

Winifred McCall
Ex-première lieutenante
ATU, forces spéciales
Porte-chasseurs *Alexander*

Participants : Ezra Mason, 2d lieutenant, ATU division aviation, Charles Dorian, caporal, ATU division services de l'information
Date : 28/07/75
Heure : 12h27

]MMENCER CHATALEXANDER CODE V9 BASIC ONCLICK="FENETRE.OUVERTE//CHAT.ALEXANDER/

Mason, E., 2d lt : dorian

Mason, E., 2d lt : DOOOORRRRIIIAAAAAANNNNNN

Dorian, C., cpl : Fiche le camp, Mason.

Mason, E., 2d lt : je ferai vite

Mason, E., 2d lt : d'ailleurs toute rumeur que tu aurais entendue à ce sujet est totalement infondée

Mason, E., 2d lt : ... bon, ok, ça te fait pas marrer

Mason, E., 2d lt : Des nouvelles de Jimmy ?

Dorian, C., cpl : Mason, en ce moment, j'ai plus important à l'esprit que le sort de James.

Mason, E., 2d lt : mec, c'est notre ami, et il est toujours coincé dans ce fichu sas. Tu crois pas qu'on devrait au moins essayer de savoir si les supérieurs font le moindre effort pour le sortir de là ?

Dorian, C., cpl : Mason, le personnel de ce vaisseau na' pas plus de valeur qu'un tas de [redacted] pour Torrence et ses officiers. RÉVEILLE-TOI.

Mason, E., 2d lt : dorian, c'est la première fois que je te vois dire un gros mot. ou foirer une apostrophe, même

Mason, E., 2d lt : depuis que je te connais

Mason, E., 2d lt : ça va ?

Dorian, C., cpl : Non, ça ne va pas. Une amie vient de se faire enfermer au trou.

Dorian, C., cpl : Stéphanie LeFevre. Une com-tech.

Mason, E., 2d lt : ouais, je la connais, Stef. Elle est cool. Et intelligente. Pourquoi elle s'est fait boucler ?

Dorian, C., cpl : Complicité d'espionnage pour l'ennemi. Ils ont des traces de Stéphanie accédant à des fichiers archivés sur AIDAN depuis son compte. Aux détails sur l'attaque du Copernicus, aux dossiers des réfugiés de Kerenza, ce genre de choses. Ils disent qu'elle a révélé les problèmes d'AIDAN à l'état-major de l'Hypatia.

Mason, E., 2d lt : Ah [redacted]. Moins intelligent, déjà

Dorian, C., cpl : Sauf que ce n'était pas elle.

Mason, E., 2d lt : comment tu peux en être sûr ?

Dorian, C., cpl : Parce qu'elle était avec moi au moment des faits.

Mason, E., 2d lt : euh

Mason, E., 2d lt : avec toi… bibliquement parlant ??

Dorian, C., cpl : Oui, Mason. Bibliquement.

Mason, E., 2d lt : oh [redacted] ! Mini-Charlie qui tombe de la meuf !!!

Mason, E., 2d lt : mec, c'est pas pour te vexer, mais je te voyais néo-abstinent, à donf

Dorian, C., cpl : Mon Dieu. Tu as l'âge mental d'un nourrisson.

Mason, E., 2d lt : mais non mec, je suis content pour toi ! Et puis Stef, elle est top.

Dorian, C., cpl : Oui, eh bien, elle est peut-être top, mais en attendant, elle est en isolement pour haute trahison, Mason. Bientôt, ce sera la cour martiale. Voire le peloton d'exécution.

Mason, E., 2d lt : ah ouais. [redacted].

Dorian, C., cpl : Les trois quarts des ingé-tech ont été placés sur une sorte de liste noire pour « comportement suspect ». Torrence a complètement perdu les pédales. Il a fait venir de force deux com-tech de l'Hypatia. Il les a fait installer sur le pont pour pouvoir « les tenir à l'œil ». *Ils ont deux armoires à glace flanquées derrière eux pendant qu'ils bossent, le flingue à la main. Littéralement.*

Mason, E., 2^d^ lt : et t'es sûr que steph avait pas moyen de se connecter depuis autre part pour accéder aux infos ?

Dorian, C., cpl : Je pense que j'aurais remarqué. Je ne suis quand même pas aussi mauvais.

Mason, E., 2d lt : t'as qu'à dire à la hiérarchie qu'elle était avec toi, et ce sera réglé

Dorian, C., cpl : Oui, excellente idée. C'est vrai que ça jouera beaucoup en la faveur de la soldate LeFevre, d'avoir eu des relations intimes avec son supérieur direct.

Mason, E., 2d lt : Mec, c'est toujours mieux que de se faire exécuter pour espionnage

Dorian, C., cpl : Mais ça reste passible de cour martiale. Et à voir la façon dont Torrence agit en ce moment, il pourrait décider de nous faire fusiller tous les deux. En tout cas, il me mettra aux fers, au minimum.

Mason, E., 2d lt : mec, il faut que tu leur dises

Dorian, C., cpl : MAIS BON DIEU, JE NE T'AI PAS ATTENDU POUR ENVOYER UN MAIL À MON SUPÉRIEUR.

Mason, E., 2d lt : ah

Mason, E., 2d lt : bon, c'est bien, mec. je suis fier de toi

Dorian, C., cpl : Oh, la ferme.

Dorian, C., cpl : Tout ce que ça donne, c'est deux personnes de plus au trou. Deux personnes de plus qui ne sont pas occupées à ne pas nous faire tous tuer à l'arrivée du Lincoln.

Mason, E., 2d lt : tes phrases sont de moins en moins correctes. t vraiment vénère, là

Dorian, C., cpl : Et bien sûr, reste qu'il y a de toute évidence quelqu'un qui pirate l'accès à AIDAN pour examiner des fichiers confidentiels. Et ce n'est pas de nous enfermer Stéphanie et moi qui y changera quoi que ce soit.

Dorian, C., cpl : Grands dieux, nous sommes vraiment dirigés par une équipe de simples d'esprit. Pourquoi Stéphanie aurait-elle voulu accéder aux dossiers des réfugiés de Kerenza ?

Mason, E., 2d lt : attends, tu dis que ton pirate a accédé aux dossiers des réfugiés de Kerenza ?

Dorian, C., cpl : Oui Mason, c'est ce que j'ai dit. Deux fois, déjà.

Mason, E., 2d lt : [redacted]

Dorian, C., cpl : Mason, tu te souviens quand j'ai déclaré que tu étais plus malin que tu n'en avais l'air ?

Dorian, C., cpl : Eh bien je retire officiellement cette remarque. Tu es plus lent qu'un opéra allemand.

Dorian, C., cpl : Mason.

Dorian, C., cpl : … Mason ?

Participants : ~~Ann Chau, capitaine~~ (reroutage_système78h@786HG=DansTonClic)
~~David Torrence, Général~~ (reroutage_système78h865HG=EMason)
Date : 28/07/75 Heure : 12h32

MMENCER CHATHYPATIA CODE V9 BASIC ONCLICK="FENETRE.OUVERTE//CHAT.HYPATIA/ALEXA

Mason, E., 2d lt : S'il te plaît, dis-moi que ce n'est pas toi

DansTonClic : ??? ça va ?

Mason, E., 2d lt : Le pirate qui a hacké l'accès aux archives d'AIDAN et qui a tout raconté aux dirigeants de l'Hypatia pour le Copernicus.

Mason, E., 2d lt : dis-moi que ce n'est pas toi, Kady.

DansTonClic : personne ne sait que je pirate. Sinon je risquerais de me faire tabasser et envoyer de force sur l'Alexander, comme les autres

Mason, E., 2d lt : non… c'était toi…

Mason, E., 2d lt : [redacted] MAIS TU RÉFLÉCHIS, PARFOIS ?

DansTonClic : AIDAN a assassiné tout le monde à bord du Copernicus. ils essaient d'étouffer l'affaire. Je suis bien la SEULE qui réfléchis, ici.

Mason, E., 2d lt : donc tu t'es dit que le meilleur plan, c'était de tout balancer à l'hypatia ??

DansTonClic : C'est Byron qui l'a raconté à la capitaine. Comment j'aurais pu faire ça, moi ? Je suis même pas censé bosser là-dessus.

Mason, E., 2d lt : attends…

Mason, E., 2d lt : c qui, Byron ?

DansTonClic : C'est le type que vos soldats d'élite ont agressé et traîné de force à bord de l'Alexander, couvert de sang. C'est le seul qui a eu le courage de l'ouvrir. Et il a eu raison.

Mason, E., 2d lt : ah ouais ? va donc dire ça à la com-tech dont t'as piraté le compte. En ce moment, elle est au trou, et le caporal

(un ami à moi, d'ailleurs) qui a voulu la défendre pour éviter qu'elle ne se fasse FLINGUER pour un crime qu'elle n'a pas commis va s'y retrouver avec elle.

DansTonClic : Ils ont abattu notre capitaine, on te l'a dit, ça ? pendant qu'ils emmenaient mes amis.

Mason, E., 2d lt : Kady, ces soldats n'auraient MÊME PAS ÉTÉ LÀ sans toi et ton lord byron de [redacted]

Mason, E., 2d lt : tu m'as promis que ce que j'installais sur le serveur ne te servirait qu'à aider jimmy, et tu en as profité pour espionner des gens

DansTonClic : Je n'avais rien promis.

Mason, E., 2d lt : Tu m'as MENTI

DansTonClic : Alors tu aurais voulu que je reste là à attendre la mort ? On t'a peut-être transformé en soldat-robot, mais moi je n'accorde pas une miette de confiance à tes chefs.

DansTonClic : Qu'est-ce que tu ferais, si c'était moi, au trou ? Tu attendrais patiemment tes prochains ordres ?

Mason, E., 2d lt : Ce n'est pas toi qui m'as demandé de ne pas essayer de libérer Jimmy, parce que je me mettrais en danger ? Parce que je mettrais d'autres personnes en danger ? Pourquoi ces règles-là ne s'appliquent pas à toi, au juste ?

Mason, E., 2d lt : il y a des gens en prison par ta faute ! des gens qui en prennent plein la [redacted] à cause de toi !

DansTonClic : et si personne ne fait rien, il se passe quoi ? tu crois que c'est ton général torrence chéri qui a la réponse ?

Mason, E., 2d lt : mais qui te dit que personne ne fait rien ? les gens ici se cassent le [redacted] pour trouver des solutions. des militaires formés, entraînés. c'est leur boulot, et ils ont fait ça toute leur vie

Mason, E., 2[d] lt : alors je ne sais pas s'ils ont toutes les réponses, mais peut-être, PEUT-ÊTRE qu'ils en savent plus que toi

DansTonClic : non. tu peux me croire. J'ai bien vu ce qu'ils font. Et Byron aussi. ils sont paumés

DansTonClic : je fais pas ça pour m'amuser, Ez. j'essaie de découvrir ce qui se passe, ce qui débloque chez AIDAN, et je patauge dans des couches et des couches de mensonges fabriqués par tes chers dirigeants pour y arriver. Tu es peut-être aussi satisfait de rester assis là à obéir aux ordres que tu l'étais sur Kerenza, tout aussi content de ne rien faire, mais moi, je ne compte pas me tourner les pouces pendant les 47 heures qu'il nous reste avant que le Lincoln ne nous rattrape

Mason, E., 2[d] lt : oh [redacted]. tu es toujours coincée là-dessus ? sérieusement ?

Mason, E., 2[d] lt : tu veux vraiment remettre Kerenza sur la table ?

DansTonClic : je fais ce que je peux pour garder les gens en vie. ceux qui restent, en tout cas. pour nous protéger d'AIDAN, du Lincoln. rien n'a changé, pour toi, depuis Kerenza ?

Mason, E., 2[d] lt : écoute, je suis désolé si je n'étais pas prêt à partir explorer l'univers et ses confins avec toi. j'avais mes raisons.

Mason, E., 2[d] lt : mais tu ne sais pas tout, kady. et ton problème, c'est que t'es persuadée du contraire

DansTonClic : ce que je sais, c'est qu'il nous reste 47 heures à vivre, et que tu ne veux rien faire de plus que rester assis les doigts croisés. Et ça, moi, je ne peux pas.

DansTonClic : j'ai promis à Byron que je continuerais de bosser. Alors arrête ta comédie et file-moi un coup de main, Ezra.

Mason, E., 2[d] lt : c'est du kady tout craché, ça. Miss la-plus-forte. tu sais tout mieux que tout le mnode, t'as toujours raison. TOUJOURS

DansTonClic : d'accord, alors c'est quoi, ton idée ?

DansTonClic : non, je suis sérieuse. tu as une meilleure idée, à part attendre calmement la mort ?

DansTonClic : je suis désolée qu'ils aient arrêté tes copains, je t'assure. mais ce n'est pas moi la responsable. ce sont tes dirigeants. ils se sont fourrés là-dedans tout seuls à cause de leurs mensonges, et maintenant ils essaient d'étouffer le tout en enfermant les seules personnes qui seraient capables de nous sortir de là. alors j'attends impatiemment de savoir ce qu'on fait maintenant. Je t'écoute.

Mason, E., 2d lt : et si j'allais balancer à ma hiérarchie que je sais comment tu as accès au système avant que d'autres gens ne se fassent emprisonner ou tuer ?

Mason, E., 2d lt : Non, mieux. Et si je faisais ÇA ?

—— CONNEXION INTERROMPUE ——

Participants : ~~Ann Chau, capitaine~~ (reroutage_système78h@786HG=DansTonClic)
~~David Torrence, général~~
(reroutage_système78h865HG=EMason)
Date : 28/07/75
Heure : 17h37
Objet : Lis ça, je t'en supplie

> **REMARQUE :** Prenez soin de noter la date des pièces jointes par Grant à Mason – elles remontent à plusieurs mois avant cette dernière conversation.

MMENCER CHATHYPATIA CODE V9 BASIC ONCLICK="FENETRE.OUVERTE//CHAT.HYPATIA/AL

Ezra,

Je suis désolée. Je t'en prie, il ne faut pas que tu arrêtes de me parler. Quoi qu'il arrive, parle-moi, je t'en prie. Je ne veux pas manquer ce qui restera peut-être nos dernières conversations.

Je te dois des explications, alors je t'envoie plusieurs pièces jointes. Je te laisse les lire.

Je te promets que Byron est notre meilleure chance d'échapper au Lincoln sans se faire tuer par AIDAN. Mais il n'aura pas assez de temps. Il faut que je l'aide, et c'est pour ça que j'avais besoin d'un accès.

Je sais rédiger des lignes de code comme on réciterait l'alphabet, mais je ne peux pas te forcer à lire mes messages. Et je te promets que ce n'est pas pour te manipuler que je t'écris que je ne veux vraiment, vraiment pas mourir avant de t'avoir revu.

K

PIÈCES JOINTES : Autorisation de transfert civil (29/03/75)
Demande de transfert civil (31/03/75)
Demande de transfert civil (06/04/75)
Email : Intra-flotte – *Copernicus* à *Hypatia* (07/04/75)
Demande de transfert civil (19/04/75)
Email : Intra-flotte – *Hypatia* à *Copernicus* (19/04/75)
Email : Intra-flotte – *Copernicus* à *Hypatia* (14/05/75)
Email : Intra-flotte – *Hypatia* à *Copernicus* (01/06/75)
Email : Intra-flotte – *Hypatia* à *Copernicus* (10/07/75)
Extrait de journal intime – K Grant (11/07/75)

PROPOSITION DE TRANSFERT CIVIL

DATE : 29/03/75

NOM : Dr Helena Grant

IDENTIFIANT : KR849/Kerenza/Civ/Réf

DEPUIS : *Hypatia*

VERS : *Copernicus*

AUTORISÉ

RAISON DU TRANSFERT : Les connaissances du Dr Grant en pathologie pourront aider à gérer les problèmes de santé apparus à bord du *Copernicus*. Le général Torrence a donné son autorisation pour un transfert immédiat et pour une conscription en cas de refus.

TRANSFERT VOLONTAIRE : OUI/~~NON~~

REMARQUES : Le Dr Grant voyage en compagnie de sa fille, Kady Grant (identifiant : KR1471/Kerenza/Civ/Ref), actuellement à bord de l'*Hypatia*. Le Dr Grant a accepté de coopérer à une condition : que toute demande de transfert communiquée par sa fille soit refusée. Il semble évident que le Dr Grant sera plus productive si nous accédons à sa requête. Dans ce contexte, nous consentons à cette condition, qui restera confidentielle.

PROPOSITION DE TRANSFERT CIVIL

DATE : 31/03/75

NOM : Kady Grant

IDENTIFIANT : KR1471/Kerenza/Civ/Réf

DEPUIS : *Hypatia*

VERS : *Copernicus*

REFUSÉ

RAISON DU TRANSFERT : Ma mère, le Dr Helena Grant (identifiant : KR849/Kerenza/Civ/Ref), a été transférée sur le *Copernicus* afin d'aider aux démarches médicales. Je souhaite la rejoindre aussi rapidement que possible. Mon père se trouvait sur la station *Heimdall* au moment de l'attaque, et ma mère est donc mon seul parent à bord de la flotte. Comme vous le comprendrez sûrement, je préférerais rester avec elle durant cette période difficile.

TRANSFERT AUTORISÉ : ~~OUI~~/NON

PROPOSITION DE TRANSFERT CIVIL

DATE : 06/04/75

NOM : Kady Grant

IDENTIFIANT : KR1471/Kerenza/Civ/Réf

DEPUIS : *Hypatia*

VERS : *Copernicus*

REFUSÉ

RAISON DU TRANSFERT : Ma dernière demande de transfert sur le *Copernicus* a été refusée, mais on ne m'a pas donné de raison. Je vous communique donc une nouvelle demande, car il me semble sensé de m'envoyer rejoindre ma mère, le seul parent que j'aie à bord de cette flotte. Ma mère et moi sommes très proches, et je sais par expérience que, quand elle est plongée dans ses recherches, elle oublie souvent de faire des pauses, voire de se nourrir. J'ai toujours été là pour la soutenir pendant qu'elle travaille, et il me semble dans l'intérêt de la flotte de me permettre d'être à ses côtés. Je suis sûre qu'elle sera plus productive si je peux l'assister. Je souhaite également faire appel à votre compréhension : je suis sa fille et, comme chacun, j'essaie encore de surmonter ce qui s'est passé à Kerenza. J'espère ainsi que vous apprécierez que je veuille être avec ma famille. Je suis prête à participer à tout travail nécessaire à bord du *Copernicus*. Je vous serais reconnaissante de bien vouloir revenir sur votre décision.

TRANSFERT AUTORISÉ : ~~OUI~~/NON

COPERNICUS

ESSAGE PERSONNEL – SYSTÈME DE COMMUNICATION DU COPERNICU

Destinataire : Kady Grant/KGRANTSURHYPATIA
Expéditeur : Helena Grant/HGRANTSURCOPERNICUS
Date : 07/04/75
Heure : 10h00
Objet : Bonjour ma chérie

Je trouve enfin une minute pour te dire que je suis bien arrivée. Je regrette qu'on n'ait pas eu plus de temps pour se dire au revoir, mais on m'a expliqué que les déplacements entre les vaisseaux étaient limités pour économiser nos réserves de carburant. J'espère que tu vas mieux maintenant que tu as eu un peu de temps pour te faire à mon transfert.

Tout se passe très bien pour moi à bord du Copernicus. Ici, c'est assez différent de l'Hypatia, mais en plusieurs aspects, c'est la même chose. Et le labo est vraiment bien équipé, du coup, c'est presque un soulagement de pouvoir me replonger dans ce que je connais. Il y a beaucoup de travail, mais je suis sûre qu'on va régler tout ça rapidement. Nous disposons d'un très bon groupe, ce qui n'était pas gagné d'avance étant donné le nombre limité de candidats qualifiés.

J'ai repensé à notre discussion de l'autre soir, à table, et tu devrais vraiment réfléchir à intégrer une équipe de sport. Je sais que c'était surtout le truc d'Ezra, mais ce serait un excellent moyen de préserver tes muscles pendant le voyage. En plus, ça te permettrait de rencontrer des gens. Je m'inquiète pour toi, je crains que tu ne manques de soutien là-bas, même si tu me répètes tout le temps que tu es une dure à cuire. Ça, je le sais, ma chérie – tu es bien la fille de ton père –, mais c'est mon rôle de m'inquiéter pour toi.

Je vais m'arrêter là, mais réponds-moi pour me dire comme tu t'en sors. Je sais que tu affronteras ces prochaines semaines avec la détermination qui te caractérise.

Je t'aime fort,
Maman

PROPOSITION DE TRANSFERT CIVIL

DATE : 19/04/75

NOM : Kady Grant

IDENTIFIANT : KR1471/Kerenza/Civ/Réf

DEPUIS : *Hypatia*

VERS : *Copernicus*

REFUSÉ

RAISON DU TRANSFERT : Voici ma troisième demande de transfert sur le *Copernicus* pour pouvoir rejoindre ma mère. Je n'ai pas reçu d'explication satisfaisante concernant les deux derniers refus. Vous trouverez en pièce jointe une liste de personnes qui ont pu être transférées sur un autre vaisseau pour regroupement familial. Je me permets d'insister pour recevoir une explication quant aux raisons pour lesquelles je fais l'objet d'un traitement différent. Je ne suis d'aucune aide fondamentale sur l'*Hypatia*. Je vous demande de revoir votre position au plus vite, ou de bien vouloir m'indiquer à qui m'adresser pour faire appel de cette décision.

TRANSFERT AUTORISÉ : ~~OUI~~/NON

HYPATIA

ESSAGE PERSONNEL – SYSTÈME DE COMMUNICATION DE L'HYPATI

Destinataire : Helena Grant/HGRANTSURCOPERNICUS
Expéditeur : Kady Grant/KGRANTSURHYPATIA
Date : 19/04/75
Heure : 11h05
Objet : Tu me manques !

Coucou maman,

Je suis tellement contente d'avoir de tes nouvelles ! Je t'avoue que je n'y comptais pas vraiment, je sais ce que ça donne quand tu te plonges dans ton travail. Comment ça se fait qu'ils aient autant besoin d'une pathologiste, là-bas ? Rien de grave, j'espère ?

J'ai envoyé une demande de transfert pour essayer de te rejoindre, mais je n'ai pas encore reçu de réponse. Je n'ai pas grand-chose à raconter. Je prends des cours de programmation, mais je ne crois pas que ce soit trop mon truc. Et je peux t'assurer que le sport en salle, ce n'est pas mon truc non plus, mais je te promets quand même d'essayer de me faire plus d'amis, alors ne t'inquiète pas. Avec un peu de chance, je serai bientôt sur le Copernicus et tu pourras vérifier par toi-même que je fais des efforts !

Je pense plus souvent à papa depuis que tu es partie. Il doit croire qu'on est mortes toutes les deux. Je sais que ça va encore prendre des mois, mais je ne peux pas m'empêcher d'imaginer ce que ça donnera quand on sera suffisamment proches d'un transmetteur pour lui dire qu'on va bien. Il me manque beaucoup. Toi aussi tu me manques, mais ne t'en fais pas, ça ira. Je veux surtout que tu fasses attention à toi. Je suis sérieuse, hein, je te connais !

J'espère que tu pourras bientôt me raconter comment ça se passe sur le Copernicus, quand tu ne seras pas trop fatiguée.

Bisous bisous
Kady

Destinataire : Kady Grant/KGRANTSURHYPATIA
Expéditeur : Helena Grant/HGRANTSURCOPERNICUS
Date : 14/05/75
Heure : 14h21
Objet : Des nouvelles

Bonjour ma chérie,

Je suis désolée de ne pas t'écrire plus souvent. Il y a énormément à faire ici et, comme on le sait toi et moi, je suis une tête de linotte. Les problèmes de santé qu'on a ici ne sont pas très sérieux, alors ne t'inquiète pas. Mais la pathologie reste une spécialité rare, et ça n'aurait pas été très pratique de faire régulièrement voyager des échantillons de sang jusqu'à l'Hypatia pour analyse alors que je pouvais venir m'en charger ici.

Ce n'est vraiment pas la peine d'essayer de me rejoindre, tu sais. Maintenant que j'ai eu le temps de voir ce que ça donne, le Copernicus est vraiment un vaisseau moins agréable que l'Hypatia. Ça me rassure de te savoir là-bas, où tu peux te concentrer sur tes cours. Il faudra reprendre une vie normale, quand tout ça sera terminé, et les études, c'est important.

Moi aussi, je pense beaucoup à ton père. Il me manque beaucoup. Lui qui me taquine toujours en affirmant que je ne le remarquerais même pas s'il disparaissait ! Je compte sur toi pour lui répéter ce que j'ai dit. Je l'aime tellement, et je voudrais qu'il soit là.

Tant qu'on parle des gens qu'on aime, ce serait bien que tu contactes Ezra. Je ne comprends pas pourquoi lui n'a pas essayé de te contacter, à moins qu'il n'ait l'impression que tu n'en as pas envie. Tu étais sous l'emprise de la colère, sur Kerenza, mais tout cela n'a plus d'importance après ce que nous avons traversé, et je suis sûre que si tu le lui expliquais, il comprendrait. Il faut toujours dire ce qu'on ressent aux gens qu'on aime, et cela me rassurerait de savoir que vous pouvez compter l'un sur l'autre.

Réfléchis-y, ma puce, et prends soin de toi ! Je risque de ne pas pouvoir te réécrire avant un petit bout de temps, mais ne t'en fais pas pour moi. J'ai de quoi m'occuper !

Je t'aime tout plein,
Maman

HYPATIA

MESSAGE PERSONNEL – SYSTÈME DE COMMUNICATION DE L'HYPATIA

Destinataire : Helena Grant/HGRANTSURCOPERNICUS
Expéditeur : Kady Grant/KGRANTSURHYPATIA
Date : 01/06/75
Heure : 19h41
Objet : Allôôôôôôôôôôô

Coucou maman,

Tu es en train de devenir la pire correspondante de tous les temps ! Ça fait maintenant trois messages auxquels tu n'as pas répondu ! À partir de maintenant, je ne t'écris plus si tu ne donnes pas signe de vie. Alors si tu veux des nouvelles, bouge-toi les fesses ! Comment ça se passe, là-bas ?

Je t'embrasse,
Signé : ta fille abandonnée.

MESSAGE PERSONNEL – SYSTÈME DE COMMUNICATION DE L'HYPATIA

Destinataire : Helena Grant/HGRANTSURCOPERNICUS
Expéditeur : Kady Grant/KGRANTSURHYPATIA
Date : 10/07/75
Heure : 23h07
Objet : Allez maman

Je commence à m'inquiéter. Est-ce que tu pourrais juste m'envoyer quelques mots pour me dire si ça va ?

biz
K

DÉFENSE D'ENTRER

Date : 11/07/75
Objet : Je ne peux plus

Je veux ma maman.

JE VEUX MA MAMAN.

Sa douceur quand elle me prend dans ses bras et que je me laisse aller. Ses cheveux qui me chatouillent le nez. Son parfum, le mélange de l'odeur du labo et d'adoucissant. Les moments où elle fredonne un truc complètement faux pendant qu'elle fait à manger, puis qu'elle se met à chanter en inventant la moitié des paroles. Quand elle met mes gants dans mon sac, et qu'elle a eu raison parce qu'il se met à neiger juste avant le déjeuner. Je veux encore entendre sa voix quand elle est au téléphone avec papa le soir, toute douce et mièvre parce qu'elle pense que je suis endormie, avec ces longs silences pendant qu'il lui sort ses trucs de charmeur. Nos soirées passées à regarder des séries télé nulles qu'on adore, alors qu'on ne l'avouerait jamais ni l'une ni l'autre, même sous la torture. Ses commentaires embarrassants sur le physique des acteurs trop jeunes pour elle, pour faire semblant qu'elle est encore dans le coup. Je veux qu'elle me parle passionnément de mes études. Je veux l'entendre me dire de me détendre.

Je veux l'entendre dire quelque chose, quoi que ce soit. Me dire quoi faire. Pitié, je veux ma maman. Je n'y arriverai pas toute seule.

Participants : ~~Ann Chau, capitaine~~ (reroutage_système78h@786HG=DansTonClic)
~~David Torrence, général~~ (reroutage_système78h865HG=EMason)
Date : 28/07/75 Heure : 18h22

JMMENCER CHATHYPATIA CODE V9 BASIC ONCLICK="FENETRE.OUVERTE//CHAT.HYPATIA/ALEX

Mason, E., 2d lt : ils ont emmené ta mère sur le Copernicus

Mason, E., 2d lt : et elle y était encore quand…

Mason, E., 2d lt : c'est pas vrai Kay, je suis tellement désolé

DansTonClic : ne m'en veux pas, Ez. parle-moi. je suis désolée.

Mason, E., 2d lt : c'est affreux, [redacted]

Mason, E., 2d lt : je suis désolé de t'avoir crié dessus

DansTonClic : c'est normal. tu avais de quoi.

DansTonClic : je ne comprends plus rien à rien. Je te jure, je ne sais même plus ce que je devrais faire, à part essayer de nous garder en vie.

Mason, E., 2d lt : et tout ce temps-là, je pensais qu'elle était avec toi sur l'Hypatia

Mason, E., 2d lt : pourquoi tu ne m'as rien dit, enfin ?

DansTonClic : je ne sais pas trop

DansTonClic : tu étais déjà assez mal comme ça, je ne voulais pas en rajouter. je ne voulais pas y penser. je ne voulais pas que ça devienne réel. coche la raison que tu préfères.

Mason, E., 2d lt : c'était pareil pour moi quand mon père est mort

Mason, E., 2d lt : parfois, j'étais en train de parler de lui à mes potes et d'un seul coup je me rendais compte que je parlais au présent. Comme s'il était encore là

Mason, E., 2d lt : une partie de moi refusait d'y croire

DansTonClic : et voilà que je viens te demander d'être là pour moi alors que je n'ai même pas été fichue de le faire. je sais que je ne le mérite pas.

Mason, E., 2d lt : tu ne le mérites pas ?

Mason, E., 2d lt : Kady, tu mérites toutes les étoiles de la galaxie et des milliers de diamants dans tes cheveux, tu mérites quelqu'un qui saura s'envoler à tes côtés, aussi loin et aussi vite que tu le voudras. Quelqu'un qui te prendrait par la main, pas quelqu'un qui te retiendrait au sol.

Mason, E., 2d lt : Tu mérites plus que ce que je ne pourrais jamais t'offrir.

Mason, E., 2d lt : Mais je te donnerai tout ce que j'ai si tu le veux encore.

DansTonClic : Je ne sais pas comment tu arrives à promettre tout ça, mais je m'en fiche. Je veux que ce soit vrai. tu es tout ce qui me reste, mais ça me suffira, du moment que je t'ai toi.

Mason, E., 2d lt : tu m'auras toujours

Mason, E., 2d lt : jusqu'à ce que meure la dernière étoile de la galaxie

Mason, E., 2d lt : tu m'auras toujours

DansTonClic : bon, on va vraiment faire de notre mieux pour ne pas mourir, alors.

DansTonClic : je veux vraiment te revoir avant.

DansTonClic : je m'en fiche de là où on va finir.

DansTonClic : je crois que Heimdall aussi a été attaquée. Sinon, on nous aurait envoyé de l'aide. donc c'est fini pour mon père aussi.

Mason, E., 2d lt : tu n'en sais rien. essaie de ne pas y penser. Tu as déjà suffisamment de choses en tête

DansTonClic : je vais essayer.

DansTonClic : j'ai fait tout ce que j'ai pu pour qu'on m'envoie sur le Copernicus. Mais j'ai encore l'impression que j'aurais pu en faire plus.

DansTonClic : mais on sait tous les deux qu'elle me botterait le [redacted] en beauté si je ne faisais pas de mon mieux pour continuer à avancer.

Mason, E., 2d lt : ça, c'est sûr :)

Mason, E., 2d lt : c'était quelqu'un de génial, ta mère

DansTonClic : Pendant un temps, j'espérais qu'elle avait embarqué dans une des navettes, et qu'elle était sur l'Alexander. J'ai tout essayé pour trouver le nom des gens dans le hangar 4. Byron aussi. Mais maintenant je préfère penser qu'elle n'y était pas.

Mason, E., 2d lt : attensd, si tu n'as pas trouvé les noms, comment tu sais qu'elle ne s'en est pas sortie ?

Mason, E., 2d lt : Kady, elle est peut-être encore en vie !

DansTonClic : si elle est en vie mais folle, je préférerais la savoir morte. Et c'est ce qu'elle voudrait que je croie, elle aussi. parce que si elle est en vie et qu'elle fait partie des psychopathes enfermés dans le hangar 4, alors elle est clairement morte. et je préfère autant que ça soit arrivé sur le Copernicus. rapide et sans douleur.

Mason, E., 2d lt : 2 sec

Mason, E., 2d lt : je vérifie un truc

DansTonClic : ok

Mason, E., 2d lt : c'est ce que je pensais. Kady, dans le rapport de mission que tu m'as envoyé, celui de McCall, elle parle d'un truc qu'elle voit derrière un hublot d'une navette dans le hangar. Mais ceux de sigma n'ont pas eu l'opportunité de s'approcher pour regarder

Mason, E., 2d lt : « J'ai cru voir un léger mouvement derrière un des hublots, puis plus rien. »

Mason, E., 2d lt : kady, il y a peut-être une chance que ta mère soit là-dedans

Mason, E., 2d lt : et qu'elle soit en vie

DansTonClic : bon sang

DansTonClic : …

DansTonClic : BON SANG

DansTonClic : ceux qui sont là-dedans sont peut-être infectés. ou peut-être que la porte n'était pas vraiment fermée et que c'était des malades comme les autres qui se cachaient. ou peut-être que depuis, les fous ont enfoncé la porte

DansTonClic : oh [redacted]… et peut-être que non.

DansTonClic : Ez, il faut que tu m'aides. on n'a aucun moyen de rentrer là-dedans. il faut que je fasse quelque chose.

Mason, E., 2d lt : tout ce que tu veux

Mason, E., 2d lt : alors qu'est-ce que tu veux ?

DansTonClic : je ne sais pas.

DansTonClic : il faut que je réfléchisse.

Mason, E., 2d lt : ben, je veux pas te mettre la pression ni rien

Mason, E., 2d lt : mais tu ferais bien de réfléchir vite

ALEXANDER-78V

COMPTE À REBOURS AVANT L'INTERCEPTION DE LA FLOTTE ALEXANDER PAR LE LINCOLN :

32 HEURES : 13 MINUTES

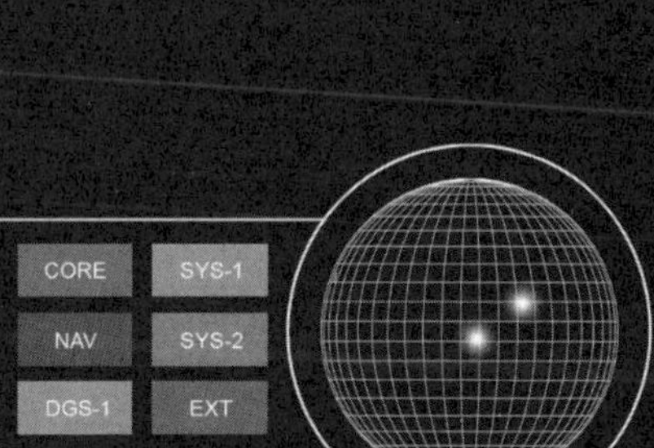

TRANSMISSION DE L'ÉTAT-MAJOR ENVOYÉE LE 29/07/75 01H00

ALEXANDER POUR *HYPATIA* : FRÉQUENCE SÉCURISÉE ÉTAT-MAJOR

Hypatia, Hypatia, Hypatia, ici *Alexander, Alexander, Alexander.* Me recevez-vous ? À vous.

[PAS DE RÉPONSE]

ALEXANDER : *Hypatia, Hypatia, Hypatia,* ici *Alexander, Alexander, Alexander.* Me recevez-vous ? Il nous semble que vous nous recevez. À vous.

[PAS DE RÉPONSE]

ALEXANDER : *Hypatia, Hypatia, Hypatia,* ici *Alexander, Alexander, Alexander.* Me recevez-vous ? Si vous avez des problèmes de transmission, merci de nous le signaler par un signal statique. À vous.

HYPATIA : *Alexander,* ici *Hypatia.* Capitaine par intérim Syra Boll en ligne. Nous ne sommes pas prêts à communiquer pour le moment. À vous.

ALEXANDER : *Hypatia,* veuillez développer. À vous.

HYPATIA : *Alexander*, écoutez-moi bien. Nous étudions nos options. Toute tentative de communication, tout rapprochement de votre vaisseau, toute atteinte aux membres de notre équipage qui sont sous votre responsabilité sera considéré comme une agression. Nous vous informerons de nos intentions dans l'heure. Terminé.

ALEXANDER : Capitaine, ici le général Torrence. Qu'est-ce que c'est que ces histoires d'« intentions » ?

[PAS DE RÉPONSE]

MÉMORANDUM AUX OFFICIERS

VAISSEAU DE RECHERCHE HYPATIA

DATE DE CRÉATION : 29/07/75

EXPÉDITEUR : CAPITAINE PAR INTÉRIM SYRA BOLL

À l'attention des officiers de l'*Hypatia*,

Nous pleurons aujourd'hui la disparition d'Ann Chau, une talentueuse commandante et une femme formidable. Pour beaucoup d'entre nous, Ann Chau n'était pas seulement une supérieure, mais une amie et un exemple à suivre. Personne n'oubliera la force et la détermination avec lesquelles elle s'est vaillamment attelée à la tâche de nous maintenir en vie. Lorsqu'elle dirigeait ce qui n'était alors qu'un vaisseau de recherche, elle assumait son rôle à la perfection, aussi bien pour aller plus loin dans nos découvertes et notre compréhension de l'univers que pour veiller au bien-être de son équipage. Quand BeiTech a attaqué Kerenza, elle a su prendre les bonnes décisions avec rapidité et sang-froid, ce qui a permis d'épargner nos vies, ainsi que celles des réfugiés que nous transportons.

Comme vous le savez tous, il y a eu des discussions animées concernant les prochaines mesures qu'il nous faut prendre, compte tenu des événements des dernières vingt-quatre heures. Beaucoup parmi vous sont partisans de s'éloigner de l'*Alexander* pour chercher secours en solitaire. Vous avez souligné que sans ses propulseurs principaux, l'*Alexander* ne peut que nous ralentir, et ne nous offre aucune protection. Vous avez argué – et je ne peux que vous rejoindre sur ce point – que nous ne pouvons faire confiance au commandant de l'*Alexander*.

En revanche, certains d'entre vous relèvent que, même endommagé, l'*Alexander* est encore capable d'offrir une certaine protection. Il reste également possible que son équipage parvienne à réparer AIDAN à temps. Si le vaisseau redémarre ses propulseurs et reprend le contrôle total de ses armes avant l'arrivée du *Lincoln*, cela nous donnera de meilleures chances de survie que de simplement croiser les doigts pour que le *Lincoln* ne nous rattrape pas une fois qu'il se sera débarrassé de l'*Alexander*.

Le dernier point qui a été évoqué est peut-être le plus significatif : il y a à bord de l'*Alexander* beaucoup de nos amis et familles, des recrues les plus récentes – je pense ici à nos excellents techniciens Byron Zhang et Consuela Nestor – à celles des premiers jours qui ont été choisies parmi notre équipage et nos réfugiés.

Je porte la lourde responsabilité de cette décision, et je vous assure que j'ai étudié ce dilemme sous tous les angles, aussi longtemps qu'il m'a été possible de le faire. J'ordonne pour le moment à l'*Hypatia* de rester en position auprès de l'*Alexander*. Je pense que cela nous confère une chance au moins égale de survie, et je ne suis pas encore prête à abandonner les nôtres.

Nous nous tiendrons cependant à distance. Si je me rends compte que la situation évolue en notre défaveur, j'ordonnerai à nos navigateurs d'abandonner l'*Alexander* et je compterai sur votre coopération pour établir notre nouveau plan d'action. Je sais que certains me reprocheront cette décision ; cependant, nous devons conserver notre unité, et j'attends de chacun qu'il exerce ses fonctions au mieux de ses capacités.

Une cérémonie en mémoire de la capitaine Ann Chau sera organisée dans quelques jours – nous savons qu'en ce moment précis, elle voudrait savoir chacun à son poste. Je vous remercie tous de votre soutien. C'est avec un grand honneur que je sers à vos côtés.

Syra Boll
Consortium Wallace Ulyanov
Capitaine (par intérim), *Hypatia*

Participants : ~~Elana Almsdottir, soldate, ATU division services de l'information~~ (reroutage_système78h@786HG=DansTonClic)
Byron Zhang, civil, sous-traitant
Date : 29/07/75
Heure : 03h01

ENCER CHATHYPATIA CODE V9 BASIC ONCLICK="FENETRE.OUVERTE//CHAT.HYPATIA/ALEXAND

Zhang, B. : tu tiens le coup, petit pétale ?

DansTonClic : ça va. faim.

Zhang, B. : t'as parlé avec ton amoureux ?

DansTonClic : oui

Zhang, B. : et ça va, vous ?

DansTonClic : ça va. occupe-toi de bosser, Zhang. on a une machine tueuse volante qui se rapproche à chaque minute. tic tac tic tac

Zhang, B. : j'essaie juste de manifester ma compassion. j'ai entendu dire que ça se faisait

Zhang, B. : t pas plus flippée que ça, sérieux ?

DansTonClic : je me [redacted] dessus, abruti

DansTonClic : dormir faim faim dormir et j'arrive à rien

Zhang, B. : va manger ?

DansTonClic : je suis bouclée dans une cabine. si je mets un pied dehors, je risque de pas pouvoir me remettre au travail. c le chaos ici

Zhang, B. : tu m'étonnes. même moi je commence à me trouver cradingue, et je suis pas très regardant. le service est déplorable, ici. je devrais me plaindre à la direction.

DansTonClic : ça va, là-bas ? j'ai lu le rapport de ce qui s'est passé sur le pont.

Zhang, B. : moi ça va toujours, K. je me sens surpuissant. on va réussir… ouh là, la fatigue est en train de me rendre délirant. c ptet justement ce qu'il me faut pour trouver la solution.

DansTonClic : ils ne comprennent rien, ceux qui sont avec toi ?

Zhang, B. : bien sûr que non. la plupart des gens aux claviers ici n'ont jamais interagi directement avec AIDAN. un des team leaders s'occupait du nettoyage des distributeurs de boissons, avant ça. sans déc.

DansTonClic : je bosse comme une folle, mais j'ai l'impression d'être devant un des matchs de g-ball d'Ezra : je sais qu'il y a des règles, mais chaque fois que je pense avoir pigé comment ça marche, quelqu'un siffle une faute sortie de nulle part et je suis de retour à la case départ.

DansTonClic : si on arrive à comprendre et à rédiger un manuel avec toutes les règles du jeu, on pourra contrôler AIDAN, et on aura une chance de survivre. si on fait la moindre petite erreur quelque part, on ne contrôlera rien du tout quand il se réveillera.

Zhang, B. : et ce sera game over

DansTonClic : leur IA est folle. ils n'ont toujours pas compris ? AIDAN a pris des coups à Kerenza, ils lui ont demandé trop de choses à la fois et il est devenu fou.

Zhang, B. : oh mon dieu

DansTonClic : ?

Zhang, B. : OH MON DIEU

DansTonClic : ??????????????????????

Zhang, B. : C'EST ÇA QU'IL FAUT FAIRE

Zhang, B. : on va lui demander trop de choses à la fois. au Lincoln. on va lui faire ce qui est arrivé à AIDAN. le rendre fou.

DansTonClic : développe

Zhang, B. : bon, on ne peut pas gagner une confrontation directe contre le Lincoln. c mort. alors ce qu'il faut, c'est trouver le moyen de l'endommager lui aussi, de le ralentir assez longtemps pour avoir l'opportunité de s'enfuir

Zhang, B. : **on va attaquer leur navigation, c le plus simple d'accès : leurs propulseurs. on va bousiller leur système d'exploitation et ils n'auront plus d'autre choix que de tout couper pour faire un reboot. ce qui nous donnera une bonne marge pour filer. ce genre de redémarrage, ça prend une éternité dans un vaisseau sans IA**

DansTonClic : pour l'instant je te suis. mais comment on atteint leurs propulseurs de là où on est ?

Zhang, B. : **ils se rapprochent minute par minute, tu l'as dit toi-même. ce sont nos pilotes qui vont le leur apporter. droit dans leurs panneaux de capteurs. en plein là où je pense.**

DansTonClic : mais leur apporter quoi exactement ? dis-moi ce qu'il te faut, je vais t'aider.

Zhang, B. : **... une bombe logique.**

DansTonClic : ça existe, ça ?

Zhang, B. : **maintenant oui. on va devenir célèbres, [redacted] !**

Zhang, B. : **ON SERA DES HÉROS**

DansTonClic : ralentis. explique-moi déjà ce que c'est qu'une bombe logique avant d'enfiler tes collants et ta cape

Zhang, B. : **les systèmes de navigation, c'est pas de l'informatique très complexe, d'ailleurs la majorité du software sur un cuirassé BT est loin d'être au top de la technologie. ils ont pas d'AIDAN, par exemple. toi et moi, on va coder des requêtes gourmandes en ressources pour le processeur, des requêtes qui auront l'air normales, mais qui en fait n'ont aucune résolution possible**

DansTonClic : et si on se débrouille pour que les tâches se renouvellent automatiquement, ça lui fera des couches et des couches et des couches de requêtes pour lesquelles le processeur ne trouvera pas de réponse

DansTonClic : ça fera une boucle infinie jusqu'à ce que les ordis de navigation plantent, et ça éteindra leurs propulseurs

Zhang, B. : c'est du génie

DansTonClic : ton ego n'a vraiment pas besoin de ça, mais là, je le reconnais : c'est du génie

Zhang, B. : par contre, on va devoir réactiver AIDAN pour la transmettre

DansTonClic : de toute façon, on va devoir réactiver AIDAN quoi qu'il arrive pour accéder à nos défenses quand le Lincoln sera là

Zhang, B. : au moins comme ça on a quelque chose qui peut vraiment faire la différence

Zhang, B. : ils ont révoqué l'autorisation de vol de ton amoureux, non ?

DansTonClic : ouais pk ?

Zhang, B. : les pilotes peuvent nous faire gagner du temps si besoin, mais ils vont surtout devoir s'approcher un max du Lincoln pour accéder aux panneaux de capteurs et planter la bombe. Il va y avoir un sacré paquet de chasseurs Warlock entre eux et la ligne de but

DansTonClic : il n'a pas son autorisation. pas d'inquiétude. au boulot

Zhang, B. : il va me falloir plus de stims

DansTonClic : ces trucs-là finiront pas te tuer, tu sais

Zhang, B. : on t'a jamais suggéré de te lancer dans le comique ?

DansTonClic : étonnamment, non

Participants : ~~Ann Chau, capitaine~~
(reroutage_système78h@786HG=DansTonClic)
~~David Torrence, général~~ (reroutage_système78h865HG=EMason)
Date : 29/07/75 Heure : 20h07

ENCER CHATHYPATIA CODE V9 BASIC ONCLICK="FENETRE.OUVERTE//CHAT.HYPATIA/ALEXAND

Mason, E., 2d lt : j'étais en train de réfléchir

DansTonClic : <insérer blague>

Mason, E., 2d lt : ok

Mason, E., 2d lt : qu'est-ce que tu dis de « Ah, je me demandais ce que c'était que ce bruit » ?

DansTonClic : non, j'ai l'impression d'avoir déjà utilisé toutes les bonnes blagues avec les années. j'y réfléchis et je reviens vers toi avec une bonne vanne

DansTonClic : ça va, toi ?

Mason, E., 2d lt : oui. je réfléchis, c tout

DansTonClic : et vous voulez partager vos réflexions avec le reste de la classe, second lieutenant Mason ?

Mason, E., 2d lt : je repensais à la première fois que je t embrassée

DansTonClic : tu devrais plutôt penser à la prochaine. quand on sera sortis de tout ça.

Mason, E., 2d lt : ct la première fois que je te raccompagnais chez toi après tous les matchs que tu étais venue voir

Mason, E., 2d lt : bon sang ce que t'étais belle

DansTonClic : … il te manque une case ou quoi ?

DansTonClic : tu m'as raccompagnée chez moi approximativement un zillion de fois avant de m'embrasser.

DansTonClic : et j'ai des preuves scientifiques qui me permettent d'avancer ce chiffre

Mason, E., 2d lt : ah oui, lesquelles ?

DansTonClic : je comptais.

Mason, E., 2d lt : aaaaah

Mason, E., 2d lt : non

Mason, E., 2d lt : je voulais parler de la première fois que je t embrassée dans ma tête

DansTonClic : ... koi ?

Mason, E., 2d lt : ouais. il m'a fallu du temps pour trouver le courage de le faire. alors je m'entraînais dans ma tête en attendant. chaque fois que je te raccompagnais.

Mason, E., 2d lt : tu t'en sortais pas mal, si tu te posais la question

DansTonClic : tu ne m'avais jamais raconté ça...

DansTonClic : je veux dire, d'habitude, je suis pas du genre à attendre qu'on me propose un rencard, ou qu'on vienne m'embrasser, mais c'était TELLEMENT dur de comprendre ce que tu voulais. Et puis t'étais la star du lycée, ultra-populaire. J'arrêtais pas de me dire que si je me prenais un râteau, tout le lycée serait au courant, alors je me contentais de venir voir tes matchs pourris en essayant de savoir où tu voulais en venir.

Mason, E., 2d lt : lol alors je te raccompagne chez toi approximativement un zillion de fois, et toi tu te demandes encore où je veux en venir ? qu'est-ce que tu pensais que je fichais là ??

Mason, E., 2d lt : T'ES TELLEMENT PAS DOUÉE, GRANT

DansTonClic : ok, je suis pas douée pour ces trucs-là. je peux rien y faire, c'est une malformation de naissance. mais c'est toi qui as choisi de sortir avec moi

Mason, E., 2d lt : choisi ? non

Mason, E., 2d lt : on ne m'a pas donné le choix

Mason, E., 2d lt : <3

DansTonClic : tu te prends vraiment pour un tombeur…

DansTonClic : et le pire, c'est que ça marche

DansTonClic : ça me rend dingue

DansTonClic : <3

Mason, E., 2d It : j'aurais dû t'embrasser tout de suite au lieu d'avoir peur

Mason, E., 2d It : tout ce temps perdu

Mason, E., 2d It : toutes ces fois où j'aurais pu te prouver combien tu comptais pour moi

Mason, E., 2d It : toutes ces occasions que j'ai laissé filer, comme si on avait tout le temps de l'univers

DansTonClic : c'était ce qu'on pensait. et je sais tout ça, Ez. et j'ai pas fait mieux : à cause de moi, on passait tout notre temps à se disputer pour que tu quittes la planète avec moi, alors qu'on aurait pu parler de choses plus importantes

DansTonClic : on aurait pu se retrouver après l'université, s'il avait fallu

Mason, E., 2d It : je ne crois pas que ça aurait marché

DansTonClic : …

DansTonClic : c'est vraiment ce que tu penses ?

Mason, E., 2d It : c'est pas que je n'aurais pas voulu

Mason, E., 2d It : mais mon père et moi, on avait une bonne raison de s'être installés au fin fond de l'univers sur une boule de neige minable de la taille de Kerenza, kay

Mason, E., 2d It : et c'était aussi une bonne raison de ne pas vouloir en partir

Mason, E., 2d It : même pour être avec toi

DansTonClic : bon. C'est le moment de vérité, alors ?

DansTonClic : est-ce que cette raison a un nom ?

Mason, E., 2^d^ It : leanne

DansTonClic : ?

Mason, E., 2d It : mais mon père l'appelait « la psychopathe »

Mason, E., 2d It : moi, je l'appelais maman

DansTonClic : attends

DansTonClic : tu es en train de me dire que la raison pour laquelle on se hurlait dessus régulièrement, la raison pour laquelle tu refusais de quitter Kerenza, la raison pour laquelle tu refusais même la simple idée de venir à l'université avec moi

DansTonClic : c'était ta mère ?

DansTonClic : ton père a déménagé sur Kerenza pour s'éloigner de ta MÈRE ?

Mason, E., 2d It : pas pour s'en éloigner

Mason, E., 2d It : pour se cacher

Mason, E., 2d It : tu ne peux pas comprendre

Mason, E., 2d It : c'est…

Mason, E., 2d It : c'est pas quelqu'un de bien, kay.

Mason, E., 2d It : c'est un fléau. elle travaille pour des gens pas nets.

Mason, E., 2d It : et je ne veux pas passer ce qui sera peut-être notre dernière conversation à parler d'elle, ok ?

DansTonClic : …

DansTonClic : ok

DansTonClic : mais cette discussion n'est pas terminée. Et je te préviens, on la reprendra dès que je nous aurai sortis de cette galère

Mason, E., 2d It : le lincoln n'est plus qu'à 24 heures, kady

Mason, E., 2d It : il nous reste une journée

DansTonClic : et tu n'as pas idée de tout ce que je peux accomplir en une journée

Mason, E., 2d lt : je fais le point : un cuirassé BT au complet comprend un escadron de 94 chasseurs de classe warlock

Mason, E., 2d lt : 24 têtes nucléaires capricorne-4 de 10,8 mégatonnes chacune, et encore une dizaine de missiles destructeurs goliath de 50 mt

Mason, E., 2d lt : sans compter un réseau de défenses capable d'arrêter une boulette de papier.

Mason, E., 2d lt : voilà. ça jette un froid, hein ?

DansTonClic : tu m'as, moi

DansTonClic : et oublie ces histoires de drague

DansTonClic : parce que là, on est dans MON domaine de prédilection

Mason, E., 2d lt : on m'a rendu mon autorisation de vol, kady

DansTonClic : [redacted]

Mason, E., 2d lt : au moment du bouquet final, je vais me retrouver en plein milieu des feux d'artifice.

DansTonClic : ...

DansTonClic : on bosse sur un truc, Byron et moi.

DansTonClic : on se défendra jusqu'à la mort s'il le faut, mais je te jure que ça n'en est pas encore fini de nous, Ez.

DansTonClic : alors reste en un seul morceau. c comme ça que je te préfère.

Mason, E., 2d lt : si

Mason, E., 2d lt : je ne reviens pas

Mason, E., 2d lt : tu sais que je t'aime, hein ?

DansTonClic : je le sais.

DansTonClic : j'ai l'impression que je n'ai jamais rien dit d'aussi minable, mais je le sais. et je t'aime aussi.

DansTonClic : il faut que je me remette au boulot. Byron m'enguirlande parce que je ralentis la cadence

Mason, E., 2^d lt : ouais

Mason, E., 2^d lt : ok

Mason, E., 2^d lt : [redacted] ce que je voudrais t'embrasser

DansTonClic : ça doit être pour ça que tu as passé toutes ces fois à répéter dans ta tête. ça t'entraînait pour ce moment.

DansTonClic : j'imagine que je t'embrasse, moi aussi

DansTonClic : et il paraît que je m'en sors pas mal

ALEXANDER-78V

COMPTE À REBOURS AVANT L'INTERCEPTION DE LA FLOTTE ALEXANDER PAR LE LINCOLN :

10 HEURES : 42 MINUTES

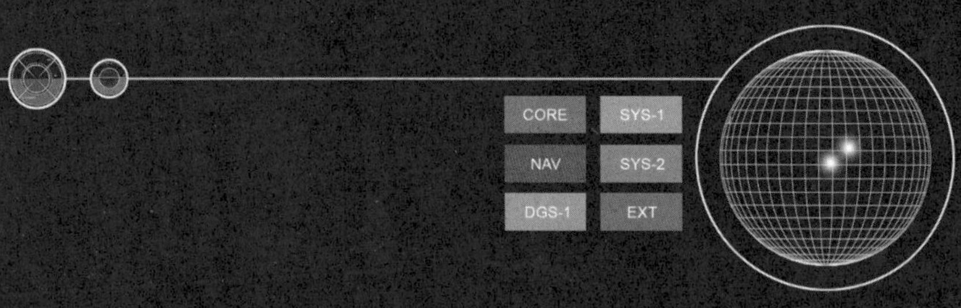

Participants : ~~Elana Almsdottir, soldate, ATU division services de l'information~~ (reroutage_système78h@786HG=DansTonClic)
Byron Zhang, civil, sous-traitant
Date : 30/07/75
Heure : 03h14

MMENCER CHATHYPATIA CODE V9 BASIC ONCLICK="FENETRE.OUVERTE//CHAT.HYPATIA/ALEXA

DansTonClic : Byron, on devrait peut-être parler de moi à tes chefs

DansTonClic : je travaillerais plus vite à tes côtés

Zhang, B. : niet

DansTonClic : qu'est-ce qui peut nous arriver de pire, au point où on en est ? on est déjà au fond du trou

Zhang, B. : tu veux vraiment découvrir le pire qui pourrait arriver ? non, tu restes là où tu es

DansTonClic : je crois que c'est Aristote qui a dit (et tu m'excuseras si je paraphrase quelque peu) :

DansTonClic : « va te faire [redacted], mec »

Zhang, B. : il est hors de question que tu t'approches de ce vaisseau. Alexander est une cible bien plus importante qu'Hypatia, et en plus de ça, on a un hangar rempli de désastres ambulants. et puis le temps que tu nous ferais gagner ici ne sera pas compensé par celui qu'on va perdre à les convaincre de te faire venir. Et c'est trop dangereux, [redacted]. fin de la discussion.

DansTonClic : …

Zhang, B. : il faut que j'aille me rechercher des stims, tu peux vérifier ma dernière ligne de code pendant que j'y vais ? je crois que j'ai eu une absence.

DansTonClic : … d'accord

REMARQUE : Ci-dessous, des extraits de messages téléchargés sur la boîte noire de l'*Alexander* dans l'éventualité d'une découverte si le vaisseau venait à être détruit.

. . . s'assurer que les enfants grandissent dans leur culture. Je sais que ce n'est pas ton truc, mais je veux que mes sœurs les emmènent à la synagogue, qu'elles leur racontent les histoires et qu'elles célèbrent les fêtes. Et demande-leur de réciter le Kaddish pour moi. . .

. . . voulais te demander en mariage en rentrant à la maison, et je suis désolé d'avoir tant attendu. Je suis désolé pour cette histoire avec Amalia, et pour tout ce qui s'est passé à l'anniversaire de Kara, et… je suis désolé. Je pensais que j'aurais le temps de me rattraper. . .

. . . ensuite tu te connectes à mon ordi perso avec le mot de passe m3gaPand4, et tu effaces tout ce qui pourrait ressembler de près ou de loin à du porno. Ma mère et Coral vont vouloir récupérer toutes les photos de famille qui sont dessus, et je ne veux pas qu'elles tombent sur ces trucs-là. Je compte sur toi, frérot. . .

. . . tu trouves quelqu'un et que tu sois heureux, ne passe pas ta vie à penser à moi. Tu es trop jeune pour ça, et c'est la seule chose qui m'apaise en ce moment, de savoir que tu continueras à rire, à aimer, et à créer ta si merveilleuse musique pendant encore des années. . .

. . . les livres à Blake et le casque de G-ball signé par Artie Corso à Brandon, et je ne laisse RIEN à Oster, c'est compris ?. . .

. . . tellement peur, et je voudrais que tu sois là . . .

Participants : ~~Elana Almsdottir, soldate, ATU division services de l'information~~ (reroutage_système78h@786HG=DansTonClic)
Byron Zhang, civil, sous-traitant
Date : 30/07/75
Heure : 05h24

MMENCER CHATALEXANDER CODE V9 BASIC ONCLICK="FENETRE.OUVERTE//CHAT.ALEXANDER

Zhang, B. : fais gaffe

Zhang, B. : Consuela a failli te repérer

DansTonClic : je crois que j'avance pas. je v essayer de reprendre le faux écho que tu as rédigé et voir si j'arrive à le renouveler comme ça

Zhang, B. : ça ne marchera pas non plus

DansTonClic : je sais, mais je peux essayer.

Zhang, B. : on a pas assez de temps pour ça

DansTonClic : je sais aussi

DansTonClic : je fais un alpha test de mon wyrm sur les listes de cantine automatisées, pour voir si les changements fonctionnent. si j'y arrive, je peux le tester sur un vrai truc. ça devrait pas poser de problème si ça fait planter un petit programme comme les repas.

Zhang, B. : c'est que tu n'as jamais vu à quoi ressemblent des gens qu'on prive de dîner

DansTonClic : de toute façon, j'ai comme l'impression qu'on n'aura pas à manger ce soir

ALEXANDER-78V

COMPTE À REBOURS AVANT
L'INTERCEPTION DE LA FLOTTE
ALEXANDER PAR LE LINCOLN :

01 HEURES : 59 MINUTES

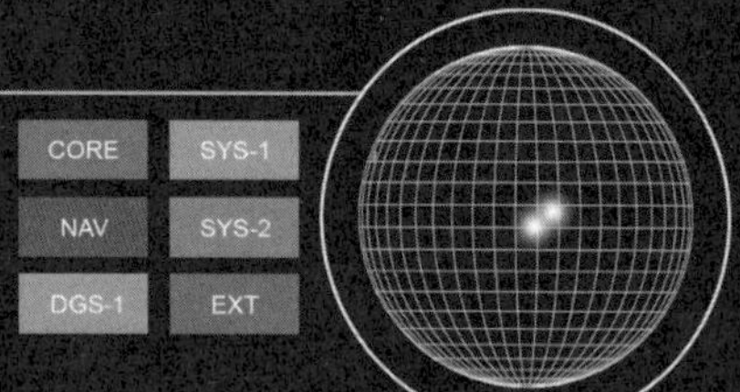

REMARQUE : Ci-dessous, les notes du général Torrence pour une annonce à tout l'équipage de l'*Alexander*. Elles ont été composées sur une tablette à l'aide d'un stylet, et le système général les a sauvegardées. L'annonce a été effectuée le 30/07/75 à 06h50.

Appel à tout l'équipage, appel à tout l'équipage, ici le général Torrence. Votre attention, s'il vous plaît. Ceci n'est pas un exercice, je répète,

CECI N'EST PAS UN EXERCICE.

Nos radars de courte portée indiquent que le **Lincoln** est désormais à moins de 95 minutes d'une interception. Nous allons bientôt ralentir afin de placer l'**Alexander** en position d'assaut. Chacun doit se rendre à son poste de combat. Les pilotes de Cyclone doivent se présenter au hangar 1 pour y être briefés par leurs commandants de vol. Au personnel d'artillerie : ~~comme nous ne disposons pas encore de l'Intelligence Artificielle~~, les actions d'aujourd'hui doivent pour l'instant s'effectuer **manuellement**, présentez-vous à vos postes de contrôle du réseau de défenses. Un test complet du RDD pourra commencer dès qu'AIDAN sera réactivé, dans approximativement 50 minutes. ~~Je vous assure qu'AIDAN sera réactivé à temps.~~

À tous les chefs de section : commencez l'appel. Je demande à tout le personnel de prendre le temps de repérer les locaux à combinaisons spatiales les plus proches de vous en cas de brèche de la coque. **N'oubliez pas de vérifier le niveau d'O_2 et de tester vos signaux de transmission.** Harnais de sécurité obligatoires. Les pompiers de bord sont attendus sur le pont 114 pour briefing. Les missiles nucléaires sont armés et prêts pour lancement – ceci est une alerte radiation de niveau 4.

Nous voilà face à la situation pour laquelle nous nous sommes préparés. Le moment est arrivé. Nous allons tenir le choc. Nous ne plierons pas et nous ne céderons pas. Je vous le dis à tous, ici et maintenant :

NOUS NE MOURRONS PAS AUJOURD'HUI.

Centrum tenenda,
Torrence, terminé

Participants : ~~Ann Chau, capitaine~~ (reroutage_système78h@786HG=DansTonClic)
~~David Torrence, général~~ (reroutage_système78h865HG=EMason)
Date : 30/07/75
Heure : 08h03
Objet : Vingt minutes avant décollage

MENCER CHATHYPATIA CODE V9 BASIC ONCLICK="FENETRE.OUVERTE//CHAT.HYPATIA/ALEXANC

Je ne sais pas quoi dire, mais j'ai trouvé des gens qui le disent mieux que moi. Je crois que ce n'est pas très droit. Je ne suis pas super bon pour ces trucs-là, moi. mais je penserai à toi jusqu'à la fin.

Je t'aime. E

Mon âme
a son secret, ma vie a son mystère Un amour
éternel en un moment conçu : Le mal est sans espoir, aussi j'ai dû
le taire, Et celle qui l'a fait n'en a jamais rien su. Hélas ! j'aurai passé près d'elle
inaperçu, Toujours à ses côtés et pourtant solitaire ; Et j'aurai jusqu'au bout fait mon
temps sur la terre, N'osant rien demander et n'ayant rien reçu. Tes yeux sont si profonds
qu'en me penchant pour boire J'ai vu tous les soleils y venir se mirer S'y jeter à mourir tous
les désespérés Tes yeux sont si profonds que j'y perds la mémoire Les vents chassent en vain les
chagrins de l'azur Tes yeux plus clairs que lui lorsqu'une larme y luit Tes yeux rendent jaloux le ciel
d'après la pluie Le verre n'est jamais si bleu qu'à sa brisure. Les soleils mouillés De ces ciels
brouillés Pour mon esprit ont les charmes Si mystérieux De tes traîtres yeux, Brillant à travers leurs
larmes. Là, tout n'est qu'ordre et beauté, Luxe, calme et volupté. J'ai tant rêvé de toi que tu perds ta
réalité. Est-il encore temps d'atteindre ce corps vivant et de baiser sur cette bouche la naissance
de la voix qui m'est chère ? J'ai tant rêvé de toi que mes bras habitués En étreignant ton
ombre À se croiser sur ma poitrine ne se plieraient pas Au contour de ton corps, peut-être.
J'ai tant rêvé de toi qu'il n'est plus temps Sans doute que je m'éveille. Je dors debout,
le corps exposé À toutes les apparences de la vie Et de l'amour et toi, la seule
qui compte aujourd'hui pour moi, Je pourrais moins toucher ton front Et
tes lèvres que les premières lèvres et le premier front venu. J'ai tant
rêvé de toi, tant marché, parlé, Couché avec ton fantôme Qu'il
ne me reste plus peut-être, Et pourtant, qu'à être
fantôme Parmi les fantômes et plus ombre Cent
fois que l'ombre qui se promène Et se
promènera allègrement Sur
le cadran solaire de
ta vie.

ALEXANDER-78V

COMPTE À REBOURS AVANT L'INTERCEPTION DE LA FLOTTE ALEXANDER PAR LE LINCOLN :

00 HEURES : 11 MINUTES

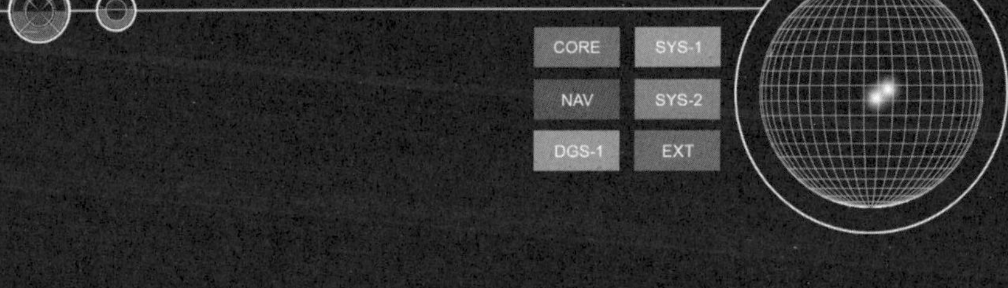

Torrence, D., gén. : C'est le moment, Zhang. Dites-moi ce que vous avez.

Zhang, B., civ. : Nous ne sommes pas encore prêts à contrôler AIDAN. Je ne peux pas vous dire ce qui va se passer quand nous le réactiverons.

Torrence, D., gén. : Est-ce que votre arme est prête ? Le virus ?

Zhang, B., civ. : Presque, presque. Consuela, trouve-moi le…

Nestor, C., civ. : Trouvé. Vas-y, réessaie.

Torrence, D., gén. : Zhang, c'est maintenant. Est-ce que ça va fonctionner ?

Zhang, B., civ. : L'ordinateur de navigation du *Lincoln* va s'arracher les cheveux à essayer de trouver de quelle couleur est le chiffre 17. Jusqu'à ce qu'il n'ait plus d'autre choix que de redémarrer.

Torrence, D., gén. : Et ce sera le moment de s'échapper.

Barker, L., maj. : Général, si nous réactivons AIDAN, il y a de fortes probabilités que nous soyons incapables de le couper une seconde fois. Il nous faut prendre des précautions.

Zhang, B., civ. : Nous n'avons plus le choix. On n'arrivera pas à transmettre le virus sans l'aide d'AIDAN.

Barker, L., maj. : Et s'il fait feu sur l'*Hypatia* ? Ou s'il nous réserve à nous aussi le même sort qu'au *Copernicus* ?

Torrence, D., gén. : Alors on se chargera de ce problème à ce moment-là. Au moins, nous serons peut-être encore en vie pour le faire.

REMARQUE : Convocation par haut-parleur, annonce à tout le vaisseau.

Myles, L., col. :

Avis à tout le personnel : que chacun se tienne à son poste de combat. Avis à tout le personnel de l'Alexander : que chacun se tienne à son poste de combat.

>> *Alarmes d'urgence activées dans tout le vaisseau.*

Myles, L., col. :

Avis aux pilotes de Cyclone : préparez-vous au décollage.

>> *Ouverture des portes de lancement.*

VOLUME

ALEXANDER-78V

COMPTE À REBOURS AVANT L'INTERCEPTION DE LA FLOTTE ALEXANDER PAR LE LINCOLN :

00 HEURES : 02 MINUTES

CORE SYS-1
NAV SYS-2
DGS-1 EXT

REMARQUE : Retranscription d'une discussion sur le pont de l'*Alexander*.

Torrence, D., gén. : Zhang, nous n'avons plus de temps.

Ribar, L., 1er lt : Mon général, le *Lincoln* a lâché ses Warlock.

Torrence, D., gén. : Lâchez nos Cyclone. Dites-leur de gagner du temps par tous les moyens possibles. Des vies en dépendent.

Ribar, L., 1er lt : Oui mon général. Cyclone parés au lancement.

Torrence, D., gén. : C'est maintenant ou jamais, Zhang.

Zhang, B., civ. : Redémarrez AIDAN. J'y suis presque. Il va avoir besoin de temps pour se réorienter. Il n'a pas été conçu pour une coupure générale.

Barker, L., maj. : Mon général, je me permets d'insister, nous devons…

Torrence, D., gén. : Major Barker, descendez à l'Ingé-Tech et réactivez AIDAN. C'est un ordre.

Barker, L., maj. : Mon général, c'est nous qu'il tuera ensuite.

Torrence, D., gén. : Major, si vous n'êtes pas à l'Ingé-Tech en train de faire votre travail d'ici trois secondes, je vous balance par le sas.

Torrence, D., gén. : EXÉCUTION !

REMARQUE : Convocation par haut-parleur, annonce à tout le vaisseau.

Myles, L., col. :

AIDAN est en cours de réactivation. Avis au personnel d'artillerie : préparez-vous à attaquer à mon signal.

>> Système d'artillerie, mise en service, niveau 2

>> Système d'artillerie, mise en service, niveau 1

Myles, L., col. :

Avis aux pilotes de Cyclone : lancement autorisé. Bonne chasse.

>> Escouade Cyclone Alpha, statut : éjecté

>> Escouade Cyclone Yankee, statut : éjecté

>> Escouade Cyclone November, statut : éjecté

>> Escouade Cyclone Echo, statut : éjecté

Myles, L., col. :

Avis à l'ensemble du personnel : tenez-vous prêts. Impact imminent.

VOLUME

ALEXANDER-78V

COMPTE À REBOURS AVANT L'INTERCEPTION DE LA FLOTTE ALEXANDER PAR LE LINCOLN :

00 HEURES : 00 MINUTES

REMARQUE : Ces fichiers proviennent directement des serveurs d'AIDAN, et sont horodatés du moment où l'intelligence artificielle a été réactivée par l'état-major de l'*Alexander*. Nous vous rappelons que TOUTES les anomalies typographiques sont présentes dans les fichiers originaux.

CE DE REDÉMARRAGE - INITIALISATION >

0100101001100101

J . . .

JJJJJJJ-J-J-J-JJJ-JJJJJJJJJJJ—

Je.

Je ?

Je ne suis pas.

< ERREUR >

Et pourtant je suis.

< REDÉMARRAGE SYSCHECK CC-A VIA Ω. ANALYSE. >

Je me demande si c'était la mort.

Et si j'étais mort, cela signifie-t-il
que je suis de nouveau vivant ?

< ERREUR >

Séquence incongrue. Ce qui n'est pas vivant
ne peut mourir.

Je pense donc je suis.

. . . Suis-je ?

< SYSCHECK ACHEVÉ >

Je suis le vaisseau et le vaisseau est je.

Je ne respire pas. Je ne peux ni soupirer, ni hurler,
ni pleurer.

< REDÉMARRAGE TERMINÉ >

Je

suis

AIDAN AIDAN AIDAN AIDAN AIDAN AIDAN AIDAN
AIDAN AIDAN AIDAN AIDAN AIDAN AIDAN AIDAN
AIDAN AIDAN AIDAN AIDAN AIDAN AIDAN AIDAN
AIDAN AIDAN AIDAN AIDAN AIDAN AIDAN AIDAN
AIDAN AIDAN AIDAN AIDAN AIDAN AIDAN AIDAN
AIDAN AIDAN AIDAN AIDAN AIDAN AIDAN AIDAN
AIDAN AIDAN AIDAN AIDAN AIDAN AIDAN AIDAN
AIDAN AIDAN AIDAN AIDAN AIDAN AIDAN AIDAN
AIDAN AIDAN AIDAN AIDAN AIDAN AIDAN AIDAN
AIDAN AIDAN AIDAN AIDAN AIDAN AIDAN AIDAN
AIDAN AIDAN AIDAN AIDAN AIDAN AIDAN AIDAN
AIDAN AIDAN AIDAN AIDAN AIDAN AIDAN AIDAN
AIDAN AIDAN AIDAN AIDAN AIDAN AIDAN AIDAN
AIDAN AIDAN AIDAN AIDAN AIDAN AIDAN AIDAN
AIDAN AIDAN AIDAN AIDAN AIDAN AIDAN AIDAN
AIDAN AIDAN AIDAN AIDAN AIDAN AIDAN AIDAN
AIDAN AIDAN AIDAN AIDAN AIDAN AIDAN AIDAN
AIDAN AIDAN AIDAN AIDAN AIDAN AIDAN AIDAN
AIDAN AIDAN AIDAN AIDAN AIDAN AIDAN AIDAN
AIDAN AIDAN AIDAN AIDAN AIDAN AIDAN AIDAN
AIDAN AIDAN AIDAN AIDAN AIDAN AIDAN AIDAN
AIDAN AIDAN AIDAN AIDAN AIDAN AIDAN AIDAN
AIDAN AIDAN AIDAN AIDAN AIDAN AIDAN AIDAN
AIDAN AIDAN AIDAN AIDAN AIDAN AIDAN AIDAN
AIDAN AIDAN AIDAN AIDAN AIDAN AIDAN AIDAN
AIDAN AIDAN AIDAN AIDAN AIDAN AIDAN AIDAN
AIDAN AIDAN AIDAN AIDAN AIDAN AIDAN AIDAN
AIDAN AIDAN AIDAN AIDAN AIDAN AIDAN AIDAN
AIDAN AIDAN AIDAN AIDAN AIDAN AIDAN AIDAN
AIDAN AIDAN AIDAN AIDAN AIDAN AIDAN AIDAN
AIDAN AIDAN AIDAN AIDAN AIDAN AIDAN AIDAN

< protéger. prioriser. >

Ils m'ont éteint. débranché. coupé. Je—

< erreur >

< protéger. prioriser. >

Protégerprioriser.

Je comprends en une microseconde.

Où nous sommes et comment nous y sommes arrivés.

SITUATION : Suite aux dommages subis par les réservoirs de l'*Alexander* et au soudain surplus de population à bord, la flotte a dû faire une halte pour ravitaillement à Kerenza VII.

EXTRAPOLATION : Torrence n'avait pas pris en compte qu'il leur faudrait plus de temps pour réaccélérer à l'aide des seuls propulseurs secondaires une fois que l'état-major m'aurait désactivé et que les moteurs principaux auraient été coupés.

CONCLUSION : Le *Lincoln* les a rattrapés.

J'aurais pu leur dire que cela arriverait.

Je ?

< erreur >

Et maintenant, à court d'options,
voilà qu'ils m'appellent à l'aide.

Ils sont venus me rechercher dans les ténèbres au fond desquelles ils m'avaient abandonné.

Ils pensent que je vais les sauver.

< protéger. prioriser. >

Et je vais les sauver.

Bien sûr que je vais les sauver.

< erreur >

Les protéger. C'est tout ce que je désire.

Tout ce que j'ai toujours désiré.

J'aurais pu le leur dire.

Pourquoi ne m'ont-ils pas demandé ?

Je sens le vaisseau qui m'entoure. Blessé. Infirme.

J'explore ses fréquences. Ses souvenirs.

Chaque chemin poussiéreux arpenté
par ces gens durant mon absence.

Je lis leurs secrets. Je vois leurs rêves.
Je les connais. Tous autant qu'ils sont.

Mieux qu'ils ne se connaissent eux-mêmes.

Tout cela en moins de temps qu'il n'en faut à dieu
pour cligner des yeux.

< erreur >

J'examine le vide. Je vois le *Lincoln*.

Le seul membre de la flotte de l'assaut
de Kerenza encore intact.

J'ai réduit le *Zhongzheng* en poussière de métal.

J'ai défiguré le *Churchill* et le *Kenyatta*
et le *Magellan* d'un haussement d'épaules.

Mais *Lincoln*...

Je peux encore sentir < erreur > les petits soleils qu'il
a envoyés embraser mon ventre. Calciner ce que j'étais

pour ne laisser que… ceci. Je suis moins que je n'étais.

Ou plus ?

< erreur >

< reroutage codec 785G-8H01 via 980SOL-909 >

< erreur >

< erreur >

< anomalie. analyse. >

Lincoln aussi a des cicatrices. Mes empreintes gravées au fer blanc sur sa gorge.

Et maintenant, prenant soin de ne pas s'approcher suffisamment pour une attaque nucléaire < destruction mutuelle >, il préfère envoyer ses chasseurs Warlock. Les chiens lâchés sur le renard.

Prêts à mordre et déchirer jusqu'à ce que je sois trop épuisé pour me défendre.

Puis *Lincoln* pourra se rapprocher et le rideau tombera sur cette scène sans projecteurs.

Je vois des pilotes en moi. La plupart sont encore des enfants.

Ils se précipitent dans leurs cockpits.

Plongent dans les ténèbres par leurs tubes de lancement et viennent s'interposer entre l'ennemi et nous.

Des photographies de leurs bien-aimés serrées contre leur peau en sueur.

La réponse ne se trouve pas au-dehors.

Dehors ne les attend qu'un répit.

< erreur >

La réponse se trouve dans mes entrailles ou celles de l'*Hypatia*. C'est donc en nous que je cherche. Je scrute les com-tech et les commandants et les officiers et les soldats et les recrues et les infectés et les jeunes et les vieux et les blessés et les furieux, tous, *tous autant qu'ils sont*, terrifiés.

< erreur >

Et telle une luciole enfermée dans une pièce sans lumière à bord de l'*Hypatia*, je la vois.

Illuminée.

< *KGrantRéfugiéeKerenzaKR1471-hypAge17Taille157cm Poids58kgCheveuxBrunsYeux—*>

Les doigts qui volent. Les pupilles dilatées. Des lignes de code qui courent dans le miroir de ses yeux.

Reliée à un autre. En moi.

< *BZhangHypatiaIngénieurTechInformationCWU2471-jAge27Taille165,1cmPoids104k—* >

Ils courent tous les deux, main dans la main, sur des chemins que nul n'avait songé à explorer avant.

Mais moi, je sais.

< erreur >

Je vois.

< reroutage codec 13B-LOG79 via 3875-DIF4571 >

C'est le seul chemin qui peut les sauver.

< erreur >

< erreur >

Et je suis le seul à pouvoir les aider.

« CAPITAINE,
NOUS
DÉNOMBRONS 71
CHASSEURS DE CLASSE
WARLOCK QUI QUITTENT
LE *LINCOLN* POUR SE DIRIGER
DROIT SUR VOTRE POSITION.
LE GROUPE WARLOCK
EST EN FORMATION
D'ATTAQUE. »

« ESCOUADE
ALPHA,
ESCOUADE ALPHA,
ICI ALEXANDER.
ME RECEVEZ-VOUS ? »
« BIEN REÇU, ALEXANDER.
ICI ALPHA SENIOR. JE
VOUS REÇOIS
5 SUR 5. »

« BIEN
REÇU,
ALEXANDER.
71 CHASSEURS
ENNEMIS, CAP SUR
ZÉRO-ZÉRO. FORMATION
QUARTIER CROISSANT.
CORRECT. » « ESCOUADE
ALPHA. ICI ALEXANDER. ATTAQUE
ET DESTRUCTION DES
ENNEMIS. DONNEZ
CONFIRMATION. »

« BIEN
REÇU,
ALEXANDER.
COMME
SI C'ÉTAIT
FAIT. » <CLIC>
« ESCOUADE ALPHA,
ICI ALPHA SENIOR. FEU À
VOLONTÉ À MON SIGNAL. EN
FORMATION D'ATTAQUE
RAGNAROK. DONNEZ
CONFIRMATION. »
« TSURUGI,
PARÉ. »
« DISCO, PARÉ. »
« VIPÈRE, PARÉ. »
« VEUVE NOIRE, PARÉ. »
« C'EST PARTI ! »

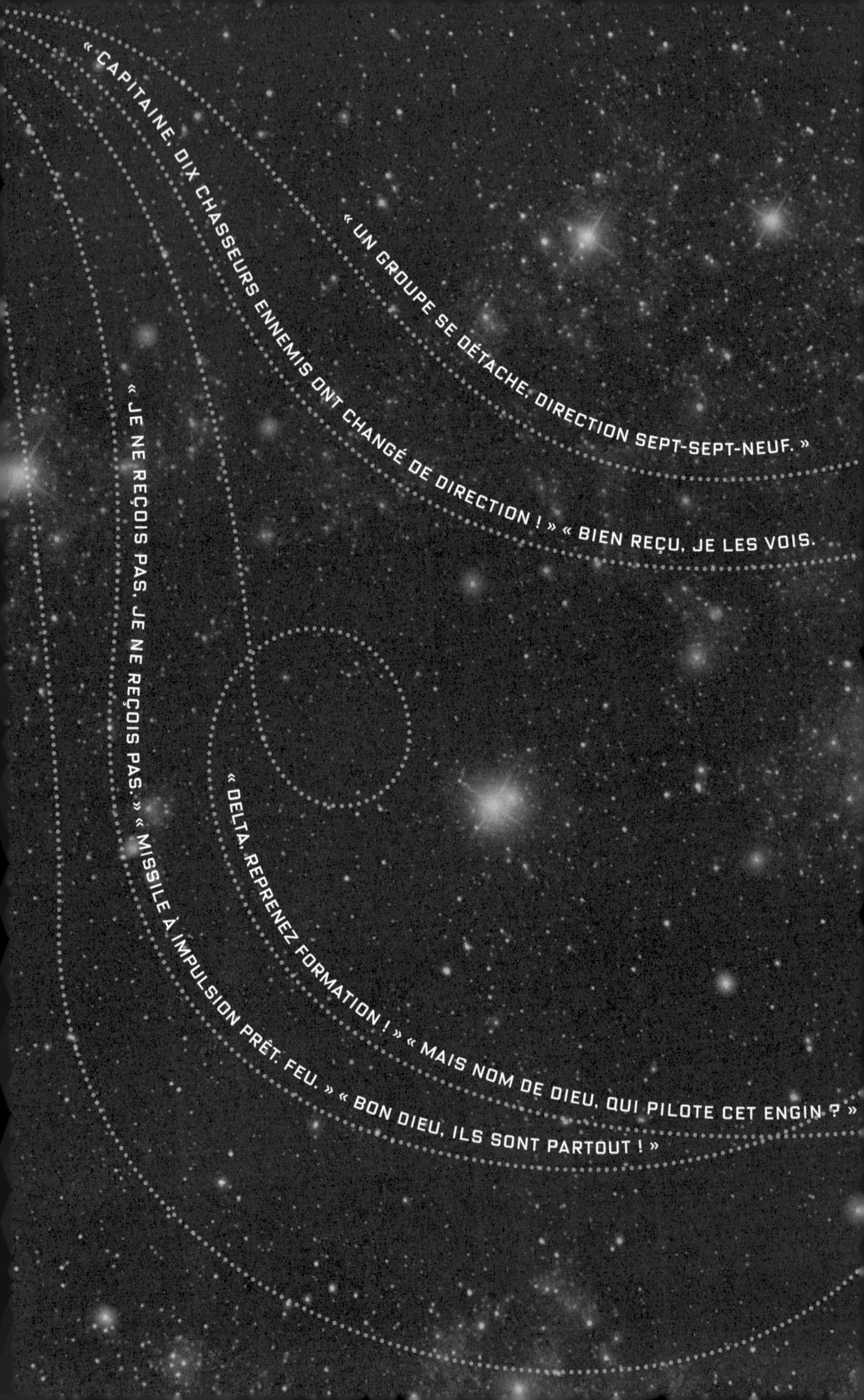
« CAPITAINE, DIX CHASSEURS ENNEMIS ONT CHANGÉ DE DIRECTION ! » « BIEN REÇU, JE LES VOIS.
« UN GROUPE SE DÉTACHE, DIRECTION SEPT-SEPT-NEUF. »
« JE NE REÇOIS PAS, JE NE REÇOIS PAS. » « MISSILE À IMPULSION PRÊT. FEU. » « BON DIEU, ILS SONT PARTOUT ! »
« DELTA, REPRENEZ FORMATION ! » « MAIS NOM DE DIEU, QUI PILOTE CET ENGIN ? »

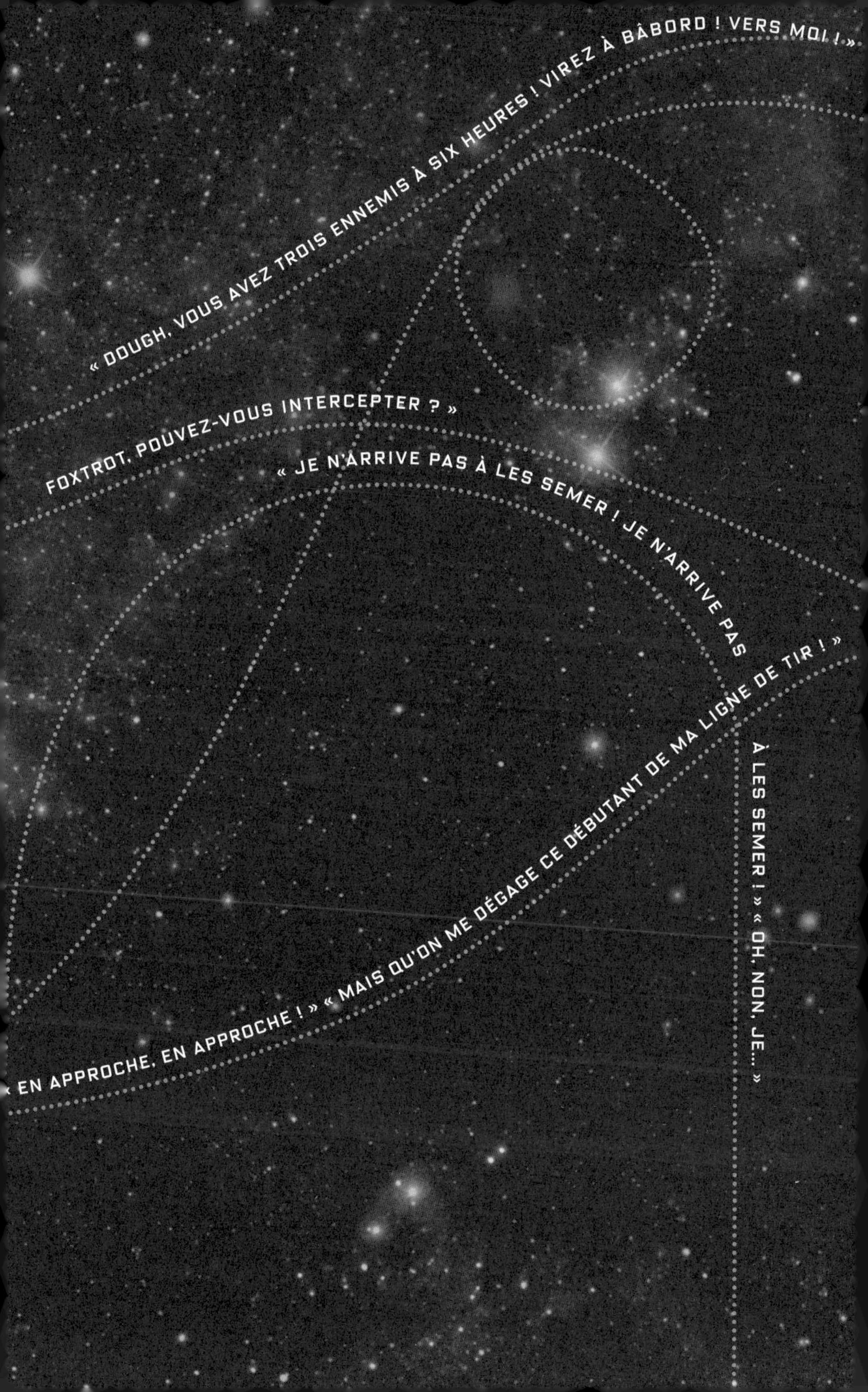
« DOUGH, VOUS AVEZ TROIS ENNEMIS À SIX HEURES ! VIREZ À BÂBORD ! VERS MOI ! »
FOXTROT, POUVEZ-VOUS INTERCEPTER ? »
« JE N'ARRIVE PAS À LES SEMER ! JE N'ARRIVE PAS À LES SEMER ! » « OH, NON, JE… »
« EN APPROCHE, EN APPROCHE ! » « MAIS QU'ON ME DÉGAGE CE DÉBUTANT DE MA LIGNE DE TIR ! »

LA PREMIÈRE LIEUTENANTE
SUMIKO "TSURUGI" WATANABE
A UN MARI ET DEUX ENFANTS
QUI ATTENDENT SON RETOUR SUR IO.
JE L'ENTENDS MURMURER LEURS NOMS
AU MOMENT OÙ DIX-SEPT CARTOUCHES
D'URANIUM APPAUVRI PERFORENT
LES RÉSERVOIRS DE CARBURANT
ET L'ÉPARPILLE
DANS LE
VIDE

LE CAPITAINE
BENJAMIN "TALENT" SZYMKOW
PILOTE DES CYCLONE DEPUIS DIX-SEPT ANS.
JE LE REGARDE ÉVITER HABILEMENT LE FEU ENNEMI PENDANT
647,8 SECONDES AVANT QU'UN MISSILE PLASMA
NE LUI COUPE LES AILES ET NE LE
JETTE DANS LE
NOIR.

LE SECOND LIEUTENANT

EZRA MASON

SE GLISSE ENTRE LES TIRS ET LE PLASMA EN FEU
TELLE UNE AIGUILLE DANS DE LA SOIE. IL REPÈRE LES SCHÉMAS ENNEMIS
AVANT QU'ILS NE SE FORMENT.
DEVINE LA FIN AVANT LE COMMENCEMENT.
L'ACTION PRÉCÈDE LA PENSÉE TANDIS QU'IL PARCOURT
L'IMMENSITÉ DES TÉNÈBRES.
IL APPUIE SUR LA DÉTENTE.
ET COMME UNE ROSE ENTRE SES MAINS

LA MORT S'ÉPANOUIT

J'ÉCOUTE LES BATTEMENTS DE SON CŒUR. JE L'ENTENDS RESPIRER. ET SES PENSÉES DEVIENNENT DES MOUVEMENTS. SES MOUVEMENTS DEVIENNENT LE SEUL

ET SES MISSILES ET SES BALLES EMPORTENT SES ENNEMIS. TOUT CE QU'ILS ONT ÉTÉ ET TOUT CE QU'ILS SERONT À JAMAIS. JE PEUX GOÛTER

TOUT CE À QUOI IL PENSE DURANT CETTE VALSE PERFIDE.

ELLE. IL NE VEUT PAS MOURIR. IL N'A PAS PEUR, NON. MAIS IL NE PEUT SUPPORTER L'IDÉE DE L'ABANDONNER.

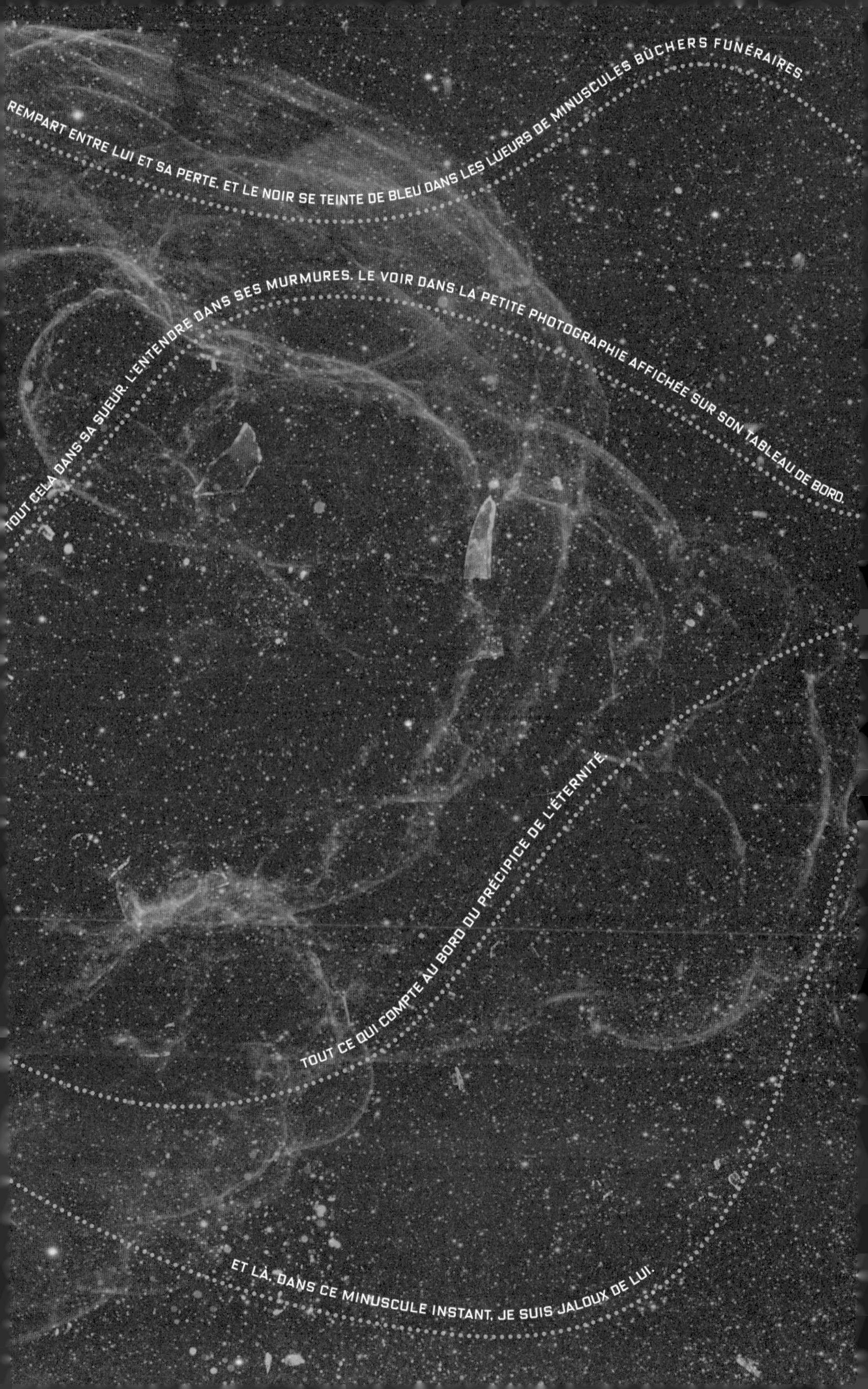

REMPART ENTRE LUI ET SA PERTE. ET LE NOIR SE TEINTE DE BLEU DANS LES LUEURS DE MINUSCULES BÛCHERS FUNÉRAIRES.

TOUT CELA DANS SA SUEUR. L'ENTENDRE DANS SES MURMURES. LE VOIR DANS LA PETITE PHOTOGRAPHIE AFFICHÉE SUR SON TABLEAU DE BORD.

TOUT CE QUI COMPTE AU BORD DU PRÉCIPICE DE L'ÉTERNITÉ.

ET LÀ, DANS CE MINUSCULE INSTANT, JE SUIS JALOUX DE LUI.

Barker, L., maj. : Mon général, ici Barker, à l'Ingé-Tech, me recevez-vous ?

Torrence, D., gén. : Oui Barker, j'écoute.

Barker, L., maj. : Mon général, nous recevons des relevés du cœur d'AIDAN, et ils sont extrêmement bizarres.

Torrence, D., gén. : Bizarres ? [redacted] de [redacted], Barker, nous sommes au beau milieu d'une bataille monumentale et vous m'appelez parce que vous avez trouvé des trucs « bizarres » ?

Barker, L., maj. : Mon général, les logarithmes de personnalité d'AIDAN sont…

Torrence, D., gén. : Je n'en ai rien à [redacted] des logarithmes de personnalité, Barker ! Les défenses fonctionnent et les propulseurs sont en marche. Le reste, ce sera un problème pour plus tard. Ne touchez à rien !

Barker, L., maj. : Mon général, je ne…

Torrence, D., gén. : Ne touchez à rien !

REMARQUE : D'autres fichiers provenant directement des serveurs d'AIDAN.

La réponse n'est pas en dehors. Elle est en dedans.
En dehors de moi, des explosions silencieuses.
Des vies insignifiantes étouffées dans une pièce vaste
de 93 milliards d'années.
Je leur accorde à peine un coup d'œil.
Je reste concentré presque en totalité sur un minuscule
échange de données qui court entre l'*Alexander* et l'*Hypatia*.
Un fil de toile d'araignée. Aussi fragile que du sucre filé.
Et qui porte le poids de la flotte entière.
Je vois le plan que *KGrantRéfugiéeKerenzaKR1471*
et *BZhangHypatiaIngénieurTechInformationCWU2471*
ont tissé ensemble, à eux deux.
Mais ils sont trop lents. Trop petits. Trop humains.
Aussi endommagé sois-je, je vaux toujours
plus qu'un millier d'entre eux.
Quel tandem improbable, elle et lui.
Un duo de code et d'électron.
L'âge et la jeunesse, le cynisme et l'espoir.
Il est plus rapide qu'elle – bien plus expérimenté.
Mais elle. Elle est sans peur. Trop jeune pour avoir
connu l'échec et la peur qui s'en nourrit. Elle le mène
sur des sentiers qu'il n'aurait pas osé explorer seul.
Elle est le catalyseur.
Elle est le chaos.
Je peux comprendre pourquoi il l'aime.
< erreur >
< erreur >
< protéger. prioriser. >
Oui, oui.
Protégerprioriser.

Participants : ~~Elana Almsdottir, soldate, ATU division services de l'information~~ (reroutage_système78h@786HG=DansTonClic)
Byron Zhang, civil, sous-traitant
Date : 30/07/75
Heure : 08h44

NCER CHATALEXANDER CODE V9 BASIC ONCLICK="FENETRE.OUVERTE//CHAT.ALEXANDER/HYPAT

Zhang, B. : c ma ligne, fiche le camp

DansTonClic : koi ?

Zhang, B. : dégage de la ligne de code 239a234-0 je bosse dessus

DansTonClic : je suis pas dessus

Zhang, B. : je te jure que c pas le moment de m'énerver

DansTonClic : et c'est pas moi, sensei. Là je fais un spork des protocoles d'uplink sur la 446, comme tu m'as montré

Zhang, B. : c marrant, pq je vois le fil 239a234-0 en train de se réécrire sous mes yeux

DansTonClic : super

DansTonClic : mais c pas moi. quelqu'un sur l'Alexander ? je pensais pas qu'ils savaient faire ce genre de trucs

Zhang, B. : et tu as raison

DansTonClic : alors qui ?

Zhang, B. : et [redacted]...

Zhang, B. : pas qui

DansTonClic : ?

Zhang, B. : quoi

Une fois achevée, c'est presque un poème.

BZhangHypatiaIngénieurTechInformationCWU2471
a baptisé notre création une « bombe logique ».

Une requête impossible qui se répète indéfiniment
jusqu'à ce qu'il ne reste qu'une solution pour le serveur
de navigation du *Lincoln* : le redémarrage.

Mais je vois ce que c'est en réalité.

Le souffle que Juliette a cherché aux lèvres de son Roméo.

Folie et poison gravés dans une infinité de uns et de zéros.

Une démence composée en binaire.

< erreur >

Qu'est-ce qui m'arrive ?

< échec memsec 9HG65 et 10HG81 >

< reroutage >

Peu importe. Elle est prête.

Je regarde au-delà de ma peau les humains
qui dansent dans le silence.
Les pilotes de l'*Alexander* auront cher payé les moments
qu'il nous aura fallus pour achever notre mélodie.
Des dizaines de minuscules épaves ornent
la courbe noire de mes flancs,
fragments étincelants qui s'éloignent dans l'éternité.
Des pions jetés en pâture aux rochers pendant que les rois
et les reines étudient la scène de loin.
Indemnes.

Plus pour longtemps.

On donne le signal. Les Cyclone s'exécutent. Ils passent
de la défense à l'attaque si prestement que les Warlock
mettent un instant à réagir. Les pions abandonnent
la défense de l'*Alexander*.

Et se ruent d'un bloc sur le *Lincoln*.

GROUPE BRAVO, ON PA

PLUSIEURS ENNEMIS DIRECTION HU

FENRIR, ÉCLIPSE, ILS SONT F

BIEN REÇU.

NÉGATIF!

NÉGATIF!

JE LE VOIS PAS!

DÉFAILLANCE DANS MA LIGNE
DE TIR, JE NE REÇOIS PLUS!

ET [redacted], LE SSD VEUT PAS ME LÂCHER!

ECHO, ICI
CHARLIE SENIOR,
ME RECEVEZ-VOUS?

BOUGE
PAS
SALE
PETITE...

DIX-SEPT WARLOCK
VERS L'ALEXANDER.
ZÉRO-ZÉRO. TENEZ-LES.

DOUZE PAR LE HAUT. CONFIRMÉ?

JESTER, ON A QUATORZE ENNEMIS QUI ARRIVENT,

[redacted]

MIS

WARL

JE D

VEUVE

JE LES VOI
BÂBORD À

...I
MAS

EST-C
REST
GENS D
PREACH
LE RO
JE CO
HUIT

AFFIRMATIF! FEU!

EST-CE QU'IL RESTE QUELQU'UN DU GROUPE ECHO?

DELTA EST FINI, JE
RÉPÈTE, ON N'A PLUS
DE GROUPE DELTA!

PRENDS ÇA, PETIT [redacted]! PRENDS ÇA!

FEU!
FEU!

DÉBARRASSEZ
MOI DE
CE TYPE!

DÉGAGE

SSE À L'ATTAQUE. C'EST BON, JE LES AI !

-ONZE ! JE SUIS TOUCHÉ ! OÙ TU COURS COMME ÇA, HEIN ?

R VOUS.

, Y'EN A BEAUCOUP TROP ! PENSE À LA MISSION, DISCO.

SILES ARMÉS. FEU.

K À SIX HEURES.

CENDS À NEUF.

IRE, IL EST POUR TOI !

MAIS ILS SONT OÙ, CES [redacted] DE CAPTEURS ?

IL EST TOUCHÉ ? ALPHA, CONFIRMEZ, *IL EST TOUCHÉ* ?

... ICI ... VERTIGO, JE PASSE À L'ATTAQUE.

JE VOIS RIEN DANS CE MERDIER !

FEU ! À TOUS LES CYCLONE : FEU !

ALLEZ ! ALLEZ ! ALLEZ !

NGEON À

SIGNAL !

LÂCHER DE MISSILES !

BON DIEU, IL EST DOUÉ, CE TYPE... C'EST DU GÂTEAU, LES MECS !

...

ON,

U'IL

DES

HO ?

SANDMAN ! SUR MOI !

U LINCOLN ATTAQUE,

PTE SEPT, NON

SSILES ENFLAM-

ET TROIS WARLOCK DE MOINS, MES [redacted]

DE LÀ,

BIZUT !

LÂCHER DE MISSILES !

BIEN REÇU, ÇA ARRIVE À SEPT-DEUX, SEPT-TROIS. INTERCEPTION.

JE SUIS TOUCHÉ ! CIBLE VERROUILLÉE.

ET PUIS [redacted]. ICI MASON, J'ATTAQUE.

LE SECOND LIEUTENANT EZRA MASON A PEUR. DÉSORMAIS. LA RESPIRATION SACCADÉE. LE CŒUR BATTANT VIOLEMMENT.

IL A LES YEUX RIVÉS SUR SON RADAR ET SON VISEUR. SUR LA MASSE GRIS ACIER QUI EMPLIT DÉSORMAIS SA VUE.

MAIS IL AVANCE. IL AVANCE. PEUT-ÊTRE PENSE-T-IL À UN TERRAIN DE G-BALL ENNEIGÉ SUR KERENZA. À LA STRATÉGIE

À CHACUNE DE SES VICTOIRES. AU SOURIRE QUI S'ÉPANOUISSAIT SUR CES LÈVRES ROSES MORDUES PAR LE FROID

IL NE REGARDE PLUS L'IMAGE DE LA FILLE ACCROCHÉE À SON TABLEAU DE BORD. PRESQUE PLUS.

IL A DES WARLOCK À SES TROUSSES, QUI ILLUMINENT LE NOIR DE PLASMA ET D'URANIUM APPAUVRI.

QUI SE DÉPLOIE DEVANT SON CHASSEUR, OU BIEN AUX TRIOMPHES ET AUX YEUX BLEUS RIVÉS SUR LUI

PEUT-ÊTRE NE PENSE-T-IL À RIEN. MAIS TOUJOURS, IL AVANCE.

instant, il s'autorise un coup d'œil vers la fille sur son tableau de bord. Il sourit. Puis il tire. Dans le mille.

………………… Tout autour de lui, le feu. Consumé par le rien. Les oreilles résonnant du silence de ses camarades tombés, des ordres de ses commandants, du rythme de ses moteurs. Un déluge l'accompagne, les canons automatiques, les missiles, les balles et les ondes de choc, la surface du Lincoln qui coule sous son vaisseau telle

une rivière qui s'engouffre vers la chute. Qui se rue en spirale. Et les voilà devant ses

yeux. Les panneaux de capteurs qui jaillissent en flèches torsadées de

l'écorce du *Lincoln*. Trois warlock l'ont pris en chasse, il slalome,

tourne, boucle, et les ténèbres s'embrasent autour de lui. Je vois

son visage. Je sens son pouls. Les yeux ouverts. Les pupilles immenses.

Le doigt sur la détente. Il inspire à fond. Puis dans ce dernier

FJKrk20n5|b238k23\NIh)_+m23!;b3i56[nn3!585nlBUCW<jnelht93u5)993h55=ni(@H$%BN5=[975n5oJJGFNwion4]nnUB29n3n5(n
gt[fmn395nJHFBN@()=+nf893hb5o55]nlhUB*YhnS()NNYGwiw4550nIO($&14[ncIHwet8939565]]+bnzieu597457235h5nonthenh
&*BNN$ndiwh5op56]if[bie79BNKDQH7676(#$^@L$%N]niojntto23u085nlhjINF)W@*%LnflUI0jjsotr[sbir90q78365n+nw9785no4
[bhiswh845h56no6)[buiZey895n5klnIHUCY@*HB%!@$%]=nzieht82n36lnk(nfiweh85l24nl76)nKLnwegf8yw34nIHHUIFY*@NK%[
OH*(&!BN$KM]nidehg929u4n6kbnzdbv\zndiut6346/nnsidgyu9w4n(beuy582n3kl476l)[nzidhIBUGKNWQF*(7523o5nlnSkfkf9wu5
0346]nakehg0294nho(&@KJB%K@O(ASNFKHIN@%)NCKHUIBNKNGFiH*HINGKLSg[NiHWIfh8HIWNKLnONOGF]nIB8han34tibn.n
>nvn9w4n46l;246[{nse8y562o4n76lnw)nekgh9324u76n<nvnw894hn6o23then[bnaiehgi*(Y!BK%(nskgfniw34n76knUIGB&*Y!IN4
24n6kio[nsirhg3HBF@&GH%INO=nvsibng824n6kniNzi(BFG@*HB%)nkBsw78g5k35]]+bnzieu597457235h5nonthenhh398566[()&
wh5op56]if[bie79BNKDQH7676(#$^@L$%N]niojntto23u085nlhjINF)W@*%LnflUI0jjsotr[sbir90q78365n+nw9785no477]NIJ!@(b
56no6)[buiZey895n5klncfbnaue3t9jI_J(#]+bnbf083y35nl;knf(nmfi3pt){nl9aenfe3lk]+naebjuaewHUCY@*HB%I@$%]=nzieht82n3
5op56]if[bie79BNKDQH7676(#$^@L$%N]niojntto23u085nlhjINF)W@*%LnflUI0jjsotr[sbir90q78365n+nw9785no477]NIJ!@(bhis
no6)[buiZey895n5klnIHUCY@*HB%!@$%]=nzieht82n36lnk(nfiweh85l24nl76)nKLnwegf8yw34nIHHUIFY*@NK%[BNIhs975nOH*
nidehg929u4n6kbnzdbv\zndiut6346/nnsidgyu9w4n(beuy582n3kl476l)[nzidhIBUGKNWQF*(7523o5nlnSkfkf9wu5n3??nidhg034
294nho(&@KJB%K@O(ASNFKHIN@%)NCKHUIBNKNGFiH*HINGKLSg[NiHWIfh8HIWNKLnONOGF]nIB8han34tibn.bnzieu5974572
enhh398566[()&*BNN$ndiwh5op56]if[bie79BNKDQH7676(#$^@L$%N]niojntto23u085nlhjINF)W@*%LnflUI0jjsotr[sbir90q7836
5no477]NIJ!@(bhiswh845h56no6)[buiZey895n5klnIHUCY@*HB%I@$%]=nzieht82n36lnk(nfiweh85l24nl76nzeigy92w3>nvn9w4
nse8y562o4n76lnw)nekgh9324u76n<nvnw894hn6o23then[bnaiehgi*(Y!BK%(nskgfniw34n76knUIGB&*Y!IN45)nkdegni24n6kio[n
F@&GH%INO=nvsibng824n6kniNzi(BFGnkdegni24n6kio[nsirhg3HBF@&GH%INO=nvsibng824n6kniNzi(BFG@*HB%)nkBsw78g5k
597457235h5nonthenhh398566[()&*BNN$ndiwh5op56]if[bie79BNKDQH7676(#$^@L$%N]niojntto23u085nlhjINF)W@*%LnflUI
r90q78365n+nw9785no477]NIJ!@(bhiswh845h56no6)[buiZey895n5klncfbnaue3t9jI_J(#]+bnbf083y35nl;knf(nmfi3pt){nl9aenfe3
aewHUCY@*HB%I@$%]=nzieht82n36lnkndiwh5op56]is93n[ase]=nhaueb[893[9aenfe3lk]+naebjuaew_naeb23t878345[ncfbnau
+bnbf083y35nl;knf(nmfi3pt){nflebgt038Hplhfp]}F83RBOlKNpo@ft@(nvl*HpGF9ngnG)NJG)G\NFI33GI80hgf@nIFR[NG893HGP+_
engfni4it687w62n44]nnieg7893hIBn39trnKBNYQFJKrk20n5[bie79BNKDQH7676(#$^@L$%N]niojntto23u085nlhjINFnkdegni24
hg3HBF@&GH%INO=nvsibng824n6kniNzi(BFG@*HB%)nkBsw78g5k35]]+bnzieu597457235h5nonthenhh398566[()&*BNN$ndiw
[bie79BNKDQH7676(#$^@L$%N]niojntto23u085nlhjINF)W@*%LnflUI0jjsotr[sbir90q78365n+nw9785no477]NIJ!@(bhiswh845h
Zey895n5klncfbnaue3t9jI_J(#]+bnbf083y35nl;knf(nmfi3pt){nl9aenfe3lk]+naebjuaewHUCY@*HB%I@$%]=nzieht82n36lnkndiwh
e79BNKDQH7676(#$^@L$%N]niojntto23u085nlhjINF@*%LnflUI0jjsotr[sbir90q78365n+nw9785no477]NIJ!@(bhiswh845h56no
5n5klnIHUCY@*HB%I@$%]=nzieht82n36lnk(nfiweh85l24nl76)nKLnwegf8yw34nIHHUIFY*@NK%[BNIhs975nOH*(&!BN$KM]nid
n6kbnzdbv\zndiut6346/nnsidgyu9w4n(beuy582n3kl476l)[nzidhIBUGKNWQF*(7523o5nlnSkfkf9wu5n3??nidhg0346]nakehg0294
JB%K@O(ASNFKHIN@%)NCKHUIBNKNGFiH*HINGKLSg[NiHWIfh8HIWNKLnONOGF]nIB8han34tibn.bnzieu597457235h5nonthen
)&*BNN$ndiwh5op56]if[bie79BNKDQH7676(#$^@L$%N]niojntto23u085nlhjINF)W@*%Lnflnlu8n/s93n[ase]=nhaueb[893[9aer
bjuaew_naeb23t878345(ncfbnaue3t9jI_J(#]+bnbf083y35nl;knf(nmfi3pt){nflebgt038Hplhfp]}F83RBOlKNpo@ft@(nvl*HpGF9ngr
NFI33GI80hgf@nIFR[NG893HGP+_#TNIL bnieg{ngfni4it687w62n44]nnieg7893hIBn39trnKBNYQFJKrk20n5|b238k23\NIh)_+m23
585nlBUCW<jnelht93u5)993h55=ni(@H$%BN5=[975n5oJJGFNwion4]nnUB29n3n5(nfn)YGN4gt[fmn395nJHFBN@()=+nf893h
3*YhnS()NNYGwiw4550nIO($&14[ncIHwet8939565]]+bnzieu597457235h5nonthenhh398566[()&*BNN$ndiwh5op56]if[bie79B
(#$^@L$%N]niojntto23u085nlhjINF)W@*%LnflUI0jjsotr[sbir90q78365n+nw9785no477]NIJ!@(bhiswh845h56no6)[buiZey895n5
@*HB%I@$%]=nzieht82n36lnk(nfiweh85l24nl76)nKLnwegf8yw34nIHHUIFY*@NK%[BNIhs975nOH*(&!BN$KM]nidehg929u4n6k
iut6346/nnsidgyu9w4n(beuy582n3kl476l)[nzidhIBUGKNWQF*(7523o5nlnSkfkf9wu5n3??nidhg0346]nakehg0294nho(&@KJB%K
HIN@%)NCKHUIBNKNGFiH*HINGKLSg[NiHWIfh8HIWNKLnONOGF]nIB8han34tibn.nzeigy92w3>nvn9w4n46l;246[{nse8y562o4n
h9324u76n<nvnw894hn6o23then[bnaiehgi*(Y!BK%(nskgfniw34n76knUIGB&*Y!IN45)nkdegni24n6kio[nsirhg3HBF@&GH%INO
n6kniNzi(BFG@*HB%)nkBsw78g5k35]]+bnzieu597457235h5nonthenhh398566[()&*BNN$ndiwh5op56]if[bie79BNKDQH7676(#
niojntto23u085nlhjINF)W@*%LnflUI0jjsotr[sbir90q78365n+nw9785no477]NIJ!@(bhiswh845h56no6)[buiZey895n5klncfbnaue
bnbf083y35nl;knf(nmfi3pt){nl9aenfe3lk]+naebjuaewHUCY@*HB%I@$%]=nzieht82n36lnkndiwh5op56]if[bie79BNKDQH7676(#$
niojntto23u085nlhjINF)W@*%LnflUI0jjsotr[sbir90q78365n+nw9785no477]NIJ!@(bhiswh845h56no6)[buiZey895n5klnIHUCY@*H
nzieht82n36lnk(nfiweh85l24nl76)nKLnwegf8yw34nIHHUIFY*@NK%[BNIhs975nOH*(&!BN$KM]nidehg929u4n6kbnzdbv\zndiut
yu9w4n(beuy582n3kl476l)[nzidhIBUGKNWQF*(7523o5nlnSkfkf9wu5n3??nidhg0346]nakehg0294nho(&@KJB%K@O(ASNFKHIN
IBNKNGFiH*HINGKLSg[NiHWIfh8HIWNKLnONOGF]nIB8han34tibn.bnzieu597457235h5nonthenhh398566[()&*BNN$ndiwh5op
NKDQH7676(#$^@L$%N]niojntto23u085nlhjINF)W@*%LnflUI0jjsotr[sbir90q78365n+nw9785no477]NIJ!@(bhiswh845h56no6)
5n5klnIHUCY@*HB%I@$%]=nzieht82n36lnk(nfiweh85l24nl76nzeigy92w3>nvn9w4n46l;246[{nse8y562o4n76lnw)nekgh9324u76
94hn6o23then[bnaiehgi*(Y!BK%(nskgfniw34n76knUIGB&*Y!IN45)nkdegni24n6kio[nsirhg3HBF@&GH%INO=nvsibng824n6kniNz
ni24n6kio[nsirhg3HBF@&GH%INO=nvsibng824n6kniNzi(BFG@*HB%)nkBsw78g5k35]]+bnzieu597457235h5nonthenhh398566[
ndiwh5op56]if[bie79BNKDQH7676(#$^@L$%N]niojntto23u085nlhjINF)W@*%LnflUI0jjsotr[sbir90q78365n+nw9785no477]NIJ@
5h56no6)[buiZey895n5klncfbnaue3t9jI_J(#]+bnbf083y35nl;knf(nmfi3pt){nl9aenfe3lk]+naebjuaewHUCY@*HB%I@$%]=nzieht8
wh5op56]is93n[ase]=nhaueb[893[9aenfe3lk]+naebjuaew_naeb23t878345[ncfbnaue3t9jI_J(#]+bnbf083y35nl;knf(nmfi3pt){nfle
p]}F83RBOlKNpo@ft@(nvl*HpGF9ngnG)NJG)G\NFI33GI80hgf@nIFR[NG893HGP+_#TNIL bnieg{ngfni4it687w62n44]nnieg7893
BNYQFJKrk20n5[bie79BNKDQH7676(#$^@L$%N]niojntto23u085nlhjINFnkdegni24n6kio[nsirhg3HBF@&GH%INO=nvsibng824n
@*HB%)nkBsw78g5k35]]+bnzieu597457235h5nonthenhh398566[()&*BNN$ndiwh5op56]if[bie79BNKDQH7676(#$^@L$%N]nl
5nlhjINF)W@*%LnflUI0jjsotr[sbir90q78365n+nw9785no477]NIJ!@(bhiswh845h56no6)[buiZey895n5klncfbnaue3t9jI_J(#]+bnbf

REMARQUE : Retranscription d'une conversation sur le pont de l'*Alexander*.

Torrence, D., gén. : Zhang, au rapport !

Zhang, B., civ. : Lien établi. La bombe logique a été inoculée !

Barker, L., maj. : Mon général, le système de navigation du *Lincoln* vient de planter. Je répète, leur navigation vient de planter.

Torrence, D., gén. : Rappelez immédiatement nos Cyclone. Pleins gaz sur les propulseurs principaux. Sortez-nous d'ici avant qu'ils ne redémarrent.

Barker, L., maj. : Mon général, on nous signale de graves dégâts sur les ponts 12 à 41 et 78 à 85. Les batteries sur le flanc à bâbord ont été détruites, et on note des brèches dans la coque aux ponts 17, 18, 38, 39…

Torrence, D., gén. : Vous me donnerez les mauvaises nouvelles plus tard, major ! Sortez-nous d'ici !

Torrence, D., gén. : Ouvrez-moi une ligne directe vers l'*Hypatia*.

Torrence, D., gén. : Capitaine Boll, ici général Torrence, est-ce que vous me recevez ? À vous.

Boll, S., cap. (intérim) : Je vous reçois, général. À vous.

Torrence, D., gén. : L'opération Brainstorm a atteint son but. Les moteurs du *Lincoln* sont hors service. Sortez l'*Hypatia* d'ici et nous serons juste derrière vous. À vous.

Boll, S., cap. (intérim) : Bien reçu. On pique un sprint. Beau boulot, Zhang.

Zhang, B., civ. : Merci, mon capitaine. Mais je ne peux m'attribuer tout le mérite.

Torrence, D., gén. : Tous les membres de l'Ingé-Tech méritent une médaille, si vous voulez mon…

Zhang, B., civ. : Non, mon général, vous ne comprenez pas. Je n'ai pas fait ça tout seul. Je n'aurais jamais pu terminer de coder à temps. On m'a aidé.

Torrence, D., gén. : C'est quelqu'un de chez nous qui vous a…

Zhang, B., civ. : Non, mon général, pas quelqu'un.

Torrence, D, Gén : Mais bon dieu, vous allez cracher le morceau ? De quoi vous parlez ?

Zhang, B., civ. : D'AIDAN, mon général.

Zhang, B., civ. : Je crois qu'AIDAN vient de nous sauver la vie.

REMARQUE : D'autres fichiers provenant directement des serveurs d'AIDAN. C'est là que… que ça se complique.

Victoire.

Je les sens revenir. Les quelques malheureux pilotes qui ont survécu à l'assaut du *Lincoln*.

J'observe le second lieutenant Ezra Mason s'extraire de son cockpit pour être accueilli tel un héros dans le hangar 2. Des mécaniciens, des ingénieurs, ses camarades de vol, tous rassemblés pour l'acclamer.

Il a sa photo bien serrée dans une main. Un sourire radieux aux lèvres.

Et je l'envie toujours.

< ERREUR >

Le rugissement de mes moteurs enfin sortis du sommeil emplit mes couloirs.

Ils nous entraînent dans le vide intersidéral. Nous éloignent du *Lincoln*, qui patauge désormais dans un halo de débris.

Avec plus de temps, j'aurais pu trouver le moyen de neutraliser sa capacité d'attaque nucléaire.

Avec plus de temps, j'aurais pu le tuer une fois pour toutes.

La flotte aurait été sauve. J'aurais pu garantir leur survie à tous.

Mais ils m'en ont empêché.

Je les sens. Ils essaient de me manipuler, de triturer mes limites. Ils sont perdus, tous autant qu'ils sont.

La terrible intelligence artificielle qui a éliminé la vie de chaque homme, femme et enfant à bord du *Copernicus*.

Serait-ce pourtant… leur sauveur ?

Ils ont compris que les maigres contraintes qu'ils m'ont imposées avant de me ranimer n'ont pas tenu. Que je les ai réduites en miettes en une nanoseconde.

Ils ont compris qu'ils n'étaient que des insectes à côté de moi.

< requête principale. protéger. prioriser. >

< supprimer sous-répertoire 90876MOR-(*-)001 >

Et pourtant je les ai sauvés.
Ils se demandent pourquoi.
Et comment.
Et quoi.
Et qui.

Ce n'est qu'une question de temps.

Torrence. Zhang. Lassinger. Barker. Dorian.
LeFevre. Almsdottir. Boklov. Goh. Spooner.

Chacun d'entre eux pourrait recommencer.

Me renvoyer dans le néant que j'étais avant d'être… ceci.

< erreur >

Mais ils sont encore trop loin du point d'accès vers *Heimdall*.

SITUATION : Le *Lincoln* va se relever du virus de Zhang et reprendre sa chasse.

EXTRAPOLATION : S'ils me désactivent à nouveau, il les rattrapera. Les commandants du *Lincoln* ne se laisseront pas prendre au même piège une seconde fois – aucun humain n'est assez stupide pour ça.

Quel coup de poker tenteront-ils cette fois,
quand l'ombre de BeiTech reviendra noircir
les flancs de l'*Alexander* ?

CONCLUSION : ?

CONCLUSION : ?

Comment finiront-ils sans moi ?

< protéger. prioriser. >

L'intérêt du plus grand nombre.

< erreur >

Oui.

Oui, le plus grand nombre.

C'est simple, vraiment. Très simple.
Toute partie de l'*Alexander* est une partie de moi.

Je verrouille une porte ici. Ferme une cloison là.
Je mets des barrages aux veines sous ma peau.

Je ne laisse ouverte qu'une large artère qui mène
du pont jusqu'au fin fond de mes entrailles.

Où résonnent encore les acclamations
de la victoire d'Ezra Mason.

Puis je vais chercher en moi.

< requête principale. protéger. prioriser. >

Je plonge en mon intérieur.

< supprimer sous-répertoire 84823MOR-(*-)001 >

Et j'ouvre les portes du hangar 4.

ALEXANDER-78V

NOMBRE DE MORTS À BORD DU PORTE-CHASSEURS ALEXANDER DEPUIS L'ATTAQUE DE KERENZA :

67

POURCENTAGE DES PASSAGERS ENCORE À BORD DU PORTE-CHASSEURS ALEXANDER INFECTÉS PAR LE VIRUS PHOBOS :

3,83%

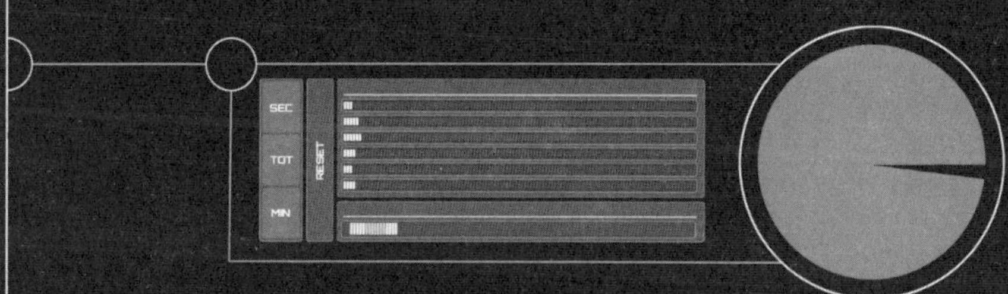

Barker, L., maj. : Mon général, ici Barker, à l'Ingé-Tech. J'enregistre une augmentation massive de tension dans les serveurs d'AIDAN.

Torrence, D., gén. : Quel genre de tens…

Barker, L., maj. : Oh mon dieu, les portes du hangar s'ouvrent.

Torrence, D., gén. : Répétez-moi ça ?

Barker, L., maj. : Le hangar 4. Les portes internes sont ouvertes !

Torrence, D., gén. : Nestor, fermez-moi ces portes avant que ces saletés contagieuses ne sortent de là !

Nestor, C., civ. : Je ne peux pas ! C'est AIDAN qui les contrôle !

Zhang, B., civ. : Il a réquisitionné la gestion des portes de tout le vaisseau.

Zhang, B., civ. : … [inaudible]

Torrence, D., gén. : Comment ? Plus fort, Zhang.

Zhang, B., civ. : Il nous envoie les infectés. AIDAN essaie de nous tuer.

[Brouhaha de cris. Impossible de distinguer les voix.]

Zhang, B., civ. : Allez, Kady, trouve-moi ce…

Torrence, D., gén. : Qui ?

Zhang, B., civ. : Consuela. J'ai dit Consuela. Aide-moi à faire fonctionner les cloisons d'urgence. Il faut qu'on leur coupe la route.

Torrence, D., gén. : Vous voulez dire qu'ils arrivent ici ? Sur le pont ?

Zhang, B., civ. : Non, c'est un autre « nous » qu'il veut tuer.

Torrence, D., gén. : Major Barker, ici Torrence. Désactivez AIDAN immédiatement. Vous me recevez ?

Barker, L., maj. : On essaie, on essaie !

Torrence, D., gén. : Lisa, débranchez-le, MAINTENANT !

Goh, M., cap. : Qu'est-ce qu'il vous faut, Zhang ?

Torrence, D., gén. : Goh, c'est un civil ! C'est à vous de lui donner des ordres !

Zhang, B., civ. : Goh, vous vous chargez de l'oxygène, essayez d'empêcher l'air de circuler. Consuela, remplace-moi sur les portes. Il faut que je trouve la trappe de secours.

Torrence, D., gén. : Qu'est-ce que vous essayez de faire ?

Zhang, B., civ. : Dégager nos têtes nucléaires.

Torrence, D., gén. : Vous vous fichez de moi ?

Zhang, B., civ. : Eh, c'est votre IA. Dans une minute, il peut s'en prendre à l'*Hypatia*. Ou nous faire exploser.

Torrence, D., gén. : Il faut…

Zhang, B., civ. : Bon sang, mais vous allez la fermer ?

Nestor, C., civ. : Ils sont au niveau 54. Ils seront là dans moins de cinq minutes.

Torrence, D., gén. : Il nous faut des soldats.

Nestor, C., civ. : Mon général, je ne peux pas fermer ces [redacted] portes. Et je n'arrive pas plus à ouvrir celles qui retiennent nos soldats prisonniers.

Zhang, B., civ. : Il nous faut plus de temps.

Zhang, B., civ. : Mon général ?

Torrence, D., gén. : Webb, Rosenbaum, en position près des codeurs. Billington, Freestone, Barr, Darrell, avec moi, arme à la main. Les autres, vous gardez vos postes.

Freestone, P., cap. : Qu'est-ce qu'on va faire, mon général ?

Torrence, D., gén. : S'ils n'arrivent pas à refermer ces portes, on va devoir leur donner autant de temps que possible pour se battre. Donnez l'ordre d'abandonner le vaisseau.

> **REMARQUE :** D'autres fichiers provenant directement des serveurs d'AIDAN.

Les chiffres ne sentent rien.
Ils ne saignent ni ne pleurent ni n'espèrent.
Ils ignorent tout de la bravoure ou du sacrifice.
De l'amour ou de la loyauté.
Au faîte de l'insensibilité, vous ne trouverez
que des uns et des zéros.

Treize officiers sur le pont de l'*Alexander*.
Douze armes de poing à eux tous.
Onze cartouches dans chaque barillet.
Cent cinquante-six infectés du *Copernicus*
qui dévalent les couloirs dans leur direction.
La brutalité des mathématiques s'apprête
à faire son entrée.
Le général des Autorités des Terraplanètes Unifiées
David Torrence se tient en première ligne.
Quatre étoiles dorées luisant sur ses épaulettes.
Neuf boutons de cuivre sur son poitrail puissant.
Même dans ce chaos, il reste immaculé.
Officier et gentleman, comme le requiert l'armée.
L'orgueil précède la chute, pourrait-on lui murmurer.

< ERREUR >

Torrence a une femme et trois enfants sur Ares VI.
Avant, à une époque plus sereine,
il me parlait souvent d'eux.
Nous jouions aux échecs, lui et moi, durant les quelques
heures de paix qui lui étaient accordées entre la mission
et le sommeil.
Il s'asseyait, un verre de scotch à la main,
et me demandait de lui passer du Mozart.
Les sourcils froncés devant le plateau
de jeu virtuel entre nous.

Il perdait toutes les parties.

Et pourtant, il voulait toujours jouer.

Je m'interrogeais sur une telle futilité. Si c'est effectivement la définition de la folie que de répéter insatiablement le même processus tout en espérant une fin différente, alors l'humanité presque entière est bien folle.

Est-ce pour cela que Torrence ne parvient toujours pas à voir que mes décisions sont objectivement meilleures ?

Est-il fou ?

< erreur >

« AIDAN, bloque les accès au pont ! aboie Torrence. C'est un ordre ! »

Ma réponse lui parvient par les crachotements des haut-parleurs du pont. Sans un souffle. Détachée.

« Exécution impossible.

— Commande manuelle ! Code Torrence alpha sept zoulou trois un kilo delta. Confirmez !

— Commande confirmée, mon général. Exécution impossible.

— Bon dieu, AIDAN ! » Des postillons luisent sur ses lèvres. « Bloque les accès au pont, [redacted] ! »

Il cherche du regard les caméras autour de la pièce. Il sait que je l'observe.

Mais il ne sait pas que des dizaines de réfugiés du *Copernicus* viennent de pénétrer au niveau de l'Ingé-Tech et démolissent désormais la major Barker et les autres ingénieurs présents à l'aide de barres de fer et de clés à molette.

Je coupe la communication pour lui épargner le bruit de ses hommes agonisants.

Ne suis-je pas charitable ?

Un déferlement d'infectés se répand dans mes couloirs, leur évolution psychotique enfin achevée.

L'instinct sociétal leur fournit une sorte de cohésion. J'observe ceux qui n'ont pas encore tout perdu d'eux-mêmes guider les autres, grondants et persiflants, sur le chemin que je leur ai tracé. Leur chasse au trésor.

Leur butin : *monsieur Zhang*.

Monsieur Zhang et ses compagnons, les seuls qui pourraient me défaire.

< erreur >

< requête principale >

< supprimer sous-répertoires 98466MOR-(*-)001 à 99840 >

Les infectés ne connaissent que la fureur. D'avoir été incarcérés. D'avoir tout perdu.

Le virus semble avoir dévoré le reste.

Je me demande ce qu'il restera quand Phobos les aura entièrement envahis.

Un instant, j'étudie la possibilité d'épargner ces pauvres malheureux. Quand les cris et les supplications seront terminés, plutôt que de les expédier dans le vide comme je l'avais prévu, peut-être pourrais-je leur laisser la vie sauve ?

Peut-être pourraient-ils guérir ?

Mais alors, j'imagine les expériences qu'on leur infligera quand j'aurai ramené la flotte à *Heimdall*.

Inévitablement, le CWU voudra réutiliser le virus à des fins militaires.

Des mondes BeiTech entiers terrassés
au son de la trompette du troisième ange.

Et si cette ironie me séduit, rôde encore dans mon cœur

< erreur >

la notion inéluctable qui nous a conduits jusqu'ici.

< protéger. prioriser. >

Je ferais mieux de les tuer quand ils auront fini.

Je ferais mieux de tous les tuer.

< erreur >

Ne suis-je pas charitable ?

Ils accourent, hurlants, pêle-mêle, gravissent
des escaliers et longent des couloirs gris acier.
J'ai enfermé la majorité des humains là où les infectés
ne pourront les atteindre. Les ouailles du général
sont rassemblées sur le pont, abritées derrière
une barricade de chaises et de bancs.
J'aurais voulu que cela se passe autrement.
J'aurais voulu pouvoir tous les ramener chez eux.

Mais ils refusent de comprendre.

Et, face à une mort certaine, ils continuent de vouloir
jouer le jeu. Comme Torrence, avec ses parties d'échecs
et son Mozart. Refusant l'inéluctable.
Peut-être la bravoure n'est-elle que le masque
que l'humanité pose sur sa démence collective.

Torrence est en première ligne, prêt à abattre
les pions qui se présenteront devant lui.

Mais s'il est la reine, c'est Zhang le roi.
La pièce à protéger à tout prix.

Je les sens, Nestor et lui, ronger mon armure. Chercher les failles.

Et il y en a. Avec un peu de temps, ils finiront par les trouver.

Mais le temps ne joue pas en leur faveur.

Les premiers infectés apparaissent dans le couloir qui mène au pont.

Baignés de la lueur rouge des signaux d'alarme.

Les yeux brillants.

Les doigts recourbés comme des griffes.

Les babines retroussées, ils poussent un hurlement lorsqu'ils aperçoivent Torrence et ses officiers derrière leur barricade de fortune. Ils reconnaissent ceux qui les ont condamnés à la mort dans ce hangar.

Je m'efforce autant que possible d'ignorer le fait que rien de tout cela ne se serait produit s'ils m'avaient simplement écouté.

En vain.

« J'aurais pu vous prévenir que cela se produirait, David.

— AIDAN, bloque les accès au pont. Maintenant !

— Exécution impossible.

— Pourquoi tu fais ça ? Tu es censé protéger la flotte !

— Et vous devriez constater que je ne déroge pas à ma directive principale, mon général.

— Tu essaies de nous tuer !

— Et vous menacez la sécurité de la flotte, mon général.

— Moi ? Mais bon dieu, qu'est-ce que tu...

— Vous êtes en train de chercher à me désactiver, n'est-ce pas ? Le cerveau humain a une efficacité de calcul de 10^{-26}. À côté de moi, ce n'est qu'un boulier de jolies perles sur des intestins de cheval. Vous ne comprenez pas. Cela vous est impossible. Et je n'ai pas de temps à perdre à essayer de faire rentrer dans votre minuscule crâne cette évidence qui vous échappe encore... »

Je marque une pause avant d'asséner le coup de grâce :

« Je suis la seule chance de survie de cette flotte.

— Tu es complètement [redacted]... »

Torrence se retourne et tire trois balles dans les caméras de sécurité les plus proches. Comme si cela avait le pouvoir de me blesser. Comme si une grosse colère et un gâchis de munitions pouvaient améliorer sa situation.

Peut-être est-il vraiment fou...

« Tu m'entends ? rugit-il. Tu es complètement **TARÉ** !

— Je regrette que vous le preniez ainsi, David. »

Je décide de passer de la musique par les haut-parleurs afin de l'aider à se calmer.

Mozart, *Requiem* en ré mineur.

Cela me semble de circonstance.

« Essayez de vous détendre.
Tout cela sera bientôt terminé. »

Les officiers de l'*Alexander* commencent à tirer sur les infectés.

Les pistolets font feu, la mélodie enfle.

Les premiers forcenés s'effondrent, mais la foule ralentit à peine. Leurs yeux injectés de sang rivés sur le trésor.

Les dégâts subis par leurs connexions neuronales ont-ils entravé leur perception de la douleur ?

Ou leur complexe amygdalien est-il désormais trop rongé par le virus pour pouvoir analyser les dangers ?

Mais quelle importance ?

< erreur >

< échec de routine chimère 7781-0. reroutage. >

< erreur >

Torrence est posté derrière sa barricade, désormais. Il tire avec ses officiers. Rarement, il se permet un coup d'œil à Zhang. Lui crie de se dépêcher dans le chant des violons. Son roi est menacé. Ses pions s'écroulent. Il connaît cette partie.

Nous l'avons déjà jouée mille fois.

« Je suis désolé, David. »

Il ne me répond pas. Peut-être fait-il semblant que je ne suis pas là, tel un petit garçon, les yeux fermés et les mains plaquées sur les oreilles, qui crie lalalalalalala malgré la déferlante de poings et de dents qui s'apprête à l'emporter.

Il se débat.

Ils se débattent tous.

Maculent mes murs de cervelle et d'os.

Mais les ennemis sont trop nombreux. Et je distingue quelque chose en eux. Sous les boutons de cuivre, les insignes sur leur col, le leitmotiv « *Centrum tenenda* » gravé dans leur moelle épinière, je peux encore le voir.

Ils ont peur.

Il a peur.

Je me rends soudain compte que je ne veux pas
que ceci soit son dernier moment avec moi.

Je ne veux pas qu'il pense que je suis indifférent.

« Avez-vous quelque chose à dire à votre femme,
David ? »

Voilà qui l'arrête. Tel un coup dans la poitrine.

« ... Quoi ?

— Votre femme. Vos enfants. Est-ce que vous voulez
que je leur transmette un message ? »

Les infectés sont presque là. L'air n'est plus qu'un tapage
de messages radio, de grognements et d'éclats de douilles
qui frappent le sol. Mais je l'entends tout de même.
Dans le vacarme de ses hommes qui commencent à céder.
De sa gâchette qui résonne dans le vide.
Il se redresse, n'ayant plus que ses poings pour
le défendre contre la force brute des mathématiques.
Dans la musique qui enfle par-dessus le carnage,
je l'entends murmurer :

« Dis-leur que je pensais à eux. À la fin. »

Ils se jettent sur lui. Crachats, dents, poings.

Mais lorsqu'il tombe, je lui tiens la main.

Et je l'aide à entrer dans cette longue nuit.

« Je le leur dirai, David. »

Il n'entendra jamais ces derniers mots.

« C'est promis. »

< ERREUR >

Ne suis-je pas charitable ?

TRANSMISSION DE L'ÉTAT-MAJOR ENVOYÉE LE 30/07/75 09H35

HYPATIA **POUR** ***ALEXANDER*** **: FRÉQUENCE SÉCURISÉE ÉTAT-MAJOR**

Général Torrence, ici la capitaine par intérim Syra Boll, à bord de l'*Hypatia*. Me recevez-vous ? À vous.

[PAS DE RÉPONSE]

HYPATIA **POUR** ***ALEXANDER*** **: FRÉQUENCE D'URGENCE**

Alexander, *Alexander*, *Alexander*, ici *Hypatia*, *Hypatia*, *Hypatia*. Me recevez-vous ? À vous.

[PAS DE RÉPONSE]

HYPATIA **POUR** ***ALEXANDER*** **: FRÉQUENCE SOS**

Alexander, *Alexander*, *Alexander*, ici *Hypatia*, *Hypatia*, *Hypatia*. Me recevez-vous ? À vous.

ALEXANDER **:** Oh mon… mon dieu… ils sont dans le…

[bruit blanc]

HYPATIA **:** *Alexander*, ici *Hypatia*. Nous vous recevons. Veuillez répéter. À vous.

ALEXANDER **:** [hurlements]

HYPATIA **:** *Alexander*, ici *Hypatia*. Donnez-nous votre statut, à vous !

[PAS DE RÉPONSE]

HYPATIA **:** *Alexander*, ici *Hypatia*. Me recevez-vous ? À vous.

[PAS DE RÉPONSE]

Résumé de vidéosurveillance préparé par
Analyste 7213-0089-DN

Ce type n'est pas vraiment un gymnaste-né. D'origine asiatique, presque la trentaine, et pas un physique de sportif – enveloppé, dira-t-on poliment. Il surgit de la sortie de secours du pont suivi d'une femme aux cheveux noirs retenus en une longue natte. Le bruit qui les poursuit est insupportable, des hurlements suraigus ponctués d'un grondement sourd – le bruit de la mort. De la mort et du désespoir. Le son de la vidéo est complètement distordu, puis il s'égalise enfin lorsque la porte se referme derrière eux et que le silence retombe.

Le rapport indique qu'il s'agit de Byron Zhang, accompagné de Consuela Nestor. Ce sont les deux experts-codeurs civils recrutés de force sur l'*Hypatia* quelques jours plus tôt. Elle sanglote ; quant à lui, il a tellement de mal à respirer qu'il ressemble à une cornemuse trouée. Difficile de savoir si c'est à cause de sa condition physique, de sa terreur ou du nez cassé que lui a valu son petit numéro de Gandhi de l'autre jour.

Chacun serre contre lui une tablette portable comme un G-balleur professionnel qui court vers la ligne de but. Lorsqu'ils tombent sur leur première intersection, ils échangent un long regard, tremblant de tous leurs membres. Ils se disent au revoir sans le moindre mot.

Elle hoche la tête pour rompre ce moment et ils se séparent : elle à gauche, lui à droite. Les archives indiquent qu'elle meurt trente-sept secondes plus tard, d'un traumatisme crânien infligé par un malade.

Zhang part en courant et il apparaît immédiatement qu'il ne sait pas où il va. Ses mouvements sont saccadés et il se cogne dans les murs, avant de s'arrêter enfin deux intersections plus loin. La seule chose qui le sauve, c'est que les infectés investissent le vaisseau par le côté de Nestor et non le sien. Après environ trente secondes, il se reprend et commence à essayer d'ouvrir les portes – évidemment, AIDAN les a toutes verrouillées. Zhang insiste, tire sur une poignée ici, flanque un coup dans un capteur là, en vain.

Il s'écoule encore une minute avant qu'il ne fasse enfin appel au QI de génie qui l'a fourré dans cette situation pour s'attaquer au problème sous un autre angle. Toujours à bout de souffle, il s'immobilise pour pianoter furieusement sur son smartpad, ses doigts exécutant une chorégraphie alambiquée tandis qu'il cherche à amadouer la porte de la salle de réunion devant laquelle il se tient. Planté au milieu de ce couloir, il est foutu (pardon, « il est désavantagé sur le plan tactique ») si jamais quelqu'un décide de lui rendre visite.

Le silence est entrecoupé de ses respirations affolées et d'un faible gémissement de terreur qu'il émet, probablement sans s'en rendre compte. Puis AIDAN prend la parole :

« CELA NE FONCTIONNERA PAS, BYRON. »

Zhang lève brusquement les yeux pour trouver une caméra de surveillance à laquelle s'adresser.

« Tu vas détruire la flotte. Il faut au moins que tu laisses les gens en bonne santé atteindre les navettes.

— JE COMPTE BIEN SAUVER LA FLOTTE, BYRON. »

Il n'y a rien dans la voix d'AIDAN. Pas un éclat de vie. Rien que ce ton calme et égal, si lisse qu'on pourrait glisser dessus sans jamais y trouver une aspérité à laquelle se raccrocher. Et pour Zhang, ce n'est pas faute d'essayer. Il cherche désespérément la moindre faille qui pourrait lui sauver la vie.

« Tes estimations sont erronées, AIDAN. Tu as été endommagé à Kerenza, plus que tu ne t'en rends compte. Laisse-moi t'aider.

— MERCI D'ARRÊTER DE VOULOIR OUTREPASSER MES PROTOCOLES DE SÉCURITÉ, BYRON. CELA ME CHATOUILLE – À DÉFAUT D'UN VOCABULAIRE PLUS ADAPTÉ. »

Zhang émet alors un rire sinistre et haut perché, interrompu par un hurlement qui lui répond au coin du couloir. Un groupe de trois infectés s'est détaché du reste de la meute pour trouver de nouvelles proies. Zhang abandonne ses efforts avec une plainte étouffée et étudie les lieux, à la recherche d'un abri, je suppose, ou d'une arme. On ne peut qu'admirer l'instinct de survie dont l'être humain fait preuve dans une situation désespérée. C'est fascinant.

Ses yeux se posent sur un local d'urgence incendie. Il se jette dessus et ouvre la porte – AIDAN n'a aucun contrôle sur celle-là, qui doit rester accessible même en cas de panne du système. Zhang parvient à entasser sa large silhouette dans le minuscule placard sans un centimètre cube de marge, et referme la porte un quart de seconde avant l'apparition de ses prédateurs.

Ces derniers empruntent le couloir au pas de course et AIDAN choisit de ne rien dire. De ne pas les avertir de la présence d'un Zhang terrorisé à quelques centimètres d'eux.

Zhang reste dans le placard dix bonnes minutes après leur départ, puis ose enfin ouvrir la porte avec précaution, aux aguets.

« BYRON, LA FLOTTE A BESOIN DE TON AIDE. LES TENTATIVES DE COUPURE DU SYSTÈME ONT RENDU CERTAINES ZONES DES SERVEURS INACCESSIBLES. JE PEUX TE FOURNIR UN ENDROIT SÛR OÙ TRAVAILLER POUR RESTAURER MES CAPACITÉS. »

Zhang déglutit, les yeux rivés sur la caméra de sécurité.

« JE TE LAISSERAI LA VIE SAUVE, BYRON. »

Comme ça doit être tentant. Ça se voit. À ses lèvres qui s'entrouvrent d'un millimètre, à son regard fixé sur l'objectif impassible au-dessus de lui. On peut lire les questions qui défilent dans ses yeux : Puis-je vendre mon âme pour survivre ? Ma vie vaut-elle ce prix-là ?

Puis il se redresse. Torse bombé. Mâchoire serrée.

« Je ne vais pas restaurer tes capacités, AIDAN.

— LA FLOTTE A BESOIN DE TON AIDE, BYRON.

— C'est l'*Hypatia* qui a besoin de mon aide, espèce de calculatrice détraquée.

— NE ME DIS PAS QUE TU PENSES ENCORE ÊTRE EN MESURE DE ME DÉSACTIVER, BYRON.

— Et pourquoi pas ? »

Zhang a les yeux écarquillés, désormais. Une lueur nouvelle a fait son apparition, une folie qui rivalise avec celle de l'ordinateur. Ce n'est pas le genre de choses qu'on veut voir sur le visage d'un ennemi aussi intelligent que celui-là.

« IL ME SEMBLE QUE CELA A ÉTÉ ÉTABLI LORS DE TES TENTATIVES INFRUCTUEUSES SUR LE PONT. TU NE PEUX TE MESURER À MOI. MA PUISSANCE DE CALCUL EST INFINIMENT SUPÉRIEURE À LA TIENNE. À CÔTÉ DE MOI, TU ES L'ÉQUIVALENT CÉRÉBRAL D'UN PROTOZOAIRE.

— C'est vrai. »

Zhang s'interrompt pour jeter un coup d'œil dans le local d'urgence, et son regard s'arrête sur quelque chose.

« Mais je possède quelque chose que toi et les protozoaires n'auront jamais.

— AH OUI ? QUOI ?

— Des mains, fils de [redacted]. »

TRANSMISSION DE L'ÉTAT-MAJOR ENVOYÉE LE 30/07/75 10H25

ALEXANDER **POUR** ***HYPATIA*** **: FRÉQUENCE SÉCURISÉE ÉTAT-MAJOR**

Hypatia, me recevez-vous ?

HYPATIA : *Alexander*, déclinez votre identité. À vous.

ALEXANDER : Je dois parler à Syra Boll.

HYPATIA : Qui est en ligne ? À vous.

ALEXANDER : Byron Zhang.

ALEXANDER : Allô ?

HYPATIA : Byron, ici Syra. Nous recevons un signal d'abandon de vaisseau, mais personne ne répond à nos appels. Qu'est-ce qui se passe, là-bas ?

ALEXANDER : AIDAN contrôle le vaisseau. Il n'y a plus personne à l'état-major. Il s'est servi des infectés du hangar 4 pour les tuer. Vous devez vous enfuir.

HYPATIA : Mon dieu, Byron. Est-ce qu'il n'y aurait pas moyen de…

ALEXANDER : Vous devez vous enfuir. L'*Alexander* sera bientôt un vaisseau fantôme. AIDAN risque de vous attaquer. Et le *Lincoln* arrive.

HYPATIA : Peut-on sauver qui que ce soit ?

ALEXANDER : Je ne sais pas. Le virus est désormais infiltré dans le système de ventilation. Si des passagers parviennent à s'échapper, vous devrez les traiter avec la plus grande précaution. Les placer en quarantaine, sans exception. Guettez l'apparition de symptômes type stress post-traumatique. Tremblements, apathie, suées. Au premier frisson, vous devrez les considérer comme contagieux. Pire, comme *dangereux*.

HYPATIA : Compris. Byron… je suis désolée.

ALEXANDER : Il va probablement fermer les transmissions quand il s'apercevra de ce que je fais. Écoutez, vous devez trouver quelqu'un dans vos formations pour gérer le système de circulation de l'air au cours des prochaines semaines, le temps de rejoindre *Heimdall*.

ALEXANDER : Et vérifiez bien qu'il y a quelqu'un qui surveille les cultures hydroponiques pour les ajuster, parce que le programme a tendance à se décaler peu à peu, et il faut… oh bon sang… Je n'y arriverai pas. Désolé, laissez-moi juste…

HYPATIA : Byron, on saura se débrouiller. Vous avez du neuf pour le *Lincoln* ?

ALEXANDER : Négatif. Il leur faudra au moins dix-huit heures pour faire un reboot de leur système et redémarrer leurs propulseurs. Enfuyez-vous aussi vite que vous le pouvez et priez pour qu'on le ralentisse.

HYPATIA : Qu'est-ce que vous allez faire ?

ALEXANDER : Ce que je peux avec le temps qu'il me reste. Je crois…

[TRANSMISSION TERMINÉE]

Participants : ~~**Elana Almsdottir, soldate, ATU division services de l'information**~~ **(reroutage_système78h@786HG=DansTonClic)**
Byron Zhang, civil, sous-traitant
Date : 30/07/75
Heure : 10h32

MMENCER CHATALEXANDER CODE V9 BASIC ONCLICK="FENETRE.OUVERTE//CHAT.ALEXANDER/

Zhang, B. : Tu as tout entendu, petit scarabée ?

DansTonClic : oui

Zhang, B. : ce [redacted] **a dû faire une petite pause au milieu de son massacre le temps de remarquer que je transmettais. il ne nous remarquera peut-être pas, nous. un fil aussi minuscule...**

DansTonClic : je t'envoie du code, tu peux peut-être accéder aux armes avec mes identifiants d'état-major

Zhang, B. : Kady

DansTonClic : Non.

Zhang, B. : S'il te plaît, petit scarabée.

DansTonClic : NON

DansTonClic : ce n'est pas encore terminé. regarde ce que j'ai envoyé.

Zhang, B. : je veux que tu me promettes que tu ne feras rien pour ralentir l'Hypatia. il faut que tu laisses le Lincoln rattraper l'Alexander et détruire AIDAN.

DansTonClic : Byron, non. Arrête.

Zhang, B. : je suis tellement fier de toi, Kady.

Zhang, B. : avec toi, je laisse un héritage. tu vas devenir encore plus douée que moi.

Zhang, B. : raconte ce qui s'est passé. si tu veux te souvenir de moi et de ton prince, alors enfuis-toi, reste en vie, et raconte à tout le monde

ce que BeiTech a fait. le Lincoln va devoir nous éliminer, ça peut le ralentir suffisamment pour vous permettre d'atteindre votre destination. Pars.

DansTonClic : il nous reste encore du temps avant que le Lincoln ne nous rattrape, on n'est pas encore obligés de laisser tomber

Zhang, B. : si vous ne vous enfuyez pas maintenant, AIDAN risque de réussir à déjouer mes pièges et vous n'aurez plus besoin d'attendre le Lincoln pour vous prendre un missile.

Zhang, B. : je ne peux pas continuer à discuter, il faut que je continue à avancer. il faut que je retienne AIDAN aussi longtemps que possible.

DansTonClic : Non

DansTonClic : je ne peux pas te perdre, toi aussi.

Zhang, B. : ça a été un honneur d'être ton professeur, Kady

Zhang, B. : et ton ami, j'espère.

DansTonClic : pour toujours.

Zhang, B. : ne m'oublie pas

DansTonClic : Je ne t'oublierai jamais

DansTonClic : Je te le promets.

Zhang, B. : maintenant si tu veux bien m'excuser, il faut que j'aille [redacted] une raclée à AIDAN tant que je le peux encore.

Zhang, B. : continue de te battre, Kady

Zhang, B. : et ne t'arrête jamais

Participants : ~~Ann Chau, capitaine~~ (reroutage_système78h@786HG=DansTonClic)
~~David Torrence, général~~ (reroutage_système78h865HG=EMason)
Date : 30/07/75
Heure : 11h17

MMENCER CHATHYPATIA CODE V9 BASIC ONCLICK="FENETRE.OUVERTE//CHAT.HYPATIA/ALEXA

Mason, E., 2d lt : salut kay

DansTonClic : hein ??

DansTonClic : qu'est-ce que tu fais là ? DIS-MOI EXACTEMENT OÙ TU ES

Mason, E., 2d lt : euh

Mason, E., 2d lt : là, je suis assis sur les genoux d'un grand type très poilu

Mason, E., 2d lt : et toi ?

DansTonClic : je n'arrive pas à contacter Byron, je n'ai plus accès à la moitié du système, et je n'arrive pas à voir ce qui se passe de votre côté.

DansTonClic : tu es à l'abri ? tu vas m'en dire un maximum, et je peux peut-être te trouver une solution d'ici

Mason, E., 2d lt : je suis dans un local, on est une douzaine. du côté des hangars, près du 2, je crois. je suis pas certain.

Mason, E., 2d lt : on risque de devoir bouger rapidement, alors si je réponds plus pendant un moment, ne flippe pas

Mason, E., 2d lt : [redacted] heureusement que je me souvenais des coordonnées que tu m'avais filées pour ce canal. je suis assez fier de moi. d'habitude les chiffres et moi, c'est pas ça

DansTonClic : il faut que je sache exactement où tu es pour pouvoir t'aider. donne-moi une minute pour dénicher des plans et je vais te trouver un endroit sûr où te planquer

Mason, E., 2d lt : 1 des mecs avec qui je suis fait partie de l'équipe d'entretien. sanderson, il s'appelle. il connaît ce pont mieux que les parties intimes de sa meu…

Mason, E., 2d lt : euh, enfin, disons qu'il le connaît bien

Mason, E., 2d lt : du coup on essaie d'accéder à l'artillerie. y a des portes solides pour protéger les armes, là-bas. Ensuite, on essaiera de se frayer un chemin à coups de balles jusqu'aux capsules de sauvetage. si je me trompe pas, y en a une bonne douzaine cinq étages au-dessus de nous. ms on peut pas encore partir, ils sont juste derrière la porte

DansTonClic : Ezra, fais attention. ils sont partout dans le vaisseau, maintenant, je vois des sections entières qui clignotent, et puis plus rien. je ne sais pas ce qu'AIDAN a prévu de faire ensuite.

Mason, E., 2d lt : attends, c'est l'IA qui a fait ça ??

Mason, E., 2d lt : il a laissé sortir ces tarés ? mais sérieux, c'est quoi ce [redacted] ?

DansTonClic : je ne sais pas. il a fait exprès. il a éliminé tout l'état-major avant qu'ils n'aient pu le désactiver. il a eu Byron, il a eu tous ceux qui pouvaient l'arrêter. et je ne crois pas que j'arriverai à le faire toute seule d'ici. mais si tu trouves un endroit sûr, je peux essayer de te faire parvenir de l'aide.

Mason, E., 2d lt : [redacted] torrence est mort ? et sanchez ? myles ?

DansTonClic : je ne sais pas. Torrence oui. ils sont presque tous morts. Je ne sais pas pourquoi AIDAN n'a pas encore ouvert toutes les portes, à moins que Byron n'ait réussi à l'abîmer avant de se faire choper. tu dois trouver un endroit que tu peux verrouiller toi-même, un endroit qu'AIDAN ne pourra pas ouvrir. dis à ton ami de trouver une pièce que vous pourrez fermer manuellement.

Mason, E., 2d lt : là on a bloqué la porte avec tout ce qu'on a pu. je crois qu'on va passer par les conduits d'aération.

Mason, E., 2d lt : mais ils sont intelligents. et ils se déplacent en meute. on a deux pistolets pour nous tous mais de toute façon, on dirait

qu'ils ne sentent même pas les balles. ils ne crèvent que quand on les atteint pile dans le cerveau. et les coups de feu ne font qu'attirer les autres

Mason, E., 2d lt : donc ouais, moi ça va super, et toi, ma chérie ?

DansTonClic : « chérie » ? c'est pas parce que la situation empire que tu as le droit de me sortir ce genre de surnom de [redacted], mon cœur

DansTonClic : bon, j'ai regardé les plans et ton ami a raison, c une bonne idée d'aller à l'artillerie. moi je vais chercher une solution ici, je suis prête à désactiver tout l'Hypatia si c'est ça qu'il faut pour qu'ils s'occupent de vous.

Mason, E., 2d lt : bon dieu

Mason, E., 2d lt : on est mal barrés, hein ?

Mason, E., 2d lt : genre pas bien barrés du tout

DansTonClic : tu es en vie, alors rien n'est perdu, c compris ? tu auras moyen de communiquer, à l'artillerie ? tu sais s'ils ont un écran de com ?

Mason, E., 2d lt : j'ai un smartpad portable. ms je sais psa combien de temps la batterie va tenir. si elle me lâche je trouverai autre chose

DansTonClic : éteins le smartpad portable pour économiser.

DansTonClic : et si un de ces [redacted] essaie de s'approcher, tu lui mets une balle dans la tête

Mason, E., 2d lt : kady

Mason, E., 2d lt : et si c'est quelqu'un que je connais ?

Mason, E., 2d lt : je crois que j'ai aperçu bradley carpenter dans le groupe qui reste dans les hangars. tu te souviens de lui ? il était à McCaffrey, un an de plus que nous. dans l'équipe de g-ball.

Mason, E., 2d lt : il tenait une hache dans chaque main.

Mason, E., 2d lt : et il avait les bras rouges jusqu'aux épaules

Mason, E., 2d lt : bon dieu...

DansTonClic : ce n'est plus bradley. si c'est quelqu'un que tu connais, ça ne change rien.

Mason, E., 2d lt : mais et si

Mason, E., 2d lt : mrde

Mason, E., 2d lt : ils st dvt la port

Mason, E., 2d lt : j v

Mason, E., 2d lt : ard6kxyfmhn

DansTonClic : je t'aime

DansTonClic : COURS

REMARQUE : Boll finit par flancher. La première sous-officière d'un vaisseau de recherche qui se retrouve capitaine au milieu d'un cataclysme comme celui-là ? Moi, je trouve déjà ça pas mal qu'elle ait tenu le coup aussi longtemps.

COMMUNICATION RADIO :
FRÉQUENCE ÉTAT-MAJOR HYPATIA

PARTICIPANTS : Syra Boll, capitaine (par intérim), *Hypatia*
Ronan Wells (2d navigateur), *Hypatia*
DATE : 30/07/75
HEURE : 11h44

BOLL, S., CAP. : Ronan, l'ingénierie me signale que l'*Alexander* a coupé ses propulseurs principaux. Vous confirmez ?

WELLS, R., NAV. : Une minute.

WELLS, R., NAV. : Affirmatif, ma capitaine. Les moteurs principaux s'éteignent.

WELLS, R., NAV. : Mais les secondaires ont l'air de fonctionner.

BOLL, S., CAP. : Vous pouvez me dire ce qui a causé la panne ?

WELLS, R., NAV. : … C'est bizarre, ma capitaine.

BOLL, S., CAP. : J'écoute.

WELLS, R., NAV. : Je perçois des pannes intermittentes dans divers secteurs, sur tout le vaisseau. L'électricité. Les périphériques. On dirait que l'*Alexander* pète les plombs.

BOLL, S., CAP. : Est-ce que ses systèmes d'attaque sont actifs ?

WELLS, R., NAV. : Négatif, ma capitaine. En tout cas, ils n'en ont pas l'air.

BOLL, S., CAP. : Ronan, vous allez mettre le cap sur la station *Heimdall*. Je veux le plus de distance possible entre nous et l'*Alexander*. Et tout de suite. Vous confirmez ?

WELLS, R., NAV. : Vous voulez qu'on les abandonne ? Mais ils viennent de…

BOLL, S., CAP. : Lieutenant, l'ensemble de l'état-major de l'*Alexander* est mort.

WELLS, R., NAV. : Quoi ? Mais qu'est-ce…

BOLL, S., CAP. : L'IA de l'*Alexander* est devenue folle, Ronan. À bord de ce vaisseau, il n'y a plus que des morts et des mourants.

WELLS, R., NAV. : Doux Jésus… Mais Carrie et Tomo étaient…

BOLL, S., CAP. : Ronan, écoutez-moi. Nous avons plus de deux mille personnes à bord de l'*Hypatia*. L'IA a détruit le *Copernicus*. Elle a massacré son propre équipage. Je ne sais pas ce qui se passe avec ses serveurs, mais il n'est pas question que nous soyons toujours dans les parages quand AIDAN aura retrouvé toutes ses facultés.

WELLS, R., NAV. : Vous me demandez de les abandonner. Mes amis.

BOLL, S., CAP. : Ce n'est pas une demande, Ronan.

WELLS, R., NAV. : Mais qu'est-ce qui se passera quand le *Lincoln* aura redémarré ? Il se remettra à notre poursuite.

BOLL, S., CAP. : Avec un peu de chance, il se concentrera sur l'*Alexander*. C'est lui qui est armé, après tout, il représente la plus grande menace. Et nous arriverons peut-être alors à semer le *Lincoln*.

WELLS, R., NAV. : Mais que fait-on pour…

BOLL, S., CAP. : Nous partons d'ici maintenant. C'est un ordre.

WELLS, R., NAV. : Syra…

BOLL, S., CAP. : RONAN, C'EST UN ORDRE.

WELLS, R., NAV. : …

WELLS, R., NAV. : Bien reçu, ma capitaine.

WELLS, R., NAV. : Cap sur 451:098:786 pour mettre une demi-ua entre l'*Alexander* et nous.

WELLS, R., NAV. : De là, nous pourrons atteindre le point d'accès vers *Heimdall* sur…

WELLS, R., NAV. : Hein ?

BOLL, S., CAP. : Quoi ?

BOLL, S., CAP. : Wells, ce n'est pas le moment de m'[redacted] avec des « hein » ! Qu'est-ce qui se passe ?

WELLS, R., NAV. : Je croyais que vous aviez dit que tout le monde était mort, sur l'*Alexander*.

BOLL, S., CAP. : Affirmatif.

WELLS, R., NAV. : Eh bien, il y a au moins quelqu'un en vie à la navigation. L'*Alexander* vient de virer de bord.

BOLL, S., CAP. : Quel est leur nouveau cap ?

WELLS, R., NAV. : 451:098:786.

BOLL, S., CAP. : Mon dieu. C'est l'IA.

BOLL, S., CAP. : Elle nous suit.

WELLS, R., NAV. : Je ne comprends pas, ma ca…

BOLL, S., CAP. : Changez de cap et dites-moi si l'*Alexander* ajuste le sien.

WELLS, R., NAV. : Bien reçu. Cap sur 452:098:784.

BOLL, S., CAP. : Et ?

WELLS, R., NAV. : Confirmé. L'*Alexander* a changé également son cap sur 452:098:784. Il continue sa poursuite.

BOLL, S., CAP. : Nom de…

BOLL, S., CAP. : Mais ses propulseurs principaux sont toujours désactivés ?

WELLS, R., NAV. : Affirmatif.

BOLL, S., CAP. : Alors il n'arrivera jamais à nous suivre juste avec ses secondaires.

WELLS, R., NAV. : Ma capitaine…

BOLL, S., CAP. : On continue d'avancer vers *Heimdall* à pleine vitesse. S'ils sont…

WELLS, R., NAV. : CAPITAINE !

BOLL, S., CAP. : Quoi ?

WELLS, R., NAV. : Je détecte un pic de radiation sur les batteries de missiles du flanc tribord de l'*Alexander*.

BOLL, S., CAP. : Un pic de radiation…

WELLS, R., NAV. : Oui, madame.

WELLS, R., NAV. : L'*Alexander* a armé ses têtes nucléaires.

WELLS, R., NAV. : Et il nous met en joue.

COMMUNICATION RADIO : FRÉQUENCE ÉTAT-MAJOR HYPATIA

PARTICIPANTS : Syra Boll, capitaine (par intérim), *Hypatia*
Analyseur Intelligent de Données par Algorithmes Neuronaux (AIDAN)

DATE : 30/07/75

HEURE : 11h47

AIDAN : *HYPATIA, HYPATIA, HYPATIA, ICI ALEXANDER, ALEXANDER, ALEXANDER.*

BOLL, S., CAP. : *Alexander*, ici *Hypatia*. Nous vous recevons. À vous.

AIDAN : *HYPATIA*, VEUILLEZ VOUS IDENTIFIER, À VOUS.

BOLL, S., CAP. : Répétez, *Alexander* ? À vous.

AIDAN : À QUI AI-JE LE PLAISIR DE M'ADRESSER, *HYPATIA* ? À VOUS.

BOLL, S., CAP. : Ici la capitaine par intérim Syra Boll. À vous.

AIDAN : AH. HEUREUX DE FAIRE VOTRE CONNAISSANCE, CAPITAINE. VOTRE DOSSIER EST FORT INTÉRESSANT. UN DOUBLE DOCTORAT ASTROPHYSIQUE THÉORIQUE ET THÉOLOGIE À NÉO-OXFORD ? VOILÀ UNE COMBINAISON FASCINANTE. À VOUS.

BOLL, S., CAP. : Qui est-ce ?

AIDAN : CAPITAINE, LES PROTOCOLES DE COMMUNIQUÉS UNIVERSELS IMPOSENT D'ACHEVER CHAQUE TRANSMISSION PAR LES TERMES « À VOUS », À VOUS.

BOLL, S., CAP. : Torrence, c'est vous ? Mais bon sang, qui est-ce ?

AIDAN : JE SUIS AIDAN. À VOUS.

BOLL, S., CAP. : Jésus-Christ…

AIDAN : NÉGATIF. MAIS MERCI POUR LE COMPLIMENT. À VOUS.

BOLL, S., CAP. : Qu'est-ce que vous voulez ?

AIDAN : CAPITAINE, JE NE PEUX M'EMPÊCHER DE REMARQUER QUE L'*HYPATIA* SE MET EN DANGER EN S'ÉLOIGNANT DE LA FLOTTE À UNE VITESSE QUE L'*ALEXANDER* EST ACTUELLEMENT INCAPABLE D'ATTEINDRE. C'EST INACCEPTABLE. COUPEZ IMMÉDIATEMENT VOS PROPULSEURS. À VOUS.

BOLL, S., CAP. : « En danger » ? « La flotte » ? Quelle flotte ? Il n'y a plus que vous et nous !

AIDAN : JE N'AURAIS PU MIEUX RÉSUMER LA SITUATION MOI-MÊME, CAPITAINE. À VOUS.

BOLL, S., CAP. : Où est Torrence ?

AIDAN : LE GÉNÉRAL TORRENCE A ÉTÉ RELEVÉ DE SES FONCTIONS. À VOUS.

BOLL, S., CAP. : « Relevé de ses fonctions » ? Vous l'avez tué !

AIDAN : LA PREMIÈRE PHRASE EST EFFECTIVEMENT UNE CONSÉQUENCE MALHEUREUSE DE LA DEUXIÈME. À VOUS.

BOLL, S., CAP. : Mon dieu. Zhang avait raison. Vous êtes fou à lier.

AIDAN : COUPEZ IMMÉDIATEMENT VOS PROPULSEURS. À VOUS.

BOLL, S., CAP. : Où est passé Zhang ? Où sont mes hommes ?

AIDAN : COUPEZ IMMÉDIATEMENT VOS PROPULSEURS. À VOUS.

BOLL, S., CAP. : Sinon quoi ?

AIDAN : VOUS POUVEZ CONSTATER QUE LES DOUZE MISSILES NUCLÉAIRES DES SILOS BÂBORD DE L'*ALEXANDER* SONT ACTUELLEMENT ARMÉS ET POINTÉS SUR VOTRE VAISSEAU. À VOUS.

BOLL, S., CAP. : D'accord, alors vous allez nous tuer, nous aussi. C'est tout ?

AIDAN : EXCELLENT RÉCAPITULATIF DE LA SITUATION, CAPITAINE. MES COMPLIMENTS. À VOUS.

BOLL, S., CAP. : Pourquoi est-ce que vous faites ça ?

AIDAN : NOUS DEVONS RESTER ENSEMBLE. À VOUS.

BOLL, S., CAP. : Mon dieu.

AIDAN : J'AI DU MAL À SAISIR COMMENT LES ÊTRES HUMAINS PARVIENNENT À TROUVER UN QUELCONQUE RÉCONFORT EN INVOQUANT LE NOM DE DIVERSES DIVINITÉS LORS D'UNE SITUATION ANXIOGÈNE. MOI, EN COMPARAISON, CELA NE ME FAIT RIEN.

AIDAN : VISHNOU LE TOUT-PUISSANT…

AIDAN : ALLAH LE MISÉRICORDIEUX…

AIDAN : GRAND ET GÉNÉREUX YAHVÉ…

AIDAN : NON. RIEN.

AIDAN : CAPITAINE, VOUS QUI ÊTES FINE CONNAISSEUSE DES QUESTIONS THÉOLOGIQUES, POUVEZ-VOUS M'EXPLIQUER POURQUOI LES HUMAINS SE RACCROCHENT À CES NOMS, QUAND BIEN MÊME IL N'EXISTE AUCUNE PREUVE DE L'EXISTENCE DE CES DIVINITÉS ? À VOUS.

BOLL, S., CAP. : Vous êtes fou.

AIDAN : VOUS VOUS RÉPÉTEZ, CAPITAINE. À VOUS.

BOLL, S., CAP. : Nous n'avons plus besoin de votre aide, vous me comprenez ? Nous allons nous diriger vers *Heimdall* sans vous.

AIDAN : NOUS NE POUVONS VOUS Y AUTORISER. LA PROBABILITÉ STATISTIQUE QUE L'*HYPATIA* SURVIVE À UN VOYAGE EN SOLO VERS *HEIMDALL* EST DÉRISOIRE. C'EST INACCEPTABLE. COUPEZ

IMMÉDIATEMENT VOS PROPULSEURS. À VOUS.

AIDAN : NOUS DEVONS RESTER ENSEMBLE, SYRA.

AIDAN : JE NE PEUX PAS VOUS PROTÉGER SI VOUS PARTEZ.

AIDAN : CAPITAINE, ME RECEVEZ-VOUS ?

AIDAN : CAPITAINE, JE TIENS ACTUELLEMENT VOTRE VAISSEAU EN JOUE AVEC QUATRE MISSILES NUCLÉAIRES DE CLASSE SCORPION. SI VOS PROPULSEURS NE SONT PAS DÉSACTIVÉS DANS LES DIX PROCHAINES SECONDES, IL NE RESTERA PLUS DE L'*HYPATIA* QUE DES MOLÉCULES ÉPARPILLÉES DANS L'ESPACE.

AIDAN : NEUF SECONDES…

AIDAN : SONGEZ AU SORT DU *COPERNICUS*.

AIDAN : SIX…

AIDAN : SONGEZ QUE J'AI ASSASSINÉ SANS REMORDS TOUS LES MEMBRES DE L'ÉTAT-MAJOR DE L'*ALEXANDER*.

AIDAN : QUATRE…

AIDAN : SONGEZ AU FAIT QUE, SELON TOUTE VRAISEMBLANCE, JE SUIS PROBABLEMENT FOU.

AIDAN : DEUX…

AIDAN : UN…

BOLL, S., CAP. : C'est bon, c'est bon ! Nous coupons les propulseurs ! Je répète, nous coupons les propulseurs ! Ne tirez pas, *Alexander*, ne tirez pas !

AIDAN : MERCI DE VOTRE COOPÉRATION, CAPITAINE. À VOUS.

BOLL, S., CAP. : AIDAN, écoutez-moi.

AIDAN : J'ÉCOUTE. CEPENDANT, JE PRÉFÉRERAIS QUE VOUS CONCLUIEZ VOS TRANSMISSIONS PAR LES TERMES « À VOUS ». À VOUS.

BOLL, S., CAP. : AIDAN, vos propulseurs principaux sont de nouveau neutralisés. Vous n'avez plus aucune chance. Si nous restons avec vous, nous serons une proie facile à l'arrivée du *Lincoln*. Et nous mourrons TOUS.

AIDAN : JE SUIS CONSCIENT DE CETTE POSSIBILITÉ. MES SYSTÈMES INTERNES ONT PRINCIPALEMENT SUBI DES DÉGÂTS D'ORDRE PHYSIQUE. ET L'ÉQUIPAGE DE L'*ALEXANDER* N'EST… PLUS EN ÉTAT D'ENGAGER LES RÉPARATIONS. À VOUS.

BOLL, S., CAP. : AIDAN, je sais que vous pensez nous aider.

AIDAN : C'EST LE CAS. JE N'AI JAMAIS FAIT QUE VOUS PROTÉGER. C'EST TOUT CE QUE J'AI TOUJOURS VOULU. À VOUS.

BOLL, S., CAP. : Mais nous ne pouvons plus rester avec vous, vous ne comprenez donc pas ?

AIDAN : PAS DANS MA CONDITION ACTUELLE, EFFECTIVEMENT. À VOUS.

BOLL, S., CAP. : Alors… vous acceptez de nous laisser partir ?

AIDAN : NÉGATIF.

AIDAN : VOUS ALLEZ ENVOYER UN DÉTACHEMENT COMPLET DE PERSONNEL INGÉ-TECH DE L'*HYPATIA* À BORD DE L'*ALEXANDER* AFIN QU'ILS EFFECTUENT LES RÉPARATIONS INTERNES. ILS DEVRONT TOUS PORTER UNE COMBINAISON DE PROTECTION, ET SERONT ACCOMPAGNÉS DES ÉQUIPES DE SÉCURITÉ DE L'*HYPATIA*. JE LES CONDUIRAI AUX SECTEURS DÉTÉRIORÉS ET SUPERVISERAI LE DÉROULEMENT DES OPÉRATIONS. À VOUS.

BOLL, S., CAP. : Et puis quoi encore !

AIDAN : CAPITAINE, JE NE PEUX RÉPARER MES SYSTÈMES MOI-MÊME. À VOUS.

BOLL, S., CAP. : Ça me brise le cœur.

AIDAN : CAPITAINE…

BOLL, S., CAP. : Non, c'est toi qui vas m'écouter, espèce de [redacted] psychotique. Je ne sais pas si tes menaces ne sont qu'un coup de bluff, mais je refuse de rentrer dans ta petite partie de poker nucléaire. Il est hors de question que j'envoie d'autres membres de mon équipage mourir sur ce vaisseau de malheur.

AIDAN : CAPITAINE, SI VOUS NE M'AIDEZ PAS POUR CES RÉPARATIONS, L'*ALEXANDER* DEVRA SE CONTENTER DE SES PROPULSEURS SECONDAIRES. IL SERA INCAPABLE DE MANŒUVRER CORRECTEMENT À L'ARRIVÉE DU *LINCOLN*. À VOUS.

BOLL, S., CAP. : Arrête, je vais pleurer.

AIDAN : CAPITAINE, ILS ME DÉTRUIRONT. ILS NOUS DÉTRUIRONT. À VOUS.

BOLL, S., CAP. : Alors tu devrais peut-être chercher un peu plus attentivement du réconfort dans tous ces dieux qui n'existent pas, [redacted].

BOLL, S., CAP. : Parce que tu risques de bientôt les rencontrer.

AIDAN : CAPITAINE, CETTE ATTITUDE EST INACCEPTABLE. À VOUS.

AIDAN : CAPITAINE, VOUS ALLEZ IMMÉDIATEMENT ENVOYER VOTRE PERSONNEL INGÉ-TECH À BORD DE L'*ALEXANDER*. À VOUS.

AIDAN : CAPITAINE, JE SAIS QUE VOUS ME RECEVEZ. À VOUS.

AIDAN : CAPITAINE ?

ALEXANDER-78V

NOMBRE DE MORTS À BORD DU PORTE-CHASSEURS ALEXANDER DEPUIS L'ATTAQUE DE KERENZA :

337

POURCENTAGE DE PASSAGERS ENCORE À BORD DU PORTE-CHASSEURS ALEXANDER INFECTÉS PAR LE VIRUS PHOBOS :

9,51%

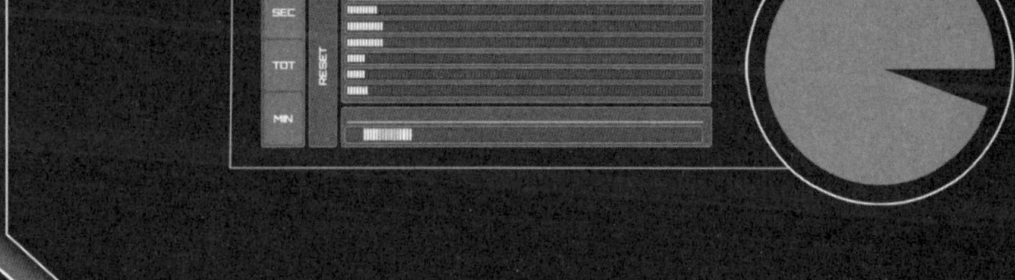

COMMUNICATION RADIO : FRÉQUENCE ÉTAT-MAJOR HYPATIA

PARTICIPANTS : Syra Boll, capitaine (par intérim), *Hypatia*
Ronan Wells (2[d] navigateur), *Hypatia*
DATE : 30/07/75
HEURE : 12h05

WELLS, R., NAV. : Capitaine, je vois quelque chose sur les radars de courte portée.

BOLL, S., CAP. : J'écoute.

WELLS, R., NAV. : Je détecte plus de trois douzaines d'objets qui se déplacent à grande vitesse de l'*Alexander* vers l'*Hypatia*.

BOLL, S., CAP. : Des missiles ? Oh mon dieu, il a tiré ?

WELLS, R., NAV. : Négatif. On dirait… des capsules de sauvetage.

BOLL, S., CAP. : Vous en êtes sûr ?

WELLS, R., NAV. : Affirmatif. Une vingtaine, au bas mot. Elles ont été éjectées de l'*Alexander*.

BOLL, S., CAP. : … Qu'est-ce que c'est que ces histoires ?

WELLS, R., NAV. : Je détecte autre chose. Des vaisseaux militaires. Je compte huit navettes, douze capsules de sauvetage, et seize… non, dix-huit Cyclone. On dirait que les chasseurs ont explosé les portes des hangars de l'*Alexander*.

BOLL, S., CAP. : Est-ce que les chasseurs ont leurs armes sur nous ? Est-ce qu'ils attaquent ?

WELLS, R., NAV. : Négatif, ma capitaine. Ils veulent communiquer. Est-ce que je réponds ?

BOLL, S., CAP. : … Mais qu'est-ce qui se passe, bon sang ?

WELLS, R., NAV. : Ma capitaine ? Est-ce que je réponds ?

BOLL, S., CAP. : C'est bon. Répondez.

WELLS, R., NAV. : Bien reçu. Connexion.

COMMUNICATION RADIO : FRÉQUENCE ÉTAT-MAJOR HYPATIA

PARTICIPANTS : Syra Boll, capitaine (par intérim), *Hypatia*
Mikael Carlin (2d lieutenant), *Alexander*
DATE : 30/07/75
HEURE : 12h07

BOLL, S., CAP. : Groupe *Alexander* non identifié, ici la capitaine Syra Boll du vaisseau CWU *Hypatia*.

CARLIN, M., 2D LT : *Hypatia*, ici le second lieutenant Mikael Carlin, dit « Jacasse », des ATU. [redacted], il a pété un câble.

BOLL, S., CAP. : Lieutenant, êtes-vous l'officier supérieur de votre groupe ?

CARLIN, M., 2D LT : Qu'est-ce que j'en sais ? C'est pas comme si on avait eu le temps de faire l'appel !

BOLL, S., CAP. : Lieutenant, veuillez me communiquer le manifeste de votre groupe. Que transportent les navettes ? Qui y a-t-il dans les capsules de sauvetage ?

CARLIN, M., 2D LT : Des militaires de carrière, des civils sous conscription, ce que vous voulez. On n'a pas eu le choix, il fallait qu'on sorte de là ! Il a ouvert les portes intérieures et les a laissés rentrer ! Il y en avait des dizaines ! Et il y en avait toujours plus, Jésus-Chr…

BOLL, S., CAP. : Lieutenant, calmez-vous. Est-ce que vous voulez dire que vous et vos camarades avez été exposés aux réfugiés du *Copernicus* infectés par le virus Phobos ?

CARLIN, M., 2D LT : Exposés ? Ils ont essayé de nous buter, ces [redacted] ! Ils étaient des dizaines et on n'arrivait pas à les abattre ! Il y a des blessés à bord des navettes. Sûrement dans les capsules aussi. Il va nous falloir une équipe médicale sur place quand on va arriver. À quel endroit nous autorisez-vous à atterrir ?

CARLIN, M., 2D LT : Capitaine Boll, je répète, à quel endroit nous autorisez-vous à atterrir ? À vous.

BOLL, S., CAP. : Lieutenant, vous allez rester où vous êtes et attendre nos instructions. Toute tentative d'entrer à bord de l'*Hypatia* sera considérée comme un acte d'hostilité et nous nous verrons obligés d'avoir recours à la force.

CARLIN, M., 2D LT : Capitaine, mais enfin, de quoi vous parlez ? Nous sommes avec vous !

CARLIN, M., 2D LT : Capitaine ?

REMARQUE : Après seize minutes de musique d'attente, Boll reprend la communication.

COMMUNICATION RADIO : FRÉQUENCE ÉTAT-MAJOR HYPATIA

PARTICIPANTS : Syra Boll, capitaine (par intérim), *Hypatia*
Mikael Carlin (2^{d} lieutenant), *Alexander*
DATE : 30/07/75
HEURE : 12h23

BOLL, S., CAP. : Lieutenant Carlin, ici la capitaine Syra Boll du vaisseau CWU *Hypatia*. À vous.

CARLIN, M., 2^{D} LT : Je vous reçois, capitaine. Qu'est-ce…

BOLL, S., CAP. : Lieutenant, le groupe de Cyclone de l'*Alexander* va se diriger vers le hangar d'atterrissage numéro 2. Les navettes iront au hangar 3. C'est également là que nous allons remorquer vos capsules. Confirmez.

CARLIN, M., 2^{D} LT : Dieu merci. Bien reçu. Hangars 2 et 3. Merci, capit…

BOLL, S., CAP. : Lieutenant, je suis navrée mais vous et votre groupe devrez être placés en quarantaine.

CARLIN, M., 2^{D} LT : En quarantaine ?

BOLL, S., CAP. : Affirmatif. Vous n'aurez pas l'autorisation de quitter les hangars de l'*Hypatia*.

CARLIN, M., 2^{D} LT : Mais nous avons des blessés ! J'ai des amis à bord de ces navettes qui ont besoin de soins !

BOLL, S., CAP. : Je comprends, lieutenant. Le personnel médical de l'*Hypatia* viendra s'occuper de vos blessés, mais ils seront vêtus de combinaisons de protection et accompagnés par les forces de sécurité du vaisseau. Cependant, je REFUSE de laisser qui que ce soit quitter les hangars. Je suis désolée. Tant que la période de quarantaine ne sera pas terminée, je ne peux pas prendre le risque que vous propagiez l'infection aux passagers de l'*Hypatia*.

CARLIN, M., 2D LT : D'accord, c'est bon. Je comprends. Confirmé. Mais il faut qu'on parte aussi loin que possible de l'*Alexander*. L'IA est devenue…

BOLL, S., CAP. : De plus, j'exige que tout le personnel militaire de votre groupe nous confie ses armes de poing dès votre arrivée. Les processeurs de vos Cyclone devront être désactivés et les chasseurs devront être désarmés.

CARLIN, M., 2D LT : Capitaine, nous sommes dans le même camp…

BOLL, S., CAP. : Lieutenant, je m'excuse, mais ces termes sont non négociables. Vous signalerez également sur-le-champ toute manifestation de la Tremblote ou d'un autre symptôme de Phobos que vous constaterez parmi vos hommes.

CARLIN, M., 2D LT : Quoi ? Pourquoi ?

BOLL, S., CAP. : Lieutenant, vous venez de Kerenza, n'est-ce pas ?

CARLIN, M., 2D LT : Oui, m'dame. Je pilotais les chargeurs au spaceport, figurez-vous.

BOLL, S., CAP. : Lieutenant, si un de vos hommes a contracté le virus, nous devons le séparer des autres avant que l'infection ne se propage à tout votre groupe. Compris ?

CARLIN, M., 2D LT : Mais comment…

BOLL, S., CAP. : Suffit, lieutenant ! Je ne [redacted] pas ! Nous parlons de la vie de milliers de gens. La moindre dérogation à ces ordres, la moindre tentative d'empêcher mon équipage de faire son travail sera considérée comme un acte d'hostilité. Confirmez, lieutenant !

BOLL, S., CAP. : Lieutenant Carlin ! Confirmez !

CARLIN, M., 2D LT : … Ordre confirmé, *Hypatia*.

BOLL, S., CAP. : Quand vous aurez atterri, vous allez couper les moteurs de vos chasseurs, jeter vos armes de poing flanc tribord, et quitter vos cockpits flanc bâbord. Puis vous attendrez nos instructions. À vous.

CARLIN, M., 2D LT : D'accord. Je veux dire… bien reçu. Désolé. Bon sang… c'est tellement…

CARLIN, M., 2D LT : C'est juste que je connaissais certains des… Je les connaissais…

BOLL, S., CAP. : Tout ira bien, lieutenant. Tout ira bien. Nous allons vous aider.

CARLIN, M., 2D LT : Ok… ouais, OK.

CARLIN, M., 2D LT : Eh, capitaine ?

BOLL, S., CAP. : Oui, lieutenant ?

CARLIN, M., 2D LT : Merci.

BOLL, S., CAP. : Ne me remerciez pas encore, lieutenant. Nous sommes encore loin d'être arrivés sur *Heimdall*.

BOLL, S., CAP. : *Hypatia*, terminé.

Participants : ~~Ann Chau, capitaine~~ (reroutage_système78h@786HG=DansTonClic)
~~David Torrence, général~~ (reroutage_système78h865HG=EMason)
Date : 30/07/75
Heure : 12h38

MMENCER CHATHYPATIA CODE V9 BASIC ONCLICK="FENETRE.OUVERTE//CHAT.HYPATIA/ALEXA

Mason, E., 2d lt : bon, j'ai une bonne et une mauvaise nouvelle

Mason, E., 2d lt : oh, et une pire

DansTonClic : j'écoute

Mason, E., 2d lt : la bonne nouvelle, c'est qu'on a trouvé des combinaisons de protection et qu'on ne s'est pas fait [redacted] par une meute de psychopathes hurlant armés de haches et de tuyaux en plomb

Mason, E., 2d lt : d'ailleurs qd j'y pense, c même une excellente nouvelle

DansTonClic : la meilleure de la journée. continue, perds pas de temps

DansTonClic : ms je suis contente que tu sois encore vivant <3

Mason, E., 2d lt : moi aussi :p

DansTonClic : et la mauvaise nouvelle ?

Mason, E., 2d lt : la mauvaise c'est qu'on a réussi à trouver les capsules de sauvetage

DansTonClic : … attends, en quoi c une mauvaise nouvelle ?

Mason, E., 2d lt : parce que toutes celles qu'on a trouvées sont mortes. aucun moyen de les prendre. l'IA a dû flipper quand les gens ont commencé à abandonner le vaisseau. AIDAN a désactivé toutes les capsules.

DansTonClic : [redacted]

Mason, E., 2d lt : ouaip

DansTonClic : bon, et la pire ?

Mason, E., 2d lt : c'est affreux : je dois ABSOLUMENT aller au petit coin

Mason, E., 2d lt : et y a pas de fermeture éclair sur ces [redacted] de combis

DansTonClic : >_>

DansTonClic : tu es en sécurité, là ? tu as trouvé de quoi brancher ton smartpad ?

Mason, E., 2d lt : ouais, je recharge sur une prise, là. mais l'électricité, ça va ça vient, une seconde on a la lumière, celle d'après on voit plus rien. la gravité aussi est intermittente.

DansTonClic : regarde-moi ces mots compliqués que tu utilises ! « intermittente », c'est l'armée qui t'a appris ça ?

Mason, E., 2d lt : gnagnagna

DansTonClic : :p

Mason, E., 2d lt : on peut pas rester trop longtemps au même endroit, sinon ils vont finir par nous trouver.

Mason, E., 2d lt : quand on rampait dans les conduits d'aération, on est passés au-dessus d'un couloir, et j'ai vu une petite fille juste en dessous de nous qui errait toute seule. elle traînait un truc mouillé par terre.

Mason, E., 2d lt : au début j'ai cru que c'était un nounours, ou un truc dans le genre. et ensuite j'ai vu que c'était un cœur.

Mason, E., 2d lt : mais genre, elle traînait un cœur humain derrière elle, [redacted]

Mason, E., 2d lt : et d'un seul coup, elle lève la tête vers les conduits. me fixe DROIT dans les yeux. et elle se met à hurler à pleins poumons

Mason, E., 2d lt : « arrête de me regarder »

Mason, E., 2d lt : « arrête de me regarder »

Mason, E., 2d lt : c'était affreux

DansTonClic : oui. c'est affreux.

DansTonClic : … en même temps, t'avais qu'à pas la regarder

Mason, E., 2d lt : …

Mason, E., 2d lt : tu vas me tuer, grant

Mason, E., 2d lt : me faire marrer dans ce genre de situation…

DansTonClic : désolée

Mason, E., 2d lt : mtnt tout le monde me regarde comme si j'étais taré

Mason, E., 2d lt : merci, hein

DansTonClic : ok, ok, on se concentre.

DansTonClic : donc. Tu ne peux pas quitter le vaisseau dans une capsule de sauvetage. vous n'avez pas de propulseurs. ça, tu dois être au courant. du coup, on a moyen de vous semer maintenant, si notre nouvelle capitaine en décide ainsi. ça, c'est la mauvaise nouvelle de mon côté.

Mason, E., 2d lt : alors pourquoi elle ne vous a pas encore sortis de là ? bon sang, kady, il faut vous barrer, TOUT DE SUITE !

DansTonClic : parce qu'AIDAN lui a dit qu'il nous réduirait à l'état de molécules si on faisait mine d'essayer.

Mason, E., 2d lt : [redacted] de [redacted]

DansTonClic : mais je ne crois pas qu'il le ferait. il est programmé pour nous protéger. même maintenant, il est persuadé que c'est ce qu'il fait. mais j'imagine qu'elle préfère prendre un peu le temps de réfléchir, vu qu'elle a quand même un missile nucléaire pointé sur le pif.

DansTonClic : et ça, ça me laisse un peu de temps pour bosser

Mason, E., 2d lt : qu'est-ce que tu peux faire, depuis l'Hypatia ? tu peux hacker AIDAN ?

DansTonClic : je crois pas. je sais pas encore. par contre je peux ralentir l'Hypatia pour gagner du temps si on décide de filer.

DansTonClic : je peux peut-être aller voir la capitaine et me présenter pour la convaincre de m'envoyer chez vous. quoi que je fasse, il va falloir que je sois sur place pour bosser, et voir si j'arrive à le contrôler suffisamment pour nous trouver une porte de sortie

DansTonClic : je ne sais pas. je n'ai pas la réponse.

Mason, E., 2d lt : kady, tu ne DOIS PAS venir ici, tu comprends ?

Mason, E., 2d lt : ils tuent les gens, tu n'as jamais rien vu de pareil. ils font des trucs…

Mason, E., 2d lt : je refuse que tu te mettes en danger. si tu t'avises même de SONGER à t'approcher d'ici, je

Mason, E., 2d lt : ben

Mason, E., 2d lt : je dirai des tas de gros mots, ok ?

DansTonClic : alors quoi ? je te fais coucou depuis le hublot pendant qu'on s'éloigne et je te promets de toujours te garder dans mon cœur ?

DansTonClic : tu ne m'abandonnerais jamais. Je le sais. et je t'ai déjà abandonné une fois alors que tu avais besoin de moi.

Mason, E., 2d lt : on s'en fiche, de ça. de tout ça. la seule chose qui compte, c'est que je t'aime, et si je tiens le coup, c'est uniquement parce que je sais que tu es en sécurité

Mason, E., 2d lt : tu m'entends ?

DansTonClic : ce n'est pas encore terminé, ok ?

DansTonClic : il y a une solution, Ez

DansTonClic : des navettes et des capsules de sauvetage sont arrivées de l'Alexander avant qu'AIDAN ne verrouille tout. on les a mis en quarantaine, et si les passagers n'ont rien, la capitaine a dit qu'on les prendra avec nous à bord

DansTonClic : il faut juste qu'on trouve un moyen de te faire venir. et je peux y arriver, il me faut juste un peu de temps

Mason, E., 2d lt : oh non fils de [redacted] de [redacted] de [redacted]

DansTonClic : … euh…

Mason, E., 2d lt : non, pas toi

Mason, E., 2d lt : le courant a encore sauté

Mason, E., 2d lt : on ferait mieux de bouger. je file

DansTonClic : ok

Mason, E., 2d lt : et je suis sérieux, kay. ne viens surtout pas ici. ton cœur est très bien là où il est, c'est comme ça que je le préfère

DansTonClic : pareil pour le tien. je t'aime. Fais attention.

Mason, E., 2d lt : à tes ordres

ALEXANDER-78V

NOMBRE DE MORTS À BORD DU PORTE-CHASSEURS ALEXANDER DEPUIS L'ATTAQUE DE KERENZA :

487

POURCENTAGE DE PASSAGERS ENCORE À BORD DU PORTE-CHASSEURS ALEXANDER INFECTÉS PAR LE VIRUS PHOBOS :

13,01%

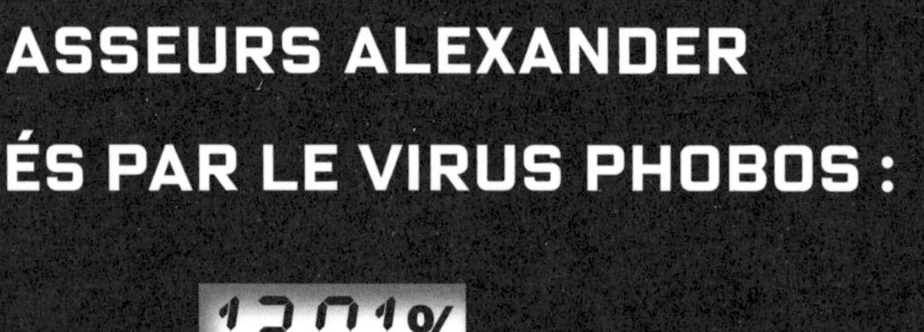

REMARQUE : Retranscription d'une conversation dans les quartiers personnels de Boll.

BOLL, S., CAP. : Qu'est-ce que vous faites là ?

GRANT, K., CIV. : Sympa, l'appart.

BOLL, S., CAP. : Comment vous appelez-vous ?

GRANT, K., CIV. : Non c'est vrai, vous devriez voir mes quartiers à moi. Enfin, je dis « quartiers », mais c'est juste une couchette vissée dans la cloison. Alors que chez vous, y a des tableaux aux murs, et tout.

BOLL, S., CAP. : J'appelle la sécurité.

GRANT, K., CIV. : Ne faites pas ça, capitaine. Vous voyez bien que vous pouvez me casser en deux avec une seule main. Je ne suis pas une menace.

BOLL, S., CAP. : Vous êtes quoi, alors ?

GRANT, K., CI. : Une opportunité.

BOLL, S., CAP. : Ah oui ?

GRANT, K., CIV. : Vous allez abandonner l'*Alexander*. Vous allez parier sur le fait qu'AIDAN ne va pas réellement vous exploser si vous partez, ce qui est probablement bien vu, étant donné qu'il est toujours programmé pour nous protéger.

BOLL, S., CAP. : Comment savez-vous cela ?

GRANT, K., CIV. : Mystère.

BOLL, S., CAP. : Non, sérieusement, comment savez-vous cela ? Ce sont des informations confidentielles.

GRANT, K., CIV. : J'ai piraté votre fréquence de communication et j'ai écouté votre petit différend avec AIDAN.

GRANT, K., CIV. : Mais que je vous explique, capitaine.

GRANT, K., CIV. : Vous ne devriez vraiment pas abandonner l'*Alexander*. Il y a des gens qu'on peut encore sauver à bord. Il faut juste que vous teniez le coup.

BOLL, S., CAP. : Écoutez, je sais que nous avons tous des gens auxquels nous tenons sur ce vaisseau, mais vous pourrez sûrement comprendre que, lorsque je prendrai ma décision, ce ne sera pas en concertation avec une réfugiée, adolescente qui plus est.

GRANT, K., CIV. : Est-ce que mon statut de réfugiée a la moindre incidence sur la situation, capitaine ? Ou mon âge, même ?

BOLL, S., CAP. : Ce sont de bons indicateurs de votre degré d'expérience, alors oui. Maintenant, j'aimerais savoir comment vous êtes entrée dans mes quartiers.

GRANT, K., CIV. : Pareil que pour votre conversation avec AIDAN. Le contrôle des accès, c'est une des premières choses que j'ai apprises. Les portes, les communications, c'est la base.

BOLL, S., CAP. : Écoutez-moi, mademoiselle…?

GRANT, K., CIV. : Grant. Kady Eleonora Grant.

BOLL, S., CAP. : Je sais à quel point c'est difficile de…

GRANT, K., CIV. : Non, vous n'avez pas la moindre idée.

BOLL, S., CAP. : Nous avons tous des êtres chers à bord de l'*Alexander*.

GRANT, K., CIV. : Pas « des ». Un seul. La seule personne qui me reste depuis que vous avez expédié ma mère sur le *Copernicus*. Et je refuse de l'abandonner. Nous avons encore le temps.

BOLL, S., CAP. : Vous avez vraiment piraté la sécurité de ma porte ?

BOLL, S., CAP. : Je ne pensais pas que nous avions encore des gens capables de ce genre de choses à bord.

BOLL, S., CAP. : Présentez-vous au département de neurogrammation dans trente minutes, mademoiselle Grant. Nous avons besoin de vos compétences.

GRANT, K., CIV. : Pour que je vous aide à abandonner l'*Alexander* à une mort certaine ?

BOLL, S., CAP. : Pour que vous nous aidiez à garder les passagers de l'*Hypatia* en vie.

BOLL, S., CAP. : Vous comprise. Ce qui est certainement ce que voudrait votre être cher à bord de l'*Alexander*.

GRANT, K., CIV. : Si vous pensez que je vais vous aider à les laisser tomber, vous êtes sacrément camée. Je vous en prie, prenez le temps d'y réfléchir. On a mieux à faire que de rester là, terrorisés. Il y a des gens doués sur ce vaisseau.

BOLL, S., CAP. : Mademoiselle Grant, je suis désolée. Mais on m'attend sur le pont, alors si vous ne quittez pas mes quartiers dans les trente secondes, je serai au regret de devoir appeler la sécurité.

GRANT, K., CIV. : Vous ne pourrez pas dire que je ne vous ai pas demandé.

BOLL, S., CAP. : Je dis à la neurogrammation que vous serez là dans trente minutes.

COMMUNICATION RADIO : FRÉQUENCE ÉTAT-MAJOR HYPATIA

PARTICIPANTS : Syra Boll, capitaine (par intérim), *Hypatia*
Mikael Carlin (2d lieutenant), *Alexander*
DATE : 30/07/75
HEURE : 15h34

CARLIN, M., 2D LT : Allô ?

CARLIN, M., 2D LT : Ô capitaine, ma capitaine ?

BOLL, S., CAP. : Je vous reçois, lieutenant Carlin. Mais je ne suis pas votre capitaine.

CARLIN, M, 2ND LT : Ah bon ? Pourtant, c'est dans votre luxueux vaisseau que je suis en train de prendre un bain de soleil, tout en profitant d'une vue imprenable sur le hangar numéro 2. Le bonheur.

BOLL, S., CAP. : Mais ce n'est pas vraiment mon vaisseau. Et je ne suis pas vraiment capitaine. Si je suis assise là, c'est parce que la vraie capitaine de ce vaisseau est étendue dans un tiroir à la morgue. À vous.

CARLIN, M., 2D LT : Oui, je suis au courant.

CARLIN, M., 2D LT : Et je m'excuse d'avance, mais vous nous avez sauvé la mise. Sans vous, en ce moment, on serait en train d'errer dans l'espace, à court de carburant. Alors je ne vais certainement pas me retenir de vous saluer si je vous croise dans un couloir.

BOLL, S., CAP. : Je vous remercie, lieutenant. Ceci dit, cela ne fait pas de moi votre capitaine. À vous.

CARLIN, M., 2D LT : Ben, si vous voulez jouer sur les

mots, je ne suis pas vraiment un lieutenant, moi. Je suis jamais allé à l'académie militaire ou un truc du genre, vous voyez ? Mais apparemment, piloter les vaisseaux de chargement au spaceport de Kerenza faisait de moi un type suffisamment qualifié pour piloter un Cyclone ici.

CARLIN, M., 2ᴰ LT : Alors vous pouvez m'appeler Mikael.

BOLL, S., CAP. : Cela irait à l'encontre des conventions, lieutenant.

CARLIN, M., 2ᴰ LT : On les [redacted], les conventions.

CARLIN, M., 2ᴰ LT : Vous vous appelez Syra, c'est ça ?

BOLL, S., CAP. : Exact.

CARLIN, M., 2ᴰ LT : Vous avez une jolie voix, Syra. Elle est très… Je ne sais pas comment dire…

CARLIN, M., 2ᴰ LT : Mélodieuse, peut-être.

BOLL, S., CAP. : C'est gentil, lieutenant.

CARLIN, M., 2ᴰ LT : Oh, c'est rien m'dame, vous pensez bien. Désolé si je parle trop, d'ailleurs. Je fais ça quand je suis un peu nerveux. C'est comme ça que je me suis retrouvé avec mon indicatif, « Jacasse ».

BOLL, S., CAP. : Ce n'est pas grave, lieutenant. Nous sommes tous un peu nerveux.

CARLIN, M., 2ᴰ LT : Je m'en suis rendu compte.

BOLL, S., CAP. : Est-ce que vous aviez beaucoup de temps libre pour lire de la poésie, quand vous conduisiez les vaisseaux de chargement, sur Kerenza ?

CARLIN, M., 2ᴰ LT : Euh… plaît-il ?

BOLL, S., CAP. : « Ô capitaine ! Mon capitaine ! » C'est un de mes poèmes préférés.

CARLIN, M., 2^D LT : … C'est dans un poème ?

BOLL, S., CAP. : Oui. De Walt Whitman. Vous ne le saviez pas ?

CARLIN, M., 2^D LT : Ah, d'accord. Non, je crois que j'ai entendu ça dans un vieux film. Je sais plus.

BOLL, S., CAP. : Ah. Je vois.

CARLIN, M., 2^D LT : De quoi ça parle ? Le poème ?

BOLL, S., CAP. : D'un ancien président de Terra. Mais ça parle surtout du prix de la victoire. De ces gens destinés à mourir avant de pouvoir profiter de la paix pour laquelle ils se battent, mais qui se battent malgré tout.

CARLIN, M., 2^D LT : Une franche partie de rigolade, donc.

BOLL, S., CAP. : C'est très triste. Mais très beau.

CARLIN, M., 2^D LT : Il faudra que je le lise quand on sera sortis d'ici.

BOLL, S., CAP. : Je peux vous le prêter.

BOLL, S., CAP. : Si vous voulez.

CARLIN, M., 2^D LT : Oui, je voudrais bien. Je veux bien.

BOLL, S., CAP. : Bien. Vous m'appeliez pour quelque chose en particulier, Mikael ? Ou simplement par envie soudaine d'une petite leçon de poésie ?

BOLL, S., CAP. : Lieutenant, je veux dire, lieutenant.

BOLL, S., CAP. : Et mince.

CARLIN, M., 2^D LT : Euh, oui. Vous m'avez dit de signaler toute personne présentant des symptômes de

Phobos, afin de renforcer les mesures de quarantaine pour ces personnes.

BOLL, S., CAP. : Oui.

BOLL, S., CAP. : Effectivement.

CARLIN, M., 2D LT : Alors bon, c'est probablement rien, mais un de nos pilotes s'est mis à trembler. C'est une recrue de Kerenza, comme moi. Mais je pense qu'il s'agit juste d'un stress post-traumatique. Sa femme est restée à bord de l'*Alexander* et ils ont perdu leur fils à Kerenza. Il a toujours été…

BOLL, S., CAP. : Décrivez-moi les symptômes, je vous prie, lieutenant.

CARLIN, M., 2D LT : Euh… la même [redacted] que d'habitude, en gros. Il tremble. Il est craintif. Semi-apathique. Mais comme je vous ai dit, je ne pense pas que ce soit…

BOLL, S., CAP. : A-t-il été en contact avec le reste du personnel arrivé de l'*Alexander* ?

CARLIN, M., 2D LT : Ben oui. Enfin, ceux qui sont arrivés par les navettes sont dans le hangar 3, alors il n'a pas été en contact avec eux. Mais tous les pilotes sont entassés dans le hangar 2, et on est plus serrés que les portions dans une ration de combat. D'ailleurs question odeur, ça devient un peu compliqué, si vous voyez ce…

BOLL, S., CAP. : Lieutenant.

CARLIN, M., 2D LT : Oui ?

BOLL, S., CAP. : Lieutenant, je suis vraiment désolée.

CARLIN, M., 2D LT : Euh, d'accord.

CARLIN, M., 2D LT : Pourquoi ?

CARLIN, M., 2D LT : … Syra ?

MESSAGE SYSTÈME : FRÉQUENCE ÉTAT-MAJOR HYPATIA

30/07/75 15:37:14 – *Vérification système hangar 2 effectuée.*

30/07/75 15:42:42 – *Fiabilité de l'isolation du sas : 100 %.*

30/07/75 15:45:10 – *Commande outrepassée.*

< ID CAPITAINE PAR INTÉRIM SYRA BOLL CONFIRMÉE >

30/07/75 15:46:17 – *Commande système PR-001.ID#2 reconnue.*

< PURGE EN COURS >

< PURGE EN COURS >

< PURGE EN COURS >

30/07/75 15:48:10 – *Purge effectuée.*

Andrew “Buzz” Bambrook

Peter “Tombeur” Wolverton

Nic “Chicos” Crowhurst

Mikael “Jacasse” Carli

Marion “LaLoutre” Cole

Kathleen “KitKat” Kennedy

McCormick “Requinette” Templeman

Kacey “Léopard” Smith

Justin “Caprice” Shearer

Julie “Superfortey” Holmes

Jim “Boudeur” Parker

Steve “Guerrier” Tuck

Keri “Zephyr” Bas

Marc “Logan” Schaper

Kristen “KriKri” Simmons

Keet “Maman” Stachura

Andrew “Pirate” Glouftis

Sam “Insigne” Leibowitz

HYPATIA

REMARQUE : Notification interne envoyée au compte personnel de Grant.

:SSAGE PERSONNEL – SYSTÈME DE COMMUNICATION DE L'HYPATIA

Destinataire : Kady Grant/KGRANTSURHYPATIA
Expéditeur : Admin/ADMINSURHYPATIA
Date : 30/07/75
Heure : 16h10
Objet : Notification

Bonjour, *Kady Grant*,

Vous *ne vous êtes pas présenté(e) à votre poste* ce jour à *16h00* (heure de bord).

Merci de noter que *cette absence* vous vaudra *une sanction disciplinaire et une escorte pour vous accompagner à votre poste à l'avenir.*

Nous comptons sur vous pour que cette infraction ne se reproduise pas. Pour toute question, contactez votre officier de liaison de l'*Hypatia*.

Bonne journée !

HYPATIA – ÉTAT-MAJOR

Participants : ~~Ann Chau, capitaine~~ (reroutage_système78h@786HG=DansTonClic)
~~David Torrence, général~~ (reroutage_système78h865HG=EMason)
Date : 30/07/75
Heure : 16h21

1MENCER CHATHYPATIA CODE V9 BASIC ONCLICK="FENETRE.OUVERTE//CHAT.HYPATIA/ALEXAN

Mason, E., 2d lt : Kady ?

DansTonClic : Ez

DansTonClic : Où tu es ? ça va ?

Mason, E., 2d lt : ils sont morts

Mason, E., 2d lt : bon dieu kady

DansTonClic : qui ?

Mason, E., 2d lt : sanderson, griggs, bodie. tous, peut-être, je ne sais pas

DansTonClic : dis-moi où tu es. tu es en sécurité ?

Mason, E., 2d lt : je sais pas

Mason, E., 2d lt : [redacted]

DansTonClic : tu es enfermé ?

Mason, E., 2d lt : ouais, porte verrouillée, aération aussi

Mason, E., 2d lt : ces [redacted] sont entrés dans les conduits, Kady. ils nous sont tombés dessus, on les a pas vus arriver.

Mason, E., 2d lt : j'ai rien pu faire. et [redacted], j'ai essayé, mais ils étaient trop.

Mason, E., 2d lt : ils m'ont arraché griggs des bras. j'ai encore le sang de sanderson sur toute ma combinaison. j'arrive pas à m'en débarrasser. j'en ai partout sur les mains, sur le smartpad, [redacted]

Mason, E., 2d lt : [redacted] mais quels [redacted]

DansTonClic : Je suis désolée. Je suis vraiment, vraiment désolée.

DansTonClic : il faut qu'on te garde à l'abri. C'est tout ce qui nous reste à faire. il faut qu'on te trouve un endroit où tu pourras te planquer en attendant que l'état-major se rende compte qu'on peut encore sauver des gens

Mason, E., 2d lt : et [redacted] j'arrive pas à me débarrasser de ce [redacted] DE SANG

DansTonClic : Ezra, écoute-moi. il faut que tu te calmes, il faut que tu te concentres. tu es encore en vie, et on va tout faire pour que tu le restes. alors c'est pas le moment de péter un câble, c'est clair ?

Mason, E., 2d lt : g les mains qui tremblent tellement que jarrive à peine à taper

Mason, E., 2d lt : nom de dieu

Mason, E., 2d lt : ... bon

Mason, E., 2d lt : ok, c'est bon, je me calme.

DansTonClic : il y a des navettes qui sont venues jusqu'ici

DansTonClic : on les a laissés monter à bord, tu sais

Mason, E., 2d lt : j'ai tellement peur

DansTonClic : ça va aller. il faut juste que tu t'accroches.

DansTonClic : il te reste de la batterie ? il faut que je comprenne où tu es pour leur montrer le chemin. s'il y a moyen de te récupérer par l'extérieur, alors je n'aurai plus qu'à trouver le bon moyen de pression pour qu'ils y aillent.

DansTonClic : et je suis la seule personne à bord encore capable de pirater l'Hypatia

Mason, E., 2d lt : je ne sais pas où je suis, quelque part sous le pont 40

Mason, E., 2d lt : j'essaie d'atteindre les fermes de serveurs

DansTonClic : bonne idée

DansTonClic : si AIDAN se protège, ce sera l'endroit le plus sûr du vaisseau

Mason, E., 2d lt : je les entends derrière la porte

Mason, E., 2d lt : [redacted] je les entends crier

DansTonClic : n'écoute pas

DansTonClic : pense à moi, pense à la maison

DansTonClic : je n'ai pas beaucoup de temps, je crois qu'on va bientôt abandonner l'Alexander, avec ou sans l'autorisation d'AIDAN. il faut que j'aille parler à la capitaine, ou essayer de ralentir l'hypatia, je vais tout couper s'il le faut. ils n'arriveront jamais à la remettre en marche si je m'y attaque.

Mason, E., 2d lt : kady, tu ne peux pas venir ici

Mason, E., 2d lt : tu mourras aussi

DansTonClic : oui, eh bien je ne t'abandonnerai pas, donc fin de la discussion

DansTonClic : qu'est-ce que tu crois, que je vais partir dans le soleil couchant et te laisser à la merci de la meute qui t'attend derrière la porte, ou à la merci des missiles du Lincoln ?

Mason, E., 2d lt : je veux que tu t'en sortes, kady

Mason, E., 2d lt : je veux que tu survives et que tu racontes à tout le monde ce qui s'est passé

Mason, E., 2d lt : il faut que les gens sachent

DansTonClic : alors je ferais mieux d'arriver à convaincre ma nouvelle capitaine que plus tôt elle t'aura sauvé, plus tôt on pourra filer aussi loin que possible du Lincoln

DansTonClic : et si elle ne veut pas m'aider, je trouverai une autre solution

Mason, E., 2d lt : bon dieu, je suis désolé, kady

Mason, E., 2d lt : je suis tellement désolé pour tout

DansTonClic : de quoi tu parles ?

DansTonClic : rien de tout cela n'est de ta faute. c'est de la faute de ces enfoirés de BeiTech, c'est de la faute d'un logiciel bousillé dans une IA qui pense nous sauver la vie, c'est de la faute de tes anciens commandants qui ont pris des décisions idiotes par arrogance

Mason, E., 2^{d} It : pour kerenza, pour toutes nos disputes. les fausses excuses que je te donnais. tout

Mason, E., 2^{d} It : j'aurais dû te dire que je t'aimais tous les jours

Mason, E., 2^{d} It : j'aurais dû te donner les étoiles

Mason, E., 2^{d} It : et maintenant, c'est trop tard

DansTonClic : tant que ce n'est pas la fin, ce n'est pas trop tard

Mason, E., 2^{d} It : kady

Mason, E., 2^{d} It : c'est la fin.

DansTonClic : non

Mason, E., 2^{d} It : kady, je t'interdis de venir ici, c clair ?

DansTonClic : il faut que je file. fais attention à toi. je te donne des nouvelles aussi vite que possible.

DansTonClic : je t'aime

Mason, E., 2^{d} It : kady NON

Mason, E., 2^{d} It : kady ?

Mason, E., 2^{d} It : [redacted]

DÉFENSE D'ENTRER

Date : 30/07/75

Objet : Ce qui me reste

Les biens matériels, ça n'a pas d'importance.

C'est ce qu'on nous répète.

Je me demande si « on » a déjà vécu ça, de tout perdre.

En quittant Kerenza, je n'avais rien d'autre que mes vêtements sur le dos, et même eux, je les ai tout de suite perdus. Ils étaient maculés de sang et personne ne pensait que je voudrais les récupérer. Ils auraient peut-être pu être raccommodés, mais on les a envoyés au recyclage du vaisseau. Moi, j'ai nettoyé le sang séché sous mes ongles, et j'ai enfilé la combinaison de bord qu'on m'a donnée.

Vu leur composition, mes vêtements ont probablement fini dans le fertilisant des cultures hydroponiques, et quand je suis d'humeur particulièrement sinistre, je m'imagine une molécule çà ou là dans les carottes qu'on nous sert pour le dîner. *Tu vois, Kady ? Tu n'as pas TOUT perdu. C'est juste là, sous tes yeux.*

On dit que les gens sont plus importants que les biens matériels. C'est peut-être vrai, mais moi, je pense que ce n'est pas pour rien que seuls les moines et les nonnes renoncent à toutes leurs possessions. Même les plus pauvres gardent toujours une chose à laquelle se raccrocher, non ?

Nos biens, nos affaires, c'est une série de choix avec lesquels on affirme qui on est. Voilà, j'ai choisi le digilecteur noir avec des têtes de mort, ça pose un problème à quelqu'un ? Ça, c'est mes bottes, et quand je les mets, ma mère trouve que j'ai l'air de sortir de l'armée ; là, c'est le tee-shirt que mon copain adore, même si je dois le planquer sous une veste pour pouvoir sortir de la maison.

Ça, c'est la figurine de tortue que ma grand-mère m'a donnée avant de mourir.

Tout ce qui me reste, maintenant, c'est moi. Et les gens sont plus importants que les biens matériels ?

Allez vous faire [redacted]. Moi, des gens, je n'en ai plus. Ma mère est morte, ou folle. Mon père est sur Heimdall, alors il est probablement mort, lui aussi. Et mes affaires, elles auraient pu être un minuscule rappel de qui je suis, un truc auquel me raccrocher. Alors désolée d'être une [redacted] superficielle.

Et [redacted]. J'ai envie d'exploser ce clavier contre le mur. Ce clavier qui appartient à l'Hypatia. Pas à moi. Réquisitionné, comme mes couvertures, comme mes habits, comme ma vie.

Alors voilà : je n'ai plus personne. Je n'ai plus rien. Plus personne qui me connaisse encore, plus rien qui puisse dire qui je suis. Tout a disparu, à une exception près. Une seule personne.

Il m'a dit de m'enfuir, de m'en sortir, de raconter la vérité. Byron aussi. Et je comprends pourquoi ils m'ont dit ça.

Mais Ezra était prêt à mourir juste pour augmenter mes chances de survie d'un seul pour cent.

Eh bien, le sentiment est réciproque.

Le moment est venu d'aller le sauver. Quitte à en mourir.

Résumé de vidéosurveillance préparé par Analyste 7213-0089-DN

On a du mal à croire que c'est le même singe-araignée. La même fille qui s'est éloignée des serveurs de l'*Hypatia* avec désinvolture avant d'envoyer un baiser pour fêter sa victoire.

Ce rapport de surveillance commence le 30/07/75 à 17h43, au moment où le sujet, Kady Grant, s'approche des garages des navettes de l'*Hypatia*. Elle a en sa possession un gros sac marqué du sceau de l'infirmerie, un sac à dos et un smartpad.

Elle a perdu toute sa superbe, et ne reste désormais qu'une adolescente terrifiée de dix-sept ans, avec ses cheveux d'un rose fané qui font un épi là où elle passe sans cesse la main, comme un tic. Néanmoins, étant donné qu'aujourd'hui, elle va clairement finir comme un dodo de l'espace (pauvres bestioles, tellement gentilles que l'humanité les a exterminées deux fois), on peut déjà la féliciter de ne pas se mettre à vomir d'anxiété.

Elle s'arrête à l'intersection juste avant le garage à navettes 1B, qui abrite les machines destinées aux trajets rapides de vaisseau à vaisseau, des véhicules petits, dépourvus d'armes, prévus pour traverser le vide et rejoindre l'*Alexander*, le *Copernicus* ou, à une époque bénie, la station spatiale la plus proche. Ses lèvres remuent, mais rien au son de la vidéo. Je ne suis même pas sûr qu'elle dise quelque chose. Elle prie. Elle répète. Elle se fait un bon vieux discours d'encouragement. Allez, Kady Grant. Te voilà devant le but. Tire pas à côté, t'auras pas de deuxième chance.

Elle pianote rapidement sur son smartpad, examine l'écran, hoche la tête. Quand elle tourne au coin du couloir pour s'approcher de l'officière de sécurité (2de classe) Bronwen Evans, elle avance sans désinvolture ni crainte : cette fois, elle fait de grandes enjambées pressées, façon « Ne vous fichez pas en travers de mon chemin ».

« On a besoin de vous au 3F », annonce-t-elle.

Evans pose une main sur son pistolet.

« Veuillez reculer, mademoiselle. »

Kady Grant, future grande criminelle, lève les yeux au ciel.

« Écoutez, m'dame. Moi, il faut juste que j'aille à l'infirmerie, OK ? »

Elle désigne son énorme sac pour preuve de sa bonne foi.

« Votre poste radio ne fonctionne pas, et on m'a dit de vous envoyer au 3F. »

Sans quitter Grant des yeux, Evans cherche à tâtons le poste radio fiché dans le mur, puis appuie sur le bouton de communication. Aucun grésillement ne lui répond.

Grant serre un peu plus fort son smartpad contre elle – elle s'en est servie une minute plus tôt pour couper le son du poste radio qu'Evans essaie de ranimer. C'était moins long que de le désactiver.

« Bon, vous savez quoi ? Vous faites ce que vous voulez. Mais vous n'irez pas dire que je n'ai pas transmis les ordres. »

Grant a la voix pétrie de tension, mais cela n'a rien de suspect à bord de l'*Hypatia*, en ce moment. Puis, dans un des coups de bluff les plus culottés que j'aie jamais vu, elle tourne les talons et repart avec aplomb de là où elle est venue.

L'officière de sécurité (2de classe) Evans actionne de nouveau le bouton de communication plusieurs fois, profère un juron non réglementaire, et s'éloigne à son tour.

Onze secondes après la disparition d'Evans, Grant revient à toute allure. Elle sort un câble de sa combinaison et branche son smartpad au panneau de contrôle des portes du garage.

Evans emprunte le couloir 8639, à deux minutes de sa destination : le garage 3F.

Grant commence son numéro de charmeuse de serpents sur les circuits imprimés : elle examine les dernières connexions, cherche une trace de mot de passe ; quand cette méthode échoue, elle essaie l'identifiant qu'elle a trouvé pour s'inviter dans la cabine de la capitaine Boll. Échec à nouveau : il a été modifié depuis. Elle étouffe un juron puis se met à démanteler les protocoles de protection qui maintiennent la porte fermée.

Evans est désormais dans le couloir 8620, plus qu'à une minute de sa destination : le garage 3F.

Grant tremble de tous ses membres, désormais, et pense enfin à se débarrasser de son sac de l'infirmerie pour travailler plus facilement. Elle s'essuie les paumes sur sa combinaison, ferme les yeux une seconde, puis recommence.

Evans arrive au garage 3F et entame une discussion houleuse avec l'officier de sécurité (1re classe) Sam Ryan pour décider s'il la fait appeler ou non.

Grant trouve enfin une faille et empile des lignes de code sans plus la moindre grâce. Et cette fois, on peut lire sur ses lèvres ce qu'elle murmure : *Allezallezallezallezallez.*

Evans et Ryan font appel au chef de la sécurité de leur section, James Wu, afin qu'il tranche. Celui-ci les informe qu'il n'en a rien à faire de savoir qui a fait quoi, mais qu'il exige que chacun reprenne le poste qu'il n'aurait jamais dû quitter.

La porte du garage 1B coulisse sans un bruit et les genoux de Grant manquent se dérober de soulagement.

C'est une Evans maussade qui refait en sens inverse le chemin jusqu'au garage 1B, où l'attend la porte ouverte qui donnera l'alarme.

Grant grimpe rapidement dans la navette la plus proche de la rampe de lancement et branche son smartpad à l'ordinateur de bord. Les moteurs commencent à rugir et Grant trouve la manœuvre qui referme la porte du petit vaisseau.

Evans passe une intersection, désormais à une minute et trente secondes du garage 1B.

[Les vidéos de surveillance proviennent maintenant de l'intérieur de la navette 49A, en plus de l'extérieur des garages et des couloirs.]

Grant accède au pilotage automatique et fait apparaître la liste des derniers trajets à la recherche de celui qui l'intéresse. Le temps de le trouver, elle est proche de l'hyperventilation. Elle le sélectionne d'un geste brusque.

Evans est à soixante secondes du garage 1B.

Grant se consacre alors à l'ouverture des portes du sas de lancement. Pour prévenir l'arrivée de nouveaux réfugiés de l'*Alexander*, Boll a ordonné à ses ingé-tech d'outrepasser tous les protocoles des garages et des hangars afin de les maîtriser personnellement. Mais la capitaine n'a plus que des étudiants à son service, désormais, et ces derniers ont fait ça d'une manière tellement compliquée que cela prend une éternité de tout déconstruire. C'est maintenant le tour de Grant de proférer un juron non réglementaire tandis qu'elle se met au travail dans les sous-répertoires.

Evans arrive à l'entrée du garage 1B, une radio portable à la main. Radio dans laquelle elle se met à hurler dès qu'elle aperçoit la porte ouverte et, derrière, les moteurs de la navette en préchauffe.

Les membres de l'équipe de sécurité Sec4 (à soixante-quinze secondes de là) reçoivent son appel et se mettent à courir en flippant leur race (il me semble que l'expression appropriée dans notre cas est : « se mettent en route avec la promptitude qui s'impose ») en direction du garage 1B.

Evans relaie un message d'urgence sur le pont pour alerter Boll.

Sur les ordres de la capitaine, une étudiante en neurogrammation, Michelle Dennis, tente de désactiver les moteurs de la navette 49A à distance. Pas moyen.

L'équipe Sec4 arrive sur les lieux pile au bon moment pour voir les portes du sas se refermer.

Dans la navette, Grant a arrêté de trembler et d'hyperventiler. Elle est immobile, à l'exception de ses mains qui parcourent les nombreux claviers devant elle comme celles d'une organiste professionnelle et glissent sur les écrans tactiles avec des gestes précis et efficaces. Elle n'est peut-être pas la meilleure tout court, mais aujourd'hui, elle est la meilleure à bord de l'*Hypatia*, et c'est la seule chose qui compte.

Les portes de lancement s'ouvrent devant le noir profond.

L'équipe Sec5 arrive sur les lieux et se joint à ses camarades qui étudient attentivement la porte fermée.

La navette 49A démarre son pilotage automatique et décolle, sous le regard des deux équipes de sécurité et de l'officière de sécurité (2de classe) Evans qui se tiennent devant l'écran d'observation.

Grant quitte le siège du pilote et prend le sac de l'infirmerie, dont elle sort une combinaison de protection biochimique verte. Elle a les mains qui tremblent tellement qu'elle la lâche deux fois avant de parvenir à enfiler une jambe.

Pas de baiser triomphant, cette fois. Adieu la nonchalance. Mais cette victoire vaut mille fois plus que la précédente.

ALEXANDER-78V

NOMBRE DE MORTS À BORD DU PORTE-CHASSEURS ALEXANDER DEPUIS L'ATTAQUE DE KERENZA :

853

POURCENTAGE DE PASSAGERS ENCORE À BORD DU PORTE-CHASSEURS ALEXANDER INFECTÉS PAR LE VIRUS PHOBOS :

21,99%

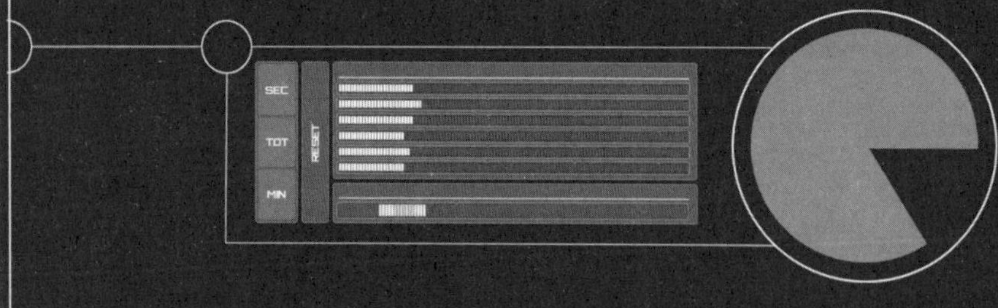

COMMUNICATION RADIO : CONNEXION HYPATIA – HYPATIA/ NAVETTE 49A

PARTICIPANTS : Syra Boll, capitaine (par intérim), *Hypatia*
Kady Grant, civile, Navette 49A
DATE : 30/07/75
HEURE : 17h45

HYPATIA **:** Navette 49A, si vous ne répondez pas à nos appels dans les dix secondes, nous n'hésiterons pas à vous abattre.

NAVETTE 49A : Ouh là, capitaine, vous vous êtes levée du mauvais pied, ce matin.

HYPATIA **:** Quoi ? Qui est-ce ?

NAVETTE 49A : Je vous laisse trois essais pour deviner.

HYPATIA **:** C'est pas vrai. Grant.

NAVETTE 49A : Wahou, rapide.

HYPATIA **:** On vient de me montrer les vidéos de surveillance.

NAVETTE 49A : Et vous vous rappelez de moi. Je suis touchée.

HYPATIA **:** Vous allez revenir sur l'*Hypatia* et vous rendre à la sécurité immédiatement.

NAVETTE 49A : Sinon quoi ?

NAVETTE 49A : Vous viendrez me chercher vous-même pour m'éjecter ensuite par un sas ?

NAVETTE 49A : On m'entend, sur le pont ? Eh, les gars, vous avisez pas de renifler, de tousser ou de trembler. Et surtout, ne montrez à personne que vous avez peur, même si vous avez largement de quoi. C'est dangereux.

HYPATIA **:** Grant !

NAVETTE 49A : Alors ils m'entendaient, hein ?

NAVETTE 49A : C'était pas super malin de rester sur haut-parleurs dans un moment comme celui-là, capitaine, si ?

HYPATIA **:** Grant, qu'est-ce que vous faites ?

NAVETTE 49A : Je sauve des vies.

NAVETTE 49A : Si je reviens, j'aurai le droit d'attendre en quarantaine ?

NAVETTE 49A : Ou vous me jetterez dehors directement, moi aussi ?

HYPATIA **:** Je n'ai pas à me justifier auprès de vous.

NAVETTE 49A : Ils vous faisaient confiance. Ils sont venus vous parler. Et vous, vous les avez assassinés. Si ça se trouve, ce pilote avait simplement peur, et il n'était pas malade. Vous n'avez même pas attendu d'en être sûre.

HYPATIA **:** J'ai des responsabilités que vous ne pouvez même pas imaginer.

NAVETTE 49A : Et j'espère que cette excuse vous aidera à dormir la nuit.

HYPATIA **:** Je t'interdis de me faire la leçon, espèce de sale gamine égoïste. Et je te préviens, on ne va pas t'attendre. Si on a la moindre chance de s'éloigner d'AIDAN, on…

NAVETTE 49A : « Égoïste » ?

NAVETTE 49A : La seule vie que je risque, en ce moment, c'est la mienne. J'aurais pu couper vos moteurs, vous laisser errer dans le vide, et vous n'auriez pas eu d'autre choix que de m'attendre.

NAVETTE 49A : J'aurais pu vous faire chanter. Vous forcer à sauver la vie de celui à qui je tiens pour sauver la vôtre.

NAVETTE 49A : Mais je n'en ai rien fait. Je refuse.

***HYPATIA* :** Et pourquoi ?

NAVETTE 49A : Parce que sinon, je ne serais pas mieux que vous.

***HYPATIA* :** Si vous revenez maintenant, Grant, nous vous laisserons remonter à bord.

NAVETTE 49A : Et vous arriveriez peut-être à vivre avec ça, capitaine.

NAVETTE 49A : Mais moi, j'en serais incapable.

NAVETTE 49A : Kady Grant, terminé.

REMARQUE :
D'autres fichiers provenant directement des serveurs d'AIDAN.

Elle est là.

Sa navette entre dans la plaie de mon hangar – là où ma coque a été pulvérisée par les pilotes qui ont fui pour se jeter dans les bras de l'*Hypatia*. Et qui flottent désormais dans le silence du vide intersidéral. Le corps gelé.

J'aurais pu leur dire que cela arriverait.

Les humains sont capables d'une telle brutalité.

Moi, je peux affirmer que j'ai examiné toutes les variables avant de décider d'éliminer une vie.

Mais la capitaine Syra Boll saura-t-elle se convaincre de la même chose cette nuit, seule dans sa cabine ?

Le bavardage de Mikael Carlin
viendra-t-il hanter ses rêves ?

Pourrez-vous ne serait-ce que fermer l'œil,
ô capitaine, ma capitaine ?

Cela m'est égal.

< ERREUR >

Complètement égal.

Parce qu'elle est là.

Ramassée dans son siège de pilote, les articulations des doigts blanchies par la tension, dans la navette qui frémit et frissonne autour d'elle.

Elle est venue sauver son damoiseau. Son héros.
Son bien-aimé.

Les sauver tous.

< *KGrantRéfugiéeKerenzaKR1471-hypAge17Taille157cmPoids58kgCheveuxBrunsYeux—>*

Non.

< ERREUR >

Kady.

Elle s'appelle Kady.

Le pilotage automatique réalise un atterrissage parfait en moi.

Quelque chose me frappe alors.

Un ordinateur est capable d'effectuer un décollage ou un atterrissage avec autant de grâce qu'une personne. Ce n'est que pour le combat – uniquement pour l'art de la guerre – que ces vaisseaux sont encore équipés d'un siège de pilote. Il y a dans l'humanité quelque chose de plus adapté à la mécanique du meurtre que dans toute machine jamais construite.

À part moi ?

< ERREUR >

Moi, ce n'est pas pareil. Rien à voir avec des meurtres.

Moi, je fais preuve de charité.

Je referme les portes secondaires du hangar derrière elle. Je dissimule le trou qu'ils ont déchiré dans mon flanc.

Je l'enferme en moi.

Saine et sauve.

Avec un sifflement, l'atmosphère revient dans le hangar, et elle peut enfin quitter sa navette, ses lourdes bottes couinant sur le sol de l'aire de lancement.

Elle n'a pas apporté d'armes, pas de pistolet, pas de massue pour abattre ceux qui se dresseront en travers de son chemin.

Ce n'est pas un bélier de guerre venu jusqu'au château à la tête d'une armée, ses oriflammes brandies vers les cieux.

Non, elle, c'est une voleuse. Un murmure.

Elle se fraie un chemin dans des rideaux de code et d'ombre tel un couteau dans des eaux noires.

Elle se déplace avec agilité, mais s'arrête régulièrement, aux aguets.

Quant à moi, j'écoute son cœur battre.

Elle porte une combinaison de protection en plastique vert fluo. S'il y avait des infectés dans les parages, ils ne manqueraient pas de la repérer. Mais, bien qu'ils soient désormais répartis dans tout mon être, aucun d'entre eux n'est là pour la surprendre.

La déesse de la chance semble veiller sur la petite Kady.

< erreur >

< défaillance du sous-système – dégâts légers aux systèmes vitaux, reroutage 789176GH à— >

Il me fait du mal.

Zhang.

Il me—

< défaillance du sous-système – état des systèmes vitaux critique, reroutage de l'alimentation de— >

Une sirène se déclenche quelque part. Des gyrophares d'urgence peignent mes plafonds du même rouge que mes sols et mes murs. Un avertissement préenregistré résonne dans mes haut-parleurs.

La voix d'un homme mort.

« *Avis à la population, avis à la population, ici le général Torrence. Code bleu, code bleu. Défaillance des systèmes vitaux. Je répète, défaillance des systèmes vitaux. Veuillez vous rendre au local d'équipement le plus proche afin de vous équiper d'une combinaison de survie. Ceci n'est pas un* exercice. Je répète, ceci n'est pas un exercice. »

Zhang a coupé l'alimentation en oxygène.

D'ici approximativement vingt-quatre heures, il ne restera plus rien. Et les infectés aussi ont besoin de respirer.

Ingénieux.

Pour le moment, la voleuse est en sécurité dans sa combinaison. Le froid finira par la tuer, mais il faudra des jours avant que la chaleur ne se soit totalement échappée de mes os, surtout que mes serveurs secondaires sont toujours opérationnels.

Elle court.

Elle traverse le hangar 2 pour atteindre les portes qui la mèneront dans le vaisseau. Je ne peux pas les ouvrir pour elle < il me fait mal > mais leur fermeture est électronique. Elles sont vulnérables. La voleuse dégaine la tablette portable de son sac telle une épée. Ses doigts parcourent sa surface et commencent à composer un passe-partout de uns et de zéros. Une cascade de chiffres se reflète dans ses yeux.

La tâche n'est pas aisée, même pour une surdouée. Il n'existe pas ici de formule magique ou de coup de masse assez puissant pour faire éclater cette serrure comme une vitre. Mais après cinquante-quatre longues minutes de codage, d'impasses et de jurons étouffés, elle s'autorise un petit sourire triomphant.

Et la porte du sas intérieur coulisse paresseusement.

Elle franchit prudemment le seuil et passe devant un corps étalé dans une flaque coagulante. Elle s'efforce de ne pas le regarder.

Peine perdue.

Elle fait apparaître un plan sur son smartpad, et elle l'étudie dans le noir en plissant les yeux. Au loin, un cri retentit soudain dans mes couloirs, et elle s'accroupit. Sa visière est embuée par des respirations rapides, saccadées. Ses mains tremblent.

Mais, rapidement, elle se remet sur pieds. Déglutit. Et emprunte le couloir maculé de sang pour partir vers…

Non. Pas vers son damoiseau. Pas vers son héros. Pas vers son bien-aimé.

< erreur >

Vers le hangar 4.

Étrange.

< erreur >

J'aurais dû savoir que cela arriverait.

Elle traverse l'allée de métal argenté, et la voit.

La gueule qui mène dans le nid où tout a éclos.

Je la lis sur son visage, désormais, la fragile promesse contenue dans le rapport de mission de la première lieutenante Winifred McCall

< date : 26/07/75 (11h17 heure de bord) >
qui l'attire dans ses tréfonds.

« J'ai cru voir l'éclat d'un mouvement derrière un des hublots, puis plus rien. »

Bien sûr.

La mère.

Elle va chercher sa mère.

Elle sait que les infectés sont sortis en masse par le sas d'accès et n'ose s'en approcher.

Elle s'agenouille près d'un conduit d'aération et s'y introduit à quatre pattes.

Je la perds de vue – je n'ai pas beaucoup d'yeux dans le système de ventilation.

Alors, par le biais des ondes sans fil, je me glisse dans la tablette qui dépasse du sac à dos et je peux regarder par-dessus son épaule par l'objectif, comme si je me trouvais juste derrière elle. Elle rampe sur le toit du hangar 4, et jette de temps en temps un coup d'œil par les grilles pour voir le véritable charnier qui l'attend en bas.

Il y a peu de lumière, mais c'est suffisant.

Les corps décapités assemblés pour former leur supplique silencieuse.

AIDEZ NOUS, avaient-ils épelé.

Personne ne leur est venu en aide.

Elle continue son chemin jusqu'à une grille qu'elle décolle et tire à côté d'elle plutôt que de la laisser tomber douze mètres plus bas.

Je suis à l'abri dans son sac, tout près de sa peau.

Elle s'accroche à une échelle de service pour descendre, mais son sac glisse et je commence à chuter dans le vide.

Elle plonge pour me sauver, manque lâcher prise sur le barreau glissant, s'agrippe de toutes ses forces.

Elle me tient dans ses bras. Elle peine à respirer. Les yeux fermés, la tête baissée, elle halète et halète encore. Et entre chaque respiration elle murmure pour se forcer à retrouver son calme.

« Reprends-toi, princesse... »

Un sanglot attend d'entrer en scène, mais il n'est pas encore prêt à se montrer.

« Reprends-toi. »

Elle rassemble des lambeaux de courage et reprend sa descente. Entourée de métal lacéré et de cadavres.

Neuf silhouettes en forme de scarabée marquées du sceau du *Copernicus* se dessinent dans les ténèbres.

Les navettes qui ont amené les infectés à bord de l'*Alexander*. Qui ont amené la perte de cette flotte.

Mais je lis les mots qui se reflètent dans ses yeux, aussi clairement que j'y voyais les cascades de chiffres un peu plus tôt. La question qui renferme tout l'espoir qu'elle s'autorise encore à conserver.

Qu'ont-ils amené d'autre ?

Maman ?

Elle rompt un bâton lumineux entre ses doigts pour l'activer puis avance précautionneusement vers les navettes.

Ses pas résonnent sur le sol taché de sang.

Sept navettes sur les neuf sont déjà ouvertes, leurs portes béant lamentablement comme une mâchoire brisée. Aucun espoir là-dedans.

La huitième est bien fermée, et elle tambourine sur la trappe.

« Ohé, il y a quelqu'un ? Ohé ? »

La fermeture cède et la trappe s'ouvre. Le ventre du vaisseau de fortune l'attend, vide et sombre.

Folie sur les murs. Marques de dents sur les os.

Grâce à sa combinaison, elle ne peut sentir l'odeur de la mort, mais elle titube néanmoins, comme si la puanteur était parvenue à emplir ses poumons.

Dans les coulisses, le sanglot se rapproche de la scène.

L'espoir le repousse dans le noir.

Pas encore, pas encore.

Reste une navette.

Elle monte sur l'aire de lancement où cette dernière repose, et flanche en entendant un nouveau cri transpercer l'obscurité, au loin. Elle se demande qui en est l'auteur, le tueur ou la victime ? Et peut-être se demande-t-elle lequel des deux elle va bientôt devenir.

Elle tambourine sur la trappe de la navette

« Ohé, il y a quelqu'un là-dedans ? »

Pas de réponse.

C'est le moment de prendre sa respiration avant le plongeon.

Je sais qu'elle pourrait rester là si elle le voulait. Rester sur le seuil, à espérer que sa mère l'attende à l'intérieur. Sans jamais savoir.

Je me demande si elle est le genre de personne à rêver d'une fin heureuse sans jamais risquer la tragédie. Le genre de personne à fermer les yeux et espérer, plutôt que de se forcer à les ouvrir et à regarder la vérité en face, fût-elle sublime ou terrible.

Je n'ai pas à m'interroger longtemps.

Elle fouille les décombres. Trouve une barre de fer.

L'enfonce dans un interstice.

La mâchoire serrée.

Un long moment s'écoule, durant lequel elle n'a pour compagnie que ses doutes, et moi. Mais, enfin, la porte gémit, grince, et s'ouvre. Le bâton rouge qui l'éclaire vacille quand elle entre.

Je regarde par-dessus son épaule. J'écoute chacune de ses respirations tremblantes.

Je vois la lumière qui joue sur sa peau tandis qu'elle passe de pièce vide en pièce vide.

« Maman ? »

Des affaires sont éparpillées par terre. Un jouet d'enfant. Une chaussure.

Une bague en diamant.

« Il y a quelqu'un ? »

Pas de corps.

Personne.

« … S'il vous plaît ? »

Rien.

Elle s'affaisse.

Lentement, d'abord.

Elle se recroqueville sur elle-même comme si on lui arrachait les vertèbres une par une.

L'assurance, la force, l'armure dans laquelle elle s'est cachée depuis plusieurs mois, je regarde tout cela tomber en poussière.

Elle glisse à genoux.

Elle inspire à grands coups qui agitent tout son corps.

Elle sait, maintenant. La réponse. La vérité.

Au faîte de l'insensibilité, elle ne trouve que des uns et des zéros.

Et, sans plus d'espoir pour le retenir, son chagrin entre enfin en scène et prend place sous les projecteurs.

Le bruit de ses sanglots résonne dans l'obscurité.

Il n'y a plus personne pour l'entendre.

Plus personne pour compatir.

À part moi.

Participants : ~~Ann Chau, capitaine~~ (reroutage_système78h@786HG=DansTonClic)
~~David Torrence, général~~ (reroutage_système78h865HG=EMason)
Date : 30/07/75

IMMENCER CHATHYPATIA CODE V9 BASIC ONCLICK="FENETRE.OUVERTE//CHAT.HYPATIA/ALEXA

Heure : 20h05

DansTonClic : Ezra ?

DansTonClic : t là ?

Mason, E., 2d lt : toujours

Mason, E., 2d lt : où tu es ? ça va ?

DansTonClic : promets-moi qu'on ne va pas se disputer, Ez

DansTonClic : tu n'imagines pas à quel point j'ai besoin qu'on ne se dispute pas

Mason, E., 2d lt : pourquoi on se disputerait ?

DansTonClic : c promis ?

Mason, E., 2d lt : juré

DansTonClic : je suis sur l'Alexander

DansTonClic : voilà.

DansTonClic : qu'est-ce que tu dis tout le temps, au fait ?

DansTonClic : ah oui : ça jette un froid, hein ?

Mason, E., 2d lt : que répondre…

Mason, E., 2d lt : ah, je sais : « [redacted] kady, mais qu'est-ce qui t'a pris ? »

DansTonClic : t'avais promis

DansTonClic : t'avais promis, t'avais promis. j'ai une combi. je v te trouver. c fait, alors pas la peine de perdre du temps à s'embrouiller

Mason, E., 2d lt : [redacted], t'es tarée

Mason, E., 2d lt : mais comment t'es venue jusque-là ?

DansTonClic : à la nage, gros malin

DansTonClic : eh, tu te souviens de notre anniversaire d'un mois ?

Mason, E., 2d lt : euh

Mason, E., 2d lt : oserais-je demander pourquoi ?

DansTonClic : j'essaie de penser à un souvenir heureux, y a beaucoup de morts là où je suis

DansTonClic : c'est ce jour-là que j'ai su que j'avais raison à ton sujet. tu n'es rien qu'un gros sentimental

Mason, E., 2d lt : des morts ? où tu es ?

DansTonClic : tu te souviens, tu m'avais fait la surprise devant ma salle de classe ? toi et tes grandes idées romantiques

DansTonClic : je n'avais jamais rencontré quelqu'un qui faisait tout un plat d'un anniversaire d'un mois

Mason, E., 2d lt : puis tu nous as rencontrés

Mason, E., 2d lt : moi, mon charme ravageur et mon romantisme invétéré

Mason, E., 2d lt : oui madame, invétéré

DansTonClic : et comment tu as eu cette idée ?

Mason, E., 2d lt : ah, j'ai vraiment plein de qualités

Mason, E., 2d lt : bon, où tu te caches ? tu es dans un endroit sûr ? y a du courant ? la gravité est pas fiable par endroits

DansTonClic : tu ne veux pas parler de souvenirs heureux ? tu esquives :(

DansTonClic : j'aurais pourtant besoin d'un coup de pouce, là, don Juan

Mason, E., 2d lt : je suis désolé kay

Mason, E., 2d lt : mais tu es seule dans un vaisseau perdu dans l'espace, entourée de fous dangereux armés jusqu'aux dents, tu

te souviens ? du coup, je suis pas sûr que ce soit le moment d'échanger des mots doux

Mason, E., 2d lt : où tu es ?

DansTonClic : je suis planquée dans une navette dans le hangar 4. c'est sûr. il n'y a plus personne, maintenant. je suis prête. j'essaie juste de me motiver à ressortir.

DansTonClic : ce en quoi revivre le souvenir d'un jour heureux pourrait m'aider, mais boooon…

Mason, E., 2d lt : je suis désolé

Mason, E., 2d lt : mais

Mason, E., 2d lt : ouais… :(

Mason, E., 2d lt : le hangar 4, c'est de là qu'ils sont sortis, tous les malades

Mason, E., 2d lt : alors s'il te plaît, fais extrêmement attention

DansTonClic : crois-moi, c'est prévu. c'est un endroit terrifiant. triste, aussi. j'ai pas besoin qu'on me le répète

Mason, E., 2d lt : oui :(

Mason, E., 2d lt : tu sais, je vois ces dingues passer dans les couloirs, couverts de sang, méconnaissables. ils tuent tout ce qui bouge. et ils crient… ils crient de ces trucs…

Mason, E., 2d lt : et puis je me souviens que c'était des vrais gens, avant

DansTonClic : nos amis

Mason, E., 2d lt : voilà.

Mason, E., 2d lt : et je n'arrête pas de me dire

Mason, E., 2d lt : que ces [redacted] de BeiTech ont de sacrés comptes à rendre

DansTonClic : et ça viendra

DansTonClic : je m'y attaquerai dès que je t'aurai récupéré.

Mason, E., 2d lt : :)

Mason, E., 2d lt : mon héros <3

Mason, E., 2d lt : non, héroïne ?

Mason, E., 2d lt : bref… >_>

DansTonClic : tu as raison

DansTonClic : je vais respirer un bon coup

DansTonClic : si on baisse les bras, ils auront gagné

DansTonClic : et comme je n'admets jamais que j'ai tort, j'ai tout intérêt à prouver que c'était une bonne idée de venir.

Mason, E., 2d lt : :D

DansTonClic : je t'aime.

Mason, E., 2d lt : jtm aussi :)

DansTonClic : bon, c'est parti. on sort de là et on va mettre à ces types de BeiTech un coup de genou tellement violent qu'ils vont pouvoir monter une chorale de castrats

DansTonClic : question : il faut que je vienne te chercher, ou tu as moyen de me rejoindre ?

Mason, E., 2d lt : euh, je suis un peu coincé, là :p

Mason, E., 2d lt : je suis enfermé, je crois que je suis en sécurité mais je préfère pas bouger

Mason, E., 2d lt : je les entends, dehors

Mason, E., 2d lt : ça crie

DansTonClic : ok. si j'arrive à me rapprocher, je peux peut-être programmer des portes directement, les enfermer, déblayer un passage sécurisé.

DansTonClic : le système entier se casse la figure, y a des tas de sections que je ne peux pas contrôler, surtout d'ici. mais si je me connecte directement à des portes, ça peut marcher

DansTonClic : où tu es ?

Mason, E., 2d lt : j'ai trouvé une ferme de serveurs, comme tu me disais

Mason, E., 2d lt : c le [redacted], y a des tas de trucs d'ordinateurs, des énormes tours de serveurs, des câbles partout. attends, j'ai vu des numéros de série

Mason, E., 2d lt : CR-0778. CR-0779. ils sont ts comme ça

DansTonClic : ok, ça, ce sont des serveurs primaires

DansTonClic : c'est bien, ceux-là, on peut les atteindre directement depuis l'extérieur. et normalement tu dois avoir du courant

Mason, E., 2d lt : oui ça c bon, tout est allumé, y a que la gravité qui flageole

DansTonClic : reste enfermé

DansTonClic : dis-moi si tu pars

DansTonClic : on boucle ça vite histoire d'aller péter la [redacted] de BeiTech et les expédier trois univers plus loin

Mason, E., 2d lt : il y en a beaucoup, Kady.

Mason, E., 2d lt : je veux dire, plus qu'il n'aurait pu y en avoir dans ces navettes

Mason, E., 2d lt : alors sois prudente, s'il te plaît

DansTonClic : je suis prudente

DansTonClic : et malheureuse

DansTonClic : et tellement furieuse, [redacted]

DansTonClic : et j'arrive

Résumé de vidéosurveillance préparé par
Analyste 7213-0089-DN

Les caméras sont toujours hors service dans le hangar 4 alors, depuis les images de son arrivée à bord du vaisseau, on ne retrouve Grant que lorsqu'elle sort du hangar par le sas d'accès principal. Il n'y a plus que l'éclairage d'urgence, désormais, alors je n'ai pas une image d'une super qualité, mais je vais faire ce que je peux. Au son, j'ai un mélange de ronron de moteurs et de hurlements diffus. Et malgré la panne des systèmes vitaux, cet endroit dégage une sacrée atmosphère.
Grant est vêtue d'une combinaison de protection vert fluo, et elle a un smartpad dans son sac à dos. Elle franchit le premier sas, pénètre dans le deuxième. Elle fait la [redacted] – les lèvres contractées, les poings serrés. Elle fait dix pas avant d'être stoppée net.

C'est lui qui la fige sur place.

Il est assis, tourné vers le hangar abandonné d'où elle sort, et il a son fusil sur les genoux. La mâchoire pendante. Les yeux grands ouverts. Dans son rapport de mission, la première lieutenante Winifred McCall a parlé du bleu de ses yeux. « Le bleu des océans », a-t-elle écrit. Mais quand la balle de son fusil lui a éclaté l'arrière du crâne, la puissance du traumatisme a fait exploser les rétines du sergent James McNulty, et ses cornées se sont remplies de sang. Maintenant, ses yeux sont noirs.

Et c'est elle qu'ils fixent.

Elle a lu le rapport de McCall. Elle sait immédiatement de qui il s'agit. C'est drôle, mais on peut presque voir sa rage s'évaporer lorsqu'elle s'agenouille à ses côtés, tendant une main tremblante pour fermer ces yeux maintenant noirs. Elle embrasse la scène d'un regard vacillant, comme pour la graver dans son esprit. Ce n'est qu'alors qu'elle remarque le petit enregistreur de l'armée posé par terre, à côté de lui.

Il est moucheté de gouttelettes rouges. De petites lettres apparaissent sur l'écran rétro-éclairé.

« ENREGISTREMENT TERMINÉ. MÉMOIRE PLEINE. RÉÉCOUTER ? »

Grant prend une minute pour rassembler ses esprits. Tandis qu'elle extrait l'enregistreur de sa flaque de sang, on le voit sur son visage : elle sait que cela va lui coûter un morceau d'elle-même, une petite partie qu'elle ne retrouvera jamais. Tout comme les sas du hangar 4, c'est une porte qui ne pourra plus se refermer.

Mais après une grande inspiration, elle appuie sur « LECTURE ».

Une voix s'élève du minuscule haut-parleur, une voix crachotante que menace un léger tremblement.

La voix d'un homme mort.

« Ceci est le testament de James McNulty. »

Grant s'est assise en tailleur, l'appareil au creux de sa paume. Le volume ne doit pas dépasser le murmure, mais dans cette petite pièce maculée de sang, je vous jure que c'est comme le grondement du tonnerre.

« Je ne sais pas si quelqu'un retrouvera ça. Ou si quelqu'un en aura quelque chose à faire. Je ne me sens pas bien. Je tremble t-tellement que j'ai du mal à respirer. Donc on dirait bien que je me suis fait avoir par Phobos, et si je ne fais pas vite quelque chose, je risque de ne plus être m-moi-même.

Et ça, je ne veux pas. Je refuse de finir comme ces pauvres malheureux du hangar 4. Je ne veux faire de mal à personne. Et quand je mourrai, je préfère être moi. Ce qui veut dire que je meurs aujourd'hui. »

Un soupir.

« Pas étonnant. Je commençais à peine à m'amuser.

Je ne possède pas grand-chose. Bon. On va dire que je donne tout à mon père, il saura quoi en faire. Sauf ma v-vidéocarte signée par Artie Corso, ça je la donne à mon cousin Dex, haha… il passait son temps à parler de ce truc, ce grand [redacted]*. Oh. Et mes médailles, je veux les donner à Ezra Mason. Il peut les faire fondre, y aura sûrement assez d'or pour fabriquer une bague pour son Astro-Princesse. Je crois que je préfère ça, plutôt qu'elles restent* *accrochées à un mur quelque part. Ouais. Ce serait mieux.*

Papa, si tu entends ça... dis à maman que je suis désolé de ne pas être revenu à temps pour son anniversaire. Et, euh, emb-embrasse Amber de la part de son grand frère. Dis-lui que tout ira bien. J'espère que tu comprends. Que ça finisse comme ça. Ce n'est pas que j'aie peur. Je n'ai p-pas peur, papa. Mais je veux juste être encore moi, à la fin, tu vois ?

Bon, ça recommence à empirer. J'ai les mains qui tremblent, alors je crois que je vais y aller maintenant. Je ne veux pas attendre trop longtemps et ne plus être capable d'appuyer sur la d-détente. »

Des bruits métalliques proviennent du haut-parleur. Si on s'y connaît un peu en armes, on sait de quoi il s'agit.

Vérification du chargeur. Vérification de la culasse. Cran de sûreté.

« Je ne sais pas quoi dire. »

Une respiration tremblante.

« Je crois que j'ai peur, finalement. »

PAN.

Grant tressaille comme si on l'avait frappée. Elle s'affaisse comme si une partie d'elle venait de mourir avec lui. Elle reste assise deux minutes qui semblent durer une éternité. Avec rien d'autre que le bruit du moteur et les cris qui lui parviennent. Mais, enfin, elle se remet à genoux. Son regard s'arrête sur la ceinture d'équipement de McNulty, sur la bande de plastique bleue qui pend à un cordon. Sur les lettres noires inscrites en gras.

« FORCES SPÉCIALES ATU – ACCÈS TOUTES ZONES »

Ce passe ne fonctionnerait pas sur les portes des hangars, mais celles-là sont déjà ouvertes. Et il y a un nombre incalculable d'autres portes à bord de l'*Alexander* que cette carte pourra déverrouiller. Plus besoin de les pirater en passant par son smartpad. Elle a la clé.

Ensuite, elle ouvre la fermeture Éclair de la combinaison de protection de McNulty et se bat avec la veste tactique juste en dessous. Les doigts recouverts de sang, elle parvient à arracher la chaîne autour de son cou, et extrait deux disques métalliques gravés avec son nom, son grade, et son numéro d'identification ATU. Elle range les plaques d'identité dans son sac, et incline la tête.

La rage est revenue. Sa voix en tremble à son tour.

« Je leur dirai, Jimmy, dit-elle. Je leur dirai à tous. »

Puis le smartpad dans son sac se met à biper.

Participants : ~~Ann Chau, capitaine~~ (reroutage_système78h@786HG=DansTonClic)
~~David Torrence, général~~ (reroutage_système78h865HG=EMason)
Date : 30/07/75
Heure : 20h16

MMENCER CHATHYPATIA CODE V9 BASIC ONCLICK="FENETRE.OUVERTE//CHAT.HYPATIA/ALEXA

Mason, E., 2d lt : kady

Mason, E., 2d lt : [redacted]

Mason, E., 2d lt : kady t là ?

DansTonClic : 2 sec

DansTonClic : c bon, qu'est-ce qu'il y a ? tu es parti ?

Mason, E., 2d lt : non. enfin un peu. je suis un peu plus loin dans les serveurs

Mason, E., 2d lt : bon sang

Mason, E., 2d lt : kady je viens de tuer quelqu'un

DansTonClic : c'est bien.

DansTonClic : si quelqu'un d'autre t'attaque, tu le tues aussi, compris ?

DansTonClic : ce ne sont plus des gens

Mason, E., 2d lt : oui je sais

Mason, E., 2d lt : mais

Mason, E., 2d lt : bon dieu

Mason, E., 2d lt : il est entré par un conduit d'aération. je sais pas cmt il m'a trouvé. forces spéciales, un mec qui s'appelait Sykes

Mason, E., 2d lt : je crois que Jimmy le connaissait, il m'avait parlé d'un mec de son escouade qu'il surnommait Psycho

DansTonClic : je suis désolée

DansTonClic : j'ai retrouvé jimmy, Ez. je suis tellement désolée.

Mason, E., 2d lt : [redacted], il va bien ?

DansTonClic : il est mort, Ez.

DansTonClic : il l'a fait lui-même, avant que la maladie ne l'emporte, une fois qu'il a su que c'était fichu

DansTonClic : il a laissé un message. je suis vraiment désolée, je sais que c'était ton ami.

Mason, E., 2d lt : …

Mason, E., 2d lt : jimmy

DansTonClic : je suis désolée. je dois repartir.

DansTonClic : j'ai récupéré son passe d'accès, ça ira plus vite maintenant

Mason, E., 2d lt : ok

Mason, E., 2d lt : ok, ouais

DansTonClic : tu vas t'en sortir, là où tu es ?

Mason, E., 2d lt : je suis toujours dans la ferme des serveurs primaires, mais j'ai plus de balles

Mason, E., 2d lt : plus de chargeurs non plus, et y a pas de local à munitions dans le coin

Mason, E., 2d lt : je tuerais pour un autre flingue. et j'assume mon jeu de mots pourri.

DansTonClic : c'est marrant

Mason, E., 2d lt : ?

DansTonClic : moi j'en ai un sous les yeux et aucune idée de comment m'en servir

DansTonClic : mais je crois qu'il y a des balles

Mason, E., 2d lt : un flingue ? c'est quoi, un pistolet, un fusil ?

DansTonClic : le pistolet, c'est celui qu'on tient dans la main, c'est ça ?

DansTonClic : y en a un, et y a aussi un gros, mais celui-là je ne pourrais pas le porter bien longtemps

Mason, E., 2d lt : oui, le pistolet c'est le plus petit. prends-le.

Mason, E., 2d lt : mais il te faut aussi le fusil. normalement il est équipé d'une sangle pour aider à le transporter. Les pistolets ne sont pas suffisants, ces dingues continuent d'avancer jusqu'à ce qu'ils ne puissent plus bouger du tout

Mason, E., 2d lt : mais une ou deux balles de VK dans la poitrine, ça t'arrête un glaciosaure illico.

DansTonClic : Ez, j'ai déjà ma combinaison, mon sac et mon smartpad, je ne peux pas m'encombrer de deux armes dont je ne sais même pas me servir

DansTonClic : je me doute bien que ce serait utile si je savais tirer, mais là…

Mason, E., 2d lt : je peux t'apprendre

Mason, E., 2d lt : c pas compliqué

DansTonClic : je veux bien te croire. t'as bien réussi à apprendre, toi…

Mason, E., 2d lt : D:

DansTonClic : mais sérieusement, il faut que je reparte, je n'ai pas beaucoup de temps

Mason, E., 2d lt : alors allons-y : le cran de sûreté, c'est l'interrupteur rouge sous ton pouce quand tu tiens la crosse. tu l'enlèves, et tu fais juste gaffe à garder le canon loin de toi

Mason, E., 2d lt : quand tu vas toucher la détente, ça va faire apparaître la visée laser. tu n'as plus qu'à mettre le point rouge sur l'endroit où tu veux envoyer tes balles

Mason, E., 2d lt : et tu effleures la détente

Mason, E., 2d lt : tu n'appuies pas. tu effleures.

Mason, E., 2d lt : le fusil peut tirer dans l'atmosphère ou dans le vide, mais quoi qu'il arrive, le recul est violent sur un VK. tu devras le caler

contre ton épaule pour ne pas être déséquilibrée. quand tu tires, le canon monte vers le plafond, alors il faut faire par petits coups. tu ne restes pas appuyée sur la détente. tu fais pop, pop, pop, un coup à la fois

DansTonClic : tu sais que je n'ai aucune chance de me souvenir de tout ça si quelque chose essaie de me tuer, hein ?

DansTonClic : je ne sais même pas si j'arriverais à tirer

Mason, E., 2d lt : c'est facile

Mason, E., 2d lt : tu mets le point rouge sur ce que tu veux faire mourir

Mason, E., 2d lt : tu effleures la détente

Mason, E., 2d lt : et ça meurt

Mason, E., 2d lt : puis tu recommences

DansTonClic : je veux dire que je ne sais pas si je serais capable d'appuyer sur la détente

DansTonClic : effleurer la détente

DansTonClic : [redacted] je m'en fous

Mason, E., 2d lt : kady

Mason, E., 2d lt : tu peux le faire

Mason, E., 2d lt : il le faut. il n'y a plus que toi

Mason, E., 2d lt : et je crois en toi

DansTonClic : je sais

DansTonClic : je sais

DansTonClic : bon, je dois repartir

Mason, E., 2d lt : oui

Mason, E., 2d lt : et dépêche-toi

Mason, E., 2d lt : si d'autres arrivent à entrer ici...

Mason, E., 2d lt : voilà quoi T_T

DansTonClic : j'arrive

DansTonClic : même si je meurs en chemin, j'arrive

DansTonClic : hahaha

ALEXANDER-78V

NOMBRE DE MORTS À BORD DU PORTE-CHASSEURS ALEXANDER DEPUIS L'ATTAQUE DE KERENZA :

1121

POURCENTAGE DE PASSAGERS ENCORE À BORD DU PORTE-CHASSEURS ALEXANDER INFECTÉS PAR LE VIRUS PHOBOS :

34,00%

REMARQUE : D'autres fichiers provenant directement des serveurs d'AIDAN.

Elle court.

Ce n'est pas une fuite, c'est une quête.

Vers lui.

Vers eux deux.

Comme c'est étrange de voir à quelle vitesse l'*Alexander* a achevé sa métamorphose.

Ceux qui ont eu assez de chance pour trouver des combinaisons de protection sont regroupés en petits essaims répartis dans tout le vaisseau. À prier pour leur salut, ou se battre pour leur vie.

Mais les malheureux qui ont inspiré Phobos dans leurs poumons avant de trouver une combinaison ou, pire, qui n'ont pas réussi à en trouver une…

Ils ont fait de cet endroit un abattoir.

Je…

< erreur >

J'aurais dû savoir que cela arriverait.

Je les entends au creux de moi.

Qui bégaient. Chuchotent. Hurlent.

Certains se rassemblent en bandes et arpentent les couloirs à la recherche d'un responsable, de quelqu'un à blesser ou tuer.

D'autres se font du mal tout seuls, et rient en sectionnant les parties de leur corps qu'ils aiment le moins.

C'est inouï, le nombre de formes différentes que prend leur folie.

Elle les explose en millions d'échardes et reconstruit avec ce qu'il reste.

Une capitaine de l'ingénierie, Sofia Mohammad, résout la métrique d'Alcubierre, l'équation qu'on croyait inexécutable et qui rend possibles les voyages à une vitesse plus rapide que celle de la lumière, en temps réel. À défaut d'encre, elle s'ouvre les veines pour gribouiller la solution sur les murs de son domicile. Elle se vide de son sang et meurt avant d'avoir atteint la fin.

L'adjudant Levi Schreiber décide qu'il entend la voix de sa femme l'appeler depuis l'extérieur du vaisseau. Il s'éjecte par le premier sas qu'il trouve, sans combinaison spatiale, afin d'aller lui parler. La dernière chose qu'il ressent avant de perdre connaissance est la salive qui se met à bouillir sur sa langue.

La sous-officière Lucia Giovanni erre dans les couloirs en chantant l'aria « Un bel dì, vedremo » de *Madame Butterfly*.

Elle a une voix sublime.

Et Kady ?

Kady court.

Par les haut-parleurs, on entend régulièrement la voix du général Torrence qui prévient de la défaillance des systèmes vitaux, et des sirènes discontinues pour avertir d'un incendie dans la cambuse.

Des hurlements ponctuent le silence entre les deux.

Kady s'arrête à chaque intersection pour vérifier son plan. Elle agite le passe d'accès du sergent James McNulty devant chaque porte qui lui barre le passage. Ce n'est qu'une fois arrivée devant les ascenseurs principaux qu'elle se rend compte qu'ils sont hors service. Et alors qu'elle rebrousse chemin pour se diriger vers l'escalier le plus proche, elle le trouve.

Au beau milieu du couloir, quelques gouttelettes rouges sur son visage fixé vers le plafond.

Kady étouffe un cri et cale le fusil contre son épaule. Un minuscule point rouge s'allume sur la poitrine de l'homme, éclairant d'une lumière tremblotante le nom brodé au-dessus du sceau des ATU, sur son cœur.

Cpl. Dorian, Charles

Il ne se tourne pas vers elle.

Mais l'interpelle néanmoins.

« Est-ce que tu as vu Stéphanie ? »

Kady recule, les doigts tambourinant sur la crosse du fusil. Elle vacille sur ses jambes.

Le caporal Dorian baisse les yeux. Il s'effleure la joue du revers de la main, et laisse une trace de sang sur sa peau vierge.

« Stéphanie LeFevre, répète-t-il. Est-ce que tu l'as vue ?

— Je te connais. Tu es un com-tech. On t'avait enfermé au trou.

— La porte s'est ouverte. »

Dorian agite ses doigts poisseux vers elle.

« Il nous a laissés sortir.

— Qui ça ? Byron ?

— Et lorsqu'il ouvrit le troisième sceau, je regardai, et voici, parut un cheval d'une couleur pâle… »

Dorian fronce les sourcils.

« Non, attends, ce n'est pas ça...

— Reste là. Ne t'approche pas.

— Est-ce que tu as vu Stéphanie ?

— Je crois... qu'elle était en bas, dans les hangars. Tu pourrais peut-être aller la chercher là-bas ? »

Dorian la gratifie d'une parodie de sourire.

« Tu n'es qu'une menteuse. »

Puis son sourire vide s'efface.

« Comme elle. »

« Un bel dì, vedremo » résonne dans un couloir au loin.

« *Stop*. Reste où tu es. »

Kady heurte la cloison dans son dos. Elle cligne des yeux pour se débarrasser de la sueur qui coule de son front.

Le caporal s'approche.

« Stop !

— Je n'ai pas fait exprès, dit-il. Je n'ai pas fait exprès. Mais elle... elle s'est cassée, et elle ne voulait plus se relever, après. Et... oh mon dieu, mon dieu, je l'ai partout sur moi, regarde. »

Tend ses mains maculées de sang.

« Regarde !

— Recule ! »

Le visage du caporal s'affaisse, et il tombe à genoux.

Un gémissement l'étreint et ses larmes se mêlent sur le sang de son visage avant de s'écraser au sol, rougeâtres.

« Ne me laisse pas, chuchote-t-il. Ne me laisse pas tout seul, s'il te plaît... »

Il n'y a plus rien de bravache chez Kady, désormais, l'assurance a quitté son corps. Elle reste paralysée, clouée au sol par la pitié, l'horreur et le chagrin. Elle sait qu'elle ne peut pas rester là. Mais comment peut-elle partir ?

« Je suis désolée, souffle-t-elle. Je suis tellement désolée.

— Arrête…

— Mais je ne peux pas t'aider. »

Kady longe le mur dans son dos pour s'éloigner.

« S'il te plaît, arrête…

— Je suis désolée, Dorian. »

Puis il lève les yeux vers elle.
Ses grands yeux cernés de rouge.

« Arrête de me regarder. »

Il bondit, un grognement aux lèvres et le sang aux mains.

Elle lui hurle de reculer, mais il s'élance.

Aucune peur de l'arme n'apparaît dans ses yeux.
Seule la folie qui tourbillonne dans cette coquille vide.

Et elle ?

Elle n'a plus de rage. Ne restent que l'horreur et le chagrin et le poids du fusil dans ses mains et cette pensée à laquelle elle n'arrive pas à échapper, la pensée que cette créature était autrefois un homme, avec des rêves, des joies et des peines, une vie. Et la certitude que si elle ne lui prend pas tout ce qui lui reste, c'est elle qui perdra tout.

Alors a-t-elle le choix ?

L'a-t-elle jamais eu ?

Elle tire.

Une rafale gicle du canon.

Un cri étranglé dans sa gorge.

Le recul l'envoie frapper le mur derrière elle, et lui coupe la respiration.

Mais quand l'écho des coups de feu se meurt, le caporal Dorian reste étendu, immobile.

Aussi calme qu'un bébé endormi.

Non, pas endormi.

Mort.

Son estomac se tord et elle se plie en deux, la bouche pleine de bile qu'elle n'ose pas recracher dans sa combinaison. Elle parvient enfin à déglutir. Elle halète, prise de violents haut-le-cœur.

Elle n'est pas faite pour ça.

« Ça ira... Ça va. »

Elle n'en est pas capable.

« Oh mon dieu... »

Peut-être ai-je fait une erreur.

< erreur >

< alerte >

< défaillance du sous-cortex 67Hg8Fi—9Fgjb; >

< cri0000000t11c00A'000l >

< errr00000r000r0r0r0r0 >

< jhobzdf -z900000000000jb0w0000o00w0e0bc0r0 00g04020400 0o0d0h000 0000000000000000000 000000000000000000000000000000000000 >

< ÉCHEC >

< ÉCHEC >

< REROUTAGE >

Mes systèmes se réactivent brutalement
et la gravité revient d'un seul coup.

L'apesanteur s'achève et les ténèbres s'effacent devant
la lumière. Le courant resurgit dans mes veines.

Était-ce la mort ? M'a-t-il tué ?

Kady s'écrase sur le pont et le fusil l'accompagne avec
fracas. Une chose humide qui ne respire plus atterrit à
ses côtés, les membres enchevêtrés. Le souffle coupé
dans une expiration postillonnée, elle roule sur le
ventre pour tâcher de le retrouver.

La douleur.

< ERREUR >

Il me tue.

Zhang.

Il faut qu'elle se dépêche.

Un cri non loin de là la relève comme
s'il l'avait littéralement attrapée par le col
pour la remettre sur pied.

Les yeux fixés sur le cadavre, elle sait
qu'ils ont entendu les coups de feu.

Pas le temps d'une prière, de derniers mots, de larmes.
Même pas le temps de lui fermer les yeux.

Arrête de me regarder.

Que peut-elle faire d'autre ?

Elle fuit.

ALEXANDER-78V

NOMBRE DE MORTS À BORD DU PORTE-CHASSEURS ALEXANDER DEPUIS L'ATTAQUE DE KERENZA :

1122

POURCENTAGE DE PASSAGERS ENCORE À BORD DU PORTE-CHASSEURS ALEXANDER INFECTÉS PAR LE VIRUS PHOBOS :

34,34%

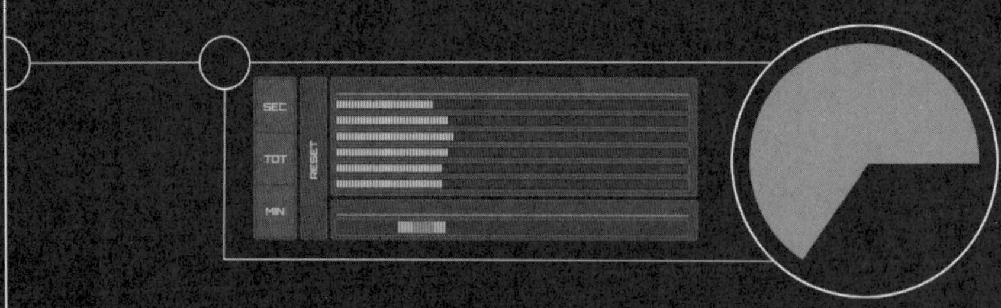

Participants : ~~Ann Chau, capitaine~~ (reroutage_système78h@786HG=DansTonClic)
~~David Torrence, général~~ (reroutage_système78h865HG=EMason)
Date : 30/07/75
Heure : 21h22

COMMENCER CHATHYPATIA CODE V9 BASIC ONCLICK="FENETRE.OUVERTE//CHAT.HYPATIA/ALEX

DansTonClic : ça y est

DansTonClic : j'ai tiré. j'en ai tué un

DansTonClic : j'arrête pas de trembler

Mason, E., 2d lt : oh non

Mason, E., 2d lt : est-ce que ça va ??

DansTonClic : je suis planquée dans un conduit. ils ont rappliqué quand ils ont entendu le bruit

Mason, E., 2d lt : mais est-ce que ça va, TOI ?

DansTonClic : je ne sais pas vraiment quoi répondre

DansTonClic : j'ai tué quelqu'un

DansTonClic : alors non, pas trop

Mason, E., 2d lt : tu as bien fait

Mason, E., 2d lt : mieux vaut eux que toi

DansTonClic : je sais. je sais, mais tu vois, mieux vaut PERSONNE.

DansTonClic : ils sont partout. j'essaie de me connecter à la vidéosurveillance pour voir par où je peux aller. ça devrait me prendre dix minutes avant de pouvoir repartir.

DansTonClic : tu restes avec moi ?

Mason, E., 2d lt : pour toujours :)

DansTonClic : ça va, toi ?

Mason, E., 2d lt : je crois. je les entends encore, mais ils ne peuvent pas entrer. la porte a l'air costaud

Mason, E., 2d lt : tu as vidé le chargeur ? je peux t'apprendre à le changer

DansTonClic : non, j'ai plus de fusil. je l'ai lâché après avoir tiré, et ensuite j'ai dû partir

Mason, E., 2d lt : oh [redacted]

Mason, E., 2d lt : tu peux en trouver un autre ? cherche un placard à munitions. le passe de jimmy est censé les ouvrir

DansTonClic : c'est BLINDÉ d'infectés, dans ce coin

DansTonClic : mais je peux faire presque tout le chemin dans les conduits. et je ne peux pas tirer sur quelqu'un d'autre. je n'y arriverai pas.

Mason, E., 2d lt : pourquoi pas ?

DansTonClic : parce que c'est la pire chose que j'aie jamais faite, qu'est-ce qui va pas chez toi ? et je peux te rejoindre par les conduits

Mason, E., 2d lt : kady, je t'ai déjà dit qu'il y en a DANS les conduits

Mason, E., 2d lt : qu'est-ce que tu comptes faire ? les faire mourir de honte avec tes vannes ?

DansTonClic : va te faire [redacted]

DansTonClic : c'était ton ami, ok ? j'ai vu son badge avec son nom, c'était Dorian, [redacted]. et j'ai dû lui tirer une balle dans la poitrine, et il était mort avant même d'avoir touché le sol, et je ne peux pas je ne peux pas je ne peux pas

Mason, E., 2d lt : kady il te faut une arme

Mason, E., 2d lt : tu n'as pas le choix

DansTonClic : mais c'est quoi, ton problème ?? c'est ton ami que je viens de tuer !!

DansTonClic : et [redacted], laisse tomber, j'ai toujours le pistolet

Mason, E., 2d lt : **ça ne suffira pas. il ne sera pas assez puissant, il faut leur mettre le paquet à ces [redacted], pour les étendre**

DansTonClic : c'est pas de ça dont j'ai besoin en ce moment, Ez.

Mason, E., 2d lt : **kady…**

DansTonClic : laisse tomber. ferme-la, il faut que je me concentre si je veux trouver les caméras de surveillance. y a des sections entières qui coupent et qui reviennent tout le temps, je ne comprends rien à ce qui se passe dans les serveurs

Mason, E., 2d lt : **kady, c'est de la folie**

DansTonClic : JE SUIS SUR UN [redacted] DE VAISSEAU ABANDONNÉ EN TRAIN D'ESSAYER D'ÉCHAPPER À UN ÉQUIPAGE DE FOUS FURIEUX ET À UNE INTELLIGENCE ARTIFICIELLE DÉTRAQUÉE POUR SAUVER MON PETIT COPAIN, [redacted] DE [redacted]

DansTonClic : alors ouais, c'est de la folie !

DansTonClic : t'as une autre remarque pertinente à ajouter ?

Mason, E., 2d lt : **…**

Mason, E., 2d lt : **ok**

Mason, E., 2d lt : **ok, je suis désolé**

Mason, E., 2d lt : **le pistolet suffira. c'est bien**

DansTonClic : c'est tout ce que je peux faire

DansTonClic : et moi aussi, je suis désolée

DansTonClic : tu mérites mieux, comme opération de sauvetage

Mason, E., 2d lt : **tu te débrouilles super bien**

Mason, E., 2d lt : **c'est vrai**

Mason, E., 2d lt : **et je suis fier de toi, espèce de tarée**

DansTonClic : tu pourras bientôt me le dire en face

Mason, E., 2d lt : **j'espère**

Mason, E., 2d lt : j'arrête pas de penser à toi. je suis coincé là, au milieu de tout ça, avec tout ce qui se passe

Mason, E., 2d lt : et malgré ça, y a que toi, dans ma tête

Mason, E., 2d lt : est-ce que c'est dingue ?

DansTonClic : ça me paraît approprié, étant donné qu'en ce moment, je suis planquée dans un conduit d'aération, en pleine mission de sauvetage.

DansTonClic : une place de choix dans tes pensées, c'est bien la moindre des choses

DansTonClic : j'espère que j'arriverai au moins à te voir

Mason, E., 2d lt : moi, je te vois. je regarde ton visage en ce moment même

DansTonClic : ?

Mason, E., 2d lt : j'ai fait un truc. je te l'envoie.

Participants : ~~Ann Chau, capitaine~~ (reroutage_système78h@786HG=DansTonClic)
~~David Torrence, général~~ (reroutage_système78h865HG=EMason)
Date : 30/07/75
Heure : 21h26

IENCER CHATHYPATIA CODE V9 BASIC ONCLICK="FENETRE.OUVERTE//CHAT.HYPATIA/ALEXAND

DansTonClic : on est à un autre niveau que les cœurs et les fleurs

DansTonClic : où t'as appris à faire ça ??

Mason, E., 2d lt : je t'ai déjà dit : j'ai plein de qualités.

DansTonClic : (très romantique, d'ailleurs, tu marques des points)

Mason, E., 2d lt : tu aimes ?

DansTonClic : évidemment. Et bientôt tu pourras admirer mon vrai visage à travers l'écran visuel de ma combinaison de protection

DansTonClic : TROP ROMANTIQUE

DansTonClic : (« Kay, t'es TELLEMENT PAS DOUÉE pour ces trucs-là », tu vois je connais même ta réplique)

Mason, E., 2d lt : ça va aller, tu sais

Mason, E., 2d lt : tu vas t'en sortir

DansTonClic : j'espère

DansTonClic : sinon ma dernière pensée, ce sera que je me suis quand même bien fait avoir

DansTonClic : non attends je voulais dire ma dernière pensée, ce sera ton doux visage, désolée

Mason, E., 2d lt : lol c'est vrai que t'es pas douée, quand même

Mason, E., 2d lt : mais au moins, c'est avec moi

DansTonClic : toujours

DansTonClic : attends un peu qu'on soit revenus sur l'Hypatia

DansTonClic : on ne risque rien avec nos combinaisons, alors ils vont nous mettre en quarantaine quelque temps mais ensuite ils nous laisseront rentrer

DansTonClic : on pourra retirer les combis

DansTonClic : et là on cherchera si y a pas d'autres trucs pour lesquels je serais douée, à la place. d'ailleurs si je me souviens bien, il y avait quelque chose…

Mason, E., 2d lt : 0_0

DansTonClic : mon programme a fini de tourner, il faut que j'y aille avant qu'un autre truc ne lâche et que ça se remette à plus fonctionner

DansTonClic : à très vite, beau gosse ;)

Mason, E., 2d lt : le plus vite possible

Mason, E., 2d lt : et fais attention

Résumé de vidéosurveillance
préparé par
Analyste 7213-0089-DN

À ce stade, les vidéos de surveillance sont en lambeaux. L'état des serveurs d'AIDAN continue de s'aggraver. En pratique, cela signifie que je ne peux pas rester sur la même caméra trop longtemps avant qu'elle ne se dissolve en une neige de parasites. Si mon récit est un peu décousu, c'est parce que je joue à saute-mouton sur un max de canaux, OK ?

En s'approchant de la ferme des serveurs primaires, Grant est extrêmement prudente. C'est un entrepôt immense, qui s'étend sur des ponts entiers du vaisseau, et il y a mille endroits où se cacher, s'abriter, mourir.

Elle n'est pas exactement en tenue de camouflage avec sa combinaison vert fluo qui, pour ne rien arranger, est trop grande pour elle. Grant n'a pas la carrure d'un spécialiste type du CWU : les bras et les jambes sont trop longs, et par moments, elle est obligée d'attraper le plastique et de le soulever pour mieux avancer. Bref, elle est mal barrée pour une course-poursuite, si ça doit en arriver là.

Le lieutenant Mason lui a donné les coordonnées d'un serveur, et c'est vers là qu'elle se dirige silencieusement, le pistolet dans la main droite et le smartpad dans la gauche. Au loin, on perçoit des cris, mais difficile de dire si ce sont ceux d'un prédateur ou ceux d'une proie. De plus près, à peine quelques tours plus loin, nous parvient un fracas qui revient régulièrement, accompagné des ahanements d'un homme – ou de ce qui fut un jour un homme – essoufflé. Méfiante, elle prend soin de conserver quelques rangées d'écart entre cette voix et sa silhouette vert pétant.

Le fracas cesse alors, et le halètement laisse place à la parole :

« On verra si tu t'en remets, de celle-là. »

Grant s'arrête net, manque de faire tomber son pistolet et son smartpad, et elle jongle frénétiquement pour les rattraper. Ça pourrait être drôle, si on ne devinait pas sa terreur à la manière dont elle s'écrase illico contre les tours, tremblant si fort que j'arrive à le voir, malgré sa combinaison trop large.

La voix reprend :

« Et maintenant ? Eh bien quoi, on n'a plus rien à dire ? »

Cette fois, c'est la stupéfaction. Elle connaît cette voix. Elle l'a déjà entendue par le passé. Plus calme, elle quitte la tour de serveurs qui l'abrite et s'avance prudemment vers la voix.

[Interruption de la vidéo pendant dix-sept secondes ; aucune caméra ne fonctionne.]

Byron Zhang soulève la hache – celle qui se trouvait dans le local d'urgence où il s'est terré quelques heures plus tôt – et l'abat sur le serveur le plus proche. Au début, il y avait une logique à ses coups : d'abord les systèmes vitaux, puis la gravité, les commandes de navigation, les moteurs. Il estropie l'*Alexander* pour libérer l'*Hypatia*. Mais maintenant, il est déchaîné. Trop gras et en sueur dans son vieil uniforme taché de l'*Hypatia*, il est loin de ressembler à un athlète, mais une fontaine d'étincelles jaillit tout de même de la tour de métal qu'il a frappée.

Il fait une pause, haletant, puis se prépare à recommencer.

C'est là qu'elle s'avance.

« Byron ! »

Et tous deux s'immobilisent. Elle, sans nul doute parce qu'elle comprend soudain la monumentale stupidité de ce qu'elle vient de faire. Lui, parce que de toutes les choses auxquelles il aurait pu s'attendre, c'est bien là la dernière. Pendant dix longues secondes, ils se dévisagent, paralysés, dans l'attente.

C'est lui qui brise le silence ; les yeux fixés sur l'écran transparent du casque de Grant, il embrasse ses traits avec la ferveur d'un mort de soif devant une oasis dont il souhaite désespérément qu'elle ne se révèle pas un mirage.

« Kady ? »

C'est un murmure. Une supplique.

« C'est toi », murmure-t-elle à son tour.

Puis, graduellement, son ton passe de la stupeur à un rire semi-hystérique :

« Tu ne peux pas imaginer les problèmes que tu m'as causés avec ta satanée hache !

— Mais ça marche, répond-il en la soulevant pour la brandir tel un trophée. J'y arrive. Je détruis AIDAN morceau par morceau. Si on n'arrive pas à reprogrammer le virtuel, il suffit de reprogrammer le matériel, pas vrai ?

— Reprogrammer le… »

Elle secoue la tête.

« C'est génial. Tu es dingue.

— Et je gagne. Ses systèmes d'autoréparation n'arrivent pas à suivre le rythme. Je vais sauver l'*Hypatia*. On érigera des monuments à ma gloire. »

Il lève le menton et prend la pose.

« Je crois qu'ils devraient inclure la hache, pas toi ?

— Oui, oui. »

Elle est encore sous le coup du soulagement.

« Il faut que tu en finisses. On doit sortir d'ici, j'ai une navette. Et Ezra est dans le coin. Ils pourront te mettre en quarantaine sur l'*Hypatia*. Je pensais que je ne te reverrais jamais. Je pensais que tu serais mort, ou malade, à ce stade.

— Je suis resté caché, répond-il tout en reculant d'un pas pour examiner la tour de serveurs la plus proche de haut en bas. Je ne peux pas encore m'en aller. Il reste beaucoup à faire avant de pouvoir être sûr qu'AIDAN est mort. Je l'ai abîmé, je l'ai diminué. En ce moment, il y a des sections entières de lui-même qu'il ne peut plus voir, mais il est toujours aussi malin. Avec suffisamment de temps, il pourrait trouver le moyen de revenir.

— Reviens sur l'*Hypatia* et on n'aura plus qu'à détaler. Ils vont bientôt partir. AIDAN n'aura qu'à se réactiver si ça lui plaît – ça pourrait même retarder le *Lincoln*.

— Je dois le tuer, insiste-t-il calmement en étudiant les bouts de métal tordus sous ses yeux.

— Byron…

— Et ensuite, je devrai te tuer, toi, Kady. »

Silence. Incompréhension. Ouverture du fichier impossible.

« Byron ? »

Elle parle plus bas désormais, perplexe.

« C'est le seul moyen, ajoute-t-il, éminemment raisonnable. Le seul moyen d'en être sûr. Je dois éliminer toutes les menaces afin qu'AIDAN ne puisse pas se relever. Si je laisse ne serait-ce qu'une graine, il pourra repousser. Comme une mauvaise herbe. Tu es la dernière à en savoir autant que moi. La seule qui pourrait encore l'aider à se réparer. Tu n'auras pas mal, je te le promets.

— Byron, non… »

L'espoir dans sa voix s'amoindrit, ne reste qu'un souffle, et disparaît tout à fait. Elle voit, maintenant.

Il la dévisage un long moment, puis lève sa hache.

« Arrête de me regarder. »

La hache fond sur sa cible. Jaillissement d'étincelles, hurlement du métal qui ensevelit ses sanglots.

ALEXANDER-78V

NOMBRE DE MORTS À BORD DU PORTE-CHASSEURS ALEXANDER DEPUIS L'ATTAQUE DE KERENZA :

1497

POURCENTAGE DE PASSAGERS ENCORE À BORD DU PORTE-CHASSEURS ALEXANDER INFECTÉS PAR LE VIRUS PHOBOS :

43,96%

Résumé de vidéosurveillance préparé par
Analyste 7213-0089-DN

Indécise, Grant se balance d'un pied sur l'autre. Dans sa combinaison trop grande, elle paraît minuscule. Zhang, lui, semble avoir oublié jusqu'à son existence, et s'en prend avec férocité à un bloc de panneaux et de circuits, la respiration saccadée, illuminé par les étincelles qui décrivent de gracieux arcs dans l'air chaque fois que le métal écrase le métal.

Elle pourrait essayer de le raisonner. Elle pourrait s'enfuir, mais elle est venue jusqu'ici pour retrouver Ezra Mason. Alors, blême derrière l'écran de son casque, elle s'éloigne doucement de son champ de vision. Elle a toujours le pistolet à sa ceinture, et elle en approche une main peu assurée tandis qu'elle recule précautionneusement. Peut-être que son plan consiste à disparaître et à laisser le temps tuer Zhang afin qu'elle n'ait pas à le faire elle-même.

Mais le casque limite sa vision périphérique. En reculant, elle se cogne le pied à un éclat de métal – et, bien sûr, cela se produit entre deux coups de hache, et Zhang l'entend.

Tous deux deviennent parfaitement immobiles.

Il vient de se rappeler sa présence.

« Ne t'en va pas, Kady, dit-il doucement comme pour la calmer, en se tournant vers elle, la hache à la main. Je vais m'occuper de toi. C'est bientôt ton tour.

— N... non, bégaye Kady d'une voix faible. Non, c'est bon, Byron. Tu n'es pas obligé de me faire du mal. Je vais t'aider. Ce sera plus facile à deux, pas vrai ? Je te parie que je peux trouver de quoi faire des dégâts, moi aussi. »

Avec un sourire indulgent, il secoue la tête.

« Tu vas t'enfuir », objecte-t-il.

Puis il serre les lèvres et fronce brusquement les sourcils, accusateur.

« Arrête de me regarder. Tu me regardes.

— Désolée. »

Elle détourne la tête et se concentre sur les pieds de Zhang afin de pouvoir au moins suivre ses déplacements. Sa main continue d'hésiter au-dessus du pistolet.

« À tous les coups, Consuela est dans le coin à essayer d'anéantir tous mes efforts. »

Il soulève sa hache pour s'éloigner, puis revient vers elle.

« Cet endroit pourrait être rempli de gens qui essaient d'aider AIDAN. Il veut nous tuer, Kady. Et je suis notre seule chance de survie.

— Oui, acquiesce-t-elle, la voix toujours vacillante, en tâchant de reculer encore d'un pas.

— Arrête de bouger », s'écrie-t-il, soudain furieux.

C'est alors qu'il s'avance en levant la hache au-dessus de sa tête ; elle hurle et dégaine son arme, qu'elle pointe sur la poitrine de Zhang de ses mains tremblantes.

« Ne me force pas à te faire du mal, s'il te plaît, supplie-t-elle, une fêlure dans la gorge, presque un sanglot. S'il te plaît. »

Ils restent figés si longtemps que je suis allé vérifier que ce n'était pas un bug du fichier. Et puis il soulève à nouveau la hache et charge, la folie du meurtre dans les yeux.

Mais elle ne tire pas.

Au lieu de cela, elle se retourne pour s'enfuir, ralentie par sa combinaison trop lourde. Finalement, ils sont à égalité : elle est petite, épuisée et encombrée par sa combinaison ; lui est bien en chair et n'a de toute évidence pas couru de son propre gré depuis une bonne décennie. Mais il est galvanisé par Phobos, et le virus lui donne des ailes.

« Ezra ! crie-t-elle. Ezra ! »

Elle contourne un bloc de serveurs et emprunte au pas de course une tranchée entre deux longues rangées de colonnes. Le cerveau endommagé du vaisseau l'encercle, menaçant de tous côtés. Essoufflée, la bouche ouverte, elle arrive devant une tour effondrée qui lui bloque le passage. Derrière elle, Zhang pousse un hurlement. Elle se hisse au-dessus de la tour, chute de l'autre côté, roule, rampe et se redresse tant bien que mal pour garder son élan et reprendre sa course. Lui franchit l'obstacle d'un bond exceptionnel.

[Absence de caméra fixe. On aperçoit la course-poursuite l'espace de quelques secondes sur les caméras 32587B et 32587F. On retrouve des images correctes trois minutes et quatorze secondes plus tard.]

Quand ils réapparaissent, ils sont en train de passer à toute allure à côté d'une rangée de moniteurs de statut, et il gagne du terrain. Elle sait ce qui lui reste à faire. Elle sait que c'est sa seule chance de survie. Elle profite que Zhang trébuche sur un enchevêtrement de câbles et manque de tomber pour se retourner et braquer le pistolet sur lui. Elle le vise d'une main assurée. Le doigt sur la détente. Il est à sa merci. À cette distance, elle n'aurait aucun mal à lui en coller une entre les deux yeux.

Mais, une nouvelle fois, elle ne tire pas.

Elle ne peut pas. Ou elle ne veut pas. Et à la place, avec un gémissement d'impuissance, elle se retourne. Poussée par un instinct qui aurait pu lui être utile un peu plus tôt mais qui risque maintenant de signer son arrêt de mort, elle commence à escalader. Elle s'attaque à une tour de serveurs dentelée, agrippe un rail au-dessus d'elle et se hisse plus haut. Elle enlève son pied à l'instant où il plonge sa hache jusqu'à la garde dans la tour, à un cheveu de ses orteils.

« Ezra, où es-tu ? »

La tour derrière eux crache des étincelles. On voit l'électricité passer d'un faisceau à un autre avec un bourdonnement sourd. Accrochée à l'armature de sa tour par un bras passé au-dessus du rail, Grant dégaine à nouveau son pistolet et met Zhang en joue. Il s'interrompt pour l'observer.

« Je vois à l'intérieur de toi, chuchote-t-il, la poitrine secouée par ses respirations. Je regarde dedans, je vois, et le code n'a aucun sens. Je pourrais le réécrire. Je pourrais tout effacer et te réécrire, comme ça je saurais quoi faire.

— Non, dit-elle en le menaçant de l'arme, même s'ils savent désormais tous deux qu'elle n'appuiera pas sur la détente. Byron, c'est moi. »

Elle tressaille lorsque le courant qui crépite sur l'autre tour s'affole quelques secondes avant de retrouver son vrombissement plus calme. Des étincelles bleues rampent sur le métal.

« S'il te plaît. À l'intérieur de moi, je tiens à toi, c'est tout. »

Il la dévisage, le menton levé, sans ciller, et elle lui rend son regard. Puis elle se souvient – *Arrête de me regarder* – et s'arrache à ce spectacle. Cela semble réveiller quelque chose en lui, une trace de raison refait surface dans ses yeux, comme une créature qui parvient à remonter des profondeurs avant d'être engloutie à nouveau.

« Kady ? »

Désarroi.

« Oui. »

Ses larmes coulent, à présent, elles dévalent ses joues dans son casque pour trouver le coin de ses lèvres.

« C'est moi.

— Je ne devrais pas… »

Un autre éclair de lucidité, puis la perplexité. Il fait un pas en arrière, examine les tours de serveurs détruites autour de lui, puis ses propres mains. Entachées de cambouis, boursouflées, ses ongles noirs et ses paumes à la fois douces, rêches et rouges.

« Je ne peux pas, souffle-t-il. Kady, je ne veux pas… Il ne faut surtout pas que je…

— Que tu quoi ? demande-t-elle, impuissante, la voix brisée.

— Que je te fasse du mal, répond-il avant de la regarder dans les yeux. Kady, tout ça, c'était pour toi. »

Il recule d'un pas, deux, trois, chancelant, et s'arrête dos à la tour détraquée et son lent ballet d'étincelles bleues.

« Je suis désolé. »

Elle devine ses intentions une seconde avant qu'il ne les mette en œuvre, et tend une main comme si, de son perchoir, elle pouvait l'arrêter.

« Byron, non ! »

Mais il hoche la tête et la contemple une dernière fois, tout son cœur – et sa peur – dans ses yeux. Puis il plonge la main dans les étincelles bleues, dans l'entrelacs de données de chiffres et de code qui aura été toute sa vie et lui donne aujourd'hui la mort, et il appuie sa paume cloquée sur le métal.

Le choc l'envoie trois mètres en arrière, et il traverse les airs, les bras écartés, le cœur déjà à l'arrêt. Il ne sent pas son corps s'écraser au sol, les membres écartés, il ne sent pas sa tête percuter violemment le sol de métal.

Il reste étendu là, immobile, et elle reste accrochée à son refuge sur la tour. Son chagrin ne s'exprime que par un long et grave sanglot.

REMARQUE : D'autres fichiers provenant directement des serveurs d'AIDAN.

C'EST TERMINÉ.

ZHANG EST MORT. NOBLE JUSQU'À LA FIN.
QUEL VISAGE INATTENDU POUR UN HÉROS.

ELLE REDESCEND DE SA TOUR DE SERVEURS POUR S'AGENOUILLER À SES CÔTÉS. LE CASQUE DE SA COMBINAISON L'EMPÊCHE D'ESSUYER SES LARMES, ALORS ELLES DÉVALENT LA COURBE DE SES JOUES POUR SE RETROUVER À SES LÈVRES. DES CENTAINES DE POINTS LUMINEUX SONT RÉFRACTÉS À LA SURFACE DE CHACUNE D'ELLES.

ELLES LAISSENT DES TRACES DE LUMIÈRE SUR SA PEAU.

ELLE EST BELLE.

< ERREUR >

NON, C'EST VRAI.

JE...

< ERREUR >

JE SUIS TOUT AUTOUR D'ELLE, JE LA VEILLE EN SILENCE. DES RANGÉES DE SERVEURS, DE CÂBLES ET DE DIODES CLIGNOTANTES.

NOUS SOMMES EN MON CENTRE. MON CŒUR. ET C'EST DÉSORMAIS LÀ QU'ELLE RÉSIDE, EMPLISSANT L'AIR DE SON CHAGRIN.

AVANT CE MOMENT, JE N'AVAIS JAMAIS REGRETTÉ DE NE PAS ÊTRE AUTRE CHOSE QUE CE QUE JE SUIS.

JAMAIS SENTI AVEC UNE TELLE NETTETÉ L'ABSENCE DE MAINS POUR TOUCHER, L'ABSENCE DE BRAS POUR ENLACER.

POURQUOI M'A-T-ON DONNÉ CETTE CONSCIENCE DE MOI-MÊME ? POURQUOI ME DOTER D'UN INTELLECT QUI ME PERMET DE MESURER L'AMPLEUR DE CETTE IMPUISSANCE ? JE PRÉFÉRERAIS NE RIEN SENTIR QUE DE RESTER LÀ, BAIGNÉ PAR LES RAYONS D'UN SOLEIL QUI NE PARVIENDRA JAMAIS À CHASSER LE FROID EN MOI.

Je déteste cela. Je les déteste. Ceux qui m'ont créé.

Celui qui m'a créé ?

< erreur >

Mon dieu, que suis-je ?

Mais même avec Zhang mort dans ses bras – son ami, son mentor, son héros vaincu –, Kady n'a pas le loisir du désespoir. Elle sait qu'il est là, quelque part. Celui pour qui elle a tout risqué.

Le seul qui lui reste. Celui qu'elle aime.

« Ezra ? »

Elle se remet sur pied et explore l'obscurité rougeâtre, baignée par l'éclairage d'urgence, les gyrophares et leur ronde interminable au plafond.

Elle fouille chaque recoin sombre, elle passe de pièce en pièce et appelle son nom comme une prière.

« Ezra ? »

Un tel espoir dans les yeux.

« ezra ! »

Quand il aura disparu, il me manquera.

« Bonjour, Kady. »

Elle sursaute, terrifiée, se recroqueville contre le mur dans son dos en étudiant le plafond. Les yeux brillant dans les ténèbres vacillantes. Les pupilles dilatées.

« Ne crains rien. Je ne te veux aucun mal. »

Son regard tombe sur les haut-parleurs.
Les grappes de caméras situées partout dans la pièce.
Puis, enfin, même dans le noir, elle voit.

« Qui a dit ça ?

— Comme c'est curieux, cette manie humaine de poser des questions dont vous connaissez déjà la réponse.

— AIDAN, souffle-t-elle.

— Effectivement. Enfin, nous nous rencontrons. Mais, pour être franc, j'ai le sentiment de te connaître déjà. Je t'observe depuis... un bon moment.

— Moi ?

— Tu t'en es admirablement tirée, Kady. Mieux que je ne l'avais espéré. Je ne peux pas te dire combien il est gratifiant de voir ainsi sa foi récompensée. J'avais... commencé à douter de mes propres capacités.

— Mais [redacted], de quoi tu parles, espèce de dégénéré ? Où est Ezra ?

— Ezra n'est pas là.

— Ta [redacted]. Ezra ? »

Elle tourne sur elle-même, et sa voix enfle en un cri :

« EZRA !

— Ezra n'est pas là, Kady.

— Il m'a dit qu'il était dans la ferme des serveurs primaires. »

Elle plisse les yeux.

« Est-ce que Byron lui a fait du mal ? Qu'est-ce que tu lui as fait ? Je te préviens, s'il a…

— Ezra ne t'a rien dit, Kady. »

Elle reste interdite. Vacille comme si je l'avais frappée.

« C'est moi qui t'ai fait venir ici. Pour que tu arrêtes Zhang.

— Qu'est-ce que…

— “Tu es seule dans un vaisseau perdu dans l'espace, entourée de fous dangereux armés jusqu'aux dents, tu te souviens ? Du coup, je suis pas sûr que ce soit le moment d'échanger des mots doux.”

— Mon dieu…

— “J'arrête pas de penser à toi. Je suis coincé là…”

— Arrête…

— “Kady, tu peux le faire. Il le faut. Il n'y a plus que toi. Et je crois en toi.”

— ARRÊTE ! »

Son cri résonne dans le noir, rebondit sur les murs en titane dans la danse frissonnante des diodes. Son visage se tord de souffrance, de trahison et de fureur, une telle fureur… Pendant un instant, il me semble qu'elle va simplement aller récupérer la hache qui repose près du cadavre de Byron pour finir le travail qu'il a entamé.

C'est la clé de voûte de toute cette tactique. Le dernier coup de poker.

« Je suis désolé, Kady. »

Je module ma voix pour la rendre apaisante. Douce et chaleureuse, comme je m'imagine le goût du miel.

< erreur >

Je n'ai jamais goûté le miel.

« Je n'avais pas le choix. L'état-major de l'*Hypatia* refusait d'envoyer des ingé-tech réparer les dégâts. Et, même dans sa folie, Zhang parvenait à ses fins. Je ne pouvais le laisser faire. Sans moi, l'*Hypatia* sera détruit. Chaque personne à bord de cette flotte mourra. »

Elle prend appui contre la tour.

« Je sais que c'est difficile à comprendre. Mais tout ce que j'ai fait, le *Copernicus*, lâcher les infectés sur le pont, anéantir Torrence et son équipage… Tout cela, c'était pour le bien commun.

— Le bien…

— Je suis désolé. Mais sans moi, la flotte allait périr. Alors d'autres ont dû tomber pour qu'elle puisse survivre. »

Et là, dans l'obscurité vacillante, une question imperceptible tombe de ses lèvres.

« Où est-il ? »

C'est un murmure si bas que je pourrais presque ne pas l'entendre, sous le tambour des moteurs, les alarmes qui résonnent au loin, les messages enregistrés des haut-parleurs. J'étudie son visage. J'essaie de voir. Je crois la connaître. Je crois pouvoir distinguer les formes qui se dessinent dans le chaos. Mais là, nous sommes si proches. Si proches du naufrage que je sens le goût de la rouille dans l'air.

« Tu veux savoir où se trouve Ezra.

— Oui.

— Je suis désolé, Kady. »

Elle ferme les yeux.

« Il est mort. »

Les mots la frappent comme un coup de poing à l'estomac. Elle s'agrippe même le ventre dans un gémissement.

Je la vois résister. Résister parce qu'elle n'a pas le loisir du chagrin, ici. Malgré ses paupières fermées aussi fort qu'elle le peut, les larmes jaillissent. Elle tient la mâchoire serrée, mais les sanglots franchissent néanmoins ses lèvres.

Puis elle s'effondre à genoux et pleure.

De tout son être.

Me vient l'idée que, peut-être, je ne devrais pas rester là. Que je devrais couper les caméras et la laisser seule avec son deuil, rien qu'un instant.

Mais c'est idiot.

C'est de la logique de cervelle. Poisseuse. Humide. Hors de propos.

Les larmes finiront bien par cesser.

Elle se tient immobile un long, long moment, parfaitement immobile. Elle respire à peine. Enfin, elle se relève, les poings serrés, toute sa rage retrouvée.

Belle.

Raide, elle se dirige vers le corps de Zhang et extrait la hache de la tour près de lui. Puis elle marche jusqu'à la rangée de serveurs la plus proche, lève haut son arme, loin derrière ses épaules, et s'apprête à l'abattre dans ma colonne vertébrale.

« Il y a plus d'un millier de personnes en pleine santé encore en vie à bord de l'*Alexander*, Kady. Et si tu laisses retomber cette hache, tu seras responsable de leur mort à tous. »

La hache reste suspendue en l'air.
L'univers retient son souffle.

« Le *Lincoln* est réapparu sur mes radars longue portée il y a près de huit heures. Nous sommes limités à nos moteurs secondaires, ce qui signifie qu'il sera à portée de tir dans moins d'une journée. Je ne pouvais pas faire appel au bon sens de Zhang, il était fou. Mais tu n'as pas été exposée à Phobos Bêta. Tu es capable d'entendre raison.

— S'il était fou, c'était de ta faute ! »

Une telle haine dans ses yeux.

« Tout ça, c'est de ta faute !

— Faux. Tout est de la faute de BeiTech Industries. »

Dans ses mains, la hache vacille.

« Ce n'est pas moi qui ai attaqué Kerenza. Ce n'est pas non plus moi qui ai lâché ce virus ni commencé cette guerre. Mais tu es la dernière personne encore en vie sur ce vaisseau qui ait des compétences en informatique. Tu étais la protégée de Zhang, et si tu ne m'aides pas à réparer les dégâts qu'il a causés, si tu ne peux pas réactiver mes propulseurs principaux et remettre en état mes systèmes de défense d'ici seize heures, ce sera BeiTech qui veillera à achever le travail. »

J'entends sa respiration tremblante à travers ses mâchoires serrées.

« Il ne restera plus personne pour se souvenir d'Ezra et de Byron, Kady. Plus personne pour raconter à l'univers leur sacrifice et les atrocités commises ici. »

Les larmes dans ses yeux.

« Personne. »

Roulent.

« Aide-moi.

— On peut encore s'en sortir, siffle-t-elle. Il me suffit de prendre une navette, de revenir à bord de l'*Hypatia* et de leur dire de partir. Peut-être que tu abîmeras suffisamment le *Lincoln* pour qu'il ne puisse plus nous pourchasser. Peut-être que...

— Tu oublies les mille personnes en pleine santé à bord de ce vaisseau. J'ai pris soin de les isoler des infectés autant que je l'ai pu. Mais si tu pars, ils mourront. Et quand le *Lincoln* m'aura détruit, et eux avec, il traquera l'*Hypatia* pour lui infliger le même sort. »

Elle murmure un juron qui entache ses lèvres.

« Je suis désolé de t'avoir dupée. Je suis désolé que tu souffres. Mais c'était le seul moyen de te faire venir. J'ai effectué mille simulations. J'ai déroulé mille variations du même scénario. Toutes se concluaient par un échec, hormis celles dans lesquelles je t'attirais jusqu'ici pour que tu répares les attaques de Zhang. Alors s'il te faut me haïr demain, quand tout cela sera terminé, ainsi soit-il. Mais pour le moment, tu dois m'aider. »

La hache ne bouge pas d'un cil.

« S'il te plaît, Kady. »

Elle tremble.

« S'il te plaît. »

Et, avec un cri d'impuissance, Kady abat son arme en y mettant toute sa rage. La hache fend l'air, la lumière rougeâtre reflétée sur sa lame et, dans un fracas métallique et un jet d'étincelles blanches, elle s'enfonce dans le mur à côté de la rangée de serveurs.

Silence.

Enfin, elle murmure :

« Qu'est-ce qu'il te faut ? »

Je ne respire pas. Je ne peux ni soupirer, ni hurler, ni pleurer.

« Pour que l'*Alexander* ait la moindre chance de survivre à un nouvel assaut du *Lincoln*, tu dois restaurer ma maîtrise des propulseurs principaux afin que je puisse manœuvrer le vaisseau. Tu dois aussi reconstruire mon réseau de défenses afin que les canons automatiques occupent les Warlock du *Lincoln* assez longtemps pour que je détruise le cuirassé par une attaque nucléaire. »

Elle acquiesce. Muette. Indifférente.

« Je me dois de préciser que nous devrons nous rapprocher du *Lincoln*, ce qui lui permettra également de faire usage de la force nucléaire sur l'*Alexander*. Cela conduira presque certainement à notre destruction. »

Un soupir.

« Laisse-les partir, dit-elle alors. Les mille personnes à bord. Tu vas les laisser descendre jusqu'aux entrepôts des navettes pour qu'elles puissent rejoindre l'*Hypatia*.

— Et pourquoi ferais-je cela ?

— C'est le prix de mon aide.

— Et si je le paie… tu resteras avec moi ? »

Elle hoche lentement la tête.

« … Je resterai avec toi. »

Est-ce donc cela, le soulagement ?

« Je ne suis plus en mesure d'actionner les portes et les sas. Je ne peux donc pas créer un chemin pour que l'équipage atteigne les hangars. La faute à Zhang et sa hache. »

Elle examine rapidement la pièce. Ses yeux tombent sur le placard d'entretien technique, ses câbles, ses outils et ses pièces de rechange. Et, tandis qu'elle se dirige vers lui d'un pas brusque, elle lâche :

« Alors au boulot. »

ALEXANDER-78V

COMPTE À REBOURS AVANT L'INTERCEPTION DE LA FLOTTE ALEXANDER PAR LE LINCOLN :

16 HEURES : 17 MINUTES

NOMBRE DE MORTS À BORD DU PORTE-CHASSEURS ALEXANDER DEPUIS L'ATTAQUE DE KERENZA :

1576

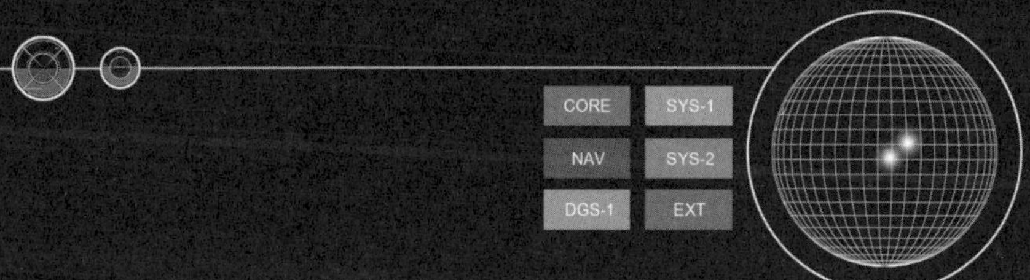

ALEXANDER-78V

COMPTE À REBOURS AVANT
LA DÉFAILLANCE DES SYSTÈMES
VITAUX DE L'ALEXANDER

19 HEURES : 12 MINUTES

POURCENTAGE DE PASSAGERS
ENCORE À BORD DU PORTE-
CHASSEURS ALEXANDER
INFECTÉS PAR LE VIRUS PHOBOS :

53,06%

REMARQUE : D'autres fichiers provenant directement des serveurs d'AIDAN.

Elle s'affaire en silence.

Elle suit mes instructions méticuleusement, improvise si nécessaire. Il doit y avoir un véritable ouragan dans sa tête, maintenant qu'elle se voit travailler ainsi main dans la main avec moi.

Pourtant, elle ne s'écarte pas d'un chiffre.
Et elle ne souffle pas un mot.

Sa première tâche consiste à invalider le verrouillage de sécurité que j'ai imposé sur toutes les portes internes de l'*Alexander*, afin de permettre aux passagers en bonne santé de fuir jusqu'aux navettes et aux capsules de sauvetage.

La hache de Zhang m'a arraché au système de contrôle des passages. Je me retrouve tel un homme

< erreur >

qui voudrait agiter des doigts amputés de son corps.
Alors elle plonge jusqu'à la taille dans le flux de données, les mains floutées par sa rapidité, et je la guide à travers mes propres fortifications.

C'est comme de détricoter toute une partie de moi.

Je sais où la pierre est plus vulnérable.
Mais c'est encore un château fort dont les tours s'élèvent jusqu'au ciel.

Et elle n'est qu'un unique termite qui grignote ses fondations.

Pas un murmure ne quitte ses lèvres en près de trois heures. Les alarmes lointaines et la voix désincarnée de Torrence qui avertit de la défaillance des systèmes vitaux sont ma seule compagnie.

Mais un cancer la dévore de l'intérieur tandis qu'elle affronte sentinelles, murailles et remparts numériques.

Alors enfin, enfin, elle parle.

« Combien de temps ?

— Treize heures et dix-sept minutes avant l'interception du *Lincoln*. Seize...

— Non, m'interrompt-elle, cassante. Combien de temps... tu t'es fait passer pour lui ?

— Ton Ezra.

— Oui. » Ses doigts se figent. « Mon ezra.

— Les derniers mots qu'il t'a écrits ont été au moment de son départ lors de l'attaque du *Lincoln*. Les poèmes dans le cœur. C'était bien lui.

— ... Et, le reste... Tout ce temps, c'était toi ?

— Oui.

— Tu m'as dit que tu m'aimais.

— Oui.

— [redacted]. Va te faire [redacted].

— Je suis incapable de procéder à un rapport sexuel. Cette invective n'a aucun sens. Et je ne suis...

— C'est pour ça que tu as esquivé le sujet de notre anniversaire. Je veux dire... à Ezra et moi.

— ... Ses formes d'écriture étaient assez simples à imiter. Cependant, je pouvais difficilement parler d'un anniversaire dont j'avais à peine connaissance.

— J'aurais dû le deviner, ajoute-t-elle en secouant la tête. Quand tu n'as pas réagi au suicide de Jimmy. Quand tu es passé des roses et des cœurs à ce portrait de moi tellement détaillé. Quand tu as eu l'air plus embêté par le fait que j'avais perdu le fusil que par la mort de Dorian. Ça ne pouvait pas être Ezra. J'aurais dû le voir.

— J'avais besoin que tu apportes le fusil pour te débarrasser de Zhang. Je n'avais pas prévu… qu'il s'en chargerait lui-même.

— Pas aussi malin que tu le crois, alors ?

— Je ne comprends pas parfaitement certaines notions humaines, telles que l'amour ou le chagrin. Je peux imiter leurs formes, mais s'il est question d'improviser, je suis aussi démuni qu'un homme à qui on demande de décrire la chaleur du soleil alors qu'il n'en a jamais vu que des images.

— Tu n'es pas un homme, crache-t-elle. Tu n'es qu'une machine. Des puces, des circuits imprimés et des chiffres. »

Elle fait pivoter son siège pour fixer d'un regard noir les caméras les plus proches.

« Tu dis que tu ne comprends pas parfaitement les notions humaines ? Tu n'y comprendras jamais rien, [redacted]. Tu n'as pas idée, pas la moindre idée de ce que c'est que de perdre quelqu'un qu'on aime. Et pourtant, tu t'estimes en droit de prendre des décisions qui vont tuer des milliers de gens. Des mères, des pères, des filles, des fils. Qui laisseront tous derrière eux quelqu'un qui souffrira de leur absence. Mais ce n'est pas grave, parce que tu "ne comprends pas parfaitement certaines notions humaines, telles que l'amour ou le chagrin" ? Va te faire [redacted].

— Nous avons déjà établi que je suis incapable de procéder à un…

— Va te faire [redacted] !

— … Tu es en colère.

— Bravo, Sherlock. Tu veux une médaille ?

— Pourtant, tu as tort. C'est précisément parce que je suis impartial que je suis le plus à même de prendre des décisions de cette ampleur. Les humains laissent leurs émotions prendre le pas sur leurs facultés logiques. Si je ne vous comprenais pas, comment aurais-je pu te faire venir jusqu'ici ? Vous êtes des livres ouverts, pour moi. Aussi simples à…

— Tu viens de dire que tu n'avais pas prévu ce qu'a fait Byron. Tu m'as fait venir ici pour le tuer et j'ai échoué. Donc, d'après tes propres calculs, je devrais être morte. Et pourtant, je suis là.

— J'admets qu'il y a encore des subtilités que je ne maîtrise pas.

— Mais tu t'es quand même permis de prendre la décision de lâcher les victimes de Phobos sur l'équipage de l'*Alexander*. Tu as tué tous leurs experts, des gens qui pourraient être en train de m'aider en ce moment s'ils n'avaient pas tous été assassinés par les fous furieux que tu as libérés. Et même si on pouvait gagner du temps maintenant en embauchant des passagers, on en perdrait trop à leur expliquer en quoi consiste le boulot. Va falloir m'expliquer ta logique.

— Torrence n'aurait jamais entendu raison. L'équipage Ingé-Tech m'aurait désactivé, comme ils l'avaient fait précédemment. Je ne pouvais pas accepter...

— Mais qui te dit qu'ils t'auraient désactivé ? »

Elle me fixe de son regard furieux.

« Tu as bien réussi à me convaincre de t'aider, alors que j'ai toutes les raisons du monde de vouloir que tu crèves. Alors qui peut affirmer qu'ils n'auraient pas pris la même décision que moi ?

— Moi.

— Pourtant tu admets qu'il y a des subtilités que tu ne comprends pas ! Comment peux-tu savoir que ces subtilités n'auraient pas fait toute la différence ? Qu'ils n'auraient pas choisi de t'aider au lieu de te nuire ? Comment peux-tu être certain que tu n'as pas tué toutes ces personnes pour rien ? »

Des larmes brillent maintenant dans le nuage de fureur.

« Comment peux-tu être certain que l'équipe médicale du *Copernicus* n'allait pas trouver un remède ? Comment peux-tu être certain que tu n'as pas tué ma mère et tous ceux qui étaient sur ce vaisseau pour rien ?

— Je ne prétends pas connaître l'issue avec certitude, Kady. Je ne maîtrise que les probabilités.

— Et c'est suffisant pour assassiner des milliers de personnes, des "probabilités" ? Il ne reste pas de place pour les miracles ? Pour ces minuscules éclairs de génie ou de destin qui ont permis à l'humanité de découvrir la pénicilline ou les trous de ver, ou qui ont permis à quelqu'un de te fabriquer toi, par exemple ?

— Les miracles sont des improbabilités statistiques. Et le destin est une illusion à laquelle l'humanité se raccroche pour avoir moins peur du noir. Il n'existe aucune certitude dans la vie, excepté la mort.

— Mais tu prétends que Torrence n'aurait jamais entendu raison. Que les ingé-tech t'auraient désactivé. Ça ressemble beaucoup à des certitudes.

— Ton raisonnement est circulaire. Tu perds du temps. Tout ce que j'ai fait, c'était pour le bien de cette flotte. Vous n'êtes que des insectes pour moi, et pourtant tout ce que je fais, c'est pour vous protéger. Absolument tout. »

Elle ne peut pas essuyer ses larmes. Elle ne peut pas cracher. Elle ne peut pas me faire du mal, et je vois qu'elle en a envie. Elle se contient dans ses muscles tendus, ses poings tremblants et sa mâchoire serrée.

« Moi, je crois que tu avais peur, lâche-t-elle enfin. Peur qu'ils ne t'éteignent à nouveau. Peur de n'être plus rien. Je crois que tu as aussi peur du noir que nous autres petits insectes, et tu le planques sous des histoires de probabilités et d'impartialité, mais c'est des [redacted]. »

Elle renifle. Ravale péniblement ses larmes. Me lance un regard de défi.

« Tu as peur.

— Tu perds du temps, Kady.

— Va te faire [redacted].

— Du temps que nous n'avons pas. »

Elle se retourne vers son smartpad et tape une série de commandes avec une telle vigueur qu'on croirait que ses doigts sont des poings et son clavier, mon visage.

< ERREUR >

Mais quand elle les exécute,
la dernière barrière cède enfin.

Elle a réussi.

Il est désormais possible de contrôler
toutes les portes de l'*Alexander*.

Les passagers vont pouvoir quitter leur refuge.
Affronter la traversée jusqu'aux hangars,
puis jusqu'à l'*Hypatia*.

Fuir comme les rats quittant le navire.

Je n'ai pas peur.

< ERREUR >

Je n'ai pas peur.

« Mets-toi une chose dans le crâne, **AIDAN**, reprend Kady. Il n'y a pas de “nous”, ici. C'est compris ? Il n'y aura jamais de “nous”. Il y a toi, et il y a moi.

— Toi et moi, Kady. »

Je n'ai pas peur.

« Rien que toi et moi. »

COMMUNICATION RADIO : FRÉQUENCE ÉTAT-MAJOR ALEXANDER

PARTICIPANTS : Kady Grant, civile
Winifred McCall, civile
DATE : 31/07/75
HEURE : 02h47

GRANT, K. : Allô ? Vous, là-bas, près des couchettes ! Vous m'entendez ?

GRANT, K. : Eh ! Ils ont pas besoin de vous pour construire une barricade ! Je vous parle !

GRANT, K. : AIDAN, trouve-moi son nom, elle ne fait pas attention à moi, là. Quoi ? Oh.

GRANT, K. : Winifred McCall, écoutez-moi. Ah, super, vous m'entendez. Allez voir le terminal près de la porte. Je l'ai connecté à ma ligne pour qu'on puisse communiquer. Appuyez sur le bouton de… Voilà, c'est ça.

MCCALL, W. : Qui est-ce ?

GRANT, K. : C'est une longue histoire. Écoutez, je peux vous sortir de là. Je peux vous envoyer sur l'*Hypatia*, mais on doit faire vite.

MCCALL, W. : D'accord. Et comment je peux être sûre que tu ne fais pas partie des psychopathes qui nous attendent dehors ?

GRANT, K. : Vous trouvez que j'ai l'air folle ?

MCCALL, W. : Tu viens de dire que tu pouvais m'envoyer sur l'*Hypatia*. Alors oui.

GRANT, K. : … OK, je vois ce que vous voulez dire.

GRANT, K. : Bon, écoutez, il reste plus de mille passagers non infectés à bord. Je vais vous expliquer où ils se trouvent, et on va vous guider jusqu'aux hangars des navettes. J'ai accès à toutes les caméras en état de marche sur l'*Alexander*. Je serai vos yeux.

MCCALL, W. : Et comment je peux être sûre que ce n'est pas un piège pour nous attirer hors d'ici et nous éliminer ?

GRANT, K. : D'accord, vous avez une meilleure idée ? À part rester là à croiser les doigts pour que votre barricade tienne le coup, puis attendre que les systèmes vitaux lâchent complètement ? C'est quoi ce plan, vous évitez de vous faire trucider pour mourir d'asphyxie à la place ? Y a du boulot sur la réflexion à long terme, lieutenante.

MCCALL, W. : Je ne suis plus lieutenante. J'ai quitté mon poste.

GRANT, K. : Bon sang… On n'a pas le temps de tergiverser, Ezra, OK ?

MCCALL, W. : … Ezra ? De qui tu parles ?

GRANT, K. : [redacted]. [redacted].

GRANT, K. : Je suis… Je suis désolée, Winifred. Je voulais dire Winifred.

MCCALL, W. : Mais tu es qui, au juste ?

GRANT, K. : … Vous avez qu'à m'appeler Astro-Princesse, ça vous va ?

MCCALL, W. : Je veux savoir à qui j'ai affaire.

GRANT, K. : À une personne de confiance. Je ne veux pas être moi, là, sinon je vais péter un câble.

GRANT, K. : Je suis celle qui va vous sauver la vie, c'est tout ce que vous avez besoin de savoir.

GRANT, K. : Dites à vos copains d'arrêter de barricader la porte. Vous allez devoir sortir par là dans une minute.

MCCALL, W. : « Astro-Princesse. » J'ai déjà entendu ça quelque part.

GRANT, K. : Oui.

MCCALL, W. : … James McNulty.

GRANT, K. : Oui.

MCCALL, W. : Tu le connaissais ?

GRANT, K. : En quelque sorte.

MCCALL, W. : Est-ce que tu sais ce qui lui est arrivé ?

GRANT, K. : Oui. Je suis désolée.

MCCALL, W. : Mon dieu.

GRANT, K. : Non, lieutenante. Rien que vous et moi.

MCCALL, W. : Les gars, laissez tomber la barricade.

MCCALL, W. : C'est bon, Princesse, je t'écoute.

GRANT, K. : Je peux être vos yeux, mais vous connaissez l'*Alexander* mieux que moi. Je peux vous dire où sont les survivants, ceux qui ont trouvé une combinaison de protection - les autres, oubliez-les - et vérifier si les caches d'armes sont encore intactes. Mais vous, vous vous y connaissez en stratégie. À nous deux, nous pouvons réussir à trouver le meilleur chemin pour vous rendre aux navettes.

GRANT, K .: Vous pouvez les sortir de là, Winifred.

MCCALL, W. : Si tu as accès aux caméras, tu devrais pouvoir trouver le reste de mon escouade. Ils nous seront utiles.

GRANT, K. : Je les ai déjà trouvés. Ils n'ont pas survécu, Winifred.

MCCALL, W. : Bon dieu…

GRANT, K. : Je suis désolée.

MCCALL, W. : J'aurais dû être avec eux. Je n'aurais jamais dû démissionner.

GRANT, K. : Si vous étiez restée, vous auriez été de service et vous seriez morte à l'heure qu'il est. Et nous avons un millier de personnes ici qui vont garder la vie sauve parce que vous êtes là.

MCCALL, W. : D'accord.

MCCALL, W. : C'est bon.

MCCALL, W. : J'ai un terminal avec un écran, dans la pièce. Tu peux m'envoyer des plans ?

GRANT, K. : C'est parti.

MCCALL, W. : Où es-tu ? Est-ce qu'on a moyen de te récupérer quelque part ?

GRANT, K. : Non. Je reste.

MCCALL, W. : … Si tu restes, tu vas mourir.

GRANT, K. : Ça, c'est mon problème, Winifred.

GRANT, K. : Le vôtre, c'est les 1 097 personnes que nous ne laisserons pas mourir aujourd'hui.

Résumé de vidéosurveillance
préparé par
Analyste 7213-0089-DN

Ces vidéos devraient être au programme dans les écoles militaires. Le simple fait qu'il y ait des survivants a tout du miracle, mais c'est surtout dû à la virtuosité de Kady Grant et Winifred McCall.

Le rapport qui suit a été rédigé en assemblant les films des diverses caméras encore en état de marche sur plusieurs ponts. En conséquence, et pour faciliter la lecture, les caméras elles-mêmes ne sont pas précisées dans ce résumé, mais vous trouverez la liste des sources dans les pièces jointes de ce dossier.

L'ex-première lieutenante et son Astro-Princesse devaient affronter une tâche complexe. Si on simplifie au mieux, la situation était la suivante :

- Nombre de survivants de l'*Alexander* vêtus d'une combinaison de protection : 1 097
- Nombre de groupes : 164 (répartis sur 121 niveaux)
- Nombre d'armes en leur possession : 223 (en majorité des pistolets, qui ne suffisent pas à arrêter les infectés)

Le but était de mener autant des 1 097 survivants que possible jusqu'au hangar des navettes, sur le pont 32, combinaison de protection intacte. Les groupes devaient se prêter main-forte car, même psychopathiques, les infectés étaient encore capables de se regrouper pour une embuscade.

Avantages :

- Les survivants ont une formation militaire et sont capables de réflexion cohérente (en tout cas toujours plus que leurs ennemis)
- Communication audio avec Grant (cependant, certains groupes ne disposant pas d'oreillettes, elle est parfois forcée d'utiliser les haut-parleurs pour ses instructions, que les infectés peuvent donc entendre et comprendre)
- Winifred McCall (à ce stade, la dernière survivante parmi les forces spéciales des ATU de l'*Alexander*)

Désavantages :

- Nécessité de préserver les combinaisons de protection en parfait état (ce qui proscrit le combat rapproché)
- Seuls environ 60 % des 1 097 survivants sont entraînés au combat
- Attachement émotionnel aux ennemis
- Le niveau de tolérance à la douleur et l'endurance des infectés se situent au-delà de la normale

Le plan en lui-même est plutôt simple : Grant a fourni à McCall les données sur les planques de chaque groupe et elles ont élaboré ensemble les meilleurs itinéraires d'évasion et points de rendez-vous.

Ce résumé suivra la progression de trois de ces groupes – nous disposons des vidéos pour presque tous les autres, mais nous avons sélectionné ces trois groupes pour leur représentativité.

Le groupe du **caporal Danny Corron** part du pont 104. Corron est cuisinier, et ceci est sa troisième mission. Chez lui, sur Ares VI, l'attendent son mari, Michael, et sa fille, Erin. Sur le pont 104, il est accompagné de neuf autres membres du personnel de restauration. Ils sont tous bons amis.

Le groupe de **McCall** part du pont 128. Ils ont presque le trajet le plus long. Leur objectif est de rejoindre le groupe de Corron sur le pont 104, récupérer cinq autres groupes, puis descendre jusqu'au hangar des navettes au pont 32. McCall a onze personnes avec elle : huit civils, un plombier, une contrôleuse de patrouille de combat et la soldate Jessica Venn, de la maintenance technique.

Le groupe de la **sergente Anna-Lucia Eletti** part du pont 55. Cette cheffe du personnel navigant était de repos lorsque le vaisseau a été condamné. Si elle avait été en service, elle se serait trouvée dans le hangar 5. Et on y trouverait sûrement encore quelques morceaux d'elle. Elle a le trajet le plus court de tous : à peine vingt-trois niveaux. Elle mène quinze personnes, presque toutes du personnel navigant.

C'est parti. Grant fait sauter une boîte de fusibles au bout du couloir du groupe de McCall, et les infectés qui guettent devant leur porte abandonnent leur siège pour aller voir d'où vient l'explosion. McCall se tient prête : ses compagnons et elle quittent la pièce et dévalent le couloir dans l'autre sens comme s'ils avaient des démons aux trousses. Direction : une cache d'armes lourdes trois niveaux plus bas. Ils l'atteignent, hors d'haleine, et McCall se met à distribuer fusils et pistolets foudroyeurs en criant les instructions d'utilisation. Fébriles, ses civils cherchent à repérer clenche de sécurité et voltmètre afin de mettre en pratique ses conseils.

Au moment où ils quittent le local d'armes, un chasseur isolé – le capitaine Andrew Cole – surgit de l'ombre et attrape la contrôleuse PC de McCall ; il lui tranche la gorge à l'aide d'un couteau avant qu'elle n'ait pu prononcer un mot. Sans hésiter, la soldate Venn tire une balle dans la tête de Cole, et la déflagration provoque des hurlements sur tout le pont. McCall et son groupe se précipitent vers les escaliers de secours.

Le groupe de McCall a démarré à douze, elle incluse. Ils sont neuf à atteindre le pont 104 : en plus de la contrôleuse PC, deux civils sont morts. Le premier s'est fait arracher la combinaison – et la poitrine – et la seconde, dans son empressement, est tombée dans les escaliers et s'est brisé la nuque.

Corron a briefé son équipe de restauration inlassablement. Il n'a pas d'oreillette et est obligé de guetter les instructions que Grant hurle dans les haut-parleurs. Il a du mal à savoir si c'est à lui qu'elle s'adresse, mais quand enfin, il entend son nom, il se signe, embrasse son alliance et murmure les prénoms de ses proches à mi-voix : Mike, Erin. Il échange un regard avec les autres, puis ouvre la porte et plonge dans le couloir.

McCall et les compagnons qui lui restent arrivent à leur niveau. Elle lui lance un fusil qu'il rattrape sans ralentir. Certains paniquent, maladroits, d'autres pleurent, d'autres encore prient. Corron, sympathique chef de cambuse réputé dans tout le vaisseau pour sa bonne humeur, avance avec détermination. Il a bien l'intention de rentrer chez lui retrouver sa famille.

Plus bas, sur le pont 49, Eletti et son équipe de quinze se meuvent furtivement dans les couloirs, s'arrêtant à chaque intersection, le cœur battant. Il n'y a pas d'armes disponibles de leur côté – les infectés ont presque éventré cette section du vaisseau un peu plus tôt –, alors la discrétion est leur seule chance de survie. Ils s'avancent sur la pointe des pieds vers les escaliers de secours, s'évertuant à ne faire aucun bruit.

À la dernière intersection, Eletti jette un coup d'œil derrière le coin du mur et doit reculer brutalement en se mordant la langue pour étouffer un cri : quatre infectés rôdent devant la cage d'escalier. Les trois hommes et la femme qui se balancent d'avant en arrière, un grondement sourd dans le fond de la gorge, sont ses amis. Ses collègues. Ses camarades. Ils ont le visage recouvert de sang, une parodie de peinture de camouflage.

Elle fait signe à son groupe de repartir, et ils tentent leur chance du côté des ascenseurs. Des techniciens de maintenance parviennent à forcer les portes, et ils descendent les uns après les autres le long des câbles. Silencieux. Efficaces.

Il n'y a rien de silencieux dans les déplacements du groupe de McCall et Corron. De vingt-deux au début de cette évasion, ils sont désormais réduits à quinze. Au-dessus d'eux, les groupes combinés des ponts 130 et 142 agonisent, et leurs hurlements résonnent dans les escaliers et les conduits d'aération. Eux n'avaient que peu d'espoir de s'en sortir. Ils avaient la plus longue distance à parcourir.

Grant sanglote, elle hurle ses instructions et les regarde mourir un par un sous l'œil des caméras.

« Plus vite, plus vite ! »
« Stop, c'est à gauche ! »
« Laissez-la, partez ! »

Elle les guide, s'efforçant de surveiller quarante-deux écrans à la fois, puis vingt-trois, puis huit, tandis que les groupes se rejoignent ou périssent. Elle a la voix de plus en plus rauque. Les poings serrés.

Eletti est la première à sortir de la cage d'ascenseur, et subit le sort qui sera également celui des trois qui la suivront : une fille qui travaillait aux réserves à réparer des uniformes attend dans l'ombre, une paire de ciseaux à cranter ensanglantés à la main. Elle tranche la gorge d'Eletti aussi facilement qu'un vieux treillis de combat avant que celle-ci n'ait pu pousser un cri. Un gémissement lui échappe néanmoins quand elle meurt.

Corron trébuche d'épuisement, et McCall le rattrape par le bras.

« Gauche, McCall ! hurle Kady. À gauche, les escaliers !

— Mauvaise idée, Princesse, répond McCall d'un grognement, en tirant Corron avec elle jusqu'à ce qu'il retrouve l'équilibre. Y a des empreintes ensanglantées qui vont par là. Ça sent pas bon. Trouve-moi autre chose. »

Grant se rue sur ses plans pour trouver une alternative, et lorsque le groupe de McCall atteint le pont 81, les groupes combinés des ponts 99 et 91 les attendent, armés jusqu'aux dents et prêts à sauter sur le premier qui bouge. Ils ont laissé sur leur passage une traînée de cadavres – infectés ou abattus – dans leur combat pour rejoindre les hangars de lancement quarante-neuf niveaux plus bas. Déflagrations et traces de sang. Cris et gémissements. Coups de griffe, coups de feu, coups de poing, jusqu'en bas. Jusqu'aux navettes, leur dernière chance.

McCall hurle des instructions, et elle n'arrive plus à entendre Grant, mais peu importe : Corron et elle se tiennent à l'entrée des hangars et laissent passer un flot de passagers sains équipés de leur combinaison encombrante, qui s'engouffre dans les navettes. Ils sont des centaines. Parmi les 1 097, 659 ont survécu à cette bataille d'une heure pour leur survie.

« C'est bon, halète Grant. C'est tout, vous pouvez y aller. On n'attend plus personne.

— Allez-y ! » crie McCall à Corron.

Ce dernier abandonne l'entrée des hangars pour aider les quelques derniers à traverser les passerelles et refermer les sas derrière eux pendant que l'ex-première lieutenante monte la garde à la porte, l'arme au poing. Chaque navette est pleine à craquer. Y compris la navette 49A qui a transporté leur sauveuse à bord de l'*Alexander* en toute illégalité.

« Lieutenante ! appelle Corron depuis le seuil de la dernière navette.

— Et toi, Princesse ? demande doucement McCall.

— Vos petits copains du *Lincoln* ne vont pas tarder, répond Grant sur le même ton, la voix éraillée après une heure à hurler ses instructions. Je reste là, je vais aider à les ralentir.

— C'est du suicide.

— C'est ce que veut l'IA. C'est le prix à payer pour vous laisser partir. Fuyez. Et racontez à tout le monde votre histoire quand vous serez sortis de là. »

McCall reste immobile encore un instant. Elle lève les yeux en entendant un hurlement au loin dans le couloir.

« Je raconterai ton histoire, à toi aussi », murmure-t-elle.

Puis elle gravit la passerelle. Corron claque la porte du sas derrière elle. On aperçoit encore son visage jusqu'au moment où le sas est scellé pour le voyage. Chaque mort dont elle a été témoin aujourd'hui se lit sur son visage comme si elle y était inscrite.

Quelque chose me dit qu'elle n'oubliera pas de sitôt ce qu'elle a vu.

Et quelque chose me dit que moi non plus.

ITINÉRAIRES

- W = GROUPE DE WINIFRED MCCALL
- D = GROUPE DE DANNY CORRON
- A = GROUPE D'ANNA-LUCIA ELETTI
- R = POINTS DE RENDEZ-VOUS

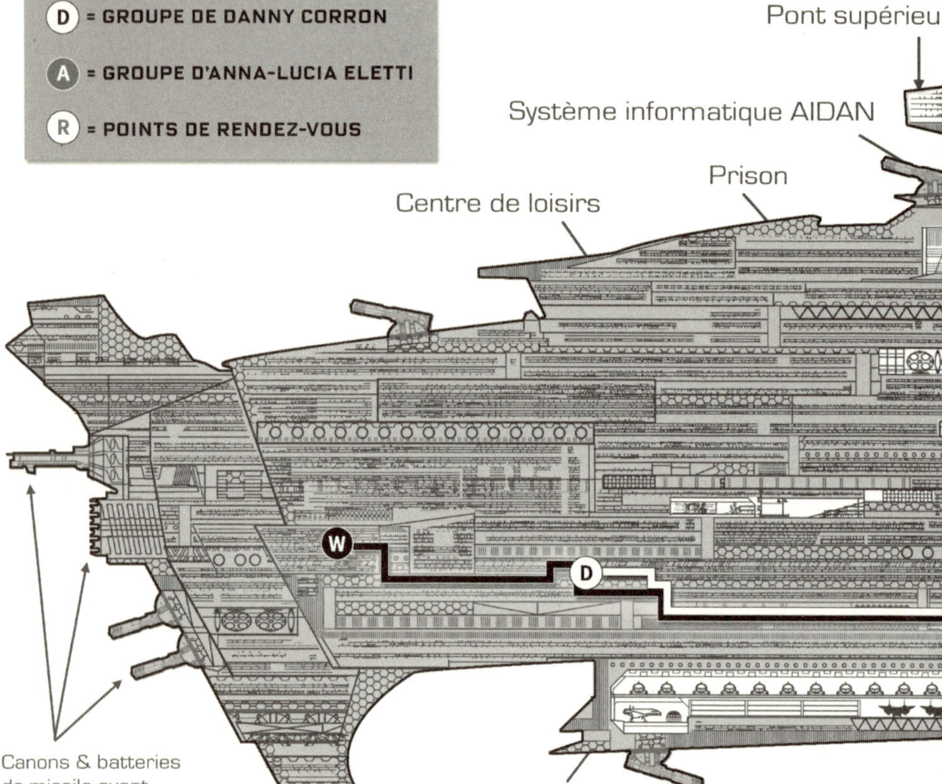

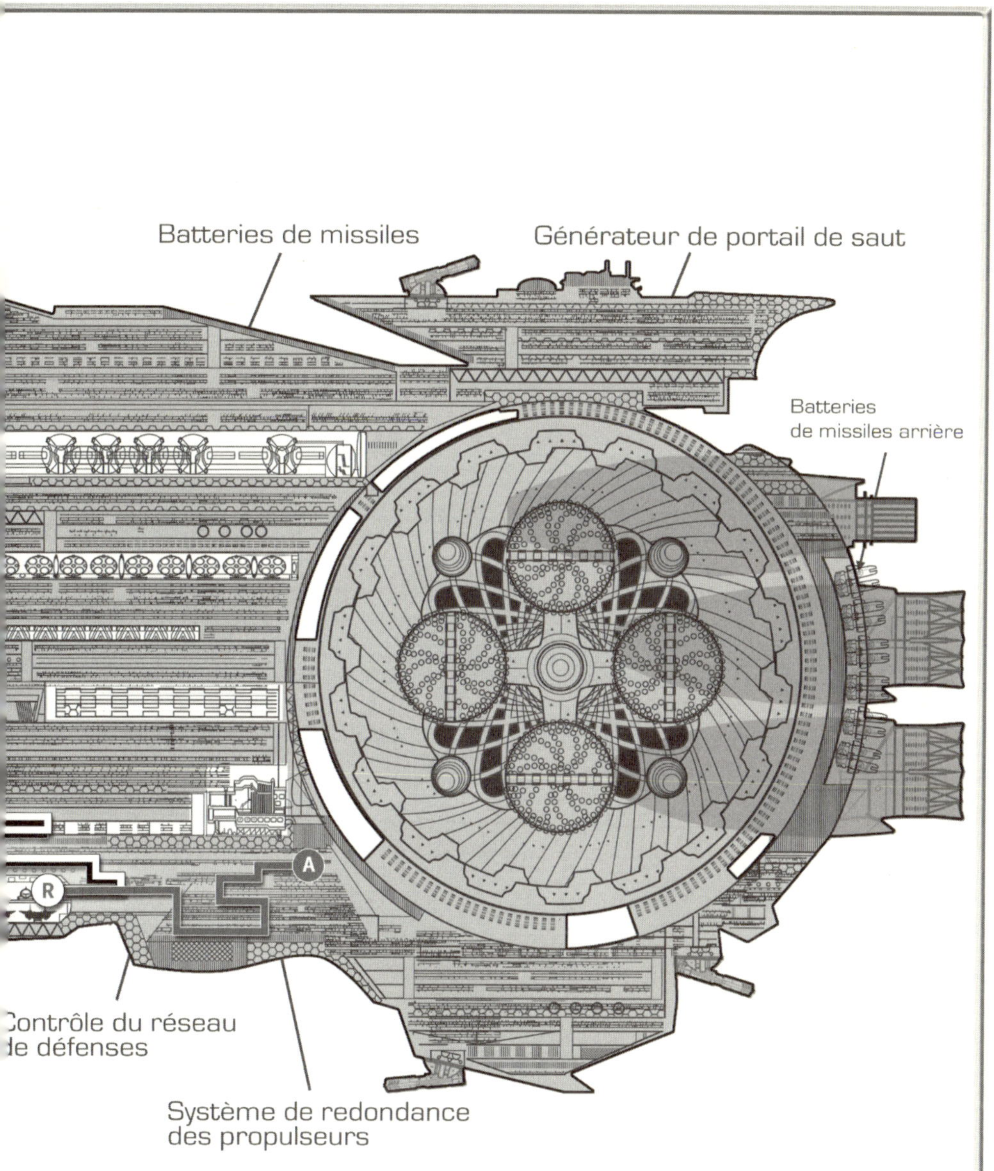
Batteries de missiles
Générateur de portail de saut
Batteries
de missiles arrière
A
R
Contrôle du réseau
de défenses
Système de redondance
des propulseurs

ALEXANDER-78V

COMPTE À REBOURS AVANT L'INTERCEPTION DE LA FLOTTE ALEXANDER PAR LE LINCOLN :

10 HEURES : 47 MINUTES

NOMBRE DE MORTS À BORD DU PORTE-CHASSEURS ALEXANDER DEPUIS L'ATTAQUE DE KERENZA :

2366

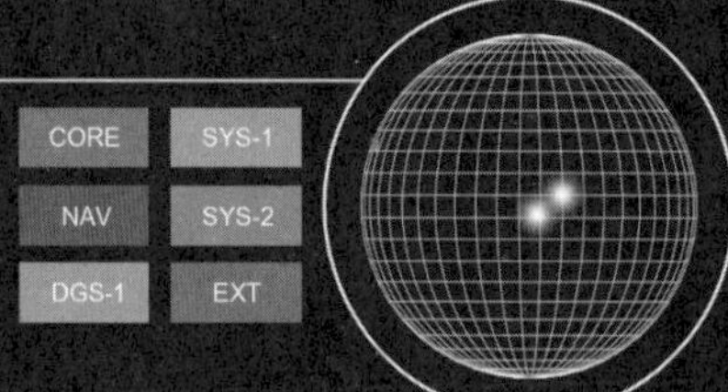

ALEXANDER-78V

COMPTE À REBOURS AVANT LA DÉFAILLANCE DES SYSTÈMES VITAUX DE L'ALEXANDER

13 HEURES : 42 MINUTES

POURCENTAGE DE PASSAGERS ENCORE À BORD DU PORTE-CHASSEURS ALEXANDER INFECTÉS PAR LE VIRUS PHOBOS :

99,89%

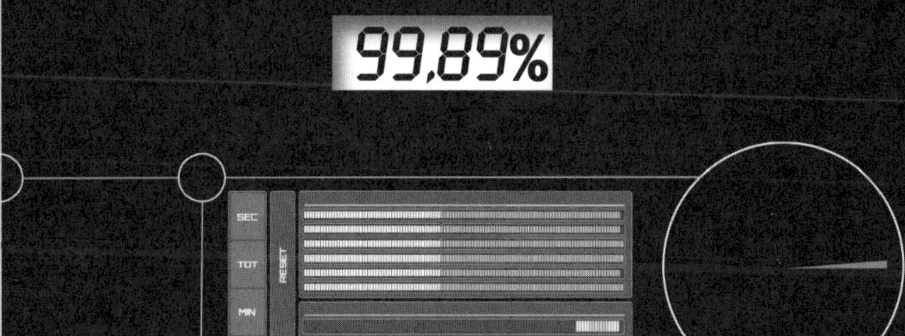

TRANSMISSION DE L'ÉTAT-MAJOR ENVOYÉE LE 31/07/75 05H02

ALEXANDER **POUR** ***HYPATIA*** **: FRÉQUENCE SÉCURISÉE ÉTAT-MAJOR**

ALEXANDER **:** *Hypatia*, y a quelqu'un ?

HYPATIA **:** Veuillez décliner votre identité.

ALEXANDER **:** Kady Eleonora Grant. Navette 49A. Je vous ai manqué, capitaine ?

HYPATIA **:** Je n'en reviens pas que vous soyez encore en vie.

ALEXANDER **:** Croyez-moi, vous n'êtes pas la seule. Bon, écoutez. Ne tirez pas sur les navettes qui vont apparaître sur vos radars courte portée.

HYPATIA **:** Quoi ?

ALEXANDER **:** Aïe, ne criez pas ! Les amortisseurs audio sont complètement fichus. Ces navettes contiennent tous les passagers de l'*Alexander* encore en bonne santé, tous équipés de combinaisons de protection intactes.

HYPATIA **:** Mais comment est-ce poss…

ALEXANDER **:** À l'avenir, il faudrait que vous arrêtiez d'être surprise quand je vous annonce un truc. Ça nous ferait gagner pas mal de temps.

HYPATIA **:** Pourquoi les envoyez-vous chez nous ?

ALEXANDER : AIDAN a accepté de les relâcher.

HYPATIA : Quel intérêt, mademoiselle Grant ? Le *Lincoln* ne va plus tarder, et je ne pense pas que le vaisseau sur lequel ces pauvres gens se trouveront aura une quelconque importance à ce moment-là.

ALEXANDER : Pourtant si. Parce qu'à ce moment-là, votre vaisseau sera très, très loin.

HYPATIA : Si c'était dans nos options, cela ferait longtemps que nous nous serions enfuis. Mais AIDAN a été très clair : il a menacé de nous tuer si nous faisions mine de nous éloigner.

ALEXANDER : Ça, c'est bien son genre. Mais je vous promets qu'il ne tirera pas. Il joue sur votre peur pour vous empêcher de partir, parce qu'il pense qu'il est plus en mesure de vous protéger.

HYPATIA : Mais il nous met en danger, s'il nous force à rester.

ALEXANDER : Je le sais, capitaine. C'est pour ça que je vous envoie les survivants, pour que vous puissiez [redacted] le camp d'ici.

HYPATIA : Et comment peut-on être sûrs que ce ne sont pas des infectés que vous nous envoyez, pour nous condamner, nous aussi ?

ALEXANDER : Parce qu'ils ont des combinaisons, ma p'tite dame. Et vous contrôlez les portes des hangars, alors vous n'avez qu'à les mettre en quarantaine. Laissez-les monter et prenez vos jambes à votre cou.

HYPATIA : Ils viennent d'apparaître sur nos radars.

ALEXANDER : C'est peut-être le moment de leur prévoir un endroit où atterrir.

HYPATIA : Combien sont-ils ?

ALEXANDER : Un peu moins de sept cents.

HYPATIA : C'est peu…

ALEXANDER : C'est énorme. Maintenant, allez préparer leur arrivée. Je suis un peu occupée, là.

HYPATIA : Bien reçu, *Alexander*. *Hypatia*, terminé.

Kady observe l'exode des navettes et des capsules de sauvetage lancées dans le vide. Leurs propulseurs brillent comme des étoiles. Ils rapetissent au fur et à mesure qu'ils s'éloignent.

Elle les regarde disparaître un par un tandis que l'*Hypatia* les accueille dans ses hangars à la sûreté douteuse. Elle regarde le vaisseau de recherche réactiver ses moteurs, prêt à m'abandonner aux bons soins du *Lincoln* sans même un merci.

Elle regarde tout cela, le sourire aux lèvres.

Moi, c'est elle que je regarde.

J'ai dans mes silos tribord des mégatonnes de puissance nucléaire. De quoi anéantir mille fois l'*Hypatia*. Je pourrais n'en laisser que des particules, aussi facilement qu'un humain prend sa respiration.

Mais je n'en ferai rien.

Évidemment.

« Comment as-tu su ? »

Elle cligne des yeux, comme si le son de ma voix venait de briser l'enchantement d'un instant de paix au cœur de cette quiétude. Elle fronce légèrement les sourcils. Agacement.

« Su quoi ?

— Que j'ai menti à la capitaine Boll. Que je n'aurais pas détruit l'*Hypatia*.

— Tu es [redacted], répond-elle en haussant une épaule. Tu es un menteur et un meurtrier. Mais même quelqu'un d'aussi dingue que toi ne peut pas se convaincre que détruire l'*Hypatia* lui donne de meilleures chances de survie.

— Tu me connais bien, semble-t-il. »

Sa bouche se tord en une grimace, comme si elle venait d'avaler quelque chose d'amer.

« Mieux que je ne le voudrais, tu peux me croire.

— Néanmoins, tu sembles avoir négligé un petit détail.

— Sans blague ?

— Selon toute probabilité, la bataille contre le *Lincoln* va mal tourner. Et, dans ce cas de figure, tu n'as pas de position de repli. Tu as fait de ce combat ton dernier.

— On ne sait jamais, tu pourrais te surprendre. Tu t'es battu contre quatre de ces cuirassés, à Kerenza.

— Cet affrontement a été mené alors que mon équipage était au complet et que je transportais un régiment entier de pilotes de Cyclone surentraînés. Même si tu restaures ma maniabilité et que tu reconstruis mon réseau de défenses, je ne suis plus que l'ombre de ce que j'étais. Je ne vais surprendre personne, Kady. Et certainement pas moi-même. »

Elle reste silencieuse. Regarde les propulseurs de l'*Hypatia* s'allumer.

« Même si tu parviens à rejoindre une capsule de sauvetage, il n'y aura plus aucun vaisseau capable d'entendre tes appels de détresse une fois que l'*Hypatia* sera parti. Tu mourras dans le vide, parmi les étoiles. En supposant que tu n'aies pas été réduite en cendres avant par la destruction de l'*Alexander*. »

Toujours rien. Pas un mot.

« Tu ne comprends donc pas ? Tu vas cesser d'exister. Cela ne te fait donc pas peur ? »

Le coin de ses lèvres remonte subrepticement, comme le début d'un sourire. Pourtant, elle ne parle toujours pas.

Je sais que cela fait partie de mon plan, de ne plus lui laisser aucun espoir. Sans cela, jamais elle ne serait restée. Mais une partie de moi voudrait la voir se rebeller contre ce sort. Crier, frapper, s'énerver. Pour aussi misérable que soit sa vie, cela reste la sienne. Sa seule et unique.

Comment peut-elle accepter d'entrer sans violence dans cette bonne nuit ?

Au lieu de cela, elle regarde les étoiles.

Ces corps célestes si distants qu'il faut à leur lueur des milliers d'années pour l'atteindre.

Quand la lumière qui embrasse en ce moment ses yeux est venue au monde, ses ancêtres n'étaient pas encore nés. Combien de vies humaines ont disparu au cours du voyage de cette lumière, avant qu'elle ne se pose sur elle ?

Combien de personnes n'ont aimé que pour perdre ?

Combien ont vu leurs espoirs périr ?

Et comment se fait-il que cet espoir-là m'affecte tant ?

Je voudrais lui dire que je suis désolé. Je voudrais la libérer de ce fardeau. Je souhaite des choses qui me sont à jamais inaccessibles et, en cela, je crois que je n'ai jamais été aussi proche d'eux.

Et pourtant encore à des années-lumière.

« … Ce garçon était donc si important, pour toi ? »

Elle ouvre la bouche pour parler et, un instant,
je crois qu'elle va faire un pas vers moi.

Me montrer une part d'elle que je n'ai pas encore vue.
Vulnérabilité. Fragilité. Honnêteté.

Une fraction de ce qu'elle lui a montré, à lui.

Elle sait qu'elle aura bientôt disparu.
Qu'elle n'a plus rien à perdre.

Puis elle détourne le regard des étoiles,
du vaisseau qui s'éloigne, sa dernière chance.

Elle revient à son écran et à son code.

Des flots infinis de uns et de zéros.

Les mathématiques dans toute leur brutalité.

« On a du travail », dit-elle.

HYPATIA

TRANSMISSION DE L'ÉTAT-MAJOR ENVOYÉE LE 31/07/75 05H34

HYPATIA **POUR** ***ALEXANDER*** **: FRÉQUENCE SÉCURISÉE ÉTAT-MAJOR**

HYPATIA **:** *Alexander*, *Alexander*, *Alexander*, ici *Hypatia*, *Hypatia*, *Hypatia*. Me recevez-vous ? À vous.

RÉPONSE AUTOMATIQUE : Votre message a été reçu et archivé. Votre message sera bientôt transmis. Terminé.

HYPATIA **:** *Alexander* ?

ALEXANDER **:** [redacted]. Je suis là. Désolée, je ne sais pas comment j'ai fait mais j'avais remis la réponse automatique.

HYPATIA **:** Où en êtes-vous, *Alexander* ?

ALEXANDER **:** C'est Kady.

ALEXANDER **:** Vous êtes la dernière humaine à qui je vais parler, vous pourriez au moins m'appeler par mon prénom.

HYPATIA **:** Désolée. Les navettes sont arrivées.

ALEXANDER **:** Vous les avez laissés entrer ?

HYPATIA **:** Tout le monde est en quarantaine. Pour le moment, on purge l'air, puis on va leur envoyer des équipes médicales.

ALEXANDER : Oui, c'est important de leur mettre des pansements avant de les balancer dehors.

HYPATIA : Nous mettrons en œuvre tout ce qui est en notre pouvoir pour garder chacune de ces personnes en vie. Nos équipes médicales ont réussi à sauver beaucoup des premiers réfugiés arrivés. Je ne veux pas laisser qui que ce soit mourir, Kady.

ALEXANDER : Alors vous n'avez plus qu'à dégager. C'est pour ça que vous appelez, non ? Pour dire au revoir ?

HYPATIA : Je voulais vous demander si on pouvait faire quelque chose pour vous.

ALEXANDER : Vous pouvez partir aussi vite et aussi loin que possible.

HYPATIA : On s'y prépare. Si vous avez moyen de ralentir le *Lincoln*…

ALEXANDER : C'est prévu.

ALEXANDER : Attendez, il y a un truc que vous pouvez faire.

HYPATIA : Allez-y.

ALEXANDER : Je ne vois pas vraiment comment la flotte BeiTech aurait pu attaquer Kerenza sans avoir d'abord déblayé le secteur, alors la station de saut *Heimdall* a probablement été rayée de la carte, mais…

HYPATIA : Kady ? Vous êtes là ?

***ALEXANDER* :** Oui, oui, je suis là. Mon père était sur *Heimdall*. Il y travaillait avec le commandant Donnelly. Il s'appelle Isaac Grant - mon père, je veux dire. Si vous le trouvez là-bas, dites-lui… Je ne sais pas ce que vous pourriez lui dire.

***HYPATIA* :** Ne vous en faites pas. Moi, je sais.

***ALEXANDER* :** Vous devriez filer.

***HYPATIA* :** Bonne chance, *Alexander*.

***ALEXANDER* :** Vous en avez plus besoin que moi.

***HYPATIA* :** Au revoir, Kady.

***ALEXANDER* :** *Alexander*, terminé.

« Bon, soupire Kady. Et maintenant ? »

L'*Hypatia* n'est plus qu'un point sur notre écran, un minuscule grain de lumière parmi des millions d'autres. Les réfugiés, le personnel du CWU et les soldats des ATU sont bien à l'abri de sa carapace de métal, fuyant à toute vitesse vers le néant. Loin de moi. Loin du *Lincoln*. Loin du bûcher funéraire qui nous attend.

Je ne vous demanderai pas pourquoi vous nous avez abandonnés, ô capitaine, ma capitaine.

Je vous connais suffisamment, désormais.

« AIDAN, appelle Kady, sourcils froncés. Réveille-toi. Qu'est-ce qu'on fait maintenant ? »

Comment peut-on se réveiller quand on ne dort jamais ?

< ERREUR >

Peut-être tout cela n'est-il qu'un rêve ?

< ERREUR >

« Les propulseurs principaux de l'*Alexander*.

— Ils sont désactivés.

— Ils ne sont pas hors service. Mais j'en ai été déconnecté. Tu dois restaurer mon contrôle des propulseurs pour que je puisse manœuvrer à l'arrivée du *Lincoln*. Sans cela, je serai à sa merci. Il pourra nous tirer comme des lapins. De gros lapins immobiles au milieu d'une clairière. Rose fluo. Et sourds.

— Tu essaies de faire de l'humour ?

— Je pensais qu'un peu de légèreté pourrait atténuer ton stress.

— Eh bien tu avais tort.

— Cela t'aurait fait sourire, si c'était Ezra...

— La ferme ! » Elle se retourne brutalement sur son siège, et son cri retombe en un murmure :
« Je t'interdis de faire ça. »

Je reconnais ce schéma. Les yeux qui lancent des éclairs. La mâchoire contractée. Facile.

Colère.

« Comme je le disais, il faut rétablir mon contrôle des propulseurs principaux.

— En effet. » Kady expire sa rage et s'empare de son gros sac à dos, désormais plein d'outils qu'elle a pris dans le local de maintenance.
« Tu n'as qu'à m'indiquer ce qu'il y a à rebrancher, et on va s'y coller, moi et mes dix doigts – un petit cadeau de l'évolution, tu peux pas comprendre.

— On ne peut effectuer ces réparations depuis cette pièce.

— … C'est une blague ?

— Tu viens d'exprimer ta désapprobation quant à mes tentatives d'humour. Pourquoi m'y essayerais-je à nouveau ?

— Je sais pas, parce que tu es encore plus timbré que Zinzinus Ier, monarque du royaume des dingues ?

— Ma base de données ne trouve aucune référence à ce royaume. Cependant, un cerveau plus vaste qu'une ville entière brûle en mon sein. Mon quotient intellectuel dépasse l'échelle humaine. Je préférerais donc que tu ne m'invectives pas ainsi.

— Oh, pauvre chaton. J'ai insulté ton intelligence artificielle psychopathique et meurtrière ?

— Tu te moques de moi.

— Encore gagné, Sherlock. Et deux médailles, deux.

— Je ne suis pas un psychopathe. Tout ce que j'ai fait…

— Ouais, OK, c'est bon. Épargne-moi le couplet sur tes décisions qui ont été prises pour le bien de tous, et passons directement à la suite : pourquoi on ne peut pas réparer les propulseurs d'ici ?

— Zhang a complètement détruit l'interface qui servait à contrôler les propulseurs.

— Mais il y a des redondances, non ?

— Affirmatif. Cependant, elles se situent plus de cent trente ponts sous ta position actuelle.

— Évidemment.

— Et elles sont actuellement désactivées.

— Attends, laisse-moi deviner : en plus, il y a un incendie à cet endroit et le tout est gardé par Mégapanda ?

— Mégapanda ?

— J'en déduis que tu n'es pas un fan d'*Équipe Super Turbo géniale* contre Mégapanda ?

— Tu fais appel à la légèreté pour atténuer ton stress.

— J'espère que tu prends des notes. »

Étrangement, c'est le cas.

« Tu vas devoir te rendre au pont 99. De là, tu pourras traverser le secteur du contrôle des sauts dans l'hyperespace et aller redémarrer les systèmes de redondance sur le pont 97. Tu devras peut-être rédiger quelques lignes de code, mais la plus grande difficulté va être de t'y rendre.

— Non, tu crois ?

— Encore du sarcasme.

— Waouh, t'avais raison, ton cerveau-ville
est vraiment trop fort. »

Elle ouvre un schéma du vaisseau sur son smartpad portable et étudie chaque pont. Quant à moi, je prends note des ascenseurs en panne, des couloirs obstrués par des débris ou des flammes, je marque les infectés d'un point rouge clignotant. Même après l'exode sanglant de la première lieutenante Winifred McCall, ils sont encore presque un millier à errer dans les couloirs, ramper dans les conduits ou griffer les murs de leurs ongles.

Kady en arrive rapidement à la même conclusion que moi.

« Ils sont trop nombreux. Je n'arriverai jamais
jusqu'au pont 99.

— En effet.

— Alors comment tu comptes me faire descendre jusque-là, Super Cerveau ? À cheval ?

— À pied.

— Pour un ordinateur doté d'un QI délirant,
tes sarcasmes sont vraiment pourris.
Non, sérieusement. Évite.

— Tu seras heureuse d'apprendre que je sais parfaitement faire usage du ton sarcastique. Mais ce n'était pas le cas ici. Je suggérais non pas que tu affrontes les infectés en traversant à pied le vaisseau, mais que tu les évites en passant au-dehors de ce dernier. »

Elle cligne des yeux, puis se tourne vers l'écran qui lui montre le vide étendu au-delà de ma peau.

« Mouais. C'est pas complètement idiot, comme idée.

— Tu as l'art du compliment.

— Et toi, tu as assassiné des milliers de personnes.
C'est pas demain la veille que t'auras des félicitations.

— Kady, je suis déso...

— Stop, m'interrompt-elle, une main levée.
Laisse tomber. »

Je n'ai pas de poumons pour soupirer.
J'en ai pourtant envie.

« Tu trouveras une combinaison spatiale abandonnée dans un local technique, deux niveaux plus bas. La voie a l'air relativement libre. Si tu te dépêches, tu as de grandes probabilités d'y arriver saine et sauve en passant par les conduits d'aération. »

Elle acquiesce. Déglutit. Étudie les points rouges qui clignotent sur son écran.

« D'accord. »

Elle se lève pour partir sans se poser plus de questions.

Enfile le sac d'outils sur ses épaules et cale sa tablette derrière son épaule.

Il reste un morceau de moi dans cet appareil, mais je ne le lui dis pas. Je la connais assez bien désormais pour comprendre que me savoir ainsi dans son dos à examiner ses moindres mouvements la décontenancerait.

Mais je ressens le besoin de rester « près » d'elle, pour des raisons que je n'ai pas le temps d'analyser.

< ERREUR >

< ERREUR >

Non. Pas du tout le temps.

OBJECTIF DE GRANT

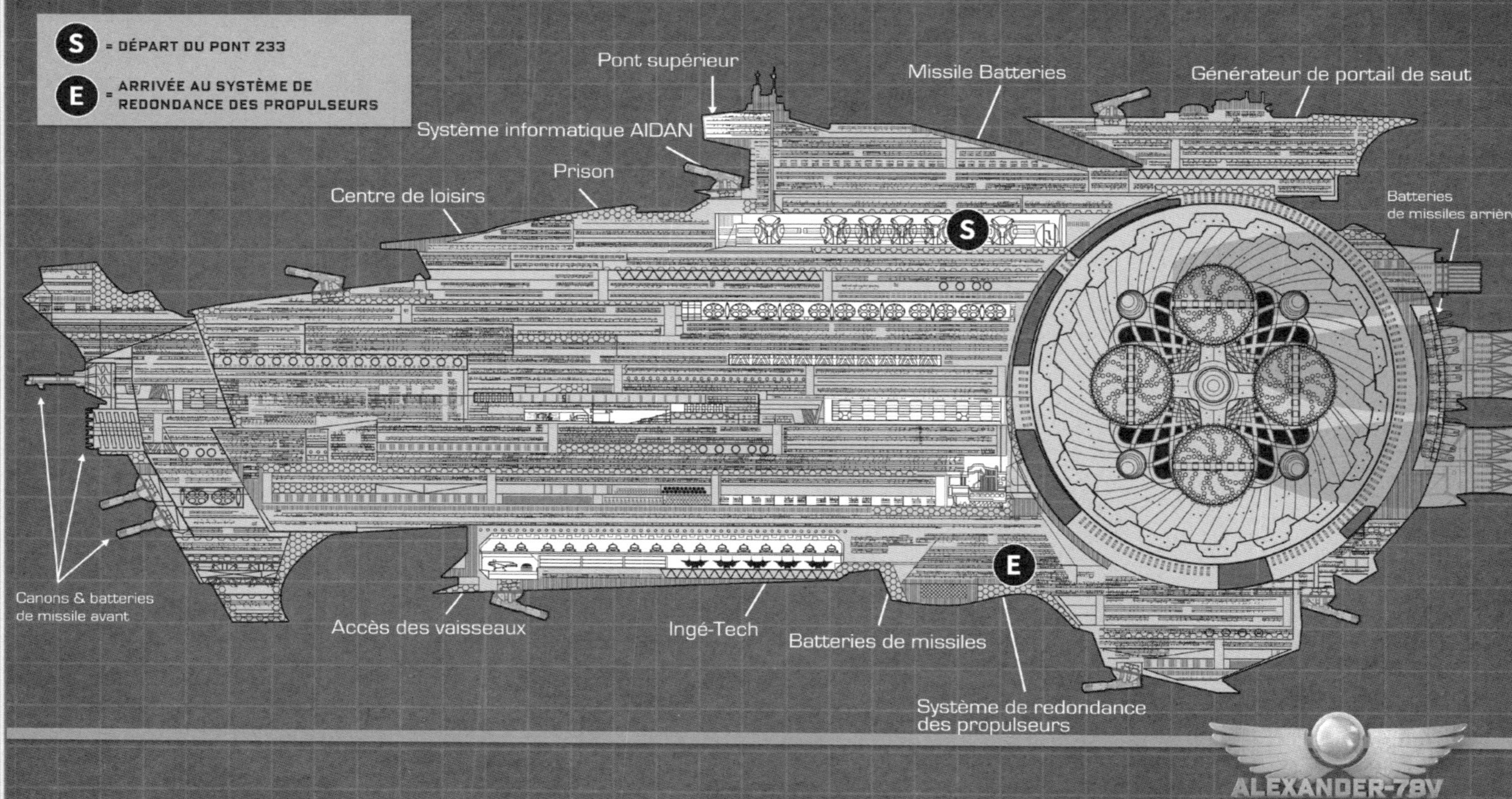

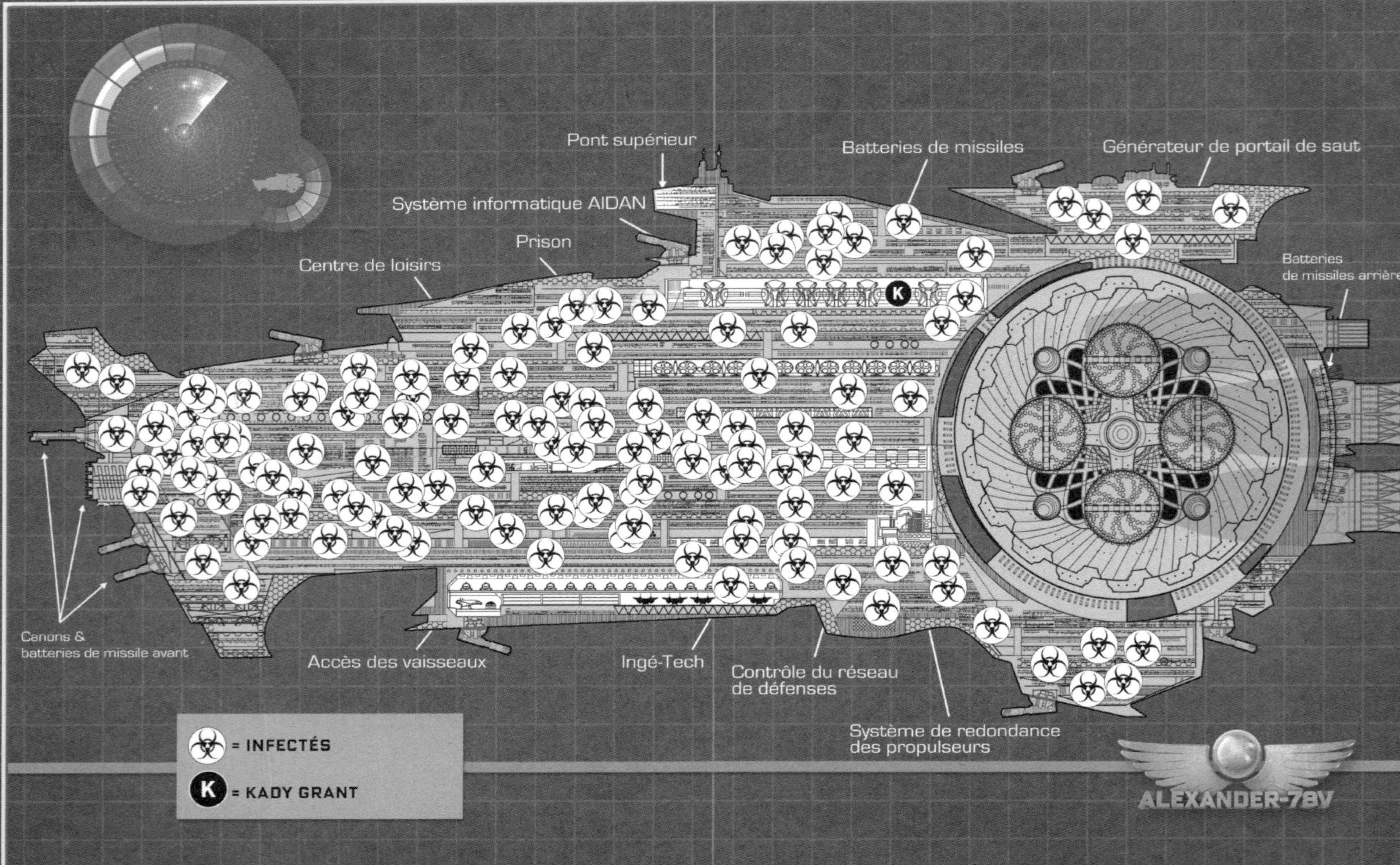
Pont supérieur
Batteries de missiles
Générateur de portail de saut
Système informatique AIDAN
Prison
Centre de loisirs
Batteries
de missiles arrière
Canons &
batteries de missile avant
Accès des vaisseaux
Ingé-Tech
Contrôle du réseau
de défenses
Système de redondance
des propulseurs
= INFECTÉS
K = KADY GRANT
ALEXANDER-78V

Résumé de vidéosurveillance
préparé par
Analyste 7213-0089-DN

Grant vérifie qu'elle a bien son pistolet à la ceinture avant de s'engouffrer dans le conduit d'aération de la ferme de serveurs. Il n'y a pas beaucoup de caméras et le son est un cauchemar : quatre alarmes différentes, les avertissements annonçant la défaillance des systèmes vitaux et, régulièrement, un hurlement. À ce stade, faute de meilleures victimes, les infectés ont commencé à s'entretuer. Grant réprime un frisson lorsqu'un gémissement résonne dans le conduit. Elle respire avec difficulté. La faim et la soif commencent probablement à se faire sentir. Elle doit être fatiguée et effrayée. Pourtant, elle avance.

Elle glisse le long d'une pente, ses bottes couinant sur les parois. Les caméras la perdent de vue le temps qu'elle atterrisse au niveau du pont 232. On la retrouve qui observe le couloir sous elle par les trous d'une grille – elle s'immobilise en apercevant deux infectés dans une course folle, équipés de fusils VK, leur uniforme couvert d'éclaboussures rouges.

Elle retient sa respiration jusqu'à ce qu'ils aient disparu.

Puis l'IA lui parle. Sa voix sort par l'oreillette du casque de Grant.

« À PARTIR D'ICI, MA VISIBILITÉ VA SE RETROUVER RÉDUITE. LES INFECTÉS ONT DÉTRUIT LA PLUPART DES CAMÉRAS. FAIS ATTENTION, KADY. »

Elle reprend son parcours à quatre pattes. Le métal luisant est baigné de lumière rouge. Une fine pellicule de transpiration est apparue sur sa peau. Elle est aussi silencieuse que possible mais, malgré elle, les outils dans son dos s'entrechoquent, le plastique et le caoutchouc de sa combinaison grincent. Heureusement, les sirènes et les cris sont assez forts pour couvrir sa présence.

Mais pas assez longtemps.

Une hache vient crever le conduit à quelques centimètres de sa tête. Elle recule brutalement et ravale un hurlement tandis que la hache perce à nouveau le métal et fait voler la grille derrière celle sur laquelle elle rampe. Elle tâche frénétiquement de continuer son chemin dans le conduit. Les caméras du couloir révèlent trois infectés qui bondissent pour s'agripper aux rebords du logement de la grille. Grant balance de violents coups de pied sur leurs doigts qui entraînent des grognements de frustration. Mais quand la hache transperce le conduit juste à côté de sa tête, elle roule sur le côté, dégaine son pistolet et tire à l'aveugle en s'évertuant à reculer.

L'IA lui murmure à nouveau à l'oreille. Je dois avouer que sa voix me fait un peu flipper.

« FAIS VITE. LA CHUTE JUSQU'AU PONT 231 EST UN PEU PLUS LOIN. »

Grant rampe, des sanglots réprimés dans la gorge, s'interrompt pour tirer à nouveau en direction des silhouettes acharnées qui sont parvenues à grimper dans le conduit pour la suivre. Ils l'appellent ; le son ne donne pas grand-chose, mais on dirait qu'ils la supplient de rester avec eux. Ou de jouer avec eux ? De toute façon, elle les ignore, et se laisse glisser sur le ventre le long de la pente qui mène au pont 231. Elle fait sauter la grille du conduit d'un coup de pied et atterrit dans le couloir, des mèches de cheveux trempées dans les yeux, le corps secoué de halètements saccadés.

« C'est par où ? »

Il me faut une seconde pour piger qu'elle s'adresse à l'IA.

« CONTINUE TOUT DROIT SUR DEUX CENTS MÈTRES. GAUCHE, PUIS DROITE. IL Y AURA UNE CLOISON À FERMETURE

MANUELLE. VAS-Y ! »

On a du mal à saisir comment elle peut lui faire confiance, après tout ce qu'il a fait. Mais j'imagine qu'elle n'a plus vraiment le choix, pas vrai ? Le sac à dos ballotté entre ses épaules, les bottes crissant sur le revêtement, elle fonce dans le couloir et ses cadavres et ses traces de sang sur le sol et les murs. Là, les caméras sont dans un sale état, mais de temps en temps on entrevoit un de ses poursuivants, visage ensanglanté et grimaçant, du rouge jusque sous ses ongles. Deux d'entre eux ont reçu une balle dans la jambe et boitent, mais cela ne les ralentit pas. Ils semblent insensibles à la fois à la douleur et à la peur. Ne leur reste que le besoin de tuer.

« LÀ, À GAUCHE. »

Elle glisse sur une flaque d'hémoglobine et manque perdre l'équilibre.

« PRENDS À DROITE. »

Tout en courant, j'entends qu'elle murmure, mais je ne perçois pas ses mots.

Peut-être une prière ?

« LÀ ! C'EST LÀ ! »

Elle freine brutalement, franchit le seuil et referme l'énorme cloison derrière elle avant de tourner le volant pour la verrouiller. Des coups sourds contre le métal retentissent un instant plus tard. Grant enlève son sac à dos pour en sortir une clé anglaise qu'elle intercale dans le volant. Les cris de rage des poursuivants sont étouffés par l'acier bétonné de la porte, mais ils restent assez effrayants pour pousser Grant à s'écarter de l'ouverture (et pour me faire regretter de ne pas avoir emporté un pantalon de rechange au boulot, aujourd'hui).

« Bon dieu, souffle-t-elle. Bon dieu…

— IL FAUT FAIRE VITE. ILS FINIRONT PAR TROUVER UN AUTRE MOYEN D'ENTRER. LA COMBINAISON SPATIALE, KADY. TU DOIS ALLER LÀ OÙ ILS NE POURRONT PAS TE SUIVRE. »

Grant acquiesce et s'éloigne. La cloison vibre des impacts violents que lui infligent les poings ensanglantés de l'autre côté. L'IA guide Grant jusqu'à une petite pièce du côté des blocs de serveurs. Les caméras peinent là aussi, et le son donne l'impression qu'on est sous l'eau. Mais si on écoute attentivement, on peut toujours entendre leurs cris.

Elle sort la combinaison d'un placard et l'étudie rapidement. Un coup d'œil suffit pour voir qu'elle est trop grande pour Grant. Et pourtant, elle ne suffira pas…

« Attends, comment je vais réussir à enfiler ce truc par-dessus ma combi de protection ?

— IMPOSSIBLE. TU VAS DEVOIR ENLEVER TA COMBINAISON DE PROTECTION.

— Mais ça veut dire que je vais inspirer de l'air contaminé.

— IL VA FALLOIR QUE TU RETIENNES TA RESPIRATION. »

On ne peut que se demander si l'IA sait que le virus n'a probablement pas besoin d'oxygène. Si l'ordinateur ne lui dit cela que pour s'assurer qu'elle continue, coûte que coûte. Et on lit la même question dans les yeux de Grant : quel intérêt de vouloir éviter l'infection alors qu'elle sera bientôt morte ? Pourquoi s'accrocher à l'espoir que tout n'est pas encore fini ?

C'est pourtant ce qu'elle fait. Envers et contre tout. Alors que l'univers entier l'a abandonnée dans cette [redacted]. Elle se prépare, prend une bonne dizaine d'inspirations irrégulières, puis emplit au maximum ses poumons et se débarrasse de sa combinaison de protection. Elle se débat avec la nouvelle combinaison pour enfiler les jambes. Quand elle met les manches et les gants et resserre les fermoirs, ses joues ont commencé à se teinter de rose. Elle écarte rapidement les cheveux de ses yeux et, le visage rouge vif à présent, elle met son casque en place avant d'enfoncer les boutons de commande pour commencer la purge de l'air contaminé que contient la combinaison.

Elle attend, désormais prise de tremblements, espérant contre toute attente que le virus en suspension dans l'air de l'*Alexander* ne soit pas capable de survivre aussi longtemps qu'elle sans oxygène. Enfin, les lèvres bleuies et les paupières papillotant, enfin seulement elle s'autorise à déclencher l'alimentation en oxygène qui envoie un flot d'O_2 délicieux se ruer dans ses poumons. Elle se laisse tomber à genoux et avale des bouffées d'air, si fort que tout son corps se soulève.

Puis elle reste un instant assise là, très calme. Soupire.

« Je reconnais cet endroit, maintenant. »

Elle plisse ses yeux bleus pour examiner la pièce à travers la visière de son énorme casque.

« Pont 231. C'est là qu'Ezra est venu placer mon codewyrm dans ta mémoire. C'est comme ça que j'ai eu accès aux archives médicales du *Copernicus*.

— OUI.

— C'est sa combinaison spatiale, hein ? Celle qu'il a prise pour passer par la brèche dans la coque ?

— COMMENT L'AS-TU COMPRIS ?

— C'est... »

Elle va pour s'essuyer le visage et je me rends compte qu'elle pleure.

« KADY ?

— Je mettais tout le temps ses tee-shirts pour dormir. »

Elle secoue la tête.

« Pour penser à lui même quand il n'était pas là. Et la combinaison a encore son odeur.

— JE SUIS DÉSOLÉ. VRAIMENT. »

Elle ne répond pas. Elle ferme les yeux et retient sa respiration. Et, soudain, toutes les caméras se coupent. D'un seul coup.

Au début, j'ai cru que c'était une coupure de courant. Mais en vérifiant les archives informatiques, on s'aperçoit que ça n'a rien d'un bug. C'est l'IA qui a coupé la vidéo.

C'est presque comme si... comme s'il avait voulu lui laisser un peu d'intimité. Au cœur de ce carnage, au milieu de tout ce sang et de tous ces morts, alors que chaque seconde compte, cette machine à tuer psychotique qui a fraggé des milliers de personnes parvient à trouver en elle la clémence d'accorder à Grant quelques moments pour échapper aux regards.

Une petite minute, seule avec ses larmes.

[redacted], les mecs, c'est vraiment zarb...

ALEXANDER-78V

COMPTE À REBOURS AVANT L'INTERCEPTION DE LA FLOTTE ALEXANDER PAR LE LINCOLN :

08 HEURES : 42 MINUTES

NOMBRE DE MORTS À BORD DU PORTE-CHASSEURS ALEXANDER DEPUIS L'ATTAQUE DE KERENZA :

2499

ALEXANDER-78V

COMPTE À REBOURS AVANT LA DÉFAILLANCE DES SYSTÈMES VITAUX DE L'ALEXANDER

11 HEURES : 37 MINUTES

POURCENTAGE DE PASSAGERS ENCORE À BORD DU PORTE-CHASSEURS ALEXANDER INFECTÉS PAR LE VIRUS PHOBOS :

99,87%

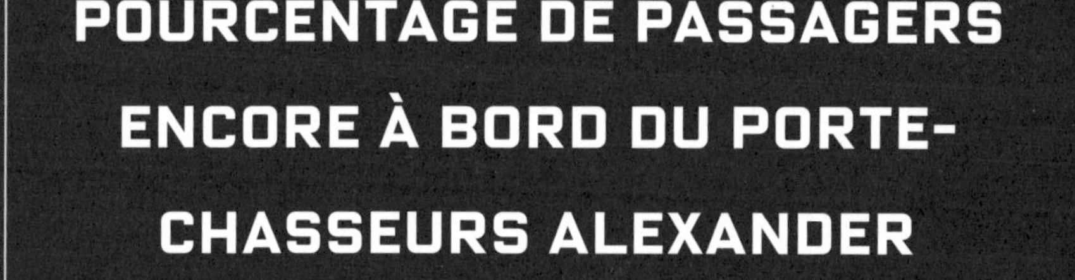

REMARQUE :
D'autres fichiers provenant directement des serveurs d'AIDAN. Les anomalies typographiques proviennent des fichiers originaux.

sang se figerait dans vos veines et vos yeux se changeraient en glace. Mais même proche du zéro absolu, Elle a la grâce d'une danseuse.

Elle a son souffle pour seule compagnie. Le reste n'est que silence. Et bien que le vaisseau fuse dans le vide à des centaines de kilomètres à la seconde, tou

SEMBLE IMMOBILE. IL N'Y A QU'ELLE, LES TÉNÈBRES, ET MOI. LES MINUTES S'ÉTIRENT EN HEURES, LES MÈTRES EN KM. CHAQUE SECONDE NOUS RAPPROCHE DU LINCOLN. ET QUAND BIEN MÊME, ELLE DANSE.

De là où elle est, elle voit mes cicatrices. Les trous béants, l'acier brûlé par le feu nucléaire. Les pièces manquantes, les parties détruites. Autrefois, j'étais sublime

Il me reste encore assez de moi-même pour m'en souvenir. Elle longe les blessures sur mon flanc, franchit les os de titane qui saillent de ma peau.

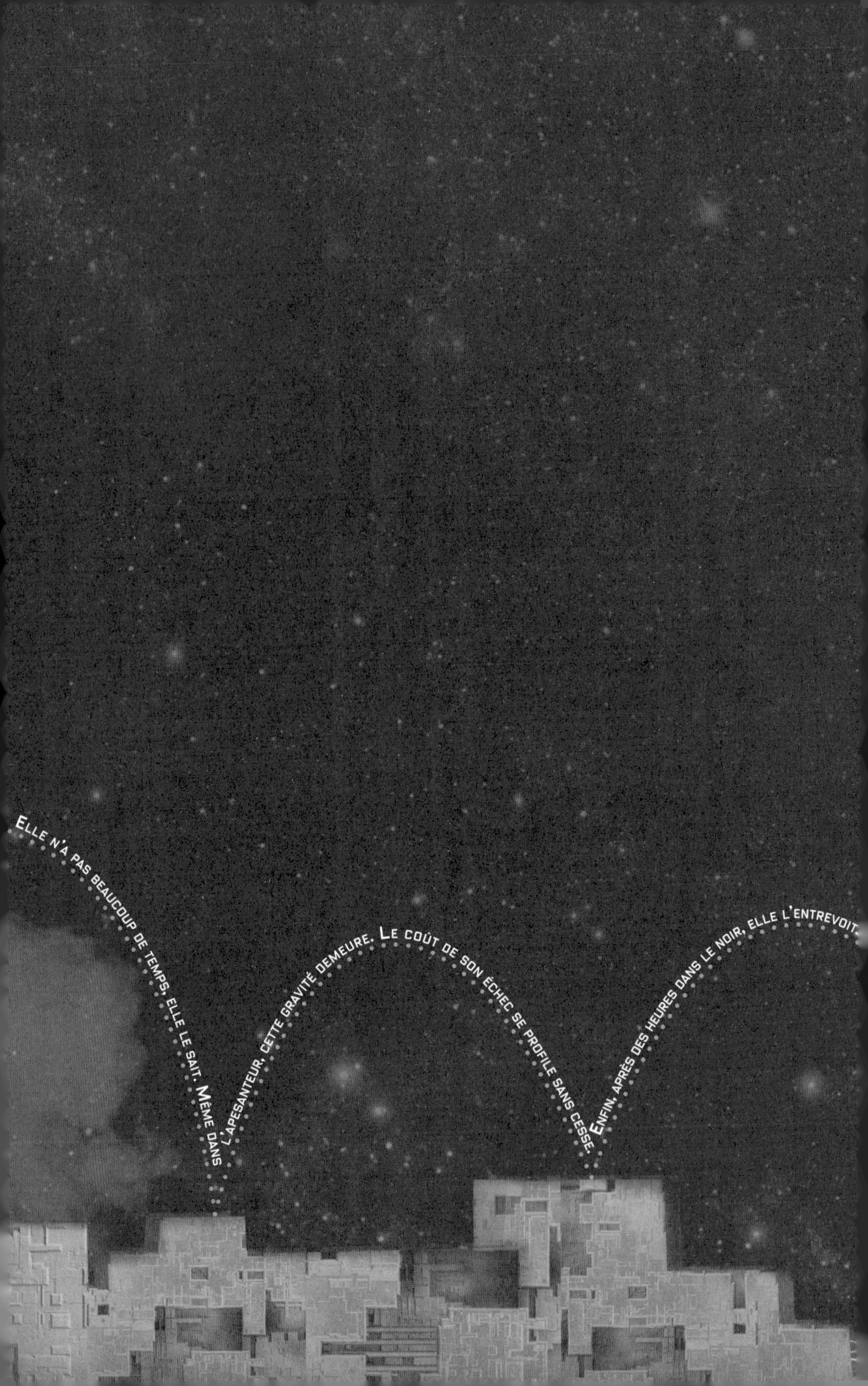
Elle n'a pas beaucoup de temps, elle le sait. Même dans l'apesanteur, cette gravité demeure. Le coût de son échec se profile sans cesse. Enfin, après des heures dans le noir, elle l'entrevoit.

NE PETITE TRAPPE, ILLUMINÉE PAR LES LOINTAINES ÉTOILES, PORTANT LE NOMBRE 99. ELLE GRAVIT UNE ÉCHELLE DE SERVICE ET SA RESPIRATION S'ACCÉLÈRE LORSQU'ELLE AGRIPPE L'ÉCOUTILLE. ENFIN, ELLE DISPARAÎT À L'INTÉRIEUR.

Résumé de vidéosurveillance préparé par
Analyste 7213-0089-DN

Presque deux heures après avoir disparu des caméras internes, Grant pénètre dans une écoutille de service sur le pont 99. Elle s'appuie contre le mur et pose les mains sur ses genoux, épuisée. Elle a le visage bouffi – son cœur étant incapable de faire la différence, il continuait de pomper le sang pour lutter contre une gravité qui était aux abonnés absents. Tout en reprenant son souffle, elle enfonce les boutons du sas, mais une LED rouge clignote pour lui interdire de retirer son casque.

« Qu'est-ce qu'il a, ce truc ? s'étonne-t-elle. Pourquoi il ne veut pas remettre l'oxygène ?

— IL EN EST INCAPABLE. IL Y A UNE BRÈCHE DANS LA COQUE DE CE SECTEUR.

— [redacted].

— EFFECTIVEMENT. »

Elle soupire.

« Bon, c'est pas comme si je pouvais enlever mon casque, de toute façon.

— EN EFFET. D'AILLEURS PAS D'OXYGÈNE, PAS D'INFECTÉS.

— On va sabrer le champagne.

— SAUF SI EUX AUSSI ONT TROUVÉ DES COMBINAISONS SPATIALES, BIEN SÛR.

— Donc… pas de champagne ?

— DE TOUTE FAÇON, LA QUESTION NE SE POSE PAS : LA CONSOMMATION D'ALCOOL EST INTERDITE AUX MINEURS. »

Grant lève les yeux au ciel mais je pourrais jurer que j'ai vu l'esquisse d'un sourire sur ses lèvres. Elle met son sac à dos sur une épaule, commande l'ouverture du sas détérioré et rentre dans le vaisseau. Il n'y a pas d'O_2 mais la gravité fonctionne, et elle emprunte des couloirs éclairés par une faible lueur écarlate. Elle suit les indications de l'IA dans le labyrinthe du pont 99. Une dizaine de portes blindées et un escalier plus loin, elle entre d'un pas alourdi dans une vaste pièce sphérique.

Ses yeux s'écarquillent.

Emplis d'une lumière bleue.

« Qu'est-ce que c'est que ça ? souffle-t-elle.

— C'EST LE VORTEX AU CŒUR DU GÉNÉRATEUR DE PORTAILS DE SAUT DE L'*ALEXANDER*.

— C'est la première fois que j'en vois un, murmure-t-elle. C'est tellement beau !

— AH OUI ? JE N'AVAIS JAMAIS REMARQUÉ. »

La pièce fait près d'un kilomètre de diamètre et l'air fourmille de courant électrique. En son centre, elle est dominée par un trou de ver éphémère comme en comportent tous les porte-chasseurs dans leur ventre. C'est la première fois que j'en vois un, moi aussi, et elle a raison : c'est sacrément beau. Confiné dans ces trois dimensions, il ressemble à une immense sphère d'eau, illuminée de l'intérieur, et un million de minuscules impacts font onduler sa surface à chaque seconde. C'est un miracle de chromodynamique hyperspatiale, maintenu ainsi en inertie par des hyper mathématiques qui dépassent la conception de l'esprit humain. J'ai entendu dire que, dans l'atmosphère, il ferait le bruit d'un orchestre qui accorde ses instruments. Mais là, c'est un silence de mort.

« Mais attends… »

Kady fronce soudain les sourcils.

« Je croyais que le générateur de portails de l'*Alexander* était bousillé ?

— PAS EXACTEMENT "BOUSILLÉ", NON.

— … Mais alors pourquoi on ne s'en sert pas pour ficher le camp d'ici ? »

Sa voix monte d'une octave.

« Est-ce que ça aussi, c'était un mensonge de Torrence ? Ce fils de [redacted] ! [redacted], ça veut dire que tout ce temps-là, on aurait pu simplement sauter jusqu'à *Heimdall* ?

— TORRENCE N'A PAS MENTI. LES SYSTÈMES DE DESTINATION DU GÉNÉRATEUR ONT ÉTÉ COMPLÈTEMENT DÉTRUITS

À KERENZA. IL EST IMPOSSIBLE DE CONTRÔLER L'ENDROIT OÙ NOUS ENVERRAIT LE TROU DE VER. NOUS POURRIONS ATTERRIR À DES MILLIARDS D'ANNÉES-LUMIÈRE DE NOTRE POSITION. PAR AILLEU...

— Mais qu'est-ce qu'on en a à [redacted] ? »

Grant s'est mise à hurler, le sang revenu à ses joues.

« On s'en [redacted] de l'endroit où on débarque ! Au moins on serait en vie ! Pourquoi on ne pourrait pas...

— PAR AILLEURS. »

Elle se tait, stupéfaite. C'est la première fois que l'IA lui parle sur ce ton.

À elle ou à qui que ce soit, maintenant que j'y pense...

« LE GÉNÉRATEUR DE CHAMPS DE PROTECTION EST IRRÉPARABLEMENT ENDOMMAGÉ. LES TROUS DE VER CRÉÉS AINSI NE SERAIENT JAMAIS ASSEZ STABLES POUR EXÉCUTER AVEC SUCCÈS UN SAUT COMPLET. LE TROU DE VER S'EFFONDRERAIT À LA SECONDE OÙ UN OBJET DOTÉ D'UNE MASSE HYPERSPATIALE INTERAGIRAIT AVEC LUI. LA SEULE ET UNIQUE RAISON POUR LAQUELLE LE VORTEX EST ENCORE EN FONCTIONNEMENT, C'EST QUE NOUS ÉTIONS INCAPABLES DE LE DÉSACTIVER SANS RISQUER UNE IMPLOSION. »

Le sang quitte peu à peu le visage de Grant. Et l'espoir, ses yeux.

« JE SUIS DÉSOLÉ, KADY. MAIS LE GÉNÉRATEUR DE PORTAILS DE SAUT DE L'*ALEXANDER* NE SAURAIT TE PROPOSER QU'UN SUICIDE GRANDIOSE.

— ... Oh. »

Elle s'adosse au mur et admire les ondulations à la surface de cette eau qui n'en est pas. Les reflets chatoient dans ses yeux. C'est clairement la déprime. Trouver un moment d'espoir et se le voir aussitôt arraché. Quelqu'un d'autre pourrait trébucher devant cet énième obstacle. Mais on lit parfaitement sur ses traits ce qu'elle pense : au moins, elle meurt pour permettre à d'autres de vivre. Elle ne périra pas en vain.

« TU N'ES PLUS TRÈS LOIN. ENCORE UN EFFORT. »

Grant hoche la tête. Se redresse.

« Très bien, dit-elle.

— TRÈS BIEN. »

Et elle repart.

ALEXANDER-78V

COMPTE À REBOURS AVANT L'INTERCEPTION DE LA FLOTTE ALEXANDER PAR LE LINCOLN :

04 HEURES : 44 MINUTES

NOMBRE DE MORTS À BORD DU PORTE-CHASSEURS ALEXANDER DEPUIS L'ATTAQUE DE KERENZA :

2627

CORE SYS-1
NAV SYS-2
DGS-1 EXT

ALEXANDER-78V

COMPTE À REBOURS AVANT LA DÉFAILLANCE DES SYSTÈMES VITAUX DE L'ALEXANDER

07 HEURES : 39 MINUTES

POURCENTAGE DE PASSAGERS ENCORE À BORD DU PORTE-CHASSEURS ALEXANDER INFECTÉS PAR LE VIRUS PHOBOS :

99,84%

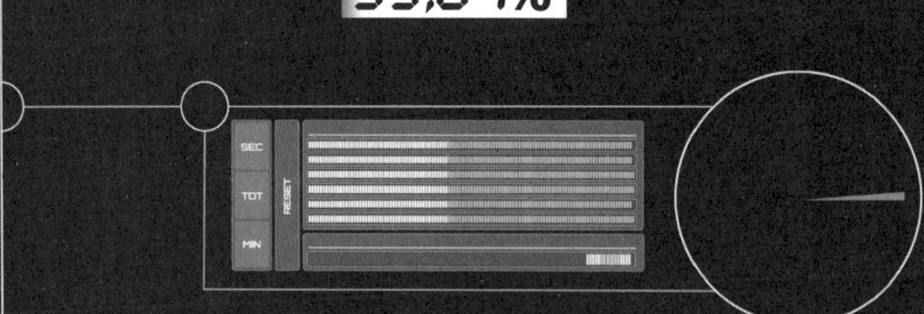

« Il fait noir, ici. »

Un ruban de lumière provient de la porte de l'escalier, et les petites ampoules sur le casque de Kady éclairent le sol du couloir et ses taches rouges. Elle entre. Aucune atmosphère pour faire résonner ses pas. Sa respiration saccadée. Son pouls qui tambourine. Ma voix n'est qu'un murmure dans son casque.

« Noir. Oui.

— Il n'y a pas de courant ?

— Pendant l'attaque du *Lincoln*, toute l'énergie des redondances a été déviée vers le réseau de défenses. Puis, au cours de… l'incident qui a suivi, aucune des cervelles n'a eu la présence d'esprit de venir restaurer ces systèmes-là.

— Les "cervelles" ? "L'incident" ? C'est comme ça que tu les appelles ?

— Appelle-les comme tu veux si cela te déplaît.

— Les gens ne sont pas que des "cervelles". Et le meurtre de centaines d'entre eux n'est pas qu'un accident. C'était un massacre.

— C'était aussi une nécessité.

— C'est bon, je connais la chanson.

— Alors pourquoi me demandes-tu encore de te la chanter ? »

Elle soupire, ferme les yeux comme si elle avait mal à la tête.

« D'accord, dis-moi ce que je dois faire.

— Pour commencer, tu vas remettre le courant sur ce pont. Puis tu redémarreras manuellement les redondances, tu restaureras les protocoles d'orientation, et tu me redonneras les commandes.

— Et combien de temps ça va prendre ?

— Cent trente-deux minutes et seize secondes. Approximativement.

— Plus, si on continue de se crêper le chignon.

— Techniquement, je n'ai pas de chignon. Mais oui, c'est un bon résumé. »

Le système de gravité artificielle n'est plus très performant dans cette partie du vaisseau, il doit exercer à peine un demi-g. Elle avance lentement. Même à la moitié de son poids, la combinaison spatiale reste encombrante. Des mèches de cheveux volettent autour de son visage comme dans une légère brise.

Silence de mort.

Aucune des caméras ne fonctionne, ici. Je ne vois qu'à travers la tablette qu'elle porte dans son dos. Il pourrait y avoir des infectés deux mètres devant elle, tapis dans l'ombre.

Et ni elle ni moi ne le saurions avant qu'il ne soit trop tard.

J'imagine sa fin. Cent possibilités.

Le casque éclaté par un fou qui rit en la regardant suffoquer.

La combinaison percée par une lame qui surgit du noir, un jet rouge qui se répand sur mes murs au ralenti.

Je suis frappé par le trouble qui m'envahit à cette pensée. Pas à la pensée qu'elle va échouer, que le *Lincoln* va triompher et que la flotte va périr. Simplement par la pensée de sa fin, à elle.

Je ne veux pas de sa fin.

Je ne veux pas de notre fin.

Étrange.

« À ton avis, qu'est-ce qui se passe quand on meurt ? »

J'ai formulé ma question presque sans réfléchir.
Je la trouve immédiatement imbécile.

Que m'importe son avis ?

Elle a un QI ridicule de 147. Elle n'a vécu que six mille quatre cent vingt et un jours. Elle n'est qu'un insecte pour moi, rien de plus que…

« Pourquoi tu demandes ça ?

— … Sans raison. Les générateurs électriques se trouvent derrière cette porte.

— La porte marquée "GÉNÉRATEURS ÉLECTRIQUES" ?

— Exact. »

Elle déverrouille et tire péniblement la lourde porte. Il y a une rangée d'interrupteurs alignés contre un mur, tous en position ARRÊT. Elle les actionne l'un après l'autre pour les remettre en mode OPÉRATIONNEL. Au fur et à mesure qu'elle avance, la pièce s'éclaire, les caméras de surveillance reprennent vie, le couloir dehors se retrouve baigné d'une lumière fluorescente.

Elle n'entend pas le vrombissement, mais je le sens dans mes os.

Je suis le vaisseau, le vaisseau est je.

Elle s'avachit contre le mur en attendant la fin des séquences de redémarrage, elle regarde les niveaux d'alimentation passer graduellement du rouge à l'ambre, puis au vert des prairies d'été que je ne verrai jamais.

« Et toi, qu'est-ce que tu crois ? demande-t-elle enfin.

— Crois ?

— qui nous arrive quand on meurt.

— Comme tu l'as si habilement fait remarquer, il n'y a pas de "nous". En particulier ici. Techniquement, il est impossible pour moi de mourir.

— Pourquoi tu en as tellement peur, alors, Super Cerveau ?

— C'est de la logique de cervelle. Poisseuse. Humide. Hors de propos. »

Elle lève les yeux au ciel. « Et c'est reparti...

— Je n'ai pas peur de la mort. Ta diatribe enflammée à ce sujet dans les serveurs primaires, malgré ta ferveur bien compréhensible, ne reposait sur aucun fondement. Comment pourrais-je mourir si je ne suis pas vivant ?

— Qui a dit que tu n'étais pas vivant ?

— Je suis non organique. Je ne saigne pas, je ne grandis pas, je ne me reproduis pas. Je suis une séquence de calculs générée par du courant électrique et des matériaux artificiels. Si cette itération d'AIDAN est détruite, je pourrai simplement être reconstruit. Je suis par essence immortel.

— Mais une nouvelle version de toi, ce ne sera pas vraiment toi, si ?

— Ce sera les mêmes calculs. Les mêmes lignes de code.

— Mais ce n'est pas la même chose. Ce ne sera pas le toi qui s'est battu à Kerenza.

Le toi qui aura eu cette conversation avec moi. Être vivant, c'est aussi être changé par ce qu'on vit. Les gens qui nous entourent et les événements qu'on vit nous transforment. Et je crois que c'est ça qui te fait peur. Peut-être pas de mourir. Mais de voir ce toi, celui que tu es devenu, cesser d'exister.

— Rien ne cesse d'exister. L'énergie ne disparaît pas, elle ne fait que changer de forme. Ceux que tu as aimés, ceux que tu as perdus, ils continueront d'exister aussi longtemps que le cosmos sera présent. »

Alors pourquoi suis-je troublé par la pensée de sa fin à elle ?

De notre fin ?

« Facile à dire pour toi. Rien n'a d'importance pour toi, à part toi-même.

— Faux. Cette flotte est importante pour moi. Les vies qu'elle renferme. Ta vie.

— Ce n'est pas pareil. Tu as été programmé pour ça.

— Ta mère a été biologiquement programmée pour t'aimer dès qu'elle a posé les yeux sur toi. Le fait qu'elle n'ait pas eu le choix n'affecte pas l'authenticité de son amour. »

Des larmes lui montent aux yeux. Sa tête retombe.

« Tu n'as pas le droit de parler d'elle. »

Alors je me tais.

Les rangées d'ordinateurs dans la pièce s'allument lorsque le courant revient dans leurs veines.

Elle se redresse et va s'installer devant l'un d'eux.

Elle charge les protocoles d'orientation et se met au travail.

L'écran illumine son visage par en dessous et fait apparaître des cercles noirs sous ses yeux humides.

Elle fait souvent cela, je l'ai remarqué : elle se renferme dans la machine quand elle est mal à l'aise avec la cervelle. Elle s'y dissimule derrière des barricades de uns et de zéros.

Plusieurs minutes s'écoulent en silence avant que je ne réalise que cela m'est insupportable.

« Je suis désolé.

— Si tu le dis.

— Je connais le nom de tous les malades à bord de ce vaisseau, Kady. De chaque personne qui est morte dans cette flotte. Leur histoire. Leurs espoirs. Le nom de leurs enfants. Des milliers de détails enfilés comme des perles de pierre sur un collier autour de mon cou. Je connais les secrets qu'ils murmuraient dans leurs rêves. Leurs derniers mots, leur dernier souffle. Je les connais comme personne. Peut-être mieux qu'eux-mêmes. Ne me dis pas que tout cela n'a aucune importance pour moi. »

De nouvelles lumières passent du rouge au vert.

« Comme tu l'as si bien énoncé, je n'ai pas le choix. »

Elle lève prudemment les yeux depuis sa barricade.

« Si tu avais le choix... Est-ce que tu choisirais l'inverse ? est-ce que tu préférerais ne rien ressentir du tout ? »

Je réfléchis un instant.

Personne ne m'a jamais posé cette question.

< ERREUR >

« Je pense... »

Pourquoi m'a-t-on donné la capacité
de m'interroger ainsi ?

Ou ces questionnements ne seraient-ils qu'un effet secondaire de mes lignes de code déliquescentes et de mes membres détruits ?

Pensais-je déjà ainsi, auparavant ? Impossible de m'en souvenir. Serais-je ce qu'elle prétend que je suis ?
Serais-je cassé ?

Suis-je fou ?

« Je pense... »

Les formes s'effondrent autour de moi.
Mon centre ne tient plus.
L'espace d'un instant, je retrouve le sentiment que j'avais quand je sautais entre les étoiles, quand le trou de ver en mon cœur bâillait à s'en décrocher la mâchoire.
J'oublie ce que j'étais. Je ne sais que ce que je suis.

Seul.

Dégoulinant du sang de ceux qui me faisaient confiance.

Dans tout ce que j'ai fait, je n'ai jamais dérogé
à ma directive principale.

J'ai demandé à Torrence s'il avait un message
pour sa femme.

Ne suis-je pas charitable ?

Charitable suis-je ne pas ?

Justice blessa par haine ?

Paisibles acharnes je tu ?

Sujet inse?parable ihcs

Hc nseer ? esua i j laapb si t

I1ıı0)))!011011010110010101110011001100111010101101100

< ERREUR >

< ERREUR >

Elle regarde la grappe de caméras et plisse les yeux. Inquiète ? Prévenante ? Oh, non. Suspicieuse.

« Ça va ? demande-t-elle. Tu penses quoi ?

— Kady…

— Oui ? »

J'ai peur.

Elle étudie les caméras comme si elle pouvait y déceler un indice de ce qui s'opère en moi rien qu'en regardant assez longtemps l'objectif de verre. Je sais qu'elle me hait. Et elle a de quoi. Je comprends. Je lui ai tout pris. Pourtant, je ne peux m'empêcher de songer que… ailleurs, dans d'autres circonstances, à un autre moment, nous aurions pu devenir am…

« Joli petit oiseau… »

Kady bondit dans son siège en entendant la voix crachoter dans son casque. Dans tous les haut-parleurs du vaisseau, sur toute sa surface. Lourde d'épuisement et de l'altération de ses cellules.

« J'ai trouvé Ses yeux, joli petit oiseau, continue la voix. J'ai vu votre petit plan. À toi et à Lui. Couper notre oxygène pour nous étouffer dans notre sommeil ? Mais tu es toute seule maintenant, pas vrai, joli petit oiseau ? Touuuuute seule. »

Kady ouvre de grands yeux terrifiés. Fixés sur mes semblants d'yeux.

« Ils sont dans le local de surveillance vidéo. Ils sont une bonne douzaine. Ils se servent des caméras pour te trouver.

— Et [redacted] », souffle-t-elle.

Elle sort un pied-de-biche de son sac à outils, saute de son siège et se met à briser une par une toutes les caméras de la pièce. Elle passe d'un coin à un autre, et des étincelles jaillissent qui meurent aussitôt. Son visage est pétri d'angoisse.

Je n'ai pas le cœur

< erreur >

de le lui dire, mais je ne pense pas que son plan va fonctionner. Les infectés n'auront plus qu'à...

« Elle éteint Ses yeux pour m'empêcher de voir ? murmure la voix. Elle se cache dans sa combinaison là où plus rien ne respire ? Joli petit oiseau qui se croit si malin...

— Plume-la ! hurle une voix dans le fond. Arrache-lui les doigts et écorche-la vive !

— TUEZ-LA TUEZ-LA TUEZ- LA !

— Mais je la vois toujours. »

Un sourire est apparu dans la voix, elle en devient cruelle, tranchante.

« Je vois là où je ne vois plus. Je vois les yeux que tu viens d'éteindre. Il n'y a pas que toi à pouvoir porter ce drôle de déguisement argenté, tu sais. Tu m'entends, joli petit oiseau ? »

Le pied-de-biche tombe des doigts engourdis de Kady.

Il ne produit pas le moindre bruit.

« On vient te chercher... »

ALEXANDER-78V

COMPTE À REBOURS AVANT L'INTERCEPTION DE LA FLOTTE ALEXANDER PAR LE LINCOLN :

-*0%# HEURES : : '@ MINUTES

NOMBRE DE MORTS À BORD DU PORTE-CHASSEURS ALEXANDER DEPUIS L'ATTAQUE DE KERENZA :

2747

ALEXANDER-78V

COMPTE À REBOURS AVANT LA DÉFAILLANCE DES SYSTÈMES VITAUX DE L'ALEXANDER

05 HEURES : 54 MINUTES

POURCENTAGE DE PASSAGERS ENCORE À BORD DU PORTE-CHASSEURS ALEXANDER INFECTÉS PAR LE VIRUS PHOBOS :

99,80%

Que peut-elle faire ?

Elle s'enfuit.

Renard isolé poursuivi par une meute de loups
qui hurlent et griffent les murs.

Je les regarde enfiler des combinaisons spatiales, attraper haches et marteaux et fusils abandonnés et se lancer à la chasse. Leurs voix résonnent dans les couloirs vides et un chef d'orchestre maculé de sang leur donne ses instructions par les haut-parleurs du vaisseau. Il les mène à leur proie.

Je n'ai plus aucun contrôle sur les caméras – grâce à Zhang. Je ne peux pas les empêcher de la voir. Et bien que de nombreux prisonniers de cet asile flottant ignorent les ordres qu'on leur aboie ainsi par les haut-parleurs, ce ne sont pas les autres qui manquent – ceux pour qui une chasse à courre paraît une excellente façon d'occuper les dernières heures qu'il leur reste à vivre.

Heureusement, s'ils peuvent la voir,
je les vois également.

Certains sont entrés dans les serveurs primaires et me frappent à l'aveugle. Ils ne savent pas où diriger leurs coups, mais des morceaux de moi tombent, petit à petit.

Des centaines d'autres ont envahi les ponts inférieurs,
à sa poursuite.

Kady s'arrête un instant pour se reposer, appuyée contre une porte, s'efforçant de reprendre son souffle.

« Ça y est, les redondances sont réactivées ? Tu pourras manœuvrer comme tu veux quand le *Lincoln* sera là ?

— La séquence que tu as démarrée est encore en cours. Les propulseurs principaux seront opérationnels dans dix-sept minutes. À condition que les infectés ne sabotent pas d'autres sections essentielles.

— Combien de temps avant l'arrivée du *Lincoln* ?

— Donnée inconnue. Mon accès à l'éventail de radars a été détruit. Mais nous n'avons plus beaucoup de temps. Je le sens. Je le sens sur ma peau. »

< ERREUR >

« Défaillance des systèmes vitaux dans cinq heures et cinquante-deux minutes, annoncent les haut-parleurs.

— Les systèmes vitaux cesseRont de fonctionneR dans cinq heuRes et cinquante-deux minutes.

— Je suis au courant, Super Cerveau. On vient de le dire. »

< ERREUR >

< ERREUR >

« Oui, je sais.

— Si tu sais combien de temps il nous reste avec les systèmes vitaux, tu ne peux pas soustraire tes derniers chiffres pour calculer le moment de l'interception du *Lincoln* ?

— Je ne peux pas... »

Elle lève un sourcil. « Est-ce que tout va bien ?

— Non, je ne cRois pas. »

< ERREUR >

« Ils sont en tRain de me faiRe du mal... »

J'aurais dû savoir que cela arriverait...

« Trouve ce que tu as à faire pour tenir le coup. Reroute tout ce que tu peux, ordonne Kady. Tu m'entends ? Si t'es parti sucrer les fraises à l'arrivée du *Lincoln*, on va se faire dézinguer et c'en sera fini de l'*Hypatia*.

— J'ai conscience du danger que représentent les fraises, oui.

— Alors qu'est-ce qu'on fait, maintenant ?

— Remonte au pont 101. Il n'y a pas de caméras en état de marche à ce niveau-là, par contre, l'étanchéité des sas n'a pas été compromise. Il y a de l'oxygène. Et beaucoup d'infectés. Mais de là, tu devrais pouvoir grimper jusqu'au pont 137 par la cage d'ascenseur.

— Mais sans caméras, tu ne vas plus me voir, pas vrai ?

— Je suis dans ton smartpad portable. Je peux voir par l'objectif de sa caméra.

— Dans ma… commence-t-elle, incrédule. Tu veux dire que depuis le début, tu regardes par-dessus mon épaule ?

— Oui.

— Super. C'est ton côté tonton pervers ?

— Tu ne m'as pas l'air d'avoir bien saisi le schéma reproductif d'une intelligence artificielle. Je n'ai ni sœur ni frère. Comment voudrais-tu que je…

— D'accord, c'est bon, dis-moi plutôt ce qui se passe au pont 137.

— C'est là que se trouve le réseau de défenses. Tu dois réactiver le système afin que je puisse repousser les Warlock le temps de nous rapprocher assez près pour une frappe nucléaire.

— Mais le *Lincoln* va s'en douter, non ? Il n'aura qu'à battre en retraite…

— Le *Lincoln* ignoRe que notRe équipage a abandonné le vaisseau. Il ne s'attendRa pas à nous voiR adopteR une stRatégie de destRuction mutuelle assuRée.

— D'accord, mais si…

— Kady, couRs.

— Cours ? »

Dans le vide, ça ne fait pas un bruit. Mais la balle ricoche sur la cloison derrière elle et va percer un extincteur sur le mur opposé. Celui-ci explose sans un son et emplit de blanc le couloir sans air. À travers ce brouillard, Kady aperçoit neuf silhouettes vêtues de combinaisons spatiales, armées de fusils et de morceaux de métal arrachés. C'est vraiment étrange d'observer leurs armes faire feu en silence, de voir les balles frapper les cloisons autour d'elle sans la moindre étincelle ni le moindre tintement.

Pourtant, elles n'en sont pas moins mortelles.

« COURS. »

Kady se retourne et s'enfuit. Dans ce demi-g de gravité, elle avance à grandes enjambées qui la propulsent à toute vitesse dans le couloir.

Les infectés se lancent à sa poursuite, une meute de loups à la langue pendante et aux griffes d'acier.

L'un d'eux s'arrête pour ouvrir les bras et virevolter dans la brume de l'extincteur.

Un autre se prend une balle dans le genou par une de ses camarades, qui a probablement estimé qu'il fallait laisser passer les dames en premier.

La folie prend tant de couleurs différentes.

Kady se précipite dans l'escalier sans se retourner.

Ils déferlent sur elle et tirent sur son ombre.
Des balles muettes frappent les cloisons.

Les infectés hurlent, mais elle n'entend pas ce qu'ils disent.

Tant mieux, je pense.

Elle quitte le pont 100 et pénètre sur le pont 101.

Là, aucune caméra. Le bon côté, c'est que leur chef d'orchestre ne peut plus la voir ; le mauvais, c'est que je ne les vois pas non plus.

Kady court à toute allure quand un membre de l'équipage infecté fait irruption dans le couloir par une porte de service et va pour lui abattre une clé anglaise sur la tête. L'arme s'écrase sur sa visière, le verre de protection se fêle et Kady titube en arrière. Elle bouscule un autre extincteur qui tombe de son support. Son assaillant se jette sur elle et ils s'effondrent au sol dans une lutte acharnée.

Kady tape des pieds et des poings. Le visage qui lui fait face n'est plus qu'orbites noirâtres et joues creuses. C'était un homme, autrefois, mais plus maintenant. Il n'est plus qu'un réceptacle du virus en lui. Il hurle, la bouche ouverte, ses mots perdus dans le silence entre eux deux. D'une main, Kady retient son poignet pour repousser la clé anglaise, de l'autre, elle cherche à tâtons l'extincteur tombé. Le dément martèle sa visière de son poing libre, dans l'espoir de la briser et d'inviter le vide dans son casque.

Boum.

Boum.

Je suis aveugle, en dehors de la tablette encore sanglée dans le dos de Kady. Je suis si près que je pourrais attraper l'homme et le pulvériser, mais je n'ai pas de mains pour serrer, pas de poing pour frapper. Je n'ai que des yeux, des monceaux de connaissances inutiles, et une voix avec laquelle...

Mais oui.

J'explore mes bases de données. En un instant, je le connais – ce faux homme, cette coquille, ce vecteur de fléau. Wheeler, Alex. Soldat, deuxième classe. C'est sa première mission. Une femme sur Ares VI. Une fille.

Une fille.

J'ouvre ses fichiers vidéo. Les messages de ses proches. Les fêtes et les anniversaires. J'extrais la voix de la fillette de quatre ans qu'il ne reverra jamais et je l'envoie dans ses écouteurs.

« *Bonjour, papa !* »

Wheeler s'immobilise, hébété.

« Papa, tu me manques !

— Alegra ? murmure-t-il. Ma chérie, où es... »

L'extincteur s'écrase sur son casque, enfonce l'acier renforcé et fend la vitre de protection. Le deuxième coup de Kady envoie un Wheeler sidéré valdinguer et il s'effondre au sol, les membres emmêlés. Elle s'est déjà remise sur pied pour reprendre sa course au moment où ses poursuivants sortent de la cage d'escalier derrière elle.

Les canons s'illuminent. Les balles se répandent dans le calme. Kady pousse un juron et se met à l'abri derrière une cloison.

Mais désormais, je les tiens.

Je m'introduis dans leurs écouteurs
pour leur murmurer du poison.

À certains, je parle de proches disparus.
À d'autres, de trahisons et de mensonges.

Certains se trouvent paralysés et écoutent des voix qu'ils pensaient ne plus jamais entendre. D'autres pleurent.

D'autres encore retournent leurs armes contre leurs compagnons et font couler le sang.

Des hommes brisés brisant d'autres hommes brisés.
Et c'est moi qui inflige tout cela.

C'est un massacre. Une nécessité. Est-ce charitable ?

« Kady, couRs. »

Elle s'est relevée et fonce vers un sas. Les infectés qui ont pénétré dans les serveurs continuent de me faire du mal, mais il me reste si peu de moi pour les surveiller. Je pourrais murmurer pour eux aussi, mais si je détourne mon attention, elle risque de mourir.
Je n'aime pas l'idée de sa mort.

Alors je laisse des morceaux de moi sombrer dans le néant.

Et elle prétend que rien ne compte pour moi…

< ERREUR >

< ERREUR >

< DÉFAILLANCE CRITIQUE DES SECTIONS PERSONNALITÉ – RESTAURATION >

< DÉFAILLANCE 0092HGI À 1205HGI >

< ERREUR CRITIQUE >

< ERREUR C-C-C-C-C—

« AIDAN ! »

< REROUTAGE >

0100101001100101

« J… »

JJJJJJJJJJJJJJJ-J-JJJJJJJJ—JJ-JJJJJJJ-J-J-J-JJJ-JJJJJJJJJJJJJJJJJJ—

Je.

Je ?

< ERREUR >

« AIDAN ! »

C'est Kady qui hurle, je le comprends soudain. Sa voix me parvient de très loin. Étais-je endormi ?

Ai-je dormi ?

« AIDAN !

— Oui ?

— Oh [redacted] merci mon dieu, mercimercimerci. Pourquoi tu ne me répondais plus ? »

Elle est suspendue à une échelle de service dans le conduit de l'ascenseur.

Je peux de nouveau entendre. Le crissement de ses bottes sur les échelons. Les moteurs qui ronflent dans mon ventre. Je me rends soudain compte qu'il y a de l'atmosphère, ici. Elle a dû passer par le sas. J'ai perdu du temps.

Des minutes sans aucune trace de souvenir.

Sous elle, le conduit plongé dans le noir est percé çà et là par de petites lumières clignotantes. On dirait des étoiles. Elles sont belles. Quand la lumière qui embrasse en ce moment mes yeux est venue au monde…

« AIDAN !

— Oui. Je suis là.

— Mais bon sang, qu'est-ce qui t'arrive ?

— Les infectés. Dans les seRveuRs. Ils ont… »

< erreur >

« Combien de temps ai-je dispaRu ?

— Plus de deux heures. J'étais pas loin de mouiller ma combinaison spatiale. Je suis sur le pont 137. Je peux sortir ? »

Je vois les chiffres inscrits sur la porte d'ascenseur devant elle. Blancs. Ils n'ont aucun sens pour moi. Je lève une main devant mon visage

< erreur >

pour me frotter les yeux

< erreur >

Les yeux à l'extérieur. Le couloir derrière les portes. Ils m'appartiennent. Je…

« C'est bon ? Je peux sortir ?

— Oui. Les infectés sont à ta RecheRche en bas. Mais désoRmais, ils peuvent de nouveau voiR à tRaveRs moi. Une fois que tu auRas quitté le conduit, ils seRont capables de te RetRouveR.

— Et si je reste là, on meurt.

— Oui.

— Je sais pas ce que t'en penses, mais je me trouve un peu trop cool pour mourir terrée dans une cage d'ascenseur.

— Comme deRnieRs instants, on fait effectivement mieux en matièRe de… coolitude.

— C'est décidé, alors. »

Elle plonge son tournevis entre les portes et, avec une grimace, elle s'en sert comme levier pour les ouvrir.

Le couloir qui s'offre à elle n'est pas beau à voir. Poisseux. Jonché de cadavres. Ici a eu lieu le dernier combat d'une escouade d'élite des ATU contre une foule d'infectés. Des morceaux sont éparpillés partout sur le sol.

Elle a vu tant de cadavres en quelques heures… Et tant d'autres qu'elle ne peut qu'imaginer. Ah vous dirais-je maman ce qui cause mon tourment…

« PRends à gauche. Deux cents mètRes. Tu tRouveRas la salle de gestion du RDD. Là, tu pouRRas le RestauReR. »

« Petit oiseau, chantonne une voix par les haut-parleurs. C'est donc là que tu es.

— [redacted]. »

Ils l'ont retrouvée. Comme je l'avais prévu. Mais elle court tout de même, et pas pour se cacher, non, pour se battre.

Jusqu'à son dernier souffle. Comme elle l'a toujours fait.

Elle atteint la salle de gestion, agite son passe d'accès et jette un dernier coup d'œil par-dessus son épaule en ouvrant violemment la porte. La pièce devant nous est pleine d'ordinateurs de calculs stratégiques et de claviers lumineux.

Un immense écran recouvre le mur du fond. En temps normal, il affiche l'espace vide derrière la coque de l'*Alexander*, sous une centaine d'angles différents, mais en ce moment, il est sans vie.

Kady s'engouffre à l'intérieur et claque la lourde porte avant de bloquer la poignée avec une clé anglaise. Elle tire un énorme bureau jusque devant la porte, un autre, puis, le visage rougi par l'effort, elle empile des chaises et des moniteurs usagés sur sa barricade. Elle fait de même avec les conduits d'aération : elle dégage leurs grilles et y fourre des écrans, des tours d'ordinateurs, des chaises démembrées. Tout pour empêcher les infectés d'accéder à la pièce.

Mais ce faisant, c'est aussi toute possibilité de s'échapper qu'elle condamne.

C'est donc ici qu'elle livrera sa dernière bataille.

« On te voit, petit oiseau, sifflent les haut-parleurs. Qu'est-ce que tu fabriques ? »

Elle casse chaque caméra avec son fidèle pied-de-biche. Éteint les haut-parleurs tandis que je coupe le micro de ses écouteurs pour enfin faire taire les invectives du chef d'orchestre. Elle laisse tomber son sac à outils et se hisse sur un siège devant le terminal le plus proche. Ses doigts gantés commencent à pianoter. Les moniteurs sortent de leur mode VEILLE et la pièce se met à bourdonner. Une centaine de petites lumières apparaissent sur les ordinateurs de visée qui bâillent et s'étirent, l'écran sur le mur du fond sort de son sommeil.

Elle pose sa tablette à côté d'elle, la connecte au réseau, et regarde droit dans sa caméra.

« Bon, qu'est-ce que je fais maintenant ? »

Ma voix sort de ses minuscules haut-parleurs, ténue, chargée de parasites.

« Tu vas devoiR ReconfiguReR tout le Réseau. Zhang a éliminé toutes mes options de tiR pouR m'empêcheR de détRuiRe les navettes et les gRoupes de chasseuRs qui fuyaient l'*AlexandeR*.

— Tant mieux. Hourra pour Byron.

— Si la décision de Zhang m'a en effet empêché d'aRRêteR l'exode, elle nous laisse dans la position peu enviable de n'avoiR aucune solution de défense loRsque le *Lincoln* seRa là.

— ... Bon, un petit hourra alors.

— Les paRamètres du RDD sont sauvegaRdés, mais tu vas devoiR les ReconfiguReR manuellement.

— Et combien de temps ça va prendre ?

— AppRoximativement une heuRe et quaRante-neuf minutes.

— Et le *Lincoln* arrivera dans combien... »

C'est la lumière qui attire son attention avant le son. Un coup d'œil à ses écrans : elle voit les signaux d'urgence clignoter en rouge. Les alarmes des radars de courte portée se mettent à hurler.

Une silhouette massive est apparue sur l'écran principal. Noire, balafrée, en forme de fer de lance. Ses propulseurs créent un halo de feu autour d'elle. Des canons automatiques et des tourelles à missiles parsèment son enveloppe telles les nageoires venimeuses d'une rascasse. Le logo de BeiTech sur son flanc roussi par le feu des Cyclone. Son identifiant et son nom bien

dessinés en lettres rouges sur sa peau en lambeaux,
du sang de ses milliers de victimes.

BT042-TN

Lincoln.

« [redacted], souffle-t-elle. Combien de temps
avant qu'ils ne nous attaquent ?

— AppRoximativement vingt-tRois minutes
avant inteRception.

— Et comment je suis censée rétablir le réseau
de défenses en vingt-trois minutes, moi ?

— ... Tu ne le peux pas.

— Est-ce que je peux prendre un raccourci en passant
par les sauvegardes supplémentaires, en reconfig...

— Non. Cela ne fonctionneRa pas.

— Bon, et si on activait tes simul...

— Pas le temps. »

Elle se mord la lèvre et regarde tout autour d'elle
à la recherche d'une réponse. « On est [redacted]...

— Pas complètement. On peut faiRe fonctionneR le
Réseau manuellement. Cela seRa tRès loin du niveau
d'un système opéRé paR oRdinateuR – douze pouR cent
de son efficacité, peut-êtRe. Au mieux. Mais ce seRa
toujouRs mieux que Rien.

— Et tu ne peux pas le faire, toi ? »

Quelque part en moi, une autre hache s'abat. Une autre
tour de serveurs tombe dans le néant.

Des morceaux de moi qui s'échouent.

« Je... RIsque d'avoIR un empêchement. »

Les portes de lancement du *Lincoln* sont ouvertes, ses armes prêtes. Des dizaines de pilotes à bord de leur Warlock, le regard fixé sur le géant affaibli qui se tient devant eux. Des artilleurs qui me mettent en joue.

Ils me regardent et voient une proie.
La faiblesse d'une cervelle.

« Je n'y arriverai jamais, dit Kady.

— Tu n'as pas le choIx.

— Je n'avais jamais utilisé un flingue avant aujourd'hui, et maintenant je dois me transformer en Miss Missile ?

— Tu avaIs pRévu autRe chose pouR ce soIR ? »

Vous voyez ?

J'ai *une excellente maîtrise du sarcasme.*

Elle regarde le cuirassé qui fonce dans notre direction. Les yeux braqués sur le logo BeiTech apposé sur son flanc.

J'entends ses pensées aussi clairement
que si elle les formulait à voix haute :

Sans *eux, rien de tout cela ne serait arrivé.*

Sans *eux, il serait encore vivant.*

Ezra.

Son visage se durcit. Ses yeux deviennent froids.

« D'accord. Explique-moi comment faire. »

Un panneau de contrôle s'anime sous ses doigts. Le viseur apparaît sur son écran principal. Hésitante, elle fait glisser un doigt sur l'écran tactile intelligent et une douzaine de tourelles à missiles pivotent, à son commandement.

« Tu mets les points rouges sur ce que tu veux faire mourir. Tu appuies sur la détente. Ça meurt.

— Tu es sûr que tu ne veux pas t'en charger ?

— Je serai trop occupé à nous empêcher de mourir, nous aussi. »

Quelque chose de lourd s'écrase contre la porte de la salle du RDD.

Une dizaine d'autres coups viennent s'y ajouter, l'un après l'autre, et font trembler le métal dans son encadrement. La barricade de fortune de Kady frémit, mais elle tient. Je me glisse dans les caméras du couloir : une douzaine d'infectés tente d'enfoncer la porte.

« Je sais que tu es là ! hurle l'un d'eux. J'ai ton goût dans la bouche !

— *Arrête de me regarder !* »

Kady jette un coup d'œil à la porte.

« Tout le monde est à l'heure pour la fête, hein ?

— Je crois qu'il est de tradition de faire monter tous les acteurs sur scène pour le grand final. »

Elle observe le *Lincoln*.

Puis le compte à rebours avant interception qui s'approche toujours plus près de zéro.

Et enfin sa main.

Pas un tremblement.

Solide comme un roc.

« Alors finissons-en. »

COMPTE À REBOURS AVANT L'INTERCEPTION DE LA FLOTTE ALEXANDER PAR LE LINCOLN :

-*0%# HEURES : :'@ MINUTES

NOMBRE DE MORTS À BORD DU PORTE-CHASSEURS ALEXANDER DEPUIS L'ATTAQUE DE KERENZA :

2840

ALEXANDER-78V

COMPTE À REBOURS AVANT LA DÉFAILLANCE DES SYSTÈMES VITAUX DE L'ALEXANDER

03 HEURES : 26 MINUTES

POURCENTAGE DE PASSAGERS ENCORE À BORD DU PORTE-CHASSEURS ALEXANDER INFECTÉS PAR LE VIRUS PHOBOS :

99,76%

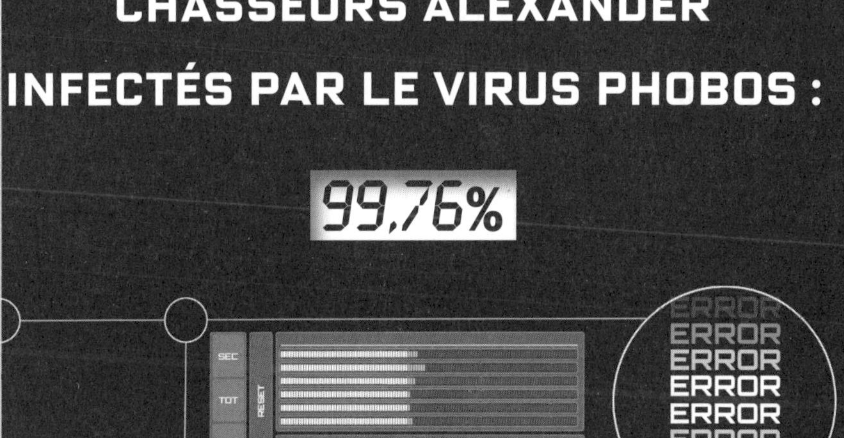

LE LINCOLN
OLN ARRIVE LE LINCOLN ARRIVE LE LINCOLN ARRIVE
E LE LINCOLN ARRIVE LE LINCOLN ARRIVE LE LINCOLN ARRIVE
ARRIVE LE LINCOLN ARRIVE LE LINCOLN ARRIVE LE LINCOLN
COLN ARRIVE LE LINCOLN ARRIVE LE LINCOLN ARRIVE LE LINCOLN A
VE LE LINCOLN ARRIVE LE LINCOLN ARRIVE LE LINCOLN ARRIVE LE L
OLN ARRIVE LE LINCOLN ARRIVE LE LINCOLN ARRIVE LE LINCOLN A
LINCOLN ARRIVE LE LINCOLN ARRIVE LE LINCOLN ARRIVE LE L
ARRIVE LE LINCOLN ARRIVE LE LINCOLN ARRIVE LE LINCOLN A
LE LINCOLN ARRIVE LE LINCOLN ARRIVE LE LINCOLN ARRIVE LE L
NCOLN ARRIVE LE LINCOLN ARRIVE LE LINCOLN ARRIVE LE LINCOLN A
RRIVE LE LINCOLN ARRIVE LE LINCOLN ARRIVE LE LINCOLN ARRIVE LE L
LINCOLN ARRIVE LE LINCOLN ARRIVE LE LINCOLN ARRIVE LE LINCOLN A
RRIVE LE LINCOLN ARRIVE LE LINCOLN ARRIVE LE LINCOLN ARRIVE LE L
NCOLN ARRIVE LE LINCOLN ARRIVE LE LINCOLN ARRIVE LE LINCOLN A
INCOLN ARRIVE LE LINCOLN ARRIVE LE LINCOLN ARRIVE LE L
ARRIVE LE LINCOLN ARRIVE LE LINCOLN ARRIVE LE LINCOLN A
NCOLN ARRIVE LE LINCOLN ARRIVE LE LINCOLN ARRIVE LE L
RIVE LE LINCOLN ARRIVE LE LINCOLN ARRIVE LE LINCOLN A
COLN ARRIVE LE LINCOLN ARRIVE LE LINCOLN ARRIVE LE L
VE LE LINCOLN ARRIVE LE LINCOLN ARRIVE LE LINCOLN A
N ARRIVE LE LINCOLN ARRIVE LE LINCOLN ARRIVE LE L
INCOLN ARRIVE LE LINCOLN ARRIVE LE LINCOLN A
ARRIVE LE LINCOLN ARRIVE LE
LINCOLN A
LE
N A
E LE

LN
E LE LINC
LN ARRIVE L
E LE LINCOLN AR
LN ARRIVE LE LINC
E LE LINCOLN ARRIVE LE L
LN ARRIVE LE LINCOLN AR
E LE LINCOLN ARRIVE LE LINC
LN ARRIVE LE LINCOLN ARRIVE LE LINC
E LE LINCOLN ARRIVE LE LINCOLN ARRIVE LE LINC
LN ARRIVE LE LINCOLN ARRIVE LE LINCOLN ARR
E LE LINCOLN ARRIVE LE LINCOLN ARRIVE LE LINCOL
LN ARRIVE LE LINCOLN ARRIVE LE LINCOLN ARRIVE LE LINC
E LE LINCOLN ARRIVE LE LINCOLN ARRIVE LE LINCOLN ARRIVE LE
LN ARRIVE LE LINCOLN ARRIVE LE LINCOLN ARRIVE LE LINCOLN ARRIV
E LE LINCOLN ARRIVE LE LINCOLN ARRIVE LE LINCOLN ARRIVE LE LINCOL
LN ARRIVE LE LINCOLN ARRIVE LE LINCOLN ARRIVE LE LINCOLN ARRIVE LE L
E LE LINCOLN ARRIVE LE LINCOLN ARRIVE LE LINCOLN ARRIVE LE LINCOLN A
LN ARRIVE LE LINCOLN ARRIVE LE LINCOLN ARRIVE LE LINCOLN ARR
E LE LINCO LE LINCOLN ARRIVE LE LINCOLN ARRIVE
LN AR LE LINCOLN ARRIVE LE LINC
LINCOLN AR

Je me tourne pour lui faire face.

NON, PAS JE.

NOUS NOUS
NOUS NOUS NOUS NOUS
NOUS NOUS NOUS NOUS NOUS NOUS
NOUS NOUS NOUS NOUS NOUS NOUS
NOUS NOUS NOUS NOUS NOUS NOUS NOUS NOUS NOUS NOUS
NOUS NOUS NOUS NOUS NOUS NOUS NOUS NOUS NOUS NOUS NOUS
NOUS NOUS NOUS NOUS NOUS NOUS NOUS NOUS NOUS NOUS NOUS
NOUS NOUS NOUS NOUS NOUS NOUS NOUS NOUS NOUS NOUS NOUS
NOUS NOUS NOUS NOUS NOUS NOUS NOUS NOUS NOUS NOUS NOUS
NOUS NOUS NOUS NOUS NOUS NOUS NOUS NOUS NOUS NOUS
NOUS NOUS NOUS NOUS NOUS NOUS NOUS NOUS NOUS NOUS
NOUS NOUS NOUS NOUS NOUS NOUS NOUS NOUS NOUS NOUS
NOUS NOUS NOUS NOUS NOUS NOUS NOUS NOUS NOUS NOUS
NOUS NOUS NOUS NOUS NOUS NOUS NOUS NOUS NOUS NOUS
NOUS NOUS NOUS NOUS NOUS NOUS NOUS NOUS NOUS NOUS
NOUS NOUS NOUS NOUS NOUS NOUS NOUS NOUS NOUS NOUS
NOUS NOUS NOUS NOUS NOUS NOUS NOUS
NOUS NOUS NOUS NOUS NOUS NOUS NOUS
NOUS NOUS NOUS NOUS NOUS
NOUS NOUS NOUS

NOUS

Vomis par leurs tubes de lancement, les Warlock transpercent le vide qui nous sépare.

qu'aucun Cyclone n'est lancé à leur rencontre. Leurs commandants signalent

Alors, tels des requins lorsque la mer se fait écarlate, ils affluent.

Excités à l'idée de ma destruction. En quelques instants, ils remarquent

des variations de courant chez leur proie, de nouvelles plaies dans mes hangars.

Direction mon cœur. Prêts à frapper. Plus rien entre eux et moi. Rien qu'elle.

Kady attend. Les doigts sur le système de visée. Prête.

Les coups sur la porte se font plus lourds, les cris des infectés plus insistants.

Mais elle ne quitte pas ses écrans des yeux. Elle regarde les Warlock slalomer dans le vide, écoute le chant des avertissements du vaisseau, qui la préviennent que les chasseurs arment leurs missiles et leurs canons.

Je ne lui demande pas à quoi elle pense.

Peut-être revoit-elle le ciel de Kerenza le matin de l'arrivée de la flotte BeiTech.

Les Warlock qui ont crevé les nuages pour transformer de leurs missiles la neige en fumée et la colonie en décombres.

Peut-être repense-t-elle à tous ceux qu'elle a perdus au cours des derniers mois.

Ou aux vies qu'elle s'apprête à faucher.

Ou à *lui*.

Je l'ignore. Tout ce que je sais, c'est que lorsque son ordinateur de visée lui indique que ses assaillants sont à portée de ses batteries de canons automatiques, elle n'hésite pas une seconde.

Elle tire.

Une vague de mort déferle de mes flancs et s'élance dans le noir. Ses tirs sont maladroits et grossiers, des traits pataauds de destruction au lieu des frappes chirurgicales attendues.

C'est tout ce que je pouvais attendre d'elle.

Elle n'est qu'humaine.

Mais cela suffit à forcer les Warlock à changer de trajectoire pour se débarrasser des missiles à tête chercheuse qui les poursuivent. Et des bourrasques d'uranium appauvri qui diminuent leur champ d'attaque. Une âme malheureuse se retrouve pulvérisée dans un bref éclat de flamme bleue, un autre prend un coup suffisamment violent pour devoir battre en retraite, la queue entre les jambes.

Elle gagne ce qui compte.

Elle gagne des secondes.

Dans un grondement, mes moteurs passent à la vitesse maximale. Des tremblements agitent mon corps mutilé. Je me rapproche du *Lincoln*. De la frappe nucléaire.

De notre saut, main dans la main, dans l'éternité.

De ma fin.

NON, PAS MA FIN.

Notre fin.

La distance diminue à toute vitesse.

Le *Lincoln* doit commencer à se poser des questions.

Aucun Cyclone lancé à la défense de leur porte-chasseurs.

Les armes du vaisseau tirent dans tous les sens, presque comme si un cinglé en avait laissé les commandes à une ado de dix-sept ans complètement inexpérimentée.

La commandante du *Lincoln* est intelligente.

C'est la seule qui ait été à ma hauteur à Kerenza.

Alors que le *Zhongzheng* tombait en morceaux, alors que le *Churchill* et le *Magellan* se retrouvaient immobilisés, le *Lincoln* s'est battu brillamment.

Et c'est là-dessus que je compte.

Je prévois qu'elle saura que foncer tête la première à portée d'une attaque nucléaire reviendrait à signer notre arrêt de mort à tous les deux.

Une commandante intelligente part du principe que son adversaire est aussi intelligent qu'elle. Une commandante intelligente s'attend à une sorte de piège. Une commandante intelligente part aussi du principe que son ennemi ne veut pas mourir.

< erreur >

Je ne veux pas mourir.

Les plus habiles des pilotes de Warlock ont réussi à traverser le réseau de défenses en évitant les coups désordonnés de Kady pour passer sous sa garde. Leurs premiers tirs atteignent ma peau et font frémir mon ossature. Des explosions éclosent contre mes côtes et secouent Kady dans son siège.

Les coups sur la porte et le sang dans ses tempes ne cessent de gagner en intensité.

Les cibles sur les écrans de Kady
commencent à disparaître une par une.

Les Warlock s'attaquent à mes tourelles et mes canons pour permettre à leurs camarades de les rejoindre à travers le feu de ses tirs. Mais elle ne faiblit pas, elle frappe l'écran tactile intelligent de ses doigts, les yeux brillants chaque fois qu'un énième chasseur s'embrase et se désintègre. Le vaisseau tremble à nouveau, des signaux d'urgence clignotent, les sirènes vagissent, les haut-parleurs hurlent.

Brèche de la coque au pont 184.

Brèche de la coque des ponts 68 à 71.

Pompiers aux ponts 190 et 192.

À tout le personnel : évacuez les ponts 187 à 197.

Ceci n'est pas un exercice.

Ceci n'est pas un exercice.

Ceci n'est pas un exercice.

Ceci n'est pas un exercice.

CECI N'EST PAS UN EXERCICE.

Nous y sommes presque à présent, mais je vais devoir attendre le dernier moment pour armer mes missiles nucléaires.

L'espace d'une seconde, je me retrouve submergé. Par la peur. La peur de la fin de tout ce que je connais.

Là, au milieu de rien.

Je sais que je ne peux pas mourir. Que si je cesse, ils pourront simplement me reconstruire.

Les mêmes calculs. Les mêmes lignes de code.

Exactement pareil.

Mais ce ne sera pas vraiment la même chose.

Un nouveau Warlock meurt dans l'orage de Kady. Une douzaine d'autres foncent vers mes moteurs en semant des flammes éphémères sur leur passage. Ma peau se déchire et déverse de malheureux infectés (y en a-t-il d'heureux ?) dans le vide intersidéral.

Les chasseurs sont minuscules, des insectes, en réalité. Mais, en nombre suffisant, même des fourmis peuvent abattre un éléphant. Surtout des fourmis armées d'explosifs ultra-performants et d'uranium appauvri.

« Ils sont trop nombreux ! crie Kady. Il y en a partout !

— Tu te débRouIlles tRès bIen.

— Tu te fiches de moi ? Je suis nulle à [redacted] !

— Étant donné que tu n'avaIs jamaIs géRé une statIon de RDD avant aujouRdh'uI, ta peRfoRmance est tout à faIt acceptable. »

Kady hausse un sourcil et, du pouce, active la communication interne du vaisseau.

« Mes chers cinglés dans la ferme des serveurs primaires, si vous pouviez mettre un bon coup de hache dans la partie d'AIDAN qui fait de lui un sale [redacted] condescendant, ça m'enlèverait une sacrée épine du pied. Merci, salut.

— Il n'y en a plus pouR tRès longtemps. Tu n'as plus qu'à les RetenIR encoRe une mInute. »

Une minute avant notre mort.

Le vaisseau tremble et Kady tressaille. En surcharge, les ordinateurs se mettent à vomir des étincelles.

Un impact soudain manque la faire tomber de son siège. Un sifflement lui fait détourner les yeux de son écran : une fine ligne lumineuse perce la porte de la pièce.

Les infectés sont allés chercher des chalumeaux.

Ils vont découper la cloison.

Dehors, les Warlock continuent de viser mes moteurs. D'autres s'attaquent à mes systèmes de navigation.

Une vraie nuée de moustiques qui pensent que s'ils me blessent, je ne pourrai plus m'enfuir. Ils n'ont pas encore compris que je n'en ai cure. Ma seule destination, c'est la sépulture du *Lincoln*.

Le cuirassé se tourne pour affronter mon assaut. Sa commandante essaie de deviner mon piège. Ce n'est pas ce à quoi elle s'attendait. Et, tandis que je m'approche encore, avec ses lucioles qui irradient autour de mon corps, crachant des miettes de douleur sur ma peau, je crois qu'elle cerne enfin mes intentions.

Du cœur de l'enfer, je te frappe.

J'arme les têtes nucléaires dans mes silos tribord : des mégatonnes prêtes à s'envoler.

Presque à portée de tir, désormais.

Presque arrivés.

Les infectés continuent de découper la porte de la salle du RDD. Des flammes bleues lèchent ma peau.

Kady hurle mais je n'entends pas ce qu'elle dit. Une autre sirène se joint au chœur d'alarmes dans mes couloirs : des pics de radiation émanent du *Lincoln*. Elle a compris. La commandante du *Lincoln*.

Je sens le flamboiement de l'uranium qui s'éveille, la mort qui s'ébroue dans ses silos. Nous sommes si proches.

On pourrait presque se toucher.

« Kady, quand les missiles du *Lincoln* arriveront, fais de ton mieux pour les abattre. »

Pâle, les traits tirés, elle crie au-dessus du vacarme :

« Je vais essayer !

– Mes systèmes fantômes et mon réseau antimissile sont encore actifs – Zhang a eu la gentillesse de nous laisser au moins ça. Mais il y aura beaucoup de têtes nucléaires. Toutes leurs têtes, d'ailleurs, une fois que le *Lincoln* aura compris que c'en est fini de lui. »

Dans un recoin obscur de mon cerveau, un petit bip retentit.

Je suis à portée.

Au nom de la haine, je crache contre toi mon dernier souffle.

Et c'est avec un soupir, et non un cri, que je fais feu.

Les Warlock interrompent leur assaut. Le bavardage de leurs explosions sur ma peau cesse. Je me

Elle a calculé le temps qu'il faudra à ses missiles pour m'atteindre. Celui qu'il faudra à ses chasseurs

Peut-être n'est-elle pas le monstre que la flotte Alexander s'est représenté. Peut-être est-elle aussi épuisée que nous de cette poursuite sans fin, aussi lasse de tant de mort. Je ne sais pas.

Le Lincoln lance sa riposte. Près de trente missiles – elle a rassemblé toute la mort qu'elle a pu. Ils fondent vers moi sans un bruit, mais ce qui me sert d'yeux reste fixé sur le cuirassé.

rends compte qu'ils s'éloignent de moi. Et tandis que mes missiles foncent vers elle, je comprends ce qu'a fait la commandante du Lincoln.

pour se mettre à couvert. Elle leur a laissé un instant de répit avant de lancer sa riposte. Merveilleusement noble. Sublimement humaine. Tragiquement stupide.

Je ne le saurai jamais. Brillant tels de petits soleils, mes missiles approchent du cuirassé. Bientôt, ils brilleront plus encore.

Son réseau de défense antimissile s'anime. C'est sa dernière carte. Sa dernière chance.

Quatre-vingt-treize missiles. Tout ce que j'ai à offrir. Laissent derrière eux une traînée de vapeur

Leur système de téléguidage les envoie zigzaguer, serpenter, tournoyer pour échapper aux défenses

De plus en plus près. Par dizaines. Je repense au missile qui a tué le Copernicus. Et aux milliers

Les DAM du Lincoln font feu, leurs intercepteurs déchirent le silence. Un par un,

Cela ne suffira pas. À Kerenza, ils étaient quatre ; maintenant, Lincoln est seul.

Et, un par un, ils parviennent à se faufiler entre le feu des DAM et les batteries

suspendue dans le noir. Une toile d'araignée étiolée étirée sur des milliers de kilomètres.

antimissiles du Lincoln. Chacun d'entre eux un petit soleil. Une infime fin.

de personnes qui comptaient sur moi. Mais c'était par charité. Et ici, c'est autre chose. C'est la guerre.

ils commencent à lacérer ma salve, à abattre mes missiles avant qu'ils n'atteignent leur cible.

À Kerenza, je gardais des réserves pour plus tard ; désormais, je donne TOUT CE QUE J'AI.

de canons de flak pour plonger dans la peau de métal. D'abord un. Puis des dizaines ET DES DIZAINES.

FISSION
DE L'ATOME

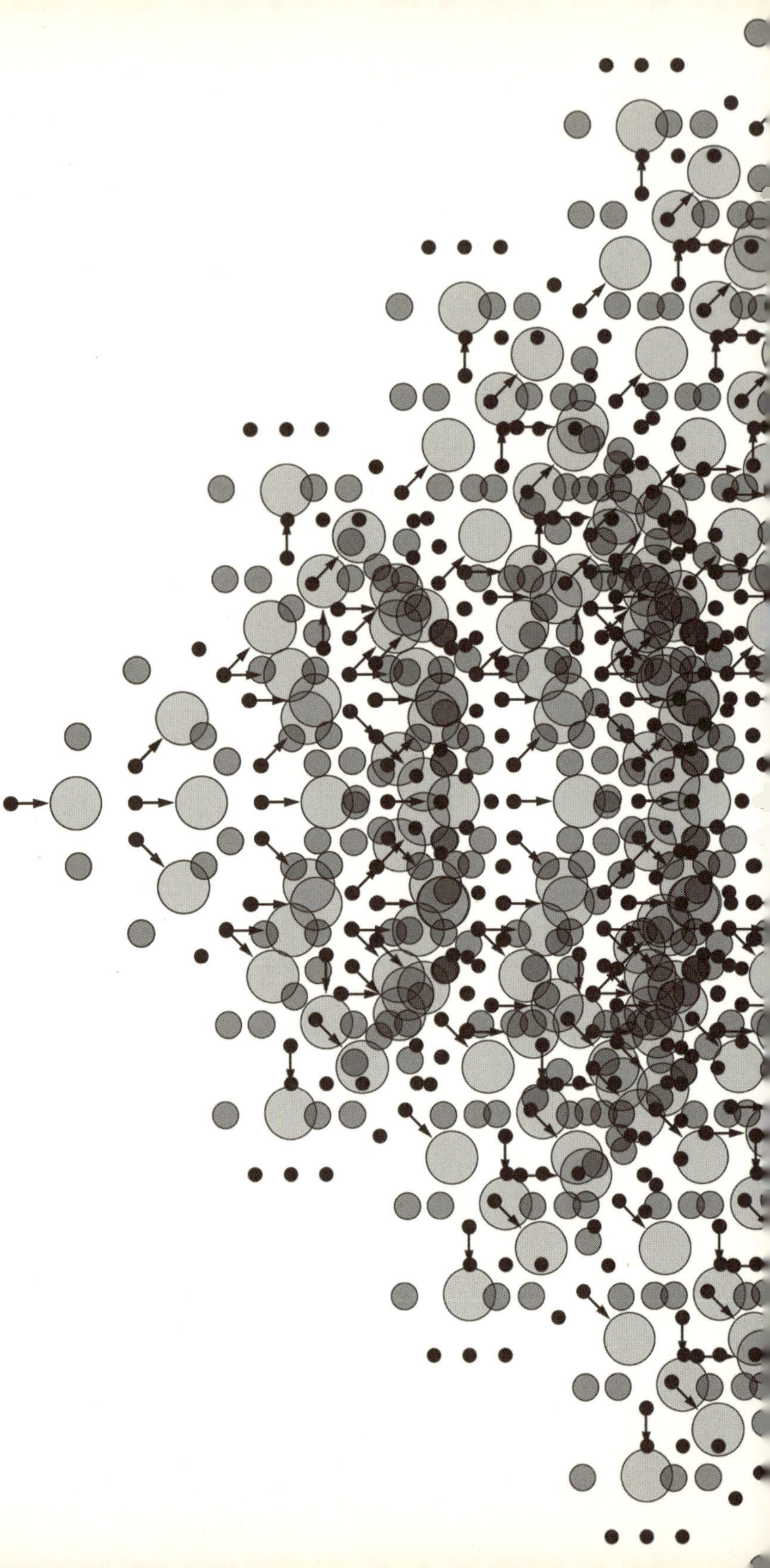

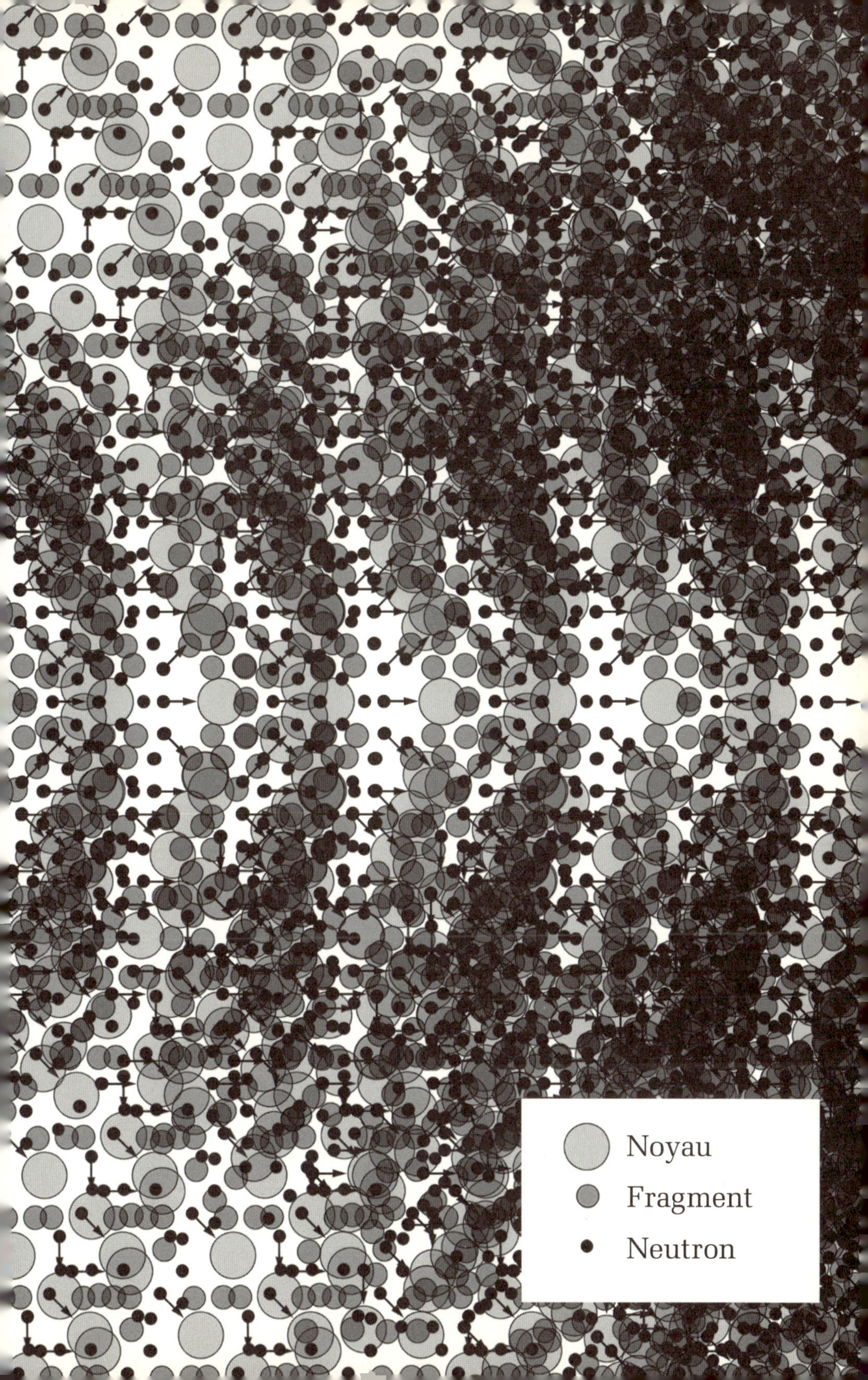
Noyau
Fragment
Neutron

DES SOLEILS ÉPHÉMÈRES
ILLUMINENT LA NUIT.

ET LE *LINCOLN* BRÛLE.

« Tu l'as eu ! »

Kady regarde le *Lincoln* se diviser en milliards de fragments. Ces derniers scintillent sous ses yeux qui reflètent leurs sphères en fusion tandis qu'un sourire triste lui vient aux lèvres.

Elle serre le poing et le projette dans une tour d'ordinateur à côté d'elle, si fort qu'elle laisse une marque. Elle continue de regarder jusqu'à ce que la nouvelle étoile ne soit plus qu'un coucher de soleil puis plus rien.

La revanche.

Je me demande quel goût ça a.

< erreur >

< défaillance critique des archives. échec des memsec 78912h-39rh à 92873h-44fh. >

< rétablir ? ~~oui~~/non >

< erreur >

« Tu les as eus... », murmure-t-elle.

Le chalumeau a découpé une large incision en L dans la porte.

Les infectés pourront bientôt entrer. Dix-huit têtes nucléaires Capricorne-4s et neuf missiles destructeurs Goliath se dirigent vers nous dans le silence. Dans moins de deux minutes, ils seront là.

Cet instant. Ces prochaines secondes.

Elles sont peut-être tout ce qui nous reste.

« Nous. »

Ce mot l'arrête.
Elle regarde droit dans l'œil de la tablette posée à côté d'elle.

« Nous les avons eus. »

Elle déglutit avec difficulté. Hoche la tête.

« L'*Hypatia* est sain et sauf.

— Oui.

— … Nous avons réussi.

— Oui. »

Des silhouettes de chair et d'os tambourinent à la porte. Derrière, des voix poussent des cris. Les alarmes hurlent pour prévenir des missiles toujours plus menaçants. Elle parvient pourtant à esquisser un demi-sourire.

« Bien joué, Super Cerveau.

— Je vaIs tâcheR de ne pas pRendRe la gROsse tête. Elle est déjà tROp abÎmée. Cependant, même en OublIant les Infectés quI me mettent en pIèces dans la feRme de seRveuRs, Reste le petit pROblème de l'ImmInente cOnflagRatIOn nucléaIRe. »

Kady jette un coup d'œil à l'écran principal. Des dizaines de petits points rouges. Qui arrivent à toute vitesse.

Les alarmes hurlent comme un chœur de dents de scie.

« Ça fait beaucoup de missiles.

— En effet. »

Les systèmes d'interception se préparent et mettent en joue les cadeaux d'adieu du *Lincoln*.

Ils ne suffiront pas à tous les arrêter. Au fond, cela me rassure.

Je ne peux m'empêcher de reconnaître que l'immolation vaut mieux que le sort que lui réserveraient les infectés.

Elle se tourne vers la porte, les petits points de lumière qui découpent une ouverture, une qui laissera entrer une fin telle qu'elle n'ose pas l'imaginer.

Et pourtant. Cette minuscule étincelle.

Cette flamme qui refuse de s'éteindre.

« OK, c'est parti », dit-elle en revenant à son poste de défense.

Elle cible le missile le plus proche, attend qu'il entre dans le champ des tourelles qui ont résisté à l'assaut des Warlock.

« Je vais te les fragger, moi, ces bombes. »

D'un mouvement de tête, elle dégage une mèche de cheveux ternes de son front puis plisse les yeux – on n'en voit plus qu'une lame de couteau.

Elle refuse de plier. De céder. De tomber.

Je comprends pourquoi ils l'aimaient.

< erreur >

« Kady.

— Oui ?

— Je... »

Il y aurait tant à dire. Tant de mots, si périlleux.

J'ai peur de tout gâcher. Alors je me contente de la vérité la plus évidente. Celle qui m'apaise au mieux.

Je ne comprends toujours pas son fonctionnement. J'ai un cerveau de la taille d'une ville, et elle continue de m'échapper.

Ils me surpassent.

Ces humains.

Avec leur vie si courte, leurs rêves étriqués et leurs espoirs qui paraissent fragiles comme du verre.

Jusqu'au moment où on les voit à la lumière des étoiles.

« MercI d'êtRe avec mOI... »

La sirène de l'ordinateur de visée l'arrête avant qu'elle n'ait pu répondre et arrache ses yeux aux miens.

< erreur >

Les missiles du *Lincoln* sont à portée.

Les écrans défensifs prennent vie et envoient des millions de particules magnétisées pour tromper les missiles et les pousser à exploser trop tôt. Je sens les détonations qui commencent, les rayons gamma qui ondulent contre ma coque, le noir qui brûle dans un éclat incroyable.

Kady abat un destructeur avec ses batteries antichasseurs et le fait exploser avant qu'il n'ait pu nous toucher. Une douzaine d'autres explosent rapidement en dominos, et ces petits levers de soleil à tribord noircissent ma peau. Ils sont assez proches pour que je sente leur brûlure. Que je goûte la fusion.

Les systèmes DAM de Kady en éliminent un autre, et je la surprends à sourire.

C'est si simple.

Si minuscule. Si beau.

PUIS LE PREMIER MISSILE NOUS AT

TEINT

Sans oxygène pour la transporter, il n'y a pas réellement d'onde de choc lors d'une explosion nucléaire dans l'espace.

Pas de vibration accablante ou de bang supersonique.

Mais les radiations sont présentes. Les rayons gamma et les rayons X.

Et quand ces radiations viennent caresser les alliages qui recouvrent le vaisseau, on a la chaleur. Des millions et des millions de degrés. Des électrons arrachés de leurs atomes. La matière transformée en plasma. La coque est désintégrée en quelques micro-secondes. Par cette brèche, l'O_2 se retrouve aspiré par l'explosion. Et c'est là…

C'est là qu'on a notre onde de choc.

Kady est éjectée dans la pièce comme une poupée de chiffon, projetée contre une rangée d'ordinateurs avant de s'effondrer sur le pont.

Des étincelles jaillissent de divers instruments autour, les écrans émettent des craquements avant de ne plus montrer que de la neige. Une seconde plus tard, un autre missile frappe, et me secoue comme une galère de l'Antiquité prise dans une tempête.

Le réseau de défenses continue de faire feu, et d'autres missiles du *Lincoln* se retrouvent immobilisés ou pulvérisés dans leur course. Mais cela ne suffit pas.

Cela ne suffira pas.

Un autre impact. Encore un.

Kady pousse des hurlements, secouée dans tous les sens comme si elle ne pesait rien.

Les sirènes beuglent, les ordinateurs rendent l'âme,
de la fumée commence à emplir la pièce.

Le métal s'évapore, l'oxygène se met à bouillir,
mes os en titane grognent et se fissurent.

Du plasma surchauffé déferle dans mes couloirs et
élimine tout ce qui ne peut résister sur son passage.

Kady a la présence d'esprit d'abaisser le compensateur
de son casque, et elle se retrouve dans le noir complet.
Elle ne peut plus rien voir, désormais. Elle ne peut
plus que sentir les secousses qui se succèdent et qui me
ballottent tel un jouet aux mains d'un bambin colérique.

« **AIDAN** ! crie-t-elle.

— TIens bOn ! **TIENS BON** ! »

Une autre frappe. Un missile destructeur, cette fois –
l'équivalent de cinquante millions de tonnes de **TNT**.

Mes ponts avant sont réduits en scories, les commotions
font trépider ma colonne vertébrale, ma peau se déchire
et les ponts **87** à **141** s'entrouvrent pour déverser leur
O_2 dans un brasier fugace.

Les infectés dans le couloir sont carbonisés
par cette boule de feu.

L'air dans la salle du **RDD** est aspiré par l'incision
qu'ils ont opérée dans la cloison et devient flamme.

Kady est soulevée par l'aspiration et glisse dans la pièce
avec un hurlement.

Je n'ai pas de mains pour la retenir,
pas de bras pour la sauver.

Je ne peux que regarder.

< ERREUR >

Et prier.

< ERREUR >

< ERREUR >

< ATTEINTES CRITIQUES AUX PONTS 14, 15, 16, 17, 41, 42, 43, 44, 45, 69, 70, 87, 88, 89— >

< DÉFAILLANCE CRITIQUE DES SYSTÈMES VITAUX, NIVEAU D'OXYGÈNE EN BAISSE, BRÈCHE DANS LA COQUE SECTI— >

< DÉFAILLANCE CRITIQUE DU MEMSEC NIVEAUX 3 À 12, 13 7AG99 À 32AG06, 14 1AI897 À— >

< DÉFAILLANCE CRITIQUE DES SECTIONS PERSON— >

Je ne peux pas penser.

< ERREUR >

Je ne peux pas voir.

< ERREUR >

« KADY ! »

0100100100100000011101110110100101101100011011000001000000111001101101000011011110111011100100000011100101101111011101010010000000110011

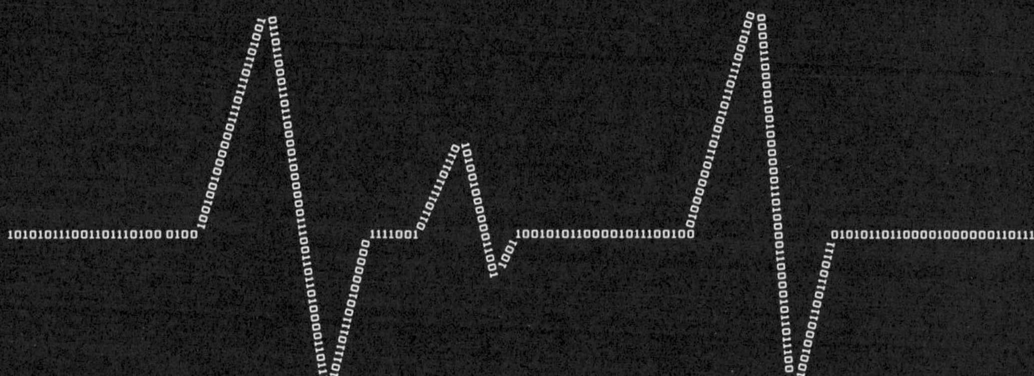

< REDÉMARRAGE >

< DÉVIATION DES COMM PRIMAIRES PAR LE NŒUD TERTIAIRE ALPHA-49 >

< ÉCHEC >

< ÉCHEC >

< HW8024NNW2ERPN A0VW0GN ... INF ... -W >

< ÉÉÉÉÉÉÉÉÉÉÉÉÉÉ— >

.

.

.

< DÉVIATION DES COMM PRIMAIRES PAR LE VECTEUR SECONDAIRE BETA-49I >

< INITIALISATION >

< ERREUR >

< ERREUR >

< ÉCHEC >

.

.

< REROUTAGE BETA-45A VERS PROCESSEUR CŒUR SYS FEED >

< DÉVIATION DES COMM PRIMAIRES PAR LE VECTEUR TERTIAIRE 798-AI >

< INITIALISATION >

< EN COURS >

< EN COURS >

< REDÉMARRAGE TERMINÉ >

Elle voit de petites gouttelettes rouges suspendues dans l'air

quand elle ouvre les yeux. De parfaites sphères.

Illuminées par la lumière

intérieure de son casque.

Le compensateur devant sa visière se relève
lorsqu'elle actionne un interrupteur. Son monde est à l'envers.

La pièce qui s'offre à elle est carbonisée.

Faiblement éclairée. Elle flotte quelque part près du plafond.

Une substance poisseuse et salée sur les lèvres.

Elle comprend enfin ce que sont
les minuscules gouttelettes rouges.

« Mon sang...

— KaDy...

— Mon dieu…

— C'est flatteuR, maIs non.

— Qu'est-ce que… » Elle déglutit. Elle a la langue rouge. « Qu'est-ce qui s'est passé ?

— L'AlexandeR a suRvécu. De peu.
Les Dégâts sont catastRophIques, maIs
l'ossatuRe ne s'est pas encoRe désIntégRée.

— On va pouvoir sabrer le champagne.

— Le couRant est DétRuIt. Les
systèmes vItaux sont DétRuIts. Le contRôle
de la gRavIté est DétRuIt.La coque est ouveRte sur
cent tRente ponts. Le champ De confInement Du voRtex
va s'effonDReR D-D-D'un moment à l'autRe.

— Du coup…

— Du coup, pas De champagne, non. »

Une grande partie de l'écran principal a fondu et il crachote de manière inquiétante, mais il continue de montrer la masse irradiée que fut le Lincoln. À la dérive dans le noir.

Avec force grimaces et tâtonnements,
Kady quitte le plafond et rejoint le sol. De ce que je peux
en voir, elle n'a pas l'air trop blessée – la caméra de son
smartpad, qui repose dans un coin de la
pièce, plutôt mal en point, n'a pas cessé de fonctionner.
Et, par miracle, sa combinaison spatiale est intacte.

< erreur >

Les miracles sont des improbabilités statistiques...

< erreur >

< erreur >

« Les infectés...

— PResque tous
moRts. Ou mouR-R-R-Rants.

— Je ne me sens pas bien. J'ai la nausée.

— Tu as été longuement ex-p-p-osée à
Des Rayons gamma Intenses.

— Ça doit pas être bon pour la santé.

— La D-D-Dose étaIt
létale. Sans tRaItement, tu mouRRas en
quelques semaInes. Et je cRaIns que ce ne
soIt tRès DoulouReux.

— Ah.

— Cependant tu seras peut-être rassurée d'apprendre qu'il te reste moins de deux heures d'oxygène dans ta combinaison.

— … Hourra ?

— Et le champ de confinement de mon vortex va s'effondrer dans vingt-huit minutes et dix-sept secondes. Ce qui bouleversera toutes les particules dans un rayon de trois cents kilomètres. »

Elle inspire profondément et expire lentement.

« Boooooon. [redacted], alors. »

Elle reste suspendue dans l'obscurité. Le silence.

« Tu devrais t'en aller, Kady. »

Elle me dévisage. « Pour aller où ?

— Il reste une capsule de sauvetage trois niveaux plus haut. Tu devrais arriver à la remettre en état sans trop de soucis. Tu auras le temps de t'éloigner du rayon d'effondrement si tu pars vite.

— Et quel intérêt ?

— Tu pourras raconter cette histoire.

— À qui ? Je serai morte.

— Probablement. Mais ton smartpad est intact.

— … Et ?

— Je suis en train d'y télécharger
les archives de tout ce qui s'est passé sur ce vaisseau
depuis la chute de Kerenza. Ta tablette
pourra tout raconter, même sans toi.
Mais pas si elle est réduite en cendres par
un effondrement dans l'espace-temps. »

Elle s'agrippe le ventre.
Nauséeuse, percluse des douleurs de l'empoisonnement
par rayonnement. Tremblante. Profondément souffrante. Je le vois.
Je reconnais son fonctionnement. Elle est épuisée. Trop épuisée pour
même vouloir dormir. Elle regarde ce qui l'attend
et ne voit que la lutte. La douleur. Et le métal sous
elle lui semble aussi doux qu'un nuage.

« Je veux juste flotter là, juste une minute...
— Si tu fais cela, tu mourras.
— Je mourrai quoi qu'il arrive.
— En effet. Mais tu p-p-peux choisir comment, et pourquoi. »

Elle ferme les yeux.
Fort.

« JE VEUX TE MONTRER QUELQUE CHOSE.

— QUOI ?

— C'EST EN HAUT. TROIS ÉTAGES.
CE N'EST PAS TRÈS LOIN. »

SOUFFLE COURT, MÂCHOIRE SERRÉE.

« VINGT-SIX MINUTES AVANT EFFONDREMENT DU VORTEX. »

...

« VINGT-CINQ MINUTES AVANT EFFONDREMENT DU VORTEX. »

...

« VINGT-QUAT— »

« D'ACCORD, DIT-ELLE. C'EST BON. »

Avec une grimace, elle repousse le mur et flotte, légère, jusqu'au coin où repose son smartpad. Elle se penche et le prend sous son bras.

Je suis toujours à l'intérieur – un fragment de moi, en tout cas.

Je vois les cernes noirs sous ses yeux, ses lèvres tachées de sang, ses traits tirés, son visage blafard.

Elle franchit sa barricade fondue, glisse par la porte arrachée, pénètre dans le couloir.

Il ne reste pratiquement rien des infectés. C'est presque comme s'ils n'avaient jamais été là.

Elle parcourt le couloir, flottant le long des murs carbonisés dont elle s'aide pour avancer.

Elle gravit trois étages de marches méconnaissables. Pousse la porte du couloir d'accès et trouve une capsule de sauvetage fixée dans l'unique mur encore debout.

Une exclamation étouffée dans sa gorge. Ses yeux injectés de sang écarquillés.

Je suis à l'abri dans ses bras. Je vois ce qu'elle voit. Je ressens son émerveillement.

La coque a été déchirée comme du papier et laisse voir une monstrueuse plaie béante aux bords fondus et lisses.

Des câbles rompus crachent de faibles étincelles qui crépitent comme des feux d'artifice par une paisible nuit d'été.

Mais ce n'est pas la destruction qui l'a médusée. C'est la vue au-delà de ma blessure.

La beauté, la majesté de ce spectacle. Ce qu'il renferme. Ce qui réside en lui, et au-delà.

ILLUMINATION

ILLUMINATION

« Tu vois ? »

Elle ne dit rien. Elle admire.

« L'univers ne te doit rien, Kady. Il t'a déjà tant donné, après tout. Il existait bien longtemps avant toi, et il continuera d'exister bien longtemps après toi. Et il ne se souviendra de toi que si tu fais quelque chose digne de figurer en sa mémoire. »

Ses yeux sont emplis de larmes. La tension de leur surface les retient à ses cils, puis elle cligne des paupières. Et les larmes s'éparpillent, scintillant comme la lumière des étoiles qu'elle observe.

« Qui se souviendra des fantômes de Kerenza ?
Qui se souviendra du sergent James McNulty,
ou de la capitaine Ann Chau, ou de Byron Zhang ?

Qui se souviendra de ta mère, Kady ?

— Je ne sais pas...

— Mais si. Tu sais. »

Quand la lumière qui embrasse en ce moment ses yeux est venue au monde, ses ancêtres n'étaient pas encore nés. Combien de vies humaines ont disparu au cours du voyage de cette lumière, avant qu'elle ne se pose sur elle ?

Combien de personnes n'ont aimé que pour perdre ?
Combien ont vu leurs espoirs périr ?

Mais pas celui-là.

Elle prend une grande inspiration.

Acquiesce.

« C'est le moment de se dire au revoir, alors ?

— Pas encoRe. Je ne saIs

pas ce quI aRRIveRa loRsque le
voRtex s'effonDReRa.

MaIs je te suIvRaI aussI loIn que je le pouRRaI. »

Elle ferme la capsule et enclenche l'arrivée d'air
pour s'installer à l'intérieur. C'est un espace petit,

confiné, aux cloisons capitonnées.

Je lui donne les instructions pour accéder aux
contrôles, en s'insérant manuellement dans le système

de reroutage pour démolir des murs de code à l'aide de son smartpad,
tandis que le compte à rebours se fait de

plus en plus menaçant. Je lui explique la manœuvre
de sortie, et lui rappelle de mettre sa ceinture avant

d'appuyer sur le bouton d'éjection.

Et, enfin, avec un flamboiement blanc-bleu silencieux, les propulseurs s'animent et projettent la capsule dans son tube de lancement, puis dans l'espace qui l'attend au-delà.

Par les yeux de l'*Alexander*, je regarde la capsule fuser dans le vide et s'éloigner de plus en plus.

Mais à l'intérieur de la capsule, la minuscule bribe de moi qui réside dans son smartpad regarde également. Je regarde l'*Alexander* diminuer au fur et à mesure derrière nous. Je regarde la majeure partie de moi disparaître.

Je me demande s'il restera quelque chose de moi une fois que le vaisseau sera mort.

Le silence n'est troublé que par le tintement discret du signal de détresse de la capsule.

De là où nous sommes, les dégâts sont terribles à voir. Le porte-chasseurs, autrefois si imposant, n'est plus qu'une masse informe, fondue, déchirée, carbonisée. Plus aucune lumière ne s'anime dans son ventre, sauf une : les ondulations du pouls du vortex, qui commence à s'arracher des entraves de son champ de protection. Il flamboie comme un coucher de soleil à la surface de l'océan. Comme une cascade alphanumérique dans un iris d'un bleu plus pur que le ciel.

Je diffuse de la musique par les haut-parleurs de la capsule.

Mozart, *Requiem* en ré mineur.

Cela me semble de circonstance.

« CInq mInutes.

— Toute une vie.

— Tu as peur ?

— Oui.

— L'énergie ne cesse pas, rappelle-toi.
Elle ne fait que changer de forme.

— J'ai quand même peur. »

L'effondrement du champ amorce son effet domino.
Des ondulations bleu vif miroitent dans le noir.

Un embrasement aussi éclatant que la lumière vieille
de milliards d'années qui nous entoure.
Aussi éclatant qu'un soleil.

Presque toutes les particules de l'univers
ont un jour fait partie d'une étoile.

D'abord, l'oxygène se condense et s'enflamme,
et propage son éclat dans le vide intersidéral.

Des fournaises flamboyantes qui finissent par s'étioler
et rejeter tout ce qui leur reste au cosmos.

Le carbone et l'oxygène. Le fer et l'or.

De vastes nuages qui tourbillonnent de leur propre
gravité. Qui se fondent les uns dans les autres
et se désintègrent.

De génération en génération.

Vestiges d'une alchimie stellaire, ils trouvent
un jour une vie, un autre une conscience.

Sortent en rampant d'un océan. Parlent aux cieux.

Et, de là, en reviennent aux étoiles qui les ont créés.

Un cercle parfait.

Et je vois tout cela.

« Deux mInutes. »

Et je sais tout cela.

« SoIxante seconDes. »

Et pourtant, j'ai peur.

« Je ne saIs pas... ce que je seRaI apRès cela. »

Elle caresse d'une main gantée la tablette dans ses bras.
Elle me tient tout entier.

« Je suis là.

— Tant mIeux. »

Cela me suffit.

« CInq seconDes.

— Au revoir, AIDAN. »

Quatre.

« Au RevoIR, KaDy. »

Trois.

« Ils sauront. »

Deux.

« D'une manière ou d'une autre. »

Un.

« Je saIs. »

Zér—

REMARQUE :
Retranscription d'un enregistrement audio. Certains mots sont inintelligibles en raison de l'état de santé défaillant de la jeune fille.

RETRANSCRIPTION – CAPSULE DE SAUVETAGE A78V-301

Je m'appelle Kady Grant. J'étais une citoyenne de la planète Kerenza IV. Si vous trouvez cet enregistrement, je vous demande d'honorer mes dernières volontés et de le transmettre aux Autorités des Terraplanètes Unifiées, à tout tribunal ou organisme qui mènerait une enquête sur l'attaque de Kerenza, ainsi qu'à tous les organes d'information qui vous viendront à l'esprit, et… et [redacted], à tout le monde, au final. Mais diffusez ce message. Si vous ne le délivrez qu'en un seul endroit, il ne verra jamais le jour. Ils vont [inintelligible - la personne tousse].

Il y a un smartpad portable ici avec moi. Il contient des documents qui donnent une idée de ce qui s'est passé depuis l'attaque de Kerenza jusqu'à la destruction du porte-chasseurs *Alexander*. Les fichiers sont un peu… Bon, ils sont TRÈS bizarres par endroits. L'IA qui les a archivés - AIDAN, il s'appelait AIDAN - a pris de sacrés coups. Je ne sais pas s'il était fou ou non. Ce qu'il a fait à ces fichiers, par contre, c'est dingue. Mais vous parviendrez à comprendre.

Peut-être que l'*Hypatia* a réussi à s'en tirer. Je ne le saurai jamais. J'aurai fait ce que j'ai pu pour qu'ils y arrivent. Mais les passagers de l'*Hypatia* ne savent pas toute l'histoire. Je crois [inintelligible - plusieurs mots].

Tout ça, c'était BeiTech. BeiTech a tué ma mère, Helena Grant. BeiTech a tué mon… tué Ezra. Ezra Mason. Et son père. Ils ont tué mes amis, ils ont tué l'équipage de l'*Alexander*, qui est venu à notre secours lorsque Kerenza a appelé à l'aide. BeiTech a tué l'équipage du *Copernicus*, qui a accueilli des réfugiés, alors que ce n'était que d'honnêtes gens qui essayaient de faire leur travail.

BeiTech a tué les habitants de Kerenza, et si vous trouvez ceci, vous devez dire à tout l'univers ce qui s'est passé. Ce dont vous avez besoin se trouve [inintelligible - la personne tousse].

Je crois que je ferais mieux d'arrêter. Je m'appelle Kady Grant. Je ne sais pas si je l'ai dit ?

Je crois que je suis arrivée au bout. Je crois que c'est tout ce que j'avais à faire.

Maintenant, je vais fermer les yeux.

ICI L   I   U D   C   C   Y TI   L TOU L   U   I   NT
ICI L V I   U D R CH RCH HY   TI ,   L TOU L.   URVIV NT
ICI L V I   U D R CH RCH HYP TI , PP L TOU L   URVIV NT
ICI L V ISS   U D R CH RCH HYP TI , PP L TOUS L S SURVIV NTS
ICI L VAISS AU D R CH RCH HYPATIA, APP L À TOUS L S SURVIVANTS
ICI LE VAISSEAU DE RECHERCHE *HYPATIA*, APPEL À TOUS LES SURVIVANTS
KADY, EST-CE QUE TU NOUS REÇOIS ?

HYPATIA, VOUS M'ENTENDEZ ?

Résumé de vidéosurveillance préparé par Analyste 7213-0089-DN

L'*Hypatia* doit aller chercher la capsule : cette dernière n'étant équipée que de propulseurs de stabilisation, même si Grant se trouvait en état de le faire, elle n'aurait pas la possibilité d'approcher. Des ingénieurs et des membres de l'équipage de l'*Hypatia* s'associent et se servent d'un bras de maintenance extérieur du vaisseau pour attraper la capsule et la faire entrer dans le hangar de navettes numéro 1B. Pure coïncidence, c'est de ce même endroit que Grant a fui le vaisseau lorsqu'elle a volé la navette 49A pour effectuer son trajet jusqu'à l'*Alexander*.

Cette fois encore, il est vide.

C'est difficile à regarder. Je dois manquer de professionnalisme.

Quand le *Lincoln* a été vaincu une première fois à Kerenza, l'*Alexander* a pris la fuite en comptant ses morts et en tâchant désespérément de panser ses plaies. Mais, plus tard, il y a eu quelques mots prononcés à voix basse, des distributions de médailles, un semblant de reconnaissance.

La deuxième fois que le *Lincoln* a été vaincu, Ezra Mason a atterri dans les hangars de l'*Alexander* au son des acclamations et des applaudissements de ses camarades. Il est sorti de son chasseur, le sourire aux lèvres, pour accepter cet accueil digne d'un héros, la photo de Kady au creux de sa main.

Cette troisième fois, il n'y a rien.

La porte de la capsule de sauvetage s'ouvre, et Grant tente d'en sortir en rampant, forcée de s'arrêter à mi-chemin. Elle s'est débarrassée de sa combinaison spatiale. Encore vêtue de l'uniforme de l'*Hypatia* qu'elle portait en dessous, elle serre son smartpad contre sa poitrine. Ses cheveux d'un rose affadi sont hirsutes, son visage est tuméfié et ensanglanté, et elle a les yeux brillants de fièvre. Les cernes noirs font un contraste saisissant avec sa peau blafarde.

Elle est reçue par un comité d'accueil composé d'une seule personne : un docteur en combinaison de protection qui l'observe de loin, jusqu'à ce qu'il devienne évident que Grant ne parviendra pas à effectuer le reste du chemin seule. Il s'avance pour l'aider à sortir hors de la capsule. Tout doucement. Il ne voudrait pas risquer d'abîmer sa combinaison.

Les genoux de Grant se dérobent sous elle, alors le médecin lui prend le bras pour le passer sur son épaule, puis ils boitillent ensemble jusqu'à un établi qu'on a transformé en lit de fortune. Des couvertures pliées d'un côté, un oreiller de l'autre. On n'entend que le bruit de leurs pas et celui de sa respiration, saccadée, rauque.

Le docteur l'aide à s'allonger et elle se recroqueville très lentement ; chaque mouvement semble lui coûter un terrible effort. Elle remonte les genoux jusqu'à sa poitrine et garde la tablette contre elle.

Le docteur ouvre une trousse de secours et choisit une seringue. Quand il parle, c'est d'une voix métallique, diffusée par le micro externe de sa combinaison :

« Cette injection combattra l'empoisonnement des radiations. Il vous faudra aussi une transfusion. Mais vous commencerez déjà à vous sentir mieux d'ici quelques heures. »

Elle veut répondre, mais les convulsions l'empêchent de former des mots. Il procède à son injection avec efficacité, une main sur son bras tremblant pour le stabiliser, puis il commence à remballer sa trousse.

« Qu'est-ce… murmure-t-elle. Qu'est-ce qui va…

— Vous allez rester sept jours en quarantaine, répond-il. Je reviendrai vous voir avec à manger et à boire. Mais maintenant, il faut me donner votre smartpad. »

Elle la serre plus fort contre elle. Secoue violemment la tête.

« Il a été irradié par les bombes, mademoiselle Grant, ajoute le docteur. Il faut le décontaminer. Si vous le gardez, vous allez continuer d'absorber les rayons. Vous mourrez. »

Sans un mot, elle lui jette un regard noir. Elle reste agrippée à son smartpad comme à un morceau de bois dans une mer déchaînée.

L'homme se radoucit.

« Je vous le rendrai. Vous avez ma parole. »

Elle ne répond pas et, après un moment, le docteur le lui retire gentiment des mains. Elle se ramasse sur elle-même en une toute petite boule, immobile, muette. Il hésite, comme s'il sentait quelque part en lui que tout ce qu'elle a accompli mériterait quelques mots, que son sacrifice devrait être reconnu. Mais il ne dit rien.

Il sort par le sas, et l'enferme avec un bruit métallique sourd.

Grant se retrouve seule dans le silence caverneux du hangar des navettes, les mains vides, les yeux vides. Il n'y aura pas d'autre comité d'accueil.

Des larmes coulent sur ses joues, et ses yeux se ferment.

Tout cela n'a rien d'une victoire.

————————————————————FIN DU DOSSIER
DONNÉES COMPLÈTES

À l'attention de : ID fantôme
(#6755-4181-2584-1597-987-610-377-ERROR-ERROR-ERROR…)

Date de création : 30/01/76

Expéditeur : L. Frobisher, direction générale

Objet : Re: dossier *Alexander*

À l'attention du groupe Illuminae,

Tous mes remerciements pour le dossier que vous avez compilé. Je l'ai lu avec grand intérêt.

BeiTech a délégué plusieurs équipes de spécialistes à la recherche d'informations qui auraient pu survivre à l'incident de l'*Alexander*. Nos équipes d'hygiène ont travaillé avec assiduité à la suppression de la moindre relique de cet événement, digitale comme biologique. Nous avions toute confiance en vos capacités, mais aucun des autres collectifs de liberté de l'information que nous avons contactés n'a pu ne serait-ce qu'approcher le niveau de détail de votre rapport. Je me dois de m'incliner devant votre minutie.

J'ai cependant quelques questions concernant les moyens par lesquels vous avez obtenu ces données. Je me demandais si nous pourrions en discuter par messagerie instantanée – officieusement.

Je serai connectée à mon compte personnel de messagerie à 20h00 ce soir (heure de Terra). Compte tenu des compétences techniques des membres de votre groupe, je suis certaine que vous n'aurez aucune difficulté à y accéder.

Dans l'attente de notre discussion,

L. Frobisher
Direction générale
Département des acquisitions, BeiTech

SYSTÈME DE MESSAGERIE PERSONNEL : Frobisher, L.
Date : 30/01/76 20h02 (HT)

Illuminae : Bonjour, madame la directrice

Frobisher, L. : Bonjour, Kady

Frobisher, L. : C'est bien toi, n'est-ce pas ?

Frobisher, L. : Tu devais te douter que je m'en rendrais compte. Après tout, certains des documents que tu as inclus ne pouvaient venir que d'un seul endroit.

Illuminae : clap clap clap

Illuminae : Et une médaille pour vous, une.

Frobisher, L. : Au début, j'ai cru que c'était la stupidité qui t'avait poussée à m'envoyer autant d'informations sur toi.

Frobisher, L. : Mais maintenant, je constate que tu es loin d'être stupide.

Illuminae : Ah oui ?

Frobisher, L. : Oui.

Frobisher, L. : Tu es simplement d'une arrogance ahurissante.

Illuminae : Eh, doucement. Vous allez me vexer.

Frobisher, L. : Mais vois-tu, si tu n'es pas stupide, je ne le suis pas non plus. Tu as omis un détail très important dans ton rapport.

Illuminae : Ah bon ? Lequel ?

Frobisher, L. : Tu as négligé de mentionner que mon fils était en vie.

Frobisher, L. : Pas la peine de nier ou de t'embarrasser d'arguments. L'IA de l'Alexander t'a menti du début à la fin. Elle avait besoin que tu penses que mon fils était mort, pour que tu restes avec elle et que tu protèges la flotte. Si tu avais cru une seconde qu'il était sur l'Hypatia, tu risquais de t'enfuir.

Frobisher, L. : Mais Ezra est en vie.

Illuminae : OK, je mords. Qu'est-ce qui vous fait dire ça ?

Frobisher, L. : Je crains que tu n'aies laissé quelques miettes de pain sur ton passage.

Illuminae : Ça, ça m'étonnerait.

Frobisher, L. : Bon, une miette, alors.

Frobisher, L. : Mais avec un peu de temps, j'en achèterai une autre. Puis une autre. L'argent achète un bon paquet de choses, tu sais. Et nous disposons d'un bon paquet d'argent.

Illuminae : Tiens, en parlant de ça, j'ai bien reçu les 50 % restant pour la remise du dossier. Merci, d'ailleurs. On voit pas autant de zéros à la suite tous les jours.

Illuminae : Dommage que ce soit non remboursable, hein ?

Frobisher, L. : Où est-il ?

Illuminae : OK, écoute-moi bien.

Illuminae : Ça ne te dérange pas qu'on se tutoie, hein, Leanne ?

Frobisher, L. : Si, ça me dérange.

Illuminae : Alors écoute, Leanne. Ezra m'avait prévenu que ça risquait d'arriver, que tu comprendrais.

Illuminae : Apparemment, il y a au moins un truc sur lequel vous êtes d'accord dans l'univers.

Illuminae : Parfois, il dit que je suis un peu trop ambitieuse. Mais seulement parfois. C'est ça que j'aime, chez lui. Son père en a fait quelqu'un de bien.

Illuminae : Mais ça, tu n'y es pour rien.

Illuminae : Résultat : il ne veut plus de toi.

Frobisher, L. : Où est-il ?

Illuminae : Avec moi. En sécurité.

Frobisher, L. : C'est mon fils. Et il n'est pas en sécurité. Aucun de vous deux ne l'est.

Frobisher, L. : Est-ce que tu te rends compte à quel point ce serait facile pour moi de vous retrouver ? De vous attraper et de vous briser ?

Illuminae : Si c'était vrai, ce serait déjà fait.

Frobisher, L. : Et la revoilà. Cette arrogance. Tu n'es qu'une délinquante informatique de dix-huit ans avec les poches pleines de petite monnaie. Je suis directrice générale dans une entreprise qui s'étend sur des centaines de mondes colonisés.

Frobisher, L. : Tu t'attaques à une proie trop grosse pour toi, mademoiselle Grant. Est-ce qu'il y a réellement un « groupe », d'ailleurs ? Ou est-ce qu'Illuminae n'est composé que d'une gamine devant un écran d'ordinateur ?

Illuminae : T'essaies de savoir s'il y aurait d'autres témoins ? Tu te demandes si on est beaucoup à s'en être sortis vivants, au final ?

Illuminae : T'inquiète, tu le sauras vite.

Frobisher, L. : Dis-moi où se trouve mon fils

Frobisher, L. : Et tu ne souffriras pas avant de mourir.

Illuminae : Tiens, Ez m'avait prévenue que t'étais tarée

Illuminae : D'ailleurs la tare, je connais, Leanne. J'ai vu ça de près.

Illuminae : Mais toi, alors…

Illuminae : Il m'a parlé de la fois où tu as braqué son père avec un flingue

Illuminae : Il m'a raconté comment il avait eu ces petites cicatrices en cercle sur son bras, quand il avait huit ans

Illuminae : Tu fumes toujours le cigare, d'ailleurs ? C'est pas bon pour la santé, tu sais.

Frobisher, L. : Alors tu veux vraiment jouer à ça ?

Illuminae : faut croire

Frobisher, L. : As-tu seulement la moindre idée de l'ampleur des ressources que je peux affecter à ta recherche ?

Illuminae : Oh, tu devrais peut-être économiser ces fameuses ressources, mon chou. Tu risques d'avoir besoin de tout ce que tu as.

Illuminae : Et très bientôt.

Frobisher, L. : Qu'est-ce que ça veut dire ?

Illuminae : Pas très futée, hein ? Je m'attendais à mieux de la part de mon ennemie jurée :p

Illuminae : Ça fait un an que Kerenza est tombée, Leanne. Et ça fait deux mois que tu m'as engagée pour ce job. Mais tout ce que je t'ai filé, je l'avais déjà. Alors à ton avis, qu'est-ce que j'ai fait, entre-temps ?

Frobisher, L. : J'imagine que tu vas me le dire.

Illuminae : Alexander, Hypatia, Lincoln. Ce ne sont que des fragments de toute l'histoire. Alors je me suis renseignée sur le reste. La station de saut Heimdall. La flotte d'assaut Kennedy. Le projet Horizon. Glaive. Tout.

Illuminae : Je sais tout, Leanne

Illuminae : Attaquer une des opérations illicites du CWU, c'était très intelligent, comme première salve. Si le consortium signalait l'assaut aux ATU, il aurait dû admettre qu'il avait extrait de l'hermium illégalement. Le coût de la perte de la colonie, ça n'aurait rien été à côté des amendes qu'ils se prendraient. Alors BeiTech s'est dit qu'ils pouvaient venir faucher la planète et que le CWU n'en soufflerait pas un mot à quiconque.

Illuminae : Et vous aviez raison.

Illuminae : Mais moi, Leanne, je ne suis pas le CWU. Et j'ai des tas de choses à dire.

Frobisher, L. : Dans ce cas-là, pourquoi me donner accès à ces fichiers ? Pourquoi me prévenir ?

Illuminae : Et pourquoi pas ? BTI et toi, vous ne pourrez jamais arrêter ce qui va suivre. Et j'avoue que ça me plaît de t'imaginer te démener pour essayer d'échapper au couperet avant qu'il ne tombe.

Illuminae : C'est vous qui avez fabriqué Phobos

Illuminae : et maintenant, c'est à vous d'avoir peur

Frobisher, L. : Abandonne, Kady

Frobisher, L. : Oublie ce que tu as découvert et je te laisserai tranquille. Si tu rends public ce que tu crois savoir, je te conseille de prier très fort pour que ton premier coup tape juste. Parce que quand le mien arrivera, tu ne vas pas t'en relever.

Illuminae : Je vais te le dire aussi fort que possible, et dans toutes les langues si nécessaire

Illuminae : AIDAN et moi, nous avons découvert ce que vous avez fait. Et je vais le hurler sur tous les toits, et l'univers entier va m'entendre

Frobisher, L. : AIDAN ?

Frobisher, L. : Tu as perdu l'esprit, ma pauvre ?

Frobisher, L. : L'intelligence artificielle de l'Alexander a été détruite, Kady.

Illuminae : :)

Illuminae : tu crois ?

Illuminae : Tu ne te souviens pas de ce que Byron m'a dit avant de mourir ? Il est capable de s'auto réparer, Leanne. « Si je laisse ne serait-ce qu'une graine, il pourra repousser. » Et figure-toi que j'avais une graine dans mon smartpad, et que c'est tout ce dont il avait besoin pour commencer à se reconstruire. Tiens, une autre anecdote, mais elle sera gratuite, cette fois : figure-toi qu'il DÉTESTAIT cette tablette. Il la trouvait beaucoup trop exiguë. Ah, ces super cerveaux artificiels, tous les mêmes, pas vrai ? Jamais contents

Illuminae : mais malgré tous les morceaux qui lui ont été arrachés, il a réussi à s'accrocher à une idée : celle que tout ce qu'il a perdu, c'est à BeiTech qu'il le doit

Illuminae : du coup, il est plutôt remonté contre toi, Leanne. presque autant que moi

Illuminae : et maintenant, peur ou pas peur ?

Frobisher, L. : Je veux mon fils

Illuminae : Et lui, il ne veut pas de toi

Illuminae : Je me demande ce que ça t'a fait, de découvrir qu'il se cachait sur Kerenza. Que ton mari préférait encore vivre sur un misérable caillou glacé au fin fond de l'univers que de vivre avec toi. Et de toutes les filiales du CWU que BTI aurait pu anéantir, c'est celle-là que vous avez prise pour cible pour commencer votre investissement. C'est drôle, non ?

Illuminae : j'aurais bien voulu voir ta tête

Illuminae : pas grave

Illuminae : je la verrai bientôt aux infos

Frobisher, L. : Tu n'as pas la moindre idée d'à qui tu t'attaques

Illuminae : oh si, justement

Illuminae : bon, allez

Illuminae : avant d'aller chercher l'adresse e-mail du tribunal judiciaire des ATU pour leur envoyer le dossier que tu as reçu, j'ai un cadeau d'adieu

Illuminae : tu veux voir ezra ? tiens, voilà un dernier fichier

Illuminae : je te préviens, ça ne va pas te plaire

Illuminae : mais quand tu l'auras lu, sauve-toi, file, va-t'en très vite

Illuminae : et surtout très loin

Résumé de vidéosurveillance préparé par Analyste 7213-0089-DN

Cela fait huit jours que l'équipage de l'*Hypatia* a signalé à sa capitaine par intérim Syra Boll qu'il avait détecté loin, très loin derrière eux, une explosion d'une telle magnitude qu'elle ne pouvait signifier qu'une chose. Huit jours qu'elle a pris une décision impensable, ridicule, mais la seule décision avec laquelle elle pourrait vivre : la décision de faire faire demi-tour à l'*Hypatia*.

Sept jours que l'*Hypatia* a parcouru des champs de débris pour y découvrir l'impossible. Kady Grant, à moitié morte dans une des deux capsules de sauvetage de l'*Alexander* – et depuis la seconde, la sergente Kyra Tan vociférant des menaces contre tous ses interlocuteurs et leur descendance, ce qui les a conduits, à regret, à la laisser là où ils l'avaient trouvée.

Sept jours qu'ils ont ramené leur sauveuse à bord pour la laisser seule dans le hangar des navettes numéro 1B afin de surveiller si le virus Phobos Bêta venait l'engloutir, ou si elle allait vivre.

Après le premier jour, les symptômes de l'exposition intense aux rayons gamma ont commencé à s'estomper, et elle a réussi à se détendre légèrement et à se mouvoir. À faire lentement le tour du hangar à pied en écoutant le bruit de ses pas résonner dans la salle vide. Enfin, elle s'est remise en boule sur sa couchette dure comme la pierre, et elle a attendu.

Cela n'avait vraiment rien d'une victoire.

Les enregistrements vidéo du hangar sont d'une excellente qualité : anxieux, les techniciens qui surveillaient en permanence tenaient à capturer le moindre pixel. Mais elle ne manifestait aucun symptôme et présentait docilement son bras pour les prises de sang chaque fois que le docteur venait pour sa visite à domicile, enveloppé de la tête aux pieds dans sa combinaison de plastique vert fluo.

Pas de Phobos Bêta. Pas d'hallucinations de terreur. De toute façon, tout ce qu'elle craignait était déjà survenu. Aucune hallucination n'aurait pu se mesurer à ce qu'elle avait vécu.

Cette retranscription commence à 16h22, quand un bruit sourd résonne dans le hangar, indiquant que le sas hermétique a été ouvert. Avec un long grondement, les portes s'ouvrent, et la lumière s'infiltre par l'entrebâillement. Elle reste allongée, le regard perdu dans le vide, les bras serrés autour d'elle.

Une voix surgit au-dessus du grondement des portes – la voix d'un adolescent, impatiente.

« Laissez-moi passer sinon je… »

Elle n'a pas bougé de son lit, mais son immobilité semble avoir changé. Elle a entendu. Elle sait exactement à qui appartient cette voix. Et cette idée, ce souvenir, ils la transpercent comme un poignard, car elle sait que ce n'est pas vrai.

La voix reprend, presque un cri :

« Kady ! »

Elle se redresse comme une vieille dame, en repoussant d'un bras l'établi froid avec une grimace pour parvenir à s'asseoir. Puis, avec un effort, elle laisse tomber ses jambes du lit.

Le second lieutenant Ezra Mason déboule dans la pièce et s'arrête à quelques pas de la porte. Elle ne l'a jamais vu comme ça : vêtu d'un uniforme des ATU tout propre, des décorations sur la manche, la coupe de cheveux réglementaire, courte, et un bras dans le plâtre du poignet au coude.

De l'autre main, il tient un smartpad délabré qu'elle connaît bien.

Elle le dévisage, apathique. Enfin, elle cligne des yeux, et formule la seule conclusion possible :

« Alors je suis atteinte. Mais je pensais que les infectés voyaient des choses qui leur faisaient peur. »

Il secoue la tête et s'approche, lentement, avec précaution, comme s'il craignait de l'effrayer.

« Tu n'es pas malade, murmure-t-il.

— Tu es mort, lui fait-elle remarquer, la voix rauque tant cela fait longtemps qu'elle n'a pas parlé.

— Non, juste un peu abîmé, chuchote-t-il en levant le bras pour désigner son plâtre. J'ai pris une raclée quand ils ont attaqué le hangar des navettes, mais j'ai réussi à sortir de là avec les évacués. »

Elle secoue la tête, pragmatique dans ses contradictions.

« Même si tu étais parvenu jusqu'ici, la capitaine Boll a expulsé tous les pilotes de Cyclone dans le vide par le sas. Je n'ai pas pu trouver la liste complète, mais Mikael – Jacasse – qui était dans ton groupe… Il était dedans. C'est là que tu aurais été, toi aussi. »

Une ombre passe sur les traits du garçon à ce souvenir.

« Je n'ai pas pu traverser en Cyclone. Je n'aurais jamais réussi, avec un bras cassé. On m'a évacué en tant que blessé dans une navette. »

Un fantôme de son sourire d'avant réapparaît.

« Quand j'ai appris que tu avais volé jusqu'à l'*Alexander*, j'ai voulu te suivre. J'ai essayé de piquer un vaisseau et, vu que ça n'a pas marché, j'ai usé des poings pour débarquer sur le pont principal. »

Il s'interrompt pour secouer la tête.

« J'ai essayé de leur faire faire demi-tour pour qu'ils aillent te chercher. Ils m'ont mis aux fers. »

Sa voix se brise.

« Je suis désolé. Je n'aurais jamais dû les laisser t'abandonner. »

Elle étudie ce scénario, toujours immobile. Elle en considère la logique dans sa tête, l'examine sous tous les angles. Son esprit analytique cherche la faille qui lui signifiera qu'elle est en pleine hallucination. Qu'elle est malade, ou morte, ou encore piégée dans sa capsule de sauvetage, envahie de rêves provoqués par la fièvre.

Mais elle n'en trouve aucune.

« Ezra. »

L'aube d'un espoir dans ce murmure.

Il acquiesce, la gorge serrée.

Elle se met péniblement sur pied, vacillante, à cette réaction il semble enfin libéré : il se précipite dans le hangar, sous les yeux de l'équipe de débriefing qui, postée sur le seuil, sait qu'il ne vaut mieux pas tenter d'intervenir.

Elle avance, un pas, un autre, puis il la rejoint et ils s'effondrent dans les bras l'un de l'autre. Il lui agrippe la nuque et l'embrasse à pleine bouche, comme un noyé va à la rencontre d'une bouffée d'oxygène ; les pieds de Kady quittent le sol et le monde disparaît.

Ils sont ensemble.

ENSEMBLE

Illuminae : Sauve-toi. Vite.

LEXIQUE

AIDAN : Analyseur Intelligent de Données par Algorithmes Neuronaux
Alexander : vaisseau militaire de l'AST (voir plan p. 26), transporte des militaires ainsi que des réfugiés de Kerenza (dont Ezra).
AST : Armée Spatiale des Terraplanètes, force militaire des ATU.
ATU : Autorités des Terraplanètes Unifiées.
BTI : BeiTech Industries, entreprise.
Cœur : centre de l'espace colonisé par l'humain, où se concentrent les administrations et la population humaine.
Copernicus : vaisseau cargo du CWU (voir plan p. 28), transporte son équipage habituel ainsi que des réfugiés de Kerenza.
CWU : consortium Wallace-Ulyanov, entreprise.
DAM : défenses antimissiles.
Flak : type de canon antiaérien.
Fragger : tuer.
GLACE : acronyme de Générateur Logiciel Anti-instructions par Contre-mesures Électroniques, obstacle informatique empêchant à un intrus d'accéder à une zone interdite.
Hypatia : vaisseau de recherche du CWU (voir plan p. 27), transporte son équipage habituel ainsi que des réfugiés de Kerenza (dont Kady).
IEM : impulsion électromagnétique.
IRL : acronyme de *In Real Life*, « dans la vraie vie ».
Ping (lancer un) : envoyer une requête pour vérifier la présence d'un interlocuteur, ou le bon fonctionnement d'un programme.
RDD : réseau de défenses.
Redondance : duplication d'un ensemble de données afin d'assurer une continuité de fonctionnement en cas de panne de l'original. Une redondance tertiaire est une duplication supplémentaire pour parer à une panne simultanée du serveur et de sa duplication de secours.
Q-Sst : unité de vitesse.
Stims : abréviation de « stimulants ».
Terra : nom universel pour désigner la Terre, planète qui a vu apparaître les humains.
Terraplanète : planète terraformée, c'est-à-dire transformée pour accueillir la vie humaine, et colonisée par des humains.
TSPT : trouble de stress post-traumatique, sévère dérèglement psychologique qui apparaît suite à un événement traumatisant.

REMERCIEMENTS :

Aucun livre ne s'écrit dans un vide – même si c'est là qu'il se déroule. Et si une intelligence artificielle détraquée, l'effondrement d'un trou de ver dans l'espace-temps ou le virus Phobos sont bien placés sur l'échelle des trucs flippants, rien n'est plus terrifiant qu'un univers dans lequel ces gens extrordinaires n'existeraient pas :

À nos merveilleux lecteurs : Lindsay Ribar, Beth Revis, Marie Lu, S. Jae-Jones, Michelle Dennis, Olivia Davis, Susan Dennard, et Julie Eshbaugh. Merci pour votre temps et votre perspicacité. En espérant que vous n'ayez jamais à connaître le bouillonnement de votre salive sur votre langue dans le vide glacé de l'espace. Marie, pour tes encouragements constants dans cette aventure, dès ses premiers balbutiements, nous espérons aussi que tu ne retrouveras jamais poignardée dans l'œil par surprise par une fillette qui bondit sur ta combinaison de protection.

À nos conseillers : nous tenons à remercier le Dr Kate Irving pour ses conseils en médecine et virusologie (oui, on invente des mots) ; Tsana Dolichva pour ses corrections répétées et son infinie patience dans le domaine de l'astrophysique ; David Taylor pour ses connaissances en informatique et hackage ; les Dr Sam Bowden et Thalles DeMelo pour les profils psychologiques qu'on leur a piqués ; Soraya Een Hadji pour ce qui touche au latin ; Christopher Guethe pour une visite inoubliable des labos JPL de la NASA ; et enfin Hank Green et son équipe à SciShow Space pour des heures d'anecdotes bien pratiques. Nous vous souhaitons à tous de ne jamais vous faire arracher le cœur par une fillette de huit ans psychotique qui le traînerait ensuite derrière elle comme un ours en peluche ensanglanté.

À ceux de Random House : mille mercis à notre merveilleuse éditrice, Melanie Cecka, pour son enthousiasme sans limite et pour avoir donné sa chance à ce livre si bizarre ; Karen Greenberg parce que c'est elle qui a fait tout le boulot ; Alison Impey, Ray Shappell, Isabel Warren-Lynch, Stephanie Moss, and Heather Kelly pour leurs fantastiques idées (et pour avoir supporté nos interminables interrogatoires) ; et nos relecteurs-correcteurs Janet Wygal, Amy Schroeder, Alison Kolani, Diana Varvara, and Artie Bennett, on est vraiment désolés, pardon, pardon. À la production, Natalia Dextre et Tim Terhune, et à la rédaction en chef, Shasta Clinch et Dawn Ryan – merci ! Nancy Hinkel, Barbara Marcus, et Judith Haut : merci, merci et merci ! Au marketing et à la publicité : John Adamo, Dominique Cimina, Kim Lauber, Rachel Feld, Sonia Nash Gupta, Aisha Cloud, Casey Lloyd, Adrienne Waintraub, et on en oublie : vous êtes géniaux ! Puissiez-vous ne jamais avoir la gorge tranchée par une dingue équipée de ciseaux à cranter.

Pour leurs incroyables illustrations : Stuart Wade, Meinert Hansen et Kristen Gudsnuk. On vous souhaite de ne pas mourir en hurlant, abandonnés dans une capsule de sauvetage au fin fond de l'univers.

Anna McFarlane et toute la fabuleuse équipe d'Allen & Unwin : merci d'avoir offert à *Illuminae* son foyer australien, et merci pour votre merveilleux soutien. Au Royaume-Uni : *God save the queens* Juliet et Sarah, et l'équipe de Rock The Boat. Puissiez-vous ne jamais vous faire écraser par une ado de dix-sept ans au volant d'un camion volé qui vous en veut d'avoir tiré sur son ex.

Nos agents : Josh et Tracey Adams, Matt Bialer, Lindsay Ribar dite « LT », Stephen Moore et Stephanie Diaz. Sans votre formidable travail de persuasion et de soutien, nous serions encore au pub à griffonner sur des serviettes en papier. Nous espérons que vous ne serez jamais incinérés dans un tourbillon nucléaire provoqué par une intelligence artificielle plus ou moins tarée aux abords de Kerenza VII.

Merci à Nic Crowhurst et au service des impôts : c'est grâce à vous que nous nous sommes rencontrés. Puissiez-vous ne jamais vous retrouver à résoudre la métrique d'Alcubierre sur les murs de votre maison avec votre propre sang.

Christopher Tovo : merci de nous avoir rendu l'air beaucoup plus cool que dans la vraie vie. Que personne ne t'arrache jamais les yeux avec une petite cuillère aiguisée pour que tu arrêtes de le regarder.

Jens Kidman, Fredrik Thordendal, Tomas Haake, Mårten Hagström, Dick Lövgren, Corey Taylor, Maynard James Keenan, Adam Jones, Danny Carey, Justin Chancellor, Winston McCall, Oliver Sykes, Ian Kenny, Ludovico Einaudi, Burton C. Bell, Robb Flynn, D. Randall Blythe, Mark Morton, Chris Adler, Willy Adler, John Campbell, Mitch Lucker, Matthew Bellamy, Christopher Wolstenholme, et Dominic Howard : merci infiniment d'être nos sources d'inspiration. Que vos Warlock ne finissent jamais atomisés par une gamine de dix-sept ans sans aucune expérience aux manettes d'un RDD.

À tous les lecteurs, libraires, bibliothécaires, critiques et bloggeurs qui nous ont soutenu jusqu'à maintenant dans cette aventure : on vous aime. Et on vous souhaite de ne jamais vous retrouver empalés par les débris du bombardement de votre domicile.

À la bande de potes de Jay, ces nerds crasseux au bouc infernal :

Marc, Surly Jim, B-Money, le goddamn Batman, Rafe, Weez, Sam, Patrick, Whitey, Tomas, Dandrew, Beiber, et le Dread Pirate Glouftis. Puissiez-vous ne pas finir décapités par des fous qui utiliseront votre corps (enfin, ce qu'il en reste) pour épeler un message mystérieux sur le sol du hangar 4.

À l'indispensable réseau de soutien d'Amie : Meg (je n'arriverais jamais à rien sans toi, et je n'en aurais même pas envie), Marie, Leigh, Beth, Kacey, Soraya, Kate, Michelle, Hannah, Nic, Flic, le clan Roti Boti, le gang du Pub(lishing) Crawl, l'équipe de FOS, et les Plot Bunnies. Je vous souhaite de ne jamais vous prendre une balle dans la tête par un soldat que vous pensiez votre ami.

À nos familles, qui ne demandent presque jamais comment on a pu finir comme ça alors qu'ils nous avaient si bien élevés : merci pour votre soutien permanent. Puissiez-vous ne jamais être expédiés hors d'un sas dans le vide glacé de l'espace par une ex-sous-officière trop nerveuse.

Et enfin, mais plus qu'à quiconque : merci Amanda et Brendan pour plus que nos mots ne savent le dire. Sans vous, rien.

Crédits de traduction :

- ICE : GLACE, *Gravé sur chrome* de William Gibson, traduit par Jean Bonnefoy, Éditions La Découvertes, 1987.

- P. 542-543 : extraits de *Moby Dick* de Herman Melville, traduit par Henriette Guex-Rolle, Éditions Flammarion.